Le labyrinthe des songes

VIRGINIA C. ANDREWS

Fleurs captives
Fleurs captives	J'ai lu 1165/4
Pétales au vent	J'ai lu 1237/4
Bouquet d'épines	J'ai lu 1350/4
Les racines du passé	J'ai lu 1818/4
Le jardin des ombres	J'ai lu 2526/4

La saga de Heaven
Les enfants des collines	J'ai lu 2727/5
L'ange de la nuit	J'ai lu 2870/5
Cœurs maudits	J'ai lu 2971/5
Un visage du paradis	J'ai lu 3119/5
Le labyrinthe des songes	J'ai lu 3234/6

Ma douce Audrina	J'ai lu 1578/4
Aurore	

Virginia C. Andrews

Le labyrinthe des songes

Traduit de l'américain
par Françoise Jamoul

Éditions J'ai lu

Titre original :

WEB OF DREAMS

© Virginia C. Andrews Trust, 1990
Published by Pocket Books

Pour la traduction française :
© Éditions J'ai lu, 1991

Prologue

Luke et moi franchissons le grand portail en fer forgé, passant sous le fronton cintré où s'inscrit en hautes lettres le nom de FARTHINGGALE MANOR. La rouille a rongé les caractères, les grilles ont basculé sous les assauts du vent de mer et de la bise. Leur silhouette gauchie se découpe sur le ciel gris et la grande maison elle-même semble se tasser sous le poids du temps et du passé tourmenté qui hante encore ses vastes pièces vides. On a gardé quelques domestiques et employés, mais aucun d'eux n'a vraiment le cœur à l'ouvrage ; et le domaine, comme la maison, est pratiquement à l'abandon.

Luke presse ma main dans la sienne. Des années ont passé depuis que nous sommes venus ici, il me semble que ce sont des siècles. Et ce temps lugubre convient très bien à ce retour, car nos souvenirs sont loin d'être doux. Nous aimerions pouvoir oublier mon séjour ici, ou plutôt mon emprisonnement, après la mort dramatique de mes parents dans un accident de la route. Mais nous avons une raison de revenir encore plus triste, et cette atmosphère funèbre s'accorde tout à fait à nos sentiments.

Nous sommes venus enterrer mon véritable père, Troy Tatterton. Il va pouvoir enfin trouver le repos près de sa bien-aimée de toujours, ma mère, Heaven. Pendant toutes ces années, il a vécu seul dans son petit cottage, poursuivant l'œuvre de sa vie : la création de merveilleux prototypes de jouets pour la Tatterton Toys. Il ne quittait sa retraite qu'en de rares occasions, la naissance d'un de mes enfants par exemple. Mais il ne restait jamais longtemps loin de Farthy, il ne l'aurait pas supporté : un lien plus fort que tout le rattachait au domaine et l'y ramenait toujours.

Il ne le quittera plus, désormais.

La grande maison continue de hanter mes cauchemars, le souvenir de ces jours de torture est resté vivace en moi, et pourtant ! Quand j'embrasse du regard le grand domaine, je comprends la nostalgie de Troy. Même moi, qui n'ai aucune raison de l'aimer, j'éprouve le besoin de pénétrer encore une fois dans la maison, de gravir le grand escalier et de suivre le long corridor, jusqu'à la chambre qui fut autrefois ma cellule.

Luke ne tient pas à ce que j'y entre à nouveau.

— A quoi bon, Annie ? Nous ferions mieux d'attendre en bas et d'accueillir ceux qui viendront aux funérailles.

Mais c'est plus fort que moi, quelque chose me pousse en avant.

Je n'entre pas dans mon ancienne chambre. Il y a des toiles d'araignée partout, de la poussière. Les rideaux fanés pendent lamentablement aux fenêtres, tout est sale, triste, sans couleur. Je continue mon chemin jusqu'à l'appartement de Jillian.

Le fameux appartement de Jillian. Celui que Tony a fait entretenir avec un soin jaloux après la mort de sa femme, niant cette mort et le vide qu'elle avait laissé. L'appartement m'a toujours intriguée et m'intrigue toujours. Je rentre et mon regard effleure les cadres privés de leurs miroirs, les vêtements jetés sur les chaises, les accessoires de toilette éparpillés sur la coiffeuse. Je passe devant tout cela, très lentement, comme on marche en rêve quand l'air semble s'épaissir et devenir presque palpable.

Et, sans savoir pourquoi, sans doute parce que le tiroir est entrouvert, je m'arrête devant le bureau de

Jillian. Et si j'allais trouver des notes, des souvenirs, quelque chose que Jillian aurait écrit pendant ses jours de démence ? J'ouvre le tiroir, souffle sur la poussière et n'aperçois que du papier à lettres, des stylos, de l'encre. Rien de bien intéressant, à moins que... D'un geste vif, je m'empare d'un sachet d'étoffe repoussé tout au fond du tiroir.

Il y a un livre à l'intérieur. Je le retire délicatement de son étui et retiens mon souffle en lisant les caractères imprimés sur la couverture : JOURNAL DE LEIGH. Le journal de ma grand-mère ! Je l'ouvre... et le présent s'efface, comme si le temps remontait en arrière.

Captivée, je me laisse entraîner dans le passé.

1

Le Journal de Leigh

Je crois que tout a commencé par un rêve, ou plutôt par un cauchemar. J'étais avec mes parents, mais où ?... Ils parlaient entre eux et se tournaient de temps en temps vers moi pour me dire quelque chose. Seulement, quand je voulais leur répondre, ils paraissaient ne pas m'entendre. Je voulais me mêler à leur conversation et portais la main à mon front pour repousser mes cheveux en arrière. Mais je n'y parvenais pas et découvrais avec horreur qu'une grosse mèche me restait entre les doigts. Je recommençais, encore et encore, et à chaque fois une nouvelle poignée de cheveux se détachait de mon crâne. Atterrée, je fixais les mèches que je tenais à la main. Que m'arrivait-il ?

Soudain, un miroir apparut devant moi et j'y vis mon reflet : je faillis crier. Mon ravissant pull-over de cachemire était tout troué, ma jupe sale et déchirée. Quant à mon visage, je n'en croyais pas mes yeux : il gonflait littéralement. Je me vis devenir de plus en plus grosse et me mis à pleurer. Un torrent de larmes ruissela sur mes joues barbouillées. Je me détournai de cette image hideuse et levai les yeux vers mes parents, implorant leur aide à grands cris. Tout résonnait de mes clameurs, mais mes parents ne réagissaient pas. Pourquoi refusaient-ils de m'aider ?

Je ne pouvais pas m'arrêter de crier, j'en perdais la

voix, le son s'étranglait dans ma gorge. Alors, enfin, ils tournèrent vers moi leurs visages empreints de stupéfaction. Je voulus appeler papa pour qu'il me serre contre lui, me couvre de baisers et me protège comme il l'avait toujours fait... mais avant que j'aie eu le temps d'ouvrir la bouche, je lus le dégoût dans son regard. J'en frémis d'horreur... et il disparut. Il ne restait plus que maman, ou du moins une femme qui ressemblait trait pour trait à maman, sauf les yeux. Celle-ci avait un regard glacé, calculateur, sans trace de cette chaleur et de cet amour que je voyais chaque jour dans celui de maman. Qu'était-il arrivé ? Pourquoi me regardait-elle ainsi ? Ma jolie maman ne m'aurait jamais dévisagée avec une telle haine et même... avec jalousie ! Maman ne m'aurait jamais refusé son aide en un pareil moment de désespoir. Et pourtant, elle ne faisait rien. Tout d'abord, elle me jeta un regard de dégoût, le même qu'avait eu papa, aussitôt remplacé par un rictus. Oui, un rictus de satisfaction. Puis elle me tourna le dos et s'éloigna, s'éloigna de plus en plus, me laissant toute seule dans le noir.

Je parvins à retrouver la voix, l'appelai au secours : elle marchait toujours et sa silhouette diminuait au loin. Je tentai de la suivre, mais j'étais incapable de faire le moindre mouvement et ramenai mon regard sur mon reflet. Mais avant que j'aie pu bouger un cil, le miroir explosa, m'inondant le visage d'éclats de verre. Je rassemblai mes dernières forces, levai les mains pour me protéger et criai, criai, criai...

Je me réveillai le cœur battant, criant encore, et pendant quelques instants, je fus incapable de me rappeler où j'étais. Puis, comme je distinguais peu à peu le décor familier qui m'entourait, je me souvins. J'étais chez nous, dans ma chambre, à Boston. Aujourd'hui, c'était mon anniversaire. Mon douzième anniversaire. Heureuse d'échapper à cet horrible cauchemar, je chassai loin de moi mes craintes et les images qui, l'instant d'avant, m'emplissaient de terreur. Et je m'élançai vers l'escalier, ne songeant plus qu'à la belle journée qui m'attendait.

Le jour de mes douze ans, j'ai commencé ce journal, mon plus précieux cadeau d'anniversaire. Papa l'avait glissé au dernier moment dans la montagne de présents luxueux qu'ils m'avaient achetés, maman et lui. Je savais qu'il l'avait placé là lui-même après que maman eut tout disposé, car elle paraissait aussi intriguée que moi. D'ordinaire, papa s'en remettait entièrement à elle pour l'achat des cadeaux, comme pour tout ce qui concernait la maison ou ma toilette, admettant volontiers « qu'il ne connaissait rien à tout ça ». Il disait que maman était une artiste, donc mieux placée que lui pour choisir la décoration, les styles, les couleurs... mais à mon avis, il n'était pas fâché d'échapper ainsi à la corvée des magasins et des boutiques de mode.

Quand j'étais petite, il m'avait déjà offert plusieurs modèles réduits de paquebots de sa compagnie, mais maman trouvait cela stupide comme cadeaux pour une petite fille. Surtout quand elle ne connaît rien à la question. Malgré tout, ces bateaux m'intriguaient et m'intéressaient beaucoup et je jouais très souvent avec eux, quand maman ne pouvait pas me voir.

Ce matin-là, comme à chacun de mes anniversaires, tous les paquets étaient empilés d'un côté de la table du petit déjeuner. Je m'étais réveillée très tôt, à cause de mon cauchemar. D'habitude, un matin d'anniversaire était pour moi comme un matin de Noël, mais le rêve rendait celui-ci un peu différent des autres. Et je m'efforçai d'oublier ma terreur.

La surprise de papa était enveloppée dans un fin papier rose décoré de bougies bleues. Elles formaient les lettres des mots « Joyeux anniversaire », indéfiniment répétés. Le fait que papa ait choisi ce cadeau lui-même le rendait à mes yeux précieux entre tous, et j'essayai de ne pas déchirer le papier. J'aimais conserver ce genre de souvenirs, qui marquaient les grandes occasions de ma vie. Les bougies du gâteau de mon dixième anniversaire, par exemple ; un gâteau si gros que Clarence et Svenson, le maître d'hôtel et le cuisinier, avaient dû se mettre à deux pour l'apporter dans la salle à manger. Ou l'ange de sucre qui ornait le sommet du grand sapin de la salle de jeux, pour le Noël de mes cinq ans. Les billets d'entrée du cirque où papa m'avait emmenée des années plus tôt, lors d'un voyage en Europe. Ceux d'une séance de marionnettes à laquelle j'avais assisté avec maman l'année de mes sept ans... Je gardais ainsi toutes sortes de vieilleries, des boutons, des épingles, et même des lacets de soulier. En m'offrant un album pour écrire mes Mémoires, papa savait donc certainement combien je l'apprécierais.

Je pris délicatement le volume et promenai lentement mes doigts sur la couverture, les lettres de mon nom, savourant le contact du cuir précieux d'un rose tendre et de la tranche dorée. Mais ce qui me plut par-dessus tout, ce fut de voir mon nom inscrit en caractères d'imprimerie, comme sur un vrai livre : JOURNAL DE LEIGH.

Ravie, je levai les yeux et aperçus papa qui me souriait. Sanglé dans son complet gris foncé, les mains croisées dans le dos selon son habitude, il oscillait sur ses talons à la manière des vieux loups de mer. En général, maman lui demandait de s'arrêter, sous prétexte que cela lui tapait sur les nerfs. Mais papa, qui dirigeait sa propre compagnie de paquebots de croisières, répondait que c'était le métier qui voulait ça. Qu'il passait plus de temps en mer qu'à terre et ne pouvait pas s'empêcher de se balancer.

— Qu'est-ce que c'est que ça ? demanda maman en me voyant tourner les pages blanches.

Papa m'adressa un clin d'œil complice.

— J'appellerais ça un livre de bord ; le carnet de route du capitaine, dans lequel il consigne les événements essentiels. Les souvenirs sont plus précieux que les bijoux, sais-tu ?

Maman secoua la tête.

— Ce n'est jamais qu'un journal ! Un livre de bord... Leigh est une enfant, pas un marin !

Papa me décocha un second clin d'œil. Je savais que

j'aurais dû me montrer plus intéressée par les cadeaux de maman, si nombreux, si coûteux. Mais je serrai sur mon cœur le livre intitulé Journal de Leigh et me levai pour remercier papa d'un baiser. Il s'agenouilla et quand j'embrassai sa joue hâlée, juste au-dessus de sa barbe grise, je vis s'illuminer ses yeux mordorés. Maman disait toujours qu'à force d'être en mer, il avait la peau salée, mais je n'ai jamais senti le goût du sel en l'embrassant. Je chuchotai :

— Merci, papa. Je parlerai de toi à chaque page.

J'avais tant de choses à noter, tant de choses personnelles, passionnantes... j'aurais voulu commencer tout de suite. Mais maman était impatiente de me voir déballer ses cadeaux.

Il y avait une bonne douzaine de chandails en cachemire, dans toutes les nuances de rose, de bleu et de vert. Et chacun avec la jupe assortie, ces jupes étroites comme des tuyaux que maman disait indispensables à l'élégance... même si on pouvait à peine marcher avec ! Et, ajoutés à tout cela, des chemisiers en soie, des anneaux d'oreilles en or avec le bracelet assorti semé de petits diamants (des bijoux de chez Tiffany), un parfum Chanel, des savons parfumés, un nécessaire de coiffure et un peigne orné de perles.

Et du rouge à lèvres ! J'avais le droit de m'en servir, enfin ! Avec modération, bien sûr, et seulement dans les grandes occasions, mais je possédais mon tube personnel. Maman m'avait toujours promis qu'elle m'apprendrait à me maquiller, quand j'aurais l'âge.

Il y avait un petit paquet auquel je ne devais pas toucher maintenant, m'avertit maman. Je l'ouvrirais plus tard, quand nous serions seules. Entre femmes, précisa-t-elle en jetant un regard appuyé à mon père. Elle trouvait très méchant de sa part de nous quitter pour le bureau le matin de mon anniversaire. Mais il dit qu'il passerait le reste de la journée avec nous et nous emmènerait dîner en ville, aussi je lui pardonnai. Il semblait avoir toujours des problèmes, ces temps-ci. Il se plaignait de l'expansion des compagnies aériennes, qui empiétaient sur le domaine des croisières maritimes et lui volaient sa clientèle. Maman ne cessait de le critiquer, lui reprochant de consacrer trop de temps à son travail. Ce qui n'arrangeait pas les choses.

Elle répétait toujours que « les cordonniers sont les plus mal chaussés », et pourtant nous avions déjà beaucoup voyagé. Mais jamais là où elle avait envie d'aller.

— Et dire que mon mari organise les vacances des autres ! gémissait-elle amèrement. Mais nous, nous n'avons jamais de vraies vacances. Nous voyageons pour ouvrir de nouvelles lignes ou inaugurer des paquebots, jamais pour prendre du bon temps !

Je savais que le gros paquet resté sur la table avait quelque chose à voir avec tout cela. Maman avait bien précisé qu'en l'achetant, elle espérait que le cadeau me servirait. Et elle avait ajouté en regardant papa :

— Moi, je n'ai jamais eu l'occasion de me servir du mien.

Je déchirai hâtivement le papier, ouvris la boîte et découvris une tenue de ski. Gros pull-over en cachemire, pantalon et blouse de soie assortie, le tout portant une griffe italienne. Plusieurs fois, dans le courant de l'été, maman avait exprimé le désir de prendre des vacances d'hiver à Saint-Moritz. Elle rêvait de descendre au Palace Hôtel, « le rendez-vous des gens du monde ». Mon ensemble était magnifique.

Transportée de joie, je contemplai mes merveilleux cadeaux et sautai au cou de maman. Elle m'assura qu'elle n'avait qu'un désir : me gâter à chaque anniversaire comme elle ne l'avait jamais été dans son enfance, au Texas. Pourtant, à l'en croire, sa famille était assez aisée. Mais sa mère, ma grand-mère Jana, pratiquait l'austérité la plus rigoureuse : un monstre de puritanisme, d'après maman. Elle m'avait raconté cent fois qu'étant petite, elle n'avait même pas le droit d'avoir une poupée. Et que ses sœurs, toutes deux plus âgées qu'elle, se montraient en tout point pareilles à leur mère. De physique ingrat, elles méprisaient la féminité et toutes les jolies choses qui font les plaisirs de la vie.

Et de fait, Tante Peggy et Tante Béatrice étaient aussi laides que la méchante sorcière du *Magicien d'Oz**. Nous ne les voyions pas souvent, mais quand cela arrivait, je détestais leur façon de m'observer à travers leurs grosses lunettes. Les mêmes lunettes à monture noire pour toutes les deux, encerclant leurs yeux bruns au regard morne : on aurait dit deux grenouilles desséchées. « De vraies planches à pain », disait maman, qui les englobait toujours sous le même qualificatif, comme s'il s'agissait de jumelles. Et c'est bien l'impression qu'elles me faisaient. Maman disait aussi que Grandma Jana leur avait trouvé des maris sur mesure, aussi ternes qu'elles, « de vraies chiffes molles », ceux-là. L'un d'eux était propriétaire d'un grand magasin à Ludville, au Texas, et l'autre entrepreneur de pompes funèbres dans une ville voisine, Fairfax.

D'après maman, toutes les villes du Texas se ressemblaient, y compris la sienne. « Si sales et si poussiéreuses qu'on ne peut pas traverser la grand-rue sans être obligé de prendre un bain. » Il n'avait pas fallu longtemps à papa pour la tirer de là, heureusement. Je ne me lassais pas de lui faire raconter leur histoire, sans m'attarder sur le fait qu'elle ajoutait à chaque fois un nouveau détail ou en oubliait un autre. Dans l'ensemble, son récit restait le même et c'était une des premières choses que je voulais consigner dans mon journal.

Aussi, le soir même, quand elle vint me rejoindre dans ma chambre avant de partir pour mon dîner d'anniversaire, je sautai sur l'occasion. Pendant que nous nous préparions en bavardant, je lui demandai une fois de plus de me raconter l'histoire. Elle me décocha un bref regard à la dérobée.

— Tu n'en as pas encore assez de m'entendre répéter tout cela ?

— Oh non, maman, c'est une si belle histoire ! Un

---

* Conte aussi populaire chez les Anglo-Saxons que *Ma Mère l'Oye* chez les Français. (N.d.T.)

vrai conte de fées, personne n'aurait pu en inventer un plus beau.

Ma réflexion parut lui faire grand plaisir. Elle s'assit devant ma coiffeuse et entreprit de brosser ses beaux cheveux, jusqu'à ce qu'ils brillent comme de l'or en fusion.

— Très bien. Je vivais donc comme la pauvre Cendrillon avant l'arrivée du prince... (l'histoire commençait toujours ainsi)... mais pas tout à fait, cependant. Mon père était directeur de travaux sur un chantier de forage de pétrole. Son poste était très important, c'est lui qui supervisait tout. Et bien qu'il n'ait jamais eu peur de mettre la main à la pâte, c'était un homme très distingué. Je te souhaite d'en trouver un pareil, un jour.

— Alors papa n'est pas comme lui ? Il travaille sur ses bateaux, pourtant ! Et il descend dans la salle des machines avec les hommes, non ?

— C'est vrai, approuva maman d'un ton sec, cela ne le gêne pas. Mais pour toi, je veux une autre sorte d'homme. Un vrai chef, qui sache commander, habite une belle demeure et...

— Mais nous vivons dans une belle maison, nous aussi, maman !

Nous habitions la plus grande et la plus élégante de la rue, de pur style géorgien, avec un hall immense et des plafonds hauts de quatre mètres. Tous nos amis l'admiraient, surtout la salle à manger avec son dôme et sa colonnade. Maman l'avait fait refaire deux ans plus tôt dans le style néo-classique, après en avoir vu une pareille dans une revue d'art.

— Oui, bien sûr... Mais je voudrais te voir vivre dans une grande propriété, avec des hectares de terre, des chevaux, des piscines, une armée de serviteurs et une plage privée. Et même...

Ses yeux s'agrandirent et elle parut se perdre dans un rêve, comme si ses paroles avaient le pouvoir d'en faire surgir ce domaine prestigieux.

— Même un labyrinthe à l'anglaise, acheva-t-elle en secouant la tête, émergeant de sa rêverie.

Et, d'un mouvement fluide et plein de grâce, elle se

remit à brosser les vagues dorées de ses cheveux. Elle disait toujours que la chevelure est la parure de la femme, et qu'il convient de la brosser longuement chaque soir, au moins cent fois. Elle-même se coiffait le plus souvent les cheveux relevés ou ramenés en arrière, pour dégager son profil de médaille.

— Mes sœurs étaient terriblement jalouses de l'amour que mon père me portait, tu sais ? Il me faisait souvent de très jolis cadeaux, alors qu'à elles il n'offrait que des choses utiles, comme des nécessaires à couture et tout ça. Elles ne demandaient jamais de rubans, de boucles d'oreilles ni de peignes, d'ailleurs. Qu'en auraient-elles fait ? Elles m'ont toujours détestée parce que j'étais jolie, tu comprends ? Et elles continuent à me jalouser.

J'étais impatiente d'arriver à la partie la plus romantique de l'histoire.

— Et alors, ton père est mort et ton grand frère est parti à l'armée.

— Oui, hélas ! Et les choses ont bien changé. C'est à ce moment-là que je suis vraiment devenue la pauvre Cendrillon. Mes sœurs me faisaient faire toutes les corvées de la maison et cachaient toutes mes jolies choses. Quand je ne voulais pas obéir, elles cassaient mes peignes, enterraient mes bijoux. Elles ont jeté tous mes produits de beauté !

La voix de maman s'était chargée de haine.

— Et ta mère, alors ? Que faisait Grandma Jana ?

Je connaissais la réponse, mais je voulais l'entendre.

— Rien. Elle approuvait. Elle trouvait que mon père m'avait trop gâtée. Elle est exactement comme elles, même si elle ne le montre plus. Et ne va pas t'imaginer le contraire parce qu'elle t'a offert un camée pour ton anniversaire ! (Le regard de maman effleura le bijou posé sur ma coiffeuse.) Elle n'a absolument pas changé.

— Il est très beau, et papa dit qu'il a beaucoup de valeur.

— Oui, admit-elle d'un ton amer. Je le lui avais demandé, il y a bien longtemps, mais elle avait refusé de me le donner.

— Tu le veux, maman ?

Elle hésita un instant.

— Non, il est à toi. Elle te l'a donné. Simplement, prends-en soin... Au fait, où en étais-je ?

— Elles enterraient tes bijoux.

— Elles enterraient mes... ah oui ! Et elles déchiraient mes jolies robes, même les plus chères. Une fois, dans un accès de rage, Béatrice s'est faufilée dans ma chambre et en a lacéré une avec un couteau de cuisine.

— Quelle méchanceté !

— Bien sûr, maintenant elles nient tout cela, mais elles l'ont fait, tu peux me croire ! Elles ont même essayé de me couper les cheveux, une fois ! Elles sont entrées sans bruit dans ma chambre pendant que je dormais et elles ouvraient déjà leurs grands ciseaux, mais je me suis réveillée juste à temps et...

Maman frissonna comme si la suite était trop horrible à raconter, reprit son brossage méthodique et enchaîna :

— Ton père est venu au Texas pour affaires et maman l'a rencontré dans un dîner. Elle a toujours recherché la compagnie des gens du monde, et elle l'a invité à la maison en espérant qu'il tomberait amoureux de ta tante Peggy. Mais dès qu'il m'a vue...

Maman s'interrompit et contempla son reflet dans le miroir. Sa peau gardait la fraîcheur de la jeunesse, aucune ride ne s'y devinait encore. Son visage délicat aurait pu figurer en couverture de *Vogue* : ses traits avaient une finesse de camée. Quant à ses yeux... leur bleu radieux changeait au gré de son humeur. Quand elle était heureuse, ils brillaient comme des bougies de Noël. La colère les rendait pareils à l'eau glacée et la tristesse leur prêtait une douceur désolée, désarmante.

Comme si elle s'adressait à son image, maman reprit le fil de son récit.

— Dès qu'il m'a vue, il est tombé sous le charme de ma beauté. Naturellement, ajouta-t-elle en se tournant vers moi, tes tantes étaient folles de jalousie. Elles m'avaient obligée à m'affubler d'une affreuse vieille robe délavée qui me tombait jusqu'aux chevilles et dissimulait complètement ma silhouette. Elles m'avaient confisqué mes bijoux, ordonné de me coiffer avec un chignon et interdit de me maquiller. Je n'avais même pas eu droit à un soupçon de rouge à lèvres.

« Mais Cleave ne s'y est pas trompé : il ne m'a pas quittée des yeux de toute la soirée. Il était suspendu à mes lèvres et même si je n'ouvrais la bouche que pour lui demander le sel, il buvait mes paroles comme un philtre...

Maman soupira, et moi aussi. Quels souvenirs merveilleux... Si seulement je pouvais en avoir d'aussi romantiques à noter dans mon album !

— Es-tu tombée amoureuse instantanément, toi aussi ?

A cette question également, je connaissais la réponse. Mais je voulais l'entendre encore, pour n'inscrire que des choses absolument vraies dans mon journal.

— Pas tout de suite, mais il m'attirait et je me tournais de plus en plus souvent vers lui. Je trouvais son accent de Boston si drôle, tu comprends ? Et tout ce qu'il disait m'intriguait. Il était très distingué et on voyait tout de suite que c'était un homme d'affaires important. Il avait l'air sûr de lui, mais pas guindé, et il était si bien habillé ! Il portait une montre avec une chaîne en or, la plus longue et la plus grosse que j'aie vue de ma vie. Une montre à carillon qui jouait l'air de *Greensleeves* !

— Et il avait l'air d'un vieux loup de mer ? demandai-je en riant. (Papa m'avait toujours dit que c'était le cas.)

— Ça, je ne sais pas. Quand on vit au fin fond du Texas, on ne sait pas grand-chose des métiers de la mer. Mais il portait déjà la barbe... sauf qu'elle n'était pas grise, et nettement plus soignée que maintenant, je dois dire. Il a beaucoup parlé de ses bateaux et Grandma a trouvé cela « très intéressant ».

Maman eut une petite grimace railleuse.

— Et elle *le* trouvait très intéressant... comme parti pour Peggy !

— Et après, qu'est-il arrivé ?

— Il a voulu visiter les jardins. Et avant que maman ait pu lui proposer Peggy comme guide, il m'a demandé de l'accompagner. Si tu avais pu voir leurs têtes ! Peggy en était verte, et Béatrice grognait de rage comme un chien hargneux. Naturellement, j'ai accepté, rien que pour les ennuyer. Mais une fois dehors avec Cleave...
— Oui ?
— C'était la nuit, une belle nuit chaude du Texas. Il m'a parlé d'un ton très doux, et j'ai compris que Cleave Van Voreen était bien autre chose qu'un homme d'affaires distingué de la Nouvelle-Angleterre... bien plus. Il était riche, intelligent et même beau, dans son genre, c'est vrai. Mais il était aussi très seul, et très épris de moi. Tellement épris qu'il m'a demandé ma main dès ce premier soir. Nous nous tenions près des rosiers nains...
— Je croyais que tu étais sur la balançoire, et que cela se passait le second soir ?
— Non, c'était le premier soir, près des rosiers nains. Les étoiles... la nuit fourmillait d'étoiles. C'était comme une explosion de lumière sur nos têtes. Je retenais mon souffle.

Maman posa le bout des doigts sur sa gorge et ferma les yeux, comme oppressée par la violence des souvenirs, et je retins mon souffle, moi aussi. Elle n'avait jamais aussi bien raconté l'histoire. Ce soir, elle y mettait quelque chose de plus, pour mon anniversaire. Elle m'en faisait cadeau. Quelle gentillesse de sa part ! Quant aux détails qui changeaient de temps à autre... peut-être attendait-elle pour me les confier que je sois assez grande pour en entendre davantage ?

— Et soudain, Cleave a pris ma main et a dit : « Jillian, j'ai parcouru ce pays et bien d'autres, connu toutes sortes d'hommes et de ravissantes femmes. Des princesses hawaiiennes, des princesses russes et de grandes dames anglaises, mais aucune d'elles ne vous est comparable. Votre beauté me ravit, elle éclipse pour moi les étoiles du ciel. Jillian, je suis un homme d'action. De ceux qui, ayant enfin trouvé ce qui fait le prix de la vie, vont droit à l'essentiel et ne s'en laissent pas détourner. Je sais maintenant ce que je veux plus que tout au monde, et rien ne m'y fera renoncer. »

« Puis, Cleave a pris mon autre main entre les siennes et il a dit : " Je ne quitterai pas cette ville avant que vous soyez ma femme. "

Pendant que maman prononçait cette phrase, mes lèvres l'articulaient en silence. Je l'avais entendue si souvent ! Et chaque fois elle me faisait battre le cœur. Dire que mon père était prêt à rester dans cette ville poussiéreuse, à laisser en plan toutes ses affaires, tant qu'il n'aurait pas obtenu la main de celle qu'il aimait ! Leur histoire méritait de figurer dans un livre, et maintenant elle serait dans le mien.

— Tu penses bien, Leigh, qu'une pareille preuve d'amour m'a conquise. J'étais subjuguée. Cleave m'a demandé la permission de me faire la cour et j'ai dit oui. Puis il est rentré pour parler en privé à Grandma et lui a demandé la même chose. Elle a reçu un choc, mais je suppose qu'elle s'est consolée en pensant qu'au moins, ce beau parti entrait dans la famille.

« Après cela, Cleave est venu à la maison tous les jours pendant une semaine. Mes sœurs en crevaient d'envie, mais elles n'y pouvaient rien. Grandma aurait eu honte que Cleave me voie en haillons en train de faire toutes les corvées de ménage, aussi en ai-je été dispensée. Elles sont retombées sur mes sœurs.

« Le cinquième jour, Cleave a fait sa demande officielle. J'étais assise sur le divan du salon. Il s'est agenouillé devant moi, j'ai dit oui et nous avons quitté le Texas. Bon débarras ! Et quand ta grand-mère et tes tantes ont su à quel point j'étais riche, elles sont devenues tout sucre tout miel.

Maman acheva abruptement son récit et jeta un coup d'œil en direction de mon journal.

— Tu comptes écrire tout ça là-dedans ?
— Bien sûr, avec mes souvenirs les plus importants. Tu n'as jamais tenu de journal, toi ?
— Jamais. A quoi bon d'ailleurs ? se hâta de préciser maman en posant la main sur sa poitrine. Tous mes

souvenirs sont enfermés là. Et il y en a dont je n'ai parlé qu'à toi.

Elle ajouta ces derniers mots d'une voix sourde qui me bouleversa. J'étais donc la seule en qui elle eût pleinement confiance ?

— Je n'aurai jamais de secrets pour toi, maman !

— Je le sais, Leigh, dit-elle en me caressant les cheveux. Nous nous ressemblons trop pour nous cacher quoi que ce soit d'important, toutes les deux. Sais-tu que tu seras bientôt une femme ravissante ?

— Je voudrais devenir aussi belle que toi, mais ça m'étonnerait. Mon nez est trop long et je n'ai pas ta jolie bouche. Tu ne trouves pas que mes lèvres sont trop minces ?

— Mais non, voyons ! Tu es encore en pleine transformation, voilà tout. Contente-toi de suivre mes conseils et tu deviendras tout à fait séduisante. Promis ?

— Promis.

— Très bien.

Là-dessus, maman se tourna vers mon dernier cadeau d'anniversaire, le fameux paquet à ouvrir « entre femmes ».

— Si nous regardions ce que c'est ? Je crois que c'est le moment d'en parler.

Elle ôta elle-même le papier et ouvrit la boîte : elle contenait un soutien-gorge. Je n'en croyais pas mes yeux. Ma poitrine commençait à se développer et certaines de mes amies portaient déjà un soutien-gorge. Maman tira le mien de la boîte et le tint entre nous deux.

— Ta silhouette s'étoffe et tu viens juste d'être formée, déclara-t-elle. Il est temps d'apprendre à te conduire en femme et d'en savoir un peu plus long sur les hommes.

Je hochai la tête, osant à peine respirer. Cette conversation de grandes personnes me faisait bondir le cœur dans la poitrine.

— Tu n'en auras pas besoin tout le temps, reprit maman, seulement dans certaines occasions. Pour une réunion élégante, quand tu sortiras avec ton chevalier servant, ou quand tu porteras un de tes nouveaux chandails en cachemire.

Toujours aussi émue, je m'emparai du soutien-gorge.

— Les hommes, reprit maman, aiment qu'on se retourne sur la femme qui les accompagne. Surtout les hommes en vue...

Elle rejeta ses cheveux en arrière avec un petit rire.

— Cela les flatte, tu comprends ?
— Je crois que oui.
— Même ton père est comme ça. On pourrait croire qu'il ne pense qu'à ses bateaux, mais il adore se montrer avec moi dans un grand restaurant. Les hommes nous voient comme des ornements : ils nous exhibent.
— Mais est-ce une bonne chose, à ton avis ?
— Naturellement ! Laisse-les croire ce qu'ils veulent, tant qu'ils suent sang et eau pour te rendre heureuse. Mais ne leur laisse jamais deviner ce que tu penses vraiment. Et surtout...

Maman se retourna vers moi, les traits soudain durcis, glacés.

— ... garde tes distances avec les hommes, Leigh. Une femme ne doit jamais répondre à leurs avances, rappelle-toi bien cela. Jamais.

A nouveau, mon cœur s'emballa. Maman allait aborder les sujets les plus intimes.

— Il est naturel qu'un homme cherche à prendre certaines libertés, c'est la règle du jeu. Ils veulent prouver leur virilité. Mais si une femme leur cède, elle perd ce qu'elle a de plus précieux. Les filles bien ne cèdent jamais. Enfin... jamais avant le mariage. Promets-moi de ne pas l'oublier.

— Je te le promets, chuchotai-je.
— C'est très bien.

Le regard de maman revint vers son miroir et ses traits perdirent leur dureté glacée. Je retrouvai le ravissant visage plein de douceur qui m'était familier.

— Il dépend de toi d'obtenir ce que je n'ai jamais eu, Leigh, si tu sais t'y prendre avec ton père. M'a-t-il jamais emmenée à la Jamaïque, comme je le souhaitais ? Ou à Deauville, pour les courses ? Nous possédons des paquebots de luxe, mais ai-je un yacht pour aller sur la Riviera ? Non, mais nous avons eu droit à trois voyages à Londres, sous prétexte de joindre l'utile à l'agréable. Et moi, j'étais censée distraire les passagers, un peu comme une gérante d'hôtel ! Je voudrais avoir au moins une fois de vraies vacances, Leigh. Comment puis-je t'introduire dans la haute société, si nous n'allons jamais aux bons endroits ?

Maman se détourna de son miroir et me regarda, le visage empourpré de colère.

— N'épouse jamais un homme qui fait passer son métier avant toi, Leigh.

Je ne savais pas quoi répondre. Maman venait de m'ouvrir tant de nouveaux horizons ! C'étaient des questions qui me venaient aux lèvres. Quand les hommes commençaient-ils à vous demander ce qu'il ne fallait pas leur accorder ? A quoi ne devait-on pas céder ? Et comment reconnaître ceux à qui l'on pouvait faire confiance ?

La panique me gagnait. Je n'étais pas prête. Toutes ces choses... Maman se leva et se dirigea vers la porte.

— Je suis heureuse que nous ayons pu parler de tout cela, ma chérie, mais il est temps de songer à nous habiller. Tu sais que ton père n'aime pas attendre, cela le rend nerveux. Tout est programmé avec lui : nous devons respecter l'horaire, comme ses bateaux. Je suis sûre qu'en ce moment il fait les cent pas dans son bureau en grommelant dans sa barbe.

— Je vais me dépêcher.

— Non, prends tout ton temps. (Étrange contradiction avec les observations précédentes, mais maman ne parut pas s'en rendre compte.) Coiffe-toi avec soin, et mets-toi un peu de rouge à lèvres comme je t'ai appris à le faire. Juste une touche, aussi légère qu'un baiser... compris ?

Je hochai la tête.

— Parfait. Et n'oublie pas : mets des bas et tes nouveaux souliers à hauts talons, ceux qui sont pareils aux miens. Les talons font de jolies jambes.

Sur le pas de la porte, maman s'arrêta un instant pour ajouter :

— Ah, j'oubliais ! J'ai encore une surprise pour toi, Leigh.

— Encore ! Mais vous m'avez déjà tellement gâtée aujourd'hui, papa et toi !

— Ce n'est pas un cadeau comme les autres, cette fois. C'est un petit voyage, un endroit que je veux te faire connaître. Je t'emmène avec moi en week-end.

— Où ça ?

— Dans cette grande maison dont je t'ai parlé, tu sais bien ? Farthinggale Manor.

— Là où tu peins des fresques dans le salon de musique ?

Elle m'en avait parlé un jour, en effet, très rapidement.

Maman était illustratrice de livres pour enfants et travaillait pour Patrick et Clarissa Darrow, un couple d'éditeurs qui se trouvaient être nos amis et voisins. Elle s'était liée avec leur décoratrice, Elizabeth Deveroe, qui venait d'être engagée pour décorer une prestigieuse demeure, non loin de Boston. Un jour, maman l'y avait accompagnée et avait fait quelques suggestions, qui parurent très appréciées. Maman fut invitée à réaliser des fresques sur des thèmes de contes de fées, dans le style qu'elle employait pour les couvertures de livres.

— Oui, là-bas. Le travail est déjà très avancé, j'aimerais avoir ton avis et te faire rencontrer Tony.

— Tony ?

— M. Tatterton, le propriétaire. Je voudrais que tu voies ce domaine ! Si tu as envie de venir, bien sûr.

— Si j'en ai envie ! Je brûle de voir tes peintures, maman !

Elle me gratifia d'un sourire.

— Parfait. Et maintenant, dépêchons-nous de nous habiller avant que ton père ne creuse des ornières dans le plancher.

Je ris à l'idée que ce pauvre papa allait devoir supporter deux femmes au lieu d'une, maintenant.

27

Mais moi, je ne serais jamais cruelle avec lui, je ne pourrais pas lui cacher le fond de ma pensée. Quand donc une femme pouvait-elle avoir confiance en celui qu'elle aimait, lui ouvrir son cœur ? Ce temps ne venait-il jamais, même après le mariage ?

Je mis mon soutien-gorge, un de mes nouveaux chandails en cachemire et la jupe assortie. Puis je brossai mes cheveux en arrière, posai une touche de rouge sur mes lèvres selon les conseils de maman et chaussai mes souliers à hauts talons. Après quoi, je me campai devant mon miroir.

J'étais méconnaissable, à croire que j'avais changé pendant la nuit. Les gens qui ne me connaissaient pas ne pourraient jamais deviner mon âge. C'était très excitant, et en même temps un peu effrayant. J'avais l'air d'une jeune fille... mais saurais-je me comporter comme telle ? J'observais toujours maman en public, son aisance surprenante à changer de personnage selon les circonstances. Elle pouvait rire comme une petite folle ou arborer le port hautain et distingué d'une princesse du sang. Mais elle était toujours et partout la plus belle.

Quand elle entrait dans un salon, les hommes perdaient le fil de leur discours et leur regard se braquait sur elle. Ce serait pareil quand nous entrerions dans la salle de restaurant, et cette idée me donnait le trac. Tout le monde nous dévisagerait, les femmes comme les hommes, et je n'échapperais pas à l'inspection. Est-ce que les gens riraient de moi ? Est-ce qu'ils me verraient comme une petite fille qui essaie d'imiter sa mère ?

En descendant l'escalier, j'étais dévorée d'appréhension. Papa serait le premier à me voir ainsi habillée, lui, l'homme qui comptait le plus à mes yeux. Maman n'avait pas encore achevé sa toilette.

Papa était assis à son bureau, en train de lire un rapport. Deux ans plus tôt, maman avait redécoré la maison tout entière, sauf le cabinet de papa. C'était la seule pièce à laquelle il ne lui avait pas permis de toucher. Même pas au vieux tapis usé jusqu'à la corde qu'elle trouvait « bon à jeter ». Le bureau lui-même, couvert de griffures et d'entailles, était celui du père de papa, et pour rien au monde il ne s'en serait débarrassé. La pièce paraissait toujours encombrée, avec ses étagères surchargées de modèles de bateaux et de traités de navigation. Le reste de l'ameublement se bornait à un petit canapé de cuir brun, un vieux rocking-chair en noyer et une table ovale en bois d'érable. Et papa ne travaillait qu'à la lueur d'une lampe à huile en cuivre jaune.

Les seules œuvres d'art avaient trait à la mer. Quelques tableaux représentant des grands clippers américains et les premiers transatlantiques, et de vieilles pièces en bois d'épaves soigneusement restaurées. Derrière le bureau trônait le portrait du père de papa, que je n'avais pas connu. Il était mort deux ans avant ma naissance. Le visage sévère de Grandpa Van Voreen était creusé de rides, ses joues tannées comme du vieux cuir. Papa disait que lui-même ressemblait à sa mère, morte avant ma naissance, elle aussi. D'après ses photos, c'était une petite femme douce et effacée, de qui papa tenait sans doute sa réserve et son attachement aux traditions.

Je regardais souvent les photos de mes grands-parents paternels, y cherchant une ressemblance avec moi. Sur certains clichés, les yeux de Grandma Van Voreen me semblaient pareils aux miens, et sur d'autres tout à fait différents.

A mon entrée, papa leva les yeux et, pendant quelques instants, il ne parut pas me reconnaître. Puis il se leva en hâte, avec une expression de stupeur qui m'emplit d'angoisse.

— Comment me trouves-tu, papa ?
— Changée. Tu... tu as l'air d'une grande personne. Qu'est-ce que ta mère t'a fait ?
— Mais... est-ce que ça te plaît ?
— Oh oui ! Je ne m'étais jamais rendu compte que tu étais devenue si belle, Leigh. Je ferais bien de m'habituer à l'idée que tu n'es plus une petite fille.

Il continuait à me fixer et je me sentis rougir.

— Eh bien ! dit-il enfin en contournant son bureau pour s'approcher de moi. Je donnerai le bras à deux jolies femmes, ce soir. J'en ai de la chance !

Puis il me serra contre lui et me planta deux gros baisers sur les joues.

— Tu es sûr que je suis bien comme ça, papa ?
— Certain. Et maintenant, viens. Voyons combien d'heures il nous reste à attendre avant que ta mère ne soit prête.

Il m'entoura de son bras, m'entraîna dans le hall et nous levâmes les yeux en même temps : maman descendait l'escalier, plus jolie que jamais. Les yeux brillants, le teint lumineux, les cheveux chatoyants comme des cheveux d'ange... elle était radieuse. En arrivant sur les dernières marches, elle m'adressa un clin d'œil.

— Oh non, Cleave ! Tu as gardé ton complet de travail ? Tu aurais quand même pu te changer !
— Mais je me suis changé, Jillian !

Maman secoua la tête.

— On ne le dirait pas, tes costumes se ressemblent tous. Et Leigh, dit-elle en repoussant en arrière une mèche de mes cheveux, n'est-elle pas ravissante ?
— Absolument : éblouissante. On voit du premier coup d'œil que c'est ta fille. Cela n'a jamais été aussi évident.

Le compliment ne parut pas plaire à maman et papa s'empressa de rectifier :

— Ou plutôt non, tu parais trop jeune pour avoir une fille de cet âge : on vous prendrait pour deux sœurs.

Maman s'épanouit. Comme nous nous mettions en route, elle me chuchota :

— Tu vois comme c'est facile : ils disent et ils font tout ce qu'on veut, quand on sait s'y prendre.

L'émotion faillit me couper le souffle. Maman partageait bel et bien ses secrets de femme avec moi ! J'allais dîner dans un grand restaurant, habillée comme elle... il ne m'était jamais rien arrivé d'aussi palpitant.

Et ce n'était pas tout. Papa nous réservait encore une surprise. Pendant le dîner, il nous annonça la nouvelle. Pour relancer l'activité de la compagnie, il venait d'ouvrir une nouvelle ligne vers les Caraïbes, à commencer par la Jamaïque. Nous partions avec lui la semaine suivante pour le voyage inaugural.

Maman en resta sans voix. Elle qui, le matin même, se plaignait de ne pas connaître la Jamaïque, ce rendez-vous à la mode, ne paraissait même pas heureuse.

— Et les études de Leigh ? demanda-t-elle enfin.

— Nous emmènerons un précepteur, comme les autres fois.

Papa semblait déconcerté par ce soudain souci de mes études, et je l'étais aussi. Maman ne s'en était jamais inquiétée jusqu'ici.

— Je croyais te faire plaisir...

Pauvre papa, qui s'attendait à des démonstrations de joie ! Il avait l'air tout déconfit.

— Mais cela me fait plaisir, Cleave. Simplement... (la voix de maman se fit soudain presque agressive)... ce genre de surprise te ressemble si peu ! Laisse-moi le temps de m'y habituer.

Elle me regarda, se mit à rire et notre dîner de fête retrouva tout son entrain.

Quel bel anniversaire j'avais eu ! Et quelle chance que papa m'ait offert ce journal pour y noter ces beaux souvenirs. On aurait dit qu'il devinait que j'allais avoir des événements très spéciaux à raconter, des choses que je voudrais à tout prix sauver de l'oubli.

Aujourd'hui, je pressentais confusément ce que cela signifiait d'être une femme, de cesser d'être une petite fille. Et une interrogation douloureuse naissait au plus profond de mon cœur. Serais-je encore l'enfant gâtée de papa, sa petite princesse comblée de cadeaux ? Et si son amour pour moi allait s'affaiblir, diminuer à mesure que je grandissais ?

Je venais de me mettre au lit et d'éteindre la lumière quand maman entra dans ma chambre. Elle voulait me rappeler que nous allions à Farthinggale Manor, et je sentis combien il était important pour elle que l'endroit me plaise. Il me plaisait déjà, comment eût-il pu en être autrement ? A travers elle, je l'imaginais comme un royaume enchanté, féerique.

Un royaume dont Tony Tatterton était le roi.

2

Un royaume enchanté

J'espérais que papa viendrait avec nous voir les peintures de maman, ce samedi-là, mais ses affaires le retinrent à l'agence. En général, il y allait le samedi matin et s'arrangeait pour libérer son après-midi. Cette semaine-là, tout semblait aller mal pour lui, et son moral s'en ressentait. Il se voyait pratiquement contraint de vendre un de ses paquebots et de licencier du personnel. Les compagnies aériennes développaient leurs activités bien plus rapidement qu'il ne l'avait d'abord supposé, et sa clientèle fondait à vue d'œil. Désormais, on servait des repas à bord des avions, et même une cuisine de première qualité. Les gens s'arrachaient les places, nous apprit-il. Je n'osai pas lui dire que presque toutes mes camarades de classe rêvaient de devenir hôtesses de l'air.

Maman lui conseilla de réinvestir ses capitaux ailleurs, mais il secoua la tête et déclara que c'était impossible : il ne connaissait que la mer.

— Le capitaine coule avec son navire, observa-t-il à mon intention. Pas vrai, ma petite princesse ?

Je souffrais pour lui, mais maman ne semblait pas affectée le moins du monde. Elle estimait que la nouvelle ligne des Caraïbes sauverait la situation, et lui rappelait qu'elle lui avait souvent proposé cette solution.

— Mais comme tous les hommes, aimait-elle à me dire, il ne supporte pas qu'une femme lui donne son avis. Ce sont de grands enfants, tous autant qu'ils sont. Ils adorent se faire dorloter et n'en font jamais qu'à leur tête. Impossible de discuter, avec eux !

Je l'écoutais, sans partager tout à fait son avis. Papa n'était pas un homme buté. La seule chose qu'il n'acceptait pas, c'était de voir discuter ses décisions professionnelles à la maison... mais chacun de nous a son domaine réservé, j'imagine. Maman aussi se montrait entêtée parfois, sur toutes sortes de sujets. Et quand je le lui faisais remarquer, elle répondait que c'est le privilège des femmes. Et, ajoutait-elle, « les hommes ne nous en apprécient que plus ».

— Ne laisse jamais un homme croire que tout lui est dû, me dit-elle encore, comme nous roulions vers Farthinggale Manor.

D'habitude, quand nous sortions, nous nous faisions conduire par un chauffeur. Mais ce jour-là, maman avait préféré conduire elle-même. La journée était exceptionnellement douce et belle pour la saison. Papa disait que si l'été indien se prolongeait, nous n'aurions pas de neige avant janvier. Mais j'espérais bien qu'il neigerait à Noël. Je ne pouvais pas imaginer les chants et les cloches sans accompagnement de flocons blancs. Sans neige, Noël ne serait pas Noël. Quand je fis part de cette réflexion à maman, elle éclata de rire.

— Tony Tatterton donne une grande soirée à Noël, et s'il veut de la neige, il en aura, même s'il doit en faire déverser sur commande.

— Il doit être fabuleusement riche, alors !

— Quand tu verras Farthy, les voitures de sport, les Rolls Royce, les pur-sang, le parc, la piscine olympique... tu comprendras. Et rien ne t'étonnera plus.

— Farthy ? Qu'est-ce que c'est que ça ?

Maman rit encore, d'un curieux petit rire secret, confidentiel, comme si elle faisait allusion à une situation dont le sens échappait au commun des mortels.

— C'est le surnom que Tony donne à sa propriété. Elle s'appelle Farthinggale Manor, je te l'ai déjà dit.

— Comme dans les livres, alors ! C'est seulement dans les histoires que les maisons ont un nom.

— Là, tu te trompes. Certaines familles ont une histoire, leurs maisons aussi, et ces maisons portent un nom. Tu en verras, et j'espère que tu rencontreras plus souvent ce genre de monde, maintenant.

— As-tu toujours désiré vivre de cette façon, maman ? Même au Texas, quand tu avais mon âge ?

Je n'avais jamais souhaité ce luxe, ces fréquentations brillantes, ces réceptions grandioses. Ni vivre dans une vieille demeure qui ait un nom, comme Tara dans *Autant en emporte le vent*. Aurais-je dû le désirer ? Ou était-ce une chose qui vous arrivait en grandissant, avec la maturité ?

Maman eut à nouveau son curieux petit rire.

— Pas vraiment. Je voulais être artiste, vivre dans une mansarde à Paris, aimer un poète sans le sou et exposer mes œuvres au bord de la Seine. J'aurais passé mes nuits à la terrasse des cafés, écoutant mon amoureux lire ses poèmes à ses amis... Mais quand je parlais de ces choses à ma mère, elle riait et les tournait en dérision. A ses yeux, l'art n'est pas une affaire de femmes. Elles ne sont faites que pour le mariage et les enfants.

— Mais elle ne voyait donc pas que tu étais douée ? Elle n'était pas fière de tes peintures et de tes dessins ?

Cela m'étonnait, mais pouvais-je imaginer maman dans une mansarde, mal habillée, sans bijoux ni produits de beauté ?

— Elle ne prenait pas la peine de les regarder et m'accusait de perdre mon temps. Quant à mes sœurs, elles ne se gênaient pas pour déchirer ou détruire mon travail. Ce que j'ai pu souffrir à ton âge, Leigh ! Tu n'as pas idée.

Que votre propre mère vous ignore et vous refuse son soutien... je trouvais cela affreux. Pauvre maman ! Quelle vie elle avait eue, entre ses deux horribles sœurs et une mère qui méprisait ce qu'elle aimait le plus au monde. Et quelle solitude, avant que papa ne vienne la tirer de là ! C'est lui qui lui avait permis de cultiver ses talents, et offert tout ce qu'elle aimait et désirait.

— Mais maintenant tu es heureuse, n'est-ce pas, maman ? Tu as tout ce dont tu rêvais et tu es une artiste, non ?

Je guettais avidement sa réponse mais elle me la fit attendre. Et j'attendis.

— Je peux m'offrir beaucoup de choses, Leigh, mais j'imaginais ma vie autrement.

Elle eut un de ces lents sourires que j'adorais : ses yeux brillèrent, comme illuminés par un beau souvenir. Papa avait bien raison : les souvenirs étaient bien plus précieux que les joyaux.

— Je rêvais de grandes soirées, reprit-elle, de baptêmes de bateaux devant les caméras, de fêtes brillantes...

— Mais tu as eu tout cela, j'ai vu les photos et les coupures de journaux !

— Oui, c'est arrivé quelquefois, mais j'ai toujours dû forcer la main à ton père. Il vient d'un milieu si puritain, si austère ! Tout est toujours assez bon, pour lui. Tiens, son bureau, par exemple. Il ne veut rien y changer sous prétexte que son père s'en contentait. Celui-là, je suis sûre qu'il est mort en serrant dans son poing le premier dollar qu'il a gagné ! Franchement, Leigh... quand je reçois, je suis obligée de fermer la porte du bureau, mais ton père s'en moque bien. As-tu jamais vu quelqu'un qui fasse preuve d'une telle passion pour son travail ?

— Mais c'est pour réussir, afin de pouvoir nous rendre heureuses !

— Nous rendre heureuses, répéta maman d'un ton dubitatif. Oui, bien sûr... Ah, nous approchons ! ajouta-t-elle soudain avec une note d'excitation dans la voix. Regarde sur ta droite, Leigh, et guette une trouée dans les arbres. Le premier coup d'œil sur Farthinggale Manor mérite qu'on s'en souvienne.

Le soleil était déjà haut et quand maman tourna à droite pour s'engager dans un chemin privé, le spectacle me coupa le souffle. Un faisceau de rayons dorait l'arche d'un immense portail en fer forgé, où se détachait en lettres ouvragées le nom de FARTHINGGALE MANOR. Des lutins, des fées et des farfadets semblaient se cacher derrière le décor de feuillage, comme pour épier les arrivants. C'était tout simplement... féerique. J'eus l'impression d'entrer dans un royaume enchanté. Et bien avant d'avoir vu le manoir, je compris l'enthousiasme de maman. A Boston, nous habitions une maison élégante et spacieuse, dans un quartier résidentiel, mais Farthinggale Manor, c'était autre chose. Vivre ici, parmi les prés et les collines, à l'abri des hautes haies, c'était comme posséder un domaine à soi, un petit univers privé.

— Farthinggale Manor, chuchotai-je, émerveillée.

Ce nom possédait comme un pouvoir magique. Le prononcer, c'était un peu changer le monde autour de moi. L'herbe me paraissait plus verte et plus riche qu'ailleurs. En ville, les pelouses commençaient à se dessécher, et le long de la route j'avais vu beaucoup d'arbres déjà dépouillés par l'automne. Mais ceux de Farthy gardaient encore leur feuillage éclatant, aux tons bruns, rouges et dorés chatoyant sous le soleil. Une partie de la propriété se blottissait à l'abri des collines, protégée des rudes vents de mer. En certains endroits, pas un souffle n'agitait les feuilles : on les aurait crues peintes sur les branches.

Une armée de travailleurs s'activaient dans le parc et les prés, taillant, bêchant, roulant des brouettes chargées de terre et de pierres. D'autres, agenouillés sur le sol, se penchaient sur des fontaines jaillissantes, où trônaient des statues de divinités de l'Olympe. Devant une telle animation, il était difficile de se croire à la fin d'octobre, presque en hiver. En roulant dans la grande allée, j'eus l'impression que nous entrions dans un nouveau printemps. Comme si, remontant le temps, nous avions pénétré dans un royaume où le froid et l'hiver n'avaient pas droit de cité.

Puis je levai les yeux vers la grande maison et ce que je vis combla mon attente : j'étais bien au pays des fées. L'immense demeure de pierre grise ressemblait à un château. Le toit rouge lançait vers le ciel une forêt de tourelles, et de petits ponts reliaient entre elles certaines parties de l'ensemble qui, sans cela, eussent été inaccessibles. Je ne pus m'empêcher d'imaginer la vue que l'on avait de là-haut. Sûrement, on devait voir la mer...

Plus nous approchions, plus la bâtisse révélait ses dimensions impressionnantes. En ville, elle aurait occupé la moitié d'un pâté de maisons. Et la nôtre aurait facilement tenu à l'intérieur, jardin compris. Quand nous fûmes tout près, maman coula un regard vers moi, guettant ma réaction. Elle ne dit rien mais vint se garer devant les larges degrés de pierre, juste en face de la grande porte. Une immense porte cintrée, si massive qu'il avait dû falloir au moins dix hommes pour la mettre en place, estimai-je.

— Nous y sommes, annonça maman en coupant le contact.

Presque aussitôt, un domestique s'approcha pour lui ouvrir la portière. Un homme brun, de haute stature, qui ne devait pas avoir beaucoup plus de vingt ans. Il portait un uniforme de chauffeur et se découvrit quand nous descendîmes de voiture.

— Bonjour, Miles, dit maman d'un ton affable. Voici ma fille, Leigh.

Miles me lança un bref regard et je me dis qu'il devait être assez timide. En tout cas, il était beau, le genre de garçon avec qui une fille aimerait sortir. Un peu nerveuse, je me demandai aussitôt s'il me trouvait jolie et ne pus m'empêcher de rougir. Maman s'en aperçut-elle ? Impossible de le savoir.

— Heureux de faire votre connaissance, mademoiselle Leigh, dit Miles en m'adressant un salut de la tête.

Quel accueil cérémonieux ! Je faillis sourire mais rencontrai le regard de maman : manifestement, elle attendait autre chose de moi. J'obéis à cet ordre muet.

— Merci, Miles. Je suis tout aussi heureuse de vous connaître, croyez-le.

Il se glissa derrière le volant pour aller garer la voiture.

— Miles est le chauffeur de M. Tatterton, m'expliqua maman. Il est entré en service depuis quinze jours à peine.

Avant que nous ayons atteint la porte, celle-ci s'ouvrit devant nous, révélant la haute silhouette d'un maître d'hôtel. Je crus voir un sosie d'Abraham Lincoln. Visage sévère creusé de rides, cheveux noirs aplatis en arrière, raie au milieu... cet homme était aussi guindé qu'un entrepreneur de pompes funèbres ! Sa démarche furtive et silencieuse confirmait cette impression. Maman le salua par son nom.

— Bonjour, Curtis. Voici ma fille, Leigh.

Curtis ébaucha une courbette en baissant les yeux, comme s'il accueillait une altesse royale, et s'effaça devant nous.

— Bonjour, madame. M. Tatterton vous attend dans le salon de musique.

— Merci, laissa tomber maman.

Et quand nous traversâmes l'immense hall, elle me chuchota en pouffant :

— Il n'a même pas trente ans, mais on dirait un vieux grand-père !

Je n'avais jamais vu maman aussi surexcitée, elle se conduisait comme une fillette de mon âge. Cela me rendait nerveuse et me faisait peur, je n'aurais pas su dire pourquoi. Mais j'aurais voulu la voir se reprendre, agir comme une vraie maman. Pour oublier mon malaise, je m'obligeai à fixer mon attention sur les innombrables tableaux accrochés entre de somptueuses draperies. Portraits de famille, chevaux, marines... une véritable collection. Tout était en marbre ici, ou presque. Le sol, les murs, les tables qui s'alignaient entre de hauts bancs de bois sculpté, où il ne devait pas faire bon s'asseoir. Et le grand escalier circulaire, au moins deux fois... non, trois fois aussi long que le nôtre. Au plafond pendait un lustre impressionnant aux ampoules innombrables. Allumé, il devait briller comme un soleil. Et les tapis de Perse ! Épais, immenses, si propres et si frais qu'on osait à peine y poser le pied.

— Allons, s'impatienta maman, dépêche-toi un peu !

J'entrevis rapidement une grande salle de réception, un piano à queue, et nous nous arrêtâmes à l'entrée du salon de musique. Aussitôt, je levai les yeux vers le plafond voûté : une longue échelle et un échafaudage indiquaient l'endroit où maman travaillait encore.

Elle avait déjà peint un ciel bleu, pur et frais, traversé d'oiseaux de mer et de colombes. Au centre, un homme chevauchait un tapis volant vers une ébauche de château entouré de nuages à peine esquissés. Cette partie-là n'était pas encore peinte, mais les murs étaient achevés : j'y retrouvai les sujets favoris de maman. A commencer par la forêt, qui s'étendait sur toutes les parois, profonde et mystérieuse. Par endroits, le soleil ruisselait entre les branches et de petits sentiers sinueux menaient vers des montagnes couronnées de châteaux.

— Qu'en penses-tu ? demanda maman à mi-voix.
— Oh, maman, c'est merveilleux, fantastique ! J'adore.

Éperdue d'admiration, je tournais en rond dans la pièce, le nez en l'air, retenant mon souffle. Je n'avais pas vu l'homme assis sur le canapé, face à la porte, mais lui devait nous observer depuis longtemps. Quand je découvris sa présence, je rougis et me rapprochai vivement de maman, ce qui le fit rire. Il était jeune, avec les yeux bleus les plus étincelants que j'eusse jamais vus. Il avait d'épais cheveux bruns, des lèvres pleines au tracé sensuel et un teint hâlé de star de cinéma. Sa veste en velours aubergine et son pantalon anthracite soulignaient son élégance naturelle.

Quand il se leva, je pus voir qu'il était de haute taille, plus grand que papa. Je remarquai aussi sa carrure, la finesse de ses longues mains et, surtout, son assurance. Comment un homme aussi jeune pouvait-il afficher tant de confiance en soi ? J'étais impressionnée.

— Pardonnez-moi, commença-t-il, mais je n'ai pas pu m'empêcher de vous observer, toutes les deux. On voit bien que cette jeune personne est votre fille, Jillian.

Elle a vos yeux lumineux et votre exubérante joie de vivre... Bienvenue à Farthy.

Maman rayonnait d'aise : elle s'épanouissait sous ces compliments comme une fleur au soleil.

— Voici M. Tatterton, Leigh, dit-elle sans le quitter du regard.

M. Tatterton ? J'en restai pantoise. Pour moi, un milliardaire ne pouvait être qu'un vénérable barbon grisonnant, comme les Rockefeller de mon livre d'histoire et autres rois du pétrole. Je levai les yeux vers maman et vis que ma réaction l'amusait. Et aussi qu'elle aimait beaucoup ce M. Tatterton.

— Bonjour, monsieur Tatterton.

— Oh, je vous en prie, appelez-moi Tony. Alors, s'enquit-il en désignant du geste les murs et le plafond, que pensez-vous de l'œuvre de votre mère ?

— Je l'adore. C'est magnifique !

— Oui, approuva Tony en attachant sur moi un regard pénétrant qui me fit battre le cœur. (Je n'allais pas piquer un fard, pas maintenant ! Toute petite, déjà, la moindre émotion me changeait en pivoine.) Moi aussi je l'adore, et je serai éternellement reconnaissant à Mme Deveroe de m'avoir fait connaître votre mère. Eh bien...

Tony fit claquer ses mains l'une contre l'autre.

— Commençons par le commencement. Je suis sûr que vous aimeriez faire le tour de Farthy.

— Moi aussi ! cria une voix flûtée sur ma gauche.

Je tournai la tête et découvris un petit garçon aux yeux bruns immenses, tapi derrière le canapé. Il avait les mêmes épais cheveux noirs que Tony mais plus longs, nettement et gracieusement coupés. On aurait dit un petit prince, dans son costume marin. Tony l'interpella.

— Viens ici, Troy, que je fasse les présentations. Allons, sors de là !

L'enfant hésitait et me dévorait des yeux.

— Hello, Troy ! Mon nom est Leigh. Tu ne viens pas me serrer la main ?

Il hocha la tête et s'empressa d'obéir. Je pris la petite main qu'il me tendait d'un air anxieux.

— Voici la preuve que Troy a fort bon goût, malgré ses quatre ans, observa Tony. Troy est mon petit frère, mais on peut dire que je suis plutôt un père pour lui, depuis la mort de nos parents.

— Oh !

J'eus un regard apitoyé pour le garçonnet. Il semblait si fragile ! On aurait dit un oisillon tombé du nid, quêtant un peu de douceur maternelle. Ses yeux trahissaient son besoin de chaleur et d'amour. Il n'avait pas lâché ma main, ce qui fit sourire Tony.

— Troy, je te présente Leigh, la fille de Jillian. Leigh, voici Troy Langdon Tatterton.

— Tu aimerais nous accompagner ? demandai-je.

Il hocha la tête, me tendit les bras et je le soulevai en le serrant contre moi. Mon regard croisa celui de Tony Tatterton, qui m'observait intensément. Je commençais à me sentir mal à l'aise quand il éclata de rire.

— Un vrai bourreau des cœurs, je l'ai toujours dit ! Vous savez que c'est un succès, Leigh ? Il est beaucoup plus timide avec les gens qu'il ne connaît pas, d'habitude.

Je rougis et détournai les yeux. C'était moi, la plus intimidée. Mais le petit Troy semblait si délicat... pour rien au monde je n'aurais voulu l'effaroucher.

— Oh, il n'aura pas peur de moi ! N'est-ce pas, Troy ?

L'enfant secoua vigoureusement la tête.

— Parfait, déclara Tony, allons-y ! Nous commencerons par la maison, puis nous irons voir le parc, la piscine et les écuries. Après le déjeuner, nous irons tous ensemble faire un tour sur la plage. Mais Leigh ne pourra pas te porter tout le temps, Troy. Tu es trop grand et trop lourd, maintenant.

— Cela ira, affirmai-je. Je suis sûre que Troy demandera bientôt de lui-même à marcher... n'est-ce pas, Troy ?

Le garçonnet hocha la tête et me dévisagea avec anxiété. Devinant sa crainte d'être laissé pour compte, je m'efforçai de le rassurer.

— Troy pourra sans doute m'expliquer et me montrer beaucoup de choses... tu veux bien, Troy ? (Nouveau hochement de tête.)... Alors, en route !

Tony rit encore, et maman et lui nous précédèrent hors du salon. La visite de la grande maison commença par la salle à manger, la pièce la plus impressionnante du manoir, sans aucun doute. Avec sa table immense (je n'en avais jamais vu de pareille !), on aurait dit une salle de banquet. Ce fut là que le cuisinier fit son apparition et que Tony nous le présenta : il en était très fier. Il l'avait découvert à La Nouvelle-Orléans et l'avait ramené avec lui pour en faire son chef. Ryse Williams, un Noir au visage souriant et chaleureux, avait une façon de parler bien à lui : les mots chantaient dans sa bouche. Il nous promit « un déjeuner tellement spécial que nos estomacs lui rendraient grâce pendant une semaine ».

J'étais à bout de forces en arrivant au pied de l'escalier : il me semblait que mes bras avaient rallongé de dix centimètres. Je déposai à terre le petit Troy, qui brûlait d'impatience de me montrer sa chambre. Toutes celles du premier étage étaient en fait de vrais appartements, chacune avec son petit salon attenant. Celle de Troy était littéralement bourrée de jouets, comme un grand magasin : j'en restai bouche bée.

— Votre mère ne vous a donc rien dit de mon métier ? s'enquit Tony. (Je secouai la tête.) Vous ne saviez donc pas que vous alliez rencontrer le roi des fabricants de jouets ?

A nouveau, je secouai la tête, intriguée par les regards amusés qu'échangeaient maman et cet homme si jeune et si beau.

— Et pourquoi aurait-elle dû vous appeler ainsi ? demandai-je, tandis que Troy allait fouiller dans ses trésors pour me montrer son préféré.

— Les jouets sont la source de notre fortune, répondit Tony, qui sourit devant mon regard émerveillé. Dois-je comprendre que vous n'avez jamais eu un seul jouet Tatterton ? Pauvre petite fille ! Jillian, vous devriez avoir honte.

— Je vous en prie, protesta maman d'un ton enjoué, j'ai déjà assez de mal à obtenir que son père lui achète ce qui convient à une jeune fille !

Elle et Tony échangèrent un long regard, comme s'ils avaient déjà souvent discuté cette question, puis il se retourna vers moi.

— Nos jouets sont tout à fait différents des autres, Leigh. Ce ne sont pas de vulgaires articles en plastique. Nos modèles sont destinés aux collectionneurs, aux gens riches qui n'arrivent pas à grandir et à oublier leur enfance ; et à ceux qui ne trouvaient rien sous leur sapin de Noël et n'ont jamais reçu de cadeaux d'anniversaire.

Il s'interrompit et désigna du doigt le coin le plus éloigné de la chambre.

— Vous voyez ce château entouré de ses douves ? C'est l'œuvre d'un de nos artisans. En y regardant de plus près, vous verrez mieux tous les détails. Chaque pièce est unique, c'est ce qui en fait le prix. Ceux qui peuvent se permettre de les acheter s'offrent un royaume personnel, pour ainsi dire.

Je m'approchai du château pour l'examiner et m'écriai :

— Il y a même des personnages minuscules ! Des paysans, des serviteurs, des seigneurs et des dames... Tous vos jouets sont-ils aussi parfaits ?

— Bien sûr, affirma Tony en me rejoignant, sans quoi j'interdirais leur mise en vente.

Sa manche frôla la mienne et je perçus un parfum délicat d'eau de toilette.

— Et nous fabriquons aussi des jeux, m'informa-t-il. Mais des jeux très difficiles, qui tiennent l'esprit en éveil pendant des heures, même pour un joueur exercé.

Il regarda maman, et une fois de plus ils échangèrent un sourire complice.

— Les gens riches s'ennuient souvent et, pour tromper leur ennui, se mettent à collectionner les antiquités... ou mes jouets. Certains sont si fortunés qu'ils n'ont pas le temps de dépenser leur argent. Je leur fournis un nouveau moyen de le faire, en leur offrant quelque chose à désirer. Si vous venez avec moi dans un de nos magasins, vous vous croirez au Pays des merveilles. A ceux qui souhaitent vivre dans une autre époque, nous offrons le passé ou le futur, au choix. C'est le passé qu'ils préfèrent, en général... sans doute parce qu'ils ont peur de l'avenir, conclut Tony d'un ton sagace.

Je le dévisageai avec étonnement. Il parlait de ses clients avec une sorte de pitié condescendante, presque méprisante. Pourtant c'était leur argent qui lui permettait d'entretenir cette fabuleuse propriété !

— Regarde, dit le petit Troy en tirant sur ma jupe.

Je baissai les yeux et vis qu'il serrait dans ses bras une voiture de pompiers presque aussi grosse que lui. Toutes les pièces fonctionnaient, certaines étaient même amovibles. Et les petits pompiers étaient modelés avec une telle perfection qu'on distinguait l'expression de chacun d'eux. Troy pressa un bouton, déclenchant la sirène.

— C'est superbe, Troy. Tu dois bien t'amuser avec ça.

— Tu veux jouer ?

— Pas maintenant, Troy, intervint Tony. Nous emmenons Leigh faire un tour, tu te souviens ?

Devant la mine désolée de l'enfant, je m'empressai d'ajouter :

— Nous jouerons plus tard, je te le promets. Ça te va ?

Il acquiesça d'un signe, tout ragaillardi, et la visite se poursuivit. Chaque appartement me semblait plus vaste et plus beau que le précédent. Le mobilier des salons datait du XIXe siècle, et il était si bien restauré qu'on l'eût cru neuf. Les œuvres d'art abondaient. Quant aux salles de bains... elles rutilaient. Installations de cuivre doré, baignoires larges comme des piscines, et des miroirs partout, comme dans les chambres. Les pièces, déjà spacieuses, s'en trouvaient encore agrandies.

Nous suivîmes Tony Tatterton et maman dans le parc, à quelques pas derrière eux. Ils parlaient entre eux, trop bas pour que je puisse comprendre leurs paroles, mais je n'aurais rien entendu de toute façon, à cause de Troy. La main dans la mienne, il débitait un étonnant commentaire sur tout ce que nous voyions : jardins, piscine, pavillon de bain... Une fois mis en confiance, il laissait paraître une précocité vraiment surprenante.

— Boris, le jardinier en chef, va planter des petits arbres par là, m'annonça-t-il en désignant deux hommes en plein travail. Les fleurs sont mortes, mais, après l'hiver, il y en aura encore plus qu'avant. Boris va en semer des nouvelles, des tas d'autres espèces... C'est aussi lui qui s'occupe du labyrinthe, acheva Troy, visiblement impressionné.

— Le labyrinthe ?

Troy tendit la main vers la droite, et je le vis : une forteresse de haies, hautes d'au moins trois mètres cinquante.

— Jusqu'où s'étend-il ?

— Jusqu'au bout par là, dit Troy en m'indiquant la direction du geste, et en profondeur jusqu'au petit cottage.

— Le petit cottage ?

Il opina du menton, lâcha ma main et courut secouer les basques de Tony en chantonnant :

— Leigh veut aller dans le labyrinthe ! Leigh veut aller dans le labyrinthe !

Maman et Tony se retournèrent.

— C'est vrai ? s'informa-t-il.

— Je n'ai pas dit ça, il veut vous taquiner... mais cela pourrait être amusant.

— Soyez prudente, alors. On peut s'y perdre, c'est déjà arrivé.

— Il est vraiment si grand que ça ?

— Oh oui. Je ne l'ai jamais mesuré, mais Boris, mon jardinier en chef, prétend qu'il couvre au moins un demi-hectare sinon plus.

— Laisse-nous y aller, Tony, implora l'enfant. Laisse-nous aller dans le labyrinthe !

— Plus tard, nous verrons, Troy. Il faut d'abord montrer à Leigh la piscine et les écuries, et l'emmener faire un tour sur la plage. C'est beaucoup pour une seule journée, ajouta Tony à mon intention. Je crains que vous ne soyez obligée de revenir souvent, sinon Troy sera trop déçu.

Je regardai maman, qui souriait d'un air énigmatique.

— La semaine prochaine, peut-être ? suggéra Tony.
— Oh oui, supplia Troy. S'il vous plaît, s'il vous plaît !
— Je... je comptais m'absenter, mais dès notre retour...

Tony se retourna brusquement vers maman.

— Vous absenter ? Vous ne m'aviez parlé d'aucun voyage !
— Je n'étais pas au courant jusqu'à hier soir, expliqua maman, d'un ton fâché qui me surprit. (Elle qui avait tant souhaité cette croisière !) Nous en reparlerons plus tard, dit-elle à voix basse à Tony.

Ils s'éloignèrent et je ne pus saisir la suite de leur conversation, mais je devinai en voyant leurs gestes qu'elle était des plus animées. Tony devait être ennuyé qu'elle laisse son travail inachevé, supposai-je. Le petit Troy reprit ses jérémiades au sujet du labyrinthe et je finis par capituler.

— Bon, nous y ferons un petit tour dès que nous aurons vu la piscine, d'accord ?

Il reprit ma main et leva vers moi des yeux ravis.

— D'accord.
— Tu sais que tu es un grand petit séducteur, Troy Langdon Tatterton ?

Il haussa les épaules d'un air entendu et j'éclatai de rire. On aurait juré qu'il avait compris.

Tout au long des allées, je ne cessai de m'émerveiller. Farthinggale était si beau, si vaste, si plein de charme... et tout cela pour un célibataire et son petit frère en bas âge ! Malgré cette armée de serviteurs et d'employés, ils devaient s'y sentir bien seuls. Pauvre petit Troy, orphelin à quatre ans ! Je frissonnai à la pensée de perdre mes parents tant aimés. Maman laissait souvent entendre que l'argent fait le bonheur, mais Troy n'était certainement pas de cet avis. S'il avait pu choisir, il aurait préféré ses parents à tous les trésors de la terre, j'en étais sûre.

La piscine olympique venait d'être vidée et Tony permit à l'enfant d'y descendre. Il trouvait très amusant d'aller dans le grand bain, où peu de temps avant l'eau montait si haut.

— Ce petit chenapan sait nager, me glissa Tony à l'oreille. Depuis l'âge de dix-huit mois.

— Pas possible !

— Viens, Leigh, viens vite ! L'eau est délicieuse !

Ravi de sa plaisanterie, Troy m'appelait en gesticulant.

— Elle est trop froide pour nager ! lui criai-je.

Il redevint instantanément sérieux et balaya l'espace d'un grand geste des bras, comme s'il avait affaire à une demeurée.

— Je plaisantais, voyons ! Il n'y a pas d'eau !

J'éclatai de rire, imitée par Tony et maman.

— Bon, d'accord... alors je plonge.

Je le rejoignis dans la piscine et il m'entraîna à l'extrémité la plus profonde du bassin.

— Regarde, je peux nager de là jusque-là, annonça-t-il en me désignant le bord opposé.

Nous fîmes un aller et retour de brasse fictive, au cours duquel je m'aperçus que Tony et maman n'étaient plus en vue. Ce fut en remontant que nous les découvrîmes en grande conversation du côté du pavillon de bain, très près l'un de l'autre. J'eus l'impression que Tony était très fâché. Quand maman nous vit remonter, elle lui posa la main sur le bras pour l'avertir et appela :

— Viens voir, Leigh, il y a même une estrade pour orchestre : on peut se baigner en musique !

— C'est vrai, confirma Tony. Nous donnons de magnifiques soirées tout l'été, avec buffet, danse et bain de minuit. Vous êtes-vous déjà baignée à la belle étoile ? me demanda-t-il en pointant le doigt vers un imaginaire ciel étoilé.

Je secouai la tête, admirant ces merveilles en pensée, et sentis Troy me tirer le bras. Ses yeux m'imploraient.

— Tony, quand nous irons aux écuries, me permettrez-vous de faire quelques pas dans le labyrinthe avec Troy ?

Tony se tourna vers l'enfant.

— Entendu, emmène Leigh. Mais n'allez pas plus loin que le premier tournant, ajouta-t-il à mon adresse.

— Il ne va pas nous engloutir, tout de même !

Les yeux bleus de Tony se rétrécirent.

— Ce n'est pas impossible, déclara-t-il gravement.

Impressionnée, je fis signe que j'avais compris.

— C'est bon, Troy, allons-y. Mais ne lâche pas ma main et ne te sauve pas, c'est promis ?

Il hocha énergiquement la tête et je me tournai vers maman.

— Tu nous accompagnes ?

— Allez-y tous les deux, nous vous attendrons.

Main dans la main, Troy et moi prîmes le chemin du labyrinthe. Il y entra d'un pas lent et grave qui me révéla son attrait pour ce lieu : je lus une sorte de crainte respectueuse sur son visage. Ses petits doigts étreignirent plus fortement les miens, et pendant un instant j'eus le sentiment d'entrer dans une église. Même le gazouillis des oiseaux du jardin n'y parvenait qu'assourdi. Et les cris plaintifs des mouettes qui le survolaient semblaient affaiblis, lointains. Les haies montaient si haut qu'elles interceptaient les rayons du soleil et barraient le chemin de longues ombres noires. Pourtant, je trouvai ce refuge serein, d'une beauté tranquille et mystérieuse. Au premier tournant, le sentier bifurquait, tendant un piège au promeneur. Selon son choix, il arriverait à destination ou risquerait de tourner en rond, interminablement. C'était comme un défi, qui piquait ma curiosité et faisait naître en moi une sorte d'excitation. Voilà sans doute ce que voulait dire Tony, en affirmant que le labyrinthe pouvait vous engloutir. Il vous tentait, vous attirait, vous invitait à percer son secret. Je me promis d'y revenir un jour pour tenter l'aventure.

— Es-tu déjà allé plus loin à l'intérieur, Troy ?
— Bien sûr. Tony m'emmène quelquefois au cottage, il y va tout droit, comme ça !

Paume tendue, Troy décrivit du tranchant de la main une trajectoire en éclair et me regarda, les yeux brillants.

— Tu veux essayer ?
— Petit démon ! N'as-tu pas entendu ce qu'a dit ton frère ? Rentrons, maintenant, je voudrais voir les chevaux.

Il eut un sourire condescendant bien au-dessus de son âge, puis changea instantanément d'humeur et m'entraîna précipitamment vers notre point de départ.

— Viens, je te montrerai Sniff, mon poney, et tu pourras le monter. D'accord ?
— Sniff ? m'esclaffai-je. Drôle de nom !

Je suivis Troy à l'extérieur, et mon rire s'évanouit derrière moi dans l'épaisseur du labyrinthe.

Maman et Tony s'étaient un peu éloignés et poursuivaient leur dialogue animé. Je vis maman pencher la tête en arrière et sourire avec une grâce provocante d'une repartie de Tony. Cela me fit mal, mon estomac se crispa et je m'efforçai de me convaincre que j'avais tout simplement faim. Mais, si une part de moi-même subissait le charme de ce royaume enchanté, l'autre mourait d'envie de s'échapper, de fuir une mystérieuse malédiction.

— Tony, Tony ! hurla Troy en lâchant ma main pour courir au-devant d'eux, Leigh voudrait monter Sniff ! Elle peut ?

J'esquissai un geste de protestation et Tony demanda :

— C'est Leigh qui veut monter Sniff, ou toi qui voudrais qu'elle le monte ? (Troy haussa les épaules, ignorant la nuance.) Écoute, tu sais que cela prend du temps de seller un cheval. Il faut d'abord prévenir

Curly, et d'ailleurs Leigh n'est pas habillée pour cela, tu le vois bien !

Je portais un de mes nouveaux chandails, mais pas la jupe assortie. J'en avais choisi une plus évasée.

— Je savais que j'oubliais quelque chose pour son anniversaire ! s'écria maman en faisant claquer ses doigts. Je voulais lui acheter une tenue d'équitation.

— Son anniversaire ? répéta Tony. Mais oui, c'était hier !

Il adressa un clin d'œil à maman et s'avança vers moi.

— Je me disais bien que j'avais une raison de me promener avec ça !

Il tira une petite boîte de la poche de sa veste et me la tendit. Elle était enveloppée de papier doré, et fermée par un nœud de ruban noir.

— Qu'est-ce que c'est ?

— Un cadeau d'anniversaire, apparemment, dit maman d'un ton hargneux. Prends-le et dis merci.

— Mais...

Je pris lentement la boîte, tandis que Troy trépignait :

— Qu'est-ce que c'est ? Qu'est-ce que c'est ?

Je dénouai le ruban, ôtai le papier, ouvris la boîte... et vis apparaître une chaîne d'or et un pendentif. En or lui aussi, il représentait un paquebot avec deux cheminées, ornées chacune à leur extrémité d'un minuscule diamant.

— Oh, regarde ! m'exclamai-je en le montrant à maman.

Elle secoua la tête et sourit :

— Magnifique.

— Moi aussi je veux voir ! cria le petit Troy.

Je m'agenouillai pour lui présenter mon cadeau, mais son intérêt ne dura guère.

— Il ne peut pas flotter, ce bateau !

— Il n'est pas censé flotter, Troy, expliquai-je en lui reprenant le bijou. Cela se porte autour du cou.

— Regardez derrière le pendentif, dit Tony.

Je le retournai et lus : « Princesse Leigh. » Maman ne semblait plus du tout fâchée.

— C'est superbe, Tony. Si seulement son père pouvait lui offrir ce genre de cadeaux, au lieu de ses stupides modèles réduits de bateaux !

— Les pères sont toujours les derniers à voir que leurs filles ont grandi.

Je levai furtivement les yeux vers Tony et rencontrai son regard bleu, intense et pénétrant. Je me sentis plus vieille, tout à coup, mon cœur se mit à battre plus fort et le rouge me monta aux joues. Je baissai les yeux aussi vite que je les avais levés.

— J'espère qu'il vous plaît, au moins ?
— Oh, je l'adore ! Merci, merci beaucoup.

Je consultai maman du regard et devinai ce qu'elle attendait de moi : que j'embrasse Tony. Cadeau ou pas, cela me semblait bizarre d'embrasser un homme que je connaissais à peine. Mais puisque maman semblait y tenir...

Tony devança mon geste et se pencha pour me tendre la joue. Je lui donnai un baiser furtif, en fermant les yeux, et respirai l'arôme léger de son eau de toilette. C'était le premier homme que j'embrassais de ma vie, excepté papa. Il m'était impossible de contrôler les battements fous de mon cœur, je me sentais toute drôle. Je fis des vœux pour qu'il n'ait rien remarqué et chuchotai :

— Merci.

— Laissez-moi vous l'attacher, dit-il en me prenant le bijou des mains... (Elles tremblaient. Il ouvrit la chaîne, me la passa au cou et je sentis son souffle chaud sur ma nuque pendant qu'il examinait le fermoir.) Ces anneaux sont si minuscules... ah, ça y est !

Il recula, rejoignit maman et tous deux observèrent quel effet le bijou faisait sur moi : il tombait exactement entre mes seins. Maman détourna les yeux, l'air un peu triste tout à coup, presque comme si elle était jalouse.

— Parfait ! dit Tony en tapant dans ses mains. Et maintenant, si nous allions jeter un coup d'œil aux chevaux ? Et quand vous aurez votre tenue, Leigh, nous verrons ce que vous savez faire !

Quand nous arrivâmes aux écuries, les cris de Troy firent promptement surgir le dénommé Curly, un petit Écossais râblé d'environ cinquante ans, estimai-je. Il était roux, tout frisé, avec des joues pleines et si rouges qu'il me fit penser à un clown.

— Une visite pour Sniff, je parie ! dit-il en nous précédant vers une stalle.

Il ouvrit la porte et j'aperçus un poney Shetland à robe noir et blanc, une ravissante petite jument. J'en tombai instantanément amoureuse. Troy lui offrit du fourrage qu'elle happa goulûment et mâchonna sans me quitter des yeux.

— Vous pouvez la caresser si vous voulez, mademoiselle.

Je ne me le fis pas dire deux fois. Tout en flattant l'encolure de Sniff, je rêvais aux merveilles de Farthinggale Manor. Ce domaine superbe, la piscine, le pavillon de bain et son estrade, le labyrinthe... et maintenant, les écuries ! Je commençais à comprendre le charme que ce lieu exerçait sur maman. Peut-être espérait-elle décider papa à quitter la ville pour acheter une grande propriété, comme celle-ci ? La voix de Troy me ramena sur terre.

— Est-ce que tu reviendras demain pour monter Sniff, dis ? Tu viendras ?

— Peut-être pas demain, Troy, mais sûrement bientôt.

Sa déception me serra le cœur. Il avait tellement besoin de douceur et d'amour. Tony était certainement le meilleur des frères, mais c'est une présence féminine qui lui manquait. Une mère. J'aurais voulu pouvoir l'emmener chez nous, j'avais toujours désiré un petit frère.

Maman et Tony tardaient à nous rejoindre. Je commençais à me demander si nous ne ferions pas mieux d'aller à leur rencontre quand ils arrivèrent, enfin. Tony annonça d'emblée qu'il était temps de songer au déjeuner. Maman avait décidé de consacrer deux heures à ses fresques, après le repas, aussi Tony proposa-t-il de nous emmener à la plage sans elle. Je ne pus cacher ma déception. J'aurais tant voulu la regarder travailler !

— Je vous montrerai mes coins favoris, promit Tony. J'adore la mer, elle est mystérieuse, magique. Et... (je vis soudain ses traits s'assombrir) ... elle change chaque jour.

— Mon père l'aime, lui aussi.

— J'en suis certain. Mais je suis heureux de ne pas dépendre d'elle, comme lui. Elle est si capricieuse... exactement comme une femme.

Maman éclata d'un rire léger, ce qui m'étonna beaucoup. Elle se serait fâchée si papa avait parlé ainsi, mais Tony Tatterton pouvait tout dire, lui. Elle prenait tout du bon côté. Je le vis sourire, bien que son regard ne changeât pas d'expression, et il poursuivit d'un ton grave :

— Belle, toute-puissante et infidèle, mais aucune femme ne l'égale en beauté... sauf votre mère, naturellement, acheva-t-il en attachant sur maman un regard appuyé.

Je me tournai vers elle pour voir sa réaction, mais ce ne fut pas celle que j'attendais. Loin d'être gênée, elle paraissait rayonner de fierté. J'en restai toute songeuse. Elle, une femme mariée, n'aurait-elle pas dû rougir de pareils compliments ? Décidément, grandir était bien compliqué ! Pour un peu, j'aurais souhaité redevenir une petite fille.

Mais je savais bien que c'était impossible : nous ne sommes pas maîtres du destin.

Et le temps ne revient jamais en arrière.

3

Bon voyage !

Le déjeuner fut aussi délicieux que l'avait annoncé Ryse Williams, et servi en grande cérémonie. Des serviteurs que nous n'avions pas encore vus surgirent comme par enchantement : une femme de chambre et deux serveurs, comme dans les grands restaurants. Tony avait bien fait les choses ; le magnifique service de porcelaine venait, nous apprit-il, de ses grands-parents : c'était un trésor de famille.

Nous prîmes place à l'un des bouts de la table, Troy et moi à la gauche de Tony, maman à sa droite. Chaque couvert comportait un verre à vin, même celui de Troy. Tony nous adressa un clin d'œil en y versant quelques gouttes, et Troy affecta avec un grand sérieux de trouver cela tout naturel. Soucieux d'imiter son frère en tout point, il déplia sa serviette, la posa soigneusement sur ses genoux et redressa le dos, raide comme la justice.

On servit comme entrée une coupe de fruits découpés avec art, puis une salade composée. Elle contenait des ingrédients qui m'étaient totalement inconnus, et même des pétales de fleurs, me sembla-t-il. En tout cas, elle était délicieuse. Le plat principal fut typiquement cajun * : du riz brun aux crevettes. Un peu épicé mais... fabuleux. Et Ryse Williams apporta lui-même le dessert : des pêches Melba. J'avais si bien mangé que j'attendais avec impatience la promenade sur la plage.

— Pourquoi ne pas partir en avant avec Troy ? suggéra Tony. Je vous rejoindrai plus tard. Votre mère et moi avons quelques détails à discuter, au sujet des fresques.

Troy bondit instantanément sur ses pieds.
— Allons-y Leigh !

Je me tournai vers maman. Coudes sur la table, mains réunies sous le menton, elle avait posé deux doigts sur ses lèvres mais ses yeux souriaient. Dans ce décor de rêve, elle avait plus que jamais l'air d'une princesse lointaine.

Elle annonça tranquillement :
— Il faut que j'aille mettre ma blouse, maintenant.

Je suivis Troy au-dehors et le vis disparaître derrière un buisson.
— Hé, où vas-tu comme ça ?

Il réapparut en exhibant une petite pelle et un seau.
— Je les avais laissés là hier, en travaillant avec Boris. Nous en aurons besoin sur la plage.
— Ah oui, bien sûr.
— Alors en route, Tony nous rattrapera.
— Je crois qu'il vaudrait mieux l'attendre.
— Mais je ne fais que ça, cria Troy en tapant du pied. Attendre, attendre, toujours attendre.

Il se laissa tomber dans l'herbe et croisa les bras, l'air boudeur. J'affichai aussitôt un sourire confiant :
— Il ne va pas tarder, j'en suis sûre.
— Non, il ne viendra pas si ta maman peint.

Curieuse remarque, méditai-je, surtout de sa part. Tony n'allait sûrement pas rester planté derrière maman, il avait autre chose à faire. Et elle détestait qu'on l'observe pendant qu'elle travaillait.

Soudain, Troy me lança un regard soupçonneux.

* Les Cajuns sont les habitants de Louisiane qui se disent de descendance française. D'où le renom de leur cuisine. (N.d.T.)

— Où est ton père, d'abord ? Il est allé au ciel avec les anges, lui aussi ?

— Non, il travaille. Je voulais qu'il vienne avec nous mais il ne pouvait pas.

Troy continuait à m'observer avec curiosité, puis son regard dévia vers la maison. Ses yeux se rétrécirent et il se releva d'un bond. Tony se tenait sur le perron.

— Hello ! appela-t-il en dévalant les marches, nous pouvons y aller. Croyez-vous que vous aimerez l'océan, Leigh ?

Troy était déjà en route, et nous lui emboîtâmes le pas.

— Je vais souvent voir mon père dans ses bureaux, sur le port. Et j'ai déjà fait plusieurs traversées, vous savez.

L'absence de maman me rendait nerveuse, j'étais sur le qui-vive. Et si j'allais commettre un impair, dire étourdiment ce qu'il ne fallait pas dire ? Tony, par contre, était si maître de lui... Avec une pareille fortune, et à la tête d'une affaire si importante, il devait avoir une grande expérience du monde, me disais-je. Moi qui avais voyagé plus que la plupart de mes amies, j'étais loin d'éprouver une telle confiance en moi.

— Naturellement ! s'exclama-t-il. Quelle question stupide ! En fait, je voulais surtout savoir si vous alliez au bord de la mer, l'été ?

— Pas tellement, maman n'aime pas la plage, elle ne supporte pas le sable. Mais une de mes amies a une piscine.

— Ah !

Troy trottait devant nous, balançant vigoureusement sa pelle et son seau. Je ne pus m'empêcher d'observer :

— Il est vraiment adorable.

— Oui, constata tristement Tony, pauvre petit bonhomme. Il était plutôt chétif, en venant au monde. Nous avons même cru un moment que... qu'il ne pourrait pas s'en tirer.

— Oh ! Qu'est-il arrivé à...

— A mes parents ?

Je hochai la tête en silence.

— Notre mère est morte quand il avait dix-huit mois, d'une maladie du sang assez rare. Et mon père a succombé à une attaque, il y aura un an le mois prochain. C'est arrivé dans le labyrinthe.

— Le labyrinthe !

Le regard de Tony se durcit.

— Oui, et malheureusement, Troy était avec lui.

— Oh non !

— Ils voulaient traverser pour aller au petit cottage, de l'autre côté. Personne n'y habite plus, maintenant, mais il est si curieux que nous continuons à l'entretenir. Pour Troy, c'est un endroit magique, comme dans ses contes préférés. Croirez-vous qu'il savait lire à deux ans et demi ? C'est sa gouvernante qui lui a appris, Mme Habersham, une Anglaise de Londres. Une adorable vieille dame qui a dépensé des trésors de patience pour l'instruire. Il est très intelligent et très précoce.

— Je sais, mais cela a dû être affreux pour lui de se trouver là en un moment pareil ! Comment a-t-il réagi ?

— Si étrange que cela paraisse, il ne s'est pas affolé. Un autre enfant se serait assis par terre et aurait hurlé jusqu'à ce qu'on vienne, mais pas lui. Il a tout de suite compris qu'il se passait quelque chose de très grave et a retrouvé tout seul son chemin, très vite. J'entends encore ses cris quand il a couru vers le perron pour nous prévenir. Nous nous sommes précipités pour secourir mon père, mais il était trop tard.

— Je suis désolée... C'est terrible.

A nouveau, j'imaginai ce que je ressentirais si pareil malheur m'arrivait. Ce serait affreux, même si j'avais l'âge de comprendre.

— Cela a été très dur pour Troy, naturellement. Aucune gouvernante ne peut remplacer une mère. Et quoi que je fasse, je ne serai jamais un père pour lui. Je n'ai pas assez de temps à lui consacrer, et ne suis jamais libre au bon moment.

— Avez-vous toujours Mme Habersham ?

— Non, elle est tombée malade et a dû rentrer en Angleterre. Pour l'instant, Mme Hastings lui sert de gouvernante et de bonne d'enfants... Ah, nous arrivons.

Plus que cette colline et nous y sommes. Troy est déjà sur la plage.

Nous atteignîmes le haut de la pente, et je retins mon souffle : immense, infini, l'Atlantique s'ouvrait jusqu'à l'horizon. A droite et à gauche, la plage s'étirait à perte de vue. Troy était déjà en train de creuser un trou dans le sable.

— C'est votre plage privée ? m'écriai-je, médusée.
— Oui. Et par là (Tony tendit le bras vers la droite), il y a une crique, un petit coin tranquille où je viens souvent quand j'ai envie d'être seul.
— C'est merveilleux !

A nouveau, je rencontrai le regard pénétrant de Tony.
— L'endroit vous plaît, Leigh ?
— Énormément.
— Tant mieux.

Un sourire dansait dans ses yeux bleus, toujours fixés sur moi avec une intensité troublante. J'avais le sentiment qu'il voyait en moi. Quel âge pouvait-il avoir ? Il passait brusquement de la gravité d'un homme plein d'expérience à l'insouciance juvénile d'un collégien. A nouveau, son regard dériva vers l'océan et il dit comme s'il pensait tout haut :

— Cet endroit est vraiment merveilleux. A l'âge de sept ans, on m'a envoyé à Eton. Mon père estimait que la discipline y était plus ferme que chez nous. Il avait raison, mais là-bas je passais mon temps à rêver de Farthy.

Il ferma les yeux et ajouta à mi-voix :
— Le mal du pays me tourmentait sans cesse. Alors je fermais les yeux et j'imaginais que je respirais la balsamine, l'odeur des pins et surtout... les embruns salés de la mer. Puis je me réveillais à la réalité, malade de nostalgie. Je voulais sentir sur mon visage l'air humide et frais du matin, je voulais ma maison, mon royaume, et ce désir me torturait.

Je l'écoutais, retenant mon souffle. Je n'avais jamais entendu quelqu'un parler de sa maison avec un tel romantisme, une telle passion. Ses paroles me faisaient courir des frissons dans le dos... Et tout à coup, comme si quelqu'un l'avait giflé, il ouvrit les yeux.

— Mais c'est une énorme responsabilité de diriger un domaine pareil et une affaire qui monte en flèche, ajouta-t-il. Sans oublier la charge que représente l'éducation d'un enfant en bas âge.

— Surtout quand on est si jeune ! m'écriai-je impulsivement.

Tony éclata de rire.

— Quel âge me donnez-vous ?
— Je ne sais pas... vingt ans ?
— Vingt-trois.

Vingt-trois ans... maman en avait presque le double et paraissait aussi jeune que lui, ou presque.

— Venez, allons nous promener le long de la mer en écoutant le bruit du ressac. Il ne faut pas rentrer trop tôt et déranger l'artiste... Les artistes sont si jaloux de leur tranquillité, acheva-t-il en riant.

La promenade m'enchanta. Tony me parla de ses projets pour étendre ses affaires et me posa toutes sortes de questions sur mes études et ma vie à Boston. Puis j'allai ramasser des coquillages avec Troy, tandis que Tony s'étendait sur le sable, les mains sous la tête et les yeux clos. Quand nous revînmes à la maison, maman avait déjà rangé son matériel et s'était changée. Le château était presque terminé.

— Plus qu'un jour ou deux et j'en aurai fini, annonça-t-elle. Maintenant, il est temps de rentrer. J'aimerais être à la maison avant la nuit.

Troy baissa le menton, tout déçu, et Tony le raisonna.

— Leigh reviendra un autre jour, et on ne se conduit pas ainsi devant ses hôtes. (L'enfant leva sur moi des yeux embués de larmes.) Maintenant, remercie nos invitées de leur visite et souhaite-leur bonne route.

— Merci et bon retour, récita docilement le garçonnet.

Je le remerciai à mon tour, et Tony nous laissa pour aller demander à Miles de sortir la voiture.

— Tu viens nous dire au revoir dehors ? demandai-je à Troy.

Il acquiesça d'un signe et je l'emmenai par la main. Avant de monter en voiture, je m'agenouillai devant lui et l'embrassai sur la joue. Il toucha l'endroit où mes lèvres s'étaient posées, réfléchit un instant et me rendit la pareille. Puis, tournant brusquement les talons, il escalada les marches du perron : Curtis n'eut que le temps d'ouvrir la porte. Mais Troy hésita sur le seuil et se retourna, tout pensif.

Tony et maman bavardaient tranquillement. Ils échangèrent encore quelques mots, puis maman se glissa derrière le volant.

— Au revoir, Leigh, me dit Tony en attachant sur moi ce regard qui semblait déchiffrer mes plus secrètes pensées. J'espère que vous avez aimé Farthy et que vous y reviendrez bientôt.

Je détournai les yeux, souhaitant que maman ne juge pas cela grossier, et soulevai mon pendentif entre deux doigts.

— Au revoir, et merci pour ce merveilleux cadeau.
— J'ai été très heureux de vous l'offrir.

Quand maman démarra, je me retournai : Troy était toujours debout devant la porte d'entrée, agitant sa petite main. J'en eus les larmes aux yeux.

Nous parcourûmes la longue allée pour franchir bientôt le grand portail en sens inverse. Et j'eus le sentiment de quitter un royaume enchanté, plein de merveilles mais aussi de mystères et de tristesse. Je ne m'étais donc pas trompée : c'était tout à fait comme dans les contes de fées.

— Tony est vraiment un garçon merveilleux, tu ne trouves pas ? observa maman un peu plus tard. Quelle délicatesse de t'avoir offert un si précieux cadeau ! J'avais mentionné ton anniversaire en passant, juste une fois, mais j'étais loin de me douter qu'il s'en souviendrait. Et encore moins qu'il t'offrirait quelque chose.

— C'est très gentil, commentai-je simplement.

Je trouvais plutôt curieux qu'un inconnu, fût-il milliardaire, me fît un présent si coûteux, mais je gardai mon opinion pour moi. Maman avait l'air si contente ! Elle rayonnait.

— T'es-tu bien amusée à Farthy, Leigh ? N'est-ce pas aussi beau que je te l'avais dit ?

— Si. Et Troy est si mignon ! Ce n'est pas ton avis ?

— Il est adorable, mais Tony le gâte trop. Il s'en mordra les doigts, plus tard.

La dureté soudaine de sa voix m'emplit d'étonnement.

— Mais c'est affreux d'être orphelin si jeune ! C'est pour ça que Tony agit ainsi, tu ne crois pas ?

La réponse que j'attendais ne vint pas : après quelques secondes de silence, maman rit.

— Tony affirme qu'on nous prendrait pour deux sœurs ! C'est normal, je prends tellement soin de moi. Je bois beaucoup d'eau, j'évite les nourritures trop riches et je sors toujours de table avec un peu d'appétit. Il ne faut jamais trop manger, Leigh, c'est vulgaire. Et désastreux pour la ligne.

— Je sais, tu me le dis souvent.

— Et c'est bien vrai, n'en suis-je pas la preuve ?

Elle pivota sur son siège pour bien se montrer, comme si je ne l'avais jamais vue.

— Si.

— Une seule de tes amies a-t-elle une mère comme moi ?

— Non, maman.

Ce sujet de conversation n'était pas nouveau entre nous. Je ne comprenais pas pourquoi je devais la rassurer sur sa beauté.

— Je ne veux jamais paraître vieille, déclara-t-elle d'un ton résolu.

— Mais tu ne pourras pas t'empêcher de vieillir !

Elle se rengorgea.

— Je ne peux pas empêcher le temps de passer, mais je peux garder l'allure jeune. Quel âge me donnes-tu, franchement ?

— Mais je connais ton âge, maman. En bavardant avec Tony, je...

— Tu ne lui as pas dit mon âge, au moins ! (Les traits soudain crispés par la panique, elle me foudroya du regard.) Tu as fait ça ?

— Non. Il m'a dit le sien, c'est tout.

— Tant mieux ! s'exclama-t-elle avec soulagement. Il croit que j'ai vingt-huit ans.

— Vingt-huit ans ! Mais, maman, il sait que j'ai douze ans. Il faudrait que tu m'aies eue à seize ans !

— Et alors ? Les filles se marient très jeunes, dans le Sud, surtout au Texas. J'en ai connu qui étaient à peine plus vieilles que toi et déjà mariées, avec un enfant.

— C'est vrai ?

J'essayai de m'imaginer mariée. Quelle responsabilité, surtout avec des enfants ! Comment serait mon mari ? Je ne m'étais jamais posé la question. Bien sûr, il m'arrivait de rêver à des acteurs de cinéma, ou à des chanteurs. Mais tenir une maison, vivre tous les jours avec le même homme... je n'avais jamais pensé à ça. Naturellement, il faudrait que mon mari soit aussi aimant que papa, et aussi considéré. Mais qu'il ne travaille pas trop, malgré tout. Et si nous n'étions pas très riches, je ne lui demanderais pas l'impossible, comme le faisait maman. Mais si nous étions riches, exigerais-je les mêmes choses qu'elle ? Probablement.

Il serait aussi courtois et distingué que Tony Tatterton, sûrement aussi beau, en tout cas. Et j'attendrais de lui qu'il aime nos enfants et s'occupe d'eux tout autant que moi. Tant pis s'il n'était pas star de cinéma ou milliardaire, pourvu qu'il m'aime plus que tout au monde.

Et moi, au fait ? Saurais-je prendre soin d'un autre comme de moi-même ? L'aimer comme une femme doit aimer son mari ? Je n'avais pas terminé mes études secondaires, et je voulais aller à l'université. Depuis quelque temps, je pensais à devenir institutrice et ma rencontre avec le petit Troy avait réveillé en moi cette ambition. J'aimais les jeunes enfants, leur innocence, leur avidité de tout connaître. Ils étaient souvent curieux et posaient parfois des questions très embarrassantes, imprévisibles. Mais je trouvais cela charmant, et même assez stimulant.

— Je ne suis pas pressée de me marier, déclarai-je.
— Comment ! Et pourquoi ça ?

A voir la grimace de maman, on aurait cru que je venais de renier ma foi.

— J'ai l'intention de continuer mes études pour devenir institutrice, annonçai-je tout à trac.

Loin de s'adoucir, l'expression de maman s'assombrit encore.

— Voyons, Leigh, c'est ridicule ! Les institutrices finissent toutes vieilles filles, quand elles ne deviennent pas de grosses mémères, ou des femmes comme mes sœurs. Tu m'imagines en institutrice ? Franchement ? Ce serait un beau gâchis ! Et pour toi aussi, car j'espère te voir devenir bientôt une ravissante jeune femme et faire tes débuts dans le monde. Tu achèveras ton éducation dans une des meilleures institutions qui soient. Tu fréquenteras la haute société, tu rencontreras des jeunes gens distingués et un jour, tu vivras dans une propriété comme Farthy... là où je devrais vivre, acheva-t-elle d'un ton inquiétant.

— Mais j'adore les enfants, maman ! J'ai passé une merveilleuse journée avec le petit Troy.

— Aimer les enfants, c'est une chose. Cela m'arrive à moi aussi... de temps en temps, et c'est bien suffisant. Mais te condamner à vivre avec eux, confinée dans une école où tu n'auras aucune chance de rencontrer des gens bien...

Maman secoua la tête d'un air dégoûté, comme si j'avais parlé de travailler dans une mine de charbon.

— Quelle horreur ! Les enfants sont toujours malades, ils éternuent et vous aspergent de microbes. Voilà pourquoi les institutrices ont un teint de papier mâché !

Je pensai à certaines des miennes : elles ne m'avaient pas semblé aussi maladives que cela. Mme Wilson était une ravissante brune aux longs cheveux soyeux. Elle avait de beaux yeux verts pleins de chaleur et un sourire lumineux que j'adorais. Et elle était si gentille ! Elle ne se fâchait jamais, même quand les garçons mettaient des semences de tapissier sur nos chaises.

— Ôte-toi cette idée de la tête, reprit maman. Je sais que tu voudrais étudier les arts et la musique, voyager. Si je ne me trompe, tu voulais même devenir ingénieur naval dans la compagnie de ton père, il n'y a pas si longtemps !

— J'ai même rêvé d'être la première femme à commander un navire, avouai-je. J'en ai parlé à papa.

— Ah ! Et quelle géniale réponse a-t-il trouvée ?

— Il a dit que cela pourrait bien arriver. Il y a bien des femmes médecins ou avocats, pourquoi pas capitaines ?

— C'est bien de lui ! Et des femmes électriciens, plombiers ou poseurs de fils téléphoniques, pendant qu'on y est. Ou devrait-on dire « poseuses » ? (Maman pouffa.) Vraiment, Leigh, je crains d'avoir à t'éloigner de ces damnés bateaux plus tôt que je ne le pensais, pour te faire entrer dans une école convenable. Cela ne te vaut rien d'être toujours fourrée dans les bureaux de ton père ; ni de descendre dans la salle des machines, au milieu de tous ces hommes pleins de graisse et de sueur. Tu me vois en train de faire ça ? Depuis combien de temps n'ai-je pas mis les pieds au siège de la compagnie ? Je n'en sais rien moi-même.

Maman s'interrompit un bref instant et enchaîna :

— Maintenant, j'ai besoin de réfléchir. Comme toujours, il y aura une soirée d'adieux, la veille du départ pour les Caraïbes. J'ai invité Tony Tatterton.

— C'est vrai ?

— Si je te le dis ! Et je compte inviter aussi bon nombre de ses amis, des gens très importants. Mais il faut que j'y réfléchisse. Si je ne m'en mêle pas, cette soirée risque d'être aussi gaie qu'un enterrement.

Maman garda le silence pendant presque tout le reste du trajet, plongée dans ses pensées. Je méditais ses paroles. Était-ce mal de ma part de ne pas partager sa passion pour certaines choses ? Je décidai que le temps seul pourrait apporter une réponse à cette question. Et, à voir la vitesse à laquelle je grandissais et me transformais, je n'aurais sûrement pas longtemps à attendre.

Comme la soirée devait avoir lieu à bord, maman demanda à papa de fréter pour cette croisière un bateau plus grand que celui qu'il avait choisi. Il s'y opposa, car le nombre des passagers n'était pas suffisant pour un tel bateau, et il faudrait augmenter l'équipage, ce qui diminuerait d'autant les bénéfices. Mais maman insista.

— Il est temps d'apprendre à faire les choses en grand, Cleave. Ce qui compte avant tout, c'est l'impression produite sur le public, et tant pis pour la dépense ! La presse sera là, et j'ai vu la liste des passagers. Nous aurons quelques-unes des plus grandes familles du comté, cela vaut bien quelques frais supplémentaires.

Papa finit par capituler et affecta à la nouvelle ligne le second de ses grands paquebots de luxe, le *Jillian*. Jusqu'à la soirée, maman vint à bord tous les jours pour superviser les préparatifs et la liste des invités. Parmi eux figuraient plusieurs membres de la haute société de Boston, même s'ils n'étaient pas du voyage. Et maman se mit en tête un projet fabuleux.

On jouait alors à Boston une nouvelle comédie musicale, *Farce en pyjama*. La troupe se rodait en vue d'une éventuelle sortie à New York et avait déjà donné quelques représentations. Nous avions assisté à la première. Maman sut persuader papa d'engager quelques artistes pour chanter les airs à succès de la comédie. Son argument fut que la presse en parlerait, ce qui serait une excellente publicité.

Je l'accompagnai chez l'imprimeur pour commander les invitations, qu'elle composa et décora elle-même. En couverture, un couple en tenue de soirée dansait sur le pont d'un paquebot, le regard tourné vers une mer d'un bleu céruléen et un ciel fourmillant d'étoiles. C'était romantique à souhait.

Au verso était reproduite une publicité que la compagnie diffusait dans de nombreux magazines :

DEMAIN... LE GRAND LARGE

Chaque instant d'une croisière Van Voreen est une invitation au plaisir. Savourez le luxe raffiné des petits déjeuners au lit... les jeux ou le repos sur le pont... le shopping, la danse, les distractions... la détente autour d'un verre... et préparez-vous à passer à terre des moments bien remplis.

Que ce soit votre première lune de miel... ou la seconde, rien ne vaut le calme souverain de la mer, du ciel et de la vie à bord, la qualité de la cuisine et du service. Van Voreen met à votre disposition une expérience irremplaçable.

BON VOYAGE !

A l'intérieur était imprimée l'invitation :

La direction de la compagnie Van Voreen
serait heureuse que vous l'honoriez de votre présence
au grand bal d'inauguration
de sa nouvelle ligne des Caraïbes
qui aura lieu à bord du Jillian

à 20 h

Tenue de soirée de rigueur.

Une soirée qui promettait d'être sensationnelle ! Maman s'était acheté une robe de Christian Dior. Noire, haut sans bretelles barré d'une bande de fourrure grise en diagonale et ample jupe ondoyante. Un modèle exclusif. Comme bijoux, elle choisit sa parure de chez Tiffany : collier de diamants ovales, boucles d'oreilles et bracelet assortis. Elle passa tout l'après-midi à se préparer avec son coiffeur, jamais contente du style qu'il créait pour elle. Après deux essais infructueux, elle chercha une inspiration dans une revue et se décida pour la coiffure d'une très belle dame de la famille royale d'Angleterre, une authentique duchesse. Cheveux rejetés en arrière et dégageant les oreilles, afin de mettre en évidence ses boucles en diamants.

Quand elle quitta enfin sa chambre, je fus littéralement éblouie. On aurait dit une reine se rendant à son couronnement, et je me fis l'effet d'être une de ses dames d'honneur.

Je ne me sentais pas très à l'aise dans la robe qu'elle m'avait choisie. Elle avait un haut sans bretelles, comme la sienne, mais j'étais loin d'être aussi sûre de moi, malgré mon soutien-gorge préformé. Je trouvais mes épaules trop maigres, mes clavicules trop apparentes et mon corsage rembourré un peu ridicule. On voyait bien que ses rondeurs étaient artificielles ! Ma robe était bleu nuit, avec une jupe froncée et un tas de jupons froufroutants. Maman m'avait demandé de porter le collier de Tony et prêté de petites boucles d'oreilles en or pour aller avec. J'avais mis aussi le bracelet d'or que papa et elle m'avaient offert l'année précédente. Ma coiffure était très simple, les cheveux tombant sur les épaules.

Papa était en smoking et nous attendait en faisant les cent pas, comme d'habitude. Quand il nous vit descendre, il s'arrêta net et nous adressa un sourire émerveillé.

— Magnifique ! Tu es plus belle que jamais, Jillian. Et toi, Leigh, tu vas être la princesse de la soirée !

Il me donna un baiser sur la joue et voulut embrasser maman, mais elle dit qu'il allait abîmer son maquillage.

— Tu as raison. D'ailleurs nous sommes en retard.

Nos valises étaient déjà à bord, où on les avait transportées dans l'après-midi. Et c'est en limousine que nous devions nous rendre au port, maman avait été très ferme sur ce point. La voiture nous attendait.

Il faisait un temps idéal pour une fête de ce genre, la nuit resplendissait d'étoiles. Seuls quelques légers nuages dérivaient dans le ciel et la brise de mer était d'une douceur inhabituelle. Dès notre arrivée, nous prîmes place à l'entrée de la salle de bal pour accueillir les invités. Le *Jillian* était non seulement l'un des plus grands bateaux de papa, mais aussi l'un des plus luxueux. Le couloir qui menait à la salle de bal était lambrissé de bois précieux, finement incrusté de marbre. Sous ses grands miroirs encadrés d'or s'alignaient des meubles anciens de style français, canapés, fauteuils capitonnés, tables en acajou... les arrivants devaient avoir l'impression de pénétrer dans un palace.

La salle elle-même était immense, décorée de bas-reliefs d'or et d'argent, avec un haut plafond d'où tombaient à longs plis des draperies de velours grenat. Et les nombreux lustres étincelaient de lampes en forme de bougie, dont les ampoules imitaient des flammes. Au fond, à droite, un bar occupait presque toute la largeur de la pièce. Une douzaine d'extra en grande tenue — chemise immaculée, pantalon noir et nœud papillon — se tenaient prêts à offrir des fleurs aux arrivants selon la mode antillaise.

Le buffet offrait la plus grande variété de mets, présentés par spécialités sur des tables séparées. Salades, potages, volailles, viandes, poisson, gibier, rien ne manquait. Quant aux desserts, ils ne laissaient rien à désirer. Bombes glacées, gâteaux, petits fours, crêpes flambées, fruits, crèmes, sorbets et autres composaient un ensemble aussi alléchant qu'impressionnant. Garçons et serveuses en costume antillais (les femmes coiffées de turbans bariolés) circulaient avec des plateaux de hors-d'œuvre et de flûtes à champagne.

L'orchestre était déjà à son poste sur l'estrade, seize musiciens et une chanteuse. A notre arrivée, ils commencèrent à jouer et les premiers invités firent leur entrée. Quelques couples allèrent droit à la piste de danse, juste en face de l'estrade, et instantanément une atmosphère de fête régna dans la salle. Je n'avais jamais vu autant de gens en tenue de soirée, même au cours de nos autres bals d'adieux. Les femmes rivalisaient d'élégance, d'originalité et d'éclat. Certaines portaient des robes surchargées de broderies, d'autres étaient parées comme des châsses, plusieurs avaient même des tiares en diamants, mais aucune n'était aussi jolie que maman.

Tony Tatterton arriva parmi les derniers. Le smoking lui allait bien : il me parut plus grand et plus beau que jamais. Il s'approcha aussitôt de notre groupe, retenant mal un petit sourire amusé. Ses yeux bleus pétillèrent quand il porta ma main à ses lèvres.

— Mademoiselle Leigh Van Voreen...

Je me tournai en rougissant vers maman et sentis mon estomac se nouer. Elle arborait ce petit sourire d'enfant surexcitée que je commençais à redouter.

— Cleave, j'aimerais te présenter Tony Tatterton, dont je t'ai si souvent parlé.

Papa lança à Tony un bref regard scrutateur, que suivit aussitôt un sourire accueillant.

— Très heureux de vous rencontrer, monsieur Tatterton. Merci d'avoir offert à ma femme cette occasion d'exercer son talent. C'est un grand plaisir pour elle.

— C'est moi qui devrais vous remercier de le lui avoir permis, monsieur. Les murs de ma maison y ont beaucoup gagné.

Papa inclina la tête, lèvres serrées, paupières mi-closes. Je n'aurais su dire s'il avait envie de rire ou de pleurer. Un silence tendu s'installa, et ce fut maman qui y mit fin. Elle proposa à Tony un cocktail exotique et l'invita à goûter aux hors-d'œuvre. Il se retourna vers la salle comme s'il remarquait subitement où il se trouvait.

— Brillante soirée, constata-t-il. Merci de m'avoir invité. Leigh, me ferez-vous l'honneur de m'accorder une danse, tout à l'heure ?

J'en restai sans voix. Pourquoi moi, quand il pouvait choisir parmi tant de femmes resplendissantes d'élégance et de beauté ? Je n'aurais jamais le courage de m'exhiber devant tout ce monde, je ne dansais pas assez bien. Cette seule pensée me terrifiait. Il dut deviner mes craintes car son sourire s'accentua. Puis, sur un bref signe de tête à l'adresse de papa et de maman, il se dirigea vers le bar.

— Eh bien, dit aussitôt papa, je crois que nous

n'attendons plus grand monde. Il faut que j'aille voir le commandant, nous avons quelques petits détails à mettre au point.

— Maintenant, Cleave ? protesta maman d'un ton irrité.

— Je crains que oui. Tu peux te passer de moi quelques instants, Jillian. Leigh, veux-tu m'accompagner ? Cela pourra t'être utile. Tout cela sera à toi un jour... si Dieu le veut.

— Ne l'emmène pas dans la salle des machines, cette fois-ci ! Elle n'a pas besoin d'apprendre la mécanique.

— Bien sûr que si ! Elle doit tout connaître, de A à Z. D'ailleurs elle me paraît douée pour la mécanique, insista papa. Je parie qu'elle pourrait démonter un moteur et le remonter en un rien de temps, n'est-ce pas, Leigh ?

— Charmante occupation pour une jeune fille, grinça maman. Franchement, Cleave ! Quand cesseras-tu de la traiter en garçon manqué ?

Je la sentais sur le point d'éclater et retenais mon souffle. Ils n'allaient pas se disputer au beau milieu de la salle de bal, tout de même !

— Nous ne descendrons pas aux machines, maman. Je ne suis pas habillée pour cela.

— Encore heureux qu'il te reste un grain de bon sens, ce qui n'est pas le cas de ton père ! lança-t-elle en décochant à papa un regard meurtrier.

Il se retourna vers moi et dit tranquillement :

— Allons-y, nous n'en avons pas pour longtemps.

Sur quoi, nous nous éloignâmes en direction du pont, laissant maman ruminer sa colère.

Je connaissais déjà le capitaine Thomas Willshaw, ex-officier de la British Navy et commandant du *Jillian*. Et je l'aimais beaucoup. Il n'ignorait jamais ma présence et prenait plaisir à m'expliquer beaucoup de choses concernant la navigation. Quand papa et lui mettaient au point une traversée, le pilote me montrait les cartes marines et traçait la route devant moi.

— Je suis heureux que tu continues à t'intéresser à tout ceci, Leigh, me dit papa. Je ne vois pas ce qui t'empêcherait de diriger une grande compagnie quand tu auras terminé tes études.

Je hochai la tête, mais n'en pensai pas moins. Maman et lui voyaient les choses d'un œil tellement différent, surtout mon avenir !

Quand nous remontâmes sur le pont, avant de regagner la salle de bal, papa me prit la main et nous parcourûmes du regard le grand bâtiment.

— Vois-tu, Leigh, ce n'est pas seulement pour lui qu'un homme se consacre à une œuvre comme celle-ci. Il faut qu'il ait des raisons plus solides, ailleurs qu'en lui-même. C'est pour toi que je bâtis, ou plutôt que je me bats... Car en ce moment, toute l'industrie du tourisme maritime est en révolution, pour ne pas dire en danger.

Le visage de papa s'assombrit. Je ne l'avais jamais vu si grave.

— Je sais que je ne te consacre pas assez de temps, je travaille trop dur... mais comprends-tu ce que je veux dire ?

— Oui, papa.

— Vois-tu, je ne veux pas te détourner des occupations normales d'une fille. Ta mère s'imagine que je veux t'élever comme un garçon, mais non. Je veux simplement te rendre capable de prendre tout ceci en charge. Je n'aimerais pas voir mon affaire passer aux mains d'un conseil de tutelle, faute de t'avoir préparée à la diriger.

— Oh, papa ! Je suis très fière que tu me croies capable de te seconder un jour. C'est bien plus important pour moi que tous les bals et toutes les robes du soir du monde !

Il se détendit, me sourit et m'embrassa sur les deux joues.

— Alors, tout va bien, dit-il en me serrant contre lui.

Et pour la première fois depuis des jours et des jours, j'éprouvai un sentiment de chaleur et de sécurité.

— Et maintenant, ma petite princesse, dépêchons-nous de rejoindre nos hôtes ou ta mère va me faire pendre à la grand-vergue !

Quand nous regagnâmes la salle de bal, la soirée battait son plein. La piste de danse était comble et l'on se pressait autour des tables. Sans perdre un instant, papa se mêla aux conversations, circulant d'un groupe à l'autre, et je cherchai maman du regard. Elle resta introuvable. Après avoir cherché Tony sans plus de succès, je décidai d'aller manger quelque chose. Je venais de m'asseoir quand je vis réapparaître maman et Tony. Il se dirigea vers un petit cercle de causeurs et maman me rejoignit à ma table.

— Je faisais visiter le bateau à Tony, dit-elle avec un petit rire. Et je ne suis pas fâchée de voir que, pour une fois, tu n'as pas de graisse sur les doigts.

— Papa voulait simplement m'expliquer certaines choses.

— Qu'as-tu besoin de comprendre ? On paie des gens pour ça ! C'est le privilège des directeurs.

Elle suivait Tony du regard, espérant manifestement attirer son attention. Ce manège m'intrigua. D'habitude, elle aimait évoluer dans l'assistance et ne s'en privait pas. Elle avait beau se plaindre, je savais qu'elle aimait son rôle, sa position de femme du directeur de la compagnie. Rien ne lui plaisait plus que de décider qui serait invité à la table du commandant, par exemple. Subitement, elle s'avisa que je l'observais avec une attention inhabituelle.

— Ne te bourre pas comme ça, Leigh ! Il n'est jamais trop tôt pour soigner sa ligne.

— Je ne me bourre pas, maman ! Je n'ai presque rien mangé de la journée et je ne faisais que...

Tout à coup, son expression se figea, ses yeux se rétrécirent. Son regard s'était comme glacé.

— Comment me trouves-tu ce soir, Leigh, sincèrement ? Y a-t-il une seule femme qui paraisse plus jeune que moi ? Ne suis-je pas la plus belle ? demanda-t-elle avidement.

Puis sa voix changea, se fit enjôleuse pour ajouter :
— Allons, dis-moi la vérité !

Mais son regard demeurait aussi dur, aussi froid. Elle m'agrippa brutalement le bras.

— Maman ! chuchotai-je, mais elle ne m'entendit pas.

D'un mouvement de tête, elle désigna l'assistance.

— Regarde-les, toutes ces femmes. Certaines d'entre elles sont devenues si grosses qu'elles ont perdu toute leur féminité. Pas étonnant que leurs maris tournent autour de moi !

Ses traits reprirent soudain leur douceur coutumière et elle regarda par-dessus son épaule, cherchant Tony. Et je vis que lui aussi la regardait. Comme s'ils étaient capables de communiquer à distance, elle m'annonça qu'elle me retrouverait plus tard et se hâta de le rejoindre.

Je les observais pensivement quand papa s'approcha de ma table, entouré de quelques personnes qu'il souhaitait me faire connaître. Nous passâmes un moment ensemble, puis il me quitta pour aller parler au chef cuisinier. J'étais toujours à la même place, seule et un peu perdue, quand je sentis une main se poser sur mon épaule. Je me retournai et rencontrai le regard bleu de Tony Tatterton.

— C'est l'heure de notre danse, dit-il en me tendant les bras.

— Oh non, je danse si mal !

J'eus beau résister, me défendre — ses bras vigoureux m'enlacèrent et il m'entraîna sur le parquet ciré.

— Ne dites pas de sottises, laissez-moi simplement vous guider.

Du coin de l'œil, j'aperçus maman au milieu du cercle d'amis. Elle souriait, mais je me sentais raide, crispée. Je devais avoir l'air complètement ridicule.

— Je suis ravi que vous ayez choisi de porter mon cadeau, ce soir. Sur vous, il paraît bien plus beau.

— Merci.

Mon cœur battait à grands coups, j'étais sûre que tout le monde me regardait et riait de ma maladresse. Tony était si grand, si distingué, si sûr de lui, alors que moi... Je me déplaçais avec autant de grâce qu'un canard boiteux ! Il n'était pas facile de se détendre, sous les regards de cette foule élégante. Rien à voir avec la classe de danse !

— Quelle magnifique soirée, observa Tony, et quelles merveilleuses conditions d'existence ! Quel effet cela fait-il de grandir au milieu de tout ceci ?

Je pensai aux confidences de papa.

— « Tout ceci » représente un travail très dur, vous savez. Surtout en ce moment.

— Oh, je vois. (Tony sourit, comme s'il voulait à tout prix me dérider.) Vous vous destinez à une carrière de femme d'affaires, si je comprends bien ?

Je n'avais pas l'intention d'être impolie, mais je ne pus me défendre d'une certaine brusquerie.

— Et pourquoi pas ? Y a-t-il une raison qui empêche une femme de réussir dans les affaires ?

— Non, absolument aucune.

Les yeux de Tony pétillèrent et il se mit à rire. Je fus soulagée quand la musique cessa et qu'il s'inclina en me remerciant. Il disparut dans la foule et me laissa là, plus morte que vive. Je m'empressai d'aller me réfugier dans un coin de la salle. Presque aussitôt après, on annonça *Farce en pyjama*.

Le spectacle fut aussi bon que sur scène et remporta un vif succès. Puis, les gens commencèrent à s'en aller. Quand la sirène annonça que l'heure était venue pour les invités de se retirer, beaucoup d'entre eux étaient déjà redescendus à terre. Le personnel entreprit de débarrasser les tables et j'aperçus papa en grande conversation avec le commandant et le premier officier. Je le rejoignis au moment précis où l'orchestre annonçait son dernier morceau, une valse.

Soudain, je vis papa plisser les paupières et pincer les lèvres, si fortement qu'elles blanchirent. Je regardai autour de moi et découvris ce qui avait attiré son attention. Presque seuls sur la piste, maman et Tony dansaient avec tant de grâce et si étroitement enlacés que les derniers assistants avaient tous les yeux fixés sur eux.

Je ne pus m'empêcher d'avoir de la peine pour papa. Ils étaient si beaux tous les deux, évoluant en accord parfait comme s'ils dansaient ensemble depuis toujours. Maman semblait fleurir entre les bras de Tony. Je ne l'avais jamais vue si radieuse, et comme elle paraissait jeune, ce soir! Tellement plus jeune que papa... je ne m'en étais jamais rendu compte. On aurait dit que les années venaient de creuser un gouffre entre eux.

Papa devait s'en rendre compte, lui aussi. Il avait l'air défait, résigné, abattu, comme s'il avait vieilli de dix ans d'un seul coup. Cher papa, je lisais une telle tristesse dans ses yeux! Il s'aperçut que je le regardais, se força à sourire, puis secoua la tête et se pencha sur moi.

— D'une façon ou d'une autre, ta mère est toujours la reine de la fête, n'est-ce pas, Leigh?

J'acquiesçai d'un signe. Il n'avait pas l'air en colère, non. Simplement mélancolique. Ce fut un soulagement pour moi quand la musique cessa et que Tony et maman s'arrêtèrent de danser. Tony la suivit jusqu'à notre table pour prendre congé.

— Ce fut une merveilleuse soirée, vraiment. Je vous souhaite bonne chance pour ce voyage inaugural.

— Merci, dit papa d'une voix égale. Je suis heureux que notre petite fête vous ait plu.

— Bonsoir, Leigh. N'attrapez pas de coups de soleil!

M'ayant ainsi fait ses adieux, Tony salua maman d'une inclination de tête.

— Jillian...

— Je vous reconduis, proposa-t-elle aussitôt.

Elle le suivit au-dehors et papa les regarda s'éloigner, le regard dur. D'un geste impulsif, je tendis le bras à travers la table et serrai sa main dans la mienne. Il me sourit, comme pour me signifier que tout allait bien, mais je savais bien qu'il n'en était rien. Mon cœur qui refusait de se calmer m'avertissait à sa manière d'un danger imminent. Avec l'instinct d'un vieux loup de mer, je sentais venir le grain. Et j'éprouvais un besoin urgent de prendre des mesures de sécurité avant la catastrophe.

4

Gros temps

Environ un an avant ces événements, maman avait pris une grande décision : désormais, nous n'accompagnerions papa en croisière que si elle redécorait elle-même nos appartements à bord. Elle se lassa d'ailleurs très vite et ne travailla que sur deux bateaux, dont, naturellement, le *Jillian*. Elle avait admiré dans un magazine l'appartement new-yorkais d'une célébrité et s'en inspira pour l'aménagement des nôtres. Ils furent donc redécorés dans une harmonie de tons beiges, sable et bois clair, qui s'accordaient heureusement avec son ravissant teint de blonde.

Le *Jillian* était une véritable ville flottante. Un des niveaux réunissait toutes sortes de boutiques : beauté, coiffure et mode, cette dernière présentant les plus récentes créations américaines et étrangères, sans oublier le drugstore. On avait prévu un programme complet d'activités diverses : cours de danse, gymnastique, expositions, réunions littéraires, thés, buffets, compétitions sportives, tournois de bridge... et naturellement, dès que nous entrions dans la zone de grand beau temps, natation dans l'une ou l'autre des trois piscines du bord. Le soir, on dansait, on assistait à des spectacles ou à des concerts, et même à des projections de films en exclusivité.

Maman se levait tard, aussi nous trouvions-nous

souvent en tête à tête au petit déjeuner, papa et moi. Nous prenions toujours nos repas avec le commandant ou le premier officier, en compagnie de quelques invités. Il arrivait aussi que maman ne quittât pas ses appartements avant le début de l'après-midi. Dans ces cas-là, on lui servait le déjeuner chez elle. Un déjeuner qui consistait en général en jus de fruits, œufs pochés et pain grillé. Jamais plus d'une seule tranche.

Elle s'exposait peu au soleil, juste assez pour acquérir une légère touche de hâle doré, jamais plus. Elle avait lu quelque part que le soleil hâte l'apparition des rides et rien ne l'effrayait davantage que cette perspective. Sa coiffeuse était un véritable arsenal de produits de beauté, surtout ceux qui promettent une éternelle jeunesse. Le matin, elle passait le plus clair de son temps à s'enduire de crème et à préparer son maquillage. Elle allait très souvent au sauna, se faisait masser chaque jour et se soumettait à un traitement facial chaque semaine.

A peine avions-nous quitté Boston qu'elle commença à se plaindre. L'air de la mer abîmait ses cheveux et lui gerçait la peau, « elle qui avait un teint si délicat »... Elle allait presque chaque jour à l'institut de beauté et sortait rarement sur le pont le soir, même quand nous eûmes atteint la zone de chaleur. Les nuits étaient si belles, pourtant ! Je me disais que bien peu de choses pouvaient rivaliser avec le spectacle de l'océan paisible, par une belle nuit tiède, quand la lune brille sur l'eau au milieu d'un ciel transparent. L'admiration me coupait le souffle. J'essayais toujours d'entraîner maman sur le pont pour contempler la mer, mais elle me répondait qu'elle pouvait très bien la voir par les hublots.

Comme il s'agissait d'un voyage inaugural, papa était très occupé, mais il faisait l'impossible pour trouver un peu de temps à nous consacrer. Il nous promettait toujours de passer un moment avec nous, mais maman ne semblait pas très impatiente de le voir. Chaque fois qu'il parvenait à se libérer, elle avait justement quelque chose à faire ailleurs. Papa et moi nous retrouvions souvent tout seuls le soir, devant un film ou un spectacle quelconque. Elle disait toujours qu'elle viendrait nous rejoindre, mais ne se montrait jamais. Et quand je lui demandais pourquoi, elle répondait qu'elle était fatiguée ou qu'elle avait mal à la tête. En rentrant, je la trouvais au lit, en train de lire ou d'écrire des lettres. Quand je voulais savoir à qui elle écrivait, le scénario était toujours le même. « A des amis », disait-elle invariablement. Et elle repoussait aussitôt tout son attirail comme si écrire, soudain, l'ennuyait prodigieusement.

Je m'asseyais sur son lit pour lui raconter le spectacle ou les autres activités de ma soirée, mais elle semblait distraite, rien ne l'intéressait. Et je devinais qu'elle était malheureuse. Puis, une nuit, environ une semaine après le début de la croisière, je fus réveillée par un bruit de voix furieuses. Papa et maman se disputaient.

— Je fais l'impossible pour te satisfaire, criait papa, mais tu parais toujours mécontente. Tu as voulu redécorer les appartements ? Je t'ai donné l'argent nécessaire. Une dépense stupide à mon avis, mais passons. Tu es la femme du directeur de la ligne, mais est-ce que tu t'occupes de nos passagers de marque ? Non. Et quand tu daignes t'asseoir à la table du commandant, en compagnie des invités choisis par toi, que fais-tu ? Tu n'arrêtes pas de te plaindre de la mer, de la vie à bord, comme si tu étais une esclave noire enchaînée dans la cale ! Quelle image aura-t-on de nos croisières, si ma propre femme ne cesse de les dénigrer ?

— Je ne supporte pas de rester enfermée.

— Et qui t'y oblige ? Personne ne t'interdit de sortir de ta chambre. Pourquoi ne pas profiter de toutes les distractions qui te sont offertes ?

— Je t'ai déjà dit que l'air de la mer ne me vaut rien, mais tu t'en moques. Je ne compte pas, tu ne t'intéresses qu'à tes affaires et à tes précieux bateaux. Tu es prêt à me sacrifier, à compromettre ma beauté, ma santé, simplement pour m'utiliser comme... comme image de marque !

— Tu es injuste. C'est toi qui as suggéré cette croisière.

— Je n'ai jamais demandé à en faire partie.

— Mais... mais je croyais... tu as toujours voulu que je t'emmène à la Jamaïque ! balbutia papa. Franchement, Jillian, tu finiras par me rendre fou. Un jour tu veux ceci, le lendemain c'est autre chose... je ne m'y retrouve plus, moi !

— Je ne veux pas passer la nuit à discuter, en tout cas. J'ai besoin de repos pour supporter le mal de mer.

Un silence profond suivit les paroles de maman. Que se passait-il entre eux ? La voix de papa exprimait tant de colère et de frustration... ce devait être le surmenage, pensai-je.

Après cela, pendant un jour ou deux, ils respectèrent une sorte d'armistice. Un matin, le chef mécanicien appela papa pour un petit problème et je descendis avec lui à la salle des machines. Je portais un ensemble tout neuf, ce jour-là. Un pantalon corsaire aux poches rebrodées ton sur ton, avec la marinière assortie. Maman me les avait achetés spécialement pour la croisière.

J'adorais descendre à la chaufferie. Toutes ces machines qui permettaient à un si grand bateau de traverser l'océan me fascinaient. Certaines passerelles et plates-formes étaient très étroites, mais je prenais plaisir à m'y risquer. C'était assez acrobatique. Les mécaniciens souriaient de mon intérêt pour leur travail, mais ils m'accueillaient toujours avec sympathie et m'expliquaient le fonctionnement de tous ces leviers, volants et rouages intrigants.

Une des machines avait subi une avarie et devait être démontée, ce qui mettrait les autres au ralenti pendant le temps de la réparation. Papa se rendit sur les lieux pour poser quelques questions au chef et je m'efforçai de comprendre la nature du problème. J'étais si absorbée par les explications que, sans y prendre garde, je m'appuyai sur une rambarde couverte de graisse. Je ne découvris les dégâts qu'un peu plus tard, quand maman nous croisa dans le couloir de nos appartements. Elle venait juste de prendre le petit déjeuner et, pour la première fois depuis notre départ de Boston, elle paraissait en pleine forme et de bonne humeur.

Mais à l'instant où elle m'aperçut, elle se figea sur place et poussa un tel cri de rage que j'en eus froid dans le dos.

— D'où sors-tu encore ? Qu'est-ce que c'est que toute cette graisse sur tes vêtements ?

Je suivis la direction de son index accusateur. Horreur ! Une épaisse traînée noire maculait le côté et le devant de mon corsaire.

— Où l'as-tu emmenée, espèce d'imbécile ?

Mon sang se glaça dans mes veines et je fis un effort désespéré pour dominer mon angoisse. Papa était devenu tout rouge. Maman ne lui avait jamais parlé ainsi, et je savais que sa gêne venait surtout de ce que la scène avait lieu devant moi. Il eut un haut-le-corps, comme si maman l'avait giflé, mais elle ne se calma pas pour autant.

— Je lui ai acheté cet ensemble dans un des meilleurs magasins de Boston pour qu'elle ait l'air d'une jeune fille élégante, pas d'un singe crasseux ! J'essaie de lui inculquer des goûts raffinés, de lui apprendre à développer sa féminité et tu sabotes systématiquement mes efforts ! Tu n'as qu'une idée : en faire un vrai garçon manqué !

— Je t'en prie, Jillian, essaie de...

— Me calmer ? Sûrement pas ! Leigh, file te laver dans ta chambre. J'enverrai immédiatement ton ensemble au nettoyage pour voir s'il est récupérable.

— Mais, maman, papa n'y est pour rien, c'est moi qui...

— Mais si, c'est de sa faute ! rugit-elle en foudroyant papa du regard. S'il ne t'avait pas emmenée où il t'a emmenée, ce ne serait pas arrivé.

— Mais c'est moi qui ai voulu descendre, maman. Pour voir les machines et...

— Tu voulais voir les machines ? explosa-t-elle en levant les yeux au ciel. Bravo. Beau résultat !

Les mains ouvertes, elle me désignait à papa comme

un animal de foire. Il abaissa lentement les paupières, puis les rouvrit, s'efforçant à la patience.

— Cela ne peut pas lui faire de mal d'apprendre un peu la mécanique, ne serait-ce que pour comprendre ce qui ne va pas, au cas où. D'ailleurs, un jour viendra...

— Un jour viendra où tout cela finira ! glapit maman.

Et elle me poussa vers ma chambre, laissant papa tout effaré. J'avais de la peine pour lui, mais elle était folle de rage. Elle n'arrêtait pas de répéter qu'il sabotait mon éducation et toutes mes chances de débuter dans le monde, de devenir une jeune femme séduisante. A l'entendre, il « étouffait ma féminité ».

Je tentai de le défendre mais elle ne voulut rien savoir. Et je m'empressai de me changer, tandis qu'elle emportait mon ensemble sali pour le donner à la femme de chambre. Quand je revins, papa n'était plus là.

Je passai le reste de la journée à me reprocher ce qui s'était passé. J'aurais dû faire plus attention. Pourquoi n'étais-je pas comme maman, soignée, soucieuse de mon apparence ? Tout était de ma faute, ne cessais-je de me répéter. Mon fragile univers commençait à se craqueler, et j'essayais désespérément de l'empêcher de s'effondrer.

Je n'avais jamais entendu maman traiter papa de cette façon, ni vu papa si gêné et si en colère. Cette croisière, qui était censée faire plaisir à maman et remonter le moral de papa en rétablissant ses affaires, était en train de tourner au désastre.

Les choses empirèrent encore, ce soir-là, quand maman commença à souffrir d'un violent mal de mer. Non seulement elle ne vint pas dîner, mais elle dut renoncer aux seules distractions qu'elle appréciait à bord, le spectacle et la danse. Chaque fois que je descendais dans sa chambre pour voir comment elle allait, je la trouvais prostrée et gémissante.

— Pourquoi devrais-je accepter tout cela ? se lamentait-elle. Pourquoi ai-je mis les pieds sur ce maudit bateau ? J'aimerais autant être morte !

J'étais impuissante à lui venir en aide. Le médecin du bord fut appelé deux fois à son chevet. Il doubla ses doses de médicaments, mais elle ne s'en trouva pas mieux le lendemain et, ce jour-là encore, elle dut garder le lit. Je descendis lui faire la lecture et lui tenir compagnie, mais elle était toujours aussi déprimée. Elle savait qu'elle avait mauvaise mine, et le maquillage n'y pouvait rien. Elle ne voulait même plus que les domestiques l'approchent.

— Je ne veux pas qu'on me voie dans cet état ! Il me faudra des semaines pour m'en remettre, tu m'entends ? Des semaines. Regarde, gémit-elle en rejetant ses cheveux en arrière. Regarde ce que je suis devenue !

— Mais tu n'avais jamais eu le mal de mer, maman ! Comment cela a-t-il pu arriver ?

Elle me jeta un regard aigu, se renversa d'un air boudeur sur ses oreillers et croisa les bras sur sa poitrine.

— Est-ce que je sais, moi ! Et toi, au fait, aurais-tu oublié ton premier voyage ? (Elle dit cela d'un ton amer, comme si je l'avais accusée de tricherie et qu'elle voulût me punir.) Tu as été si malade, les deux premiers jours, que je me demandais si nous n'allions pas faire demi-tour et rentrer à Boston. Et puis tu as fini par avoir le pied marin, comme dirait ton père. Il en était assez fier, comme si c'était une performance de se dandiner sur un pont comme un vieux loup de mer !

A mesure qu'elle s'emportait, son visage se congestionnait et elle se détourna pour reprendre haleine. Quand elle me fit face à nouveau, je lui trouvai une expression à la fois mauvaise et résolue qui était loin de l'embellir.

— Moi je n'ai jamais prétendu avoir le pied marin, grimaça-t-elle. Pourquoi n'ai-je pas insisté davantage pour que ton père abandonne ce métier stupide ! Nous pourrions avoir une affaire splendide en ville, une chaîne de grands magasins, par exemple... un peu comme Tony Tatterton. Avec ça, au moins, on n'est pas à la merci des caprices de l'océan.

— Mais papa a toujours été un homme de mer... il ne connaît que cela.

— Allons donc ! Un homme digne de ce nom apprend ce qu'il a besoin de savoir. C'était plus facile pour ton père de rester ce qu'il est, voilà tout. Un paresseux, si tu veux le savoir !

— Paresseux ? Papa ?

— Parfaitement. Travailler dur dans le domaine qu'on aime n'est pas une preuve de courage. Et il n'est pas très doué pour les placements, je te signale. Nous pourrions être au moins deux fois... non, trois fois plus riches.

Cette façon de parler de papa me choqua profondément de sa part. Elle se plaignait souvent à propos de tout et de rien, mais jamais avec cette âpreté, cette méchanceté. Je lus tant de rage et de haine sur son visage que j'en eus mal pour papa. J'étais heureuse qu'il ne fût pas là pour l'entendre, mais qui sait si elle ne lui avait pas déjà tenu des propos semblables ? Cela ajouté à ses autres soucis, je comprenais mieux sa tristesse, maintenant.

— Mais tu n'aimes pas cette vie, maman ? Les paquebots de luxe, les grands voyages, la clientèle distinguée...

— L'aimer ? Non, je ne l'aime pas ! hurla-t-elle. Et Dieu merci, je ne mets pas souvent le pied sur un bateau. Pendant ces interminables croisières, on manque tout ce qui se passe d'intéressant à Boston. Et *mon avis* est que les gens qui prennent l'avion ont bien raison ! On arrive instantanément à l'endroit choisi pour les vacances, on en revient aussi vite et sans avoir rien manqué. D'ailleurs...

Elle reprit haleine et poursuivit, un peu plus calme :

— Je ne te le répéterai jamais assez, n'épouse jamais un homme qui soit esclave de son travail. Si riche ou si beau soit-il. C'est *toi* qui dois passer en premier, même au prix de quelques petits sacrifices financiers.

— Mais...

Elle venait à peine de se plaindre de notre fortune, et

voilà qu'elle parlait de sacrifices financiers ? Mais elle n'en était pas à une contradiction près.

— Un directeur intelligent a des collaborateurs sur qui se reposer, mais pas ton père ! Lui, souligna-t-elle en remontant le drap jusqu'à son menton, lui n'est qu'un paysan déguisé en riche citadin, j'en ai peur ! Maintenant, Leigh...

Elle tira encore un peu sur le drap, s'en couvrant presque entièrement la tête, et me tourna le dos.

— Je vais fermer les yeux et imaginer que je suis ailleurs. Remonte, et ne va pas traîner du côté des machines ni toucher à toutes ces saletés, surtout !

— Non, maman. Et si tu te sens mieux, tu viendras dîner avec nous ce soir ? C'est un dîner spécial : nous arrivons demain à la Jamaïque.

— Dieu soit loué ! Bon, je verrai, grommela-t-elle sans grand enthousiasme. Si je me sens mieux.

En fait, elle ne se montra que lorsque le *Jillian* entra dans Montego Bay, et seulement quand papa fut venu lui dire que nous étions arrivés. La journée était particulièrement belle, elle offrait tout ce que l'on s'attend à trouver aux Caraïbes : ciel d'azur, brise odorante, musique jaillissant de partout à la fois. Je jouais au ping-pong sur le pont supérieur avec Mélanie et Clara Spenser, avec qui je m'étais liée au cours du voyage. Que se passa-t-il pendant ce temps-là entre papa et maman ? Je l'ignore. En tout cas, je vis des porteurs débarquer les bagages de maman et les charger dans un taxi.

Je n'en crus pas mes yeux. Que signifiait tout cela ? Nous n'étions pas supposés coucher à l'hôtel ! Le *Jillian* devait rester trois jours à quai, le temps pour les touristes de faire des achats et prendre un peu de bon temps avant de rentrer à Boston... Je m'aperçus tout à coup que papa me faisait signe de le rejoindre.

— Ta mère te demande en bas, Leigh.

Pauvre papa, comme il avait l'air triste, malheureux ! Les yeux baissés, il regardait fixement le pont. Mon estomac se crispa, si violemment que j'en eus la nausée.

Je trouvai maman debout, vêtue d'un ensemble de

soie vert olive, gants et foulard assortis, sa fleur de lys en perles au corsage. Elle avait rejeté ses cheveux en arrière et, quand j'entrai, elle ajustait sur sa tête son petit chapeau coquille d'œuf. L'appartement embaumait le jasmin.

Il ne restait plus rien de la pâleur maladive de maman. Son teint et ses lèvres avaient retrouvé leur éclat. Elle s'était maquillée, même les cils... Cette guérison miraculeuse m'emplit d'une soudaine frayeur.

— Oh, Leigh, tu étais là ? J'ai pris une décision, annonça-t-elle tout à trac. Je rentre à Boston.

Ses paroles me firent l'effet d'un coup de tonnerre et mon cœur se mit à cogner dans ma poitrine.

— Tu rentres ? Mais comment ?

— Le commandant m'a trouvé un vol pour Miami, en Floride. Là, j'aurai une correspondance pour Boston.

— Mais... et nos vacances à la Jamaïque ?

Je n'en croyais pas mes oreilles. Mais le plus difficile à avaler, c'était qu'elle avait fait tranquillement ses plans, alors que je la croyais malade ! Je ne pus cacher ma déception.

— Pourquoi fais-tu cela, maman ?

— Il se trouve que ces fameuses vacances n'ont rien d'une partie de plaisir, Leigh. Pas pour moi en tout cas, tu le sais bien.

Elle lissa ses gants avec soin. Elle avait manifestement l'intention de faire une sortie remarquée, sachant qu'une foule de passagers assisteraient à son départ en se posant des questions. La femme du propriétaire ne saurait passer inaperçue.

— Enfin, maman, nous sommes arrivés, maintenant. Tu ne risques plus d'avoir le mal de mer !

— Et le retour, tu y as pensé ? Tu voudrais que je revive tout cela ?

— Non, mais je voudrais que nous restions tous ensemble. Aller au restaurant, faire des achats ensemble, aller nous baigner...

— Ton père n'aura pas le temps, de toute façon. Il ne voudra même pas descendre à terre. Tu te rappelles, à Londres, le mal que nous avons eu à lui faire quitter le bateau ? Et si nous n'avions pas fait cette visite organisée, nous n'aurions même pas vu la ville !

— C'est lui qui nous a fait faire cette visite, maman, et nous nous sommes bien amusés. J'ai pris toutes sortes de photos, rappelle-toi : London Bridge, Big Ben, la Tour de Londres... C'était bien, non ? Ici aussi, ce sera amusant, tu verras. Reste avec nous, maman, s'il te plaît. S'il te plaît ! implorai-je, priant silencieusement pour qu'elle change d'avis.

Elle se détourna brusquement.

— Je ne peux pas. Je suis désolée mais c'est impossible. Tu comprendras plus tard.

— Pourquoi ? Que veux-tu dire ?

Mon cœur battait la chamade. Pourquoi plus tard ? A quel affreux malheur fallait-il m'attendre ?

— Pour l'instant, ne te pose pas de questions, Leigh. Profite du reste de tes vacances, je t'attendrai sur le quai à ton retour. (Elle prit mon visage entre ses mains et m'embrassa sur la joue.) Allons, sois bien sage... et ne fais pas de mécanique en mon absence, surtout !

— Oh, manman !

Je pleurais à chaudes larmes, maintenant, mêlant à mes sanglots le nom que je donnais à maman quand j'étais toute petite. Oh, si seulement j'avais pu retourner en arrière, retrouver la sécurité et le bonheur de mon enfance !

— Je t'ai laissé quelques bijoux pour te faire belle quand tu sortiras le soir. Prends-en bien soin.

Elle me caressait les cheveux d'un air distrait, l'esprit ailleurs, et je baissai la tête, accablée.

— Merci, maman.

Rien de ce que je pourrais dire ne la ferait changer d'avis, je le savais. Je me sentais affreusement seule et désarmée, et pourtant... c'était surtout pour papa que j'avais de la peine. De quoi aurait-il l'air, quand tout le monde apprendrait que sa femme était partie subitement pour rentrer à Boston en avion ? Personne ne croirait qu'elle était trop malade pour rester à bord en la voyant se pavaner sur le pont comme un mannequin de mode ! Elle avait préparé sa sortie comme si une armée de photographes l'attendaient sur le quai. Je pris aussitôt la résolution de me ressaisir, afin de ne pas augmenter l'embarras de papa.

— L'escale ne dure que trois jours, Leigh, et je crois que tu t'es fait des amies à bord ? Ces petites Spenser... je me suis renseignée auprès du commandant. Excellente famille. D'ailleurs, je suis un poids pour tout le monde, ici. Ce n'est drôle ni pour vous, ni pour moi, tu le comprends ?

J'approuvai d'un signe de tête réticent. Non, je ne comprenais pas. Quel besoin avait-elle de me fournir d'aussi pauvres excuses ? Que signifiait sa conduite ? Pourquoi nous faire tant de peine à tous deux, papa et moi ? Décidément, plus on vieillissait, plus il semblait difficile d'être heureux... En serait-il de même pour moi ?

— Bon, je m'en vais, maintenant. Rends-toi utile, prends ma trousse de maquillage, s'il te plaît.

Je la suivis, en proie à un affreux sentiment de vide. Maman, maman s'en allait... mais pourquoi ? Se souciait-elle donc si peu de nous ? Sur le seuil, elle se retourna une dernière fois et son regard semblait dire : « Bon débarras ! »

A ma grande surprise, papa ne nous attendait pas sur le pont. Allait-elle partir sans l'embrasser ? Elle ne demanda même pas où il était, descendit tranquillement la passerelle et marcha vers le taxi qui l'attendait.

— Maman, où est papa ?

Mon regard angoissé le chercha sur le pont, en vain.

— Nous nous sommes déjà dit au revoir tout à l'heure, se hâta de répondre maman en me reprenant sa trousse. A bientôt, Leigh, et sois bien sage. Tout s'arrangera, bien mieux que tu ne peux l'imaginer, je te le promets.

Bizarrement, cette promesse ne fit qu'augmenter ma frayeur.

J'eus droit à un dernier baiser, et maman s'engouffra dans son taxi. Comme elle était radieuse quand elle agita la main en signe d'adieu ! Je regardai la voiture démarrer et me retournai vers le *Jillian* : papa était au bastingage. Il regardait en bas, figé comme une statue, l'air abattu, vieilli, ravagé de chagrin. Je le trouvai soudain tout gris, très vieux, et les larmes ruisselèrent sur mes joues. Qu'était devenue notre vie merveilleuse, dédiée au bonheur ? Jusque-là, les mots magiques « il était une fois » me semblaient inventés spécialement pour nous. Maintenant, je tremblais à l'idée de les employer dans mon journal. Ils avaient pris une signification nouvelle, menaçante.

J'en voulais à maman de nous avoir quittés ainsi et pourtant... elle me manquait. Au cours des autres croisières, nous faisions toujours tellement de choses ensemble ! C'était très amusant de courir les magasins avec elle, et, où que nous fussions, elle trouvait toujours un bon restaurant pour déjeuner, le meilleur et le plus à la mode. A table, elle faisait toutes sortes de commentaires sur les gens, s'amusait à deviner qui ils étaient, ce qu'ils faisaient dans la vie, leur milieu, leur fortune... N'importe qui devenait intéressant, avec elle !

Partout où nous allions, maîtres d'hôtel et vendeurs accouraient pour la servir comme s'il se fût agi d'une altesse royale. Elle parlait un peu le français et l'italien, qu'elle avait appris toute seule grâce à des méthodes modernes. A la maison, elle n'arrêtait pas de passer les disques, pour s'exercer. Si elle commettait une erreur ou prononçait de travers, elle le faisait avec une telle assurance que personne n'osait la reprendre. Et quand elle achetait ou commandait quelque chose, elle me chuchotait toujours une remarque sur sa façon de faire pour que j'apprenne, moi aussi. Rien d'étonnant à ce que je me sente si désemparée, maintenant qu'elle était partie. Tous mes projets avaient brusquement perdu tout intérêt. Et il fallait encore que je réconforte papa, par-dessus le marché !

Le premier jour, il trouva un dérivatif dans ses occupations : entre les formalités portuaires et la mise au point des excursions, il eut suffisamment à faire. Les

Spenser m'avaient invitée à dîner avec eux à Montego Bay, mais, pour cette première soirée sans maman, je ne voulais pas laisser papa tout seul, même s'il insistait pour que je sorte. Je savais qu'il était au courant de cette invitation, Mme Spenser l'avait consulté le premier ; mais ce ne fut pas avant la fin de l'après-midi que nous eûmes l'occasion d'en parler. Je le rejoignis dans le bureau du commandant, qui, leur entretien terminé, nous abandonna la place.

— Tu devrais sortir avec tes amies, Leigh, je tiens à ce que tu t'amuses.

— Mais, papa, je croyais que nous irions dîner ensemble !

— Je dois rester à bord pour travailler, répliqua-t-il. Je me contenterai d'un petit casse-croûte.

— Je pourrais le partager avec toi, et t'aider dans ton travail.

— Non, il n'en est pas question, protesta-t-il en secouant la tête.

Il avait les traits tirés, les yeux cernés et l'air si abattu... j'en eus le cœur serré. Je ravalai mes larmes et m'efforçai de parler sans trembler, d'une voix de petite fille.

— Pourquoi maman est-elle partie comme ça, papa ? Tu ne pouvais pas lui envoyer le médecin du bord pour lui parler ?

— Il ne s'agissait pas seulement de son mal de mer, Leigh. Elle n'avait pas vraiment envie de faire cette croisière.

— Mais pourquoi, papa ? Elle rêvait de la Jamaïque, presque tous ses amis y étaient allés. Une fois, elle a même découpé une publicité dans un magazine pour l'accrocher dans ton bureau, tu te rappelles ? Celle qui disait : « La Jamaïque... le paradis sur terre ! »

Papa hocha la tête en soupirant.

— Elle aurait aimé y aller en simple passagère, dit-il tristement. Pas en tant que femme du directeur de la ligne !

— Mais elle n'avait presque rien à faire à bord ! Nous

avions le plus bel appartement, tu faisais tout ce qu'elle voulait.

— Il faut croire que non, Leigh. Il semble que je l'aie toujours déçue.

— Mais pourquoi ? Comment ? Nous ne manquons de rien, grâce à toi. Nous avons une maison magnifique, nous pouvons nous acheter pratiquement tout ce que nous voulons. Toutes mes amies nous envient.

— Ces choses-là ne suffisent pas toujours, répondit papa.

Il me regarda longuement et me sourit avec tendresse.

— Tu lui ressembles tellement, parfois ! Surtout quand tu es déçue. Et pourtant, vous êtes si différentes...

— C'est vrai ?

Je n'en revenais pas. Lui qui disait toujours que nous nous ressemblions comme deux sœurs... surtout devant elle. Était-ce parce que je n'aimais pas les mêmes choses qu'elle, enfin, pas autant qu'elle les aimait ?

— En quoi sommes-nous si différentes, papa ? Je sais bien qu'elle est très jolie et que...

— Mais non ! coupa-t-il vivement, je ne voulais pas dire ça. Tu seras beaucoup plus jolie que ta mère.

Il était sincère, c'était visible. J'en éprouvai un véritable choc. Moi, beaucoup plus jolie que maman ?

— Et tu n'auras pas autant d'efforts à faire pour cela ! Loin de moi l'idée de nier sa beauté, crois-moi. Mais tu ne seras pas aussi occupée de toi-même, voilà tout.

— Comment peux-tu en être si certain, papa ?

Je tenais beaucoup à le savoir. Car, tout en pensant qu'il avait raison, je n'en étais pas tout à fait sûre moi-même.

— Tu as une autre tournure d'esprit, Leigh. Tu t'intéresses à une foule de choses, tu as soif de connaissances. Sans être un garçon manqué pour autant, comme ta mère s'imagine que je veux te voir devenir. Pas du tout. Tu es femme jusqu'au bout des ongles.

Malgré les circonstances, ces paroles m'allèrent droit au cœur. Je me sentis baignée de chaleur et d'amour.

— Ta mère est encore très jeune, Leigh. Quand je l'ai rencontrée, au Texas, il y a des années de cela, je n'ai pas voulu attacher d'importance à notre différence d'âge. Il faut croire que l'amour est aveugle.

Papa se renversa dans son fauteuil.

— L'amour... il peut vous éblouir comme un reflet de soleil sur l'eau. On ne peut pas en soutenir l'éclat, et on se protège les yeux de la main. Ou bien on les ferme, et on ne voit plus que ce que l'on souhaite voir. Tu comprends ? Es-tu assez grande pour comprendre cela, ma petite Leigh ?

Je hochai la tête. Papa et moi abordions rarement ce genre de sujets, sérieux, adultes. Chaque fois qu'il était sur le point de le faire, il se reprenait et disait : « Bah, je suppose que ta mère te parlera de cela un de ces jours. »

— Peut-être comprends-tu vraiment, observa-t-il en souriant. Je te soupçonne d'être beaucoup plus intelligente que ta mère.

— Mais qu'est-ce que tout cela a à voir avec ce qui nous arrive, papa ?

— Eh bien, comme je te le disais, ta mère était très jeune quand nous nous sommes rencontrés. Elle a mûri très vite, certes. Mais moi, je suis resté le même. Mon caractère était déjà formé, tu comprends, mes habitudes aussi. En avançant en âge, ta mère a souhaité me voir changer, et j'ai essayé, sans succès. Il faut croire que je n'en suis pas capable. Et ta mère en a beaucoup souffert.

— Mais de quelle façon, papa ?

— De quelle façon ? Eh bien... pendant nos croisières, par exemple. Elle aurait voulu que je me comporte comme un passager ordinaire. Que je me lève tard, me prélasse sur le pont, ou joue aux cartes. Que je passe mes nuits à danser et à boire du champagne, pour faire à nouveau la grasse matinée le lendemain, en me déchargeant de mon travail sur le personnel.

Papa eut un sourire attendri.

— Elle peut être si puérile, parfois ! Je n'ai jamais vu une femme aussi assoiffée de plaisirs. J'avais beau la couvrir de bijoux, l'emmener dans les plus grands restaurants, ce n'était jamais assez. Elle est insatiable. Oh, je la comprends, tu sais. Elle est jeune, belle, pleine de vie. Tandis que moi, avec une affaire de cette importance à diriger... je n'avais pas beaucoup de temps à consacrer aux frivolités.

Il secoua la tête d'un air désabusé.

— J'aurais pourtant volontiers donné à ces distractions cinq heures de mon temps pour une heure de travail, si cela avait pu la satisfaire ! Mais je crains que ce ne soit pas dans ma nature... ou alors je suis trop vieux pour cela. Et pour répondre à ta question, acheva-t-il en souriant, voilà comment j'ai déçu ta mère.

Il me fut impossible de retenir plus longtemps mes larmes, ce qui fit bondir papa de son fauteuil. Il s'approcha de moi pour me consoler.

— Allons, allons, ma petite Leigh. Ne me fais pas regretter de t'avoir parlé comme à une grande personne.

Je balayai mes joues du revers de la main et souris, mais mon cœur était lourd de chagrin.

— Non, papa. Et maintenant, que va-t-il se passer ?

— Nous verrons bien. Ta mère a besoin d'être un peu seule pour réfléchir. En attendant, aspirant Van Voreen... vous et moi sommes responsables de cette croisière, compris ?

— Oui, papa.

— Alors, voici mon premier ordre. Va dîner avec tes amies et leurs parents, et amuse-toi bien.

— Et s'ils me posent des questions sur maman ?

Papa réfléchit quelques instants.

— Dis que d'importantes affaires de famille l'ont obligée à rentrer d'urgence. Personne ne t'en demandera plus. Et si cela arrive, réponds que tu n'en sais pas plus. Eh bien...

Il tapa dans ses mains.

— Voilà qui devrait régler le problème. Demain, tu

pourras courir les magasins avec tes amies, et même faire quelques emplettes, si tu veux. Pour l'après-midi, je vous propose une baignade, et le soir, je t'emmène dîner. Un des porteurs jamaïcains m'a parlé d'un restaurant où l'on sert un certain poulet sauté qui vaut le déplacement, paraît-il. Alors, qu'en penses-tu ?

— Cela me plaît beaucoup, papa.

— Tant mieux. Je te demanderai un compte rendu de ta journée un peu plus tard. Et à propos, ton livre de bord ? Il doit commencer à se remplir ?

— Oh oui ! J'écris tous les jours quelque chose.

— Parfait.

Il m'attira à lui, m'embrassa sur la joue et je respirai son odeur familière. Lotion de toilette, tabac de pipe et une bouffée de fraîcheur marine. Dommage que nous n'ayons pas eu de telles conversations plus tôt, méditai-je. Maman avait bien raison d'être jalouse de son travail. J'aurais voulu qu'il m'ait consacré plus de temps, et parlé davantage de lui quand il avait mon âge, et même avant. Je m'avisai tout à coup qu'il ne m'avait jamais donné sa version de leur beau conte de fées, à tous les deux. Peut-être y consentirait-il un jour ?

Non, il était bien trop réservé. Il ne voudrait jamais décrire ce qu'il avait éprouvé en voyant maman pour la première fois. Ni la scène de la demande en mariage, quand il s'était mis à genoux. Il n'avait jamais exprimé de critiques envers Grandma Jana et les sœurs de maman. Et quand elle les dénigrait en notre présence à tous deux, il hochait simplement la tête ou regardait ailleurs. J'aurais tellement voulu en savoir plus ! Mais maintenant, j'étais plus mûre, et il le voyait bien. Peut-être m'en dirait-il davantage ?

Notre petite conversation m'ayant suffisamment remonté le moral, j'allai dîner avec les Spenser. Ils m'emmenèrent dans un charmant restaurant italien, le Casablanca. On y mangeait en plein air, au son d'un petit orchestre : trois musiciens et un chanteur à la voix des plus romantiques. M. et Mme Spenser dansèrent comme des amoureux, si étroitement enlacés que mes amies en parurent gênées. Elles pouffaient comme des écolières. Je comprenais leur embarras, tout en m'émerveillant devant ce couple si tendrement uni. Je ne pus m'empêcher de fermer les yeux et d'imaginer mes parents à moi, dansant à cette même place, sous le ciel étoilé, accompagnés par ces chansons d'amour.

L'amour est aveugle, disait papa. Si aveugle que cela ? Quand on tombe amoureux, n'a-t-on vraiment pas la moindre petite lueur sur ce que ce bel amour deviendra ? A en croire maman, si elle avait pu deviner ce qui l'attendait, elle aurait refusé sa main à papa, quitte à rester toute sa vie au Texas avec ses horribles sœurs.

— Si je tombe amoureuse, dis-je à mes amies, je veux que cela se passe comme pour vos parents.

Elles me dévisagèrent d'un air intrigué, toutes deux prêtes à rire. Il s'en fallut de peu, mais mon air grave les en empêcha. Elles se contentèrent de sourire mais je devinai qu'elles parleraient de moi quand elles seraient seules. Un rien les amusait ! Nous avions à peu près le même âge, pourtant. Mais je me sentais beaucoup plus vieille.

Tout cela me troublait beaucoup. Peut-être que l'âge ne comptait plus, pour les grandes personnes. Peut-être papa avait-il voulu me faire comprendre que maman n'était jamais vraiment devenue une grande personne ? Enfin, pas celle qu'il aurait voulu ?

La musique et les étoiles me parurent soudain très tristes. Je fus soulagée quand arriva l'heure de regagner le *Jillian*. Papa nous attendait à bord. Il s'entretint un moment avec les Spenser et les remercia de m'avoir emmenée dîner, puis voulut savoir si j'avais passé une bonne soirée.

— Très bonne, affirmai-je, ne mentant qu'à demi. Mais j'ai hâte d'être à demain pour me retrouver seule avec toi. Ce sera *notre* soirée, cette fois.

— Ô mon Dieu ! s'exclama-t-il, j'ai peur que tu ne doives attendre un jour de plus. Je reçois quelqu'un de très important à bord, demain : le gouverneur de l'île. Tu comprends ça, Princesse ?

Je cachai ma déception sous un sourire, exactement comme le faisait maman.

— Oui, papa. Je vais me coucher, je n'en peux plus.

Il me dit bonsoir en m'embrassant et descendit vérifier quelque chose à la cuisine. Je me précipitai en courant vers mon appartement, claquai la porte derrière moi et m'effondrai en pleurant sur mon lit. Je ne pleurais sur rien en particulier, mais sur tout. Tout ce qui m'accablait. Le départ de maman, cette image d'un couple uni et amoureux, le chagrin de papa, leur bonheur impossible à tous les deux, maman et lui. Et sur ma propre frustration, parce qu'il ne trouvait jamais le temps d'être seul avec moi.

Quand j'eus versé toutes les larmes de mon corps, la fatigue me terrassa. Je me mis au lit et me roulai en boule, mon ours entre les bras. J'entendais l'orchestre jouer un air langoureux dans la salle de bal, l'eau clapoter contre la coque et même, en tendant l'oreille... les battements de mon cœur.

Jamais je ne m'étais sentie aussi seule, et le sommeil fut le bienvenu. Je m'y laissai couler comme une pierre au fond d'un puits.

5

Naufrage

Pendant toute la durée de notre séjour à Montego Bay, je me donnai beaucoup de mal pour avoir toujours quelque chose à faire et oublier un peu l'absence de maman. Mais j'y pensais quand même, et chaque fois, mon cœur pesait comme une pierre dans ma poitrine. Nous avions fini par nous lier avec deux garçons, les sœurs Spenser et moi. Au début, ils nous regardaient de haut, car ils se préparaient à entrer à l'université et n'en étaient pas peu fiers. Nous n'étions que des gamines à leurs yeux. Je les avais souvent vus ensemble sur le pont, en train de se prélasser dans un transat ou de jouer aux échecs. Ils ne m'avaient jamais prêté la moindre attention, à mes amies non plus.

Le plus grand des deux, un blond très svelte aux yeux noisette, se présenta lui-même : Fulton Wittington Junior. Son ami, Raymond Hunt, était beaucoup plus râblé et nettement moins beau, mais aussi bien plus simple et décontracté. Je crois que je lui ai plu car c'est lui qui a commencé à me taquiner, un jour où nous jouions au palet sur le pont, toutes les trois.

— Vous tenez cette crosse comme un balai ! lança-t-il d'un ton narquois.

Bien qu'il ne fût pas très beau — sa bouche était trop grande et son nez trop mince —, il avait un sourire très chaleureux... quand il voulait bien sourire.

— Comme c'est bizarre ! Je n'ai jamais tenu de balai.

Sur ce, je leur tournai le dos, ce qui les fit rire aux éclats.

— Je ne me moquerais pas d'elle, à votre place ! lança Clara, les poings aux hanches. Son père est le propriétaire de la compagnie.

— Ah oui ?

Fulton devint subitement plus attentif, et surtout bien plus aimable. Ils se joignirent à nous, pour nous donner des conseils d'abord, puis simplement pour s'amuser. Nous déjeunâmes à la même table et décidâmes d'aller nous baigner tous ensemble l'après-midi. Sur la plage, les sœurs Spenser n'arrêtaient pas de glousser et de chuchoter, ce que je trouvai aussi impoli que puéril. Elles finirent par aller faire les petites folles dans l'eau et je me retrouvai seule sur un grand drap de bain avec les deux garçons, un de chaque côté.

Le soleil tapait dur, même si on ne s'en rendait pas compte, avec la brise de mer. Heureusement, j'avais toutes les crèmes solaires de maman à ma disposition. Fulton, Raymond et moi discutâmes d'un tas de choses, comme les études, le cinéma, la mode... Et je découvris que nous avions à peu près les mêmes goûts et opinions.

Fulton parla de la maison de vacances de ses parents, à Cape Cod, et je dis que j'avais récemment été au bord de l'Atlantique, à Farthinggale Manor. Je ne fus pas peu surprise d'apprendre que non seulement il en avait entendu parler, mais que ses parents possédaient deux miniatures Tatterton. Une réplique de la Tour de Londres et une de la Bastille.

— De vraies merveilles ! s'exclama-t-il. Il y a même une petite guillotine qui fonctionne. Si vous mettiez le petit doigt sous le couperet... hop ! Tronçonné.

— En voilà une idée ! m'écriai-je avec une grimace de dégoût.

— De nombreux amis de mes parents collectionnent les jouets Tatterton. Mon père a donné des instructions spéciales au directeur commercial pour qu'il l'avertisse dès qu'ils mettront en vente une autre prison célèbre.

— Moi, c'est ma mère qui rêve d'un jouet Tatterton, dit Raymond. Papa doit lui en acheter un pour Noël.

Fulton ajouta que ses parents étaient très fiers des leurs, et me posa toutes sortes de questions sur Farthinggale Manor. Je me lançai dans une description de la propriété et leur parlai de Tony, de Troy et du labyrinthe. Ils semblaient fascinés. Et moi j'étais très fière de mon succès auprès de ces deux garçons plus âgés que moi, très riches apparemment, et qui paraissaient avoir tant d'expérience. Je crois que maman aurait été fière de moi, elle aussi.

A plusieurs reprises, j'appelai mes amies pour qu'elles viennent se mettre de l'huile solaire, mais elles ne m'écoutèrent pas. Leur cou et leurs épaules rôtissaient à vue d'œil et bien avant l'heure de rentrer, elles avaient déjà un bon coup de soleil. Tandis que nous les regardions de loin, Fulton observa :

— On ne dirait vraiment pas que vous êtes du même âge, toutes les trois. Je n'arrive pas à le croire !

— On vous prendrait pour une étudiante, dit Raymond, aussitôt approuvé par Fulton.

Au grand soleil, ma rougeur passa inaperçue, mais leur façon de me regarder chatouilla agréablement mon orgueil. Je trouvai cela très excitant.

Et le soir, de la table du commandant où nous dînions avec le gouverneur, je leur adressai un petit signe de la main. Tout le monde ne parlait que de tourisme et des perspectives qui s'ouvraient pour la Jamaïque, en passe de devenir le paradis des vacanciers. Quand le gouverneur nous dit qu'il espérait mettre les plaisirs de son île à la portée de tous, je me félicitai de l'absence de maman. Elle qui tenait tellement à fréquenter les lieux réservés aux privilégiés de ce monde, elle en aurait fait, une tête !

Clara et Mélanie n'étaient pas descendues dîner, et je demandai de leurs nouvelles à leurs parents. J'appris qu'elles avaient dû garder la chambre, tellement elles souffraient de leurs coups de soleil. Le repas terminé, Raymond et Fulton m'accompagnèrent au spectacle antillais, qui fut un des plus réussis jamais donnés à bord. Il y eut des danses folkloriques en costume du pays et chapeau de paille, et un orchestre de calypso qui jouait sur des bidons : vingt-deux musiciens et chanteurs ! Toutes les chansons parlaient des Îles et de l'amour. Après quoi, on passa au *limbo*.

Les danseurs devaient se balancer d'avant en arrière et se glisser sans la toucher sous une perche de bambou. On l'abaissait de plus en plus, et finalement il ne resta presque plus personne en jeu, sauf un danseur de l'île. Il se renversa en arrière jusqu'à n'être plus qu'à quelques centimètres du sol et se faufila sous le bambou comme un serpent, à la grande joie du public.

Le lendemain, je passai presque toute la journée avec Fulton et Raymond. Ils m'apprirent à jouer aux échecs, puis nous retournâmes sur la plage pour nous baigner. Quand la chaleur fut un peu tombée, en fin d'après-midi, nous allâmes explorer le quartier commerçant de la ville. Je rapportai un ravissant foulard de soie peint à la main pour maman, dont je savais qu'il lui plairait, et pour papa une canne sculptée, ornée de poissons du haut en bas.

Fulton et Raymond voulaient m'emmener faire le tour du port en bateau à fond vitré, mais j'avais hâte de rentrer m'habiller pour dîner. C'était ce soir-là que nous devions aller au restaurant, papa et moi, et j'espérais que nous passerions une soirée merveilleuse à bavarder. Je mis quelques-uns des bijoux fantaisie de maman et m'assis devant ma coiffeuse pour me brosser les cheveux. Cent coups de brosse, selon la consigne, puis une touche de rouge à lèvres et une bouffée de jasmin. Je choisis un chemisier de soie bleu vif à col incrusté de dentelle et une jupe plissée assortie. Puis, afin de paraître plus âgée et plus dans la note, je déboutonnai le haut de ma blouse : les deux premiers boutons.

Le bleu vif et mes boucles d'oreilles en argent mettaient très en valeur mon hâle uni. Je me trouvai sensationnelle et souhaitai, sans trop y croire, que papa soit du même avis. C'était celui des jeunes gens, en tout cas. Je leur plaisais, ils me trouvaient intéressante et amusante à la fois. Je portais les bijoux de maman, ce soir, son parfum. Et je m'avouai à moi-même, pour la première fois, qu'il existait une ressemblance frappante entre nous. Peut-être étais-je vraiment en train de devenir jolie, après tout... ou était-ce de la vanité de ma part ? J'avais beau me dire qu'il n'est pas bon d'être trop content de soi, je ne pouvais m'empêcher d'admirer mon image. Bah, après tout, qui le saurait ? Il n'y avait pas de témoins !

Je m'amusai à prendre des poses, à imiter les attitudes et les expressions de maman. Je rentrai mes joues, j'ondulai des épaules, et je fis pointer ma poitrine pour la mettre en valeur. Puis j'imaginai qu'un beau jeune homme me regardait à travers la piste de danse. Fallait-il sourire et l'encourager ? Maman l'aurait sans doute fait, quitte à déplaire à papa. Je me retournai lentement, souris... et éclatai de rire. Je me moquais de moi-même et de ma sottise, mais c'était si amusant d'être un peu sotte, parfois ! Je pris une grande inspiration, vérifiai une dernière fois ma coiffure et sortis pour rejoindre mon chevalier servant : papa.

Il m'attendait sur le pont et ma belle assurance m'abandonna tout à coup. Si j'allais ne pas lui plaire, ainsi ? Son premier regard fit s'envoler mes craintes. Il sourit, ses yeux brillèrent de plaisir comme lorsqu'il voyait apparaître maman, prête à sortir avec lui pour un dîner ou une soirée.

— Est-ce que je te plais, comme ça ?

Je croyais entendre la voix de maman me chuchoter : « Ne parais jamais trop sûre de toi, même si tu l'es. Une femme doit toujours avoir l'air de douter d'elle-même. »

— Tu es resplendissante, Princesse ! s'exclama papa.

En même temps, il se tourna vers une personne dont je n'avais pas remarqué la présence et ajouta :

— Nous sortons avec la plus jolie fille de la Jamaïque, ce soir, commandant.

— C'est bien mon avis, approuva le capitaine Willshaw.

Je ne pus cacher mon trouble ni ma déception quand papa précisa :

— Le capitaine Willshaw m'a recommandé le meilleur restaurant de l'île et il veut bien se joindre à nous. N'est-ce pas très gentil de sa part ?

— De dîner avec nous... Oh si, bien sûr !

J'en étais malade. Comment papa ne comprenait-il pas tout ce que j'attendais de cette soirée, notre soirée ? Ce devait être notre grande nuit jamaïcaine, un tête-à-tête, l'heure entre toutes qui nous aurait permis de parler cœur à cœur et de nous réconforter l'un l'autre. J'avais tant de choses à lui dire ! Je voulais lui parler de mes nouveaux amis, des jouets Tatterton, de mon cadeau pour maman. Lui faire part de mes résolutions d'être bien sage, de ne plus rien faire qui puisse déplaire à maman et être une cause de discorde entre eux.

Par-dessus tout, je souhaitais l'entendre dire que je lui rappelais maman, et à quel point elle lui manquait. J'espérais qu'il me parlerait des premiers jours de leur idylle, quand leur amour était encore tout neuf, intense, ardent... comme celui que je souhaitais connaître un jour.

Après le dîner, nous nous serions promenés dans la belle nuit de la Jamaïque, main dans la main. Et les étoiles auraient souri de notre bonheur.

Au lieu de quoi, il ne fut question que de la croisière. Le capitaine Willshaw et lui passèrent en revue le déroulement de chaque journée, minute par minute, discutant des changements ou des améliorations possibles. J'écoutais, poliment. Normalement, tout cela aurait dû m'intéresser mais ce soir... Ce soir j'avais espéré que papa me traiterait comme une femme. Je m'ennuyais et j'étais terriblement malheureuse. La cuisine était exquise, mais j'avais l'appétit coupé et je dus me forcer pour manger. Papa ne s'en aperçut même pas.

Le repas terminé, il nous fallut rentrer à bord sans perdre un instant : on donnait une fête pour la dernière soirée d'escale, avec spectacle et grand bal. J'annonçai à papa que je me retirais dans mes appartements et que je le retrouverais un peu plus tard.

— Tout à fait comme ta mère ! sourit-il en adressant un clin d'œil au capitaine Willshaw. Tu vas te repoudrer le nez, pas vrai, Princesse ?

Je baissai la tête, retenant les larmes qui tremblaient au coin de mes paupières.

— Oui, papa.

— Contente ? demanda-t-il avec sollicitude. Les plats n'étaient pas trop épicés ? Tu n'es pas fatiguée, au moins ?

— Non, papa.

Je dus me mordre les lèvres pour ne pas pleurer. Pourquoi me traitait-il à nouveau comme une petite fille ? Il ne voyait donc rien ? Les hommes ne voyaient-ils jamais rien ? Aux questions qui se bousculaient dans ma tête, seule une femme aurait pu répondre.

Je regagnai ma chambre dans un tel état de solitude et d'abandon que mon seul réflexe fut de me laisser tomber sur mon lit pour pleurer. Un bref instant, je captai mon reflet dans le miroir. La jolie fille au teint doré, avec sa robe ravissante et ses bijoux d'argent, avait l'air bien pitoyable, le visage barbouillé de larmes. Je me trouvai ridicule, comme une petite fille qui chercherait à imiter sa mère. Moi qui espérais qu'en me voyant, en reconnaissant le parfum de maman, papa serait ému par son souvenir et se montrerait plein de tendresse envers moi ! Je tombais de haut.

Je n'avais jamais eu autant besoin de maman. J'aurais voulu l'entendre dire ce qu'elle ressentait, quand elle se faisait belle pour éblouir un homme et qu'il ne lui prêtait aucune attention. Que faire, à qui parler ? Je n'avais personne à qui me confier, en tout cas pas les sœurs Spenser, ni leur mère. Au point où j'en étais, n'importe quelle mère m'aurait suffi. Mais personne n'était là pour m'écouter, me consoler. Et je pensai à ce que pouvait ressentir un véritable orphelin. N'avoir personne qui vous aime, qui ne sourie pas de vos plus intimes confidences... ce devait être affreux. Je me sentais tellement seule ce soir ! Un peu comme un naufragé en pleine mer, ballotté au gré des vagues, appelant en vain au secours. Il n'y avait personne pour m'entendre.

J'essuyai mes larmes et contemplai mon reflet dans le miroir. Peut-être aurions-nous l'occasion de parler sur le chemin du retour, papa et moi ? Peut-être ne tenait-il pas tellement à évoquer certains sujets trop douloureux ? C'était à moi de me montrer compréhensive et patiente : il avait déjà tant de responsabilités et de soucis ! Cette pensée me rendit courage.

« Personne ne s'attendrit sur les faibles, m'avait dit un jour maman. La pitié est le sentiment le plus dégradant qui soit. Si tu es malheureuse, ne donne à personne la satisfaction de s'en apercevoir. Cela ne te vaudrait que du mépris. »

— Très bien, soupirai-je, comme si elle pouvait m'entendre, je ne dirai rien de mes peines, à personne. Je saurai faire face, maman. Pour papa, pour toi... et pour moi.

Je me levai, bien décidée à m'en tenir à ces résolutions. Mais au fond de mon cœur, je savais bien qu'en regagnant ma chambre, ce soir, je n'aurais rien de plus pressé que de me blottir sous mes draps, dans le noir. Et que je pleurerais comme un bébé jusqu'à ce que le sommeil ait raison de mon chagrin.

Le retour me parut bien plus long que l'aller, tant j'étais impatiente de revoir maman... et surtout de la voir accueillir papa à notre arrivée. Je priais chaque soir pour qu'elle ne soit plus fâchée contre lui. Je lisais beaucoup et travaillais avec M. Abrams, mon répétiteur. Je jouais aux échecs avec Raymond et Fulton, j'allais au spectacle ou au cinéma en leur compagnie et passais des heures avec les sœurs Spenser. Papa semblait plus occupé que jamais. Le dernier jour, ce fut à peine si je le vis. Il ne déjeuna pas avec moi et, au dîner, n'eut pas une minute à me consacrer. Une foule de passagers vinrent lui exprimer leur satisfaction et plusieurs membres de l'équipage et du personnel l'assaillirent de questions. Un vrai défilé.

La veille de notre arrivée à Boston, Raymond et Fulton vinrent me voir chacun de leur côté pour échanger nos adresses. Tous deux promirent de m'écrire, et même de me rendre visite à la première occasion. Je fus très flattée par ces marques d'attention. Raymond m'embrassa furtivement sur la joue, rouge comme un coq, et je sentis mon cœur s'emballer. C'était la première fois qu'un garçon de son âge m'embrassait ! Fulton se contenta de me serrer la main, mais d'une façon très spéciale. Les épaules rejetées en arrière, il me dévisagea comme s'il voulait graver mes traits dans sa mémoire.

Après leur départ, je fis mes valises et papa me dit de les laisser derrière la porte de l'appartement. Les porteurs devaient venir les prendre le lendemain matin, pendant le petit déjeuner. L'horaire prévoyait que nous débarquerions peu de temps après.

J'étais surexcitée ce soir-là, et j'eus beaucoup de mal à m'endormir. Je noircis des pages et des pages de mon journal, jusqu'à ce que mes yeux se ferment tout seuls. Mais même après avoir éteint, je continuai à penser à tout ce que je dirais à maman. Il n'était pas question d'oublier le moindre détail !

Au premier rayon de soleil, je sautai du lit et passai sous la douche. J'avais l'intention d'expédier mon petit déjeuner et de monter aussitôt sur le pont, pour ne rien manquer de notre arrivée à Boston. Mais à peine avais-je fini de m'habiller et de me brosser les cheveux qu'on frappait à ma porte. C'était papa. Son complet sombre, qui lui allait si bien d'habitude, paraissait tout défraîchi et son nœud de cravate était mal serré. On aurait dit qu'il s'était habillé dans le noir, ou qu'il avait passé la nuit debout. Et oublié de se coiffer, par-dessus le marché.

— Bonjour, Princesse, dit-il d'une voix sourde.

Comme il paraissait triste ! Son teint était aussi gris que ses cheveux.

— Bonjour papa... Il y a quelque chose qui ne va pas ?

Mon cœur s'affolait, j'avais peur tout à coup. Mais je voulais encore croire à un banal contretemps.

— Non, non. (Papa eut un pauvre sourire et referma la porte derrière lui.) Je tenais à te voir avant que tu ne montes déjeuner... et surtout avant de débarquer.

Je pivotai sur ma chaise. Papa ne tenait plus en place et parcourait nerveusement la chambre du regard, comme s'il ne savait pas où s'asseoir. Il finit par se percher sur le bord du lit, croisa les doigts et se pencha vers moi. Quelque chose le tracassait, je le voyais bien. Sa mâchoire se crispait et les veines de ses tempes saillaient comme si elles allaient se rompre. Il resta si longtemps silencieux que je faillis crier. Ma gorge se noua.

— Mais que se passe-t-il, papa ?
— Leigh... J'ai attendu le dernier moment pour venir te parler. Je voulais t'épargner tout cela le plus longtemps possible, tout ce chagrin...
— Ce chagrin ?

Je portai la main à ma gorge et attendis, raide et figée, qu'il en dise plus. J'entendais battre mon cœur et percevais le léger roulis du navire, le concert de bruits qui précèdent toujours un débarquement. Les voix surexcitées des passagers, celles des porteurs demandant leurs instructions, des claquements de portes, des galopades et des rires d'enfants. Cette agitation fiévreuse rendait plus évident et plus pénible le silence qui pesait entre nous. Je me sentais glacée jusqu'au cœur. Papa se décida enfin à poursuivre :

— Tu te souviens de notre petite conversation, après le départ de ta mère ?
— Oui, fis-je d'une voix presque inaudible.
— Je t'ai dit qu'elle était déçue, par moi d'abord, et par la façon dont les choses avaient tourné entre nous.

Papa avala péniblement sa salive. D'un signe de tête, je l'encourageai à continuer. Ce ne lui fut pas facile.

— Eh bien, il y a quelques jours, j'ai reçu un câble de

ta mère. Elle m'informait qu'elle avait pris une décision et agi en conséquence.

— Quelle décision ? Qu'a-t-elle fait ? m'écriai-je, pressentant le pire.

— A Miami, elle n'a pas pris l'avion de Boston. Elle s'est rendue à Mexico pour entamer une procédure de divorce.

Il glissa rapidement sur les derniers mots, comme un médecin qui annoncerait une mauvaise nouvelle à un malade. Mais ses paroles parurent se figer dans l'air. Mon cœur se mit à cogner furieusement contre mes côtes, je ne sentais plus mes doigts tellement je crispais les mains.

— Une procédure de... divorce ?

Quels mots barbares... Pour moi, le divorce était réservé aux acteurs et au monde du spectacle, il semblait tout naturel dans cet univers à part. Presque inévitable. Mais parmi mes amis, c'était un phénomène inconnu. Et les élèves dont les parents avaient divorcé étaient considérés comme des bêtes curieuses, quand on ne les évitait pas comme des lépreux.

— A vrai dire, soupira papa, je me sens presque soulagé. Depuis des mois, je me demandais quand la catastrophe se produirait. Il ne se passait plus un jour sans que ta mère se plaigne d'être malheureuse et que nous échangions des mots amers. J'ai fait de mon mieux pour te le cacher, et elle aussi je pense. C'est pour cela que je me suis retranché dans mon travail. Au fond, ces difficultés matérielles sont arrivées au bon moment : cela m'occupait l'esprit.

Papa se força à sourire, mais quel pauvre sourire ! Si triste, si doux, si fragile... Je n'attendis pas qu'il s'évanouisse et dominai mon émotion.

— Maman est-elle toujours à Mexico ?

— Non, elle est rentrée à la maison. Son câble venait de Boston. Mais je... je lui ai promis de respecter sa décision. On ne force pas à rester quelqu'un qui ne veut plus vivre avec vous.

— Mais pourquoi veut-elle partir ? Comment peut-elle te quitter, après tout ce temps ?

Ce que je voulais surtout savoir, c'est comment un amour aux débuts si merveilleux, si romantiques, pouvait mourir ainsi. Comment deux êtres aussi sûrs de leurs sentiments pouvaient-ils se tromper à ce point ? Était-ce à cela que papa faisait allusion en disant que l'amour est aveugle ?

Mais alors, comment savoir si l'on est vraiment amoureux ? Si les sentiments vous trahissent, si les mots ne sont que du vent, à quoi se fier ? Deux personnes se jurent fidélité jusqu'à ce que la mort les sépare... et c'est tout autre chose qui vient les séparer. Les promesses ne signifiaient donc rien, même scellées par un baiser ?

— Ta mère est encore très jeune, reprit papa. Elle s'imagine qu'elle peut refaire sa vie, et je ne veux pas l'en empêcher. Paradoxalement, je l'aime trop pour cela. Tout ceci doit te paraître absurde, mais tu t'en souviendras plus tard. Et tu comprendras peut-être pourquoi je dis que je l'aime trop pour vouloir la retenir.

— Mais papa... qu'allons-nous devenir ?

La panique me gagnait et je m'étonnai d'avoir su contrôler ma voix. Ce que je voulais dire, en fait, c'était : que vais-je devenir ? Papa le comprit très bien.

— Tu vivras avec ta mère à la maison, tant qu'elle voudra bien y rester. Moi... (papa soupira) je vais être très occupé ces temps-ci. En fait, je ne vais pas rester longtemps à terre. Juste quelques jours de repos et je reprends la mer pour les îles Canaries, en voyage de prospection. Il faut que je trouve des endroits nouveaux, exotiques et séduisants si je veux garder ma clientèle et rester compétitif.

« Ta mère a raison, Leigh, en tout cas sur un point : j'adore mon métier, je ne peux pas rester les bras ballants à regarder tout s'écrouler.

Je hoquetai à travers mes larmes :

— Je veux aller avec toi, papa !

— Allons, allons, ma chérie. C'est impossible, et ce ne serait pas bien. Tu as tes études, tes amis, tu as besoin d'une mère et d'un foyer. Vous n'aurez pas de soucis d'argent... quoique ta mère ait tendance à le jeter par les fenêtres, acheva papa d'un ton amer.

Il avait les yeux secs et s'il s'était laissé aller à son chagrin, il l'avait fait en privé, sans témoins. Même maintenant, alors que je sanglotais, il se contrôlait parfaitement. Sa belle histoire d'amour avec maman appartenait déjà au passé, comme tous leurs bonheurs anciens. Il pensait déjà à autre chose : le chapitre était clos.

Un seul regard à son visage las et résigné suffit à éteindre le peu d'espoir auquel je m'accrochais. Cela m'avait causé un choc d'apprendre que l'amour de mes parents agonisait depuis si longtemps déjà. Ce choc passé, certaines paroles de maman me revinrent à l'esprit. J'en retrouvai l'intonation, la vraie signification, j'entendis enfin les avertissements que j'avais toujours refusé d'entendre. Maintenant, je ne pouvais plus les ignorer.

— Mais papa... je ne te reverrai plus ?

Mes lèvres étaient si sèches que je dus les humecter du bout de la langue. Mais je ne pus empêcher mes mains de trembler et les serrai très fort l'une contre l'autre, sur mes genoux.

— Bien sûr que si, voyons ! Ce voyage ne durera pas plus d'un mois, et je te promets de passer vous voir.

Passer nous voir ? Était-ce bien papa qui parlait ainsi ? Lui, « passer » dans sa propre maison, comme un visiteur, un étranger ? Sonner à *sa* porte et se faire annoncer par le maître d'hôtel ?

— Et je t'appellerai ou t'écrirai chaque fois que ce sera possible, ajouta-t-il en me prenant la main. Tu grandis très vite, Leigh. Tu es une jeune femme, maintenant. Tu vas plus que jamais avoir besoin de ta mère, de ses conseils, de son amitié. Tu vas commencer à t'intéresser aux garçons... et eux aussi vont s'intéresser à toi !

« Ta mère n'avait peut-être pas tort : je n'aurais pas dû te pousser à t'occuper de mécanique et de bateaux. Pas autant, en tout cas.

— Mais j'adorais ça ! protestai-je avec ferveur.

— Je sais.

Il me tapota la main et j'éprouvai un besoin lancinant de me blottir dans ses bras. J'aurais voulu qu'il me serre contre lui à m'en faire perdre le souffle, qu'il m'embrasse, me rassure et me console.

— Oh, papa, je ne veux pas que tu t'en ailles ! Je ne veux pas que tu viennes seulement en passant !

Les larmes ruisselaient sur mes joues maintenant, et je ne pouvais pas contenir les sanglots qui me secouaient. Papa me prit dans ses bras, enfin ! Il me serra contre lui comme il ne l'avait jamais fait et me couvrit de caresses et de baisers.

— Allons, allons, ma chérie, ma princesse... tout ira bien, tu verras. Oui, une fois le choc passé, tout ira bien.

Il me cajola, essuya mes larmes et ajouta tendrement :

— Tu es la fille du patron, Leigh ! Il faut prendre le dessus et venir avec moi dire au revoir aux passagers. Tu veux bien faire cela pour moi ?

— Bien sûr, papa !

Je ravalai mes larmes et le hoquet me prit, ce qui fit rire papa. J'essayai bravement de l'imiter :

— Je n'ai qu'à bloquer ma respiration : ça marche très bien d'habitude.

— Voilà qui est mieux ! s'exclama-t-il en se levant. Prends ton temps, ma chérie, et retrouve-moi pour le petit déjeuner. Ensuite, nous monterons sur le pont pour assister aux manœuvres d'entrée de port, ça te va ? Et quoi qu'il arrive, Princesse, souviens-toi toujours que je t'aime. Promis ?

— Promis, papa. Moi aussi, je t'aime.

— A la bonne heure, matelot ! Je t'attends là-haut.

Après son départ, je gardai longtemps le regard fixé sur la porte qu'il venait de fermer. Le chagrin me tordait le cœur, mais j'étais à bout de forces : je n'avais plus de larmes pour pleurer. Puis, du fond de mon abattement, naquit une sourde colère, dirigée contre maman. Pourquoi avait-elle agi ainsi ? Quel égoïsme de sa part ! Oui, elle avait toujours été égoïste, je le voyais bien maintenant. Elle n'avait donc pensé qu'à elle, sans se soucier du mal qu'elle nous faisait à tous les deux, papa et moi ? Elle était encore jeune... et alors ? Elle ne le resterait pas éternellement, et elle ne trouverait jamais quelqu'un qui l'aime autant que nous l'avions aimée, tous les deux. Et que nous l'aimions encore...

Quelle ingratitude envers papa ! Il l'avait arrachée à une vie misérable, elle le reconnaissait elle-même. Et maintenant, après tout ce temps, elle l'abandonnait froidement, sous prétexte de s'amuser davantage ! Mais peut-être n'était-il pas trop tard pour la faire changer d'avis ? Je pouvais toujours essayer. Personne ne savait qu'elle s'était rendue à Mexico pour demander cet horrible divorce. Et quand elle verrait qu'elle avait gâché ma vie...

Le cœur me manqua, tout à coup. Maman avait certainement dû penser à tout cela, et elle m'avait laissée à la Jamaïque ! Non, rien ne l'arrêterait, sa nouvelle vie primait tout. Et je pourrais verser toutes les larmes de mon corps, elle n'admettrait jamais qu'elle avait tort. Papa avait accepté les faits, tout espoir était mort en lui.

A l'instant où je le compris, j'acceptai moi aussi le verdict. Je me levai avec lenteur et me dévisageai dans le miroir. J'étais affreuse avec mes joues barbouillées, mes yeux rouges et tout gonflés. Et j'avais toujours le hoquet ! Les spasmes étaient même si fréquents et si violents que cela commençait à me faire mal. Je bus un verre d'eau, retins ma respiration... rien n'y fit. La crise ne se calma que lorsque je me fus baigné le visage et préparée à rejoindre papa à table. Je n'avais absolument pas faim, mais puisqu'il me l'avait demandé, je me rendis à la salle à manger.

Après le petit déjeuner, comme prévu, nous rejoignîmes le capitaine Willshaw et les autres officiers sur la passerelle pour assister aux manœuvres d'accostage du *Jillian*. Pauvre papa ! me dis-je en pensant au nom qu'il avait donné à son bateau. Cela devait lui sembler si triste, à présent. Je me souvenais très bien du jour où il nous avait emmenées « faire un petit tour », maman et moi, sans nous dire où nous allions. Prétextant une course à faire de ce côté, il avait pris la direction des docks et, tout à coup, ce fut la surprise. Le nouveau paquebot de croisière apparut devant nous, flambant neuf et prêt pour le baptême. Nous fûmes enthousiasmées, maman et moi. Mais ce fut seulement quand papa eut longé le quai jusqu'au bout que nous comprîmes la véritable raison de tout ce mystère. Sur les flancs du navire s'étalait en lettres éclatantes son nom de baptême : *Jillian*.

Maman poussa des cris de joie et couvrit de baisers le visage de papa. Mais tout cela était si loin, maintenant... c'était déjà une autre vie.

Nous approchions des quais et je pouvais déjà voir la foule des gens venus accueillir les voyageurs, les taxis, les voitures. Entre les ponts et les docks, c'était un échange de signaux et de cris, on prenait des photos, on s'appelait, on agitait des mouchoirs. Je cherchai longtemps maman dans cette foule : elle n'était pas là. Je finis par reconnaître une de nos voitures, mais il n'y avait qu'une silhouette à côté d'elle. Celle de Paul Roberts, un des chauffeurs dont nous louions fréquemment les services.

— Maman ne vient pas nous chercher, papa ?

— Je pensais bien qu'elle enverrait Paul. Elle ne doit pas être très pressée de me revoir !

— Moi non plus ? Mais tous les autres ont de la famille qui les attend !

— Ta mère aura voulu éviter une scène, dit papa, comme s'il prenait la défense de maman.

Ne savait-elle donc pas combien je l'aimais ? Je me promis de le lui dire. Mais il n'était pas question de me laisser aller devant tout ce monde : nos problèmes de famille ne regardaient que nous. Je m'informai d'un ton très calme :

— Alors tu ne viens pas du tout à la maison, papa ?

— Non, j'ai encore du travail. Mais pars en avant, toi. Je passerai un peu plus tard.

« Je passerai »... encore cette horrible expression ! Je fis un bref signe d'assentiment et gardai le silence. Quand on annonça que nous pouvions débarquer, j'interrogeai papa du regard. Il ferma les yeux, les rouvrit et eut un hochement de tête résigné.

— Allons, dit-il enfin, presque tout bas. Tout ira bien.

— Papa...

Ma voix s'étrangla dans ma gorge. Sans mot dire, papa me désigna la direction à prendre : je voyais bien qu'il faisait l'impossible pour contenir son émotion, lui aussi. Il m'embrassa rapidement sur la joue et je voulus lui rendre la pareille, mais il se déroba. Et je me ruai vers l'escalier qui descendait vers le pont principal.

Le temps n'était que légèrement couvert. Mais il me parut sombre, la brise de mer glacée, et j'eus l'impression que mes larmes gelaient sur mes joues. Je me drapai frileusement dans mon manteau et j'allais m'engager sur la passerelle, quand je sentis qu'on me touchait le bras. C'était Clara Spenser, accompagnée de sa sœur Mélanie. Leurs parents les suivaient de près, chacun d'eux avait posé la main sur l'épaule d'une de leurs filles. Leur groupe m'apparut comme la parfaite illustration de la famille heureuse.

— Au revoir, Leigh, me dit Clara. Nous t'écrirons.

— Moi aussi. Au revoir ! lançai-je en hâtant le pas.

J'aurais voulu m'enfuir le plus loin possible, mais la voix de Clara me rattrapa.

— Leigh ! C'était super, mais c'est rudement bon de rentrer chez soi, tu ne trouves pas ?

Je me contentai d'agiter la main et me précipitai vers la voiture. Mes bagages étaient déjà dans le coffre. Mes premiers mots furent pour demander :

— Comment va ma mère ?

Peut-être était-elle malade de remords, alitée même ? Je m'accrochais à ce dernier espoir.

— Très bien. Elle m'a appelé ce matin et semblait se porter à merveille. Vous avez eu de la chance d'être en mer, mademoiselle. Ici, il fait très froid depuis une semaine.

Comme je me taisais, Paul ajouta :

— Avez-vous eu beau temps, au moins ?

— Oui, dis-je en me retournant, au moment où la voiture démarrait.

Sur le pont, papa était en grande conversation avec le capitaine Willshaw, mais il s'interrompit tout net et regarda dans ma direction. Je lui fis signe par la fenêtre et il me répondit d'un petit geste triste : sa main levée me fit penser au drapeau blanc de la défaite.

A la maison, Clarence accourut à notre rencontre et s'empara de mes bagages, mais de maman, aucune trace. Je me précipitai à l'intérieur et l'appelai à cor et à cri.

— Maman ! Maman, où es-tu ?

Clarence me rejoignit, mes valises à la main.

— Mme Van Voreen est partie sur la côte ce matin et n'est pas encore de retour.

— Comment cela, sur la côte ? Elle ne savait donc pas que c'était ce matin que j'arrivais ?

Mon agressivité impressionna vivement le pauvre Clarence.

— Je... je dépose vos bagages dans votre chambre, mademoiselle Leigh, balbutia-t-il en s'engageant dans l'escalier.

Déconcertée, je restai quelques instants figée sur place et mon regard s'arrêta sur la porte du bureau de papa. Ma gorge se serra. La pièce ne servirait plus à personne, maintenant. Maman déciderait-elle de la fermer ? Je savais qu'elle l'avait toujours détestée. Mais pour moi, elle devenait tout à coup infiniment précieuse, comme un lieu sacré. J'y entrai et contemplai le décor familier. Je retrouvai aussitôt l'odeur du tabac de papa, mêlée à celle du bois d'épaves, des vieux meubles et des tapis. Tous ces objets anciens, usés et fanés par le temps, me semblaient beaux : ils gardaient quelque chose de papa.

Je le revoyais, penché sur son bureau, une volute de fumée s'échappant du tuyau de sa pipe sculptée... sa première pipe, un cadeau de son père. Sur le coin droit de sa table de travail trônait un modèle réduit du

Jillian. Comme il était fier de ce bateau, et surtout du nom qu'il lui avait donné ! Le reste du bureau était aussi encombré que d'habitude, aussi chaotique, mais cette vue me serrait le cœur. Il faudrait que papa revienne chercher ses papiers les plus importants, et sans tarder.

Lentement, je quittai la pièce et commençai à gravir l'escalier, où je croisai Clarence. Il semblait fort désireux de m'éviter.

— J'ai tout monté, mademoiselle Leigh.
— Merci, Clarence. Oh, à propos !
— Oui ?
— Ma mère vous a-t-elle dit quand elle rentrerait ?
— Non.
— Merci, Clarence.

Je continuai mon ascension et pénétrai chez moi. Comme tout me parut différent, soudain ! Moi qui étais si impatiente de retrouver la maison, ma chambre bien-aimée, de dormir dans mon lit en câlinant mes chères peluches accumulées au fil des ans... Je m'étais réjouie d'avance d'appeler mes amies pour apprendre tout ce que j'avais manqué pendant la croisière. Je leur aurais parlé de Fulton, de Raymond, des bals, des spectacles... sans oublier le fait que l'un d'eux — un étudiant ! — m'avait embrassée, et que nous avions échangé nos adresses. Mais rien de tout cela n'avait plus d'importance, à présent. Plus aucune importance.

Je déballai mes affaires comme un automate, triant mes vêtements propres de mon linge à laver avec des gestes de somnambule. Puis je m'assis sur mon lit, hébétée, absente. Ce furent la curiosité et l'ennui qui me poussèrent enfin à me lever et à entrer chez maman.

Toujours personne, et rien n'avait changé dans sa chambre. Sur la coiffeuse, je vis le même amoncellement de flacons, de boîtes, de brosses et de peignes que d'habitude. Maman n'avait même pas retiré sa photo de mariage ! Papa et elle souriaient toujours dans leur cadre d'or massif, l'air jeune, heureux. Maman était ravissante, et papa si beau, si distingué ! Cela paraissait incroyable.

Le mot « divorce » était si étrange pour moi que je lui prêtais une sorte de pouvoir magique. Je m'attendais à ne plus reconnaître la maison, comme si ce mystérieux divorce l'avait fait tomber sous un sortilège. Tout aurait dû être différent. La maison, les domestiques, papa et maman surtout ; et moi... je tremblais encore à l'idée du changement que j'aurais subi.

Je passai dans le salon et m'arrêtai net au milieu de la pièce. Sur un coin du secrétaire de maman, quelque chose venait d'attirer mon attention. On aurait dit des albums d'échantillons publicitaires, et j'y reconnus le nom d'une imprimerie. Nous n'avions rien à fêter avant longtemps, pas d'anniversaires en vue, aucune raison d'envoyer des faire-part ou des invitations. Alors, pourquoi ces cartons ? Maman songeait-elle à annoncer son divorce, par hasard ? Je m'approchai du secrétaire et ouvris le premier livret.

Au début, ce que je vis m'apparut totalement dénué de sens mais mon cœur comprit plus vite que ma raison. Il se mit à cogner si fort dans ma poitrine que le souffle me manqua. C'était comme un tonnerre dans ma tête, un orage prêt à éclater en déluge de larmes. D'ailleurs, elles m'étouffaient depuis que j'avais franchi le seuil de la maison. Je les refoulai et continuai à feuilleter les albums. Ils contenaient tous le même genre d'échantillons.

Des faire-part de mariage !

6

Ma nouvelle amie intime

Les heures s'écoulaient, et toujours pas de maman. Je montai l'attendre dans ma chambre. Le temps me parut bien long jusqu'à ce que je l'entende rentrer ! Son rire clair la précéda dans l'escalier, m'emplissant de stupeur. Comment pouvait-elle être d'aussi bonne humeur quand notre univers s'écroulait ? Sa voix vibrait de joie comme un matin de Noël ou d'anniversaire. Je sortis de ma chambre à l'instant où elle arrivait en haut des marches.

Elle était plus belle que jamais. On aurait même juré qu'elle avait encore embelli depuis qu'elle nous avait abandonnés, papa et moi. Elle débordait de vie, ses yeux pétillaient. Et sous le bonnet de vison blanc assorti à son manteau — celui que papa lui avait rapporté de Russie ! — ses cheveux luisaient d'un doux éclat doré. Le froid piquant de novembre avait rosi ses joues, et cette vue augmenta ma stupeur. Moi qui m'attendais à la trouver pâle et défaite, ravagée par le remords... sa mine rayonnante et son exubérance m'ahurissaient. Je ne pus que la dévisager, sans mot dire.

Maman n'avait ni les traits tirés ni les yeux rouges, au contraire ! On aurait dit une princesse délivrée d'un donjon sinistre, redécouvrant la joie d'être jeune et belle après une longue captivité. Elle interpréta ma tristesse à sa façon.

— Oh, Leigh, je suis navrée de ne pas être allée te chercher, mais il y avait une telle circulation !

Elle sourit, comme si cela pouvait me faire tout oublier.

— Pourquoi n'es-tu pas venue m'attendre au port ? Où étais-tu ?

— Où j'étais ? Mais à Farthy ! lança-t-elle d'un ton léger en se dirigeant vers son appartement. On ne sait jamais quel retard prévoir, avec ces bateaux. Une demi-heure, une heure... Tu me vois en train d'attendre dans cette voiture ? (Son sourire se fit enjôleur.) Je ne pensais pas que tu m'en voudrais pour ça, et il faisait si beau au bord de la mer !

Tout en parlant, elle s'était débarrassée de son manteau et le jeta sur un dossier de chaise.

— Un ciel d'azur ! Il est vrai que là-bas, je le trouve toujours bleu... même quand il fait gris, acheva-t-elle d'un ton rêveur, comme si elle prononçait des mots d'amour.

Puis, toujours coiffée de son bonnet de fourrure, elle se laissa tomber à la renverse sur son lit, les bras étendus pour amortir le choc. Je ne l'avais jamais vue si gaie, on aurait dit une collégienne au bord du fou rire. Ignorait-elle donc que papa m'avait tout dit ? Les yeux au plafond, le regard lumineux, elle souriait aux anges.

— Papa m'a parlé de ton télégramme, lançai-je tout à trac.

Maman retomba brusquement sur terre. Son sourire s'effaça, ses traits se durcirent et son regard perdit tout son éclat. Elle prit une profonde inspiration et se redressa lentement, comme avec effort. Puis elle ôta son bonnet, libéra ses cheveux de leurs épingles et les secoua sur ses épaules.

— Il était censé me laisser t'annoncer la nouvelle, déclara-t-elle avec un calme surprenant. Mais cela ne m'étonne pas de lui. Il a dû te présenter les choses sous leur plus mauvais jour, comme une transaction manquée, j'imagine. Que t'a-t-il dit au juste ? Que notre mariage était une faillite ?

— Mais non, maman ! Il est si malheureux ! Es-tu vraiment allée à Mexico pour demander le divorce ?

Quelque chose en moi, la petite fille que j'étais encore, se refusait toujours à le croire, espérant contre tout espoir. Mais maman pinça les lèvres, s'approcha de sa coiffeuse et prononça ces mots qui m'atteignirent comme des coups de poignard :

— Oui, Leigh, je l'ai fait. Et je ne le regrette pas.

— Mais pourquoi ? Comment as-tu pu faire cela ?

J'étais furieuse contre elle, je lui en voulais de rester indifférente au mal que me causait sa décision égoïste. Elle s'assit tranquillement et pivota vers moi.

— Leigh, commença-t-elle d'une voix ferme, j'espérais que tu te comporterais en adulte, dans ces circonstances. Il y a longtemps que je mûrissais cette décision, mais j'attendais que tu sois assez grande pour comprendre. J'aurais pu m'épargner des mois, des années de souffrance, mais...

Elle secoua la tête, comme pour se libérer d'un fardeau insupportable, et acheva :

— J'ai préféré patienter, pour toi.

— Eh bien, je ne comprends pas ! hurlai-je. Et je ne comprendrai jamais. Jamais !

J'espérais la blesser moi aussi, et ce fut sans doute le cas. Elle rejeta la tête en arrière et ses yeux étincelèrent.

— Que t'a dit ton père, exactement ?

— Que tu avais éprouvé le besoin de réfléchir. Et que tu lui avais annoncé par télégramme ton voyage à Mexico pour demander le divorce.

— Et t'a-t-il donné la raison ?

— Il a dit qu'il t'avait beaucoup déçue ; que tu étais encore très jeune et que tu voulais une nouvelle chance d'être heureuse. Mais pourquoi ne peux-tu pas être heureuse avec lui, maman ?

— Écoute, Leigh, et tâche de comprendre mon point de vue. Cela devrait t'être plus facile maintenant que tu deviens femme, toi aussi. Tu ne peux pas imaginer ce que j'ai enduré, toutes ces dernières années. Quand ton père m'emmenait en croisière, par exemple. Il ne l'a jamais fait pour mon plaisir mais pour m'exhiber comme... une image de marque ! Je me sentais prisonnière. Dans une cage dorée, sans doute, mais prisonnière quand même.

Maman, prisonnière ? Elle qui allait et venait à sa guise, achetait tout ce qu'elle voulait, faisait tout ce qui lui passait par la tête ? Et c'était notre ravissante maison qu'elle traitait de prison ?

Elle se passa nerveusement la main dans les cheveux.

— Les clients de ton père ont pitié de moi, Leigh, je le lis sur leur visage. Ils savent que je ne suis pas libre de faire ce que je veux, comme eux. Et je hais leur pitié ! Cela fait des années que je supporte cela, pour que tu grandisses dans un foyer heureux. Mais je ne veux plus me sacrifier. Plus jamais.

Maman crispa les poings et les abattit sur ses cuisses d'un geste rageur.

— Je ne veux pas renoncer à ce que j'ai de plus précieux, de plus fragile, ma jeunesse et ma beauté ! Je ne me laisserai pas dépérir comme une fleur privée de soleil. J'ai besoin de vivre, moi ! De danser, d'aller au théâtre, à l'opéra. De prendre des vacances au bord de la mer, de sortir et de voir ma photo dans la rubrique mondaine des journaux. As-tu la moindre idée de tout ce que je manque parce que ton père n'a jamais le temps de rien ? Réponds !

Maman s'interrompit, à bout de souffle. Elle avait les joues en feu et l'âpreté de son regard me fit peur. Je n'aurais jamais soupçonné qu'elle éprouvait tant de rancune et de désespoir. J'aurais voulu la haïr pour ce qu'elle avait fait à papa, mais j'étais sous le choc. J'avais peine à croire que cette effrayante créature était ma mère.

— Papa a beaucoup de peine, tu sais. Vraiment beaucoup.

— Bien sûr qu'il a de la peine... en tout cas pour l'instant. Mais demain, de nouveaux problèmes accapareront son attention et il oubliera tout ce qui s'est passé entre nous.

— Non, maman, il n'oubliera pas. Ne veux-tu pas lui donner une dernière chance ? S'il te plaît ?

— Je l'ai fait, Leigh, d'innombrables fois. Cette situation n'est pas nouvelle, tu sais ? Cela a presque toujours été comme ça. Oh... (Maman soupira.) Au début, tout n'allait pas si mal. Tu ne t'es pas fait attendre, et ton père était plein d'attentions pour moi en ce temps-là. Bien sûr, il avait vingt ans de moins, mais il n'était déjà plus tout jeune. Je parie que tu ne t'es jamais aperçu qu'il pourrait être mon père ?

L'idée me parut si absurde que je faillis éclater de rire, mais maman ne sourit pas. Papa, en âge d'être son père... ou mon grand-père ? Impensable !

— Et le temps n'a pas arrangé les choses, tu penses bien ! Je reconnais que c'est en partie ma faute, puisque j'ai accepté de l'épouser. Mais j'étais si jeune et si malheureuse ! Comment aurais-je pu prévoir ce qui m'attendait ? Et ton père m'avait fait tant de merveilleuses promesses... qu'il n'a jamais tenues, d'ailleurs. Il ne se souvient même pas de les avoir faites.

Le peu d'espoir qui me restait fondait à vue d'œil.

— Mais vous étiez si amoureux ! C'est toi qui me l'as dit.

— J'étais jeune, je ne savais rien de l'amour. Mais maintenant... (Maman sourit, retrouvant d'un coup tout son éclat.) Maintenant je comprends l'amour. Totalement. Oh, Leigh, ne me déteste pas mais je suis amoureuse. Follement amoureuse !

— Quoi ! (Mon regard dériva vers le salon et je me souvins des albums d'échantillons.) Tu es tombée amoureuse d'un autre ? Alors ces invitations...

La vérité s'abattit sur moi comme une pluie glaciale.

— Tu les as vues ?

Je fis un signe d'assentiment.

— Alors autant tout de dire. J'aime Tony Tatterton et il est fou de moi. Nous nous marierons à Noël et nous vivrons à Farthy !

L'effrayant visage que j'avais entrevu un instant plus

tôt n'était plus qu'un souvenir. Je retrouvais ma ravissante maman : elle me souriait, les yeux lumineux de bonheur. Mais moi... même si j'avais pressenti ce qui m'attendait, l'entendre dire me consterna. Le sang se retira de mon visage. Sous l'effet conjugué du choc et du chagrin, je sentis mes jambes mollir. J'étais clouée au sol, incapable de bouger, de respirer ou d'articuler un son. Un étau me serrait la poitrine.

— Il ne faut pas m'en vouloir, Leigh. Je t'en prie, essaie de me comprendre. Je te parle comme une femme à une autre femme.

— Mais, maman, comment as-tu pu tomber amoureuse d'un autre ?

Le film de mes souvenirs se déroulait à la vitesse de l'éclair. Je revoyais tout. Tony et maman au bal d'inauguration, la manière dont il la serrait contre lui, les regards qu'ils échangeaient... tout s'éclairait sous son vrai jour, maintenant. Déjà, à Farthy, j'avais remarqué leur façon de marcher côte à côte, en chuchotant... mais je n'avais pas su analyser mes impressions. Pourquoi le cœur est-il plus prompt à comprendre que l'esprit ? Sans doute ne voulais-je pas savoir. Maintenant, je n'avais plus le choix.

— Cela n'est pas très difficile à comprendre, Leigh. Tony m'adore, je suis tout pour lui. Il me compare à une déesse descendue des cieux pour lui révéler le sens de la vie. Car même les hommes riches et puissants comme lui ont besoin d'une femme à aimer, et qui sache les aimer en retour.

« Sans l'amour, le véritable amour, la vie ne vaut pas la peine d'être vécue. Tu le comprendras plus tard, Leigh, et tu te souviendras de mes paroles. Veux-tu en savoir plus ? M'écouteras-tu comme une amie intime, ta meilleure amie ? Moi, je n'en ai jamais eu. J'ai grandi entre deux exécrables sœurs qui me jalousaient. Je ne pouvais rien partager avec elles. Leigh ?

— Je suis ta meilleure amie, maman. Simplement...

— Si tu savais, Leigh ! La première fois que nos regards se sont croisés... (celui de maman s'emplit de rêve)... j'ai cru voir s'évaporer tous les nuages du ciel.

Le monde est soudain devenu plus brillant, plus vivant. Les couleurs scintillaient, les oiseaux chantaient, je ne sentais pas la fraîcheur du vent, c'était une caresse. Et depuis... chaque matin, je m'éveillais en proie à une impatience dévorante de courir à Farthy. De respirer le même air que Tony, d'entendre sa voix, de sentir son regard sur moi... C'est cela, l'amour, Leigh. Le véritable amour.

Maman se pencha vers moi et je ne pus m'empêcher de me rapprocher d'elle et de lui abandonner ma main. Je lisais ses pensées dans ses yeux, je buvais ses paroles, captivée par leur magie.

— Je l'avais conquis, je le savais. Sa voix se faisait si tendre quand il me parlait ! Et chacun de ses regards me faisait courir des frissons dans tout le corps.

Elle se confiait comme une adolescente évoquant son premier amour, mais c'était ma mère qui parlait ainsi. Et à moi !

— Oh, j'ai essayé de résister au début, Leigh ! Je ne voulais pas être infidèle à ton père. Je me répétais sans cesse que j'avais un mari, une enfant. Mais à mesure que mon intimité avec Tony grandissait, ma résistance faiblissait. Je ne pouvais plus nier ce qui nous arrivait à tous deux. Et un soir...

« J'avais terminé mon travail et je m'étais changée, j'allais rentrer à la maison. Il avait fait très chaud ce jour-là : Tony m'a proposé une promenade au bord de la mer. J'hésitais, mais il a insisté en promettant que nous rentrerions très vite. J'ai cédé, et nous sommes allés contempler l'océan du haut d'un petit tertre. Le soleil était bas sur l'horizon, rouge intense, on l'aurait cru posé sur l'eau... c'était un spectacle à couper le souffle. Tout à coup, Tony a glissé sa main dans la mienne et ce simple contact m'a fait chavirer le cœur. Je ne pouvais plus me taire.

« J'ai dit à Tony combien j'étais malheureuse, et aussi que je ne pouvais pas tout abandonner comme ça, d'un seul coup. Il s'est montré compréhensif, mais aussi très décidé.

« J'ai essayé plusieurs fois de parler à ton père, mais

il ignorait mes tentatives, ou bien ne m'écoutait même pas. Il était tellement absorbé par son travail ! Finalement, le soir du bal d'inauguration, je me suis engagée envers Tony. Même après cela, pourtant, j'ai songé à reprendre ma parole. Ce voyage à la Jamaïque a été un supplice pour moi, mais on ne peut rien contre un amour aussi sincère, aussi fort que le nôtre. J'ai compris que si je ne faisais pas un geste décisif, ma vie était finie.

« Veux-tu essayer de me comprendre, Leigh ? Il t'arrivera peut-être la même chose un jour. Et tu auras besoin de quelqu'un qui t'aime et te comprenne, toi aussi.

Maman serra ma main, le regard implorant.

— Oh, maman ! Tout cela arrive si vite ! Tu as eu le temps de t'y faire, toi, mais pas moi.

— Je sais, Leigh. J'ai conscience de ce que tu dois ressentir. Mais je vais avoir besoin de ton aide, moi aussi. De ton appui, de ton amour. Veux-tu être pour moi plus qu'une fille, devenir ma meilleure amie ?

Les yeux pleins de larmes, elle me regardait avec tant de tendresse que je me jetai dans ses bras.

— J'essaierai, maman. Mais que va devenir papa ?

Elle m'embrassa sur la joue.

— Tout ira bien pour lui, Leigh, crois-moi. Il a son travail, qui le tient occupé jour et nuit. Tu pourras le voir tout autant qu'avant... ce qui ne fait pas tellement souvent, acheva-t-elle avec amertume.

Je n'ajoutai rien, elle avait probablement raison. Mais le lui entendre dire ainsi me poignait le cœur.

— Et surtout, Leigh, surtout... veux-tu essayer d'aimer Tony ? Donne-lui sa chance, et tu comprendras pourquoi je l'aime tant.

Cela, c'était au-dessus de mes forces. Chaque fois que maman parlait de son amour, je pensais à papa, à son chagrin. Mais quand je pensais à Tony, mon estomac se révulsait comme si j'allais être malade. Et brusquement, la vérité se fit jour en moi. *Je haïssais Tony Tatterton.* Tout était de sa faute !

Qu'était venu faire cet homme si riche et si beau dans

la vie de maman ? En un éclair, il avait tout bouleversé, réduit notre bonheur en miettes. Eh bien, il allait le regretter !

— Leigh, insista maman, tu veux bien ?

Une note de désespoir perçait dans sa voix, maintenant, et je sus qu'une fois encore, elle allait gagner. D'un signe de tête, je capitulai.

— Merci. Oh, merci de tout cœur, ma chérie.

Elle me serra contre elle et j'avais tellement besoin de sa chaleur, de sa tendresse, que je me sentais prête à tout accepter. Pourtant, je restai de marbre entre ses bras, affreusement mal à l'aise. En acceptant, je trahissais papa.

— Ah, Leigh, j'ai encore une chose à te demander, ajouta maman. Il s'agit de garder un secret, un grand secret, et je sais que tu en es capable. N'es-tu pas ma meilleure amie ? Promets-moi de ne jamais rien dire.

— Je te le promets, maman.

De quoi pouvait-il bien s'agir ? Maman baissa la voix comme si nous n'étions pas seules dans la pièce.

— Voilà. Bien que j'aie accepté d'être sa femme, Tony ne connaît toujours pas mon âge exact. Et il ne doit pas le savoir. Comme je te l'ai dit en revenant de Farthy, il croit que j'ai vingt-huit ans.

— Et tu ne lui diras jamais la vérité ?

— Plus tard, si... mais pas maintenant, d'accord ?

Je hochai la tête mais n'en pensai pas moins. S'ils s'aimaient tant, pourquoi ce mensonge ? Deux êtres qui s'aiment vraiment ne devraient-ils pas tout savoir l'un de l'autre, se faire totalement confiance ?

— Merci, Leigh. Je savais que je pouvais compter sur toi, que tu étais assez grande pour tout comprendre. Je l'ai dit à Tony, qui t'aime beaucoup d'ailleurs. Il parle toujours de toi, de ta gentillesse et de l'affection que Troy éprouve pour toi. Il a gardé un très bon souvenir de votre promenade sur la plage.

« J'ai tellement hâte que nous soyons tous réunis à Farthy ! C'est comme si tous mes rêves se réalisaient. C'est une vie de princesse qui t'attend, tu verras. Et tu pourras enfin faire ton entrée dans le monde. Mais pour l'instant... (maman se leva)... je vais prendre un bon bain. Je peux me détendre maintenant que tout est arrangé avec ma petite fille. Après cela, tu me raconteras tout ce que tu as fait à la Jamaïque, d'accord ?

Je me souvins brusquement de son cadeau.

— Je t'ai rapporté quelque chose, maman.

— C'est vrai ? Comme c'est gentil d'avoir pensé à moi, alors que je venais de te quitter comme ça ! Tu es un amour, Leigh. J'ai de la chance d'avoir une fille comme toi.

— Je vais chercher ta surprise ! m'écriai-je en m'élançant vers la porte.

Je revins presque aussitôt après, le paquet à la main.

— Ce n'est pas grand-chose, mais j'ai trouvé ça si joli...

Maman dépliait déjà le papier d'emballage.

— J'adore les surprises, peu importe leur prix, et Tony aussi. Il voudrait m'offrir quelque chose de nouveau tous les jours, tu te rends compte ? Toute la vie !

Je n'oubliais pas ma promesse, mais il m'en coûtait déjà de la tenir. Je me hérissais devant ce bonheur tout neuf.

— Oh, comme c'est joli ! Tu as très bien choisi ! s'écria maman en dépliant l'écharpe. Les couleurs iront très bien avec mes toilettes. J'aurais bien voulu faire des courses avec toi mais nous nous rattraperons, tu verras.

— J'ai aussi une canne sculptée pour papa.

— C'est très gentil, lança maman par-dessus son épaule.

Elle était déjà dans la salle de bains, en train d'ouvrir les robinets. Je l'écoutai chantonner pendant quelques instants avant de me décider à quitter la pièce.

Papa arriva peu de temps avant le dîner. Maman était toujours dans sa chambre, occupée à se faire une beauté tout en téléphonant à ses amies. Je n'avais pas encore eu l'occasion de lui parler des sœurs Spenser, de Fulton et de Raymond, mais je me promettais de tout lui raconter à table. Soudain, la porte d'entrée s'ouvrit et j'entendis la voix de Clarence :

— Bonsoir, monsieur Van Voreen.

Papa ! Je me ruai dans le hall. Papa était déjà dans son bureau, en train de rassembler des papiers.

— Papa ?
— Hello, Leigh ! Le retour s'est bien passé ?
— Oui. Maman est en haut, dans sa chambre.
— Je vois, commenta simplement papa.

Et il se replongea dans ses paperasses.

— Tu vas rester un peu à la maison ?

Cela me faisait mal de le voir ainsi, pâle et défait, l'air plus vieux que jamais. Que deviendrait-il lorsqu'il apprendrait les projets de maman et de Tony Tatterton ? Peut-être s'efforçait-il de garder un peu d'espoir, malgré tout, comme je l'avais fait moi-même ?

— Non, Leigh. Il faut que je retourne à l'agence préparer mon voyage.

— Mais où vas-tu dormir, ce soir ?

— J'ai réservé une suite au Hilton, ne t'inquiète pas pour moi. Je veux que tu prennes grand soin de toi et... et de ta mère, acheva-t-il avec un bref regard en direction du plafond, comme s'il voyait au travers.

Puis il se remit à trier des dossiers, à fouiller ses tiroirs, et commença à remplir un porte-documents. Je me laissai tomber sur le divan de cuir et l'observai, atterrée. Mon silence au sujet de maman et de Tony m'apparaissait comme une trahison. Je me sentais coupée en deux. Faire bon visage à maman, c'était blesser papa... et le contraire était tout aussi vrai. Si j'étais gentille avec lui, ou si je lui confiais un seul des secrets de maman, elle m'en voudrait à mort. Que fallait-il faire ? Papa lut mon trouble sur mon visage.

— Allons, allons, ne te mets pas dans un état pareil. Ne t'ai-je pas dit qu'après le grain, la mer est belle ? Du cœur, moussaillon ! Tiens bon la barre.

— J'essaierai, papa.

— Bravo, je retrouve ma petite fille ! Bon, eh bien... je crois que j'ai tout ce qu'il me faut pour le moment.

Papa referma son porte-documents et mon cœur se mit à battre à grands coups. Je me sentais si faible que je restai clouée sur place, observant ses préparatifs de départ. Il contourna son bureau et marchait déjà vers la porte quand il s'immobilisa brusquement. Ses traits, qui exprimaient l'instant d'avant tant de douceur et d'amour, s'étaient figés. On aurait dit qu'il était en colère. Je me retournai : maman se tenait sur le seuil.

— Ah, tu es là, Cleave !
— Je suis passé prendre quelques paperasses.
— Tu as bien fait. Nous avons pas mal de choses à nous dire, alors pourquoi ne pas le faire tout de suite ?
— Si tu veux.

Maman eut un sourire sans chaleur.

— Peux-tu nous laisser un moment, Leigh, s'il te plaît ?

Je consultai papa du regard et il me répondit en inclinant la tête. Alors les forces me revinrent comme par enchantement et je me ruai hors de la pièce. Une fois dehors, je me retournai et vis maman refermer soigneusement la porte. J'aurais bien voulu y coller l'oreille, mais j'avais trop peur d'être surprise en train d'écouter ! J'attendis donc au salon, pendant ce qui me sembla durer des heures, jusqu'à ce que maman vienne me chercher. Seule. J'attendis encore, espérant que papa la suivrait. Qu'un miracle s'était produit, que la vie allait reprendre comme avant. Peut-être papa avait-il su trouver les mots qu'il fallait pour réveiller leur merveilleux amour... Et je priais silencieusement, guettant ces paroles magiques.

— Je parie que tu meurs de faim, dit maman. Moi, oui.
— Est-ce que papa dîne avec nous ?
— Non. Il est parti travailler, pour changer !
— Parti ?

Sans même un mot d'adieu, ni un baiser ?

— Oui, parti. Et maintenant, allons dîner.

Je suivis maman, les pensées en déroute. *Non, papa*

ne pouvait pas être parti ainsi ! Au lieu d'entrer dans la salle à manger, je courus ouvrir le bureau de papa : la lumière était éteinte. Je me retournai, les yeux pleins de larmes.

— Où est-il ?
— Je te l'ai dit, Leigh. Il est parti.
— Mais il ne m'a même pas embrassée !

Je pleurais sans retenue, maintenant.

— Il n'était pas d'humeur très tendre, à vrai dire. Allons, ma chérie, reprends-toi, va te rafraîchir la figure. Tu ne voudrais pas que les domestiques te voient comme ça, n'est-ce pas ? Tu te sentiras beaucoup mieux quand tu auras quelque chose dans l'estomac, tu verras.

— Je n'ai pas faim ! hurlai-je en m'élançant vers l'escalier.

— Leigh !

Je ne me retournai même pas, je n'aurais pas pu. Je me précipitai dans ma chambre et courus droit à la fenêtre, espérant apercevoir papa dans la rue. Mais elle était vide : je ne vis que les ombres des réverbères étirées sur le trottoir. Mon premier réflexe fut d'écraser mes paupières sous mes poings crispés, puis je me retournai et fis face à ma chambre. Tant de choses y parlaient de papa ! Sa photo, les modèles réduits de bateaux... C'en était fini de tout cela. Mon ancienne vie venait de disparaître, engloutie par la nuit.

Que disait papa, déjà, quand il faisait connaissance avec quelqu'un de sympathique ? « Ne nous croisons pas comme deux bâtiments en pleine nuit. Saluons-nous au passage. » Oh, papa ! Nous étions-nous croisés ainsi, pour disparaître hors de vue l'un de l'autre, dans le noir ?

Les jours succédèrent aux jours, je retournai au collège et racontai à toutes mes amies mon voyage à la Jamaïque. Elles voulaient tout savoir de mes relations avec Fulton et Raymond. Une semaine après mon retour, ce dernier m'écrivit une très gentille lettre, que je fis lire à mes amies, surtout aux plus sceptiques — celles qui ne voulaient pas croire que des jeunes gens m'aient réellement traitée en égale. Raymond parlait surtout de ses études, mais il disait aussi combien il avait apprécié les moments que nous avions passés ensemble et signait : « Avec toute mon affection, Raymond. »

Vers la fin de la semaine, papa m'appela de son bureau pour me tenir au courant de ses projets de voyage. Il y avait beaucoup de bruit et notre conversation fut courte, mais il fut quand même dérangé plusieurs fois. Il promit de m'écrire ou de m'appeler dès son retour. Comme il me manquait ! Je devais faire de grands efforts pour ne pas en vouloir à maman de m'avoir séparée de lui.

Quelques jours plus tard, maman m'annonça que nous passerions la soirée de Thanksgiving à Farthinggale Manor.

— Ce sera le plus grand dîner de Thanksgiving de ta vie, Leigh. Tony a invité des gens très en vue, et même les Darrow, mes éditeurs, avec Elizabeth Deveroe et son mari. Comme ça, nous serons en pays de connaissance. C'est gentil, non ?

— Mais nous avons toujours fêté Thanksgiving ici, maman !

Je m'avisai seulement alors que, pour la première fois, papa ne serait pas à la maison pour Thanksgiving. C'était une des grandes occasions où son travail était relégué au second plan et nous avions toujours passé cette fête en famille.

— Je sais, mais Tony donne chaque année une très grande soirée et je tiens à être auprès de lui ce jour-là. Il y aura du faisan, du champagne et des desserts fabuleux. D'ailleurs, tu sais quel cuisinier il a : une merveille.

— Mais il n'y a pas de Thanksgiving sans dinde !

— Oh, il y aura tellement d'autres mets délicieux que tu t'en souviendras longtemps, crois-moi. Et tu sais quoi ? Nous nous achèterons chacune une nouvelle robe.

— Mais tous ces vêtements que tu m'as offerts pour mon anniversaire ? Il y en a que je n'ai encore jamais portés.

— Cela n'a rien à voir, Leigh. Il nous faut quelque chose de tout à fait original, de... de sensationnel.

Maman devint rêveuse et, subitement, son visage s'éclaira.

— Prends ton manteau : je t'emmène chez André.

Chez André ? Mais chez ce couturier, une robe coûtait entre huit cents et mille dollars, au bas mot !

— Tu crois que nous pouvons nous le permettre, maintenant que papa ne... n'est plus là ?

— Bien sûr ! Nous sommes toujours à sa charge, jusqu'à ce que je me remarie. Ensuite, il ne devra plus subvenir qu'à tes besoins, mais ne t'inquiète pas, tu ne manqueras de rien. Tony est très généreux. Allons, viens !

Maman s'acheta une robe de velours noir à fines bretelles ornée d'une haute ceinture en soie gris foncé. Et pour la soirée, elle mit des gants de satin noir montant jusqu'au coude et ses plus gros diamants : un collier et les pendants d'oreilles assortis, aux pierres taillées en poire. Pour moi, elle avait choisi une robe de mousseline vert d'eau, vaporeuse à souhait. Je n'avais jamais été aussi élégante pour un soir de Thanksgiving.

Tony nous envoya la limousine dans l'après-midi, mais Miles dut attendre au moins trois bons quarts d'heure que maman ait fini de se pomponner. Soudain, je le vis bondir de son siège et lever un regard émerveillé vers la cage d'escalier. Maman descendait vers nous, drapée dans son étole de zibeline. Jamais ses cheveux d'or ne m'avaient semblé si soyeux ni si lumineux. On aurait dit une star de cinéma.

Sur le moment, je souhaitai que papa fût là pour la voir, puis je me dis que c'était mieux ainsi. La voir si belle n'aurait fait qu'aviver son chagrin de l'avoir perdue.

— Comment me trouves-tu ? demanda-t-elle en pirouettant sur elle-même.

— Ravissante. La plus belle de toutes !

— Merci, ma chérie. Tu es très belle, toi aussi. Nous allons faire sensation.

Dans la voiture, elle me parla de certains amis de Tony qu'elle avait rencontrés chez lui. Tous étaient riches et très en vue, et presque tous occupaient une haute position dans les affaires.

— Et quand tu verras leurs femmes ! s'exclama-t-elle. Malgré leur situation et leur fortune, elles ne connaissent pas grand-chose à la mode. Nous aurons l'air de deux roses dans un champ d'orties, ajouta-t-elle en pouffant comme une écolière.

Malgré ma tristesse de passer cette soirée sans papa, je me sentis flattée et assez fière : maman me parlait comme à une sœur. Et pour la première fois de ma vie, j'eus le sentiment d'être sa meilleure amie.

— Et surtout, me recommanda-t-elle, ne te laisse pas impressionner par tous ces gens parce qu'ils roulent sur l'or. Tu t'apercevras très vite qu'ils ne sont pas si brillants que cela, en société. Si on te pose une question, réponds poliment, sans donner plus de détails qu'on ne t'en demande. Les hommes n'apprécient pas les femmes qui bavardent à tort et à travers. A table, ils aiment parler argent et politique, et surtout, dominer la conversation.

— Mais papa n'est pas comme ça, lui !

Pauvre papa, qui passait cette soirée de Thanksgiving en mer, entouré d'étrangers... Maman remarqua ma tristesse.

— Ne fais pas cette tête, tu es si jolie quand tu souris !

Nous arrivions. Les Deveroe et les Darrow étaient déjà là, et tout le monde s'accorda pour dire que nous avions l'air de deux sœurs. Je reçus ma part de compliments masculins et de regards flatteurs, et je me sentis très grande personne tout à coup. Quant à maman, elle fit une entrée de reine : on aurait dit que des serviteurs surgissaient devant nous à chaque pas.

On nous débarrassa de nos manteaux et on nous conduisit au grand salon où l'assistance était déjà nombreuse. A peine étions-nous entrées qu'un serveur se précipitait pour aller nous chercher du champagne.

Mais déjà, Tony nous avait vues et venait à notre rencontre, le regard brillant d'admiration et d'amour pour maman.

— Jillian ! s'écria-t-il en lui prenant la main. Enfin, te voilà ! Tu es vraiment la plus jolie femme que j'aie jamais vue, je ne me lasserai jamais de le dire.

Depuis le matin je me répétais farouchement que je haïssais Tony Tatterton, mais, à cet instant-là, un frisson électrique me parcourut tout entière. Je ne m'étais jamais trouvée dans une situation aussi romanesque, et au cœur de l'intrigue, par-dessus le marché. Quel beau couple ils formaient, maman et lui ! Je ne pouvais pas les quitter des yeux, les autres non plus, d'ailleurs. Il se fit un grand silence dans la salle, comme si chacun laissait échapper un soupir... puis tout le monde se remit à parler à la fois. Tony tourna vers moi son regard bleu, lumineux comme un ciel d'été.

— Et Leigh est ravissante, elle aussi. J'ai beaucoup de chance de vous avoir toutes les deux ce soir. Farthinggale Manor n'aura jamais brillé d'un tel éclat.

Il se glissa entre nous deux et nous prit chacune par un bras, mais je me raidis et pris soin de le toucher le moins possible. Je tenais à le blesser et j'espérais bien y parvenir. Tandis qu'il s'acquittait des présentations, j'aperçus le petit Troy, juché sur un immense fauteuil de velours, dans un coin. Il était adorable dans son smoking miniature, les jambes ballantes au bord de son siège ! Et il avait l'air si seul... Dès qu'il me vit, son visage s'illumina et je lui tendis la main.

— Hello, Troy ! Joyeux Thanksgiving.
— Bonsoir. Tony dit que tu vas venir vivre avec nous et que tu seras ma sœur, c'est vrai ? Vrai de vrai ?

Ses paroles me firent froid dans le dos mais je ne pus m'empêcher de sourire. Il semblait si heureux !

— J'ai bien l'impression que oui, Troy.
— Tant mieux ! J'ai tellement de choses à te mon-

trer... des choses très secrètes, acheva-t-il en baissant la voix d'un air mystérieux.

Quand vint l'heure de passer dans la salle à manger, maman prit place à la droite de Tony et moi à sa gauche, Troy à mes côtés. Il y avait trente-trois convives : je n'avais jamais vu autant de monde réuni autour d'une table. Et quelle table ! Un oiseau paré de ses plumes en occupait le centre. La vaisselle était en authentique porcelaine de Wedgwood, et les couverts en argent ciselé étincelaient. Les serviettes de lin bleu portaient les initiales *F M* tissées à même la toile, en lettres blanches entrelacées.

Le repas n'était pas commencé depuis très longtemps quand maman annonça la nouvelle de son prochain mariage.

— Ce sera une fête grandiose, un véritable couronnement. (Elle fit suivre cette déclaration d'un petit rire léger, avant de se lancer dans de plus amples précisions.) Les invitations deviendront des pièces de collection, car je les dessinerai moi-même... d'après des dessins exécutés pour les éditions Darrow, ajouta-t-elle en se tournant vers ses amis. Il y aura un orchestre de vingt-six musiciens, des fleurs d'Amérique du Sud expédiées tout exprès par avion, et ce n'est pas tout. Tony a eu une idée tout à fait originale. (Elle consulta Tony du regard.) Allez, dis-leur.

— Tu vas gâcher la surprise, répliqua-t-il en souriant. Mais soit, puisque nous sommes entre amis... J'ai l'intention d'offrir à chaque invité un jouet Tatterton spécialement créé pour la circonstance, portant gravée la date de notre mariage.

Maman sourit à son séduisant futur époux et posa sa main sur la sienne.

— Quelle merveilleuse idée ! Deux personnages à notre image dansant sur un globe terrestre...

Un concert d'exclamations admiratives accueillit ses paroles, et je partageai la surprise générale. Je sentis peser sur moi le regard intense de Tony mais je lui dérobai le mien, observant le manège de maman. Comme elle avait aisément su capter l'attention de tous ! Je lisais l'envie sur tous les visages. Les hommes enviaient Tony parce qu'il allait l'épouser, les femmes la jalousaient pour sa beauté, son brio et son éclat. Quant à moi... Malgré l'attrait fascinant de tous ces projets, je n'éprouvais qu'un sentiment de solitude et d'abandon. Ce somptueux dîner de Thanksgiving réveillait douloureusement ma nostalgie de notre foyer détruit.

Pendant tout le reste du repas, il ne fut plus question que du mariage, et je préférai m'occuper de Troy. Quand il se barbouilla le visage de crème au chocolat, j'éclatai de rire et lui nettoyai la frimousse.

Après le dîner, quand tout le monde regagna le salon, il me demanda de venir l'aider à colorier ses dessins et je le suivis dans la salle de jeux. Mais quand il me montra ses albums, je pus à peine en croire mes yeux. Quel talent, pour un enfant de cet âge ! Émerveillée, je contemplai ses croquis de la grande maison, du parc et même des domestiques et des jardiniers, qu'il me désignait du doigt.

— Celui-là, c'est Henderson, celle-ci Margaret Stone et voilà Edgar.

— Ils sont vraiment excellents, Troy. C'est très réussi.

Les yeux brillants de fierté, il me tendit un crayon brun.

— Tiens, colorie Edgar. Il porte toujours une chemise brune.

Je m'exécutai en riant et ne tardai pas à perdre toute notion du temps. Je m'appliquais, écoutant Troy babiller sans fin. Les domestiques, la piscine, le labyrinthe, Tony... il avait quelque chose à dire sur tout et sur tous. Nous devions être occupés ainsi depuis une heure environ, quand j'entendis la voix de maman dans le hall, juste en dessous de la salle de jeux. Absorbé par son travail, Troy n'avait rien remarqué. C'était même étonnant de voir un enfant si jeune capable d'une telle concentration. Il ne me vit même pas me lever et m'approcher de la porte restée ouverte.

Tony et maman n'étaient qu'à quelques mètres de

moi, et la force qui émanait de cette haute silhouette masculine me frappa. Tony avait posé les mains sur les hanches de maman et tentait de l'attirer à lui. Aucun d'eux ne s'était aperçu de ma présence et je me tins immobile, aux aguets.

— Voyons, Jillian... nous sommes pratiquement mariés !

— Mais pas encore mariés, alors c'est non. Et puis, il y a Leigh...

— Je lui donnerai une chambre à l'autre bout de la maison, elle ne s'apercevra de rien ! insista Tony d'un ton mi-câlin, mi-boudeur.

Il voulut enfouir son front dans les cheveux de maman, mais elle le repoussa fermement.

— Non, Tony. Pas avant le mariage, je te l'ai dit. D'ailleurs j'ai des tas de choses à faire à Boston, demain, alors restons-en là. Ne rends pas les choses plus difficiles.

— Très bien, capitula-t-il, mais c'est un vrai supplice que tu m'infliges... et pour Thanksgiving, encore !

Il essayait de plaisanter, sans grande conviction me sembla-t-il. J'éprouvais une sensation bizarre au creux de l'estomac. J'avais honte de les épier, mais je ne pouvais pas m'en empêcher. Juste au moment où ils se préparaient à regagner le salon, Tony leva la tête et m'aperçut. Pendant de longues secondes, nos regards se nouèrent et l'intensité du sien me troubla profondément. J'eus la sensation qu'il avait caressé mes cheveux ou le tissu léger de ma robe.

Je passai encore une demi-heure avec Troy, puis maman vint me chercher.

— Il est temps de rentrer à Boston, Leigh.

Le petit Troy fit la moue.

— Quand est-ce que vous venez vivre ici pour toujours ?

— Très bientôt, répondit maman. Pour l'instant, tu ferais bien d'aller au lit, tu ne crois pas ? Il se fait tard.

— Je ne suis pas fatigué.

— Ce n'est pas à toi de décider de ces choses. Tu n'es

pas très bien portant et tu as besoin de repos. Viens, Leigh, nous partons.

Sur ce, maman tourna les talons. Avant de lui emboîter le pas, je pris le temps de dire à Troy :

— Je reviendrai bientôt, et nous finirons notre travail.

Il boudait encore, mais son expression morose disparut quand je l'embrassai sur les deux joues. Quand je rejoignis maman et Tony dans le hall, une bonne partie des invités s'étaient déjà retirés.

— Merci de vous être occupée de Troy, me dit Tony. Il vous aime énormément.

— Il a de grands dons artistiques, fis-je observer.

Tony eut un sourire amusé.

— En effet, admit-il. Mon petit frère ne va pas tarder à dessiner des modèles pour les jouets Tatterton, si cela continue. (Il s'approcha pour m'embrasser sur le front.) Bonsoir, Leigh.

Sa main s'attarda sur mon épaule et je frissonnai. Jamais je ne m'habituerais à considérer comme un beau-père cet homme si jeune et si beau. Murmurant un « bonsoir » inaudible, je me hâtai de sortir. Maman échangea encore quelques mots à voix basse avec Tony, puis il l'embrassa légèrement sur les lèvres avant de la laisser partir. En descendant les marches du perron, il me vint à l'esprit que cette maison serait bientôt la mienne. Mon foyer, cette vaste demeure emplie d'ombres, avec toutes ces pièces vides ? Je doutais de m'y sentir un jour vraiment chez moi.

Apparemment, maman était bien loin d'avoir de telles pensées. Elle bouillonnait d'excitation.

— As-tu jamais passé une aussi bonne soirée de Thanksgiving ? Tous ces gens... et ce repas ! Tu as vu les bijoux de Lilian Rumford ?

— Je ne crois pas me souvenir d'elle, maman.

— Comment ? Oh, Leigh, des diamants pareils ! Ce diadème, ces bracelets... et ce camée ! Tu ne les as vraiment pas remarqués ?

— Je crains bien que non, rétorquai-je d'une voix coupante. Je ne vois vraiment pas.

Maman perçut mon amertume, son sourire s'évanouit et j'en éprouvai une sorte de joie mauvaise. Un soudain accès de hargne envers ma ravissante mère, son appétit de plaisirs et sa hâte à épouser un homme jeune, riche et beau. Je me détournai vers la vitre et laissai mon regard se perdre dans le noir. Je n'avais plus rien à lui dire.

Elle garda quelque temps le silence, puis reprit son bavardage futile. Les toilettes des autres femmes, les compliments qu'elle avait reçus, ses traits d'esprit, l'adoration que lui manifestait Tony, l'effet que produirait en ville l'annonce de leur mariage... tout y passa.

Mon regard fouillait l'obscurité, j'écoutais à peine ce babillage. Soudain, les arbres qui bordaient la route s'espacèrent, découvrant l'océan. Dans la nuit froide et claire, je vis scintiller les feux d'un navire et mes pensées s'envolèrent vers papa. Il était quelque part dans cette grande nuit, abandonné, petite étoile solitaire perdue dans l'immensité du ciel.

7

Deux enfants perdus

Deux semaines plus tard, je reprenais le chemin de Farthy pour une grande répétition de la cérémonie. L'avant-veille, il avait neigé dru sur toute la côte de la Nouvelle-Angleterre. Nous roulions à travers un paysage de sucre blanc qu'on devinait craquant sous le gel, et qui scintillait au soleil du matin. En approchant de Farthinggale Manor, je trouvai les bois méconnaissables. Les arbres se courbaient sous leur fardeau de neige comme des vieillards sous le poids des ans. D'autres dressaient contre le ciel bleu leurs branches nues glacées de givre, pareilles aux bras tendus de squelettes blanchis. Certains autres, aux rameaux hérissés de glaçons, semblaient ruisseler de larmes figées par le froid.

Maman ignorait totalement ce spectacle, la nature ne l'intéressait que fort peu. Elle était plongée dans ses préparatifs, ruminant en pensée les plus petits détails. A ses yeux, ce mariage était l'événement le plus important de ces dix dernières années. Tony lui avait délégué une de ses secrétaires comme assistante, une grande femme brune et maigre, du genre austère et rébarbatif. Véritable bourreau de travail, Mme Walker ne souriait jamais et ne semblait guère enchantée par ses nouvelles attributions. Assise en face de nous à l'arrière de la limousine, elle notait les moindres idées et changements qui venaient à l'esprit de maman. Chaque matin, la lecture de la liste des invités inaugurait les activités du jour. A peine étions-nous en route pour Farthy que Mme Walker avait été sommée de relire la fameuse liste.

Maman avait décidé qu'une fois devenue Mme Tatterton, elle ne prendrait plus jamais le volant. Elle roulerait en limousine, conduite par Miles. Et s'il arrivait qu'il ne fût pas disponible, elle louerait une limousine avec chauffeur pour l'occasion.

J'avais d'ailleurs noté d'autres petits changements chez elle, depuis cette soirée de Thanksgiving. Persuadée qu'elle avait désormais « un rang à tenir », elle passait encore plus de temps que d'habitude à sa toilette... en admettant que cela fût possible.

— Tout le monde sait que je vais devenir Mme Tony Tatterton, Leigh. On m'observe, je dois répondre à l'attente générale. J'appartiens à la haute société, maintenant.

Je voyais mal ce que ces soins supplémentaires pouvaient ajouter à sa beauté, mais je gardai mes réflexions pour moi. Tout cela comptait tellement à ses yeux ! Ce qui me mettait le plus mal à l'aise, c'était la façon dont elle parlait de certains de ses anciens amis, et même d'Elizabeth Deveroe. Je ne croyais pas me tromper en pensant qu'elle trouvait cette dernière digne de son amitié tant qu'elle était mariée avec papa. Mais maintenant qu'elle allait devenir Mme Tony Tatterton !... Avant, elle travaillait pour Elizabeth. Désormais, ce serait l'inverse. Nuance.

Elle hésitait encore à l'inviter, comme certains autres vieux amis, et chaque fois que Mme Walker lui relisait sa liste elle tenait les mêmes propos.

— Les Untel... je me demande si j'ai bien fait de les inviter. Je crains qu'ils ne soient un peu déplacés.

Dans la voiture, elle fit rayer par Mme Walker le nom de gens qui n'avaient pas encore reçu leur carton, pour le remplacer par un autre, celui des Kingsley. Martin Kingsley, rédacteur en chef du *Globe*, rentrait tout juste de Moscou et le couple était la coqueluche de la ville, cette saison-là. Maman venait de l'apprendre par une amie et crut bon d'en informer Mme Walker, comme elle le faisait toujours quand elle ajoutait un nom à sa liste. Mme Walker n'en parut pas impressionnée le moins du monde, mais maman ne s'en formalisa pas. Elle nageait dans la joie, je ne l'avais jamais vue aussi heureuse.

Quand nous franchîmes le portail de Farthy, elle se demandait à haute voix si elle avait prévu suffisamment de hors-d'œuvre chauds. Je n'écoutais que d'une oreille, mais je répondis qu'à mon avis, rien ne manquait. Et j'eus le malheur d'ajouter qu'il y avait de quoi rassasier les passagers d'une croisière de papa, aller-retour. Maman me foudroya du regard. On aurait dit que je l'avais giflée.

— Mais ce n'est pas du tout la même chose, Leigh ! Il ne s'agit pas de gaver les gens pour qu'ils aient l'impression d'en avoir pour leur argent. J'ai engagé les plus grands chefs de Boston, chacun a sa spécialité. Le Français qui préparera la bisque de homard est célèbre dans le monde entier.

— Mais Ryse Williams est un excellent cuisinier, maman ! N'aurait-il pas pu se charger de tout lui-même ?

Maman sourit à Mme Walker comme pour la prendre à témoin de mon innocence.

— Lui, se charger de tout ? Mais une douzaine de Ryse Williams n'y suffiraient pas, voyons ! Allons, ne t'inquiète pas pour cela, occupe-toi plutôt de ta toilette. Tout ce que je te demande c'est d'être belle.

Je dois avouer que la question me tracassait. Comme toutes les demoiselles d'honneur, je devais porter une robe longue en mousseline rose pâle, avec bustier sans bretelles inscrusté de dentelle blanche et ample jupe bouillonnante. Les autres demoiselles d'honneur étaient toutes des femmes faites. Moi seule exhiberais des épaules frêles, que je continuais à trouver trop maigres. Et aucune d'elles n'aurait besoin de soutien-gorge rembourré pour étoffer sa silhouette. J'étais sûre de paraître enfantine et ridicule à côté d'elles, dans une pareille toilette. Mais maman l'avait choisie pour aller avec sa robe de mariée. Aucune de nous ne devait porter le moindre bijou. Certaines de ces jeunes femmes étaient immensément riches, et leurs bijoux de famille étaient célèbres. Maman avait pris toutes ses précautions pour que rien ne vienne éclipser l'éclat de ses diamants.

Quand la voiture stoppa devant le perron, j'aperçus le petit Troy dans le parc, accompagné de Mme Hastings, sa nurse. Une femme charmante, mais, à ce que j'avais cru comprendre, un peu débordée par ses responsabilités. Troy était très intelligent pour son âge et il avait déjà appris à la mener par le bout du nez. Pour le moment, il pétrissait un bonhomme de neige. Je devinai tout de suite, à la façon dont elle se tenait derrière lui, que Mme Hastings essayait de le convaincre de rentrer. Mais je compris du même coup, en le voyant si concentré sur son travail, qu'il ne l'entendait même pas. Il avait la même expression que le jour où nous avions colorié ses dessins. Les yeux fixes, les traits figés : on aurait dit un masque de marbre. Une petite cuiller d'argent à la main, il sculptait avec une attention passionnée le visage de son personnage.

— Leigh ! appela-t-il aussitôt qu'il m'aperçut, viens voir mon bonhomme de neige !

— Dépêche-toi de rentrer t'habiller, lui cria sévèrement maman.

Mme Walker et Miles retiraient déjà nos valises du coffre et Curtis accourait à la rescousse. Je ne l'avais jamais vu se déplacer aussi vite. Il arriva tout essoufflé au bas des marches, sans même avoir pris le temps de passer un manteau ; son haleine se condensait en petits nuages : on aurait dit une cheminée qui fume.

— C'est le bonhomme de neige le plus beau que j'aie jamais vu, dis-je à Troy.

Il se redressa avec orgueil et regarda Mme Hastings, figée sur place et les poings enfoncés dans les poches.

— Mais nous devons rentrer nous préparer pour la répétition, ajoutai-je. Toi aussi. (Plus je parlais, plus

Mme Hastings se détendait. Son sourire s'élargissait à vue d'œil.) N'es-tu pas le premier garçon d'honneur ?

— Si. Tony m'a dit que c'est moi qui porterai l'anneau.

— Alors viens vite t'habiller. Nous jouerons dans la neige plus tard.

— C'est promis ?

— Promis, juré, affirmai-je en tendant la main.

Troy s'empressa d'y fourrer la sienne et nous entrâmes dans la maison derrière maman et Mme Walker, suivis par une Mme Hastings rayonnante.

Le mariage devait être célébré dans le grand hall. Dès que le pianiste attaquerait *Voici la mariée*, maman apparaîtrait en haut de l'escalier et tout le monde serait forcé de lever la tête pour la regarder descendre. L'effet était garanti. Le pasteur viendrait prendre place au bas des marches, où attendraient Tony et Troy. Les chaises pliantes capitonnées destinées aux invités étaient déjà installées. Ce serait le quatrième mariage célébré à Farthy. L'arrière-grand-père de Tony, son grand-père et son père s'étaient mariés à cet endroit même. Et c'est dans ce haut lieu de tradition familiale que Tony et maman échangeraient leurs serments, devant les grands portraits de toute une lignée de Tatterton.

Dès qu'il apprit notre arrivée, Tony sortit en coup de vent de son bureau. Il n'avait pas encore passé sa veste de smoking ni mis sa cravate, et commençait tout juste à boutonner sa chemise blanche. C'était la première fois que je le voyais dans une tenue aussi peu formaliste, et il me parut plus grand et plus séduisant que jamais. Il était beau comme un acteur de cinéma. Trop beau, même. Et cela me déplut.

Papa n'était pas laid, bien sûr, mais on voyait bien qu'il était beaucoup plus vieux ; l'air du large avait buriné ses traits. Il ne manquait pas de charme non plus, mais il ne ressemblait pas à un acteur de cinéma, ce qui ne m'empêchait pas de l'aimer de tout mon cœur. Mais quand maman et Tony se tenaient l'un près de l'autre, tous les yeux se tournaient de leur côté. Ils faisaient penser à ces couples merveilleux qu'on voit sur la couverture des magazines. Et même s'il m'en coûtait, je devais bien reconnaître qu'ils semblaient faits l'un pour l'autre.

Pauvre papa! J'avais l'impression qu'il s'éloignait de nous à toute allure. Son image m'apparaissait comme celle d'une lointaine étoile, éteinte depuis des siècles et des siècles. Je souhaitais plus que jamais épouser un jour un homme comme lui... mais un peu moins absorbé par son travail, quand même.

Tony prit la main de maman, lui baisa le bout des doigts et je vis pétiller ses yeux.

— Prête pour la répétition, ma chérie?

— Mais oui.

— Tu n'as plus qu'à monter chez toi : tout est préparé dans le moindre détail. Ah, Leigh! (Tony tourna la tête et attacha sur moi un regard appuyé.) Je parie que tu es aussi émue que moi?

— Il y a de quoi! répliquai-je avec sécheresse.

Et il y avait de quoi, en effet. Ce tutoiement me bouleversait. Il rendait la situation tellement... définitive! J'étais plus qu'émue, j'étais hors de moi. J'avais envie de lui crier que je ne voulais rien savoir de ce mariage. Mais je me dominai et me contentai de détourner les yeux.

— Moi je n'ai pas le trac! fanfaronna le petit Troy.

Ce qui fit rire tout le monde... sauf moi.

— On voit bien que ce n'est pas toi qui te maries, commenta Tony.

Troy haussa les épaules, mais je sentis ses doigts serrer plus fortement les miens.

— Bon! reprit Tony en tapant dans ses mains, si je faisais visiter ses appartements à Leigh?

— Excellente idée, approuva maman. Qu'en dis-tu, Leigh?

— Je les ai fait redécorer exprès pour toi, annonça Tony. Tu verras, c'est une surprise.

Voyant qu'il m'offrait son bras, je consultai maman

du regard. Elle me fit comprendre d'un signe que je devais accepter et j'obéis sans broncher.

— Je peux venir aussi ? implora Troy.

— Toi, jeune homme, dépêche-toi d'aller te changer, ordonna Tony. C'est une répétition en grande tenue, sauf pour la mariée, bien sûr. Le futur époux ne doit pas la voir dans sa robe de noces avant la cérémonie, cela porte malheur.

— Je veux aller avec...
— Voyons, Troy !

Sur un regard de Tony, Mme Hastings se hâta d'intervenir.

— Venez, Troy. Je vous aiderai à vous habiller.

— Je n'ai pas besoin d'aide ! protesta-t-il avec énergie.

Ce qui lui valut un regard sévère de maman.

— Allons-y ! décida Tony en m'entraînant dans l'escalier.

Sa façon de me tenir le bras me troublait, j'en avais des frissons. Je devais être rouge comme une tomate. Sur le palier, il me fit prendre le couloir de gauche et nous nous arrêtâmes devant une porte à double battant.

— Nous y voilà ! annonça-t-il en l'ouvrant toute grande devant moi. Leigh... (Il étendit la main comme s'il allait caresser mes cheveux, mais la retira aussitôt.) J'ai essayé de donner à ces pièces une note féminine, et non enfantine. J'espère qu'elles te plairont, acheva-t-il en baissant la voix jusqu'au murmure.

Et il détourna la tête, me dérobant son regard. Je contemplai mon nouveau domaine.

Le soleil traversait les rideaux de soie grège du salon, lui prêtant un aspect irréel. Les murs étaient tapissés d'une délicate soie ivoire, entretissée de légers motifs orientaux dans les tons verts, bleus et violets. Le même tissu recouvrait deux petits canapés, sur lesquels on avait jeté des coussins d'un bleu doux, assortis au tapis chinois. J'étais bien décidée à dédaigner tout ce que pourrait m'offrir cet homme, et pourtant ! Je dus m'avouer que c'était la plus jolie pièce que j'eusse jamais vue. Je m'y voyais déjà, pelotonnée devant la petite cheminée...

— Alors, qu'en penses-tu ?

Adossé au mur, les mains croisées sous le menton, Tony m'observait avec une attention aiguë.

— C'est ravissant ! Je n'ai jamais eu de salon personnel.

Je regrettai aussitôt mes paroles. Comme si je n'avais pas tout ce qu'il me fallait chez nous ! C'est sûrement ce que penserait Tony, maintenant. Il se redressa, et un sourire se dessina sur ses lèvres sensuelles.

— Eh bien, tu en as un désormais. Viens voir ta chambre, dit-il en passant devant moi pour ouvrir la porte.

Que faire, que dire ? Je ne voulais pas montrer trop d'enthousiasme pour ma nouvelle demeure. Mais comment résister à ce délicieux lit à colonnes, avec son baldaquin de dentelle ? La chambre aussi était décorée en bleu et ivoire, mes couleurs préférées. L'une des chaises était bleue, les trois autres assorties aux sièges du salon. Je passai dans la salle de bains, puis dans le cabinet de toilette. Tout m'enchantait : les miroirs, les lampes, les lustres de cristal et jusqu'à l'éclairage indirect des immenses penderies. L'une d'elles était si vaste que ma chambre de Boston aurait pu y tenir tout entière.

Je sentis que Tony se tenait derrière moi et me retournai. Nous étions si proches que son souffle effleura mon front et je perçus le parfum de son eau de toilette.

— J'espère que tu seras heureuse ici, Leigh, chuchota-t-il. Ton bonheur compte autant pour moi que celui de ta mère.

Dans le silence qui suivit, je le dévisageai longuement. Les questions se pressaient sur mes lèvres, j'aurais voulu crier. Comment pouvait-il espérer me rendre heureuse ? Il avait conquis l'amour de ma mère, détruit ma vie, mon foyer. Papa errait tout seul de par le monde, sans avoir eu le temps de comprendre ce qui lui était arrivé. Avec son charme, ses bonnes manières, son immense fortune, Tony lui avait volé maman. Et voilà qu'il me jetait son luxe à la tête, comme si cela pouvait remplacer papa ! Comme si cette jolie chambre pouvait le faire pardonner... Je dus serrer les poings tant j'avais envie de le gifler. Je ne l'avais jamais autant haï.

Il dut deviner ma colère. L'intensité de son regard s'adoucit, il recula d'un pas.

— Je sais que les choses ne te sont pas faciles, mais je ferai tout pour que cela change. J'espère devenir un jour plus qu'un simple beau-père, pour toi. Un ami...

Je n'eus pas le temps de répondre : on frappa à la porte. Mme Hastings m'apportait ma robe et tous les accessoires nécessaires à ma toilette. D'en bas me parvint la voix de maman, qui donnait ses ordres aux domestiques avant de monter chez elle. Cette interruption contraria visiblement Tony.

— Posez ça là, ordonna-t-il sèchement. Leigh, nous reprendrons cette conversation plus tard. Nous aurons tout le temps d'apprendre à nous connaître... si tu veux bien.

Sur ce, il tourna les talons. Mme Hastings déposa mes vêtements sur le lit et son regard fit le tour de la pièce.

— Quelle adorable chambre, vous en avez de la chance !

— Merci, madame Hastings. Mais ma chambre de Boston me plaît tout autant, vous savez, rétorquai-je avec humeur.

Sans insister davantage, elle alla offrir ses services à maman, me laissant examiner tout à mon aise le décor de ma nouvelle vie. Désormais, c'est entre ces quatre murs que je bâtirais mes chimères, que je serais triste ou gaie, sombre ou solitaire, et qui sait... heureuse à nouveau, un jour ? J'aimais cette chambre et la haïssais tout à la fois.

Jamais papa n'y entrerait le soir, pour venir m'embrasser après une longue journée de travail. Et au fond, c'était mieux ainsi. Il aurait pu croire que c'était ce luxe qui m'avait attirée loin de lui, et en souffrir. Mais jamais je ne me laisserais séduire par toute cette richesse. Jamais. Et pour commencer, j'alignerais toutes mes photos encadrées sur la coiffeuse. Celle où j'étais sur les genoux de papa ; celle où nous étions tous les trois et sur laquelle j'avais écrit à l'âge de cinq ans : « papa, maman et moi ». Celles de nos sorties, de nos croisières, et l'instantané pris quand papa avait essayé de m'apprendre à danser. Papa serait présent partout, et tout ce luxe raffiné ne me le ferait pas oublier. Et surtout, Tony Tatterton comprendrait tout de suite qu'il n'avait aucune chance de prendre un jour sa place dans mon cœur. Absolument aucune.

Sans grand enthousiasme, j'entrepris de me changer. Je mis un soutien-gorge sans bretelles, enfilai ma robe, et là, les difficultés commencèrent. Elle m'allait parfaitement mais remonter la fermeture à glissière s'avéra presque impossible. Chaque fois que je l'atteignais, le balconnet basculait en avant ! Exaspérée, je chaussai mes escarpins roses dans l'intention d'aller demander son aide à maman. Mais en sortant de ma chambre, je faillis me heurter à Tony. Il était prêt, lui : il ne lui manquait plus que sa veste de smoking. Je reculai de surprise, retenant à deux mains le devant de mon bustier.

— Navré de t'avoir fait peur, Leigh, mais ta mère m'a chargé de venir voir comment tu te débrouillais.

Je demeurai quelques instants sans voix. Depuis combien de temps Tony m'épiait-il ? Et pourquoi maman lui avait-elle suggéré de venir ? Elle ne m'envoyait jamais papa !

— Je... j'allais justement lui demander de m'aider à remonter cette fermeture, balbutiai-je.

Je m'apprêtais à contourner Tony mais il devança mon geste en posant les mains sur mes épaules. Une bouffée de chaleur me brûla la nuque et je retins à grand-peine une exclamation de surprise. Si Tony vit mon embarras, il n'en laissa rien paraître.

— Laisse-moi faire. C'est pour ce genre de corvées que les jolies femmes ont toujours besoin d'avoir un homme sous la main ! Voyons... c'est très facile. Là, j'y suis !

Il remonta lentement la glissière en prenant grand soin de ne pas me pincer la peau, puis m'embrassa dans les cheveux.

— Et voilà ! Bon, tu n'as plus besoin de moi ?
— Non ! m'écriai-je, sans doute un peu trop vite.

Tony sourit, ses yeux bleus pétillèrent. Un bref instant, nos regards se croisèrent, et aussitôt je baissai le nez.

— Il faut que je me coiffe, dis-je en reculant vers ma chambre.

Là, je me laissai tomber sur la chaise de ma coiffeuse, le souffle court, et jetai un coup d'œil au miroir. Je tenais toujours les mains crispées sur ma poitrine ! Je les laissai retomber et me retournai vers la porte, m'attendant presque à y voir Tony.

Mais il n'y avait plus personne.

Un étrange combat se déroulait en moi, entre mes pensées et mes sentiments. Je détestais Tony quand il se donnait des airs de père et m'embrassait comme aurait pu le faire papa. Mais quand ses mains frôlaient mes épaules ou que ses lèvres effleuraient mes cheveux... il fallait bien m'avouer que je frissonnais de plaisir.

Et ses yeux ! Leur bleu s'avivait quand son regard plongeait dans le mien, comme s'il me devinait. Il faudrait que je me méfie, désormais : et de lui, et de moi. Il était beaucoup trop perspicace, et mes yeux bien trop éloquents. Ils me trahissaient. Je ne devais pas oublier non plus que cet homme avait conquis sans effort le cœur de maman, une femme que n'importe quel autre eût été fier d'avoir pour compagne. Je n'étais pas de taille à lutter avec lui. D'autre part...

Je ne pouvais pas oublier non plus la tendresse que j'avais lue dans son regard. Comme s'il me suppliait de l'accepter pour père, et de l'aimer lui aussi. Lui, mon père ? Mais il était bien trop jeune ! Et quand il apprendrait l'âge de maman, il se sentirait ridicule, j'en étais sûre. Seigneur, comme tout devenait compliqué ! La vie n'avait plus rien d'un conte de fées, maintenant. Je la détestais. Je détestais cette robe, je détestais l'idée d'être demoiselle d'honneur au mariage de ma propre mère ! Je détestais cette maison, cette armée de serviteurs, le domaine tout entier et jusqu'à...

— Coucou ! Tu es prête ?

La liste de mes griefs s'arrêta court. Je pivotai sur ma chaise, pour découvrir le petit Troy debout sur le seuil de ma chambre. Il était en smoking, les cheveux brossés avec soin, un anneau d'or dans la main gauche. Son élégance et sa beauté m'impressionnèrent : on aurait dit son grand frère en miniature. Du coup, ma colère s'évanouit.

Presque.

— Tony dit qu'on pourra remettre nos vrais habits dès que la répétition sera finie. Ce que tu es belle !

Son enthousiasme m'arracha un sourire.

— Nos vrais habits ?

— Ceux-là, ce n'est pas pareil. Je dois faire attention à tout, à ce que je fais, à ce que je touche. Oh là là !

Il fronça le nez d'un air dégoûté et je dus me retenir pour ne pas le serrer dans mes bras comme un ours en peluche. Il était si mignon !

— Je vois. Moi aussi j'ai hâte de retrouver mes vrais habits.

Je me levai, consultai une dernière fois mon miroir et rejoignis Troy. Il fourra sa petite main dans la mienne et, côte à côte, nous prîmes le chemin du grand escalier.

Pour moi, toute la répétition se déroula comme un rêve, un long rêve éveillé. Au milieu de tous ces inconnus, pendant que Tony et maman jouaient leur propre rôle, je guettais sans arrêt la grande porte comme si elle pouvait à tout instant s'ouvrir à la volée. Devant papa. Alors... Alors la musique s'interrompait, tout le monde se retournait et papa hurlait :

— Jillian, tu ne peux pas faire ça ! Quant à vous... (Il

s'adressait à Tony.) Rompez immédiatement le charme que vous avez jeté sur ma femme.

Comme papa était grand, et fort ! Il tendait un doigt accusateur vers Tony qui reculait, dompté. Puis maman se mettait à cligner des paupières et son regard allait de papa à Tony, de Tony à papa.

— Cleave ? Oh, Cleave ! Tu es venu, Dieu merci ! Que m'est-il arrivé ? Qu'est-ce que je fais là ?

Elle courait se jeter dans les bras de papa, je la suivais et il nous serrait toutes les deux contre lui. Puis, tous les trois, bras-dessus, bras-dessous, nous quittions le château maudit et rentrions à la maison pour toujours.

Mon beau rêve creva comme une bulle quand le petit Troy tira brusquement sur ma main. Je me retrouvai au bas de l'escalier, derrière la file des demoiselles d'honneur. En face de nous, le pasteur et maman récapitulaient la cérémonie. Apparemment, tout était terminé et Troy me rappelait ma promesse d'aller jouer dehors avec lui.

— Soyez rentrés dans une heure pour le déjeuner, nous recommanda Tony.

Troy et lui allèrent se changer dans son bureau et je montai chez moi pour en faire autant. J'avais à peine terminé que Troy entrait en coup de vent dans ma chambre, emmitouflé jusqu'aux oreilles.

— Voulez-vous que je vous accompagne ? proposa Mme Hastings, sans grand enthousiasme.

— Non merci, madame Hastings, tout se passera bien.

C'était la réponse qu'elle espérait. Elle me fit penser à un condamné aux travaux forcés qui viendrait d'obtenir une réduction de peine. Ce ne devait pas être drôle tous les jours de s'occuper d'un petit diable de cinq ans, pensai-je, amusée. J'enfilai mon manteau et mes gants et pris Troy par la main pour aller voir le fameux bonhomme.

Il neigeait et le ciel commençait à s'assombrir. Troy s'attaqua avec ardeur aux doigts de son personnage et je l'observai en l'écoutant babiller. Il passait sans arrêt

151

du coq à l'âne, des jouets que lui avait promis Tony pour Noël aux histoires de Ryse Williams. Une surtout lui plaisait : celle d'un petit garçon de La Nouvelle-Orléans qui possédait une flûte enchantée. Il appelait souvent le cuisinier « Rye Whiskey », et je finis par lui demander pourquoi.

— Parce que les autres domestiques l'appellent comme ça, tiens ! Ils disent que c'est son vrai nom.
— Mais toi, tu ne lui donnes pas ce nom-là, j'espère ?
— Si, enfin... (Troy jeta un regard prudent vers le perron.) Quand Tony n'est pas là. Il n'aime pas que je le fasse.
— Je vois. Alors, si tu cessais de le faire ?

Troy haussa les épaules et je vis ses yeux briller. Il avait déjà une autre idée en tête.

— Ce serait bien de faire des habits au bonhomme avec des bouts de la haie !
— Des bouts de la haie ?
— Oui. Boris taille sans arrêt le labyrinthe, il y a des tas de bouts de branches par là-bas. On y va, dis ?

Je soupirai. Il neigeait de plus en plus fort et je commençais à avoir froid, plantée là sans bouger. Une promenade ne nous ferait pas de mal.

— On y va !

Troy se suspendit à ma main et m'entraîna d'un pas décidé.

— N'aie pas peur, je connais le chemin.
— D'accord, mais ne marche pas si vite. Ton bonhomme ne va pas fondre !

Soudain, je me retournai vers la maison et tendis l'oreille. Deux des demoiselles d'honneur (des collaboratrices de Tony) regagnaient leurs voitures, et leur voix portait jusqu'à moi. Elles parlaient de maman !

— Son premier mari aurait pu être son grand-père, à ce qu'on dit. Il paraît qu'il est complètement sénile et ne s'est même pas rendu compte qu'elle l'avait quitté.
— Inutile de demander s'il était riche, alors ! Sinon, pourquoi l'aurait-elle épousé ?
— En tout cas, pour l'argent, elle n'a plus de souci à se faire. Et elle se retrouve avec un jeune mari beau

comme un dieu, par-dessus le marché. Joli coup de filet !

Je les entendis rire, puis les portières des voitures claquèrent. J'avais les joues en feu, malgré le froid. Je mourais d'envie de courir jusqu'aux voitures et de marteler les vitres à coups de poing. Quelles vipères ! Elles osaient se moquer de papa ? Qui leur avait raconté une histoire pareille ? Elles ne méritaient pas d'assister au mariage. Les harpies, les commères, les...

— Alors, Leigh ? Tu viens ?
— Pardon ? Oh, oui... tout de suite.

Je me retournai une dernière fois vers les voitures et suivis Troy jusqu'à l'entrée du labyrinthe. Mais là, je ne vis pas la moindre trace de feuillage coupé.

— Il n'y a rien à ramasser, Troy. Rentrons.
— Je suis sûr qu'il y a des branches à l'intérieur, il y en a toujours. On va voir ?
— Ton frère ne veut pas que nous y allions seuls.
— Mais je sais retrouver mon chemin !

Tant d'assurance chez un si petit bout d'homme finit par m'ébranler.

— Tu es sûr que nous pouvons ?
— Mais oui, Tony ne dira rien. Il va bientôt être ton papa, maintenant.
— Non ! rétorquai-je avec une violence qui me valut un regard étonné de Troy. Il épouse ma mère, c'est différent. J'ai déjà un papa.
— Où est-il ?
— En mer. Il travaille sur des grands bateaux.
— Il va venir vivre ici, lui aussi ?
— Non. Ma mère ne veut plus vivre avec lui, elle veut vivre avec ton grand frère. C'est pourquoi nous sommes venues ici, et papa ira ailleurs. Cela s'appelle divorcer. Des gens mariés se démarient, tu comprends ?

Il secoua énergiquement la tête.

— Pour être franche, dis-je avec amertume, moi non plus.

Un bruit de voix masculines attira mon attention vers la maison, d'où sortait un groupe d'amis de Tony.

Tous riaient et échangeaient de joyeuses bourrades en guise d'adieu.

— Très bien, capitulai-je, allons chercher des branches. Nous ne risquons pas de nous perdre, de toute façon. Nous n'aurons qu'à suivre nos traces de pas dans la neige.

— Bonne idée! applaudit Troy en s'élançant en avant.

J'hésitai un instant et le suivis dans le labyrinthe. J'avais besoin de sa paix. L'agitation de la matinée m'avait mis les nerfs à vif, la musique surtout. J'entendais encore le piano jouer l'air de *Voici la mariée*, et j'en étais malade. Le silence me ferait du bien.

Nous eûmes très vite le sentiment d'avoir laissé le monde extérieur loin derrière nous. Et plus nous avancions, plus cette impression s'accentuait. Les hautes haies chargées de neige interceptaient tous les sons : nous étions coupés de la grande maison par de véritables remparts. Troy marchait devant, non sans se retourner fréquemment pour s'assurer que je le suivais. Je cessai bientôt de compter les tournants. Toutes les allées se ressemblaient, surtout dans cette blancheur. Mais j'étais bien contente qu'il neige, car je comprenais tout à coup à quel point il était facile de s'égarer dans ce dédale. Et nous continuions à nous y enfoncer, plus loin, toujours plus loin... je commençais à désespérer d'en voir jamais la fin.

— Troy! appelai-je, nous ferions mieux de rentrer. Il n'y a pas de branches coupées et je crois que nous tournons en rond.

— Pas du tout, nous allons au cottage.

— Qu'est-ce que c'est, ce cottage ? Qui y habite ?

— Personne, pour l'instant. C'est un de mes coins secrets.

— Tu crois que c'est bien le moment de le chercher ?

— Encore un petit peu, implora Troy. Juste un petit peu, d'accord ?

— D'accord. Mais si nous ne le trouvons pas tout de suite, nous rentrons. Promis ?

Troy hocha la tête et s'élança en avant, si vite que je

n'eus pas le temps de le voir disparaître. Heureusement que j'avais l'empreinte de ses petits pieds pour me guider !

— Troy ! criai-je en hâtant le pas, attends-moi !

Mais le petit démon s'arrangeait pour me devancer toujours d'un tournant et rester hors de ma vue. Finalement, après un dernier détour, je me retrouvai hors du labyrinthe... devant le petit cottage. Troy n'avait rien exagéré. On aurait dit un dessin de maman, devenu vrai d'un coup de baguette magique. Niché dans un bosquet de grands pins, il était coiffé d'ardoises roses, et un sentier pavé de pierres claires menait à la porte d'entrée. Troy m'y avait devancée.

— Allez viens, Leigh !
— Attends !

Trop tard, il était déjà à l'intérieur. Je l'y suivis et le trouvai assis dans un rocking-chair, devant la cheminée. Il rayonnait de satisfaction. Je parcourus du regard la petite pièce et me dis qu'elle devait être bien agréable quand le feu était allumé, malgré son mobilier rudimentaire. Il se limitait à un vieux canapé, un fauteuil, un tapis rustique et quelques étagères vides. Des rideaux de coton blanc pendaient tristement devant les vitres blanches de givre, et il faisait si froid que notre haleine se condensait en nuages de vapeur. J'étreignis frileusement mes épaules et poursuivis mon exploration.

— Personne n'habite ici ? demandai-je en jetant un coup d'œil dans la chambre.

Il n'y avait ni tapis ni miroirs dans la petite pièce, rien qu'un lit à une place et une armoire. Dans la cuisine, tout aussi exiguë, je vis un poêle à bois, un évier et, en guise de réfrigérateur, une glacière aux portes béantes. Il n'y avait rien dedans, de toute façon.

— Boris vient de temps en temps habiter ici pendant l'été, m'apprit Troy en venant me rejoindre. Mais en fait, c'est mon coin secret.

— Tu n'y viens pas tout seul, quand même ? Comment as-tu trouvé ton chemin dans le labyrinthe ?

Il haussa les épaules, et je compris que sa découverte avait dû être le fait du hasard.

— Une chance pour nous qu'il neige ! commentai-je en poursuivant mon examen des lieux. En tout cas, ce doit être joli ici, en été et au printemps.

— On reviendra, Leigh ? Tu veux bien ?

— Je suppose, répondis-je d'une voix songeuse.

Il y avait de grandes chances pour que le cottage devienne mon coin secret, à moi aussi. Surtout quand les choses iraient mal à la maison.

— Je peux aller chercher du bois dehors, proposa Troy. On fera du feu dans la cheminée.

— Non, il vaut mieux rentrer. Il y a longtemps que nous sommes partis et tout le monde doit se demander où nous sommes passés. D'ailleurs, il neige de plus en plus fort.

— Tu ne veux pas te réchauffer d'abord ? Je sais où il y a des allumettes ! s'écria Troy en courant vers la cuisine.

Il tira une chaise devant le poêle, y grimpa pour atteindre l'étagère qui le surmontait et redescendit avec une boîte à la main.

— Là, tu vois ?

— Je vois.

— Je vais chercher du petit bois, Leigh ! annonça-t-il en lançant les allumettes sur la table. On fera du feu, tu veux ?

— Troy ! protestai-je.

Mais il était déjà dehors, et je me surpris à sourire. Son enthousiasme me désarmait. D'ailleurs, nous n'étions pas sortis depuis si longtemps que cela, finalement, et un bon feu nous ferait du bien. En plus, ce serait très amusant. Et Troy revenait déjà, les bras chargés de petit bois. Il l'essuya pour en chasser la neige.

— Je m'occupe du feu ou tu veux le faire toi-même ?

— Tu sais allumer un feu ?

— Bien sûr, Boris m'a montré des tas de fois.

Il disposa soigneusement quelques morceaux de bois dans l'âtre, les plus gros par-dessus, et ouvrit le conduit d'aération. Puis, avec le désir manifeste de réussir du premier coup, il alluma les brindilles placées tout en dessous. Le feu ne tarda pas à crépiter, et Troy repartit comme une flèche au-dehors. Il revint presque aussitôt, chargé de deux grosses bûches dont il couronna son ouvrage.

— C'est magnifique, Troy. Quel grand garçon tu es !
— Ici, c'est moi le papa, répliqua-t-il fièrement. Tu peux être la maman, nettoyer et préparer le dîner.

J'éclatai de rire, mais j'aurais tant aimé cela. Créer un foyer heureux dans ce petit cottage, loin du luxe insolent de la grande maison... si seulement j'avais pu !

— Et toi ? Que ferais-tu, à part le feu ?
— Je mangerais le dîner, tiens !
— C'est tout ?
— Je ne sais pas, qu'est-ce que je pourrais faire d'autre ? Qu'est-ce que ça fait, un papa ?

Pauvre petit bonhomme, qui n'avait jamais su cela... Je rapprochai le rocking-chair du feu et laissai Troy grimper sur mes genoux.

— Un papa vous protège et vous réconforte, il vous aime autant qu'une maman. Et quand on est un petit garçon, il joue au ballon avec vous, il vous apprend des tas de choses et vous emmène dans toutes sortes d'endroits.

— Et quand on est une petite fille ?
— On devient sa petite princesse. Il vous achète plein de cadeaux et on se sent quelqu'un de tout à fait à part, tellement il vous aime.

— Mais le papa aime la maman et la maman aime le papa ?

— Oh oui ! Chacun aime l'autre plus que tout au monde. Et l'amour, vois-tu, l'amour est... l'amour est...

Les sanglots m'empêchèrent d'aller plus loin.

— Qu'est-ce qu'il y a, Leigh ? Pourquoi tu pleures ?
— Cela m'arrive parfois, quand je pense à papa.
— Pourquoi ? Parce qu'il n'est pas là ?

Je voulus dire « oui » et ne réussis qu'à renifler, sanglotant de plus belle.

— Je le remplacerai quand il ne sera pas là, d'accord ?

Je serrai mon petit compagnon dans mes bras.

— Oh, Troy ! Tu es vraiment gentil mais je ne crois pas que ce soit possible... parce que... parce que...

— Parce que quoi ?

Je le remis sur ses pieds et lui désignai la fenêtre. Les flocons tombaient si dru qu'on ne voyait plus les arbres.

— Regarde comme il neige, nous ferions mieux de rentrer. En route, et vite !

Main dans la main, nous quittâmes le petit cottage. Quel changement, au-dehors ! On ne voyait plus les pierres du sentier et je me hâtai d'entraîner Troy jusqu'au labyrinthe. Nous nous y jetâmes tête baissée, sous une tempête de flocons qui nous cinglaient le visage. Je pris sans hésiter les trois premiers tournants, puis m'arrêtai net.

— Oh, non !

— Qu'est-ce qu'il y a, Leigh ?

— Nos empreintes ! La neige les a recouvertes et je ne me rappelle plus par quelle allée nous sommes venus.

— Pas grave, dit Troy avec bravoure. On se débrouillera.

Il partit en avant et se retourna après quelques pas.

— Viens, c'est par là.

— Je n'en suis pas sûre, Troy. J'ai peur.

Il fouilla le chemin du regard, mais on ne voyait déjà plus le tournant suivant. Que faire ? Retourner au cottage ? Mais il pouvait neiger des heures durant, et personne ne viendrait nous chercher là ! Péniblement, je rejoignis Troy, le pris par la main et choisis une allée au hasard. Et puis une autre, une autre encore... plus rien ne les distinguait les unes des autres, maintenant. Tout était uniformément blanc. Et cette neige qui n'arrêtait pas ! Quand je parvins devant une double rangée d'empreintes fraîches, je compris que nous avions tourné en rond.

— Nous sommes perdus, Troy !

Il fondit en larmes et je le réconfortai de mon mieux.
— Ne pleure pas, ce n'est rien. On va venir nous chercher.

Je le pris dans mes bras et me remis à patauger droit devant moi, à demi aveuglée par la neige. J'avais les pieds gelés, je n'étais pas équipée pour une expédition pareille. Troy et moi nous accrochions désespérément l'un à l'autre.

Orphelins égarés dans la tempête, nous guettions le moindre signe qui nous guiderait vers la maison.

8

Je m'en souviendrai, maman !

J'entendis les appels et j'y répondis en criant de toutes mes forces, jusqu'à en avoir mal à la gorge. On cria encore et encore... je reconnus la voix de Tony, hurlant des ordres. Presque aussitôt, une silhouette trapue surgit du tourbillon de neige, juste devant nous, et Troy s'écria :

— Boris !

Le brave jardinier nous avait déjà rejoints et s'informait avec sollicitude :

— Tout va bien, mademoiselle ?

— Oui, sauf que je... j'ai froid, répondis-je en grelottant.

— Pas étonnant ! Bon, passez-moi notre jeune monsieur. (Il tendit les bras à Troy qui s'y jeta avec élan.) Et maintenant suivez-moi, mademoiselle. Ne me quittez pas d'une semelle.

Recommandation superflue : je le suivis comme une ombre jusqu'à la sortie du labyrinthe, où nous attendaient Tony et Miles.

— Que s'est-il passé ? s'informa sévèrement Tony. Pourquoi êtes-vous entrés dans le labyrinthe ?

Pour toute réponse, je fondis en larmes : il se radoucit instantanément.

— Tu vas bien au moins ?

— Je suis gelée.

J'avais les jambes tout engourdies, les doigts de pieds douloureux et une sensation bizarre au niveau des joues. Un mélange de chaleur et de froid plutôt inquiétant.

— Vite, rentrons ! ordonna Tony, en m'entourant les épaules de son bras.

Et tous les quatre, Boris et Miles portant toujours le petit Troy, partîmes d'un bon pas à travers les rafales de neige en direction de la grande maison. Au moment où Curtis nous ouvrait la porte, maman sortit du salon de musique, l'air inquiet et troublé.

— Ils se sont perdus dans le labyrinthe, expliqua brièvement Tony.

Elle eut une grimace consternée.

— Le labyrinthe !

Tony s'adressait déjà à la nurse.

— Madame Hastings, veuillez emmener Troy chez lui et lui donner un bon bain chaud, s'il vous plaît. Il est très sujet aux refroidissements.

Maman me dévisageait toujours, le regard fixe et la bouche entrouverte, en secouant la tête comme si elle n'en croyait pas ses yeux. Tony la prit par la main.

— Et tu devrais en faire autant pour Leigh, Jillian. Elle n'était pas vêtue assez chaudement pour supporter pendant des heures une tempête de neige.

— C'est incroyable ! Qu'es-tu allée faire dans ce labyrinthe, Leigh ?

Je claquais des dents. Mes vêtements étaient trempés, je ruisselais des gants jusqu'aux chaussures. De la neige fondue dégoulinait de mes cheveux dans mon cou, sur mon front, mes joues, partout. On aurait dit que le bonhomme de neige avait pris vie et s'amusait méchamment à promener sur moi ses doigts glacés.

— Je... nous... nous voulions ramasser des branches et...

— Jillian, il vaudrait mieux lui donner ce bain tout de suite !

— Tony t'avait interdit d'aller dans le labyrinthe. Et tu as vraiment choisi ton moment ! Avec tout ce monde... (Elle eut un geste vague en direction d'une assistance invisible.) Nous étions tous fous d'inquiétude. Quelle situation embarrassante ! acheva-t-elle en portant les mains à son visage comme pour se voiler la face.

— Ta fille gèle sur place, insista Tony.
— Pardon ?
— Jillian ! Donne-lui vite un bon bain et aide-la à se changer, s'il te plaît.

Mais maman se remit à secouer la tête et sa voix se fit de plus en plus perçante.

— Je ne peux toujours pas croire que tu m'aies fait une chose pareille, Leigh ! Je ne peux pas le croire !

Tony m'empoigna par le bras et m'entraîna dans l'escalier. En regardant par-dessus mon épaule, je vis que maman me suivait des yeux, les traits encore figés par la surprise. Cécilia Benson, une des demoiselles d'honneur, s'approcha d'elle par-derrière et elle tourna la tête pour lui demander :

— Avez-vous jamais vu une chose pareille ?

Cécilia ne répondit pas mais nous suivit des yeux, Tony et moi, tandis qu'il m'emmenait chez moi en toute hâte. Sitôt dans le salon, il m'arracha mon manteau mouillé, le jeta sur un siège, traversa ma chambre en un éclair et alla droit à la salle de bains.

— Tu trouveras un peignoir éponge dans cette penderie, lança-t-il avec un geste en direction de l'une des portes. Tu verras, il est brodé aux initiales de la maison. Et dépêche-toi d'ôter ces vêtements trempés !

Quelques secondes plus tard, j'entendis couler l'eau dans la baignoire. J'ôtai mes moufles en tremblant. La chaleur ambiante n'avait fait que me rendre plus consciente du froid que j'avais supporté, et que je ressentais encore. Je continuais à frissonner et à claquer des dents.

Je voulus enlever mon chandail mais mes mains tremblaient si fort que je n'y parvins pas. J'essayais de le faire passer par-dessus ma tête, quand je sentis Tony s'en saisir et me le retirer d'un geste vif.

— Tu es sûre que ça va ? Tes lèvres sont bleues !

Je hochai la tête, encore abasourdie par l'imprévu et

la rapidité des événements. Maman allait m'en vouloir à mort. Elle était persuadée que j'avais agi délibérément, et je ne pourrais pas me justifier. Mes pensées et mes réflexes étaient comme gelés, eux aussi.

— Assieds-toi sur le lit, ordonna Tony.

J'obéis et il s'accroupit devant moi pour m'ôter mes souliers et mes chaussettes.

— Tes pieds sont trempés et tes orteils tout rouges, constata-t-il en s'emparant de mon pied droit.

Il le frictionna vigoureusement, puis fit de même avec le gauche et décréta :

— Maintenant, à l'eau, si tu ne veux pas attraper une pneumonie.

Puis il se releva pour aller vérifier la température du bain. Je fis glisser ma jupe à mes pieds et l'enjambai rapidement : elle était froide et mouillée, mon jupon aussi. Ce ne fut pas facile de l'enlever, j'avais mal aux bras et les doigts tout raides. J'y arrivai quand même et me laissai retomber sur le bord du lit. Où était maman ? Pourquoi ne venait-elle pas m'aider ? Pourquoi laisser ce soin à Tony, surtout ? Était-ce sa façon de me punir ?

— C'est prêt ! annonça Tony, de la porte de communication.

Je bataillai avec les boutons de mon chemisier, sans résultat. J'avais des élancements dans le bout des doigts.

— Laisse-moi t'aider, Leigh.

— Non, je ne...

— Je sais, c'est un peu gênant. Mais je vais simplement commencer, tu finiras toute seule.

Je ne pouvais pas détourner les yeux de son visage et sa beauté me fascinait, son regard surtout. Si bleu, si rayonnant... Nous étions si proches l'un de l'autre que son souffle se mêlait au mien, lui communiquant sa chaleur. A petits gestes rapides et délicats, il entreprit de déboutonner mon chemisier. Un bouton, puis deux, puis trois... sa besogne terminée, il me regarda dans les yeux. Je frissonnai, mais pas de froid cette fois. Lui souriait, d'un sourire très doux. Puis il prit ma main et l'effleura d'une caresse.

— Tu te sentiras beaucoup mieux dans ce bain chaud, tu verras.

— Maman...

— Elle est un peu énervée, c'est tout. Je m'occupe de la calmer et je te l'envoie, ne t'inquiète pas.

Tant de gentillesse et d'attentions me désarmaient, sapant le barrage de haine que j'avais élevé entre nous, mais je me défendais encore. J'avais plus que jamais besoin de papa, de sa présence... mais il n'était pas là. Il était loin, bien trop loin pour m'entendre. Je ne pouvais même pas lui téléphoner.

— Allons, debout! ordonna Tony sans lâcher ma main.

Je posai les pieds sur le tapis. Et tandis que je me levais, Tony saisit légèrement mon chemisier par le col, le repoussa en arrière et le fit lentement glisser de mes épaules. En un instant, je me retrouvai en slip et en soutien-gorge.

— Allons! chuchota Tony, dépêche-toi.

Son souffle chaud frôla ma nuque et je filai vers la salle de bains sans demander mon reste.

La grande baignoire frémissait de bulles, tentatrice à souhait. Je me retournai pour aller fermer la porte et vis Tony sur le seuil. Il tenait toujours mon chemisier à la main et souriait, d'un étrange et inquiétant sourire. J'allai fermer la porte, me débarrassai de mes sous-vêtements et plongeai un pied dans l'eau bleue, jusqu'à la cheville. Tout d'abord, cela me fit mal, puis je m'y laissai glisser avec volupté. Un flot de chaleur m'inonda, je cessai instantanément de trembler et fermai les yeux, détendue. Ma respiration reprit un rythme régulier, mon soulagement était tel que je souris de bien-être. Je ne rouvris les yeux qu'en entendant frapper à la porte. Maman, enfin!

— Oui? Entrez!

La porte s'ouvrit, mais ce n'était pas maman. Tony passa la tête dans l'embrasure.

— Tu as oublié ton peignoir, dit-il en repoussant le vantail contre le mur.

Je m'enfonçai le plus possible dans l'eau. La mousse cachait ma nudité mais je me sentis affreusement vulnérable quand Tony entra pour accrocher le peignoir à un portemanteau.

— Alors, et ce bain ?
— Délicieux. Je me sens revivre.
— Je le savais bien ! dit-il sans me quitter des yeux.

Non seulement il ne semblait pas remarquer mon embarras, mais il se comportait comme s'il était mon père.

— Ne te fais pas de reproches, Troy va se remettre, me rassura-t-il, comme si ma gêne ne pouvait avoir d'autre cause que mon inquiétude pour son frère.

— Je croyais que nous ne pourrions pas nous perdre. Je pensais revenir en suivant nos traces de pas mais la neige...

— Tout va bien, je t'assure, insista-t-il en s'agenouillant près de la baignoire. L'eau est encore assez chaude ?

Il y trempa les doigts et faillit effleurer ma cuisse.

— Oui, parfait. Alors, tu te sens mieux ?
— Oui ! m'empressai-je de répondre en croisant les bras sur ma poitrine, ce qui le fit sourire.
— Je peux te laver le dos, si tu veux ? C'est une de mes spécialités.
— Non, d'ailleurs je vais bientôt sortir.
— Prends ton temps. Tu ne te sens pas gênée, au moins ? Il n'y a aucune raison, nous sommes en famille, maintenant. Bientôt, nous nous sentirons aussi proches que si nous avions vécu ensemble toute notre vie, tu verras.

Il se pencha sur moi, prit mon visage entre ses mains et m'embrassa tendrement sur le front. Pendant de longues secondes nous restâmes ainsi, tout près l'un de l'autre, son beau regard lumineux attaché au mien. Puis il se releva, happa une serviette et s'essuya les mains.

— Heureusement que tu as des vêtements de

rechange ! constata-t-il avec satisfaction. Veux-tu que j'aille t'en chercher ? Je suis aussi un excellent valet de chambre, tu sais !

Il souriait, sans me quitter des yeux.

— Non, je m'en tirerai toute seule.

— Entendu. Je vais voir ce que deviennent ta mère et Troy.

Je le vis partir avec soulagement et me permis enfin de relâcher mon souffle. Mon cœur battait si fort que je m'attendais presque à le voir agiter l'eau ! Depuis l'âge de dix ans, aucun homme ne m'avait jamais vue nue, pas même papa. Et je m'étais trouvée à quelques centimètres de Tony, complètement nue sous quelques flocons de mousse ! Une expérience humiliante, mais aussi (à ma grande surprise), très excitante. Cela me faisait tout drôle de penser que je devrais apprendre à considérer Tony comme un père. Troublée, je fermai les yeux... et vis aussitôt apparaître ceux de Tony, pénétrants, scrutateurs. Et si proches que je croyais sentir sur ma peau le poids de son regard.

Quand je passai le gant de toilette sur ma poitrine, je tressaillis de surprise : la pointe de mes seins était devenue si dure, tout à coup ! Était-ce dû à l'alternance du chaud et du froid ? Ou à ce frisson qui me secouait, quand je pensais aux doigts de Tony dans l'eau, tout près de ma peau nue ? Je n'eus pas le temps d'y réfléchir davantage : maman fit irruption dans la salle de bains. Elle avait retrouvé son calme... du moins en apparence. Sa rage ne demandait qu'à s'exprimer.

— Comment as-tu pu te conduire aussi sottement, Leigh ? commença-t-elle en arpentant la pièce. Surtout toi, une fille si intelligente ! C'est incompréhensible.

— Je pensais qu'il n'y aurait pas de problème. Il suffisait de revenir sur nos pas en suivant nos traces mais...

— Mme Hastings vous a cherchés partout, dehors et dedans. Quand elle est venue nous dire que vous étiez introuvables, Tony est parti lui-même à votre recherche, sans résultat. Tu sais combien il est indulgent et protecteur envers son petit frère, beaucoup trop à mon avis. Quand il a su que vous aviez disparu, il est devenu fou d'angoisse. On a envoyé des hommes fouiller partout, en pleine tempête et tout ça...

Sa main s'abattit sur le marbre de la coiffeuse.

— Justement le jour où j'avais du monde ! Et voilà que vous disparaissez, Tony annonce que vous êtes perdus dans le labyrinthe...

— Maman, laisse-moi t'expliquer...

— Et en pleine tempête de neige, encore ! Mais qu'est-ce qu'il t'a pris ? Tu voulais me faire honte, c'est ça ? Me punir d'avoir quitté ton père ? Ou bien tu as estimé qu'on ne faisait pas attention à toi, peut-être ? Ce ravissant appartement que Tony t'a offert n'était pas suffisant pour une princesse ? Et mademoiselle a trouvé le moyen de se faire remarquer, en mettant toute la maison sens dessus dessous !

— Non ! hurlai-je. C'est un accident, tout simplement. La tempête est arrivée si vite que la neige a recouvert nos traces, sans que nous nous en doutions.

Maman plissa les paupières d'un air soupçonneux.

— Qu'alliez-vous faire dans le labyrinthe, d'abord ?

— Troy voulait me montrer le cottage et j'ai cru...

— Oh, ce sale gosse ! Il est beaucoup trop gâté.

— Non, maman, il est simplement trop seul et il...

— Il a besoin de discipline, oui ! Il faudra te montrer ferme avec lui, Leigh. Tu dois apprendre à te considérer comme sa grande sœur. S'il te pose un problème, demande-nous conseil mais ne cède pas à ses caprices, c'est bien compris ? Ô mon Dieu ! (Maman venait de surprendre son reflet dans le miroir.) Regarde un peu de quoi j'ai l'air... Et il faut que cela arrive juste avant mon mariage !

Je m'enfonçai jusqu'au cou dans l'eau mousseuse.

— Je suis désolée, maman.

— Il y a de quoi ! Ce mariage est l'événement le plus important de ma vie... et de la tienne aussi, d'ailleurs. Il faut qu'il soit parfait, et ce n'est vraiment pas le moment de tomber malade. Tu te vois en train d'éternuer et de renifler derrière mon dos, dans le cortège ?

Elle eut une grimace horrifiée, comme si le spectacle se déroulait sous ses yeux.

— Très bien, maman. J'irai me coucher en sortant du bain.

— Parfait... mais quelle frayeur tu m'as faite, dit-elle en plaquant la main sur sa poitrine.

Elle soupira et, pour bien signifier que le chapitre était clos, ajouta en souriant :

— Quand tout sera fini, nous aurons tout le temps de parler de mon voyage de noces. Je te raconterai tous nos projets et tu m'aideras à choisir mes robes, mes bijoux... enfin tout ce que j'emporterai, d'accord ?

« Pauvre petite Leigh ! Tu as dû avoir si peur... mais tout cela est fini, n'en parlons plus. (Elle eut un petit geste de la main, comme pour chasser une mouche importune.) Nous avons des sujets de réflexion autrement plus agréables, n'est-ce pas ?

— Oui, maman.

— Bien. Je ne voudrais pas revivre une journée pareille, je ne veux plus jamais être triste. Pourquoi le serais-je, d'ailleurs ? J'ai tout ce qu'une femme peut désirer. La beauté, la jeunesse, l'argent, un mari séduisant qui m'adore... (Elle me dévisagea pendant quelques secondes.) Et toi aussi tu en auras un pareil un jour, j'en suis sûre. Et maintenant, ajouta-t-elle en riant, sors de là avant de te transformer en homard. Je vais te faire monter du thé bien chaud.

Je sortis de mon bain dès qu'elle fut partie, me séchai soigneusement et m'enroulai dans le peignoir éponge. Puis je regagnai ma chambre, passai la plus chaude de mes chemises de nuit et me glissai sous les couvertures. J'étais exténuée. Je m'endormis dès que j'eus fermé les yeux et n'entendis même pas la femme de chambre m'apporter mon thé.

Maman tint parole ; elle refusa d'entendre un mot de plus au sujet de « l'incident du labyrinthe », comme elle disait. Quand elle et Tony revinrent prendre de mes nouvelles un peu plus tard et qu'il y fit allusion, elle l'interrompit avec une violence inattendue.

— N'en parlons plus, Tony, je t'en prie. C'est terminé et grâce à Dieu, tout le monde va bien.

Le seul résultat de « l'incident » fut que nous ne quittâmes pas Farthy ce soir-là, comme prévu. Maman attendit que Tony fût sorti pour me l'annoncer.

— J'ai décidé de me ranger à son avis, finalement. Nous passerons la nuit ici. Il neige toujours très fort, je ne veux pas rentrer par un temps pareil. Nous partirons demain après le petit déjeuner, pour terminer nos bagages en vue de nous installer à Farthy. Tony a promis de se conformer à mes désirs : il dormira dans ses appartements, précisa maman avec un sourire plein de coquetterie.

Je la vis se rengorger et trouvai la situation très palpitante.

— Ferez-vous encore chambre à part, quand vous serez mariés ?

— Naturellement.

— Mais à Boston, tu n'avais pas de chambre à toi ! Tu as toujours dormi avec papa.

Pourquoi tenait-elle tant à cette séparation, si elle aimait tellement Tony ? Moi, si j'aimais un homme, je ne ferais pas chambre à part, j'en étais sûre. Je voudrais partager chaque nuit, chaque minute avec mon mari.

— J'ai toujours désiré avoir ma chambre, mais ton père n'a jamais compris cela. Une femme a besoin d'intimité. Je ne veux pas que mon mari m'observe quand je me fais une beauté, mes petits secrets ne le regardent pas.

Maman jeta un coup d'œil à son image dans le miroir de ma coiffeuse et ajouta :

— J'ai mes recettes personnelles pour conserver ma jeunesse, je te les apprendrai en temps voulu. Mais un mari n'a pas besoin de les connaître. Une femme doit garder son mystère, Leigh. L'homme qui sait tout de vous perd tout intérêt pour vous. Savoir étonner un homme de temps en temps entretient sa ferveur et son désir. C'est pourquoi il ne faudra jamais dire certaines choses que je t'apprendrai à aucun homme, même celui que tu aimeras... tu comprends ? acheva maman en souriant.

— Oui.

Je connaissais déjà l'un de ses fameux secrets : celui qui concernait son âge. L'idée me traversa l'esprit que si Tony pouvait la voir chaque soir devant sa coiffeuse, il ne conserverait sans doute pas longtemps ses illusions sur ce point.

Elle se mit à déambuler devant mon lit et reprit sur un ton doctoral :

— D'ailleurs, une femme peut éprouver parfois un certain éloignement pour les rapports physiques. Les hommes sont tellement ennuyeux avec leurs désirs ! Ils ne nous laissent pas en paix tant que nous ne leur avons pas donné satisfaction. Tandis que si chacun a sa chambre... il suffit de fermer sa porte. Cela évite toutes sortes de scènes et de vexations inutiles.

« Il faut savoir être un peu égoïste, Leigh, si l'on tient à rester jeune et belle. On pourrait s'attendre à ce qu'un homme fasse preuve d'égards et de compréhension, mais non. Ils se laissent très souvent dominer par leurs instincts, même quand ils prétendent vous aimer. Sur le plan sexuel, ils sont beaucoup plus exigeants que nous. Mais là-dessus...

Maman eut un petit geste évasif.

— Je suis certaine que tu en sais aussi long que moi !

— Oh non, maman ! Loin de là.

— C'est vrai ? s'étonna-t-elle en me dévisageant comme si elle ne m'avait jamais vue. Ce que tu peux être innocente, ma pauvre chérie ! Moi, quand j'avais ton âge...

Elle s'arrêta net et se mordit la lèvre.

— Enfin, c'était une autre époque. J'étais loin d'être aussi gâtée que toi et je vivais dans un milieu très différent. Nous grandissions plus vite. En fait, ajouta-t-elle après un long soupir, mon enfance a fini trop tôt. Je n'ai pas connu ce temps béni où le monde vous semble neuf. Âge heureux, où l'on n'imagine pas de malheur plus grand qu'une soirée manquée ou un bouton sur le nez !

Je faillis éclater de rire. Et à mon tour, j'imaginai quelle tragédie ce serait pour maman de se découvrir un bouton sur le nez. Elle en serait aussi catastrophée que n'importe laquelle de mes amies.

— Pour l'instant, reprit-elle, contente-toi de rester au lit, bien au chaud. Tony s'occupe de ton dîner.

— Mais je ne suis pas malade ! Je peux très bien m'habiller et descendre manger avec vous.

— Après le choc que tu as subi ? Pas question. Je reviendrai après le dîner, nous parlerons de ma lune de miel, me promit-elle en s'en allant.

Un peu plus tard, le repas annoncé arriva en grande pompe, et je devinai que Tony avait donné des ordres dans le seul but de m'amuser. Chaque plat fut apporté par un domestique différent et l'entrée par Curtis lui-même. Puis, Tony en personne apparut avec le dessert, une serviette blanche sur le bras. Ce fut plus fort que moi : j'éclatai de rire.

— A la bonne heure ! dit-il en posant la tarte à la crème sur ma table de nuit. Voilà ce que j'attendais, et je suis heureux que tu te sentes mieux. Tu as assez mangé ?

Je me sentis rougir.

— Oh oui, merci beaucoup. Mais j'aurais pu descendre !

— C'est très bien comme ça : il faut apprendre à te faire dorloter, dit-il d'une voix enjôleuse. Tu vas vivre comme une princesse. Farthy est un palais, et les Tatterton... un empire. (Il semblait si sérieux que je n'osai pas sourire.) Je voulais renouveler entièrement ta garde-robe. J'ai même dit à Jillian de laisser toutes tes affaires à Boston, mais elle a insisté pour en emmener quelques-unes.

— Mais j'ai des tas de vêtements neufs, et il y en a que je n'ai même jamais portés ! Je n'ai pas besoin d'une nouvelle garde-robe.

— Nous verrons. Pour l'instant, tu as tout ce qu'il te faut ?

— Oui, je vous remercie. Comment va Troy ?

— Il dort comme un plomb. Mais tel que je le connais, il sera le premier levé demain matin. Attends-toi à le voir faire irruption dans ta chambre dès que tu auras ouvert les yeux. Je ne lui ai rien dit, mais c'est un vrai Tatterton. Lui et moi percevons le moindre changement qui se produit à Farthy. Nous faisons partie de cette maison et elle fait partie de nous. Il existe un lien étrange, inexplicable entre les Tatterton et leur demeure ancestrale.

Tony laissa errer son regard à travers la pièce, comme si la maison elle-même écoutait, ressentait, savait ce qui se disait et se passait entre ses murs.

— Elle tire sa substance de nous, ajouta-t-il d'une voix sourde : elle nous dévore. Nous, notre histoire, nos passions, nos espoirs et nos rêves.

Son regard s'était fait songeur, lointain, comme s'il avait oublié ma présence. L'intensité de son amour pour sa maison avait quelque chose d'effrayant.

— C'est pourquoi j'espère que tu oublieras ce malheureux incident du labyrinthe. N'en tiens pas rigueur à Farthy. (Ses yeux bleus se rétrécirent, retrouvant soudain toute leur acuité.) Je veux que tu l'aimes autant que je l'aime.

— Je n'ai rien contre Farthy ni contre personne. C'était un accident stupide, rien de plus.

Tony se tut, si longtemps que je finis par me sentir mal à l'aise et me crus obligée de meubler le silence.

— Dès que j'ai vu Farthy, je l'ai trouvé beau... comme un royaume de contes de fées.

— Oui, un royaume de contes de fées...

Un nouveau silence plana, Tony avait repris son air lointain. Et subitement, il tapa dans ses mains.

— Bon, je te laisse savourer ce délicieux dessert et j'envoie quelqu'un reprendre tes plateaux. Bonne nuit, Leigh, dit-il en s'approchant de moi. Tu permets que je t'embrasse ?

J'hésitai. Trahirais-je papa en acceptant ? Quand il était à la maison, il venait toujours m'embrasser dans mon lit. Mais Tony semblait si désolé pour moi, si sincère. Et il s'était montré si gentil... Je ne pouvais pas le repousser, ce serait injuste. Je hochai la tête. Il se pencha sur moi, m'embrassa sur le front, où ses lèvres s'attardèrent un peu plus longtemps que je ne m'y serais attendue.

L'instant d'après, il était parti.

Quand on eut emporté mes plateaux, je gardai longtemps les yeux fixés sur la porte ouverte, prêtant l'oreille aux bruits confus qui montaient d'en bas. Puis la torpeur me gagna et je me laissai aller à de brefs accès de somnolence, entrecoupés de brusques retours à la conscience. Enfin, juste avant de se retirer chez elle, maman vint me voir comme elle me l'avait promis.

Mais au lieu de me faire part de ses projets de voyage de noces, elle ne parla que du dîner. Elle s'étendit à loisir sur les personnalités présentes, les mets, le service, les principaux sujets de conversation... et plus elle discourait, plus je sentais mes paupières s'alourdir. Au beau milieu d'une de ses phrases, elles se fermèrent pour de bon. Alors, maman déclara qu'il était temps pour elle aussi d'aller se reposer.

— Demain matin, nous déjeunerons de bonne heure et prendrons la route aussitôt après, m'annonça-t-elle, avant de me souhaiter le bonsoir.

Sur le pas de la porte, elle se retourna en riant, d'un petit rire haut perché.

— Drôle de journée, mais passionnante quand même, tu ne trouves pas ? J'ai l'impression que ce sera comme ça tous les jours, désormais. Je peux compter sur toi pour m'y aider, Leigh ?

J'ouvris les yeux et la dévisageai avec effarement. Que voulait-elle dire ? Son mariage avec Tony ne comblait-il pas tous ses désirs ? Qu'avais-je à faire avec son bonheur ?

— Tu veux bien, Leigh ?

Ce n'était pas une question : c'était une supplique.

Quant à moi, après une journée pareille, j'avais surtout besoin de dormir. A bout de forces, je grommelai un vague : « bien sûr, maman », et me laissai glisser dans le sommeil.

Nous partîmes pour Boston juste après le petit déjeuner, comme prévu. La tempête avait pris fin peu après minuit, laissant derrière elle une épaisse couche de neige fraîche. Certains sapins étaient comme habillés de blanc, à peine y voyait-on encore un peu de vert. Au soleil du matin, Farthy ressemblait au Royaume des Frimas des contes de fées.

Ce fut pendant ce trajet de retour que maman me révéla enfin ses projets de voyage de noces. Tony et elle prendraient l'avion pour Saint-Moritz et descendraient au Palace Hotel, dont maman avait tant rêvé. D'ailleurs Tony était très bon skieur et grand habitué des lieux, ce qui ne gâtait rien.

— Quel endroit merveilleux pour une lune de miel, Leigh ! Le Palace Hotel est un des lieux de rendez-vous de l'aristocratie européenne, et il y a si longtemps que j'en rêve. D'ailleurs je n'ai jamais fait de vrai voyage de noces. Ton père avait promis de m'emmener à La Havane, mais tu ne devineras jamais ce qu'il m'a fait.

Maman s'interrompit et reprit après un bref silence :

— Nous sommes partis tout droit pour Boston, où il n'a plus trouvé une minute à me consacrer : il devait « rattraper son retard ». Son retard, tu te rends compte ! Comme si c'était de ma faute s'il était resté trop longtemps au Texas. En somme, me faire la cour, c'était du temps perdu. Mais j'aurai mon voyage de noces, finalement. L'ennui...

« L'ennui c'est que nous serons absents pour Noël et le Nouvel An. Mais rassure-toi, tu auras tout ce qu'il faut à Farthy, et des montagnes de cadeaux. Et en plus, Miles sera à ta disposition pour te conduire où tu voudras.

Elle s'arrêta enfin pour reprendre son souffle et demanda d'un ton suppliant :

— Tu comprends ?

— Oui, maman.

Oui, je comprenais... mais ma vie à Farthy commençait bien ! Des vacances de Noël dans un endroit que je connaissais à peine, sans papa, sans maman... affreux.

— Nous nous rattraperons au retour. Tu dois savoir que Tony... (Le débit de maman s'accéléra soudain.) Tony s'emploie à te faire inscrire dans une des meilleures écoles privées de Nouvelle-Angleterre.

Première nouvelle. Jusque-là, j'avais cru qu'on m'inscrirait dans un collège des environs. Le plus proche de Farthy.

— Non, je l'ignorais. Quelle école, maman ?

— Winterhaven. Quel beau nom, tu ne trouves pas ? Cela a de la classe, on sent tout de suite que c'est un endroit chic. D'ailleurs, ils ont une liste d'attente longue comme le bras. Mais Tony a des relations, et comme tu es une élève brillante, il arrivera à ses fins. Au fait, c'est un internat.

— Un internat ? Tu veux dire... que je vivrai là-bas ?

— Miles t'y conduira le dimanche soir et tu pourras revenir tous les vendredis, si tu veux. C'est merveilleux, non ? Pense à toutes les nouvelles amies que tu pourras te faire ! Des filles de grandes familles, riches à millions... sans compter les jeunes gens. Il y a un collège de garçons du même genre dans les environs, et naturellement des réunions et des bals. Tu vas enfin fréquenter des gens dignes de toi, Leigh. Enfin !

Maman soupira d'aise et, jugeant sans doute que le sujet était clos, se replongea dans ses préparatifs de mariage. Je me renversai sur mon siège, abasourdie. Que de changements d'un seul coup ! Une véritable avalanche. Des vacances de Noël à Farthy, toute seule. Une école de filles, et un internat par-dessus le marché. De nouvelles amies... bref, ma vie complètement sens dessus dessous. J'aurais dû m'en douter ! J'aurais dû prévoir ce qui se préparait, mais non : je m'en étais bien gardée. C'était tellement plus agréable de rêver que les choses ne changeraient jamais. Maintenant, j'étais en face des faits, mes beaux rêves éclataient comme des bulles de savon. Et je ne pouvais absolument rien y faire.

Je me sentis encore plus triste et plus déprimée en arrivant à la maison. Si nous partions pour de bon et que papa soit toujours en voyage, il faudrait nous séparer de nos domestiques. J'étais particulièrement attachée à Svenson et à Clarence, qui me le rendaient bien. Je les avais toujours connus. Et il y avait de grandes chances pour que je ne les revoie plus jamais.

Pourtant, je ne fus pas fâchée d'apprendre que papa les avait engagés pour travailler à bord de l'un de ses paquebots. On avait toujours besoin d'un chef cuisinier de la classe de Svenson. Et Clarence était tellement bien stylé qu'il serait certainement affecté au service personnel du commandant.

La seconde chose qui me fit plaisir fut de découvrir une lettre de papa, récemment arrivée des Canaries. Clarence me l'apporta dans ma chambre et je devinai à sa mine qu'il n'en avait pas parlé à maman. J'en conclus qu'il se conformait aux instructions de papa et lui donnai raison. Je ne voulais pas faire de cachotteries à maman, mais agir ainsi me semblait plus délicat. Mieux valait éviter toute occasion de lui rappeler ses torts. Je m'empressai d'ouvrir l'enveloppe et lus d'un trait le message de papa.

« Leigh, ma chérie.

« J'espère que cette lettre te trouvera en bonne santé et que tout va bien pour toi. Je sais que tu ne peux pas être heureuse, ta vie a été bouleversée de fond en comble. Mais j'espère que les choses commencent à se stabiliser et que, le temps aidant, tu retrouveras le bonheur. De mon côté, tu t'en doutes, je ferai tout pour t'y aider.

« Ce voyage aux Canaries s'est déroulé sans histoire. Les îles sont magnifiques, et je suis heureux qu'on m'ait suggéré cette visite. J'ai décidé qu'elles feraient désormais partie de nos croisières.

« Nous allons bientôt partir pour Miami, en Floride, où je dois rencontrer des professionnels du tourisme pour mettre au point notre itinéraire aux Antilles. Je risque d'être retenu là-bas pour les vacances, mais je t'appellerai la veille du Nouvel An. Je sais où tu seras.

« Oui, Leigh, je suis au courant des projets de ta mère. C'est un des sujets dont nous avons parlé dans mon bureau, le jour où elle t'a demandé de nous laisser seuls. J'ai évité d'y faire allusion pour ne pas augmenter ton chagrin. Maintenant, ta mère va peut-être enfin accéder à ce merveilleux bonheur dont elle rêve. Elle m'a également fait part de son intention de t'inscrire dans une des meilleures écoles privées de Nouvelle-Angleterre. Cela me réconforte un peu de savoir que, matériellement au moins, tu auras tout ce que la vie peut offrir de meilleur.

« Je te promets de venir te voir chaque fois que cela sera possible. Mais pendant quelque temps, je vais me plonger dans mon travail. Il m'a beaucoup aidé à surmonter cette crise. Mais ce qui me console, c'est de savoir que je te retrouverai à mon retour.

« Désormais, tu es tout ce qu'il me reste de douceur et de beauté dans la vie. Mais je ne veux rien dire qui risque de te faire pleurer. Alors... tiens bon la barre et guette mon navire à l'horizon.

« Je te promets qu'il reviendra.

« Avec tout mon amour, papa. »

Je sentis mon cœur vaciller. Les sanglots m'étouffaient, la gorge me faisait mal tant je m'efforçais de les contenir. Papa ne voulait pas que je pleure, ni que sa lettre augmente ma détresse. Mais cela faisait si mal de lire ses paroles sans entendre sa voix, ni voir son visage tanné, sa barbe grise, ses yeux débordants d'amour et de fierté ! C'était dur d'entendre simplement sa voix dans ma tête, sans pouvoir me dire qu'il était en bas, en train d'écrire, penché sur son vieux bureau. J'aurais voulu crier : Non, non, rien de tout ceci n'est arrivé ! J'aurais voulu que mes cris abolissent les moments qui n'auraient pas dû être et fassent revivre les instants de bonheur. Je ne voulais pas que tout cela soit arrivé. Je ne voulais pas !

Mon cœur se gonflait de colère et de frustration, je voulus taper du poing sur la table. Mais ma main retomba sans force, presque sans bruit. Et d'ailleurs, qui eût pu m'entendre ? Qui se souciait de moi ? Que pouvais-je empêcher ? Le mal était fait. Je posai ma tête entre mes bras repliés, sur la lettre de papa, réprimant les sanglots qui me secouaient. Lorsqu'ils se furent apaisés, je me redressai, pliai soigneusement la lettre de papa et la glissai dans mon journal. Je savais que je ne me lasserais pas de la relire, jusqu'à ce que le papier se casse aux plis et s'effrite entre mes doigts.

Quand maman vint me voir, j'avais retrouvé mon calme et achevais d'emballer ce qu'il me restait encore à emmener. Nous laissions beaucoup de choses à Boston, naturellement. Certaines parce que maman ne les trouvait pas assez bonnes pour Farthy, d'autres parce qu'elle voulait les remplacer par du neuf. Quand elle entra, une lettre à la main, elle annonça d'une voix où tremblait un rire :

— Tu ne voudras pas le croire, mais ma mère a fini par se décider, finalement. Elle assistera à mon mariage, même si mes chipies de sœurs ne viennent pas. En fait, si elle ne change pas d'avis, elle devrait arriver aujourd'hui.

— Quand ? A quelle heure au juste ?

Une visite de Grandma Jana était toujours un événement. Elle ne venait pas souvent car elle détestait les voyages, le Nord, et en particulier la Nouvelle-Angleterre. Mais quand elle arrivait, quel bouleversement ! Maman n'était pas spécialement enchantée de ses visites et poussait un soupir de soulagement quand elle repartait.

— Elle peut être là d'un moment à l'autre, m'informa-t-elle en consultant sa montre. Je ferais mieux de prévenir les domestiques, surtout Svenson : tu sais comme elle est maniaque pour la nourriture. Quelle plaie ! J'espérais qu'elle viendrait avec mes harpies de sœurs et uniquement pour une journée. Où vais-je trouver le temps de m'occuper d'elle ? Il va falloir que tu m'aides, Leigh. D'ailleurs, elle t'aime plus que moi.

— Mais pas du tout, maman !

— Oh si, mais ça m'est complètement égal. C'est déjà bien beau qu'elle aime quelqu'un. Maintenant, s'il te plaît... (la voix de maman se fit suppliante)... tâche de faire bonne figure. Elle va déjà faire toute une histoire de mon divorce et de mon remariage, alors si tu commences à pleurnicher...

Je me détournai aussitôt pour qu'elle ne voie pas mes yeux.

— Mais je ne pleurniche pas, maman !

— A la bonne heure ! Je retrouve ma brave petite fille. Mais où en étais-je ? Ah oui ! Prévenir les domestiques, acheva-t-elle abruptement.

Sur ce, elle tourna les talons et disparut.

Moins de deux heures plus tard, Grandma Jana débarquait avec armes et bagages, pestant contre les avions, les trains et les taxis. Je l'entendis vitupérer contre le chauffeur parce qu'il avait éraflé un sac au passage. Le malheureux pliait sous la charge et Clarence se hâta de lui venir en aide.

C'était stupéfiant de voir à quel point ce petit bout de femme s'y entendait pour faire marcher son monde. Elle mesurait à peine un mètre cinquante, un coup de vent l'eût renversée, mais aucun homme n'eût osé lui tenir tête quand elle était en colère. Alors sa voix cinglait comme un fouet, ses yeux perçants lançaient des éclairs. Et ses cheveux blancs, tordus en chignon si serré qu'il lui tirait les traits, lui donnaient l'air encore plus dur et dominateur. Maman elle-même recula, les poings crispés sur la poitrine, quand Grandma Jana menaça de sa canne l'infortuné chauffeur, qui eût volontiers cédé sa place à Clarence. Figée au milieu de l'escalier, j'observais la scène.

— Les porteurs de l'aéroport étaient de vrais balourds et mes bagages ont survécu au transport sans une égratignure, glapit Grandma aux oreilles de sa victime. Je ne supporterai pas de les voir abîmer en arrivant chez ma fille.

— Bonjour, Mère ! s'écria maman en l'entourant fort à propos de ses bras.

Mais Grandma Jana gardait l'œil sur Clarence, qui s'escrimait à hisser le plus rapidement possible les fameux bagages dans l'escalier. Elle m'aperçut enfin.

— Ne reste pas plantée là, ma fille. Viens embrasser ta grand-mère.

Je dévalai les dernières marches et me jetai dans les bras de Grandma Jana. Elle m'étreignit et m'embrassa avec une affection qui me réchauffa le cœur, puis m'éloigna d'elle pour m'observer avec attention.

— Dieu du ciel, comme tu as grandi ! Et pas seulement en taille, à ce que je vois.

— Je n'ai pas grandi tant que ça, Grandma ! protestai-je en souriant.

Elle grogna une vague réponse et se tourna vers maman.

— Avant de m'installer, je veux savoir ce qu'il se passe ici. Dans le moindre détail.

Maman aussi voulut sourire, mais ses lèvres tremblaient. Grandma regarda autour d'elle.

— Je suppose que je ne dois pas m'attendre à voir Cleave ?

— Non, il est en croisière.

Grandma émit un grognement sceptique. Elle alla droit au bureau de papa, ouvrit la porte et désigna l'intérieur de la pièce du bout de sa canne. Maman me lança un regard de détresse. Je compris qu'elle espérait mon aide, mais j'étais trop choquée par la brusquerie de Grandma pour réagir. Elle tenta de gagner du temps.

— Tu ne veux pas une tasse de thé, d'abord, Mère ?

— Certainement pas. Entrons dans le bureau de Cleave, ordonna Grandma, joignant le geste à la parole. Eh bien Jillian ? Jillian !

— Très bien, Mère.

Vaincue, maman suivit Grandma Jana dans le bureau. Qu'avait-elle bien pu lui raconter au sujet de son divorce et de son remariage pour la mettre dans un état pareil ?

— Ferme cette porte derrière toi.

Maman s'exécuta, mais n'alla pas jusqu'au bout de

son geste. La porte resta légèrement entrebâillée... juste assez pour que je puisse entendre ! Je levai les yeux vers l'escalier au moment où Clarence redescendait en s'épongeant le visage. Il me sourit en passant, et je me retrouvai seule dans le hall. La tentation était trop forte. Je m'assis sur le vieux banc de style colonial qui flanquait la porte du bureau et fis semblant d'attendre que maman et Grandma sortent de la pièce. Grandma Jana passa immédiatement à l'attaque.

— Alors maintenant, tu prétends que Cleave ne t'aime pas ? Qu'est-ce que c'est que cette histoire ? Tu ne te posais pas tant de questions quand je te l'ai déniché, au Texas ! Tu t'es empressée de l'épouser, trop contente qu'un homme comme lui veuille de toi.

— Tu sais que je n'étais pas heureuse de l'épouser, Mère. Et que je ne l'ai jamais aimé. C'était impossible.

Je n'en croyais pas mes oreilles. Maman n'aurait jamais aimé papa ? Mais alors, cette belle histoire, ce ciel étoilé, la pauvre Cendrillon...

— Impossible ? cracha Grandma. Tu aurais sans doute été plus heureuse si je t'avais laissée épouser ce va-nu-pieds de Chester Godwin quand tu t'es retrouvée enceinte de lui ? Lui tu pouvais l'aimer, c'est ça ? Sais-tu où vous seriez, tous les deux, à l'heure qu'il est ? Dans un taudis, et Leigh traînerait en haillons dans un bidonville !

« Tu aurais dû me remercier de t'avoir trouvé un homme riche, honnête, qui t'a offert une vie des plus enviables. Mais pas du tout ! Tu m'en as voulu et tu as fini par envoyer tout promener, et pour qui ? Pour un homme qui a presque vingt ans de moins que toi !

Les paroles de Grandma ne me sortaient plus de la tête. « Quand tu t'es retrouvée enceinte... » Mais de quoi parlait-elle ? Maman avait-elle été enceinte avant de m'avoir ? Alors elle avait avorté ? Ou y avait-il un autre enfant ?

— Je ne m'attendais pas à ce que tu fasses preuve de compréhension, observa maman d'un ton prudent. Et encore moins à ce que tu t'intéresses à mes sentiments, mes besoins ou mes désirs. Cleave est vieux, maintenant, il ne pense qu'à son travail. Je suis trop jeune pour renoncer à vivre, et j'ai la chance d'avoir trouvé un homme comme Tony Tatterton. Attends d'avoir vu Farthinggale Manor, avant de juger.

Grandma ne se laissa pas ébranler.

— Cet homme, d'abord... que sait-il de ton passé ? Toute la vérité ? L'as-tu dite à Cleave, ou croit-il toujours que Leigh est sa fille ?

J'eus la sensation d'être brutalement coupée en deux, broyée dans un étau. Je me penchai en avant, étreignant mes épaules, repliée sur ma souffrance. *Quoi ?* Papa n'était pas mon vrai père ? Maman l'avait épousé alors qu'elle était enceinte d'un autre, et sans le lui dire ? *Qui* étais-je ? Quel affreux secret ! Et quelle vilenie de nous avoir trompés tous les deux, papa et moi !

La voix de maman vacilla.

— Et pourquoi devraient-ils tout savoir ?

— C'est bien ce que je pensais. (J'imaginai le regard de Grandma, brûlant de mépris.) Et ce Tony Tatterton, connaît-il ton âge véritable ?

— Non, souffla maman. Et ne le lui dis pas, je t'en supplie. Ne m'enlève pas cette chance !

— É-cœu-rant. Une autre vie bâtie sur le mensonge. Si je m'écoutais, je repartirais d'où je viens sur-le-champ. Mais puisque je suis là, j'y reste, ne serait-ce que pour Leigh. La pauvre petite ! Devoir endurer tout cela par la faute d'une mère égoïste, stupide et vaniteuse !

— Tu es injuste ! s'écria maman. J'ai fait tout ce que j'ai pu pour la rendre heureuse, plus heureuse que je ne l'ai été, en tout cas. Désormais, elle va mener une vie de princesse, étudier dans les meilleures écoles, fréquenter la haute société. Et tout cela grâce à moi, à ma beauté et à mon pouvoir sur les hommes.

— Il ne sortira rien de bon de tout cela, prophétisa Grandma Jana. Retiens bien mes paroles, Jillian : tu es une pécheresse. Et le pire... (sa voix siffla comme une lanière de fouet)... c'est que tu es la pécheresse la plus stupide que j'aie jamais vue !

— Mais ce qui est fait est fait, Mère, et tu ne peux rien y changer. Je ne te laisserai pas gâcher ma vie une deuxième fois. Alors épargne-moi tes grands airs méprisants, s'il te plaît. Pas de ça à Farthy. Ce mariage sera l'événement de l'année, peut-être le plus brillant succès mondain de toute la Nouvelle-Angleterre.

— Pff ! ricana Grandma en guise de réponse.

Sur quoi, maman entama l'exposé détaillé de ses plans.

Je me levai lentement et m'engageai dans l'escalier d'une démarche de somnambule, étreignant toujours mes épaules. Je ne dirais jamais rien à papa, la vérité lui eût brisé le cœur. Et je me moquais bien de la vérité ! Pour moi, il était et resterait toujours mon papa. Mais maman, avec ses histoires et ses mensonges... je croyais les voir exploser autour de moi, mon univers s'écroulait comme un château de cartes. Ou plutôt, pour employer les mots de Grandma Jana, comme une vie bâtie sur le mensonge.

Et la vie de maman était le plus gros de tous. Et les conseils qu'elle m'avait donnés ! Je revoyais son visage quand elle me parlait ce jour-là, cet air sincère qui n'était qu'un masque. J'en avais la nausée.

« N'oublie jamais cela, Leigh. Les filles bien n'accordent jamais de libertés à un homme avant le mariage. Promets-moi que tu t'en souviendras.

— Je m'en souviendrai, maman. »

Arrivée en haut des marches, je me retournai. J'aurais voulu lui hurler ma promesse, lui faire comprendre que je savais.

Je m'en souviendrai, maman !

9

Fêtes sans joie

Je ne dis rien à maman de ce que j'avais appris, mais je la vis désormais sous un jour différent. Elle n'était plus pour moi la femme à qui je désirais tant ressembler : cette femme-là s'en était allée. Une autre avait pris sa place, qui lui ressemblait trait pour trait. Mais c'était une enveloppe vide.

Nous n'avions d'ailleurs pas grand-chose à nous dire, à part les éternelles discussions sur les préparatifs du mariage. Le plus clair de notre temps y passait. Grandma Jana elle-même était obligée de s'en mêler, quand maman (toujours diplomate) lui demandait son avis sur tel ou tel détail. Et elle non plus ne sut pas résister aux séductions de Farthy. Elle avait beau désapprouver la conduite de maman, la magie des lieux opéra. L'immensité, l'opulence et l'aspect grandiose du domaine lui coupèrent le souffle. Quand elle franchit le grand portail, sa réaction fut la même que la mienne. Elle s'étonna à haute voix qu'un seul homme fût à la tête de tant de richesses. Et l'accueil de Tony acheva de la conquérir.

Il déploya pour elle des trésors de séduction et la reçut comme une reine. Pour un peu, il aurait fait dérouler un tapis rouge sous ses pas, dans la neige. Il lui offrit le bras pour le tour du propriétaire, lui présenta chaque portrait de famille et fit revivre pour elle l'histoire de toute la lignée.

Pendant le déjeuner, une nuée de serviteurs se tint à sa disposition, devançant ses moindres désirs. Tendait-elle la main vers un plat, elle était aussitôt servie, sans avoir eu le temps de toucher un couvert. Imperturbable, maman assistait à cela en souriant d'un air entendu. Ce travail de sape porta ses fruits : la résistance et les préventions de Grandma s'évanouirent. Elle succomba aux cajoleries de Tony, à ses attentions, à ses bonnes manières, à sa richesse... et à son charme. Je compris alors quel pouvoir exerçait cet homme sur le cœur des femmes, surtout sur une femme comme maman.

— Je savais que Tony l'apprivoiserait, me chuchota-t-elle quand nous quittâmes Farthy ce jour-là.

Pour la dernière fois. Nous étions à la veille du mariage et quand je reviendrais à Farthinggale Manor, ce serait pour de bon. Ce soir-là, juste avant de me coucher, j'emballai toutes mes photos et mes plus précieux souvenirs. Je les avais gardés jusqu'au dernier moment, espérant contre tout espoir que rien de tout cela n'était vrai. Maintenant, mon destin était scellé.

Le lendemain matin, une activité fébrile régna dans toute la maison. Maman allait d'une pièce à l'autre, surexcitée comme une abeille dans un pré en fleurs. La moindre question de ma part la plongeait dans une véritable panique et elle me répondait de me débrouiller toute seule. Elle refusa d'avaler quoi que ce soit au petit déjeuner et, à vrai dire, je n'avais pas grand appétit non plus. Mais je me forçai à manger de tout. C'était le dernier repas que Svenson préparait pour moi, le dernier que nous servirait Clarence. Et ce fut seulement en montant dans la voiture qu'un autre détail me frappa : maman ne les avait pas invités à son mariage. Côte à côte sur le seuil, tous deux regardaient sans intervenir Miles charger nos bagages dans le coffre.

— Bonne chance, mademoiselle, dit simplement Clarence.

Mais je vis son regard se brouiller.

— Et passez nous dire un petit bonjour quand vous viendrez voir votre père à bord ! ajouta Svenson.

La gorge nouée, j'articulai un « au revoir » inaudible et me hâtai de rejoindre maman. Elle s'aperçut tout de suite que j'étais au bord des larmes et gémit, consternée :

— Je t'en prie, Leigh ! Ne fais pas cette tête le jour de mon mariage... que penseraient les gens ?

— Laisse-la faire la tête qu'elle veut, intervint Grandma Jana. Ce n'est pas elle qui se marie, que je sache.

— Oh, et puis tant pis ! rétorqua maman avec humeur. J'ai autre chose à faire que lui remonter le moral.

Et elle se détourna, la lippe boudeuse. Je ne m'étais jamais rendu compte à quel point elle pouvait se montrer infantile, quand elle n'obtenait pas ce qu'elle voulait.

Je me retournai vers la maison. Svenson et Clarence étaient toujours sur le perron et regardaient s'éloigner la voiture. Cela me fit penser aux innombrables fois où j'avais guetté le retour de papa, quand j'étais petite. Je jouais dans la salle de séjour, l'oreille aux aguets, et dès que j'entendais Clarence ouvrir la porte, je me ruais dans le hall à la rencontre de papa. Et même s'il était très fatigué, il ne manquait jamais de m'offrir un bon sourire chaleureux, en m'ouvrant tout grands les bras. Je courais m'y jeter et l'embrassais de tout mon cœur sur les deux joues.

— A la bonne heure ! s'exclamait-il. Voilà comment il faut accueillir un marin, pas vrai Clarence ?

Un bref instant, je crus entendre sa voix prononcer la phrase rituelle. Puis la maison disparut dans un tournant, et ce fut comme si mon enfance disparaissait avec elle. Cette fois-là, quand nous franchîmes le grand portail de Farthy, je compris tout ce que cela signifiait pour moi. Que je le veuille ou non, ce grand domaine serait désormais mon foyer.

Ici aussi, tout bourdonnait d'activité. Hommes de

peine et jardiniers débarrassaient le perron et les allées de la moindre trace de neige. Deux petites bonnes fourbissaient les poignées, huisseries, ferronneries, et une demi-douzaine d'hommes frottaient vigoureusement vitres et volets.

Entre les préparatifs du mariage et ceux de Noël, tout concourait à créer une atmosphère de fête. Des guirlandes lumineuses couraient le long des haies, des lanternes se balançaient aux branches, l'or et l'argent scintillaient un peu partout. Le bonhomme de neige lui-même était sur son trente et un, bien qu'à moitié fondu. Troy l'avait paré d'un chapeau claque et d'une cravate noire. Sa vue m'arracha un sourire, mais maman fut d'avis qu'on aurait dû « enlever ça de là ».

— Mais Troy serait inconsolable! protestai-je. Il s'est donné tant de mal pour le sculpter.

— Il y a un temps et un lieu pour tout, Leigh. Tony n'a que trop gâté cet enfant. Mais maintenant que je suis là... (maman adressa un bref sourire à Grandma Jana)... tout cela va changer!

Dans la maison, l'orchestre répétait et les domestiques installaient le gigantesque buffet. Les garçons d'honneur étaient rassemblés autour du pasteur comme une équipe de footballeurs autour de son capitaine, attendait ses dernières instructions avant le match. Maman monta directement dans ses appartements, où l'attendait son coiffeur, ignorant l'agitation qui régnait dans les couloirs. Femmes de chambre, extras, fleuristes, photographes ne cessaient de s'y croiser et un journaliste du *Globe* se planta devant la porte de maman, guettant une entrevue pour sa chronique mondaine.

Au comble de l'excitation, Troy invitait tous ceux qu'il pouvait happer au passage à venir admirer sa collection de jouets. Des parents allaient et venaient, oncles, tantes, cousins, cousines... je n'aurais jamais cru voir un jour cette immense demeure aussi pleine de monde. Il me semblait impossible de venir à bout d'un pareil chaos, et pourtant ce fut le cas. A l'heure prévue, tout rentra dans l'ordre et chacun gagna la place qui lui était assignée.

Je rejoignis les autres demoiselles d'honneur sur le palier et chacune de nous reçut un bouquet de roses. Troy, adorable dans son petit smoking, alla prendre place aux côtés de Tony, près de l'autel. Puis le piano se fit entendre, un frémissement parcourut l'assistance, et chacun sut que le grand moment était venu.

Belle à ravir dans sa robe à volants, au grand col de dentelle rebrodé de perles, maman fit son apparition. Elle souriait à travers son voile avec une grâce angélique. En passant près de moi, elle serra furtivement ma main dans la sienne et mon cœur se mit à battre à grands coups. Je me sentis rougir, faiblir, je savais que j'aurais dû lui dire quelques mots d'encouragement et de tendresse. Mais ma gorge brûlait de larmes contenues.

— Souhaite-moi bonne chance ! implora-t-elle tout bas.

Bonne chance ? Il était bien question de cela ! Le mariage et l'amour dépendaient-ils de la chance, par hasard ? Était-ce par malchance que maman était tombée enceinte de moi, ou par stupidité ? Et cette fameuse nuit au Texas, comment papa s'était-il trouvé là ? Par malchance... ou à cause des manigances de Grandma ? Et le fait qu'Elizabeth ait pensé à maman pour la décoration de Farthy et que Tony soit tombé amoureux d'elle, chance ou malchance ? J'aurais bien aimé savoir ce que papa pensait de tout cela, lui !

Où pouvait-il bien être, en ce moment même ? Au large de la Floride, sans doute. En train de rêver devant la mer, accoudé au bastingage, en pensant à ce qui se passait ici... et qui sait, à moi ?

— Bonne chance, maman, murmurai-je hâtivement.

Elle poursuivit son chemin, le piano attaqua *Voici la mariée* et la procession se mit en route. En descendant le grand escalier, devant tous ces visages levés vers nous, j'avais l'impression de jouer dans une pièce à grand spectacle. Une pièce dont la vedette était maman, cela va de soi. D'ailleurs tous les regards convergeaient sur elle, y compris le mien. Et quand elle arriva en bas des marches et se retourna pour gagner sa place, je sus qu'elle avait atteint son but. Elle était le centre de l'attention générale.

Arrêtez !

Le cri ne franchit pas mes lèvres, mais il s'en fallut de peu. J'éprouvai subitement un désir poignant de mettre fin à tout cela, de hurler à tout ce monde mon chagrin et ma détresse. *Comment pouvez-vous être aussi joyeux et vous prêter à toute cette comédie ?* La vérité me brûlait les lèvres. Je rêvais de la jeter au visage de tous ces gens si riches et si distingués. *Mon père n'a jamais su que je n'étais pas sa fille, notre vie n'a été qu'un tissu de mensonges. Et maman continue à vous mentir. Elle m'a enlevée à papa pour venir vivre ici, avec un homme qui a vingt ans de moins qu'elle ! Elle ment, elle ment, elle ment !*

Mais comme toujours, je fus lâche. Je me tus. La musique, les lumières, l'excitation générale et la vue de Tony, si fier et si beau aux côtés du petit Troy sérieux comme un pape, tout cela m'empêcha de parler. Je me sentais portée par ce tourbillon de folie, j'en faisais partie moi-même. Je lançai un coup d'œil furtif en direction de Grandma Jana, assise au premier rang. Elle hocha la tête, me sourit, et je compris qu'elle cédait à la contagion, elle aussi. Le sort en était jeté, nous ne pouvions plus revenir en arrière.

Dans le dos de Tony, Troy s'agita pour chercher à me voir et me fit un petit signe de la main, accompagné d'un sourire. Un regard de Tony lui fit reprendre aussitôt sa position. Puis maman gagna sa place, la musique se tut et les serments furent échangés. Je les écoutai le cœur battant, surtout les mots « ... lui rester fidèle dans la richesse et la pauvreté, la maladie et la santé, jusqu'à ce que la mort vous sépare ».

Maman avait fait la même promesse à papa, et ne s'en souciait guère ! A quoi bon prononcer un pareil serment devant l'autel, dans ce cas-là ? J'observai Tony, cherchant à deviner si ses pensées rejoignaient les miennes. Se disait-il que maman avait déjà trahi une fois sa parole ? Et elle, s'engageait-elle pour de bon, cette fois-ci ?

Tandis qu'elle prononçait les mots rituels, Tony la dévorait des yeux, comme ensorcelé. Par je ne sais quel sortilège, elle avait réussi à l'amener en son pouvoir, pieds et poings liés. Il semblait prêt à tout pour la garder, et je lui en voulais à mort de l'aimer ainsi.

Quand vint le moment où Troy devait remettre les anneaux, il fouilla dans sa poche et en laissa tomber un par terre. Il toucha le sol avec un petit bruit clair qui résonna d'un bout à l'autre du grand hall. Un soupir gonfla toutes les poitrines, l'assistance retint son souffle. Je vis que le pauvre Troy était prêt à pleurer mais Tony se baissa vivement, ramassa l'anneau et le lui rendit. Maman décocha à l'enfant un regard meurtrier, puis retrouva instantanément le sourire. Les anneaux furent présentés, les dernières paroles sacramentelles prononcées. Tony et maman furent déclarés mari et femme et s'embrassèrent sous les acclamations de l'assemblée. Maman jeta son bouquet aux demoiselles d'honneur et il échut à Nancy Kinney, la moins féminine d'entre nous... pour ne pas dire la plus hommasse. Puis les nouveaux mariés se mêlèrent à la foule des invités et, dans un déluge de félicitations, la réception commença.

Grandma Jana s'était installée au salon pour accueillir les arrivants et je lui apportai moi-même une assiette de hors-d'œuvre et du punch. Troy ne me quittait pratiquement pas, tout ce monde et ce mouvement l'intimidaient. Deux photographes allaient et venaient sans cesse et ils prirent plusieurs clichés de nous, côte à côte. Nous avions l'air aussi mal à l'aise l'un que l'autre et je me cramponnais toujours à mon bouquet de roses, comme à une bouée de sauvetage.

Peu de temps après, les portes de la grande salle de réception s'ouvrirent et un flot de musique s'en échappa, attirant la foule des invités. Quand presque tout le monde fut rassemblé, le chef d'orchestre ordonna une pause à ses musiciens et prit le micro pour annoncer l'ouverture du bal. On vit alors entrer les demoiselles d'honneur, puis Troy et, après un bref roulement de tambour, Tony et maman. La main sur le bras de son mari, elle rayonnait littéralement. Sous les applaudissements et les éclairs des caméras, ils gagnèrent le centre de la piste, à l'instant où l'orchestre attaquait une valse. Et ils dansèrent, merveilleusement, comme s'ils avaient dansé ensemble toute leur vie.

Toute songeuse, je les regardai tournoyer au rythme lent de la musique. Aurais-je un mariage comme le leur, quand mon tour viendrait ? Une fête aussi brillante, avec une pareille débauche de nourriture et de musique ? Chacun ses goûts... mais peut-être devrais-je suivre la tradition Tatterton, désormais ? Peut-être me marierais-je à Farthy, avec un homme aussi beau que Tony ? Serait-ce un mariage d'amour, ou maman saurait-elle me convaincre d'épouser un homme riche et distingué qu'elle aurait choisi pour moi ?

Et serais-je aussi belle qu'elle, en robe de mariée ? Je lisais l'admiration et l'envie dans les yeux de toutes les femmes qui la regardaient danser. Pas un de ses beaux cheveux d'or n'était dérangé, son teint resplendissait de fraîcheur. On aurait dit la déesse Vénus en personne.

Bientôt, d'autres couples s'élancèrent sur la piste et la véritable fête commença. Le champagne coulait à flots. Après en avoir bu deux coupes, je me sentis légèrement étourdie et ne fus pas fâchée que Troy vînt me tirer par la main. Il avait « quelque chose à me montrer ». Au milieu de toute cette effervescence, musique, rires et tintements joyeux des verres, personne ne nous vit quitter le bal. Troy m'entraîna au fond de la maison, ouvrit une porte à double battant et s'arrêta sur le seuil d'un petit salon : la pièce contenait tant de cadeaux que le parquet disparaissait sous les paquets. Par endroits, il avait même fallu les empiler.

— Regarde ça ! Tony a dit qu'on pourrait les ouvrir, mais pas tout de suite.

Ébahie, je regardai Troy s'aventurer hardiment dans ces corridors de boîtes. Quelquefois, il en prenait une dans ses mains, la tapotait délicatement et y collait son oreille pour essayer d'en deviner le contenu. Je finis par éclater de rire.

— Tu es heureux, Troy? Ton frère a une femme, maintenant. Ma mère va vivre ici avec lui. Ça ne te fait pas plaisir?

Il abandonna son inspection et me dévisagea d'un air sombre.

— Troy! Tu n'es pas heureux?

Toujours pas de réponse.

— Mais dis-moi pourquoi?

— Ta mère ne m'aime pas! explosa-t-il, au bord des larmes.

— Mais où as-tu été chercher une chose pareille? Je veux savoir.

— Quand elle me regarde, elle a les yeux qui grognent.

— Les... les yeux qui grognent?

Troy imita le grognement d'un chien prêt à mordre et je faillis éclater de rire, une fois de plus. Mais la gravité de son regard m'en empêcha. Mon rire me resta dans la gorge.

— Oh, je suis sûre qu'elle ne veut pas vraiment grogner, Troy. C'est simplement que... elle n'a jamais eu de petit garçon, tu comprends? Elle n'a eu que moi, alors elle ne sait pas très bien comment s'y prendre, avec toi. Mais c'est une question de temps, elle s'habituera à toi, et toi à elle.

Il haussa les épaules, pas vraiment convaincu.

— Je suis désolée, Troy. J'espérais que le mariage de ton frère te rendrait plus heureux.

— Mais je suis heureux, puisque tu es là!

— Oui, je suis là...

— Alors je suis heureux, répéta-t-il en tapant dans ses petites mains.

— A la bonne heure, dis-je en m'agenouillant pour le serrer dans mes bras. En fait, c'est justement ce qui me fait plaisir, à moi aussi.

Il m'échappa et s'élança vers la porte.

— Viens, retournons vite là-bas ou on va manquer le gâteau!

Après un dernier coup d'œil à la montagne de cadeaux, je suivis mon petit compagnon dans la salle de bal.

On venait d'amener une table roulante, sur laquelle trônait une gigantesque pièce montée. Tout en haut dansait un couple de mariés, sous une banderole portant l'inscription : « Meilleurs Vœux ». On fit place aux époux pour le traditionnel découpage de la première part, tâche dont maman se tira très bien. Puis elle entreprit de faire mordre un morceau de l'énorme tranche à Tony, qui tenta désespérément de conserver un peu de dignité dans l'opération. Il n'en fut pas moins éclaboussé de crème et l'assistance éclata en joyeux vivats. Je m'apprêtais à rejoindre Grandma pour aller chercher ma part avec elle, lorsque maman me retint par le bras. Elle exultait.

— Je m'en suis bien tirée, non ? Tu vois tous ces gens... Ils n'ont pas fini de parler de cette fête ! Ils ne l'oublieront jamais. Et que devient ta grand-mère, dans tout ça ?

Maman localisa Grandma Jana, en grande conversation avec une autre vieille dame.

— Elle n'a pas l'air de s'ennuyer, observai-je.

— Je me sentirai mieux quand elle sera au Texas, en tout cas. Va savoir ce qu'elle raconte aux gens !

Ma mère craignait-elle que Grandma ne me dise la vérité sur son passé, par hasard ? Elle était bien susceptible...

— Eh bien ! A quoi penses-tu ?

— A rien, maman.

— Tu as l'air triste. Comment peut-on être triste en un moment pareil ? Il faut toujours que tu te fasses du souci !

Elle poussa un profond soupir.

— Tu t'inquiètes pour ton père, c'est ça ? Comme d'habitude ?

Quel naturel dans le mensonge ! Il est vrai qu'elle en avait une longue maîtrise. Mais moi, non. Combien de temps pourrais-je garder pour moi ce que je savais ?

— Suis-moi, m'ordonna-t-elle tout à coup.

193

— Où ça ?

— Tu verras. Allons, viens, insista-t-elle en me prenant la main, j'ai quelque chose à te montrer.

Elle m'entraîna vivement hors du salon, puis dans l'escalier.

— Où allons-nous ?

— Chez moi.

Nous y étions déjà, et maman alla droit à son coffre-fort mural. Puis elle se retourna et m'adressa un sourire sagace.

— Tony m'a fait faire ce coffre pour mes bijoux... et mes papiers.

— Tes papiers ?

Souriant toujours, maman ouvrit le coffre et y prit un dossier, dont elle tira trois feuillets agrafés ensemble.

— Un contrat de mariage, annonça-t-elle en me les tendant. Dressé par mon avoué.

— Un contrat ? Entre Tony et toi ?

— Oui. Si nous divorcions pour une raison quelconque...

Maman souligna un paragraphe du bout de l'index.

— Tony serait tenu de me laisser la moitié de tous ses biens. La moitié ! répéta-t-elle avec un grand geste du bras. La moitié de tout ceci. Tiens, tu n'as qu'à lire.

Je baissai les yeux sur le papier qu'elle me tendait mais le sens des mots m'échappa complètement. Non seulement parce que l'acte était rédigé en jargon de notaire, mais parce que j'étais affreusement choquée. Le roman d'amour de Tony et de maman se résumait donc à un acte notarié, comme une transaction commerciale !

— Mais pourquoi, maman ? Je ne comprends pas.

— Par prudence, rétorqua-t-elle brièvement en me reprenant les feuillets pour les ranger.

Ma gêne visible ne l'enchantait guère, aucun doute là-dessus. Quand elle eut soigneusement refermé le coffre, elle se retourna vers moi.

— Je ne me fierai jamais à un homme, Leigh. Absolument aucun, je croyais te l'avoir déjà dit.

— Mais vous vous aimez, Tony et toi, non ?

— Bien sûr que nous nous aimons ! Quel rapport ?
— Mais alors... pourquoi ce contrat ?
— Franchement, Leigh ! Pour une fille si brillante en classe, tu es vraiment sotte quand tu t'y mets. Je t'ai déjà dit et répété de ne jamais faire confiance à un homme. En aucun cas. J'aime Tony et il m'aime, oui, mais sait-on jamais ? Et s'il lui arrive de se conduire d'une façon qui me déplaise ? Ou s'il s'avise d'exploiter... de trouver n'importe quel mauvais prétexte pour se débarrasser de moi ?

Maman pointa le doigt vers son coffre.

— Ceci est ma garantie. Tony sait qu'il ne peut pas se séparer de moi sans perdre la moitié de sa fortune. C'est une solide assurance, crois-moi. Je voulais que tu le saches, pour que tu aies l'esprit tranquille. Tu peux t'offrir tout ce que tu veux, désormais. Et tu n'as plus aucun souci à te faire pour l'avenir.

— Mais Tony a dû être bouleversé que tu lui demandes une chose pareille !

— En effet, mais il a pris sur lui et c'est pour ça que je l'aime, déclara maman avec orgueil. Pour lui, je suis ce qui compte le plus au monde, tu comprends ?

Je ne sus que répondre. Pour moi, amour et confiance allaient de pair, et la loi n'avait rien à y voir.

— Maintenant que tu sais tout, décréta maman, plus rien ne t'empêche d'être heureuse, toi aussi. Viens, il est temps de rejoindre les autres. J'ai donné ordre de distribuer les souvenirs aux invités et je veux voir la tête qu'ils feront. Je t'en prie, Leigh, juste pour aujourd'hui : chasse tes idées noires et sois heureuse, tu veux ? Pour moi ?

— Je te le promets, maman.

Elle effleura ma joue d'un baiser furtif et nous nous dépêchâmes de redescendre. J'étais toujours sous le choc de ses révélations. La bonté et la sincérité n'existaient-elles donc que dans les contes pour enfants ? Rien n'était vraiment ce qu'il semblait être, la vie était aussi compliquée que... que le labyrinthe. Pas étonnant que l'on s'y perde aussi facilement !

Grandma Jana nous quitta juste avant la fin de la réception. Elle avait hâte de se retrouver dans son cher Texas, même si elle avait reçu un accueil de reine. Miles l'attendait pour la conduire à l'aéroport et ce fut moi qui l'accompagnai jusqu'à la voiture. Maman était bien trop occupée.

— Au revoir, Grandma, et bon retour.

Elle me dévisagea d'un air pensif, posa les mains sur mes épaules et les serra jusqu'à me faire mal. Puis je vis son regard se durcir et crus qu'elle allait tout m'avouer. Les mensonges de maman, son chagrin de la voir divorcer et se remarier... tout, enfin. Mais son expression s'adoucit et ses doigts crispés relâchèrent leur étreinte.

— J'espère que tu seras heureuse ici, Leigh. Mais si par hasard ce n'était pas le cas, n'oublie pas que ma maison t'est ouverte. Elle n'est pas aussi luxueuse que celle-ci, mais je vis à mon aise.

La gentillesse de Grandma me déconcerta. Et maman qui faisait d'elle un portrait si terrifiant ! Quant à ses récits sur sa jeunesse au Texas, je commençais à éprouver de sérieux doutes à leur sujet...

— Merci, Grandma.

Elle m'embrassa, monta dans la limousine et je la suivis des yeux jusqu'au tournant avant de rentrer dans la maison. Peu de temps après, les invités commencèrent à partir.

J'entendis maman m'appeler et la vis descendre le grand escalier au bras de Tony, ses hauts talons claquant sur les marches de marbre. Quel air conquérant elle avait, quelle assurance ! Elle portait un tailleur en crêpe de laine noir, bordé de vison au col et aux poignets, qui laissait à peine entrevoir son chemisier de mousseline blanche. L'éclat de son teint clair n'en paraissait que plus éblouissant. Son visage rayonnait comme un diamant dans un écrin de velours noir.

Tony semblait tout aussi jeune et fringant que maman, avec sa veste de cuir noir et son écharpe blanche. On devinait qu'ils étaient encore habités par les émotions de la journée et surexcités par les événements à venir. Ils offraient l'image même de la jeunesse et du bonheur.

— Enfin, c'est terminé ! s'écria maman. Leigh, tu as devant toi M. et Mme Tony Tatterton. (Elle se serra contre Tony.)... Eh bien, comment nous trouves-tu ?

— Superbes !

Mon enthousiasme forcé ne fut pas du goût de maman. Son sourire s'évanouit.

— Eh bien, voilà le moment du départ. Tu as tout ce qu'il te faut, tu sais tout ce que tu dois savoir. J'aurais aimé être là quand tu découvriras tes cadeaux, mais je sais que tu comprendras.

Tony m'observait de ce regard moqueur qui me suivait partout et semblait lire mes pensées les plus secrètes.

— Tâche d'empêcher Troy d'ouvrir ses paquets avant le jour de Noël, me recommanda-t-il sans me quitter des yeux.

Je détournai résolument les miens.

— Vous avez promis qu'il pourrait déballer les cadeaux de mariage, rappelez-vous.

— Mais nous comptions le faire nous-mêmes en revenant, protesta maman. Il attendra.

Tony se laissa pourtant fléchir.

— Bah, qu'il en déballe quelques-uns, quel mal y a-t-il à cela ? Simplement, veille à ce qu'il ne transforme pas le salon en champ de bataille.

— C'est sûrement ce qui arrivera, se lamenta maman. Oh, et puis tant pis ! Ce n'est pas le moment de m'inquiéter pour des bagatelles. Au revoir, ma chérie.

Elle m'embrassa et je la serrai dans mes bras avec une frénésie soudaine qui la surprit autant que moi. J'en avais gros sur le cœur, pourtant ! Mais ce fut plus fort que moi. Je ne voulais plus qu'elle parte, j'éprouvais un besoin lancinant de me faire dorloter, embrasser, câliner. De me blottir dans les bras d'une maman. La voix de Tony me rappela à la réalité.

— Passe de bonnes fêtes dans ta nouvelle maison, et

n'aie pas peur de l'explorer. Cela devrait t'occuper jusqu'à la fin de notre lune de miel !

— Mais ne t'approche pas du labyrinthe, surtout.

— Promis, maman. Et... tous mes vœux pour ce voyage.

— Puis-je donner à ma belle-fille un baiser d'adieu ?

Tony me serra contre lui, et même à travers le cuir de sa veste, je sentis la vigueur de ses longs bras musclés.

— Au revoir, Leigh. A bientôt.

Il m'embrassa sur la joue, mais juste au coin de la bouche. Maman parut impressionnée par la douceur et la durée de ce baiser, elle se hâta de prendre le bras de son jeune mari. Puis Curtis ouvrit la grande porte devant eux, la referma derrière eux, inclina la tête et s'éloigna. Ils étaient partis.

Des bruits divers me parvenaient de la salle de bal, où les domestiques bavardaient en débarrassant les tables. Des portes se refermèrent. Et le calme pesa soudain sur le grand hall, comme si tous les Tatterton défunts venaient de reprendre leur place, pour l'éternité. Le silence était tel qu'il en devenait assourdissant. Par une fenêtre de la façade, je regardai au-dehors et vis qu'on avait allumé les guirlandes électriques du parc. Arbres et haies scintillaient de bleus, de verts et de rouges réverbérés par les pelouses enneigées. On aurait dit qu'un arc-en-ciel s'était brisé au-dessus de Farthy, faisant pleuvoir sur le domaine un million d'éclats de lumière.

Mme Hastings descendit m'informer que Troy dormait déjà et rejoignit le personnel à la cuisine, où l'on festoyait avec les reliefs du buffet. Je me rendis au salon de musique et contemplai le grand sapin que Tony y avait fait installer et décorer. Lui aussi était illuminé, et un ange de cristal étincelait à son sommet. C'était ravissant. Les cadeaux s'amoncelaient au pied de l'arbre, un bon feu flambait dans la cheminée, tout était prêt pour une soirée en famille.

Mais où était la famille, et qui donc avait préparé tout cela ? On aurait dit que la grande maison vivait de sa vie propre, chaque pièce s'éveillant d'elle-même quand son heure était venue. Ou bien que tout obéissait à une complexe et invisible mécanique. On appuyait sur un bouton et, hop! le sapin s'illuminait, le bois s'enflammait dans la cheminée. Soudain, comme si elle entrait dans le jeu, la maison se mit à chanter : les haut-parleurs incorporés aux murs diffusaient un cantique de Noël.

Je me sentis si sotte que j'éclatai de rire. Y avait-il aussi un père Noël mécanique, descendant par la cheminée tous les 24 décembre ? En tout cas, Curtis ne devait pas être loin car il se montra sur le seuil et parut tout confus de me trouver seule.

— Puis-je vous être utile en quoi que ce soit, mademoiselle Leigh ?

« Oui, faillis-je répondre. Allez chercher papa et maman, rendez-moi notre bonheur d'autrefois. Faites que nous nous retrouvions tous ensemble dans cette pièce chaleureuse. Qu'elle résonne de nos rires et de nos baisers, rayonne de sourires, d'amour, de tendresse et de joie ! Faites que ce soir soit vraiment Noël pour moi. »

— Je vous remercie, Curtis. Pas pour l'instant.
— Très bien, mademoiselle. Si vous avez besoin de moi, vous n'aurez qu'à sonner.
— Merci, Curtis.

Il hocha brièvement la tête et se retira, me laissant seule avec le sapin, les cadeaux et les fresques de maman. Alors mon cœur s'appesantit dans ma poitrine, les sanglots m'étouffèrent. Je quittai précipitamment la pièce et montai tout droit chez moi, à bout de forces. Une fois en chemise de nuit, je me glissai dans mon nouveau lit et me blottis sous les couvertures. Quand j'eus éteint ma lampe de chevet, une douce clarté traversa les rideaux de soie : un rayon de lune filtrait derrière les nuages. Je me levai, attirée par la fenêtre, et contemplai le vaste domaine offert à ma vue. Farthinggale Manor...

De ma place, je découvrais la grande allée sinueuse dans toute sa longueur. Ce soir, à cause de la neige fondue, elle luisait de reflets argentés. Comme Farthy était vaste, et magnifique ! C'était pour cela sans doute que l'on s'y sentait plus seul que partout ailleurs. Mes amies de Boston n'auraient pas voulu le croire, et pourtant ! Je ne m'étais jamais sentie aussi perdue, aussi abandonnée qu'en cet instant.

Je levai les yeux et vis briller l'étoile polaire, ce qui me fit aussitôt penser à papa. C'était lui qui m'avait appris qu'elle guidait les marins perdus en mer. Et moi, me conduirait-elle à bon port ? Elle semblait m'adresser des signaux... Peut-être papa la regardait-il, lui aussi ? Peut-être m'envoyait-il un baiser, qui rebondissait sur l'étoile pour me revenir, ici, à Farthy ? Je chuchotai :

— Bonne nuit, papa.

— Bonne nuit, princesse, fit la voix que j'étais seule à entendre.

Je regagnai mon lit, et ce fut bien la première fois de ma vie que l'attente du matin de Noël ne me retint pas éveillée la moitié de la nuit.

Mon réveil aussi fut différent des autres, et plus brutal : Troy me secouait la main.

— Debout, Leigh ! Debout !

— Quoi ?

Je me frottai les yeux et regardai avec étonnement autour de moi. Il me faudrait du temps pour m'habituer à me réveiller dans une chambre aussi vaste.

— C'est Noël, allons voir nos cadeaux. Vite, Leigh ! Dépêche-toi.

— Oh, Troy ! Mais quelle heure est-il ? protestai-je en consultant mon réveil. A peine sept heures !

— Dépêche-toi, répéta Troy, implorant.

— D'accord, mais laisse-moi cinq minutes. Les filles mettent plus de temps à s'habiller que les garçons, précisai-je, espérant un instant de répit.

Je n'y gagnai qu'un regard sceptique.

— Et pourquoi ?

— Parce qu'elles prennent le temps de se coiffer, de

se rafraîchir et de se rendre présentables. D'ailleurs, les grands garçons aussi font cela.

Il réfléchit et jeta un regard critique à sa robe de chambre, son pyjama et ses pantoufles.

— D'accord. Je me donne un coup de peigne et je te retrouve dans cinq minutes, lança-t-il avant de disparaître.

Je sautai du lit en riant, me frottai la figure à l'eau fraîche pour me réveiller et me coiffai en quelques coups de brosse. Maman n'aurait jamais quitté sa chambre après une toilette aussi sommaire, je le savais bien. Mais elle n'avait pas toujours raison, et cela aussi je commençais à le savoir. J'en étais même de plus en plus convaincue.

J'enfilai ma robe de chambre et passai au salon, où Troy m'attendait en trépignant d'impatience. A la seconde où il me vit il me prit par la main, m'entraîna dans l'escalier et se rua sur ses cadeaux. Mme Hastings entra au moment où il commençait à les ouvrir.

— Joyeux Noël ! dit-elle en riant.

— Joyeux Noël !

— Dois-je prévenir qu'on serve le petit déjeuner ?

— C'est très gentil à vous de le proposer, madame Hastings. Espérons que nous réussirons à éloigner ce jeune homme de ses cadeaux, ne serait-ce que le temps de manger.

Je m'agenouillai près de Troy et l'aidai à ouvrir ses paquets, à commencer par le plus gros ; celui qui contenait le poste de télévision. Il y en avait un dans le studio, mais celui-ci serait pour son usage personnel.

— Je vais le monter dans ma chambre ! s'exclama-t-il.

— Tu as le temps, Troy. Regarde d'abord tes autres cadeaux.

— D'accord. Et toi, regarde les tiens. Il y en a un de moi.

— C'est vrai ?

Maman et moi avions consacré beaucoup de temps à nos achats de Noël, et surtout à chercher « quelque chose de bien pour Tony ». Il avait déjà tellement de choses ! Finalement, maman s'était décidée pour une pince de cravate en or massif ornée de diamants aux extrémités. Au dos, elle avait fait graver les mots : « Avec amour, Jillian. » De mon côté, j'avais longtemps réfléchi à ce que j'offrirais à papa. Rien n'était assez bien pour lui. Moufles, cravates en soie, lotions après-rasage de marque prestigieuse, gants de daim, étui à pipe... quel sens auraient eu ces cadeaux-là, pour lui, si je n'étais pas à ses côtés quand il ouvrirait ses paquets ?

Ce fut dans un grand magasin que je dénichai l'objet rare. Un présent peu coûteux, mais qui plairait à papa, j'en étais sûre. Cela me faisait chaud au cœur de l'imaginer en train de déballer son cadeau et de le regarder. C'était une photographie de moi très spéciale. On posait près d'un sapin de Noël, et le photographe imprimait les mots « Joyeux Noël » en relief, au bas de la photo. On pouvait aussi faire inscrire son nom et la date. Et pour mettre le cliché en valeur, j'achetai un joli cadre en pin.

Devant l'objectif, je tâchai de faire passer le plus de chaleur et de tendresse possible dans mon sourire. Car c'était ce sourire-là que papa aurait toujours devant lui, surtout quand il se sentirait seul et s'ennuierait de moi. J'avais déposé son cadeau, soigneusement emballé, sur son bureau de Boston, pour qu'il le trouve dès son retour.

Pour Troy, si adroit de ses mains, j'avais choisi un jeu d'assemblage mécanique. Ce n'était qu'un jouet, mais qui offrait de multiples possibilités à un créateur en herbe. Il y avait même un petit moteur électrique. Si Troy fabriquait une grande roue par exemple, comme celles qu'on voit dans les parcs d'attractions, elle pourrait fonctionner. Quand il ouvrit sa boîte, déballée avec une impatience fébrile, j'eus la surprise de voir qu'il savait parfaitement de quoi il s'agissait et comment s'en servir. Il bondit sur ses pieds et m'embrassa avec effusion.

— Merci, Leigh. Et maintenant, regarde ton cadeau. Je l'ai fabriqué et emballé moi-même.

J'ouvris aussitôt le petit paquet et restai stupéfaite

devant son contenu. Un petit cheval en terre cuite avec sa cavalière, qu'on pouvait ôter de la selle.

— C'est mon poney Sniff, avec toi dessus, m'expliqua Troy.

— Et c'est toi qui as fait cela ?

— Pas la fille, avoua-t-il. Tony l'a commandée dans ses ateliers, mais j'ai fait Sniff. Je l'ai modelé d'après une photo, je l'ai fait cuire et je l'ai peint. Tout seul ! précisa-t-il avec fierté.

— C'est magnifique, Troy. C'est un des plus beaux cadeaux de Noël que j'aie jamais reçus, dis-je en l'embrassant sur les deux joues.

Les yeux brillants, il se replongea dans le déballage de ses paquets. Quel prodigieux talent possédait ce petit bonhomme, tout de même... et quel charme ! Comment maman pouvait-elle y résister ?

— Tu as d'autres cadeaux, m'annonça-t-il en désignant une kyrielle de boîtes aux emballages luxueux.

Elles portaient toutes une étiquette à mon nom, tantôt de la main de Tony, tantôt de celle de maman. Toutes sauf une, la plus petite, qui attira immédiatement mon attention. Sur l'enveloppe qui l'accompagnait, j'avais reconnu l'emblème de la compagnie de papa.

Je la posai au creux de ma main et la caressai avec amour, sous le regard impressionné de Troy.

— Qu'est-ce que c'est ? chuchota-t-il en abandonnant ses paquets pour s'approcher.

— Un cadeau de Noël de mon papa. Il s'est arrangé pour me le faire parvenir ici.

Le regard de Troy allait de mes yeux à la boîte et vice versa.

— Pourquoi tu ne l'ouvres pas ?

— Je vais le faire.

Doucement, en prenant grand soin de ne pas déchirer le papier, je retirai de l'emballage une petite boîte de velours bleu et l'ouvris. Elle contenait un médaillon en forme de cœur en or massif, suspendu à sa chaîne d'or étincelante. Quand je pressai le bouton, le cœur s'ouvrit, révélant une petite photo de papa et de moi. Nous étions bronzés, souriants, heureux, et je n'eus aucun mal à me rappeler la cause de ma joie. Nous étions sur le pont du *Jillian*, pendant le voyage de retour, et je pensais que maman nous attendait au port.

— Je peux voir ?

Je tendis le médaillon à Troy qui le prit avec précaution et l'examina. Je vis ses yeux s'agrandir, puis se fermer à demi, et il déclara gravement :

— Moi j'ai une grande photo de mon papa, mais il ne sourit pas. Tony dit qu'il sourit maintenant, au ciel. Et qu'il sourira aussi longtemps que je serai sage.

— Alors il sourira toujours, j'en suis certaine, affirmai-je avec conviction.

Troy m'aida à passer la chaîne du médaillon et nous retournâmes à nos cadeaux.

Je passai une bonne partie de la journée à aider mon petit compagnon à monter ses jouets chez lui et à ranger ses vêtements neufs. Notre après-midi s'acheva dans sa chambre devant son poste de télévision. Et au dîner, Rye nous servit une délicieuse dinde rôtie, avec des légumes accommodés de façon savoureuse : je n'avais jamais rien mangé de pareil.

J'eus tellement à faire avec Troy ce jour-là que j'éprouvai un véritable soulagement quand il fut temps pour lui d'aller dormir. D'ailleurs, je ne me couchai pas beaucoup plus tard que lui. Je lui avais promis que nous sortirions son poney le lendemain matin, et je tins parole. En fait, ce n'était pas les distractions qui manquaient, à Farthy. Natation dans la piscine couverte, ski de fond, promenades au bord de l'océan, sorties à cheval, luge... tout cela nous occupa si bien que la première semaine passa très vite. Et puis, j'avais de la lecture.

Tony possédait une bibliothèque impressionnante, où je découvris un livre qui devait vite devenir mon favori : *Lolita*. C'était le roman d'amour d'un homme adulte avec une jeune fille de douze ans : exactement mon âge ! Ce qu'elle osait dire et faire m'ahurissait. Je relisais sans arrêt certains passages, les joues en feu et le cœur battant. Et je cachais le livre derrière les autres pour que les domestiques ne devinent pas que je le lisais, au cas où l'un d'eux connaîtrait le sujet.

J'avais aussi promis à Troy que nous passerions la veillée du Nouvel An dans sa chambre, devant la télévision. Il était bien résolu à attendre minuit, pour voir les gens célébrer l'événement dans Times Square, à New York City. Il tint bon jusqu'à onze heures et demie, puis ses paupières s'alourdirent et il s'endormit paisiblement. Peu de temps après, papa m'appela de Floride. Mais la communication était mauvaise, la ligne grésillait sans arrêt.

— J'ai adoré ton cadeau, papa. Le mien t'attend sur ton bureau, à la maison.

— Je pense être de retour dans une semaine, je t'appellerai dès que je l'aurai vu. Comment vas-tu, ma petite fille ?

J'essayai d'empêcher ma voix de trembler.

— Bien, papa... mais tu me manques.

— Toi aussi, tu me manques. Dans quelques semaines, je viendrai te chercher pour passer la journée à Boston.

— Je serai au pensionnat, papa : il faudra que tu viennes à Winterhaven. Je crois que ce n'est pas trop loin.

Quand je lui eus raconté comment j'avais passé les vacances, il observa d'une voix mélancolique :

— Fabuleux. Je vois que rien ne te manque.

— J'aimerais mieux être chez nous avec toi, papa.

— Je sais, mon trésor. Nous nous reverrons bientôt, je te le promets. En attendant, je te souhaite une bonne année. Celle qui vient de s'écouler n'a pas été très réussie, je le sais, mais j'espère bien que la prochaine le sera !

— Bonne année, papa. Je t'aime.
— Moi aussi je t'aime, princesse. Bonne nuit.
— Bonne nuit, papa.

Quand il eut raccroché, je pressai le combiné sur ma poitrine avec une telle violence que cela me fit mal. Et je ne le reposai sur sa fourche qu'en entendant le présentateur commencer son compte à rebours. « Dix, neuf, huit... » Troy gémit dans son sommeil et se retourna de l'autre côté. « Sept, six, cinq... »

La neige avait recommencé à tomber, à gros flocons étoilés, ravissants. Ils descendaient doucement, en dansant, et certains se collaient un instant aux carreaux. Mais presque aussitôt, ils fondaient... et la vitre se couvrait de larmes.

« Quatre, trois, deux... »

Je portai le médaillon à mes lèvres et l'embrassai, en dédiant ce baiser à papa.

« Un!... BONNE ANNÉE A TOUS ! »

Des visages défilèrent sur l'écran. Des gens riaient, applaudissaient, criaient ou pleuraient de joie. J'aurais voulu me trouver parmi eux, perdue dans cette grande foule inconnue.

Mon journal est à moitié rempli, maintenant, je suis presque arrivée au milieu. Un endroit tout indiqué pour me souhaiter à moi-même une bonne année. Bien sûr, pour moi ce n'est pas seulement une année nouvelle qui commence. C'est une nouvelle vie.

Bonne année, Leigh Van Voreen.

10

Le vernis craque

Le 1ᵉʳ janvier, le jour même où Tony et maman rentraient de voyage de noces, Troy s'éveilla très mal en point : il avait pris froid. Vers huit heures du matin, sa température avait tellement monté que Mme Hastings dut appeler le médecin de famille. J'avais compris tout de suite que c'était grave, car Troy n'avait pas fait le moindre effort pour se lever. Pendant que le praticien l'examinait, j'attendis le diagnostic dans le couloir. J'entendis bientôt les deux adultes conférer à voix basse dans l'antichambre, puis la porte s'ouvrit et ils sortirent l'un derrière l'autre. Un pli soucieux barrait le front du médecin, Mme Hastings avait les yeux humides et suffoquait dans son mouchoir. Elle se contenta de me regarder sans mot dire, en secouant la tête.

— Eh bien, qu'est-ce qu'il a ? m'écriai-je, affolée. Dites-le-moi !

— Le médecin pense que c'est une pneumonie, il va le faire transporter à l'hôpital. Il a besoin de soins urgents et avant tout de radios. Ô mon Dieu ! M. Tatterton m'avait pourtant dit qu'il était fragile, mais il semblait en pleine santé : tout allait bien, il débordait d'énergie. Je ne me suis pas rendu compte qu'il dépassait ses forces.

— Allons, madame Hastings, vous n'êtes pas fautive ! Nous l'avons toujours fait rentrer au moindre signe de rafraîchissement et couché tôt. Sauf hier soir, bien entendu, mais c'était exceptionnel. D'ailleurs, s'il n'est pas tombé malade après notre aventure dans le labyrinthe, c'est bien grâce à vos soins. L'auriez-vous oublié, par hasard ?

— Non, bien sûr... il n'empêche que je me sens responsable. Bon, je vais faire le nécessaire et je reviens. M. et Mme Tatterton rentrent dans le courant de l'après-midi, mais le médecin dit qu'il ne faut pas attendre.

— Puis-je aller voir Troy ?

— Oui, mais ne vous approchez pas trop de lui. Ô mon Dieu, mon Dieu ! se lamenta la nurse, qui s'éloigna en trottinant.

Elle disparut dans l'escalier et j'entrai chez Troy.

Le pauvre petit bonhomme semblait plus menu que jamais dans son grand lit, les draps remontés jusqu'au menton. Ma première pensée en le voyant fut que j'avais des poupées plus grosses que lui. Le contraste entre l'énorme oreiller rebondi et son petit visage émacié faisait mal à voir. Il respirait péniblement, la bouche entrouverte, ses poings minuscules posés sur la couette qui dissimulait son corps. Et ses yeux fermés, ses joues enfiévrées et ses lèvres un peu trop rouges accentuaient sa ressemblance avec un jouet fragile.

Debout auprès du lit, je l'observais sans faire un mouvement, de crainte de l'éveiller. Tout à coup, il s'agita dans son sommeil et balbutia des mots sans suite.

— Réveille-toi, papa, réveille-toi... Tony... Tony...

Il tressaillit, une grimace douloureuse tordit ses traits enfiévrés. Je me rapprochai et pris sa petite main brûlante dans la mienne.

— Tout va bien, Troy. Je suis là.

— Tony... je veux Tony...

— C'est moi, Leigh. Veux-tu que j'aille te chercher un verre d'eau ?

— Tony, répéta-t-il en secouant la tête.

Puis il serra violemment les paupières, comme pour

chasser une image qui s'imposait à lui, et j'effleurai sa joue de la main. Elle brûlait ! J'en éprouvai une telle frayeur que mon cœur s'emballa et je jetai un regard angoissé en direction de la porte. Où était le médecin ? Comment pouvait-on laisser cet enfant seul dans un état pareil, même pour un instant ? Il gémissait maintenant, agitant la tête d'un côté à l'autre. J'en avais les larmes aux yeux.

— Troy... ô mon Dieu !

Je bondis hors de la chambre pour aller chercher le médecin et la nurse. Ils étaient dans le hall, conversant à voix basse avec Miles et Curtis.

— Docteur, il brûle de fièvre et n'arrête pas de gémir. On dirait qu'il a très mal !

Le médecin me dévisagea d'un œil perplexe puis consulta Mme Hastings du regard, se demandant visiblement qui j'étais. Elle lui chuchota quelques mots à l'oreille.

— Oh ! s'exclama-t-il en se retournant vers moi. Nous savons cela, mon petit. Nous venons de décider à l'instant d'emmener Troy à l'hôpital en voiture, sans attendre l'ambulance. Mme Hastings allait justement préparer le nécessaire.

— Aurez-vous besoin de moi, docteur ?

— Non, et mieux vaut vous tenir à distance : je ne tiens pas à avoir deux malades sur les bras, répondit-il en souriant.

Ce qui m'indigna. Comment pouvait-il plaisanter en un moment pareil ? Mme Hastings monta avec Miles et j'attendis en rongeant mon frein. Un moment plus tard, Miles reparut en haut de l'escalier, portant un ballot de couvertures d'où émergeait le petit visage de Troy, rose de fièvre. Il descendit avec précaution, suivi par une Mme Hastings en détresse, implorant à voix haute l'assistance du Seigneur.

Des heures s'écoulèrent avant leur retour, mais dès que j'entendis la porte, je courus au-devant d'eux.

— C'est bien une pneumonie, m'annonça Mme Hastings, qui fondit en larmes. Il est sous oxygène, le pauvre petit. Ça fait mal à voir. Ô mon Dieu, mon Dieu ! Seigneur !

J'essayai de la réconforter.

— Vous devriez manger un peu, madame Hastings, et boire quelque chose de chaud. Et cessez de vous accuser : personne n'est à blâmer.

— C'est ça, balbutia-t-elle, quelque chose de chaud. Oui, bien sûr... Merci ma chère.

J'attendis qu'elle fût sur le chemin de la cuisine pour interroger Miles. Lui au moins me dirait la vérité, mon instinct m'en avertissait.

— Miles... comment va-t-il vraiment ?

— Sa température est très élevée, mademoiselle, et il a ce qu'on appelle un passé médical. Son état est alarmant.

Mon cœur manqua un battement, puis s'accéléra. Mes tempes bourdonnèrent et j'éprouvai une désagréable crispation à l'estomac.

— Vous voulez dire qu'il est... en danger de mort ?

Je retins mon souffle, suspendue aux lèvres de Miles.

— C'est très sérieux, mademoiselle, répondit-il gravement. Mais il ne faut pas que je m'attarde, M. et Mme Tatterton arrivent bientôt. (Il consulta sa montre.) Je les conduirai directement de l'aéroport à l'hôpital, j'imagine.

— Les pauvres, quel choc pour eux !

Miles m'adressa un signe de tête compréhensif et s'éclipsa en toute hâte.

Les dernières heures d'attente mirent mes nerfs à rude épreuve. Chaque fois que le téléphone sonnait, mon cœur cessait de battre. Mais aucun de ces coups de fil ne concernait Troy, ni de près ni de loin. À bout de patience, je finis par persuader Mme Hastings d'appeler l'hôpital et de s'adresser à l'infirmière en chef du service. Il me suffit de voir la mine consternée de la gouvernante pour deviner que Troy n'allait pas mieux, loin de là. En fait, son état avait encore empiré.

Je broyais du noir quand un soudain remue-ménage

m'attira dans le hall. Maman faisait une entrée remarquée, houspillant les domestiques surchargés de bagages et se lamentant sur le voyage trop long et le temps trop froid. Elle était seule.

— Maman! Dieu merci, tu es rentrée!

— Je ne te le fais pas dire! rétorqua-t-elle en ôtant ses gants de velours noir.

Et elle éclata de rire. A l'en croire, elle avait souffert de la fatigue et du froid, mais elle me parut étonnamment fraîche et jolie dans son costume de ski noir. Son bonnet de zibeline et son manteau lui allaient à ravir, elle avait les joues roses et des pendentifs en or dansaient à ses oreilles au moindre mouvement. Elle s'effaça pour permettre à Miles de débarrasser son équipement de ski, m'embrassa rapidement et soupira :

— Je n'aurais jamais cru qu'une lune de miel soit si fatigante, Leigh, mais la mienne l'a été à un point... tu n'imagines pas! Je suis épuisée, exténuée, vidée. Et je ne désire plus qu'une chose : mon lit.

— Mais... et Tony, maman? Vous êtes au courant, pour Troy?

— Bien sûr. Tony est allé directement à l'hôpital, nous l'avons déposé en passant. Attends d'avoir vu ce que j'ai ramené d'Europe, Leigh, débita-t-elle tout d'une traite. Dès que j'aurai fait une bonne sieste, je te montrerai tout et je te raconterai tout. (Elle baissa la voix et prit un ton confidentiel.) Oui, absolument tout. Mais pour l'instant, ajouta-t-elle en se dirigeant vers l'escalier, un bon bain chaud... du repos...

— Mais... pour Troy, maman, que décidons-nous?

Elle s'arrêta au bas des marches, déconcertée.

— Eh bien quoi, Troy? Que suis-je censée décider?

— Il est si malade, nous...

— Eh bien, il est à l'hôpital! Que pouvons-nous faire de plus, Leigh?

— Tu l'as vu?

— Certainement pas! A quoi bon s'exposer à la contagion, quand on peut l'éviter?

— Mais...

211

— Toi non plus, j'espère ? (Elle n'attendit même pas ma réponse.) Il ne manquerait plus que tu tombes malade, toi aussi ! Surtout maintenant, je n'aurais pas la force de supporter ça. Je t'enverrai chercher dès que j'aurai pris un peu de repos, conclut-elle en s'engageant dans l'escalier.

J'étais scandalisée. Comment pouvait-elle se montrer aussi préoccupée d'elle-même, en un moment pareil ? Avait-elle toujours été aussi égoïste ? Et qui s'était jamais plaint des fatigues de sa lune de miel ? En principe, c'était le meilleur moment de la vie. Et en plus, Tony et elle étaient descendus dans un hôtel fantastique, avec toutes sortes de distractions à portée de la main. Ils pouvaient passer leurs journées ensemble, dîner en tête à tête dans des restaurants charmants, aux chandelles et en musique ! Les amoureux n'ont-ils pas le don de s'enfermer dans un cercle magique en ignorant le reste du monde ?

Et même si elle était fatiguée, comment avait-elle pu laisser Tony tout seul à l'hôpital ? Moi qui n'avais aucune raison de l'aimer, bien au contraire, je m'étais très vite attachée à son petit frère. Et maman était la belle-mère de Troy, maintenant ; Tony serait très déçu par son attitude. N'aurait-elle pas dû rester près de lui pour l'encourager, le réconforter ? Mais non, elle était rentrée à la maison prendre un bain chaud et se mettre au lit ! Elle ne pensait qu'à préserver sa beauté. Son second mariage n'était sans doute pas plus heureux que le premier, finalement. Lui aussi était bâti sur un mensonge.

Maman avait-elle changé... ou était-ce moi qui l'avais toujours vue avec des yeux d'enfant ? Mais j'avais vieilli, bien trop vite à mon goût, le jour où j'avais surpris cette conversation entre elle et Grandma Jana. Ce jour-là, pour moi, toutes les belles couleurs du monde s'étaient fanées d'un seul coup, comme un arc-en-ciel qui s'éteint.

Je montai dans ma chambre, m'assis sur le bord du lit et mon regard tomba sur le petit cheval que m'avait offert Troy pour Noël. Cette vue m'inspira des réflexions moroses. A quoi donc servaient la fortune, la beauté ou le pouvoir que nous croyions posséder, en face de la mort ? Notre vie était tout aussi délicate et fragile que cet objet de terre cuite modelé pour moi par un enfant. Les doigts crispés sur le poney de céramique, j'adressai au ciel une prière silencieuse pour mon petit compagnon.

Je n'eus pas conscience de m'endormir, affalée sur mon lit, mais il était déjà six heures quand je m'éveillai. Le crépuscule s'était glissé dans la chambre avec ses ombres, et l'hiver semblait être entré avec lui. J'eus l'impression qu'un courant d'air froid se faufilait sous la porte d'entrée pour monter droit jusqu'à moi. Glacée, j'étreignais mes épaules en frissonnant, percevant autour de moi la menace du malheur.

Troy ! Traversée par un éclair d'angoisse, je bondis sur mes pieds et courus dans le corridor. Tout était sombre, tranquille, la maison tout entière se taisait. Comme si tous ses habitants l'avaient brusquement désertée... sauf les fantômes. Le cœur battant, craignant le pire, je m'approchai d'un pas de somnambule de l'appartement de maman pour écouter à la porte. Silence. Toujours sans bruit, j'entrai et allai jeter un coup d'œil dans sa chambre.

Elle était encore couchée, profondément endormie et presque entièrement dissimulée par une épaisse couverture. Seuls ses cheveux d'or étaient visibles, répandus en vagues soyeuses sur l'oreiller. Des boîtes et des paquets jonchaient le sol, et ses vêtements étaient dispersés un peu partout dans la pièce. Manteau, bonnet, pantalon de ski et bottillons étaient restés là où elle les avait laissés tomber en se déshabillant pour aller prendre son bain. Comment pouvait-elle dormir ainsi ? N'éprouvait-elle donc rien pour le cher petit Troy ?

Je ne vis personne au rez-de-chaussée non plus, et dus aller jusqu'à la cuisine pour découvrir les domestiques, réunis autour de la table. A mon entrée, ils se tournèrent vers moi d'un seul mouvement. Les chuchotements cessèrent et je lus la même tristesse inquiète sur tous les visages.

— A-t-on d'autres nouvelles ? m'informai-je avec angoisse.

— Hélas, mon Dieu ! gémit la gouvernante. M. Tatterton a appelé il y a un peu plus d'une heure. La fièvre ne cesse de monter et Troy respire de plus en plus difficilement. On peut tout craindre.

Tous m'observaient, guettant ma réaction. Elle ne se fit pas attendre.

— Il faut que j'aille à l'hôpital. Miles, pouvez-vous m'y conduire ?

Le chauffeur consulta du regard les autres domestiques.

— Mais que dira votre mère ?

— Ma *mère* ? (J'appuyai lourdement sur le mot...) Ma mère dort ! Sortez la voiture, Miles, s'il vous plaît. J'en ai pour cinq minutes.

Sur ce, je tournai les talons, coupant court à toute velléité de protestation.

A l'Hôpital Général de Boston, je trouvai Tony dans la salle d'attente, son manteau de cachemire noir sur le bras, en grande conversation avec une infirmière. Pour une fois, sa vue n'éveilla en moi ni colère, ni haine, ni rancune. Je ne pensais qu'à Troy. Et pourtant j'eus le temps de me dire que, sous son hâle, Tony Tatterton était plus beau que jamais.

— Leigh ! s'écria-t-il, du plus loin qu'il m'aperçut en s'avançant à ma rencontre. Jillian est avec toi ?

Il regarda par-dessus mon épaule en direction de l'entrée et ses traits s'affaissèrent brusquement. Son regard perdit tout son éclat.

— Non, répondis-je amèrement. Elle dort.
— Oh !
— Et Troy ? Toujours aucun changement ?
— Si, très léger : en mieux. Sa température a baissé

d'un demi-degré. C'est très gentil à toi de venir me tenir compagnie. Merci.

— Je me fais tant de souci pour lui, Tony! Nous nous sommes bien amusés tous les deux, en votre absence, mais sans commettre une seule imprudence. Nous sommes beaucoup sortis mais il était toujours très bien couvert, et dès que le temps menaçait, nous rentrions. Il mangeait très bien et...

— Allons, allons, coupa Tony en me prenant le bras d'un geste rassurant, cesse de t'inquiéter. Troy a souvent été malade, c'est dans sa nature. On ne sait jamais quand la crise va se produire et personne n'est à blâmer, surtout pas toi. Et maintenant... (il consulta sa montre)... si nous allions dîner? Le médecin ne pourra rien nous apprendre dans l'immédiat et je connais un charmant petit restaurant italien tout près d'ici. Tu as faim?

— Je...

— Tu as certainement faim, je n'ai rien avalé depuis le petit matin, cela ne servirait à rien d'attendre ici, décréta-t-il en mettant son manteau.

Et il m'entraîna par le bras. Malgré moi, j'eus un sursaut d'hésitation. C'était pour voir Troy que j'étais venue, pas pour me faire inviter à dîner! Mais après tout, si Tony trouvait naturel de quitter l'hôpital un moment pour aller manger un morceau... pourquoi pas?

— Troy reçoit les meilleurs soins possibles, me rassura Tony, quand nous eûmes trouvé place près d'une fenêtre. Le petit démon a une façon bien à lui de tomber malade sur commande, on dirait. Je ne serais pas surpris qu'il aille de mieux en mieux, maintenant que tu es là, acheva-t-il en me tapotant la main pour me réconforter.

— Espérons-le! chuchotai-je, les larmes aux yeux.

— En attendant, mangeons. La *pasta* est incomparable, ici! Laisse-moi choisir le menu pour nous deux, tu veux?

Émerveillée, je regardai Tony donner ses ordres au garçon. Quelle allure, quelle assurance, quelle aisance, même pour prononcer quelques mots d'italien ! Le serveur vit instantanément qu'il avait affaire à un homme du monde et en parut aussi impressionné que moi. Quand il eut disparu, avec force courbettes, Tony reporta toute son attention sur moi.

— Sais-tu que tu es une fille vraiment déconcertante, Leigh ? Tantôt radieuse, tantôt boudeuse, tu passes en un instant du rire aux larmes... un peu comme ta mère, au fond. Vous êtes aussi énigmatiques l'une que l'autre. Et aucun homme n'est de taille à percer votre mystère, je le crains.

Il prononça ces derniers mots d'un ton amer, un peu comme s'il se résignait à son sort.

— Votre voyage s'est bien passé, Tony ? Je n'ai pas eu l'occasion de questionner maman, elle est allée directement se coucher. Vous vous êtes bien amusés ?

Ses yeux se rétrécirent et je perçus sa méfiance.

— Moi, oui, répondit-il avec un sourire forcé. Mais ta mère...

Il marqua une pause qui porta ma curiosité à son comble.

— Ta mère prétendait adorer les sports d'hiver, mais quand nous sommes arrivés à Saint-Moritz, elle a déclaré qu'il faisait trop froid pour skier. Tu te rends compte ? s'esclaffa-t-il. Trop froid pour skier ! Enfin, j'ai passé mon temps sur les pistes pendant qu'elle passait le sien dans les boutiques, ou au coin du feu.

« J'ai quand même réussi à l'emmener sur les pistes. Une fois. Mais elle se plaignait tellement et tombait si souvent que je l'ai laissée rentrer à l'hôtel. Quant à patiner la nuit sur le lac illuminé... (Tony secoua comiquement la tête)... au bout de dix minutes, j'étais fixé !

« Ta mère n'arrêtait pas de se plaindre. Du froid qui dessèche la peau, des efforts qui font transpirer... j'ai vite compris que je n'aurais pas en même temps lune de miel *et* sports d'hiver. Ni aucun autre sport, à vrai dire !

— Mais au moins, vous êtes allés dans de merveilleux restaurants, tous les deux ?

Je savais que la réputation des grands restaurants européens fascinait maman.

— Oh, pour ça oui ! Mais ta mère mange comme un oiseau, c'était un vrai gâchis de commander de pareils plats pour elle, ne serait-ce qu'une demi-portion. A la fin, c'était moi qui mangeais nos deux parts... heureusement que je prenais de l'exercice, conclut Tony en se tapotant l'estomac. Pas trop de dégâts ?

— Non, vous êtes absolument... vous êtes en pleine forme.

Un peu plus et je lui disais qu'il était beau !

— Merci. Et voilà l'histoire de nos vacances d'hiver et de notre lune de miel, conclut-il d'un air morne.

Le serveur apporta les entrées et le pain, et je découvris à ma grande surprise que j'étais affamée. Et surtout, beaucoup plus à l'aise. L'intimité du lieu, cette conversation à bâtons rompus et la savoureuse cuisine firent leur effet. Pour la première fois depuis le matin, je me détendis. Il fut beaucoup question de l'Europe, entre Tony et moi, et je lui parlai de nos voyages à Londres. Puis je lui racontai par le menu ce que nous avions fait en leur absence, Troy et moi. Il m'observait et m'écoutait avec tant d'attention que j'oubliai de me surveiller et me laissai aller sans retenue.

— Oh ! m'exclamai-je tout à coup, excusez-moi de bavarder ainsi. Je ne sais pas ce qui m'a pris.

— Mais je suis ravi de t'écouter ! Tu ne m'en as jamais dit aussi long depuis... depuis que nous nous connaissons.

Brusquement gênée, je me hâtai de détourner les yeux.

— On voit que tu as profité du grand air, Leigh. Tu as une mine superbe.

— Merci, murmurai-je en rougissant.

Les compliments n'embarrassaient pas maman, qui les recevait avec détachement, comme un dû. Moi, ils me surprenaient toujours et ne me laissaient jamais indifférente, surtout venant d'un homme aussi beau que Tony Tatterton. Il s'exprimait avec un ton de sincérité qui me mit du baume au cœur et fit courir en

217

moi un frisson délicieux. Mais aussitôt, je me sentis coupable. Comment pouvais-je réagir ainsi quand le petit Troy souffrait dans son lit d'hôpital ? J'affrontai le regard pénétrant de Tony.

— Ne serait-il pas temps de retourner là-bas ?
— Pardon ? Oh, oui... bien sûr ! dit-il en faisant signe au serveur. Nous partons.

A l'hôpital, il alla droit à la chambre de Troy tandis que j'attendais dans le couloir. Il réapparut bientôt en compagnie du médecin et me fit signe de les rejoindre.

— La fièvre est tombée ! m'annonça-t-il joyeusement, Troy respire de mieux en mieux. Tout va rentrer dans l'ordre.

Mon soulagement fut tel que je fondis en larmes. Les deux hommes échangèrent un sourire et Tony me serra dans ses bras.

— Merci, chuchota-t-il en m'embrassant sur le front. Merci pour ta sollicitude.

Je levai les yeux, nos regards se nouèrent et la chaleur du sien me troubla étrangement. J'avais hérité d'une nouvelle famille, et si rapidement ! Comment m'y retrouver, parmi tous ces changements ? Quand je me laissais attendrir, surtout par Tony, j'avais le sentiment de trahir papa. Et pourtant, Tony était si attentionné et si bon ! Un caprice de maman nous avait rapprochés, lui et moi, et peut-être éprouvait-il les mêmes difficultés que moi à voir clair en lui ? Je me laissai aller contre lui et posai la tête sur son épaule. Pardonne-moi, papa, murmurait en moi une voix silencieuse. Pardonne-moi, mais je ne peux pas le haïr.

— Veux-tu voir Troy, Leigh ? Il dort mais tu peux le regarder quelques instants, de loin.
— Oh oui... merci !

Tony entrouvrit la porte et j'aperçus un petit Troy perdu dans la blancheur des draps, si menu qu'il semblait avoir fondu depuis le matin. La vue de ce masque et de ces tubes me serra le cœur, mes yeux s'emplirent de larmes. Tony s'en aperçut, me tamponna doucement les paupières avec son mouchoir et me reprit dans ses bras.

— Allons, dit-il d'une voix rassurante, tout va bien, maintenant. Viens, rentrons à la maison.

Je hochai la tête en silence. Et cette fois, quand nous franchîmes le grand portail de Farthy, j'eus réellement le sentiment, comme l'avait dit Tony, de rentrer à la maison.

Et j'étais bien chez moi, pour de bon. Car un foyer, ce n'est pas seulement une maison dans telle ou telle rue, une adresse où écrire. C'est là où la chaleur et l'amour vous attendent, là où vivent ceux que vous aimez. J'aimais papa, mais il était en mer et notre maison de Boston était vide, maintenant. J'aimais maman, malgré tous ses défauts ; je savais que j'aimais déjà le petit Troy, et tous deux vivaient ici, à Farthy.

Mais Tony Tatterton... l'aimerais-je, lui aussi ? me demandai-je en gravissant les marches du perron. La façon dont il tenait ma main me fit comprendre que cela ne me serait pas trop difficile.

Maman était enfin réveillée, et nous la trouvâmes devant sa coiffeuse en train de se brosser les cheveux. Elle venait de se lever et ne portait qu'un déshabillé de soie vert mousse, un des souvenirs de son voyage en Europe.

— Leigh, où étais-tu passée ? Cela fait au moins une heure que je t'ai envoyé chercher.

Tony s'arrêta sur le seuil et nous échangeâmes un regard déçu.

— J'ai rejoint Tony à l'hôpital, maman. Je voulais des nouvelles de Troy.

— Je t'avais demandé de ne pas t'exposer à la contagion ! Tu vois, Tony, comme les adolescentes sont difficiles ? Aussi imprévisibles et têtues que des chevaux sauvages !

— Elle ne s'est pas approchée de Troy, intervint Tony. Et j'ai été très touché qu'elle vienne le voir.

— Tu aurais pu appeler ! Au lieu de me laisser toute seule, à me demander où vous étiez passés !

— J'ai appelé, Jillian. Mais les domestiques avaient reçu la consigne de ne pas te déranger.

— Et pour cause ! Si quelqu'un peut savoir à quel point j'étais épuisée, c'est bien toi. Enfin, tu es là, dit maman en pivotant vers son miroir pour redresser une mèche en désordre. Alors, comment va-t-il ?

— Beaucoup mieux : la fièvre est tombée.

— Qu'est-ce que je te disais, Leigh ! Nous ne pouvions rien faire pour lui, une fois qu'il était à l'hôpital. Là, au moins, il avait tout ce qu'il lui fallait, les meilleurs médecins, des infirmières et des traitements miracle, récita maman comme une leçon bien apprise.

— Il est toujours très mal en point, observa Tony, mais la crise est passée.

— Tant mieux ! Allons dîner, je meurs de faim.

A nouveau, Tony et moi échangeâmes un regard que cette fois, maman surprit.

— Eh bien ? que se passe-t-il ?

— J'ai emmené Leigh chez Leone pendant que nous attendions des nouvelles de Troy, avoua Tony.

— Quoi ! Vous avez dîné ensemble, sans moi ?

— Mais tu n'étais pas là et...

La moue boudeuse de maman s'effaça comme par magie.

— Aucune importance, demande qu'on m'apporte quelque chose de léger, dit-elle d'une voix suave. Je n'aurais pas eu la force de descendre à table, de toute façon. Il me faudra encore une bonne journée pour récupérer.

Ces perpétuels changements d'humeur me déconcertaient au plus haut point. Elle revenait d'un merveilleux voyage de noces en Europe, non ? Et c'était Troy le grand malade, pas elle. Pourtant, à l'entendre, on pouvait en douter !

— Très bien, dit Tony en s'approchant pour l'embrasser.

Mais elle eut un mouvement de recul, comme s'il risquait de déranger sa coiffure, ce que je lui avais souvent vu faire avec papa.

— Excuse-moi, veux-tu ? Je suis encore si lasse...

Visiblement embarrassé, il s'empressa de disparaître. Il avait à peine refermé la porte que maman me faisait signe de m'approcher et s'exclamait d'un air accablé :

— Oh, Leigh ! Si tu savais ce que j'ai dû supporter !

— Supporter ? répétai-je, interloquée.

— Tu n'imagines pas ce que cela représente de vivre avec un homme aussi jeune que lui. Il déborde d'énergie, s'habille en un clin d'œil et n'a jamais besoin de repos, précisa-t-elle, non sans une pointe d'envie. Il faut croire que là-haut... (elle leva les yeux au ciel)... quelqu'un lui veut du bien, mais ce n'est pas juste !

J'éprouvai le besoin de vérifier les dires de Tony.

— Alors... tu es déçue par ta lune de miel ?

— Oui et non. Il est tellement dynamique ! Debout à l'aube et déjà prêt à déjeuner, il aurait voulu que je suive son rythme et me prépare en un éclair, moi aussi. Et quand je me plaignais, il n'était pas content. Peut-on imaginer un pareil manque d'égards ? Il ne me laissait même pas le temps de me faire belle. J'ai dû lui demander de descendre sans moi, trop contente de m'en débarrasser. Mais il avait toujours terminé si vite que j'ai fini par lui dire de partir seul. Ce qui ne l'emballait pas, mais au moins je pouvais me pomponner tranquillement, pendant qu'il s'amusait sur ces satanées pistes, au risque de geler tout vif !

« Et après ça, crois-tu qu'il avait besoin de repos ? Pas du tout : l'exercice lui donnait des forces. Et quand un homme comme Tony dit qu'il est en pleine forme... je te passe les détails !

Cette précision me mit mal à l'aise et maman s'en aperçut, ce qui me valut une grimace amusée.

— Il fait l'amour comme si chaque fois devait être la dernière, crut-elle bon de préciser.

Je devins rouge comme une pivoine.

— Et quand il a fini et que tu crois pouvoir souffler un peu, hop ! on repart de zéro. J'avais l'impression d'être une fille de joie. Il me réveillait en pleine nuit pour me faire partager ses transports, figure-toi. Et comme j'étais encore à moitié endormie, il se plaignait de ma froideur !

« Alors ça, c'était trop. Je n'ai pas l'intention de sacrifier ma santé et ma beauté pour satisfaire les appétits d'un homme ! acheva maman d'un ton farouche.

Que répondre à cela ? Elle parlait de l'amour comme d'une corvée. Mais moi j'imaginais tout autre chose, d'après les livres que j'avais lus...

— Oh, Leigh ! gémit-elle en me prenant les mains, il faut que tu sois mon amie, mon alliée, maintenant plus que jamais. Tu me le promets ?

— Bien sûr, maman.

A quoi m'engageait cette promesse ? Je n'en avais pas la moindre idée.

— Alors tout est pour le mieux. Tony t'aime bien, je m'en rends compte. Il apprécie ta compagnie et tu as bien fait de dîner avec lui à Boston. J'aurai besoin de toi pour le distraire et le rendre heureux. Il exige tant d'attention, tant d'amour... c'en est épuisant, à la fin ! N'en déduis pas que je ne l'aime pas, je l'adore au contraire. Mais il est tellement... viril, tellement porté sur le sexe. Il faut que je trouve un dérivatif à ses ardeurs, ou j'y perdrai ma jeunesse et mon éclat.

J'allais protester, mais elle ne m'en laissa pas le temps.

— Oui, reprit-elle, j'ai vu ce qui arrive aux autres femmes. Leurs maris sont tellement exigeants qu'elles vieillissent avant l'âge, et ils vont chercher leur plaisir ailleurs. Une femme doit protéger sa beauté comme un trésor. Elle ne doit permettre à un homme que de la contempler de loin, mais pas de la toucher. Ou alors... très rarement. Car le moindre contact absorbe un peu de leur vitalité, et la diminue d'autant.

« Tony voudrait ne jamais me quitter. M'avoir toujours à sa disposition, pouvoir à chaque instant me toucher, m'embrasser... et me posséder.

Ces propos me rendirent songeuse. N'était-ce pas merveilleux d'être désirée ainsi ? Maman n'avait-elle pas reproché à papa de ne pas lui consacrer assez de temps, de se laisser accaparer par son travail ? Et maintenant qu'elle avait un homme à son entière dévotion, elle ressentait cela comme une menace ? C'était à n'y rien comprendre.

Elle se tut pendant quelques instants, absorbée par la contemplation d'un cerne léger apparu sous ses yeux. Puis elle plongea le bout des doigts dans un pot de crème et se pencha en soupirant sur son miroir.

— J'ai peur que tu ne doives rentrer de Winterhaven plus souvent que prévu, Leigh ! Tony voudrait m'emmener faire du ski pendant le week-end, de temps en temps. Il a déjà ses plans pour « de nouvelles petites lunes de miel », trois jours par-ci, trois jours par-là... Je vieillirai à vue d'œil, à ce train-là !

Maman pivota sur sa chaise et reprit ma main.

— Tu m'aideras, n'est-ce pas ? Tu lui tiendras compagnie, tu le distrairas, les jeunes filles ont tellement d'énergie ! Avec un peu de chance, tu l'épuiseras si bien qu'il me laissera dormir tranquille. Dis que tu veux bien, ma chérie ?

Une fois de plus, je m'engageai à l'aveuglette.

— Entendu, maman. Je reviendrai plus souvent.

— Merci ! s'écria-t-elle en me gratifiant d'un baiser rapide. Merci, je savais que tu étais assez grande pour comprendre. C'est merveilleux d'avoir une fille de ton âge, presque une sœur. Et maintenant, laisse-moi te montrer ce que j'ai rapporté d'Europe ! enchaîna-t-elle sans transition.

Et sans prendre le temps de souffler, elle débita tout d'une traite :

— J'ai de très jolis sweaters pour toi. Tu as aimé tes cadeaux de Noël ? J'ai vu que tu en avais reçu un de ton père. Qu'est-ce que c'est ?

Je vis son regard devenir soupçonneux et lui tendis mon pendentif.

— Ce médaillon.

Elle n'y jeta qu'un bref coup d'œil, ne me demanda même pas de l'ouvrir.

— Ravissant, dit-elle simplement.

Et elle en revint aux merveilleux achats qu'elle avait faits en Europe.

La santé de Troy continuait de s'améliorer. Le lendemain, il se sentait déjà beaucoup mieux et je retournai le voir à l'hôpital avec Tony. Ce devait être ma dernière visite avant mon entrée à Winterhaven. Fidèle à elle-même, maman se consacrait au culte de sa beauté et vénérait son image dans chaque miroir. Elle s'acharnait, à force de soins, à retrouver la vitalité soi-disant perdue pendant sa lune de miel. Non seulement elle refusa de venir à l'hôpital, mais elle prit l'habitude de se lever de plus en plus tard et de passer des heures devant sa coiffeuse. Je ne tardai pas à m'apercevoir que ce rituel n'était pas du goût de Tony.

Chaque matin, il montait l'escalier quatre à quatre pour la prier de venir prendre le petit déjeuner avec nous. Et chaque fois, je le voyais revenir tête basse, l'œil morne et la mine abattue. Puis, un soir, la veille de mon départ pour Winterhaven, je les entendis se disputer : c'était leur première querelle. Je n'avais pas l'intention d'écouter aux portes, mais je me rendais chez maman pour avoir son avis sur le choix des vêtements que j'emportais. Il n'était guère plus de neuf heures mais maman s'était déjà retirée chez elle pour se plonger dans un roman, ce qui lui arrivait de plus en plus souvent. Je venais d'entrer dans le salon quand je reconnus la voix de Tony, plus désolée que courroucée.

— Ce n'était pas la peine de nous marier, alors !

Je me figeai sur place.

— Ma santé passe avant ta bestialité, figure-toi.

— Mais, Jillian... l'amour n'a jamais fait de tort à personne, au contraire. Tu devrais te sentir plus épanouie, plus heureuse, plus femme !

— Allons donc ! Ce sont les hommes qui s'imaginent ça ! Franchement, Tony, tu me déçois. Tu agis comme un gamin qui vient de découvrir les joies du sexe. Quel manque de contrôle !

— Ah, c'est trop fort ! Et pendant notre lune de miel, j'ai manqué de contrôle aussi, peut-être ? Au bout d'une semaine tu t'es plainte d'être à bout de forces. Tu inventais chaque jour une nouvelle excuse, et maintenant que nous sommes rentrés depuis trois jours, tu continues. Et c'est moi que tu accuses de manquer de contrôle ?

— Baisse la voix, veux-tu ? cracha maman d'un ton rageur. Tu tiens vraiment à ce que les domestiques t'entendent ? Je t'en prie, reprit-elle, soudain radoucie. Ce n'est qu'une question de temps. Laisse-moi seule ce soir encore, et demain, peut-être...

— Demain ce sera la même chose, j'en ai peur. D'ailleurs... (la voix de Tony se durcit). Je me demande pourquoi tu te ménages tant. Espères-tu dénicher un autre mari, encore plus jeune que moi ?

Sur ce, avant que j'aie pu rebrousser chemin, il sortit en trombe de la chambre de maman. Et s'il changea d'expression en m'apercevant là, clouée au sol et les yeux ronds, il ne dit rien et marcha droit vers la porte.

J'attendis quelques minutes avant d'entrer chez maman, et nous discutâmes de ma garde-robe comme si rien ne s'était passé.

— Tu sais ce que tu m'as promis, me rappela-t-elle au moment où j'allais la quitter. Tu viendras chaque fois que tu pourras et passeras le plus de temps possible avec Tony. J'ai besoin d'aide, au moins les premiers temps.

— Mais il ne sera peut-être pas enchanté d'être avec moi, maman. C'est toi qu'il a épousée !

— Il a simplement besoin de compagnie, tu verras, affirma-t-elle en scrutant son miroir. Ô mon Dieu, regarde ça ! Je suis si tendue que j'ai des poches sous les yeux.

Des poches sous les yeux ? Je n'en vis pas trace.

— J'ai besoin d'une bonne nuit de repos. Dors bien, ma chérie. Et pour ton premier jour dans ta nouvelle école, j'espère que tout se passera bien.

Une sourde angoisse me fit soudain battre le cœur.

— Tu ne m'accompagneras pas ?

— Je t'en prie, Leigh ! Tu n'as pas besoin de moi. Tony s'occupera de tout, il me l'a promis. Il te conduira là-bas en allant à ses bureaux et verra la directrice pour s'assurer que tu es en de bonnes mains. Tout se passera bien.

— Mais...

— J'ai besoin de repos, coupa maman en éteignant sa lampe de chevet. Bonne nuit, Leigh.

Je détournai les yeux, écœurée, et peut-être encore plus fâchée que Tony. Je savais très bien pourquoi maman ne viendrait pas. Elle ne voulait pas se montrer avec une fille de mon âge. Elle voulait continuer sa comédie d'éternelle jeunesse. Elle avait si bien décidé de me traiter comme une sœur qu'à ses yeux j'étais vraiment sa sœur. Pas sa fille. Et, à moins d'y être contrainte, elle ne se conduirait jamais comme une mère. En cet instant, j'éprouvai un véritable mépris pour elle. Je la méprisais pour tout le mal qu'elle nous avait fait, à papa et à moi. Pour son égoïsme forcené, pour m'avoir toujours menti. J'étais si furieuse que je mis un temps infini à trouver le sommeil.

Quand je m'éveillai, Tony était debout au pied de mon lit et me regardait en souriant. J'eus l'impression qu'il m'observait depuis un bon moment, et moi... moi, je m'étais agitée dans mon lit toute la nuit. Ma couverture s'était entortillée autour de ma taille, ma chemise de nuit avait glissé, découvrant presque entièrement mes seins. L'avait-il remarqué ?

— Bonjour, Leigh ! Je ne voulais pas t'effrayer, mais je me doutais que tu dormais encore et nous avons un emploi du temps serré, ce matin. J'aimerais être parti d'ici une heure, ça te va ?

Je hochai la tête et remontai vivement ma couverture.

— Miles viendra prendre tes bagages dans vingt minutes. Je t'attends pour le petit déjeuner.

Tony parti, je me levai, me douchai et m'habillai en

un temps record et descendis à la salle à manger. En passant, je vis que la porte de maman était toujours fermée. Et je ne pris même pas la peine d'entrer chez elle pour lui dire au revoir.

11

Winterhaven

Il faisait très beau ce matin-là, quand nous partîmes pour Boston et ma nouvelle école, mais le bleu du ciel était trompeur. En sortant de la maison, le froid me saisit cruellement : j'eus l'impression de pénétrer dans une glacière. Je clignai des yeux, éblouie par la réverbération du soleil sur la neige, et ma grimace fit rire Tony. Il me tendit ses lunettes noires.

— Tiens, mets ça. J'en ai d'autres dans la voiture.
— Mais ce sont des lunettes pour homme !
— Non, je les ai achetées en Europe, elles sont unisex. Et très chères, je dois dire. Ta mère en a acheté deux paires, on se demande pourquoi. Elle n'a pas mis le nez dehors depuis que nous sommes rentrés, bougonna-t-il en me faisant signe de passer devant lui.

Un numéro du *Wall Street Journal* et un dossier épais traînaient sur le siège arrière.

— D'habitude, expliqua Tony, je lis et je travaille en route, mais en si charmante compagnie... pas question !

Je m'empressai de regarder ailleurs. Je savais qu'il essayait d'être gentil pour me faire oublier l'absence de maman, mais je ne me sentais pas du tout charmante, ni physiquement ni moralement. Je me sentais piégée. Obligée d'aller où je n'avais pas envie d'aller, de faire des choses que je n'avais pas envie de faire, simplement pour plaire à maman. Apparemment, elle obtenait toujours ce qu'elle voulait, sans avoir à fournir le moindre effort. En ce moment, elle était bien au chaud dans son lit.

— Tu aimeras Winterhaven, dit Tony quand Miles eut pris le départ. Le bâtiment principal était une église, autrefois, et le clocher subsiste encore. Il sonne les heures et joue des mélodies chaque soir, au crépuscule. Les cinq pavillons sont groupés en demi-cercle, et chacun porte un nom. Ils sont reliés par un passage souterrain, pour les jours où la neige rend les allées impraticables. Tu habiteras dans le bâtiment principal, Beecham Hall, qui abrite les dortoirs, les salles à manger, et où ont lieu les réunions.

— Mais si ce n'est pas une école mixte, comment savez-vous tout cela, Tony?

Je n'avais pas l'intention de passer ma colère sur lui, mais j'avais parlé d'un ton un peu acide. Il sourit et son regard dériva vers la fenêtre, soudain rêveur. Je croyais qu'il avait renoncé à me répondre, mais je me trompais.

— J'ai connu une pensionnaire, autrefois, répondit-il avec un sourire pensif.

— Tiens tiens ! Une petite amie ?

S'il perçut mon ironie, il l'ignora. Son sourire s'élargit et il hocha lentement la tête.

— Oui. Elle était très jolie, très douce... presque angélique. Et jamais triste. Mais elle était si bonne et si tendre qu'elle pleurait pour une souris prise au piège.

A mesure qu'il parlait de l'amie d'autrefois, le regard de Tony se faisait de plus en plus songeur.

— Elle avait une voix mélodieuse, un ravissant visage en cœur. Tout en elle était fraîcheur, candeur, innocence... et quelle gentillesse ! Quand j'étais déprimé ou d'humeur morose, sa seule vue me rendait la joie de vivre.

Pourquoi ne l'avait-il pas épousée, alors ? J'aurais bien voulu le savoir.

— Et que lui est-il arrivé ?

— Elle est morte dans un accident de voiture, au cours d'un voyage en Europe avec ses parents. Ces petites routes de montagne sont si dangereuses ! En fait, je ne l'ai pas connue très longtemps. Quoi qu'il en soit... elle faisait ses études à Winterhaven et voilà comment je connais si bien la maison. C'est là que nous nous rencontrions.

« En fait, Jillian lui ressemble beaucoup, physiquement. Elle aussi possède cette perfection des traits, cette grâce tendre à laquelle un artiste attache tant de prix.

Tony se retourna vers moi et acheva brusquement :
— Tout comme toi, Leigh.
— Moi ? Pas du tout ! J'ai les yeux trop rapprochés et le nez bien plus gros que celui de maman.
— Allons donc ! Tu es bien trop modeste. Certains de tes traits sont calqués sur ceux de ta mère, affirma Tony avec une amertume qui me surprit. Elle me rendra fou, tu sais ? Enfin, c'est mon problème. Aujourd'hui, une seule chose doit compter : ton bonheur et ton bien-être.

Il se carra commodément sur son siège, m'abandonnant à mes réflexions.

Trop modeste, moi ? Fallait-il croire que je devenais vraiment jolie ou Tony disait-il cela pour me remonter le moral ? Aucun autre homme ne m'avait jamais fait de pareils compliments, sauf papa. Était-ce parce que j'étais encore trop jeune, ou parce que seuls les papas et les beaux-pères parlaient ainsi aux petites filles ? Mes cheveux devenaient aussi fournis et aussi soyeux que ceux de maman, bon. Nous avions la même couleur d'yeux, et alors ? Pouvais-je espérer devenir aussi jolie qu'elle, ou même plus ? La voix de Tony me ramena sur terre.

— Regarde par là ! Tu vois ce que je voulais dire ?

Il avait raison, Winterhaven possédait un certain cachet. Chaque pavillon se blottissait au milieu de son petit campus, parmi les arbres dépouillés par l'hiver. Quelques sapins jetaient une note de verdure dans ce décor désolé, soulignant l'élégance du bâtiment principal. Je m'attendais à une construction en pierre ou en brique et découvris avec surprise qu'il était en bois peint, d'un blanc crémeux brillant au soleil matinal.

Dès notre arrivée, un domestique vint décharger mes bagages. Tandis qu'il les emmenait sur un chariot, Tony m'indiqua du geste l'aile administrative et remarqua mon air angoissé. Je me sentais nerveuse, en effet, et il y avait de quoi. Une nouvelle école, de nouveaux professeurs, de nouvelles camarades de classe — mais pas encore des amies... Je vivais un de ces instants où une fille a plus que jamais besoin de sa mère. Mais la mienne devait être encore au lit, le visage enduit de crème de nuit !

— Pas de panique, Leigh, tout va bien se passer. J'ai vu tes bulletins, ils sont excellents. Quant aux compagnes de classe... ces demoiselles vont se battre pour devenir tes amies. A part quelques jalouses, bien sûr. Celles-là seront furieuses que la nouvelle soit si jolie.

Réconfortée par le sourire de Tony, je trouvai la force de monter les marches. Et j'éprouvai ma seconde grande surprise. Je m'étais attendue à une sorte de hall d'hôtel de luxe, mais pas du tout. Celui-ci était du genre austère, avec un plancher bien ciré, des murs blanc cassé, des moulures et des plinthes en bois noir, le tout rutilant de propreté. Des fougères et toutes sortes de plantes en pots étaient dispersées çà et là, sur des tables ou à même le sol, près de chaises de style sévère à dossier raide. Ce qui, avec la blancheur des murs nus, formait un contraste assez agréable. De ma place, j'entrevis un salon de réception qui me parut un peu plus intime, avec une cheminée, des divans et des fauteuils joliment recouverts de chintz.

Tony me conduisit dans le bureau de la directrice, Mlle Mallory. Une petite femme ronde aux manières affables, qui nous gratifia d'un grand sourire chaleureux.

— Bienvenue à Winterhaven, mademoiselle Van Voreen ! C'est pour nous un privilège et un honneur d'accueillir la fille du brillant homme d'affaires qu'est monsieur votre père. Les croisières de luxe Van Voreen sont renommées dans toute l'Amérique, débita Mlle Mallory, sans cesser de sourire à Tony.

Quel âge pouvait-elle bien avoir ? Entre vingt-cinq et trente ans, estimai-je. Un peu jeune pour occuper un tel poste, même si sa voix perchée et ses lunettes ancien modèle la faisaient paraître plus âgée. Ses cheveux bruns étaient tirés en un chignon serré et elle ne portait aucun maquillage. Elle me parut intimidée, mais cela s'expliquait. D'après maman, l'influence de Tony sur Winterhaven, et donc sur l'avenir de sa directrice, était considérable. La scolarité coûtait très cher, certes, mais l'école tirait ses principales ressources des subventions que lui allouaient des gens fortunés comme Tony. Il eut donc droit à un second sourire.

— Je sais combien le temps de M. Tatterton est précieux, alors ne traînons pas. Il aimerait sûrement vous voir installée dans votre chambre, je vous y conduirai moi-même. Après quoi (nouveau sourire à Tony), nous ferons plus amplement connaissance et je vous indiquerai votre emploi du temps. Je l'ai composé moi-même.

Cette information fut accompagnée d'une mimique destinée à impressionner Tony, qui resta impassible, et Mlle Mallory nous indiqua la direction à suivre.

— Par ici, c'est tout droit. J'ai dispensé votre compagne de chambre du premier cours, Leigh, afin de pouvoir vous la présenter. Naturellement, je n'aurais pas fait cela pour n'importe qui. Et si la moindre chose n'allait pas entre vous, je dis bien la moindre, n'hésitez pas à m'en parler. Je vous ferai changer de chambre.

Après un dernier sourire à Tony, Mlle Mallory nous précéda dans le long couloir qui menait aux dortoirs. Je remarquai un nombre impressionnant de panneaux d'information, concernant principalement les ateliers et les examens... et les interdictions. Défense de conserver de la nourriture dans les chambres. Alcool rigoureusement proscrit, y compris bière et vin. De sept à huit heures du soir, étude. Ensuite, temps libre en salle de loisirs jusqu'au couvre-feu. (Télévision, cartes, échecs, etc.) Interdiction de jouer pour de l'argent. Pas de télévision dans les chambres, musique tolérée à condition de ne gêner personne. Et naturellement, pas question de fumer, où que ce soit. Chaque transgression recevait une punition proportionnée à la gravité du délit.

Mlle Mallory s'assura que j'avais bien lu ces avertissements et déclara à mon intention :

— Comme vous voyez, le règlement de Winterhaven est très strict. Nous sommes fières de nos élèves et de leur conduite exemplaire. S'il nous arrive d'avoir un petit problème — le cas est rare — il est rapidement réglé. Et si la sanction ne suffit pas, la coupable est renvoyée.

« Il va de soi que nous attendons de vous la plus grande exactitude, aux cours aussi bien qu'aux repas. Une table vous a été assignée : vous n'en changerez pas, sauf si on vous invite à une autre. Vous pouvez, naturellement, inviter quelqu'un à la vôtre. Chaque étudiante doit servir à table pendant une semaine par semestre. Nous avons établi un roulement et la plupart de nos élèves l'estiment satisfaisant.

Mlle Mallory s'arrêta devant une porte, l'ouvrit, et avec son plus éblouissant sourire (à Tony), conclut à mon intention :

— Mais je suis bien certaine qu'une jeune fille de votre milieu et de votre éducation n'y trouvera rien à redire.

Mon premier aperçu de la pièce me surprit : je m'attendais à plus de luxe, dans les appartements de ces demoiselles de grande famille. La chambre était de dimensions modestes et meublée avec la plus grande simplicité. Plancher de bois blanc ciré, sans autre tapis que deux nattes ; une près de chacun des lits étroits en bois d'érable qui encadraient deux armoires jumelles placées côte à côte. Au-dessus de chaque lit, une fenêtre à petits carreaux, voilée de fine cotonnade jaune paille et entourée de rideaux coquille d'œuf. Deux bureaux occupaient les deux autres angles de la pièce, chacun avec sa petite lampe et son étagère à livres. A part cela, l'éclairage se réduisait à un plafonnier central, et les murs étaient du même blanc cassé que le hall, avec les mêmes lambris noircis par l'âge.

Jennifer Longstone, assise au bureau de droite, se leva dès que la porte s'ouvrit et nous sourit. Elle était nettement plus petite que moi, avec un visage rond, de beaux yeux bruns et une abondante chevelure noire que je trouvai superbe. D'emblée, j'aimai son sourire et sa façon de froncer son petit nez en trompette. Vêtue d'une jupe bleu marine et d'un chemisier blanc, elle portait des souliers plats et des socquettes. Mlle Mallory fit les présentations.

— Jennifer, voici Leigh Van Voreen et son beau-père, Anthony Tatterton.

— Enchantée de faire votre connaissance, dit Jennifer en tendant la main à Tony, puis à moi, sous le regard incisif de la directrice.

Et Mlle Mallory reprit ses explications.

— Jennifer est inscrite aux mêmes cours que vous, j'ai pensé que cela vous conviendrait à toutes deux. Quand vous serez installée, elle vous fera visiter les lieux, puis vous vous présenterez dans mon bureau. Nous discuterons plus en détail de votre emploi du temps. Et vous, Jennifer, vous pourrez retourner en classe.

— Oui, mademoiselle Mallory, répondit docilement Jennifer.

Mais elle m'adressa un clin d'œil pétillant, ce qui me la rendit encore plus sympathique.

— J'espère que tout ceci vous satisfait, monsieur Tatterton ? demanda la directrice.

Tony me décocha un de ces sourires dont il avait le secret.

— C'est plutôt à Leigh que nous devrions demander cela.

— Oh, pour moi, tout va bien, me hâtai-je d'affirmer.

— Parfait, conclut Mlle Mallory, nous vous laissons faire connaissance. Dès que vous aurez visité la maison, venez me voir dans mon bureau, Leigh.

— Oui, mademoiselle.

Tony amorça un mouvement de retraite.

— A vendredi, Leigh. Si tu as besoin de quoi que ce soit, téléphone. Je vais en ville tous les jours.

— Merci, Tony. Dites à Troy que je pense à lui.

— Ce sera fait, promit-il en m'embrassant rapidement sur le front.

Et il suivit Mlle Mallory dans le couloir. Dès que la porte se fut refermée derrière lui, Jennifer explosa.

— Salut, toi ! Ce que je suis contente de ne plus être seule ! Alors toi, c'est Leigh ? Moi je suis de Hyannis Port, tu connais sûrement ? Tu as bien dû y passer en voiture, au moins une fois. Tu veux que je t'aide à déballer tes affaires ? Voilà ton armoire, mais si tu es un peu à l'étroit, mets des affaires dans la mienne, il y a de la place. C'était ton beau-père ? Ce qu'il est beau ! Quel âge a-t-il ?

Elle s'arrêta pour reprendre haleine et j'éclatai de rire, séduite par un tel débordement d'énergie. Jennifer recula d'un pas et croisa les bras.

— Je parle trop, excuse-moi ! Tu dois avoir des tas de questions à me poser. Vas-y, je t'écoute.

— Depuis combien de temps es-tu à Winterhaven ?

— Depuis toujours. Non, je plaisante : depuis trois ans. On va jusqu'en terminale ici, tu sais. Je suis condamnée à perpétuité. Où est-ce que tu étais, avant ?

— A Boston, dans un collège mixte.

— Un collège mixte... veinarde ! Des garçons en classe, dans les couloirs, à la cafétéria, wouaoh ! Ici, tu n'en verras que si la grande prêtresse accorde une soirée dansante.

— La grande prêtresse ?

— Mlle Mallory. Elle n'a que vingt-six ans, figure-toi, mais c'est une vraie nonne. Ellen Stevens l'a même entendue dire qu'elle avait fait vœu de se consacrer à l'enseignement. Elle ne se mariera jamais. Elle habite ici et ne sort jamais avec un homme !

— Ellen Stevens ?

— Tu feras sa connaissance au déjeuner. Chez les Juniors, c'est notre table, la mieux. Il y a Ellen et Marie Johnson, dont le père fabrique ces fameux accessoires automobiles, tu vois ? Betsy Edwards, dont le père dirige l'Opéra de Boston, et Clara Reeves, dont...

— Est-ce que tout le monde est connu par la profession de son père ?

La question doucha l'enthousiasme de ma compagne.

— Excuse-moi, je pensais que ça t'intéresserait. Les autres filles aiment bien savoir ce genre de choses.

— Eh bien pas moi, rétorquai-je d'un ton bref, au grand dam de Jennifer dont l'air consterné me radoucit aussitôt. Bon, d'accord... dis-moi ce que fait ton père.

— C'était un des meilleurs avocats de Nouvelle-Angleterre ! s'exclama-t-elle avec orgueil. Mais... (Un pauvre sourire trembla sur ses lèvres.) Il est mort l'année dernière.

— Oh, je suis désolée.

— C'est sans doute pour ça que je fais mousser le père des autres, dit-elle piteusement.

Mais son exubérance reprit bien vite le dessus.

— Mais toi, comment peux-tu avoir un beau-père si jeune ?

Elle s'imaginait sans doute que mon père était mort, lui aussi, ce qui nous rapprochait encore l'une de l'autre.

— Mes parents sont divorcés, annonçai-je tout à trac.

Pourquoi le cacher ? D'ailleurs, cela finirait fatalement par se savoir. Les yeux de Jennifer s'agrandirent.

— Comme c'est triste ! Et tu arrives quand même à voir ton père ?

— C'est difficile, il travaille beaucoup. Il dirige sa propre compagnie de tourisme maritime. Mais il va venir me voir cette semaine, ajoutai-je avec une ardeur soudaine, et il m'emmènera dîner au restaurant.

— C'est gentil... mon père le faisait, lui aussi, déclara ma compagne d'une voix mélancolique.

— Écoute, pas cette fois-ci parce que je ne l'ai pas vu depuis longtemps, mais une autre fois si tu veux... tu pourras venir avec nous, d'accord ?

— Vrai de vrai ? Ce serait super ! Je te promets que je ne mettrai pas les pieds dans le plat, tu n'auras qu'à m'indiquer les sujets tabou. Et je ne dirai rien aux autres filles, promis juré.

Elle étendit la main d'un air si solennel que je fus forcée d'en rire.

— Bon, je te raconterai certaines choses. Mais d'abord, laisse-moi ranger mes affaires avant que la grande prêtresse ne vienne voir ce que je fabrique.

Jennifer poussa un hurlement de joie et me sauta au cou. Je me sentis soudain le cœur plus léger : en quelques minutes, elle avait réussi à chasser mes idées noires. Je sus que c'était le début d'une grande amitié.

Jennifer me fit visiter les lieux, de la salle à manger au gymnase en passant par les souterrains, et m'indiqua le plus court chemin pour me rendre aux salles de classe.

— Nos professeurs sont très à cheval sur l'horaire, précisa-t-elle, alors tâche d'être exacte, sinon... (elle fit le geste de se trancher la gorge)... gare aux sermons de la grande prêtresse. Tu en prendras pour ton grade.

— Cela t'est arrivé souvent ?

— Encore assez. Bien qu'elle se soit montrée assez chic, jusqu'ici. Je dis bien : jusqu'ici.

J'avais compris.

— Alors tu ferais mieux d'aller la voir tout de suite, moi je file au cours de science. On se retrouvera au déjeuner et tu feras connaissance avec tout le monde.

— Merci, Jennifer.

— Pas de quoi, je suis trop contente que tu sois là. Tu es ma première camarade de chambre.

— Mais je croyais que tu étais ici depuis trois ans ! N'est-ce pas ce que tu m'as dit ?

— Bah ! lança Jennifer en s'en allant, j'ai peut-être compté un peu vite !

Sa franchise pleine d'humour m'enchanta. « Une fille rafraîchissante, aurait dit Grandma Jana. Claire comme de l'eau de roche. » C'était tout à fait mon avis.

Réconfortée, je partis affronter la grande prêtresse dans son sanctuaire.

Son attitude avait changé de façon notable, maintenant que Tony n'était plus là : finis les égards et les sourires. Le regard dur, calculateur, Mlle Mallory m'étudiait, me jaugeait, prenait la mesure de mes atouts et de mes faiblesses.

— La cloche sonne à sept heures chaque matin, vous devez alors vous lever et vous habiller rapidement. Le déjeuner est à sept heures trente, ce qui vous laisse peu de temps pour vous pomponner. Je dois vous avertir que nous ne pratiquons pas le favoritisme. Vous devrez mériter le respect de vos professeurs et de vos compagnes.

« Dernier point, le plus important : chez nous, on n'étale pas sa fortune. J'espère que vous ne l'oublierez pas. Comme je vous l'ai déjà dit, je suis très fière de mes étudiantes, de mon école et de son image.

« Je suis sûre que vous serez une bonne recrue, conclut Mlle Mallory. Et comme il est l'heure de déjeuner, je vous libère. Vous pouvez vous rendre directement à la salle à manger. Si vous avez le moindre problème, n'hésitez pas : ma porte est toujours ouverte.

— Merci, mademoiselle Mallory, dis-je en prenant congé.

Mon entrée dans la salle à manger ne passa pas inaperçue. Jennifer se leva instantanément et je la rejoignis à notre table, située sur la droite tout au fond de la salle, tout près d'une grande fenêtre. Ce qui nous valait une vue magnifique sur l'entrée de l'école.

Jennifer m'avait gardé une place à côté d'elle.

— Bonjour, dis-je en m'y installant, sous un faisceau de regards curieux.

Toutes les filles m'observaient comme j'aurais moi-même observé une nouvelle arrivante dans mon ancienne école, détaillant sans merci ma personne et ma toilette. Jennifer avait déjà dû leur parler de moi, forcément.

— Laissez-moi faire les présentations, annonça-t-elle. Leigh, voici Ellen Stevens, Toby Krantz, Wendy Cooper, Carla Reeve, Betsy Edwards et Marie Johnson.

Toutes répondirent à mon « bonjour » avec un petit salut de la tête. Je trouvai que Marie Johnson était de loin la plus jolie, et manifestement le chef du groupe.

— Alors, s'informa Jennifer, et cette entrevue ?

— Tout s'est bien passé, j'ai reçu mon emploi du temps.

Je le tendis à Jennifer et elle me confirma que nous suivions exactement les mêmes cours. Comme presque toutes les filles de la table, d'ailleurs.

— Tu as eu droit au sermon sur ce vénérable Winterhaven et notre rôle de citoyennes modèles ? s'enquit Marie en battant des cils.

Les autres filles pouffèrent et je ris avec elles.

— C'est bien ce que nous sommes, reprit Marie d'un air de sainte nitouche... quand cela nous arrange. Mais dépêche-toi d'aller te servir, nous n'avons pas beaucoup de temps pour déjeuner.

Je me rendis au comptoir et découvris que la nourriture était nettement plus soignée que dans mon ancienne école. A la cuisine, au moins, la différence de prix se faisait sentir.

— Jennifer nous a dit le nom de ton beau-père, observa Ellen Stevens quand je revins m'asseoir. A-t-il quelque chose à voir avec la Tatterton Toys ?

— C'est lui, la Tatterton Toys, répondis-je avec un élan de fierté dont je fus la première surprise.

— J'en étais sûre ! gloussa Carla Reeve. Ma mère le connaît, nous avons trois pièces de collection de chez Tatterton.

— Ah oui ?

— Est-ce qu'il est aussi beau que le prétend Jennifer ? demanda Marie, qui semblait nettement plus mûre que les autres.

— Naturellement, sans ça ma maman ne l'aurait pas épousé ! répliquai-je, laissant tout à fait malgré moi percer un petit ton supérieur.

— Ma maman, minauda Betsy, comme c'est mignon !

Marie la foudroya du regard, ce qui lui fit ravaler son sourire moqueur, et se retourna vers moi.

— Tu as de la chance d'être à notre table, Leigh. Tu es tombée sur la meilleure équipe Junior de tout le collège. Nous avons un club à nous et nous nous serrons les coudes. On se réunit chez moi ce soir, après le couvre-feu. Tu es invitée.

— Mais... et le règlement ?

— Oh, le règlement... ne me dis pas que tu as avalé tout le baratin de la grande prêtresse ! Elle s'endort à neuf heures tous les soirs. Quant à Mme Thorndyke, la surveillante de nuit, une bombe ne l'empêcherait pas de ronfler.

Tout le monde éclata de rire et Jennifer me rassura :

— Ne t'inquiète pas, nous irons ensemble.

Je n'eus que le temps de terminer mon plateau avant que la cloche n'annonce la reprise des cours. Je découvris bien vite que l'enseignement ne différait guère de celui de mon ancien collège. Pages à étudier, questions à copier au tableau... la routine, quoi ! Et il me serait beaucoup plus facile de me mettre à jour que je ne l'avais redouté. Les professeurs m'y aidèrent beaucoup. Ils me questionnèrent sur les cours que j'avais suivis et prirent le temps de m'indiquer ce qu'il me fallait apprendre et réviser. Les effectifs réduits leur permettaient, en effet, de nous accorder beaucoup plus d'attention personnelle que dans un collège ordinaire.

Ce soir-là, quand j'entrai à la salle à manger en compagnie de ma nouvelle amie, les bavardages allaient bon train à notre table : ma place était marquée par une rose.

— Qu'est-ce que ça fait là ? s'enquit Jennifer, la voix vibrante d'excitation.

Celle de Wendy laissa percer une pointe d'envie :

— C'est pour Leigh.

— Pour moi ?

Je consultai la petite carte blanche, ce que les autres avaient certainement déjà fait, et lus ces simples mots : « Bonne chance, Tony. »

— Cela vient de mon beau-père, m'empressai-je d'expliquer.

— Ça, c'est gentil ! s'exclama Jennifer.

— Tout à fait romantique, commenta Marie, l'œil pétillant. Mais pourquoi ta mère n'a-t-elle pas signé aussi, Leigh ?

Tous les regards convergèrent sur moi.

— Sans doute parce que mon beau-père était à Boston quand cette idée lui a traversé l'esprit.

Marie sourit et tout le monde pouffa, sauf Jennifer.

— Eh bien, qu'y a-t-il de si drôle ?

Personne ne dit rien, toutes les filles regardaient Marie.

— Rien... mais il aurait pu signer « papa », il me semble.

— Mais ce n'est pas mon papa ! Mon père n'est pas mort. Mes parents sont divorcés.

J'appréciai le fait que Jennifer ait tenu sa langue, mais beaucoup moins le regard horrifié des autres filles. Il me rejetait dans la plèbe infréquentable des gens de mauvais ton. Toutes appartenaient aux meilleures familles du pays, riches, influentes et qui faisaient grand cas de leur ancienneté. Certaines avaient des preuves que leurs ancêtres étaient à bord du *Mayflower*, avec les premiers immigrants. Dans ces milieux puritains, le divorce était inadmissible.

Quand Jennifer et moi revînmes nous asseoir avec nos plateaux, les voix avaient baissé d'un ton et il était clair que l'on avait parlé de moi. De l'accueil chaleureux que j'avais reçu au déjeuner, il ne restait plus trace : ces demoiselles discutaient maquillage. Et lorsque je hasardai une opinion, personne — à part Jennifer — n'eut l'air de m'avoir entendue.

Après le repas, nous étions censées consacrer une heure à nos devoirs. Au moment où tout le monde se levait, Marie se pencha par-dessus la table pour m'annoncer :

— Au fait, je dois annuler ma réunion, ce soir. J'avais oublié que j'ai un contrôle de sciences demain matin.

Je hochai la tête et attendis qu'elle ait rejoint les autres pour sortir avec Jennifer.

— Elle n'a pas annulé sa réunion. Elle ne veut pas de moi parce que mes parents sont divorcés.

— Ne t'en fais pas, va ! Elles finiront par accepter le fait.

— Alors là, qu'elles acceptent ou pas, ça m'est bien égal ! ripostai-je d'un ton convaincu.

Mais j'endurais le martyre. Pourquoi maman m'obligeait-elle à fréquenter ces pimbêches qui se croyaient sorties de la cuisse de Jupiter ? Quelles mijaurées, ces filles ! Elles n'avaient jamais le torticolis, à force de regarder les gens de si haut ? Aucune d'elles ne m'inviterait chez elle, à part Jennifer. Pourquoi devais-je être punie pour les péchés de ma mère ? Cette pensée-là me fit frissonner. Si jamais ces péronnelles découvraient le secret de ma naissance...

Plus que jamais, je regrettai ma vieille école de Boston. Là-bas, j'avais de vraies amies, qui m'auraient entourée, consolée, au lieu de me traiter comme une lépreuse ! Et c'était au moment où j'avais le plus besoin d'amitié qu'on m'envoyait parmi ces filles prétentieuses, pourries, sans cœur ? J'envisageai sérieusement la fuite. Je pourrais aller vivre avec papa, même s'il voyageait tout le temps. Ce serait toujours mieux que ce qui m'attendait ici !

Mais grâce à Dieu, j'avais Jennifer, qui fit l'impossible pour me remonter le moral. Nous travaillâmes d'arrache-pied à nos devoirs, non sans trouver le temps de bavarder. Chiffons, garçons, musique... tout y passa. Comme moi, elle n'avait jamais eu de soupirant attitré, mais elle avait quand même un ami préféré. Il faisait ses études à Allendale, un équivalent masculin de Winterhaven, et des soirées dansantes avaient lieu de temps en temps entre les deux écoles.

L'heure de détente était fort entamée quand nous nous décidâmes à nous rendre en salle de loisirs pour regarder la télévision. Aucune des filles du club ne s'y trouvait.

— Elles sont chez Marie et tu devrais y aller aussi,

Jennifer. Je ne veux pas qu'on te mette à l'écart à cause de moi.

— Pas question d'y aller sans toi, d'ailleurs elles sont trop rosses. Elles n'ont pas toujours été très gentilles avec moi, mais ça... j'avoue que ça me dépasse.

— J'ai horreur des hypocrites, affirmai-je d'un ton farouche, les yeux brillants de colère.

Jennifer sentit passer le souffle des grandes batailles.

— Alors, qu'est-ce qu'on fait ?

— On y va, déclarai-je en quittant la salle.

Jennifer m'emboîta le pas dans le couloir.

— Et où ça ?

— Chez Marie, lançai-je sans me retourner.

— Mais... ce sera horriblement gênant. Ne vaut-il pas mieux les ignorer, carrément ?

— Jennifer Longstone, j'en ai assez d'ignorer ce qui me fait souffrir. Si je reste dans cette école, je veux y être acceptée pour ce que je suis. Et je ne me laisserai pas snober par ces pimbêches.

— Bon, passe devant. Dernière porte à droite au bout du couloir.

Nous poursuivîmes notre chemin d'un pas martial et la tête haute. On allait voir ce qu'on allait voir !

Un flot de musique s'échappait de chez Marie : on jouait *Round around the clock*, le succès du jour. Je frappai à la porte et le son baissa aussitôt, des chuchotements se firent entendre. Puis Marie elle-même vint ouvrir et j'entrai sans y être invitée.

— J'ai pensé que je pouvais t'aider à préparer ton contrôle de sciences, Marie.

Mes paroles tombèrent dans un silence de mort. Tout le monde tirait sur sa cigarette, la pièce empestait la fumée. Assises à même le sol, Ellen et Wendy buvaient du Coca-Cola. Et Carla, Toby et Betsy étaient vautrées sur les lits, parmi les magazines et les revues de mode. Pendant plusieurs secondes, personne ne pipa, puis je passai à l'attaque.

— Je suis désolée que le divorce de mes parents vous ait choquée à ce point, Marie, mais ce n'est pas très intelligent de me le reprocher. Et encore moins d'en faire subir les conséquences à Jennifer, dont le seul tort est de partager ma chambre. J'espérais que nous pourrions être amies, et après tout, personne n'est parfait !

« Et tout ce que j'ai à vous dire, c'est que vos grands airs ne trompent personne. Viens, Jennifer !

— Attends !

Marie consulta brièvement les autres du regard.

— Tu as raison, ce n'était pas très chic de notre part.

A mon tour, je cherchai le regard des autres : toutes avaient baissé les yeux, mais Marie souriait.

— Autant rester puisque vous êtes là, non ?

— Eh bien...

— Tu veux une cigarette ?

— Je ne fume pas.

— Excellente occasion pour essayer, alors. Jen, ferme vite cette porte avant que la vieille Thorndyke s'amène. Toi, Ellen, monte le son... et bienvenue au club, Leigh. Une fille de ta trempe, il vaut mieux l'avoir pour amie que pour ennemie, pas vrai les filles ?

Tout le monde rit, et Jennifer avec les autres. Elle rayonnait d'aise.

La réunion se prolongea jusqu'à onze heures. La conversation roula sur les études, la musique, le cinéma... Et si personne n'osa poser de questions sur mes parents, Betsy Edwards se souvint fort à propos d'avoir fait une croisière Van Voreen avec les siens. Je leur racontai mon voyage à la Jamaïque, puis tout le monde regagna ses quartiers sur la pointe des pieds.

Mais une fois couchées, Jennifer et moi échangeâmes des confidences jusqu'à minuit passé. Elle me parla de la mort de son père, du sentiment de solitude et d'abandon qui avait été le sien, et j'y retrouvai l'écho du mien. Finalement, le sommeil fut le plus fort.

— Je n'en peux plus, Jen. Il faut que je dorme.

— Tu as raison. Moi aussi, je suis fatiguée.

— Bonne nuit, Jennifer.

— Bonne nuit, Leigh.

Un petit rire étouffé me parvint.

— Qu'est-ce qui t'amuse ?

— Toi. Cette façon que tu as eue d'entrer chez Marie et de leur clouer le bec... quel style ! Je voudrais avoir eu le cran de faire ça plus tôt. Comment fais-tu pour être aussi courageuse ?

— Je ne le suis pas tant que ça, je t'assure.

— Oh si ! Tu es la fille la plus courageuse que j'aie jamais connue et je suis ravie de t'avoir pour amie. Bienvenue à Winterhaven, Leigh.

— Merci, Jen. Et maintenant, dormons.

Je fermai les yeux, harassée. Ce n'était pas une tâche facile que de chercher la paix et le bonheur, dans un monde si dur et si mesquin. Je me sentais vidée de mes forces.

Le lendemain, à l'heure du déjeuner, Mlle Mallory vint me chercher dans la salle à manger.

— M. Tatterton désire vous parler, m'apprit-elle avec un sourire pincé. Il vous attend dans mon bureau.

Je pensai aussitôt à Troy et mon sang ne fit qu'un tour.

— Est-il arrivé quelque chose ?

— J'en serais fort surprise.

— Merci, mademoiselle.

Je vis mes compagnes rire sous cape et me levai pour suivre la directrice jusqu'à la porte de son antre.

— Vous pouvez rester aussi longtemps qu'il vous plaira.

Sur ce, elle me laissa seule avec Tony.

Assis dans le fauteuil de cuir le plus proche du bureau, il me parut plus distingué que jamais dans son complet croisé bleu marine. Aussitôt, son regard aigu s'attacha sur moi.

— Alors, tout se passe bien ?

— Tout à fait. Comment va Troy ?

— De mieux en mieux. Je crois que nous pourrons le ramener à la maison d'ici une semaine.

— C'est une merveilleuse nouvelle, Tony ! Et

maman ? demandai-je en détournant les yeux, gênée par son regard insistant.

Il soupira longuement.

— Toujours pareil. Elle commence un nouveau régime : champagne et sandwiches au concombre pour déjeuner. Et quoi d'autre ? Ah oui, elle veut apprendre à jouer au bridge.

— Au bridge ?

— Oui, il paraît que toutes les femmes qu'elle admire y jouent. J'ai engagé quelqu'un pour lui enseigner les finesses du jeu. Donc...

Tony croisa les jambes et, de ses longs doigts soigneusement manucurés, vérifia le pli de son pantalon.

— Tu n'as besoin de rien ? Vêtements, fournitures, argent de poche, vraiment rien ?

Si, j'avais besoin de quelque chose. Je voulais que maman s'occupe de moi, elle-même.

— Non.

— Très bien, dit-il en se levant. Je peux passer te prendre un de ces soirs pour dîner avant de rentrer à Farthy... cela te plairait ?

— Pas cette semaine, je dois justement dîner en ville avec papa. J'attends son coup de fil.

— Oh !

La lèvre de Tony se crispa imperceptiblement. Et bien qu'il s'efforçât de conserver un air indifférent, je vis qu'il était piqué au vif. Les hommes de son espèce n'étaient pas accoutumés aux rebuffades. Je m'empressai d'ajouter :

— La semaine prochaine, peut-être ?

Ses yeux retrouvèrent instantanément leur éclat.

— Parfait. De toute façon, je viens te chercher vendredi à cinq heures. Passe une bonne soirée avec ton père, dit-il en se levant.

Puis il m'embrassa rapidement sur le front et sortit tout aussi rapidement.

Quand je regagnai la salle à manger, le club au grand complet avait le nez collé à la fenêtre. Tout le monde poussait des cris d'admiration en contemplant Tony en grande conversation avec Mlle Mallory, près de la limousine. Mon arrivée ramena tout le monde à sa place.

— Ce qu'il est beau ! s'écria Ellen. Jennifer n'avait pas exagéré, pour une fois.

— Quand serons-nous invitées à Farthinggale Manor ?

La question de Marie souleva un concert d'exclamations enthousiastes. Je promis d'y réfléchir et d'organiser un week-end à Farthy à la première occasion. Pour tout le club. En un instant, j'étais devenue la fille la plus populaire de Winterhaven.

Papa appela le mercredi et vint me chercher le jeudi soir. J'étais prête depuis longtemps et dès que je fus avertie de son arrivée, je me ruai dans le couloir et ne cessai de courir que pour lui sauter au cou. Il rit, me planta deux gros baisers sur les joues, puis m'éloigna de lui à bout de bras.

— Tu grandis si vite que j'ai failli ne pas te reconnaître. Heureusement que tu n'es plus dans un collège mixte, sinon les garçons te tourneraient autour comme des mouches. Je serais obligé de les éloigner à coups de badine !

— Oh, papa !

— Allons, dit-il en me tendant le bras, en route ! J'ai hâte de tout savoir sur ta nouvelle école, tes nouvelles amies et ce qui t'est arrivé depuis mon dernier coup de fil.

Son taxi l'attendait dehors et nous partîmes aussitôt pour un des meilleurs restaurants de Boston. A table, il m'écouta avec une attention passionnée, sans me quitter un instant du regard. On aurait dit qu'il voulait graver mes traits dans sa mémoire. Au comble de l'excitation, je parlais, je parlais... j'avais peine à croire que nous étions vraiment là tous les deux, lui et moi. Il buvait mes paroles. Mais lorsque je mentionnai le voyage de noces, son expression changea. Les yeux mi-clos, la bouche dure, il me déroba son regard et s'absorba dans un silence pensif.

Au plus profond de moi retentit une cloche d'alarme. Je commençais à m'habituer aux coups du sort, depuis quelques mois, et j'en reconnaissais l'approche. Je me mordis la lèvre et attendis : je savais que les prochaines paroles de papa me feraient mal. Finalement, il se retourna vers moi et son sourire se fit encore plus tendre, s'affaiblit... et disparut.

— Je sais que tu n'es pas heureuse, Leigh. Ta mère t'a arrachée au monde qui était le tien pour te plonger dans un autre qui ne t'est rien. Tu t'es retrouvée au milieu de gens égoïstes et sans cœur, uniquement occupés de leur bien-être et de leur argent. Je les connais, je les côtoie chaque jour. Aveuglés par leur puissance et leur fortune, ils s'enferment dans un univers d'illusions, loin des réalités de la vie.

« Je regrette que tout ceci soit arrivé alors que tu es encore si jeune et impressionnable, et justement au moment où je dois me battre pour sauver ma compagnie. Ne crois pas que je n'aie pas souffert de ne pouvoir être près de toi quand tu avais tellement besoin de moi. Cela m'a déchiré le cœur.

« Ma seule consolation, c'est de te savoir si intelligente et si forte. Tu es de bonne race, Leigh. Les Van Voreen ont toujours tenu bon dans l'épreuve, et l'ont toujours surmontée. Ils ont bâti leur vie sur le courage et la peine, et la réussite ne les a pas changés. Je t'aurai au moins transmis cela.

Moi aussi, j'avais le cœur déchiré. Une part de moi-même exigeait que je dise à papa la vérité que j'avais surprise, et l'autre me criait de ne pas le blesser davantage, à aucun prix. En même temps, je redoutais l'effet que cette découverte aurait sur lui. Qu'adviendrait-il s'il ne pouvait plus penser à moi comme à son enfant ? Cesserait-il de m'aimer ? Pour moi, ce serait le coup de grâce. Oui, j'en mourrais.

Je ne pus que hocher la tête en souriant et poser la main sur celle de papa, pour lui signifier que j'étais bien telle qu'il me voyait. Une vraie Van Voreen.

Il en vint enfin aux mauvaises nouvelles.

— D'ailleurs, je dois te dire que... je ne pourrai pas venir te voir pendant un certain temps. J'ouvre une agence en Europe où le tourisme prend beaucoup d'expansion. Je vais essayer d'attirer cette nouvelle clientèle non seulement vers les États-Unis, mais vers les séjours de vacances que j'ai choisis avec mes experts.

« Vois-tu, nous avons tort de croire que seuls les Américains sont assez riches pour s'offrir des vacances de luxe. En fait...

— Que veux-tu dire par « un certain temps », papa ? Quand reviendras-tu me voir ?

— Pas avant l'été prochain, j'en ai peur. Mais dès mon retour, je te consacrerai tout le temps que tu voudras. C'est promis.

Une boule se forma dans ma gorge, les larmes me brûlaient les yeux. Papa, mon seul appui... que deviendrais-je sans lui ? Je ne pouvais pas compter sur maman, elle ne pensait qu'à elle. Vers qui me tourner quand j'aurais besoin de conseils, d'amour, de chaleur, de baisers ? Je rassemblai mes forces. Je serais celle que papa me demandait d'être : la digne descendante des Van Voreen.

— Je continuerai à t'écrire, bien sûr, s'empressa-t-il d'ajouter. Et toi aussi, j'espère.

— Je t'écrirai, papa.

— Et dès que je serai sûr de la date de mon retour, dit-il en me tapotant la main, je mettrai des projets sur pied pour nous deux.

Nous rentrâmes à Winterhaven serrés l'un contre l'autre sur la banquette du taxi. Un bras passé autour de mes épaules, il me parla de ses voyages, des choses qu'il avait vues, des gens qu'il avait rencontrés... mais le sens de ses paroles m'échappait : je n'entendais vraiment que sa voix.

Et je pensais au papa de mon enfance. Celui qui me promenait sur ses épaules le long de la Tamise et me faisait danser à bord de son bateau. Celui qui me présentait à son équipage, m'expliquait son travail et enroulait mes boucles sur son doigt quand je grimpais sur ses genoux... ce papa-là était loin, pensais-je avec tristesse. Aussi loin que celui de Jennifer Longstone.

Finalement, nous avions beaucoup de points

communs, elle et moi. Et quand nous nous racontions des histoires de notre enfance, le soir, dans notre lit, nous pensions toutes deux à ce qui ne reviendrait jamais plus. Aux moments heureux disparus à jamais, aux mots que plus personne ne dirait, aux baisers, aux sourires... Évanouis, dissipés comme la fumée par le vent, ils hanteraient en vain notre mémoire, roulés dans les noirceurs de l'orage qui s'était abattu sur notre bonheur de jadis.

Devant l'école, papa me serra dans ses bras et m'embrassa, me répéta qu'il m'écrirait et penserait à moi tout le temps. Mais en le voyant remonter dans son taxi, je devinai qu'il était déjà en train de m'oublier pour se plonger dans ses problèmes. Et je ne lui en voulus pas ; je savais ce que représentait le travail, pour lui. Il s'y jetait comme on se jette à l'eau, quand on est trop malheureux.

Jennifer m'attendait dans ma chambre, impatiente d'entendre le récit détaillé de ma soirée. Et elle aussi je la comprenais. Elle voulait vivre mon bonheur, ou même revivre des moments heureux partagés avec son propre père. Je gardai pour moi tout ce qui eût pu l'attrister et m'étendis longuement sur le reste. Je décrivis le restaurant, le menu, je répétai les promesses que papa m'avait faites. J'imitai le serveur allemand et son accent atroce. Un accent si prononcé que, faute de comprendre ses propos, j'avais commandé autre chose que ce que je désirais. Et mangé ce que j'avais commandé. Ce qui était d'ailleurs délicieux. Et que j'aurais trouvé délicieux de toute façon, précisai-je... puisque j'étais avec papa. Jennifer finit par éclater de rire.

— Merci de m'avoir raconté tout ça, Leigh. Et bonne nuit.

— Bonne nuit.

Jennifer se berça de mes beaux souvenirs et je lui tournai le dos pour pleurer tout à mon aise. Et je pleurais encore, tout bas, le plus doucement possible, quand le sommeil m'emporta dans l'oubli.

12

Nouvelles surprises

Tout le club savait que Tony venait me chercher le vendredi, et une véritable nuée de filles surexcitées m'escorta jusqu'au perron pour assister à mon départ. J'avais tellement peur de ce qu'elles pourraient dire ou faire que je ne laissai pas à Tony le temps de venir jusqu'à l'entrée. Avant qu'il ait ouvert sa portière, j'étais déjà en bas des marches.

— A dimanche soir, Leigh ! cria un chœur de voix joyeuses.

Et, pouffant et gloussant comme des poules, mes compagnes refluèrent en désordre à l'intérieur de Beecham Hall.

Tony m'accueillit d'un regard aigu, qui se changea en sourire quand nous eûmes quitté le parc.

— Eh bien, on dirait que je ne m'étais pas trompé : tu n'as pas tardé à te faire des amies. Et cette fin de semaine, cela s'est bien passé ?

— Oui, et j'aime beaucoup Jennifer. J'aimerais l'inviter à Farthinggale, avec les autres filles de mon groupe.

— Quand tu voudras... enfin, si ta mère n'y voit pas d'objection.

Je m'informai de la santé de Troy.

— Il reprend des forces à vue d'œil, le médecin pense

qu'il pourrait rentrer mercredi ou jeudi. Si c'est le cas, tu le verras vendredi prochain.

J'étais très impatiente de revoir Troy, mais j'avais également très envie de passer un week-end à l'école. Ces jours-là, le club allait au cinéma, on faisait des courses ensemble. Il arrivait même que des rencontres soient organisées avec les jeunes gens d'un collège voisin, comme Allendale par exemple. Et on dansait ! Tandis qu'à Farthy...

La grande maison me parut terriblement silencieuse, sans les galopades et les appels du petit Troy. A peine entendait-on, de temps à autre, un pas discret traverser l'une ou l'autre des vastes pièces. Quel contraste avec cette pépinière qu'était Winterhaven ! Le collège tout entier était comme habité de rires et de chansons, vibrant de mille bruits divers. Bavardages, musique, tintements de plats, carillons de cloches, voix résonnant dans les couloirs... c'était un monde bouillonnant de vie, d'énergie, de jeunesse. Par comparaison, Farthy me fit plus que jamais l'effet d'être peuplé de fantômes.

— Ta mère doit être chez elle, observa Tony en consultant sa montre. Elle rentre sans doute d'un de ses bridges.

Je me ruai dans l'escalier, en proie à un mélange d'émotions contradictoires. Après cette séparation, j'avais envie de voir maman, de lui parler de ma nouvelle vie. Et en même temps, j'étais furieuse. Furieuse et blessée. Elle n'était pas venue me voir, n'avait pas appelé une seule fois. Elle n'avait même pas accompagné Tony le jour de mon entrée au collège ! Ce soir-là, comme il l'avait deviné, elle rentrait bel et bien d'un bridge et se préparait pour dîner. Elle eut l'air presque surprise de me voir apparaître sur le seuil de sa chambre.

— Oh, Leigh, c'est toi ? J'avais oublié que nous étions vendredi. Ce que le temps passe vite quand on est occupé !

Elle resta quelques instants debout devant moi, en combinaison et les cheveux défaits, sans trop savoir que faire. Puis elle sourit et me tendit les bras pour que je m'y précipite. Mais je ne bougeai pas, une gêne s'installa et elle laissa retomber les bras le long de ses hanches.

— Montre-toi un peu ? Tu en fais une figure ! Serait-ce un regard de reproche par hasard ? Tu es fâchée ?

— Maman, pourquoi ne m'as-tu pas appelée une seule fois cette semaine ? Moi, j'ai appelé, et Curtis m'a dit que tu faisais des courses à Boston avec des amies. Tu aurais pu venir me voir !

— Voyons, Leigh ! Tu me vois emmenant toutes ces femmes à la page rendre visite à ma fille que j'ai quittée depuis trois jours ? Elles me traiteraient de mère poule ! Et d'ailleurs, faire des courses avec elles est une épreuve que tu n'imagines pas. Et elles papotent, et elles cancanent... on n'a pratiquement pas le temps de faire autre chose. Je les amuse toujours en leur rappelant que nous ne sommes pas là pour ça. Elles me trouvent très drôle, très fraîche. Je les change de l'ordinaire, paraît-il. C'est bien simple : elles m'adorent.

« Non, tu n'as aucune raison d'être fâchée contre moi, Leigh. J'ai beaucoup pensé à toi. J'ai même demandé à Tony de passer te voir et il l'a fait, n'est-ce pas ?

— Oui, maman, mais ce n'est pas la même chose.

— Ah, tu es bien la fille de ton père, tiens ! Têtue, intransigeante... une vraie Van Voreen.

Cette fois, c'était trop ! Je fus à deux doigts de lui demander de cesser sa comédie, mais elle était lancée.

— D'ailleurs, Tony tenait beaucoup à aller te voir. Il s'est attaché à toi, Leigh, et j'en suis enchantée. Tu n'imagines pas comme cela va me simplifier la vie. Allons, ne sois pas fâchée, acheva maman d'une voix câline.

Et à nouveau, elle me tendit les bras.

Je voulais résister. Lui faire comprendre sa cruauté, toutes ses cruautés. Mais elle m'offrait ce sourire attendri que j'aimais tant quand j'étais petite. Celui qu'elle prenait quand elle me brossait les cheveux en me décrivant les merveilles que la vie me réservait. Les lieux que je visiterais, les princes charmants qui m'aimeraient... Elle avait versé sur mes rêves d'enfant une lumière enchantée. A travers elle, le monde m'était apparu plein de délices féeriques, livre d'images enluminé aux sept couleurs de l'arc-en-ciel.

Je ne résistai plus et me jetai dans ses bras.

Elle me couvrit de baisers, me caressa les cheveux, et je m'en voulus d'adorer cela. Mais en même temps, je fondais de douceur. Puis elle me fit asseoir à ses côtés, sur son lit, et me parla de ces nouvelles connaissances qu'elle appelait ses amies. Toutes immensément riches, raffinées, distinguées... bref, le dessus du panier.

— Mais pourquoi as-tu l'air si triste ? demanda-t-elle soudain, l'air soupçonneux. C'est ce dîner avec ton père qui te fait cet effet-là ? Tony m'en a parlé.

— Non, maman. Enfin... si, c'est un peu ça, avouai-je.

Et je lui fis part des projets européens de papa, qui l'empêcheraient de venir me voir.

— Ça ne m'étonne pas de lui, Leigh ! Et ne t'imagine pas qu'il aurait agi autrement si je n'avais pas divorcé. Oh, quand je pense à tout ce temps perdu, cette jeunesse gâchée !

Une grimace de colère et de frustration lui convulsa les traits, puis elle se pencha sur un miroir.

— Je ne devrais jamais froncer les sourcils ! hurla-t-elle avec désespoir, d'une voix si aiguë que j'en sursautai. Cela fait venir des rides avant l'âge, je l'ai lu dans un article. L'auteur, un esthéticien renommé, écrivait que les gens angoissés et tendus vieillissent plus vite que les autres. Il conseillait de rester toujours calme et de bonne humeur et il indiquait comment s'y prendre. Dès qu'on est tenté de se mettre en colère, il faut penser à quelque chose d'agréable : comme si on jetait de l'eau sur le feu. Sinon, le feu consumera votre santé et votre beauté. Il faut l'étouffer dans l'œuf.

Comme pour illustrer sa théorie, maman plaqua sur son visage un sourire éblouissant.

— Bon, je vais prendre une douche et me faire un masque avant le dîner, et ensuite nous prendrons le temps de bavarder. Tu me raconteras tout sur Winterhaven, d'accord ?

Elle passait si rapidement d'un sujet à l'autre que j'avais peine à la suivre.

— Mais j'ai quelque chose à te demander, maman. J'en ai déjà parlé à Tony et il a dit qu'il voulait bien... à condition que toi, tu veuilles aussi.

Maman prit instantanément son air de victime excédée.

— De quoi s'agit-il encore ?

— Je me suis fait quelques bonnes amies, à Winterhaven. J'aimerais bien les inviter quelquefois, pendant les week-ends. Surtout Jennifer Longstone.

— Pendant les week-ends ? Oh, pas pour le moment, Leigh, je t'en prie ! Je ne tiens pas à avoir une ribambelle de collégiennes lâchée à travers Farthy pendant que je reçois mes amies. Et j'ai besoin de toi pour distraire Tony. Lui aussi compte sur toi pour les week-ends. Il a l'intention de t'apprendre le ski et l'équitation. Il me l'a dit lui-même. Et tu as promis de m'aider, Leigh. (Maman appuya sa requête d'une mimique suppliante.) Tu as promis. D'ailleurs... Tony t'a dit cela par gentillesse, mais il aimerait certainement mieux t'avoir à lui. Au moins pour quelque temps. Ensuite, tu pourras inviter tes amies : une à la fois.

— Une à la fois ! Mais il y a tellement de place, maman !

— Bon, nous verrons. Après tout, ces filles sont certainement très bien élevées puisqu'elles vont à Winterhaven. Mais je ne veux plus t'entendre réclamer, Leigh. Je suis littéralement é-pui-sée...

Maman disparut dans sa salle de bains et mon premier week-end à la maison commença, inaugurant une longue suite de week-ends semblables. Le dîner du vendredi soir était rarement très intime. Quand Tony et maman n'allaient pas dîner en ville, ils invitaient des amis à eux. Sans leurs enfants, naturellement, et Troy n'était pas toujours assez vaillant pour paraître à table. Je me retrouvais donc presque toujours en compagnie d'adultes, dont la conversation ne m'intéressait pas le moins du monde.

Quelquefois, un ami de Tony lui procurait une copie d'un film à succès, et il organisait une séance de cinéma dans le petit théâtre. Ou encore, un récital de piano dans le salon de musique. En ces occasions, assez rares, maman invitait quelques couples à dîner, avant le concert privé. Elle prétendait que cet usage était non seulement de bon ton, mais que c'était un moyen d'aider les artistes en difficulté. Une sorte de mécénat, en somme. Ultra-chic.

Au cours de l'hiver, Tony m'emmena tous les samedis dans une station de ski toute proche. Il engagea un moniteur pour m'enseigner les bases et, bientôt, je fus en mesure de l'accompagner sur les pistes de moyenne difficulté. C'était un excellent skieur et il choisissait de préférence les parcours les plus ardus. Nous déjeunions au refuge, devant un bon feu de bois.

Maman ne venait jamais, elle avait en général un bridge en ville, ou à Farthy. Ou alors, elle faisait des courses à Boston.

Troy, toujours assez faible depuis sa pneumonie, ne sortait presque pas. Maman avait persuadé Tony d'engager pour son petit frère une infirmière à plein temps, même s'il n'était plus malade. Et elle vanta hautement sa prévoyance quand, en mars, Troy eut successivement la varicelle et la rougeole. Nous eûmes droit, Tony et moi, à d'innombrables et triomphants : « Je l'avais bien dit. »

Pauvre petit Troy ! Il était plus souvent malade que bien-portant, ses forces avaient fondu, et lui aussi. Le dimanche, quand arrivait pour moi l'heure de rentrer à Winterhaven, il levait sur moi de grands yeux désolés, navrants à voir dans son petit visage sans couleurs. Il savait si bien quelle solitude sans joie l'attendait ! Maman l'évitait comme s'il était un bouillon de culture ambulant. Elle alla même, comme je le découvris un vendredi en rentrant, jusqu'à lui imposer un horaire de repas différent du nôtre pour ne pas se trouver à table avec lui.

Au printemps, il développa de nouvelles allergies et il fallut consulter dermatologue et allergologue au moins une fois par semaine. On incrimina d'abord le pollen, puis la fibre des vêtements de Troy, et Tony changea tous les textiles de la maison, des rideaux aux tapis sans oublier la literie. Peine perdue, Troy continuait à tousser et à se moucher, même pendant les jours les plus chauds. Et en attendant que ces allergies veuillent bien disparaître, on le bourrait de médicaments qui, soit lui ôtaient l'appétit, soit le rendaient somnolent. Il dormait beaucoup, ne reprenait ni poids ni forces et paraissait presque toujours affreusement déprimé.

Il se repliait donc sur lui-même et s'amusait tout seul, le plus souvent avec les jouets que lui avait offerts Tony. Ou bien il en inventait d'autres, et même de fort intéressants. Tony utilisa une de ses idées pour créer, à l'intention des enfants de quatre ans, un nouveau jouet Tatterton.

Ce fut au printemps qu'il m'apprit à monter à cheval. Il m'emmenait dans de longues promenades à travers les dunes, au bord de l'océan, et Troy mourait d'envie de nous accompagner sur sa chère Sniff. Mais, à cause de ses allergies, tout contact avec un animal lui était rigoureusement interdit. Pour lui, pas question d'avoir un petit chat, pas même un hamster. Quand nous partions pour nos longues chevauchées, Tony et moi, il montait jusqu'à la crête d'une colline avec son infirmière et nous suivait des yeux aussi longtemps qu'il pouvait. Cela me serrait le cœur de voir cette petite silhouette immobile, mais que faire ? Je ne pouvais rien pour lui.

Maman était enchantée : je faisais exactement ce qu'elle voulait. Je passais presque tout le week-end avec Tony, ce qui la laissait libre d'organiser le sien à sa guise. Pendant la semaine, Tony était très occupé et je crus comprendre qu'ils restaient parfois plusieurs jours sans se voir. Quant à leur merveilleuse passion qui devait durer jusqu'à la fin du monde... il n'en était plus question.

Pendant l'hiver et le printemps, je reçus régulièrement des lettres ou des cartes postales de papa. En mai, les choses changèrent. J'attendis longtemps ma lettre et je commençais à m'inquiéter pour papa quand elle arriva, enfin. Papa y mentionnait une personne dont je n'avais jamais entendu parler, comme si je l'avais toujours connue.

« ... *Mildred Pierce et moi avons déjeuné sur les Champs-Élysées, aujourd'hui. Il faisait un temps magnifique et il y avait un monde fou, dont pas mal de touristes... enfin, une animation extraordinaire : un vrai défilé de modes. C'était mon premier jour de véritables vacances depuis une éternité. Nous avons visité des musées et je me suis laissé convaincre de monter au sommet de la tour Eiffel. J'apprécie beaucoup la compagnie de Mildred.* »

Mildred Pierce ? D'où sortait-elle, celle-là ? Je feuilletai rapidement les autres lettres, pour voir si papa n'en avait pas déjà parlé. Mais non. Était-ce une secrétaire, une parente, une relation d'affaires importante que j'aurais dû connaître ? J'étais intriguée, et pas seulement intriguée. La façon dont papa écrivait « j'apprécie beaucoup la compagnie de Mildred » ne me disait rien qui vaille.

Quel âge pouvait bien avoir cette Mildred Pierce ? C'était peut-être la fille d'une de ses relations... une fille de mon âge et qui prenait ma place. J'aurais tant voulu déjeuner sur les Champs-Élysées et monter en haut de la tour Eiffel avec papa, moi aussi. Ce n'était pas juste !

Je ne tardai pas à me reprocher mon égoïsme. Après tout, comme disait papa, c'était son premier jour de détente « depuis une éternité ». Quant à cette Mildred... on verrait bien s'il parlait encore d'elle dans sa prochaine lettre.

Il n'en parla pas, mais annonça que son retour risquait d'être un peu retardé. Sans donner de raison, mais je lisais entre les lignes. Intuition féminine, aurait dit maman. Peut-être. Tout ce que je savais c'est qu'au fond de moi s'insinuait l'horrible crainte d'être remplacée par une autre dans le cœur de papa, mon cher papa si loin de moi. Désormais, je retins mon souffle en ouvrant chacune de ses lettres ou en retournant une carte pour la lire.

La lettre redoutée arriva au début de juin. Papa annonçait son retour pour la mi-juillet, ajoutant qu'il était impatient de me revoir *et* de me faire connaître Mildred Pierce. Je pouvais comprendre qu'il ait besoin de compagnie, mais quand même... il se montrait vraiment trop enthousiaste au sujet de cette personne ! Et ses paroles me firent mal.

Mildred et moi nous entendons très bien. Elle s'intéresse aux mêmes choses que moi, elle est très jolie et très douce. Je suis sûr que tu l'aimeras. Sa présence me réconforte et met du soleil dans ma vie.

Oh, papa ! Je croyais que c'était moi, le soleil de ta vie. Est-ce donc pour cela que tu es resté si longtemps loin de moi ? Une autre a donc volé la place qui m'était réservée dans ton cœur, celle que tu devais garder pour moi ?

Et si cette Mildred ne m'aimait pas, voulait me dominer ou était jalouse de moi ? T'éloignerais-tu encore davantage de moi ? Une question bien plus torturante me rongeait, et je contemplai longtemps la photo de papa posée sur ma coiffeuse avant d'oser la formuler. Et si papa fondait une nouvelle famille... où serait ma place, désormais ?

Un soir de juin, au dîner, Tony annonça son prochain départ pour un voyage d'affaires en Europe. Quand c'était papa qui faisait de pareilles déclarations, maman prenait aussitôt l'air boudeur et se répandait en lamentations. Cette fois, rien de tel, au contraire. Elle se montra très compréhensive et même très intéressée par les projets de Tony. Il nous les expliqua en détail.

— J'ai entendu parler récemment d'une compagnie européenne qui pourrait devenir un danger pour la Tatterton Toys. Leur production est très proche de la nôtre et s'adresse à la même clientèle. Ils risquent de me voler la mienne, s'ils exportent aux États-Unis. Il faut que j'aille voir sur place où réside exactement le danger : il me faut des renseignements de première main.

« Si tu m'accompagnais, Jillian ? Ce pourrait être une seconde lune de miel. Je m'arrangerais pour être disponible et il y a de superbes paysages à découvrir.

— L'Europe ? gémit maman. En ce moment ? Il fait trop chaud et c'est bourré de touristes. D'ailleurs, tu es d'accord pour que je fasse refaire la décoration de Farthy. Il serait grand temps de m'y mettre.

Bon gré mal gré, Tony partit seul pour l'Europe dans les jours qui suivirent et maman parut soulagée d'un grand poids. Elle convoqua immédiatement ses décorateurs et tint de longues conférences dans le salon de musique, au milieu des albums d'échantillons divers et des catalogues de mobilier. Sa cour de spécialistes en tout genre la suivait de pièce en pièce, écoutant, discutant, suggérant. On arrivait ainsi jusqu'au dîner, où la suite était invitée, et les conciliabules se prolongeaient à table, parfois même durant toute la soirée.

L'année scolaire prit fin et le club se sépara, non sans promesses de s'écrire aussi souvent que possible. J'avais affreusement honte de n'avoir invité personne, même pas Jennifer. Mais à chaque fois que les membres du club m'avaient rappelé ma promesse, j'avais dû inventer des excuses, usant et abusant de l'état de santé de Troy. Elles étaient très déçues, Jennifer surtout, mais que faire ? A la moindre allusion, maman perdait la tête ou même, parfois, se mettait en colère. C'était trop tôt, il fallait attendre, et attendre encore. A force d'attendre, je finis par me lasser et ne demandai plus rien.

Mais, un peu moins d'une semaine avant le retour de Tony, maman me fit la surprise de m'annoncer que je pouvais inviter mon amie pour quelques jours. J'appelai aussitôt Jennifer, qui hurla de joie au bout du fil. Nous n'étions en vacances que depuis une semaine, mais nous nous manquions déjà terriblement.

Farthy l'impressionna énormément. Je l'emmenais

faire du cheval sur la plage et nous nous baignions tous les jours. Elle adorait Troy, qui prenait plaisir à lui faire visiter les lieux et à lui montrer ses jouets. Il n'avait pas le droit de se baigner, malheureusement. On craignait qu'il ne fût allergique à l'eau chlorée.

Jennifer fut absolument fascinée par maman. Et elle fit sa conquête en s'étonnant naïvement qu'une femme aussi jeune ait une fille de mon âge. Chaque soir, à table, maman l'interrogeait longuement sur sa famille, sa vie à Hyannis et lui prodiguait ses conseils. Elle lui disait comment se coiffer, quels vêtements lui iraient le mieux, quel rouge à lèvres choisir. Jennifer buvait ses paroles et hochait la tête en silence, comme si elle se trouvait en présence d'une reine de l'écran. Et quand nous nous retrouvions seules dans ma chambre, où nous aimions bavarder jusque tard dans la nuit, elle me faisait part de son admiration.

— Ta mère est si jeune, si raffinée, si belle ! Ton père a dû avoir le cœur brisé quand elle a demandé le divorce ? me demanda-t-elle un soir.

Je revis papa ce matin-là, sur le *Jillian*, venant m'annoncer la décision de maman.

— Oui, mais c'est à lui-même qu'il a donné tort. Et il s'est jeté à corps perdu dans son travail pour tout oublier. Maman disait toujours qu'il était marié avec son travail aussi bien qu'avec elle, ajoutai-je tristement.

Car j'en étais venue à penser qu'elle avait bien raison.

— Je ne comprends pas qu'il ne se soit pas jeté à l'eau ! s'exclama Jennifer dans un élan de romantisme.

Mais son sourire extasié s'évanouit très vite et elle se détourna pour me cacher ses larmes.

— Qu'est-ce qui t'arrive, Jen ?

— C'est ma mère. Elle sort avec un autre homme et il... il était le meilleur ami de papa, en plus ! (Elle pivota, les yeux brillants de colère à travers ses larmes.) Je lui ai dit que je le détestais, qu'il ne serait jamais mon papa et que je la détestais elle aussi, parce qu'elle l'aimait !

— Et... qu'est-ce qu'elle a répondu ?

J'étais suspendue à ses lèvres.

— Elle a pleuré et a dit qu'elle ne pouvait pas faire autrement, qu'elle se sentait trop seule. Ma sœur et moi ne lui suffisons pas, alors ? Il lui faut un mari ! Mais je ne veux pas qu'un autre homme vienne vivre dans ma maison, ni qu'il se serve des affaires de mon papa. Je ne veux pas, je ne veux pas !

Jennifer sanglotait, maintenant. Je la pris dans mes bras et lui parlai de Mildred Pierce. Elle s'arrêta aussitôt de pleurer et prêta l'oreille à mes malheurs.

— Oh, Leigh ! Les adultes sont trop égoïstes. Je ne deviendrai jamais comme eux, et toi ?

— Je n'en sais rien, Jen. J'espère que non mais franchement, je n'en sais rien.

A quoi servaient les vœux et les serments ? Si deux êtres jurent sur une pile de bibles de s'aimer toute la vie, en seront-ils plus fidèles ? Le destin décide pour nous et nous contraint à oublier nos rêves. Je mourais d'envie de révéler à Jennifer la vérité sur ma naissance, mais j'avais trop honte. C'était un secret brûlant qu'il me fallait enfouir au plus profond de mon cœur, dussé-je endurer mille morts.

Nous étions très tristes quand vint le moment de nous quitter. Jennifer demanda si elle pourrait m'inviter à son tour, et maman répondit évasivement.

— Nous verrons. Nous avons beaucoup de projets pour cet été, et il faut que Leigh s'occupe de Troy.

M'occuper de Troy ? Depuis quand maman se souciait-elle de lui ? C'est elle qui avait besoin de moi, pour distraire Tony. Mais cela, elle ne pouvait pas le dire. Une fois de plus, mes désirs devaient s'effacer devant les siens. Quel égoïsme ! Et c'était quand même un peu fort que ce soit moi qui doive me sacrifier pour distraire *son* nouveau mari.

Un des derniers jours de juin, il fit si chaud que je passai presque tout l'après-midi à lire dans une chaise longue, au bord de la piscine. Troy m'avait tenu compagnie pendant quelques heures, avec son infirmière : le médecin prescrivait depuis peu des bains de soleil. Je m'attardai au bord de l'eau jusqu'au moment où le soleil s'abaissa à l'horizon et où les ombres s'allongèrent, dispensant un semblant de fraîcheur. Quand elles atteignirent ma chaise longue, je me levai, enfilai mon peignoir éponge et, ma serviette autour du cou, je pris le chemin de la maison. En entrant, un bruit de voix me guida vers la salle de séjour et je m'arrêtai sur le seuil. Tony s'aperçut instantanément de ma présence.

— Leigh ! tu m'as manqué, tu sais ? Mais regardez-moi ça... c'est fou ce que tu as bronzé, en si peu de temps !

— Bonjour, Tony. Vous êtes content de votre voyage ?

— Enchanté, répondit-il en décochant un sourire à maman.

Appuyée au dossier d'un fauteuil Charles II, acquisition toute récente assortie au nouveau décor, elle trônait comme une reine. Et elle avait grande allure en effet, avec ses cheveux d'or impeccablement tirés en arrière, ses pendants d'oreilles oscillant au moindre mouvement et ses longs doigts chargés de bagues. Elle portait une robe en dentelle blanche, dont le décolleté généreux laissait voir dans toute sa splendeur le collier de diamants qui scintillait sur sa gorge. Et c'est avec une certaine majesté qu'elle annonça :

— Tony a un nouveau projet. Un merveilleux projet, et il voudrait t'y associer.

— Moi ?

Je m'avançai dans la pièce et Tony se hâta d'expliquer :

— Je t'avais parlé de cette compagnie européenne qui fabrique des jouets dans le genre des nôtres, tu te souviens ? (Je hochai la tête.) Eh bien, ces artisans européens sont parmi les meilleurs, qu'est-ce que je dis ? *ce sont* les meilleurs du monde. Seulement voilà, ajouta-t-il avec un clin d'œil, je me suis acquis certains d'entre eux !

« Et en tout cas, en visitant une petite usine proche de Zurich, j'ai découvert qu'ils fabriquaient un nouveau genre de jouet : la poupée personnalisée. Ils appellent cela " poupée portrait ".

— La poupée portrait ?

Je fis un pas de plus à l'intérieur de la pièce et Tony tapa dans ses mains pour exprimer son enthousiasme.

— Oui, une idée géniale ! Personne au monde n'est aussi centré sur soi-même que les gens riches. Ils vouent un culte à leur image. Persuadés que leur fortune et leur position en font des êtres à part, ils commandent leurs portraits aux plus grands artistes, peintres ou photographes. Pour eux, l'immortalité s'achète. A n'importe quel prix.

— Mais... quel rapport avec des poupées ?

— Attends ! C'est ça qui est génial. Imagine que tu possèdes une poupée qui te ressemble trait pour trait. Toutes les filles et femmes de ton entourage en voudront une, et même les hommes, si ça se trouve. Et nous serons les premiers à les fabriquer aux États-Unis. Donc... la poupée Tatterton deviendra un objet de collection précieux entre tous, le fin du fin, *la* chose à avoir. Génial ! répéta Tony en tapant du poing dans sa paume, cette fois.

Je m'avouai que son enthousiasme était communicatif, et l'idée assez alléchante. Mais au fait...

— Et moi, qu'est-ce que je viens faire, là-dedans ?

Le sourire de Tony s'élargit. Il regarda maman, qui sourit jusqu'aux oreilles elle aussi, et se tourna vers moi.

— Tony veut que tu sois le modèle de la toute première poupée Tatterton... et il compte la faire lui-même, Leigh.

— Moi ?

Mon regard alla de maman, qui souriait toujours béatement, à Tony qui ne m'avait pas quittée des yeux. Il m'observait déjà avec l'intensité qu'un artiste apporte à son travail.

— Pourquoi moi ?

— Pour une bonne raison, déclara-t-il. Je destine ma

première collection aux jeunes filles. Pas aux petites filles, précisa-t-il aussitôt : aux adolescentes, qui devraient ouvrir un marché illimité à ce genre de poupées. Les enfants ne sont pas capables d'apprécier la valeur artistique d'un tel objet, et surtout : ils n'ont pas le culte de leur image. Les adolescentes, si.

— Mais je ne comprends toujours pas... pourquoi moi ?

Tony secoua la tête.

— N'est-ce pas incroyable, Jillian ? Une modestie pareille !

Maman me lança un coup d'œil complice, comme si elle devinait les raisons de mon attitude. Elle m'avait souvent dit que les hommes appréciaient une certaine fausse modestie chez les jolies femmes. Cela leur permettait de les accabler de compliments sans avoir l'air de les flatter. Et la femme y trouvait son compte, elle aussi. Sous prétexte de manquer de confiance en elle-même, elle récoltait à foison — et tout en rougissant — ces compliments tant espérés.

Mais j'étais loin de jouer ce jeu-là. Et je ne voyais pas du tout pourquoi Tony me voulait, moi, pour modèle. C'était un métier de poser, un métier que pratiquaient des tas de filles de mon âge bien plus jolies que moi. Tony avait les moyens de s'offrir les meilleures de la profession, alors pourquoi moi ?

— Tony te trouve exceptionnelle, dit maman. Et moi aussi.

— C'est vrai, tu as déjà un visage de poupée, affirma Tony avec conviction. (Et comme je secouais la tête, il insista.) Mais si, Leigh. Crois-le ou pas, c'est la vérité. Pourquoi devrais-je me mettre en quatre pour dénicher le modèle idéal, alors que je l'ai sous la main ?

« Je ferai venir les meilleurs photographes de Boston, pour prendre des clichés de toi sous toutes les coutures. Puis je choisirai le meilleur, qu'on pourra voir partout, à côté de la première poupée : toi. Alors mes richissimes clients comprendront ce qu'est vraiment une poupée portrait, et ils en voudront une. On verra ta photo sur tous mes panneaux publicitaires, c'est-à-dire partout.

Cette idée ne manquait pas d'attraits. Que diraient les filles du club ? Elles seraient jalouses, forcément. Mais Tony avait raison : elles voudraient toutes une poupée à leur ressemblance, j'en étais sûre. Je commençai à envisager sérieusement cette perspective : une poupée à mon image.

— Je suis très fière que Tony t'ait choisie pour être son premier modèle, dit maman.

Ce qui me rendit pensive. Pourquoi Tony ne l'avait-il pas choisie, elle, plutôt que moi ? Elle paraissait toujours très jeune et elle était remarquablement belle, tout le monde s'accordait là-dessus. Mais ce qui m'intriguait le plus, c'est qu'elle n'était pas jalouse, au contraire. Elle paraissait ravie.

J'entrevis bientôt une explication : maman n'aurait jamais supporté de poser pendant des heures, clouée sur une chaise. Ou alors... ou alors il y avait quelque chose qui m'échappait.

— Et qu'est-ce que j'aurai à faire, moi ?

— Mais être toi-même, tout simplement, répondit Tony en riant. Complètement toi-même, des pieds à la tête.

— Comment cela, des pieds à la tête ?

— La poupée doit être parfaite en tout point, Leigh. Il ne s'agira pas d'un jouet banal, tiré en série, mais d'une œuvre d'art. Une statue miniature, si tu préfères.

— Ce qui signifie ?

Ma voix s'étrangla dans ma gorge et le sourire de Tony s'évanouit. Il consulta maman du regard et elle cessa de sourire, elle aussi. Elle semblait furieuse.

— Cela signifie que tu devras poser, Leigh, comme un modèle professionnel. Ne fais pas semblant de ne pas comprendre ! Tous les artistes emploient des modèles.

— Mais est-ce qu'ils ne les font pas poser... nus ?

Ma question devait être bien sotte : Tony éclata de rire.

— Bien sûr, répondit-il d'un ton dégagé, et alors ? Il s'agit d'art, dois-je te le rappeler ?

J'avalai péniblement ma salive. Rester seule dans une pièce avec Tony, nue devant lui, pendant qu'il peindrait ce portrait de moi que tout le monde pourrait voir ?

— Ce n'est pas comme s'il s'agissait d'un étranger, observa maman, retrouvant le sourire. Tony est de la famille, maintenant. D'ailleurs je n'aurais pas permis cela à qui que ce soit d'autre ! s'empressa-t-elle d'ajouter.

— Et dis-toi bien que tout se passera de façon on ne peut plus professionnelle, précisa Tony. J'avais commencé des études artistiques, avant de me lancer dans les affaires. D'ailleurs tous les Tatterton ont l'art dans le sang. Quand mon père est mort, j'étais modéliste à la compagnie. Et je le serais encore si je n'avais pas dû le remplacer.

« Mais dans ce cas précis, l'enjeu est trop important pour confier le travail à un de nos artisans. Et comme dit Jillian, c'est une question strictement familiale.

Tony se tut, attendant de ma part une réponse qui ne vint pas, et reprit après un long silence :

— Laisse-moi t'expliquer comment les choses vont se passer. Je ferai d'abord un portrait de toi au crayon. Puis, je le peindrai, en m'attachant à rendre toutes les nuances de ta peau. Ensuite, je ferai un modèle en argile pour avoir le volume, d'après lequel sera tiré le moulage définitif.

Et, comme je ne disais toujours rien, il fut contraint de meubler le silence.

— Bon, discutes-en avec ta mère. Il faut que je donne quelques coups de fil pour savoir ce qui s'est passé en mon absence, ensuite j'irai voir Troy. Et ne t'inquiète pas, surtout. Tu t'en tireras très bien et tu deviendras même une célébrité.

Sur ce, Tony se leva, alla embrasser maman et nous laissa seules. Il avait à peine tourné les talons qu'elle reprenait son air matriarcal.

— Vraiment, Leigh, tu m'étonnes et tu me déçois. Tu

as vu toi-même à quel point Tony est emballé, ce projet peut être décisif pour la Tatterton, tu en es le pivot et c'est comme ça que tu réagis ? Tu restes indifférente à tout, au lieu de te montrer reconnaissante, et tu pleurniches comme un bébé : « Qu'est-ce que j'aurai à faire ? »

— Mais maman... il veut que je pose nue !
— Et après ? Tu l'as entendu : c'est de l'art. Regarde, dans les musées... est-ce que Michel-Ange a fait poser son David en pantalon ? Non, et tu ne verras pas non plus de Vénus en chemise ! Quand Tony est arrivé tout joyeux pour m'annoncer sa grande idée, j'ai cru que tu serais emballée, toi aussi. Et même flattée. Je te croyais assez mûre pour ne pas faire toutes ces simagrées, je t'assure !

« Crois-moi, Leigh, si j'avais ton âge et qu'un homme comme Tony vienne me faire une proposition pareille, je n'hésiterais pas. Pas une seconde !

— Mais tu es si jeune et si belle, maman... pourquoi ne pourrais-tu pas poser ?

Le visage de maman se glaça, sa voix se durcit encore.

— Tu as entendu Tony ? Ces poupées sont destinées aux filles de ton âge. Tu me vois en miniature dans une vitrine ? J'ai l'air jeune, Leigh, mais je n'ai pas l'air d'une adolescente, n'est-ce pas ? Eh bien, réponds !

Répondre quoi ? Dans l'incertitude, je secouai faiblement la tête et hasardai :

— Tu pourrais peut-être faire le portrait et le modelage toi-même ? Tu es une artiste, toi aussi.

— Et où trouverais-je le temps, Leigh ? J'ai des obligations mondaines très, très importantes. D'ailleurs, je ne peins que des sujets imaginaires. Et puis, tu n'auras pas à te déplacer : tout sera fait à Farthy. Cela te distraira et vous ne serez pas dérangés. Tony va faire installer un petit atelier au cottage.

— Au cottage !
— Oui. Quelle bonne idée, tu ne trouves pas ?
Je hochai la tête.
— Alors tout est pour le mieux, dit maman en se

levant. Je préviens Tony que tu es d'accord. Vivement que cette poupée soit finie, je meurs d'envie de la voir !

Je me précipitai chez moi dans l'intention de prendre une douche avant le dîner. Le chaos le plus complet régnait dans mon esprit, je ne savais plus à quel saint me vouer. Je ne pouvais pas m'empêcher d'imaginer ma photo, exposée dans les vitrines de la Tatterton Toys à côté d'une poupée de collection faite à mon image. Comme la statue d'une déesse dans un musée, en quelque sorte ! Ce rapprochement avait quelque chose d'excitant. N'importe laquelle de mes amies aurait sauté sur l'occasion, j'en étais sûre. Surtout les filles du club.

Mais quand même ! Poser nue pendant des heures devant Tony, le jeune et séduisant mari de maman...

J'ôtai mon maillot de bain, me campai devant mon grand miroir et m'étudiai complaisamment sous tous les angles. Ma poitrine commençait à pousser et des veines se dessinaient autour des mamelons, chaque jour un peu plus gonflées, un peu plus visibles... Tony remarquerait-il ce genre de détails ? Et cette minuscule tache de naissance, juste sous le sein droit, la reproduirait-il, elle aussi ? Dans les vitrines, la poupée serait habillée, forcément, mais n'importe qui pourrait la déshabiller et regarder sa poitrine. Ce serait un peu comme si je faisais du strip-tease !

Et comment faisaient les femmes qui posaient pour les artistes, les vrais modèles professionnels ? Restaient-elles tranquillement debout, ou assises, en pensant à autre chose et en faisant comme si de rien n'était ?

J'enfilai mon peignoir et repris la pose devant le miroir en essayant de me mettre en situation. J'imaginai Tony, pinceau en main, toile et palette à côté de lui. Il levait les yeux, attachait sur moi son regard intense et souriait. Puis il avait un geste bref de la main... Je voyais ce geste : c'était un ordre. Et, bien que la scène se jouât dans mon imagination, j'en fus étrangement troublée. Le cœur battant, les joues en feu, je dénouai lentement ma ceinture, entrouvris mon peignoir, laissai glisser l'étoffe et...

— Leigh !

Le cri retentit dans le petit salon et je refermai précipitamment ma robe de chambre. Troy arriva en gambadant, débordant d'exubérance. Je ne l'avais pas vu ainsi depuis des mois.

— Je sais tout, Tony m'a raconté ! Il va faire une poupée d'après toi, une poupée Tatterton, et un jour je pourrai t'avoir sur mon étagère !

— Oh, Troy ! Tu ne voudrais quand même pas jouer à la poupée, comme les filles ?

— Ce ne sera pas une poupée de fille, mais une poupée Tatterton. C'est différent, non ?

— Je suppose que oui.

Troy sourit, puis sa mine s'allongea.

— Tony dit que je ne pourrai pas venir le regarder travailler, ça le dérangerait, annonça-t-il d'une voix morne. Mais n'empêche, je serai le premier à voir la poupée terminée, et ça sera la plus belle poupée du monde ! Je vais le dire à Rye Whiskey !

Il disparut aussi vite qu'il était entré, et je revins à mon miroir. Oserais-je poser pour Tony ? Et surtout, devais-je le faire ? Maman pensait que oui, mais elle m'aurait demandé de faire n'importe quoi pour occuper son mari. Tout ce qu'elle voulait, c'était qu'il la laisse tranquille, elle ! Et papa, qu'aurait-il dit ?

Cela ne lui aurait certainement pas plu, oh non ! Pas à lui. J'aurais tellement aimé qu'il soit là pour pouvoir lui demander son avis. Mais papa n'était pas là. Il était toujours en Europe, retenu par son travail et... par Mildred Pierce.

Mildred Pierce. Je me répétai ce nom, la rage au cœur. Papa se laissait voler l'amour et l'affection qui m'étaient dus. Il laissait cette femme le détourner de moi, et pour combien de temps encore ? Pour toujours, peut-être.

Je dénouai ma ceinture et laissai glisser ma robe de chambre à mes pieds. Je serai une poupée Tatterton, Mildred Pierce. Et j'en enverrais peut-être même une à papa... comme cadeau de mariage !

13

Apprentissage

Tony passa la semaine suivante à préparer avec ses experts en marketing la mise en place du nouveau projet. Chaque soir, il avait quelque chose de neuf à raconter sur ce sujet passionnant. Et maman l'écoutait avec intérêt, elle qui n'avait jamais prêté beaucoup d'attention à ses activités. Je finis par céder à la contagion et me laissai gagner par l'enthousiasme général. Puis, un soir, Tony annonça que les travaux du cottage étaient terminés et qu'il était prêt à se mettre au travail dès le lendemain matin. Quand j'entendis cela, le sang me monta aux joues, mon cœur battit plus vite. Maman sourit jusqu'aux oreilles et Tony proposa un toast en l'honneur de la poupée portrait.

— Et à Leigh, ajouta-t-il en attachant sur moi son regard étincelant, la première poupée Tatterton !

— A Leigh, répéta maman avec un rire dans la voix.

Ils vidèrent leur verre d'un trait, comme deux conspirateurs embarqués dans une aventure qu'ils se sont juré de mener à bien. Je me sentis brusquement très nerveuse.

— Que faudra-t-il mettre ? Comment devrai-je me coiffer ?

— Reste simplement toi-même, dit Tony. Tu n'as pas besoin de tenue particulière. Tu es assez particulière comme ça.

Je regardai maman, dont le sourire exprimait une satisfaction totale. Je savais ce qui la rendait si contente : aussi longtemps que Tony se passionnerait pour son projet, il ne l'importunerait pas.

Je dormis très mal cette nuit-là, obsédée que j'étais par toutes sortes d'imaginations sur la séance du lendemain. J'aurais voulu en parler un peu plus avec maman après le dîner, mais elle ressortit pour un tournoi de bridge et ne rentra que très tard, épuisée, pour aller directement se coucher. Tony parut aussi déçu que moi.

Le lendemain matin, aussitôt après le petit déjeuner, nous partîmes tous les deux pour le cottage. Il avait décidé de passer par le labyrinthe. La journée s'annonçait chaude et radieuse, et seuls quelques légers nuages flottaient paresseusement, dans le ciel d'un bleu turquoise.

— Quel beau jour pour s'atteler à une nouvelle entreprise ! s'exclama Tony. Surtout quand elle a tant de signification.

Il semblait si plein d'énergie, d'enthousiasme, que je trouvai soudain mes craintes ridicules. Il n'en perçut pas moins mon malaise et ma nervosité.

— Allons, détends-toi, tout se passera bien. Tu trouveras même cela agréable, une fois au travail. Je le sais par expérience.

— C'est vrai ?

— Bien sûr ! J'ai longtemps suivi les cours des Beaux-Arts et je faisais venir des modèles à Farthy, pour me faire la main. J'ai commencé à onze ans, si tu veux le savoir.

— A onze ans !

A onze ans, il dessinait et peignait d'après le nu ?

— Mais oui. Comme tu vois, tu as affaire à un expert.

Il sourit et me précéda dans le labyrinthe, avec une assurance impressionnante. Il n'hésitait jamais entre deux chemins.

— Pour la plupart des gens, toutes ces haies se ressemblent, m'expliqua-t-il. Mais pour moi qui les connais depuis toujours, il n'en est rien. Tous ces

273

chemins sont, à mes yeux, aussi différents l'un de l'autre que le jour et la nuit. Tu apprendras à t'y reconnaître, toi aussi. Tu verras.

De l'extérieur, le cottage n'avait pas changé, à part les fenêtres : les vitres brillaient de propreté. L'intérieur, c'était autre chose. Chevalet, toiles, peintures et pinceaux étaient disposés avec soin, prêts à l'emploi. Tony avait aussi fait installer une table à dessin métallique, en veillant à ce que tout ce matériel n'encombre pas la pièce et laisse un maximum d'espace libre. Deux projecteurs à pied, un de chaque côté du chevalet, étaient orientés vers le petit canapé, que Tony me désigna du geste.

— Assieds-toi là, pour commencer, et détends-toi. Pense à des choses agréables. J'en ai pour quelques minutes et je suis à toi.

Je m'assis sur le canapé et l'observai tandis qu'il s'affairait, le visage grave. Il avait cette même expression de concentration que j'avais si souvent vue chez le petit Troy. A mon tour, j'essayai de me concentrer sur ce qu'on attendait de moi : une séance de pose.

J'avais mis une blouse de coton blanc à manches courtes et une jupe large, bleu clair. Mes cheveux tombaient librement sur mes épaules, à part ma frange coupée court. Je ne portais aucun maquillage, même pas de rouge à lèvres.

— Allons-y, annonça Tony en se tournant vers moi. Je vais commencer par ton visage. Contente-toi de me regarder en souriant légèrement. Je ne veux pas donner à la poupée ce sourire béat qu'elles ont d'habitude. Je veux qu'elle ait ta beauté, ton charme et ta douceur dans tout leur naturel.

Que répondre à cela ? Je me tus. Alors, j'étais jolie et douce, j'avais du charme ? Tony ne pouvait pas me dire tout cela par pure gentillesse. Il devait le voir en moi, puisqu'il me voulait pour son grand projet.

Il m'observa longuement, comme s'il voulait absorber mon image. Selon ses indications, je tenais les yeux fixés sur lui, ne perdant pas un de ses gestes. Je le vis tendre le bras pour prendre des mesures, puis esquisser les grandes lignes de mon visage, et je commençai à me détendre : je me sentais intégrée à son travail. Bientôt, mon cœur retrouva son rythme normal et je cessai de trembler. Tony me regardait, traçait quelques lignes, relevait les yeux, hochait la tête et se penchait à nouveau sur sa toile. C'était difficile de rester immobile, mais j'essayais de garder la pose, comme il me l'avait demandé.

— Tu peux bouger un peu, dit-il en souriant, je ne veux pas te voir transformée en statue. Cherche une position confortable... là, voilà. Ça va mieux ?

— Oui.

— J'en étais sûr. Nous pourrons faire une petite pause, de temps en temps. J'ai fait des provisions pour le déjeuner.

— Combien de temps travaillerons-nous chaque jour ?

— Nous aurons une petite séance le matin, puis nous déjeunerons tranquillement et nous travaillerons encore pendant quelques heures. Quand tu te sentiras fatiguée, préviens-moi. Nous nous accorderons un moment de détente.

La première heure s'écoula avec une rapidité stupéfiante. J'eus peine à croire Tony quand il consulta sa montre à haute voix, avant de m'inviter à jeter un coup d'œil sur son travail. Je trouvai le portrait déjà très ressemblant, même si le cou et les cheveux n'étaient qu'à peine esquissés. Bien sûr, il était trop tôt pour porter un jugement, mais j'osai affirmer qu'il avait beaucoup de talent.

— Ce n'est rien encore... déclara-t-il, mais c'est un bon début.

— Moi, je trouve ça très bien.

Il contempla longuement sa toile.

— C'est une merveilleuse expérience que d'entreprendre une œuvre d'art, dit-il d'une voix songeuse, concentrée. La voir surgir sur la toile vierge vous procure une sensation d'accomplissement. Pour moi, cette esquisse est un peu comme... l'ébauche d'une vie nouvelle. Conçue dans mon imagination, elle acquiert un début de réalité et commence à prendre forme, comme la semence d'un homme s'unit à l'ovule d'une femme pour donner naissance à un enfant. Toi et moi...

Tony leva les yeux et son regard s'attacha sur moi.

— Toi et moi sommes en train de donner vie à quelque chose de merveilleux, acheva-t-il d'une voix sourde.

Je ne trouvai rien à répondre. Le feu qui couvait dans ce regard, la douceur de cette voix contenue me faisaient trembler. Tony dut s'en apercevoir car son sourire amusé reparut instantanément sur ses lèvres.

— Tu as l'air terrifiée. Ce n'était qu'une comparaison, voyons ! (Il eut un petit rire et pencha légèrement la tête sur le côté.) Dis-moi, Leigh... avais-tu un petit ami à Winterhaven ?

— Un petit ami ? Impossible ! Maman voulait que je rentre toutes les semaines et vous savez bien que je passais tout mon temps avec vous. Entre le ski, l'équitation...

— Je sais tout ça, mais... vous receviez bien la visite des garçons d'un autre collège ?

— Non, c'était interdit. Mlle Mallory n'autorisait que les réunions dansantes. Il y en a eu quelques-unes, mais je n'y ai jamais assisté, observai-je avec amertume.

— Je vois. Eh bien, l'année prochaine, tu rentreras moins souvent et tu pourras rencontrer des garçons. Car les garçons t'intéressent, j'imagine ? Dans ton autre école, tu devais bien avoir un soupirant ?

— Pas vraiment.

— Pas de préféré ? Allons donc ! Au moins un, dit-il en hochant la tête, comme si j'avais admis la chose. Bon, que dirais-tu d'une boisson fraîche ? Un Coca ?

— Volontiers.

Il alla dans la cuisine chercher deux verres de soda et but le sien sans me quitter des yeux. Je supposai qu'il réfléchissait à son travail, mais je me trompais. Il avait autre chose en tête.

— Ce garçon qui n'était pas vraiment un ami, reprit-il, je suis sûr que tu l'as déjà embrassé. Non ?

— Non.

Le rouge m'était monté aux joues, et Tony sourit.

— N'aie pas peur, je ne raconterai rien à ta mère.

— Il n'y a rien à raconter.

— Mais les filles embrassent toujours les garçons, s'esclaffa-t-il, à moins que ce ne soit plus dans les usages. Que fait-on, maintenant ? On se contente de danser le rock and roll ?

— Les garçons embrassent toujours les filles, affirmai-je, bien que je n'eusse aucune expérience en la matière.

— Est-ce qu'un garçon t'a déjà embrassée sur la bouche ?

Tony vint s'asseoir à côté de moi sur le canapé et me dévisagea, guettant ma réponse. Cette façon d'embrasser... je ne savais même pas que cela existait avant de faire partie du club ! C'est Marie Johnson qui m'avait renseignée.

— Non.

— Tu sais de quoi il s'agit, quand même ?

— Oui.

— Mais tu ne l'as jamais fait. Merveilleux ! Tu es vraiment aussi innocente que tu en as l'air. Tu veux dire qu'avec ce garçon qui n'est pas vraiment ton ami tu n'as jamais échangé ce genre de baiser... euh... un peu rapproché ?

— Puisque je vous dis que non.

Quel plaisir prenait-il à me taquiner comme cela ? Il eut à nouveau son petit rire léger.

— Ce n'est pas si désagréable qu'on pourrait le croire, tu sais, même si ta mère n'a plus l'air d'apprécier beaucoup la chose. Ni celle-là ni d'autres, ajouta-t-il avec une rage soudaine.

Il s'absorba dans la contemplation du parquet, puis releva la tête et me fixa d'un œil absent, comme s'il ne me voyait pas vraiment. Cette façon qu'il avait de s'évader de lui-même, absolument à l'improviste, me causait un véritable malaise. Mais cela ne dura pas. Il cligna les paupières et ramena toute son attention sur moi.

— J'ai tout de suite remarqué ton étonnante précocité, Leigh. C'est ce qui m'a fait penser que tu ferais un merveilleux modèle. Tu as parfois des expressions et des regards au-dessus de ton âge. Je suis sûr que tu es beaucoup plus mûre que tes compagnes de classe, je me trompe ?

Je haussai les épaules. Il m'arrivait de me sentir très mûre, en effet. Mais parfois, quand j'entendais les autres filles parler de leurs expériences, j'avais l'impression de vivre dans un monde à part.

— Je sais que tu as beaucoup souffert du divorce de tes parents, reprit Tony, et que tu m'en as longtemps voulu. Tu m'en as rendu responsable, n'est-ce pas ? Non, tu n'as pas besoin de répondre, je comprends. J'aurais ressenti la même chose, à ta place. Mais nous avons quand même passé de bons moments ensemble, à faire du ski et du cheval, non ? J'espère que cela t'aidera à me détester un peu moins, acheva-t-il tristement.

— Mais je ne vous déteste pas, Tony !

Et c'était vrai, à ce moment-là en tout cas.

— Non ? J'en suis très heureux. Je veux que nous devenions amis... et même bien plus que des amis.

Je gardai le silence. Tony n'avait plus du tout la même expression qu'en dessinant. J'avais l'impression que son regard entrait en moi, c'était très intimidant. Je m'enhardis à soutenir un instant ce nouveau regard et me sentis rougir, une fois de plus. Je détournai aussitôt les yeux.

— Bon ! s'exclama Tony en se claquant les cuisses du plat de la main, il est temps de nous remettre au travail.

Il retourna à son chevalet et j'allais reprendre la pose, mais il m'arrêta :

— Je veux un dessin en pied, cette fois, le plus détaillé possible. C'est très bien que tu portes justement ce genre de blouse, je tiens à te découvrir petit à petit. J'aurai l'impression de te voir surgir de la toile comme Vénus sortant de l'onde. Pour commencer, le buste. Reste simplement debout, les bras le long du corps.

Je m'exécutai.

— Oui, c'est ça! s'écria-t-il d'un ton enthousiaste, comme si j'avais accompli un tour de force. Oui... oui... (Son crayon courut sur la toile.) Et maintenant, les épaules. Déboutonne juste un peu ta blouse, que je les voie.

Je ne fis pas le moindre mouvement.

— Allons, c'est tout simple, voyons. Dégage simplement tes épaules, insista-t-il avec douceur.

Je levai les mains jusqu'au premier bouton et le fis sortir de sa boutonnière.

— Bien, continue. Le suivant... (J'obéis.) Et un autre. Allons, insista-t-il d'une voix enjôleuse, encore un. Très bien. Maintenant, fais descendre ta blouse en dessous des épaules, tout doucement. Oui, oui...

Les yeux agrandis, il me regardait chaque fois un peu plus longuement avant de revenir à sa toile.

— Un autre, dit-il encore, toujours penché sur son travail qui progressait rapidement.

Le bouton libéré, Tony lança un coup d'œil dans ma direction, un autre à son esquisse et hocha la tête.

— Bon, dégage tes bras de cette blouse et tiens-la légèrement au-dessus de... de tes seins.

J'avais compris et apprécié l'allusion à Vénus sortant de l'onde, mais quand même. C'était bizarre, ce déshabillage au ralenti. J'avais l'impression de faire du strip-tease.

Je réussis à sortir mes bras et à retenir la blouse pour l'empêcher de tomber, sous le regard appuyé de Tony. Quand il m'eut bien regardée, mais vraiment longtemps, il secoua la tête.

— Qu'est-ce qui ne va pas? demandai-je, un peu inquiète.

— Le mouvement des épaules. Je ne sais pas ce qui me gêne mais... attends.

Il s'approcha de moi et m'observa pensivement de haut en bas en se pétrissant le menton. Puis il fit délicatement glisser les fines bretelles de mon soutien-gorge, recula, m'examina d'un air absorbé, retourna près du chevalet et hocha la tête.

— Tourne-toi, maintenant.
— Complètement ?
— Oui, s'il te plaît.

J'obéis... et attendis.

— Bon, lâche ta blouse. (Je lâchai la blouse, qui tomba à mes pieds, et j'entendis Tony soupirer.) Oui... Oh, quelle ligne ! Ton cou, tes épaules...
— Eh bien, qu'est-ce qu'ils ont ?
— Rien ! répliqua-t-il avec un petit rire, je les admirais, c'est tout.

Il s'approchait de moi maintenant, tout près, et je sentis ses doigts suivre les courbes de mon cou et de mes épaules. Je sursautai, et il chuchota près de mon oreille :

— Du calme, voyons. Certains artistes ont besoin d'un contact physique pour bien sentir les lignes et volumes de leur modèle. Moi, en tout cas, j'en ai besoin.
— C'est juste que... ça me chatouillait.

Je ne pouvais pas le voir, mais je devinai que ses lèvres étaient bien près, son souffle me brûlait la nuque. Puis ses doigts touchèrent l'agrafe de mon soutien-gorge.

— Je peux ?

Je ne pouvais pas répondre : le cœur me battait dans la gorge.

— Si je veux bien voir ton dos, rien ne doit arrêter le regard, tu comprends ?

J'acquiesçai d'un petit signe de tête : que faire d'autre ? C'était un consentement. Je sentis l'agrafe s'ouvrir, l'élastique se desserra, le tissu léger s'écarta de ma peau. Comme les bretelles ne le retenaient plus, mon soutien-gorge descendit un peu, dénudant ma poitrine. Je voulus le remonter mais Tony me saisit par les poignets. Très vite, et même brutalement, mais il relâcha presque aussitôt sa prise.

— Non. Garde les bras le long du corps.

Il reprit sa place derrière le chevalet et je ne bougeai plus. Mon cœur battait si vite que j'avais du mal à respirer. Il me sembla que j'étais figée depuis des heures dans cette position quand j'entendis à nouveau la voix de Tony.

— Voilà qui s'annonce plutôt bien, on dirait. Parfait.

Je ne fis pas le moindre mouvement. Qu'allait-il me demander, cette fois-ci ? Subitement, je sentis qu'il posait un drap sur mes épaules et me l'attachait autour du cou, comme une cape.

— Je sais que tu es nerveuse, dit-il très bas, mais je ne m'en plains pas. Je compte bien en tirer parti, tu sais comment. Je te veux bel et bien comme Vénus sortant de l'onde. Maintenant, enlève tout ce que tu as sur toi, mais garde le drap et enroule-toi dedans. Tu le baisseras petit à petit, quand je te le dirai, d'accord ? Bon, je te laisse, le temps d'aller jeter un coup d'œil à la cuisine. C'est bientôt l'heure de déjeuner et je veux m'assurer qu'il ne manque rien. Je meurs de faim.

Pourquoi voulait-il que je me déshabille, puisque nous allions bientôt manger ? Peut-être croyait-il que cela me faciliterait les choses ensuite. Malgré ma gêne et mon énervement, j'éprouvai une agréable sensation d'excitation en laissant tomber ma jupe sur le sol. Quand j'enlevai ma culotte et enroulai le drap autour de moi, une vague de chaleur monta le long de mes jambes, comme si j'entrais dans un bain tiède, et le creux de mes seins devint tout rose. Je resserrai le drap sur ma poitrine et attendis le retour de Tony, mais il m'appela de la cuisine.

— Tout est prêt, Leigh.

Je le rejoignis. Il avait préparé un plateau de petits sandwiches et débouché une bouteille de vin. Il remplit nos deux verres, en commençant par le mien, puis, voyant que je ne bougeais pas, m'avança une chaise en s'inclinant comme un serveur de restaurant.

— Madame...
— Merci.

Je m'assis à la petite table et commençai à manger. Je me sentais un peu ridicule, dans cette tenue, mais Tony se conduisait comme si c'était tout naturel. L'habitude, sans doute. Moi, j'en avais moins : au moindre mouvement, le drap s'écartait et je devais le retenir d'une main, mangeant et buvant de l'autre. Tony remarqua mon embarras.

— D'après toi, Leigh, les filles ont-elles plus de pudeur que les garçons ?
— Non.
— Tu as déjà vu un garçon tout nu ?
— Bien sûr que non !

Je savais qu'il me taquinait, mais je n'en réagis pas moins vivement, ce qui le fit rire.

— Tu ne vas pas me dire que les filles ne sont pas aussi curieuses que les garçons de ces choses-là ! Elles en parlent entre elles, je le sais, exactement comme les garçons parlent des filles. Et celles de Winterhaven en font autant, je parie.

Je ne dis rien, mais n'en pensai pas moins. Au cours d'une de nos dernières soirées dans la chambre de Marie, Ellen Stevens nous avait raconté qu'elle avait vu son frère sous la douche. Ce seul souvenir me fit rougir comme une pivoine et Tony sourit jusqu'aux oreilles.

— Mais c'est normal, tout ça ! Il est on ne peut plus naturel d'éprouver de la curiosité pour le sexe opposé.

Il but une grande rasade et moi une toute petite gorgée de vin. J'avais chaud, le sang me montait à la tête. Tony vida son verre et s'en versa aussitôt un second.

— La pudeur, c'est très bien, mais il y a des limites, reprit-il, et son regard se durcit brusquement. Quand votre femme refuse de se déshabiller devant vous...

Il me jeta un coup d'œil aigu comme si j'avais soulevé une objection, mais ce n'était pas le cas. Figée, muette, j'avais tout de la statue qu'il se proposait de créer.

— Pourquoi une femme refuserait-elle de se montrer nue à son mari ? me demanda-t-il, comme si, de nous deux, c'était moi la plus âgée et la plus sage. Craint-elle de laisser voir une imperfection ? Exigerais-tu de faire l'amour dans le noir, toi ? Bien sûr que non ! répondit-il à ma place. Pourquoi le ferais-tu ? Elle me rendra folle, grommela-t-il en baissant les yeux.

Je savais qu'il parlait de ma mère, mais je ne dis rien.

Maman craignait-elle qu'en la voyant nue, en pleine lumière, Tony ne devine son âge ? Elle avait une si jolie silhouette, pourtant ! Je finis mon sandwich et bus quelques gorgées de vin. Tony se taisait, plongé dans une sorte de transe. Il en émergea brusquement, me sourit et annonça en se levant :

— Il est temps de nous remettre au travail.

Je le suivis dans l'atelier et regagnai ma place.

— Le vin t'a donné des couleurs, observa-t-il, je vais tâcher de les rendre. Est-ce que cette jolie teinte rose s'étend plus bas que ton cou ? Laisse-moi voir...

Il s'approcha et suivit du doigt la ligne de mon cou, jusqu'à la clavicule.

— Tu es exquise, chuchota-t-il, les yeux brillants. Une vraie fleur en bouton. (Il soupira, son regard s'aiguisa.) Quelle chance pour moi de t'avoir, Leigh ! Le projet ne peut que réussir avec un aussi beau modèle.

Il alla reprendre sa place au chevalet et crayonna pendant quelques minutes, avant d'énoncer du ton le plus détaché :

— Défais ce nœud autour de ton cou et tiens le drap à hauteur de ta taille. Tourne la tête vers la gauche.

A hauteur de ma taille... Mes doigts tremblaient tellement quand j'essayai de dénouer l'étoffe que je n'y réussis pas. Tony rit, se leva et s'approcha de moi.

— Laisse-moi faire, Leigh.

Il détacha mes doigts crispés sur le tissu et défit le nœud sans effort. Pendant quelques instants, je gardai le drap serré contre moi. Puis Tony l'écarta doucement de mes épaules, de mes bras, de ma poitrine, sans cesser un instant de me regarder dans les yeux. Finalement, il sourit et recula un peu, pour mieux me voir. Mon cœur s'accéléra.

— J'adore cette petite tache de naissance, sous le sein. C'est ce genre de détails qui rendront la poupée vraiment ressemblante. Les gens voudront tous que leur propre réplique possède une particularité de ce genre, une marque de fabrique personnelle, tu comprends ?

Ce que je comprenais moins, c'était son enthousiasme pour un si petit détail, justement. Je secouai la tête et, sans perdre une seconde, il retourna à ses crayons.

Il travailla pendant plus d'une heure, en s'arrêtant souvent pour m'étudier avec intensité, souriant, soupirant et secouant la tête. Subitement, il se figea, crayon en l'air, et se mordit la lèvre.

— Quelque chose qui ne va pas, Tony ?
— Oui, tout ça manque d'équilibre. Je n'arrive pas à saisir la symétrie de tes formes.
— Faut-il vraiment que la réplique soit si parfaite ?
— Bien sûr ! protesta-t-il avec indignation. C'est la première, il faut qu'elle soit aussi la meilleure.

Il regarda sa toile, puis moi, puis à nouveau sa toile et enfin, se leva pour s'approcher de moi.

— J'espère que tu n'y verras pas d'inconvénient mais... un artiste y voit quelquefois mieux les yeux fermés, Leigh.
— Les yeux fermés ? Alors comment fait-il pour voir ?
— A travers ses autres sens. Un artiste qui veut peindre un oiseau doit d'abord l'écouter chanter, et rendre son chant présent sur la toile, comme ses formes et ses couleurs. S'il peint une prairie, il doit aussi suggérer l'odeur de l'herbe et des fleurs. Tu comprends cela ?

Je fis signe que oui. Cela me semblait assez juste.

— Et c'est par le toucher, reprit Tony, qu'un artiste apporte à son œuvre toute sa qualité, sa profondeur, sa plénitude. Cela me sera très précieux quand je passerai de la peinture à la sculpture. Reste bien tranquille, détendue...

Ce n'était pas un ordre, presque une requête, faite d'une voix sourde et le souffle court. Tony posa les mains sur ma taille et ferma les yeux. Puis ses doigts montèrent vers mes côtes, s'immobilisèrent pour les enserrer d'une pression ferme et douce.

— Oui, murmura-t-il pour lui-même. Oui...

Ses mains avaient repris leur mouvement ascendant,

le bout de ses doigts effleura la courbe inférieure de mes seins. Je tressaillis, prête à sauter en arrière.

— Calme-toi, mon petit. Cette fois, j'y suis. Je te vois parfaitement.

Je scrutai son visage. Il avait bien fermé les yeux, mais on les voyait bouger sous les paupières serrées. Comme s'il suivait quelque chose du regard. Lentement, ses mains encerclèrent mes seins et, plus lentement encore, s'y posèrent... et y restèrent. Tony retint son souffle, et moi le mien. Quelque chose avait changé. Au début, ce contact m'avait un peu chatouillée, maintenant ce n'était plus du tout pareil. Comme un picotement bizarre qui explosait dans toutes les parties de mon corps à la fois, tout au fond de moi. On aurait dit que des milliers de doigts se promenaient sur moi, pour envoyer cette drôle de sensation dans mes bras, mes jambes, mon ventre. Partout.

J'étais complètement désorientée, j'avais peur et en même temps j'adorais ça, c'était incroyablement excitant. Bref, je ne savais plus où j'en étais. Fallait-il ôter ces mains ou les laisser faire ? Est-ce que tous les modèles permettaient aux artistes d'explorer leur corps de cette façon ? Quelquefois, quand Tony m'observait avec intensité, j'avais eu l'impression que son regard me touchait. Mais ça, c'était différent. Ses doigts tâtonnaient sur ma poitrine comme s'il me dessinait dans sa tête. Je vacillai sur mes jambes et commençai à trembler.

Finalement, Tony s'éloigna un peu et retira ses mains, mais il continua à les tenir en forme de coupe, comme si elles étaient toujours posées sur mes seins. Il resta un moment comme ça, les yeux fermés, puis il retourna s'asseoir et se remit à dessiner.

Il travaillait avec une ardeur frénétique, maintenant, les lèvres serrées et la mâchoire crispée. J'osais à peine bouger. Mon cœur cognait si fort dans ma poitrine que je m'attendais presque à l'entendre éclater. Qu'est-ce que Tony m'avait fait ? Et pourquoi l'avais-je laissé faire ? Maman savait-elle que cela se produirait ? Et si elle le savait, pourquoi ne m'avait-elle pas mise en garde ?

— Ah, ça y est cette fois ! Oui, ça vient.

Tony me sourit et se remit à l'œuvre. Quelques minutes plus tard, il se leva brusquement, recula pour juger son travail et annonça :

— Bon ! C'est assez pour aujourd'hui. Si tu te rhabillais pendant que je fais un peu de ménage ?

Je lui tournai le dos pour remettre mes vêtements et, quand ce fut terminé, il me fit signe de venir voir le portrait.

— Eh bien, qu'est-ce que tu en penses ?

Ce que j'en pensais ? Je le trouvais très ressemblant, pour le visage en tout cas. Mais le torse était nettement plus développé que le mien. On aurait dit le corps de ma mère.

— C'est très bon, Tony, mais je parais plus âgée que je ne le suis.

— Mais ceci est une œuvre d'art, Leigh, pas une photographie, et c'est ainsi que je te vois. Ce que l'artiste apporte compte largement autant que la réalité. C'est pourquoi il était si important pour moi de pouvoir te toucher... tu me comprends, au moins ?

— Oui, affirmai-je... mais ce n'était pas tout à fait vrai.

Et je ne comprenais pas mieux ce qui se passait en moi. Je m'étais sentie gênée, effrayée et excitée tout à la fois. Très troublant, vraiment. Je me promis de parler de tout cela à maman, sans faute.

Mais elle était déjà partie pour la soirée quand nous arrivâmes à la maison, Tony et moi. Elle avait laissé un mot pour expliquer qu'elle dînait à Boston et irait ensuite au théâtre avec ses amies. Tony n'en revenait pas, ni moi non plus.

— On dirait que nous allons encore dîner seuls, tous les deux, grommela-t-il en se hâtant vers l'escalier, pressé de regagner son appartement.

Je n'étais pas depuis très longtemps dans le mien quand Troy vint me voir. Il ne payait pas de mine, après ses luttes successives avec la varicelle, la rougeole et les allergies diverses, sans compter les rhumes et la pneumonie. Même les bains de soleil n'avaient pu lui rendre un peu de couleurs. Il était pâle, maigre, ses yeux cernés lui mangeaient la figure. Et malgré tout, son pauvre petit visage rayonnait quand il entra en trombe dans ma chambre pour avoir des nouvelles de la poupée.

— Quand est-ce qu'elle sera finie ? Cette semaine ?

— Je ne sais pas, Troy. Aujourd'hui, nous n'avons fait que préparer le tableau. Tony doit encore le peindre, et ensuite passer au modelage. Tu as dîné ?

Les médecins lui avaient fixé un horaire de repas sur mesure, et il mangeait désormais avant nous, seul ou avec son infirmière. Je savais que maman s'en réjouissait, mais cela le rendait très malheureux.

— Oui. Et j'ai encore dû boire ce sale truc visqueux.

— C'est un fortifiant, Troy. Cela te fait du bien et tu pourras bientôt reprendre une vie normale. Monter à cheval, nager...

— Non, coupa-t-il avec une détermination qui m'effraya. (Son regard devint aussi dur et glacé que l'était parfois celui de Tony.) Je n'irai jamais mieux et je ne vivrai pas aussi longtemps que les autres gens.

— Troy ! Ne dis pas des choses pareilles, c'est trop affreux !

— Je sais que c'est vrai. J'ai entendu le docteur le dire à l'infirmière.

— Qu'est-ce qu'il a dit, exactement ? demandai-je, outrée que le médecin ait tenu de pareils propos en sa présence.

— Il a dit que j'étais comme une fleur très fragile. Que ces fleurs-là, un coup de vent trop froid suffit, et clac ! Moi, si je suis trop malade, clac ! je mourrai.

Je le dévisageai longuement, avec le sentiment bizarre que la maladie l'avait vieilli, lui déjà si sérieux pour son âge. Son regard était celui d'un adulte, grave et plein d'expérience. A croire que, pour lui, le temps passait différemment, les heures comptant pour des jours et les mois pour des années. On aurait dit que cette sagesse lui procurait une vision de l'avenir et de sa propre mort, avant le temps.

Cette pensée me fit frémir.

— Ce qu'il voulait dire, Troy, c'est que si tu ne reprends pas de forces, tu risques d'être souvent malade. Mais tu vas te fortifier. Tu es encore petit, tu as tout le temps, tes forces vont grandir avec toi. Et si tu mourais... je n'aurais plus de petit frère, alors ?

Les yeux de Troy s'illuminèrent.

— Tu voudras toujours de moi comme petit frère ?
— Bien sûr !
— Et tu ne me laisseras jamais tout seul ici ? insista-t-il, avec le scepticisme de Tony.
— Pour aller où ? C'est ici ma maison, maintenant. Tout autant que la tienne.

Son expression mélancolique s'évapora dans un sourire. Je le pris doucement par le poignet, l'attirai à moi et le serrai dans mes bras, émue jusqu'aux larmes. Des larmes que je ne pus pas retenir, et qui roulèrent sur mes joues. Il s'en aperçut et se libéra de mon étreinte.

— Pourquoi pleures-tu, Leigh ?
— Je... je suis si heureuse que tu sois mon petit frère pour toujours, Troy.

Son visage s'éclaira : il resplendissait. J'eus l'impression de le voir grandir et se fortifier sous mes yeux. Au fond, il ne demandait qu'une chose : se sentir aimé, désiré, chéri. Tony l'aimait beaucoup, j'en étais sûre, mais il était accaparé par son travail. Il ne pouvait pas être ce père dont Troy avait tant besoin. Et ma mère... ma mère ne pensait qu'à elle-même. L'état maladif de Troy lui inspirait un tel éloignement qu'elle avait rayé l'enfant de son univers. J'aurais pu jurer que, lorsque par hasard son regard tombait sur lui, elle voyait au travers. Pour elle, il était tout simplement invisible. Et, sensitif comme il l'était, il en retirait une affreuse impression d'abandon et de solitude. L'idée me vint subitement à l'esprit qu'il n'avait plus que moi.

Au fond, nous étions un peu pareils, tous les deux. D'une certaine façon, j'étais aussi invisible que lui, en tout cas pour ma mère. Et mon père vivait un nouvel amour. Nous étions deux orphelins, perdus dans cette maison gigantesque, entourés d'un luxe que tous les enfants nous auraient envié. Mais que valent les choses, sans quelqu'un avec qui les partager, quelqu'un à aimer et qui vous aime ? Elles ne sont... que des choses.

— Tu viendras me lire une histoire tout à l'heure, Leigh ?

— Après le dîner, je te le promets.

— D'accord, alors je vais voir Tony. N'oublie pas !

Troy sortit en gambadant, ce qui me fit sourire et m'attrista en même temps ! Pauvre petit bonhomme ! J'étais encore toute songeuse en me changeant pour aller dîner.

Quand j'entrai dans la salle à manger, Tony s'y trouvait déjà.

— Alors, pas trop fatiguée ?

— Un peu, et je me demande bien pourquoi. Je n'ai fait que rester debout sans bouger.

— Ne sous-estime pas ce que tu fais, c'est un travail. Cela demande une certaine concentration et en plus, tu étais nerveuse aujourd'hui. La tension t'a épuisée. Demain, tu seras déjà moins tendue et cela ira mieux de jour en jour.

De jour en jour !

— Combien de temps cela va-t-il durer, Tony ?

— Je ne sais pas au juste. La peinture prendra déjà un certain temps. Je tiens à rendre avec une perfection absolue les tons de ta chair, tes yeux, tes cheveux... Et puis nous passerons à la sculpture. Il ne s'agit pas de bâcler le travail, conclut-il en souriant.

J'en restai sans voix. Est-ce que j'allais passer l'été debout toute nue devant lui, au cottage ? Faudrait-il encore qu'il me touche à tout instant ? Est-ce que je pourrais vraiment m'y habituer ?... Et ses affaires, dans tout ça ?

— Mais vous avez du travail au bureau, Tony !

— J'ai des assistants très capables. Et, comme je te l'ai dit, ce projet est un des plus importants que la Tatterton ait jamais lancés. Mais ne t'inquiète pas (il me tapota la main), tu auras le temps de t'amuser.

M'amuser... Comment lui dire que ce n'était pas mon principal souci ? A qui me confier ? Où était ma mère, quand j'avais tellement besoin d'elle ? Où était mon père ? J'étais seule.

Après le dîner, quand je montai chez Troy pour lui lire une histoire, son infirmière me guettait pour m'annoncer qu'il s'était endormi.

— Ce sont tous ces médicaments qui le fatiguent, vous comprenez. Il a fait de grands efforts pour rester éveillé et vous attendre, mais il n'en pouvait plus.

— Je vais juste entrer un instant pour le voir.

Il avait toujours l'air aussi menu et aussi fragile, perdu dans son grand lit. Mais ce soir au moins, son teint était un peu plus coloré que d'habitude. Je me promis d'essayer de passer plus de temps avec lui. Cela pourrait hâter sa guérison et me ferait un peu oublier mes problèmes.

Je regagnai mon appartement, lus un peu, écoutai la radio et décidai d'aller dormir. Mais quand j'éteignis la lampe de chevet et fermai les yeux, je ne pus trouver le sommeil. Je ne pensais qu'à Tony, à ses mains sur mon corps nu, à ses doigts rôdant sous mes seins, autour, dessus... Et à ses paupières étroitement closes sous lesquelles ses yeux allaient et venaient, nerveusement, comme deux petites bêtes captives.

Que me réservait le lendemain ?

Je m'habillai rapidement ce matin-là et me rendis chez maman, pour trouver la porte de sa chambre fermée. Je frappai doucement et appelai à voix basse :

— Maman ? Il faut que je te parle.

Pas de réponse. J'élevai un peu la voix :

— Maman ?

J'attendis... toujours rien. Il fallait pourtant qu'elle sache ce qui se passait au cottage ! Je n'hésitai plus, ouvris la porte et me trouvai devant un lit vide. Il n'avait même pas été défait. Sous le choc, je me ruai dans le couloir, dévalai le grand escalier et courus jusqu'à la salle à manger. J'y trouvai Tony qui prenait son café, tout en lisant le *Wall Street Journal.*

— Où est ma mère ? On dirait qu'elle n'a pas dormi là !

— Effectivement, fut la réponse nonchalante de Tony, qui tourna tranquillement la page.

— Et où est-elle ?

Il abaissa son journal et je pus voir qu'il était fâché. Pas contre moi, évidemment : contre elle.

— Elle a appelé vers onze heures pour m'informer qu'elle avait décidé de passer la nuit à Boston, avec ses amies. J'ai dû envoyer Miles porter des vêtements de rechange à son hôtel, pour aujourd'hui.

— Mais quand rentre-t-elle, alors ?

Tony haussa les épaules.

— A ton avis ? rétorqua-t-il en me décochant un coup d'œil aigu. Tu en sais autant que moi là-dessus, sinon plus.

Puis il fit signe à Curtis, figé comme une statue dans un coin de la pièce, et lui dit qu'il pouvait servir le petit déjeuner. J'étais bien embarrassée. Je n'avais aucune envie de retourner au cottage sans avoir parlé à ma mère. Mais elle n'était pas là, et Tony semblait très impatient de se remettre au travail.

— Pour aujourd'hui, je te conseillerais de mettre une de tes robes de plage sans ceinture. Et ce serait encore plus simple si tu ne portais rien en dessous. D'ailleurs il fait si chaud !

Rien en dessous ? Ni culotte, ni soutien-gorge, rien qu'une de ces tuniques flottantes que je portais par les grandes chaleurs, si légères et si courtes ? Tony devina mon angoisse.

— Ce serait plus pratique, c'est tout !

D'un simple geste de la tête, j'acceptai. Et, le déjeuner terminé, je montai dans mes appartements pour me changer. Contrairement à ce que Tony m'avait dit, je ne me sentais pas moins nerveuse aujourd'hui que la veille. Mais lui se montra tout aussi enthousiaste, sinon plus, quand il me fit traverser le labyrinthe. Il expédia ses préparatifs sans même songer à me mettre à l'aise et annonça tout à trac :

— Aujourd'hui, nous attaquons la peinture. Prête ?

Mon regard dériva vers les fenêtres. Elles étaient parfaitement propres, maintenant, mais il les avait entrouvertes pour laisser entrer un peu d'air. Je me retournai vers Tony et lus son impatience dans ses yeux. Si seulement j'avais pu être ailleurs ! Je commençai à trembler.

— Qu'est-ce qui ne va pas, Leigh ?
— C'est juste que...
— Pauvre petite fille ! Je me rue tête baissée dans mon travail, sans penser à ce que tu peux ressentir... Je suis désolé, dit-il en me prenant dans ses bras. Je sais que ce n'est pas facile pour toi, tu n'as pas l'habitude. Mais nous avons si bien travaillé hier que je n'y pensais plus. Je croyais que tu avais surmonté ta timidité.

« Allons, respire un bon coup, profondément, et pense aux merveilles que nous allons faire aujourd'hui, d'accord ?

Je fermai les yeux, respirai profondément... mais mon cœur battait si fort que je crus m'évanouir. Tony sentit que je tremblais.

— Bon, voilà ce que nous allons faire. Tu n'es pas obligée de poser debout tout de suite. Je peux très bien commencer par te dessiner allongée sur le canapé.
— Sur le canapé ?
— Mais oui, je vais t'aider. Ferme les yeux et laisse-moi faire. Allons, ferme les yeux... (J'obéis.) Là, c'est bien, détends-toi...

Je sentis ses doigts saisir le tissu de ma robe, un peu au-dessous de la taille. Très lentement, il commença à la retrousser et je l'entendis chuchoter :

— Lève les bras, s'il te plaît.

Je fis ce qu'il me disait et la robe me couvrit la tête, monta encore, me frôlant si légèrement qu'on l'eût crue soulevée par la brise. Ce fut comme si le vent d'été, lui seul, m'avait doucement effleurée, caressée, déshabillée... Je gardai les yeux fermés, même après que Tony eut fait passer ma robe par-dessus mes mains levées. Il s'en débarrassa, me prit par les épaules et me guida doucement vers le canapé.

— Allonge-toi, et mets-toi à l'aise.

Je me renversai sur l'oreiller qu'il avait placé là lui-même et ouvris les yeux. Au-dessus de moi, Tony me souriait.

— Parfait. Tu vois comme c'est facile ? Allons-y !

Il retourna au chevalet et se mit au travail. Il me semblait que le temps s'écoulait plus lentement que la veille et il n'y eut pas d'interruption jusqu'au déjeuner. Quand Tony m'annonça enfin la pause, il me tendit le drap et je l'enroulai autour de moi pour passer à table. Le menu n'avait pas changé : sandwiches et vin, mais cette fois le repas fut plus animé. Tony m'exposa certaines des trouvailles publicitaires qu'il comptait utiliser pour lancer la poupée portrait et plus il parlait, plus je me détendais. Il me causa quand même un petit choc en annonçant, au moment de nous remettre au travail :

— Tu n'as pas besoin de rester debout. J'ai besoin d'une vue de dos, cette fois-ci.

— Mais je devrai me mettre comment, alors ?

— A plat ventre, tout simplement. (Il nota mon hésitation et se hâta de préciser :) J'enlèverai le drap moi-même quand je serai prêt.

C'était presque un ordre, et je m'exécutai. Tony installa une nouvelle toile sur le chevalet, s'approcha de moi et se mit à me caresser les cheveux.

— Tu es bien, comme ça ?
— Oui.
— Parfait. Nous pouvons commencer, dit-il en glissant la main sous mon menton pour détacher le drap.

Il me l'ôta, resta un long moment debout au-dessus de moi, à me regarder probablement, et je crus l'entendre murmurer : « Magnifique... » Enfin, quelque chose comme ça. Ensuite il retourna travailler. Il me sembla que des heures avaient passé quand je l'entendis à nouveau grommeler tout bas, comme la veille :

— Non, ça ne va pas. Ce n'est pas ça.

Je tournai la tête et le vis qui me regardait en se pétrissant le menton, puis il revint près du canapé.

— Reste bien tranquille, souffla-t-il en posant la main au creux de mes reins. Détendue, comme ça...

Sa paume remonta jusqu'à mon cou, puis refit le chemin inverse, mais sans s'arrêter où elle avait commencé, cette fois. Elle descendit jusqu'à mes fesses, et y resta, insista, exerçant sur ma chair une pression douce et pénétrante. Puis Tony se releva, soupira et retourna s'asseoir au chevalet.

Cela devait vraiment l'inspirer de me toucher, car il travaillait avec une ardeur nouvelle, presque fébrile. Et quand il déclara que c'était fini pour la journée, il semblait réellement épuisé. On aurait dit qu'il n'avait même plus la force de parler.

— Ce sera tout pour aujourd'hui, annonça-t-il.

J'enfilai ma robe et m'approchai pour examiner son travail. Cette fois encore, je trouvai le visage parfaitement ressemblant, mais pas le corps. C'était décidément beaucoup plus celui de ma mère que le mien ! Tony lut ma surprise dans mes yeux.

— C'est comme ça que je te vois, Leigh, ou plutôt que je te sens. C'est toi... vue par le bout de mes doigts, si tu préfères, ajouta-t-il avec un regard qui me fit battre le cœur. Tu es... (Il m'embrassa sur le front.) Tu es merveilleuse, Leigh. Tu changerais n'importe quel homme en artiste.

Je me tus, très gênée et en même temps flattée par ses paroles. Mais pourquoi me regardait-il avec une telle intensité ? Cela me fit frissonner. Finalement, il rangea son matériel et nous quittâmes le cottage. Je le suivis le long des allées ombreuses, secouée par une tempête d'émotions et de sensations déroutantes. Et quand nous sortîmes du labyrinthe, j'eus l'impression d'émerger d'un rêve et de réintégrer la réalité.

Je me hâtai vers la maison, puis vers mon appartement, sans même prendre le temps de vérifier si maman était rentrée. Je fermai la porte derrière moi et de longues secondes me furent nécessaires pour reprendre haleine. Mon corps frémissait encore du contact des mains de Tony, indiscrètes, insistantes, impatientes de faire de moi la femme qu'il voulait que je sois.

14

Papa revient

J'entendis le pas de maman dans l'escalier, puis son rire et sa voix surexcitée quand elle s'adressa à l'une des femmes de chambre. D'un trait, je courus dans le couloir, où j'arrivai à l'instant précis où elle passait devant ma porte.

— Maman !

Elle se retourna vivement à mon appel.

— Oh, Leigh... je parlais justement de toi avec Tony. Il paraît que tout se passe très bien, j'en suis ravie. Donne-moi deux minutes pour me changer et prendre une douche et viens me rejoindre chez moi, j'ai des tas de choses à te raconter. Cette pièce que j'ai vue à Boston était fantastique, et l'hôtel où nous sommes descendues... tout simplement fa-bu-leux, conclut-elle en s'éloignant.

A nouveau, je l'obligeai à se retourner.

— Maman, il faut que je te parle.

— Maintenant ? Voyons, Leigh, laisse-moi au moins le temps de me rendre présentable. Comme si tu ne savais pas dans quel état me mettent les déplacements !

— Mais, maman...

— Je te ferai dire quand je serai prête, je n'en ai pas pour longtemps, promit-elle en poursuivant son chemin.

Si vite que je n'eus pas le temps de protester, cette

fois. Mais deux heures s'écoulèrent avant qu'elle n'envoie une femme de chambre me chercher. Elle avait pris une douche et s'était habillée, coiffée, pomponnée... tout ça parce que des amis de Tony venaient dîner avec leurs femmes. Quand j'entrai dans sa chambre, elle était assise à sa coiffeuse et vérifiait l'ordonnance de sa chevelure. Elle me regarda dans le miroir.

— Alors, qu'y a-t-il de si urgent ?
— C'est à propos de mes séances de pose, maman.

Elle n'eut pas l'air de m'entendre. Elle jouait avec une petite mèche légèrement dérangée et j'attendis, j'attendis... Finalement, elle se retourna.

— Eh bien quoi ?
— Je ne veux pas que ça continue, maman ! m'écriai-je en fondant en larmes.

Elle bondit sur ses pieds et courut fermer la porte.

— Comment ? Tu ne vas pas faire une scène, maintenant ! Tu veux que les domestiques t'entendent ? Et nos invités qui vont arriver d'un moment à l'autre ! Qu'est-ce qui ne va pas ?

Sa voix trahissait la panique la plus totale.

— Oh, maman ! C'est déjà assez pénible de rester nue devant Tony quand il me dessine, mais quand il me touche...

— Il te touche ? Qu'est-ce que tu racontes, Leigh ? Cesse de renifler comme un bébé et exprime-toi clairement.

Je m'essuyai les yeux d'un revers de main et m'assis au bord du lit, en face de maman. Puis je lui expliquai rapidement tout ce qu'avait fait Tony et ce qu'il disait en le faisant. Elle m'écouta attentivement et son visage ne changea pratiquement pas d'expression. Simplement, une fois ou deux, ses yeux se rétrécirent et elle pinça légèrement les lèvres.

— Et c'est tout ? s'écria-t-elle quand j'eus terminé, en pivotant vers son miroir.

— Si c'est tout ? Ce n'est pas assez, tu trouves ?
— Il ne t'a rien fait, n'est-ce pas ? Tu m'as dit toi-même qu'il s'efforçait de te mettre à l'aise. Il montre

beaucoup de considération pour toi, observa-t-elle en étudiant son image.

— Mais, maman ! Est-il vraiment forcé de me toucher pour me peindre et pour sculpter mon modèle ?

— C'est compréhensible. J'ai lu un article sur un aveugle qui sculptait des figurines superbes en n'utilisant que le sens du toucher.

— Mais Tony n'est pas aveugle, maman !

— Sans doute, mais c'est un moyen pour lui d'exalter ses autres sens, affirma-t-elle en passant son bâton de rouge sur ses lèvres. Vous faites quelque chose de merveilleux, tous les deux. Il est tellement emballé, tellement heureux ! Pour te dire la vérité, Leigh... (Maman se retourna vers moi)... j'ai cru un moment qu'il allait me rendre folle. Il frappait à ma porte jour et nuit, pour que je m'occupe de lui. Je ne m'étais pas rendu compte qu'il était si possessif. C'est le genre d'homme qui ferait mourir une femme d'épuisement !

Maman sourit, le temps d'une pause, et acheva :

— Tu ne dois penser qu'à la poupée et à tout ce qu'elle représente. Elle deviendra célèbre, Leigh... et toi aussi.

— J'y ai pensé, maman, et aussi aux dessins de Tony.

— Et alors ?

— Ce n'est pas du tout... ce n'est pas tout à fait moi.

— Je ne peux pas te croire, Leigh. Je connais le talent de Tony.

— Je ne dis pas qu'il n'est pas doué, maman. Le visage de la poupée me ressemble beaucoup, mais...

— Mais quoi ? Cesse de dire des sottises ! s'emporta maman. Nos invités vont arriver.

— Le reste du portrait ne me ressemble pas ! m'écriai-je. C'est à toi qu'il ressemble.

Elle me dévisagea longuement et je me sentis délivrée d'un grand poids. Enfin, elle avait compris ! Mais mon soulagement ne dura pas. Maman sourit... et s'extasia.

— C'est merveilleux ! Absolument merveilleux !

— Quoi ?

— Tony est génial. Il innove un genre, en fondant nos

deux personnalités dans cette magnifique œuvre d'art. Ah, j'aurais dû m'en douter ! Il est tellement fou de moi... Je l'obsède littéralement, déclara-t-elle en taquinant une mèche folle. (Elle pivota pour me faire face.) Il ne faut pas lui en vouloir, Leigh : c'est plus fort que lui.

« Maintenant, tu comprends mieux pourquoi j'ai besoin de m'échapper quelquefois, et pourquoi je dois veiller à le distraire. Quand un homme vous adore au point de baiser la trace de vos pas... (ici, maman laissa échapper un profond soupir), c'est parfois dur à vivre, tu sais. Il m'arrive de souhaiter que Tony ressemble un peu plus à ton père. Bon...

Maman consulta sa montre sertie de diamants.

— Tu ne comptes pas venir à table dans cette tenue, tout de même ? Va mettre quelque chose d'un peu plus habillé. Ces gens sont très riches et très en vue, je tiens à ce que tu fasses bonne impression.

— Alors tu penses que tout est bien comme ça ?

Elle s'étudiait attentivement dans son miroir.

— Si tout est bien... mais naturellement ! Pas d'enfantillages, Leigh, je t'en prie. Tony a bientôt terminé ce travail, et j'espère qu'il va très vite se lancer dans un autre. Il a besoin de dépenser son trop-plein d'énergie.

Maman se tut, m'accorda un coup d'œil distrait et se leva pour aller fouiller dans sa boîte à bijoux : il ne me restait plus qu'à m'en aller. Juste avant de sortir, je lui jetai un dernier regard par-dessus mon épaule. Je la vis reposer les premières bagues qu'elle avait choisies en faisant la moue. Notre conversation lui était déjà complètement sortie de la tête.

Peut-être maman fit-elle une réflexion à Tony, ou au moins une allusion à mes confidences, car le lendemain il s'abstint de me toucher. En fait, il s'absorba tellement dans son travail qu'il m'arriva de me demander s'il me voyait. Il semblait regarder en lui-même et ne me jetait qu'un rare coup d'œil de temps en temps. Nous échangeâmes à peine quelques mots jusqu'à la pause déjeuner, et même pendant le repas il se montra distrait. A tout moment, il quittait la table pour aller vérifier un détail sur sa toile, revenait s'asseoir... et recommençait son manège.

Un autre jour, il consacra une séance entière à l'exécution de mes mains et de mes pieds, étudiant, mesurant et grommelant pour lui-même en contemplant ses dessins. Un après-midi, je faillis mourir d'ennui, et pendant quelques minutes, je dormis pour de bon. S'il s'en aperçut, il ne fit pas de commentaires. Mais à la fin de la première semaine, il m'avait dessinée et peinte sous toutes les coutures.

Chaque soir, à table, son travail était le principal sujet de conversation, même quand nous avions des invités. Mais je notai que ces jours-là, ni lui ni maman ne mentionnaient le fait que je posais nue. Je ne me plaignais plus à maman d'être obligée de poser, mais je ne pouvais pas m'empêcher de compter les jours. J'avais tellement hâte que tout soit terminé!

Puis, au début de la deuxième semaine, Tony annonça qu'il allait commencer le modelage et créer le prototype. Étant donné qu'il m'avait déjà dessinée sous tous les angles, je me demandais pourquoi il avait encore besoin de moi.

— J'aurai plus que jamais besoin de toi, Leigh. Il s'agit du modèle en trois dimensions, maintenant.

Il exposa toutes ses études sur des planches à dessin et se lança dans ce qui devait être, me promit-il, la phase finale de son œuvre. Je ne compris vraiment le sens de ses paroles que lorsqu'il se remit au travail. Et alors tout recommença, mais en pire. Toutes ces fois où il m'avait touchée pour développer l'acuité de ses sens, ce n'était rien à côté de ce qui se passait maintenant. J'avais l'impression qu'il s'interrompait toutes les cinq minutes pour venir me tâter partout, ou plutôt « pour établir entre nous un contact artistique », comme il disait.

Il prenait ma tête entre ses mains et restait longtemps comme ça, les yeux fermés, avant de se précipiter vers sa table pour pétrir son argile. Ses doigts suivaient les contours de mon visage, s'attardaient sur mes oreilles et frôlaient doucement mes paupières fermées. Quelquefois, j'ouvrais les yeux et surprenais une telle expression de concentration dans les siens, presque hagards, qu'il me faisait peur. Il était tout rouge, je me demandais ce qui lui arrivait.

Ce qu'il m'avait dit était vrai, la silhouette de la poupée émergeait du bloc d'argile exactement comme Vénus sortant de l'onde. Je n'avais qu'à surveiller où il en était pour deviner où il allait me toucher. Quand il eut modelé mes épaules, il revint pour « sentir le mouvement » de mes bras levés en explorant très doucement les courbes de mon buste. Et pour être bien sûr de lui, il vérifia chaque endroit un par un en redescendant avant de retourner au modèle de glaise. Il ferma encore les yeux avant de toucher mes seins, et cette fois aussi je me raidis et il me rassura en parlant très bas, comme s'il chuchotait.

— Calme-toi... c'est ça, oui, ça vient. Rappelle-toi ce que je t'ai dit : je te capte par le bout des doigts pour te transférer dans l'argile... Je savais que ça marcherait.

Quand même, ça ne marchait pas tant que ça car il mit beaucoup plus de temps que la première fois à capter ma poitrine. Et pourtant je sentais très bien ses paumes arrondies sur mes seins et ses doigts qui cherchaient fébrilement à établir le contact artistique. Je ne pouvais pas m'empêcher de trembler mais il ne devait pas le remarquer, en tout cas il ne dit rien. Finalement, il retourna à sa table mais il revenait toujours et ça recommençait. Chaque fois qu'il travaillait sur moi, j'avais l'impression de m'enfoncer moi-même dans de l'argile molle, et pas du tout d'en sortir.

Vers la fin de la séance, il se mit à genoux pour capter le creux de mon estomac, mon ventre et mes cuisses. Ses paumes repassaient toujours aux mêmes endroits comme si j'étais vraiment en glaise et qu'il me remodelait. Il me remodela très longtemps, surtout les endroits difficiles. J'avais envie de protester, de poser des questions, d'arrêter tout ça. Mais j'avais peur de faire durer la séance encore plus longtemps, alors je gardai les yeux fermés et je supportai tout sans me plaindre.

Finalement, il me dit de remettre ma robe.

— Pendant ce temps-là, je précise un ou deux petits détails et ce sera tout pour aujourd'hui.

Une fois rhabillée, j'allai examiner la sculpture. Je trouvai le visage très ressemblant mais, comme pour les dessins, la silhouette me parut être plutôt celle de ma mère.

— Je n'aurai pas besoin de toi pendant quelques jours, m'annonça Tony en évitant mon regard. Je vais fignoler le travail en utilisant les dessins et les peintures, puis je te demanderai de revenir pour une dernière vérification. (Il me lança un coup d'œil furtif.) Ça te va ?

J'inclinai la tête, très vite. Cette journée m'avait vidée de mes forces et mis les nerfs à vif. Je me sentais toute bizarre ; partagée entre un désir aigu pour quelque chose d'indescriptible et une envie folle de me sauver pour ne plus jamais revenir.

Tony ne s'était pas trompé : j'avais très vite appris à circuler dans le labyrinthe. Je le traversai en un temps record, débouchai de l'autre côté comme si je venais d'échapper à un fou et courus d'une traite jusqu'à la maison. Je me précipitais déjà vers l'escalier quand maman sortit du salon de musique, en compagnie d'une de ses amies.

— Ah, Leigh ! Comment s'est passée la séance, aujourd'hui ?

Je secouai la tête, incapable de lui parler. J'avais bien trop peur de fondre en larmes et de la mettre dans l'embarras. Mais elle vit mon expression et, sans attendre ma réponse, laissa échapper un petit rire enjoué. Je l'entendais encore en entrant dans ma chambre où je me hâtai de me déshabiller avant de me faire couler un bain. Et ce fut seulement après être restée un bon quart d'heure dans l'eau chaude que je commençai à me sentir propre et à me détendre. Mes yeux étaient sur le point de se fermer quand j'entendis le pas de maman. Elle entra comme une furie et se mit à arpenter la salle de bains en gesticulant.

— Mais qu'est-ce qu'il t'a pris de te conduire comme ça devant Mme Wainscoat ? Elle a une langue de vipère !

Pour une fois, j'ignorai ses états d'âme.

— Oh, maman ! C'était pire que jamais, aujourd'hui. Tony m'a... m'a tripotée partout. Maman ?

Elle n'écoutait pas, et pourtant j'avais crié. Que fallait-il faire, où dire, pour qu'elle entende mes appels au secours ?

— Tout ce qu'il faisait dans l'argile, il me le faisait à moi, maman ! Il me tâtait partout, il appuyait avec ses doigts et... il restait quelquefois plusieurs minutes au même endroit.

Maman poussa un soupir exaspéré.

— Voyons, il m'a dit qu'il avait presque fini et qu'il n'aurait plus besoin de toi, sauf une fois. C'est vrai ?

— Oui, mais...

— Alors cesse de pleurnicher. C'est terminé et je suis sûre que le résultat sera merveilleux. D'ailleurs je ne suis pas venue pour ça, Leigh. On a téléphoné pour toi et je venais t'annoncer que tu as un rendez-vous demain. Ton père est revenu. Il voudrait que vous déjeuniez ensemble à Boston.

— Papa est revenu ?

Oh, merci, mon Dieu, merci ! Maintenant, quelqu'un allait m'écouter, m'aider. Papa était de retour.

Le lendemain matin, je tentai d'user mon impatience en m'habillant avec un soin tout particulier et paradai un long moment devant mon miroir. J'examinai mon image, tout étonnée de me découvrir une telle ressemblance avec maman. Elle ne m'avait jamais paru aussi nette et cela me mit mal à l'aise. Cette similitude expliquait-elle l'étrange conduite de Tony ? Si c'était le cas, j'avais autant de torts que lui, dans cette histoire. Cette pensée m'emplit de honte, puis je réagis. Tony était adulte après tout, et en plus, c'était mon beau-père. Non, je n'avais rien à me reprocher.

Je brossai mes cheveux jusqu'à ce qu'ils brillent et les attachai avec un ruban rose noué sur la nuque, une coiffure que papa aimait. Je choisis une jupe et un chemisier bleu clair en coton léger, posai une touche de rouge sur mes lèvres et mis les boucles d'oreilles en perles que papa m'avait ramenées des Caraïbes.

Est-ce qu'il me trouverait plus mûre, ainsi ? C'était important, car je voulais lui parler de tout ce qui m'était arrivé, et surtout des séances de pose. J'espérais secrètement qu'il me demanderait de le suivre et même... qu'il engagerait un professeur particulier et m'emmènerait dans une de ses croisières. Si seulement je pouvais lui montrer que j'étais devenue plus indépendante, il comprendrait mon besoin de m'éloigner de maman et de Tony... enfin, peut-être. La seule chose que je regrettais, c'était de devoir quitter Troy, mais il fallait que je parte. Il le fallait.

J'avais le cœur battant quand la limousine franchit le grand portail. Quel papa allais-je retrouver ? Portait-il toujours la barbe ? Je croyais déjà respirer son odeur familière, eau de toilette et tabac de pipe ; me blottir dans ses bras et frotter ma joue sur sa veste de tweed, tandis qu'il me couvrirait les cheveux de baisers. J'avais tellement besoin de lui que j'en oubliai complètement la vérité sur ma naissance. Pas un instant l'idée ne m'effleura qu'il n'était pas mon véritable père.

En arrivant à son hôtel, je demandai au réceptionniste de lui annoncer mon arrivée et commençai aussitôt à guetter l'ascenseur. Dès que papa en sortirait, je me jetterais dans ses bras. Les yeux fixés sur les chiffres lumineux du panneau de contrôle, je comptais les étages. Cinq, quatre, trois, deux... Les portes coulissèrent, papa sortit de la cabine. Mais je ne me jetai pas dans ses bras.

Il donnait la main à une femme. Une grande femme mince, presque aussi grande que lui, aux cheveux poivre et sel coupés à hauteur des oreilles et qui portait un tailleur bleu marine et des souliers plats. Papa me souriait, mais il n'avait pas lâché sa main. Elle aussi souriait, et tous deux s'avancèrent à ma rencontre. J'attendis, le cœur battant. Ce devait être la femme dont il m'avait parlé dans ses lettres, celle avec qui il se sentait si bien. Mildred Pierce.

Il finit quand même par me tendre les bras.

— Leigh !

Je l'embrassai, mais très vite, et reculai un peu pour dévisager Mildred Pierce. Quel contraste avec maman ! Elle avait le teint pâle, le visage osseux, des yeux bruns au regard sérieux. Le sourire de ses lèvres minces donnait l'impression bizarre qu'on avait tiré sur un élastique, et qu'il allait se détendre aussitôt.

Papa avait toujours les mains sur mes épaules.

— Tu as grandi, et tu es plus belle que jamais.

— Merci, papa.

C'étaient les mots que j'attendais, que j'espérais, mais je m'en souciais bien, maintenant ! Je regardais toujours *l'autre*.

— Leigh, voici Mildred.

— Bonjour, Leigh. J'ai beaucoup entendu parler de v... de toi, et j'étais impatiente de te connaître.

Elle me tendit une longue main fine et sèche, très loin de posséder la douceur féminine de celle de maman.

— Bonjour, dis-je en serrant rapidement cette main.

— Si tu as faim, proposa papa, j'ai une table réservée à l'hôtel. J'ai trouvé... ou plutôt Mildred a trouvé cela plus commode. Elle a un remarquable sens de l'organisation, affirma-t-il en reprenant la main de Mildred.

— Oh, Cleave ! J'essaie simplement d'être pratique.

— Et elle se déprécie, comme toujours. Mildred est comptable, Leigh, et on ne peut plus méthodique en tout.

— Et si nous parlions plutôt de toi, dit Mildred en me prenant la main, avant de nous entraîner vers la salle de restaurant. Je veux tout savoir à ton sujet. J'ai moi-même deux enfants, tu sais.

— Ah bon ?

— Mais oui. Ils ont tous deux plus de vingt ans et

sont déjà parents, je n'ai donc plus personne à materner.

— Et moi, je ne suis plus une enfant !

— Bien sûr que non, rétorqua Mildred en adressant un clin d'œil à mon père. N'importe qui peut s'apercevoir que tu es une grande jeune fille.

Nous arrivâmes au restaurant et le maître d'hôtel nous conduisit à notre table. Il recula ma chaise tandis que papa en faisait autant pour Mildred et, quand nous eûmes pris place, je l'observai plus attentivement. Il n'avait pas beaucoup changé depuis la dernière fois, sauf qu'il semblait plus heureux. Sa barbe était soignée, son teint plus frais et ses cheveux légèrement plus courts, me sembla-t-il. Mais il portait toujours ce même genre de complet que maman avait fini par appeler son uniforme.

— Alors, s'informa-t-il, et cette nouvelle école ?

— Ce n'était pas trop mal.

— Pas trop mal, et c'est tout ?

— C'est une bonne école, avouai-je, mais j'aimais mieux être externe au collège, et aucun professeur n'arrive à la cheville de M. Abrams.

— M. Abrams était le professeur particulier de Leigh quand nous voyagions pendant l'année scolaire, expliqua papa à Mildred, qui approuva d'un signe de tête.

— J'aimerais tellement faire une autre croisière, papa !

Il eut un petit sourire complice mais ne fit pas la proposition que j'attendais.

— Et que devient ta mère ? demanda-t-il simplement.

— Elle est heureuse, enfin je crois. Entre le bridge, le théâtre et ses amies, elle est très occupée, en tout cas.

— Et M. Tatterton ? Ses affaires prospèrent, je suppose.

C'était le moment ou jamais de lui parler de la poupée, mais je ne voulais pas le faire devant cette femme que je connaissais à peine. Je décidai d'attendre que nous soyons seuls, tous les deux, et répondis brièvement :

— J'imagine. Tu m'as manqué, papa.

Une fois de plus, il se contenta de hocher la tête, sans dire une seule de ces choses que j'espérais entendre. Que je lui avais manqué, moi aussi. Qu'il avait besoin de me voir davantage, de m'avoir près de lui. J'attendais qu'il me propose un voyage avec lui, un projet qui nous permettrait de passer plus de temps ensemble... mais il regarda le menu.

— Commandons, maintenant. Je meurs de faim.

Commander ! Je me souciais bien de manger !

— Hier nous avons pris une grillade à l'anglaise, m'informa Mildred. Si tu aimes ça, je te la recommande.

Mon estomac se noua.

— Hier ! Vous étiez là hier ?

Mildred lança un regard désolé en direction de papa.

— Oui, reconnut-il. Nous sommes rentrés depuis une semaine mais je n'ai pas voulu t'appeler avant d'avoir du temps à te consacrer. Nous avions tellement de choses à faire !

Je me tus, accablée. Comment avait-il pu attendre si longtemps pour m'appeler ? Quel sens avaient donc pour lui tous ces mots tendres qu'il m'écrivait, du moins au début ? Qu'étaient devenues ses promesses... et son amour ? Je n'essayai même pas de cacher ma déception, et Mildred et lui échangèrent un nouveau regard.

— J'étais vraiment débordé, Leigh, m'expliqua-t-il. Je mets un nouveau projet sur pied, ou plutôt (il prit la main de Mildred) c'est d'elle que vient cette merveilleuse idée. Nous ouvrons une ligne vers l'Alaska, tu te rends compte ? Tu vas penser que personne ne voudra aller en Alaska, à cause du froid... erreur ! C'est sans doute là-bas que les étés sont les plus beaux. Mildred pourra te le dire, elle y est allée.

— Je me moque bien de ton Alaska ! m'écriai-je, au bord des larmes.

— Voilà qui n'est pas très poli, mon petit.

— Ce n'est rien, Cleave, intervint Mildred avec gravité. Je comprends ce que ressent Leigh, tu ferais mieux de tout lui dire.

Tout ? Tout quoi ? Je regardai papa, qui se redressa sur son siège.

— Ce ne sont pas seulement les affaires qui m'ont occupé depuis mon retour d'Europe, Leigh. Mildred et moi nous sommes mariés il y a deux jours.

Il fallait que je sorte de ce restaurant, tout de suite. J'aurais voulu me lever et m'enfuir, courir très loin, courir jusqu'à ce que mes forces m'abandonnent. Mais elles m'avaient déjà abandonnée. Mon estomac n'était plus qu'un nœud d'angoisse et ma poitrine, un grand trou vide. Une chambre d'échos résonnant des battements affolés de mon cœur. Papa avait porté la main de Mildred à ses lèvres et regardait sa... sa femme avec des yeux pleins d'amour. Puis il se retourna vers moi.

— Nous avons trouvé préférable de faire les choses discrètement, sans la moindre cérémonie. Mildred est très réaliste pour ce genre de chose, et sur ce point nous nous ressemblons beaucoup.

Chaque parole de papa l'éloignait un peu plus de moi. Il me semblait le voir s'en aller vers une mer encore invisible, comme une feuille charriée par le vent tourbillonne et dérive de plus en plus loin, diminuant à vue d'œil dans le ciel gris jusqu'à n'être plus qu'une tache minuscule à l'horizon.

— Mes enfants ne sont pas encore au courant, crut bon d'ajouter Mildred.

Dans l'intention de me faire sentir mon importance, devinai-je. On m'avait avertie la première... et alors ? Cela m'était bien égal !

— Nous partons demain pour le Maine, ajouta papa.

Pour le Maine ? Demain ? Je n'en crus pas mes oreilles.

— C'est là qu'habitent les enfants de Mildred : nous voulons leur faire la surprise.

— Je crois qu'ils apprécieront. Tout autant que moi.

Papa sentit mon amertume et accusa le coup.

— Mais je t'ai écrit, mon petit. Tu devais bien te douter de ce qui se passait.

Oui, je m'en doutais, mais je refusais de l'admettre. Je vivais dans l'espoir de recréer un nouvel univers, juste pour nous deux. Je voulais être la seule qui compte vraiment pour lui, la seule au monde. Et retrouver le bonheur d'autrefois. Mais c'était un rêve, qui venait de s'écrouler en un instant. Le temps d'essuyer une larme.

Mildred étendit la main et la posa sur la mienne.

— Je sais que c'est dur pour toi, ma chère petite. Tu as traversé des moments difficiles mais, crois-moi, je ferai tout pour adoucir cette épreuve et rendre ta vie plus agréable. Et j'espère que, bientôt, tu verras en moi une seconde mère, quelqu'un à qui te confier et demander conseil.

J'affrontai le regard de cette inconnue, si différente de ma vraie maman. Sérieuse, sévère jusque dans son sourire, qui me semblait presque machinal. Me confier à elle, la femme qui m'avait pris mon père et s'apprêtait à le détourner vers une autre famille ? Qui compterait le plus pour lui désormais : ses deux autres enfants, ou moi ? Avec qui passerait-il le plus de temps ? Justement, il se tournait vers elle.

— Mildred est une très bonne conseillère, tu peux me croire. Depuis quelques mois, j'en ai fait l'expérience et à vrai dire, je me demande ce que je serais devenu sans elle.

Et moi, papa ? Tu ne te demandes pas ce que tu serais devenu sans moi ? Pourquoi m'as-tu laissée partir si facilement ?

— Mildred a tout prévu, dans le moindre détail. Tu n'auras plus besoin de t'inquiéter pour moi.

M'inquiéter pour toi ! cria en moi une voix silencieuse. Pourquoi n'est-ce pas toi qui t'inquiètes pour moi ?

— Et quand nous aurons été voir ses enfants, nous irons passer notre lune de miel en Alaska, ce qui fera d'une pierre deux coups. Bien organisé, non ? Puis nous voyagerons encore un peu en Europe, pour affaires, et reviendrons juste avant l'hiver. Mais nous ne le passerons pas tout entier à Boston : nous irons quelque temps aux Caraïbes. Au printemps, nous prendrons des vacances dans la famille de Mildred et l'été suivant...

— Mais... et moi, dans tout ça ?
— Rassure-toi, nous nous arrangerons pour te voir. Mildred mettra ça au point.

Mildred, toujours Mildred ! Pourquoi papa laissait-il cette femme prendre si totalement le contrôle de sa vie ?

— Ne te fais pas de souci, déclara-t-elle. Je fais déjà des plans pour t'emmener en croisière et pour que tu viennes vivre avec nous. Nous aurions aimé que tu nous accompagnes dans le Maine, mais...
— Je n'ai pas envie d'aller dans le Maine avec vous !

Papa fronça les sourcils.

— Voyons, Leigh ! Ce n'est pas très gentil.
— Je m'en moque.
— Eh bien c'est un tort. Si tu veux être considérée comme une jeune fille bien élevée, montre-toi un peu plus courtoise.

Sous le regard glacé de Mildred, je piquai du nez vers mon menu. Mon cœur pesait comme une pierre dans ma poitrine, lourd de toutes mes larmes. Mais je ne voulais pas pleurer.

— Eh bien, demanda doucement papa, que choisis-tu ?
— La grillade à l'anglaise ne te dit rien ? insista Mildred.
— Je déteste la grillade, lançai-je d'un ton farouche. Je déteste cet endroit et je vous déteste, vous aussi.

Voilà, c'était dit. Les mots m'avaient échappé, mais le mal était fait et il n'y avait pas moyen de les rattraper. Je me levai, traversai comme une flèche la salle à manger, puis le hall, et me retrouvai dehors. Non loin de moi, sur l'aire de stationnement réservé, Miles dormait derrière le volant de la limousine. Il se réveilla en sursaut quand je cognai contre la vitre, se redressa et vit mon visage ruisselant de larmes.

— Que se passe-t-il ? Quelque chose qui ne va pas ?
— Ramenez-moi à Farthy, dis-je en m'engouffrant dans la voiture. Je veux rentrer.
— Mais...
— Vite, je vous en prie. A la maison.

Il mit le moteur en marche et, par la vitre latérale, j'aperçus papa sur le perron de l'hôtel : il n'avait pas vu la voiture. Il ne la repéra qu'au moment où Miles, en marche arrière, se dégageait de la file et il dégringola les marches.

— Leigh !

Miles commença à ralentir mais j'ordonnai d'un ton coupant, exactement celui de ma mère :

— Continuez, Miles.

Il obéit et je regardai une dernière fois l'hôtel que nous laissions derrière nous. Je vis papa sur le parking, les mains aux hanches, et flanqué de sa chère épouse. Sa nouvelle très chère épouse... Je me détournai, fondis en larmes et sanglotai jusqu'à en avoir mal. En arrivant à Farthy, il me restait tout juste assez de forces pour monter m'enfermer dans ma chambre et me jeter sur mon lit.

Et une fois de plus, les sanglots m'étouffèrent, moi qui croyais avoir versé toutes les larmes de mon corps. Je pleurais encore quand le sommeil me surprit, et ce fut une série de secousses qui me réveilla. Troy était debout près de mon lit, dans son petit costume marin. Je m'assis, me frottai les yeux et surpris mon visage barbouillé dans le miroir.

— Ça ne s'est pas bien passé avec ton papa, Leigh ?
— Oh, Troy ! m'écriai-je en l'attirant dans mes bras.

Il leva vers moi son beau regard sombre, plein d'une gravité attentive.

— Qu'est-ce que tu as, Leigh ? Pourquoi tu pleures ?
— Mon papa a changé, Troy. Il a une nouvelle femme.

Il battit des cils et je crus presque entendre ses pensées.

— Alors tu as une autre maman ?

— Elle ne sera jamais ma maman. Jamais, jamais, jamais !

Pauvre petit bonhomme ! Il ne comprenait rien à cet accès de rage, lui qui n'avait ni père ni mère. Et moi qui avais la chance d'avoir une maman de rechange, voilà que je faisais la difficile ?

— Mon père ne m'aime plus autant qu'avant, expliquai-je. Sa nouvelle femme a une famille, et lui de nouveaux enfants.

Un éclair de compréhension passa dans les yeux de Troy.

— Tu veux jouer avec mon train électrique ? proposa-t-il, dans l'espoir de m'apporter un peu de réconfort.

Je souris, l'embrassai et découvris que j'avais faim. Ce qui s'expliquait très bien malgré les apparences. Au petit déjeuner, j'étais trop énervée pour avaler grand-chose. Je n'avais rien mangé non plus au restaurant et toutes ces émotions m'avaient épuisée. Maintenant, mon estomac protestait.

— Je vais d'abord faire un tour à la cuisine et demander à Rye de me préparer quelque chose, Troy. Puis je viendrai jouer avec toi.

— C'est moi qui vais venir avec toi, décréta-t-il.

Il attendit pendant que je me lavais le visage et faisais disparaître les traces de mes larmes. Puis je me donnai un rapide coup de brosse et nous allions sortir, quand le téléphone sonna. C'était mon père.

— Leigh, ne raccroche pas, je t'en prie, dit-il très vite. (C'était bien ce que j'avais failli faire, en effet, et je ne répondis rien.) Leigh, tu veux bien m'écouter ?

— Je t'écoute, papa.

— Je suis désolé, vraiment désolé de n'être pas venu te voir dès mon retour. Et encore plus de t'avoir annoncé aussi brutalement la nouvelle de mon mariage. J'ai manqué de tact et je te demande pardon. Mildred est bouleversée, elle désirait tellement que tu l'aimes. C'est vrai, je t'assure. Tu me crois, au moins ?

— Oui, papa.

— Mildred estime que, cette année, tu as dû supporter une tension émotionnelle très lourde, surtout pour une adolescente. Elle est très psychologue, tu sais ? Elle a deux enfants, un garçon et une fille. J'espère que tu les connaîtras bientôt.

Je ne fis pas de commentaires et papa enchaîna :

— Je t'aurais bien demandé de nous accompagner dans le Maine, mais il se trouve...

— Je ne peux pas aller dans le Maine, papa. Je pose pour un nouveau jouet Tatterton, la poupée portrait. Cela me prend beaucoup de temps.

— Ah bon ?

— J'aurais pu tout te raconter, si nous avions été seuls.

— Il fallait en parler à table. Mildred est ma femme, maintenant, et elle aimerait être une mère pour toi.

— J'ai déjà une mère.

— Bon, une amie, si tu préfères. Alors tu poses ? Ce doit être passionnant. Ça te plaît, au moins ?

J'hésitai. Devais-je lui assener la vérité au téléphone, pour qu'il se sente coupable de ne pas m'avoir donné l'occasion de lui parler en tête-à-tête ? Si je le faisais, accourrait-il à Farthy pour dire leurs quatre vérités à maman et à Tony ? Et m'emmènerait-il avec lui ?

Dans ce cas, je devrais vivre avec sa nouvelle femme, fréquenter ses enfants... Est-ce que j'aimerais cela ?

— Oui, papa, rétorquai-je d'un ton rien moins qu'aimable. Ça me plaît et la poupée va me rendre célèbre.

— Alors tant mieux, dit-il après un moment de silence. Je m'en réjouis pour toi, Leigh. Pourquoi ne pas essayer encore une fois ? Dînons ensemble ce soir, par exemple. Tous les trois.

— Non, papa, ce soir c'est impossible. Je dois me coucher tôt. J'ai une séance demain matin de bonne heure et il faut que je sois belle et fraîche de la tête aux pieds.

Je précisai bien « de la tête aux pieds » en espérant qu'il demanderait pourquoi, mais il n'en fit rien.

— Peut-être à notre retour du Maine, alors ?

— Peut-être.

— Leigh, je t'en prie, crois-moi quand je te dis que je t'aime.

— Je te crois, papa, dis-je très vite.

— Tu seras toujours ma petite princesse, quoi qu'il arrive.

Sa voix pleine de tendresse raviva mes plus doux souvenirs. J'aurais tant voulu qu'il soit là, maintenant, qu'il me prenne dans ses bras et m'embrasse comme il l'avait fait tant de fois, en rentrant de voyage. Mais il n'était plus pour moi qu'une voix ténue, affaiblie, lointaine.

— Au revoir, Leigh. Nous t'appellerons dès notre retour.

— Au revoir, papa.

Je reposai lentement le combiné, le corps secoué de sanglots sans larmes. Puis j'entendis Troy arriver en courant et il se jeta dans mes bras.

— Ne pleure pas, Leigh. S'il te plaît, ne pleure pas.

— Non, Troy. (Je pris une grande inspiration et réussis à sourire.) Là, ça va mieux. Allons voir ce que Rye peut me préparer, dis-je d'un ton décidé.

Et nous sortîmes la main dans la main.

Ce même après-midi, un peu plus tard, maman vint nous rejoindre dans la chambre de Troy pour savoir comment s'était passée ma journée avec papa. Elle fut surprise d'apprendre qu'il s'était remarié et me posa des tas de questions sur sa nouvelle femme. Je ne lui dis pas comment je les avais quittés.

— Elle est grande et maigre avec un grand nez maigre (maman sourit). Elle a le teint brouillé, des boutons sur le front et des cheveux poivre et sel qu'elle ne doit pas laver souvent. Ils sont tout collants.

— Je n'aurai jamais de cheveux gris ! Les femmes ont le moyen d'éviter ça, alors pourquoi le supporter ?

— Elle a une silhouette informe, ajoutai-je, prenant plaisir à dénigrer la nouvelle femme de mon père. Mais papa l'aime bien parce qu'elle est comptable et très méthodique.

— Tout à fait son genre ! Tu n'as pas dû t'amuser beaucoup, ma pauvre chérie.

— Et elle a des enfants adultes, en plus !
— Ah oui ? Étonnant. Et qu'est devenu son premier mari ?
— Je n'en sais rien. Ils ne me l'ont pas dit.

Maman eut un hochement de tête compréhensif.
— Et tu comptes les revoir bientôt ?
— Non. Elle l'emmène dans sa famille et ensuite, ils feront un voyage de noces et d'affaires combiné.

Maman éclata de rire et Troy, qui jouait avec son train, leva la tête avec un grand sourire étonné.
— Ça, c'est lui tout craché ! s'esclaffa-t-elle. Faire passer sa propre lune de miel dans les frais généraux ! (Elle marchait déjà vers la porte, riant encore, quand elle se retourna subitement.) Au fait, tu lui as parlé de tes séances de pose ?

Je ne me laissai pas prendre à son ton nonchalant et compris très bien ce qui la faisait soudain se raidir. Raison de plus pour ne pas entrer dans les détails.
— Oui.

Si elle était si anxieuse de savoir ce que j'avais dit à papa, qu'elle aille le lui demander ! Je ne lui faciliterais pas les choses. Est-ce qu'elle m'avait aidée, moi ? Elle m'observait avec une attention aiguë et, dans ses yeux, je crus voir monter l'appréhension. Oui, c'était bien de l'appréhension et même... de la peur ! Elle avala péniblement sa salive et dut faire un effort pour articuler :
— Qu'est-ce qu'il a dit ?

Je braquai mon regard sur elle.
— Il a trouvé ça très bien, que voulais-tu qu'il dise ?

Son ravissant visage trahit un soulagement intense. Elle savait que je n'avais pas dit la vérité à papa.
— Tu es très intelligente et très mûre pour ton âge, Leigh. Je suis fière de toi. Oh, j'oubliais ! Tony et moi dînons en ville, ce soir, chez les Amberson. Tu sais qui est M. Amberson, je suppose ? Ce multimillionnaire qui possède une kyrielle d'usines à papier. Il a tellement d'argent qu'il peut s'offrir toutes ses fantaisies. Absolument toutes.

L'argent, les biens, le luxe... c'était donc tout ce qui

comptait pour elle ? Plus que moi ? Je commençais très sérieusement à me le demander...

— Au fait, ajouta-t-elle en s'en allant, Tony m'a chargée de te dire qu'il aura encore besoin de toi demain matin, mais pas pour longtemps. Et après ça, il aura fini ! C'est merveilleux, non ?

Le temps que je trouve une réponse, elle était déjà loin. Elle avait tant de préparatifs à faire pour ce dîner ! Je claquai la porte derrière elle et Troy leva sur moi un regard effrayé. J'aurais voulu crier à maman ce que je pensais d'elle. Une fois de plus, elle m'avait dicté ma conduite sans faire le moindre cas de mes sentiments. Je me sentais piégée. Chaque jour qui passait resserrait un peu plus la toile d'araignée qu'elle tissait patiemment autour de moi. Comment tout cela finirait-il ? Je n'osais pas y penser.

Le lendemain matin, ce ne fut pas Tony que je trouvai dans la salle à manger, mais maman. Elle m'expliqua qu'il s'était levé tôt et travaillait déjà au cottage, où je devais le rejoindre dès que j'aurais fini de manger. Je pris donc tout mon temps pour cela, tandis qu'elle me racontait sa soirée chez les Amberson, et cessai bientôt de l'écouter. Sa voix ne fut plus qu'un ronron servant de fond sonore à mes pensées. Je me sentais particulièrement nerveuse à l'idée de cette dernière séance avec Tony, plus que pour toutes les autres. Était-ce dû à la terrible tension émotionnelle que je venais de subir ? Possible. Ma vie semblait tourner au chaos, depuis quelque temps.

Finalement, je quittai la table, montai me donner un dernier coup de peigne et pris le chemin du cottage. Il faisait un temps superbe, c'était un des jours les plus chauds de l'été. On sentait à peine la brise de mer et les nuages semblaient tracés au pinceau sur le ciel transparent. Même les oiseaux, toujours si babillards, se taisaient sur mon passage. Et leurs petits yeux vifs me fixaient d'un air interrogateur, brillants comme des joyaux. Des tondeuses ronflaient aux quatre coins du parc et de temps à autre me parvenait le cri d'une mouette, mais à part cela, tout était prodigieusement calme. J'avançais dans un tableau géant, peint sur une gigantesque toile.

A l'intérieur du labyrinthe, la solitude et le silence étaient plus impressionnants que d'habitude, l'ombre plus pesante et plus fraîche. La senteur pénétrante de l'herbe fraîchement coupée flottait partout. Je m'avançais dans les couloirs de verdure avec la sensation de m'enfoncer, de plus en plus profondément, dans un monde mystérieux. Une fois, je regardai par-dessus mon épaule et n'eus que le temps de voir le toit rouge de Farthy disparaître derrière une haie. Sans aucune raison, la panique s'empara de moi et je courus pendant tout le reste du trajet. Je me trouvai plutôt ridicule, en émergeant près du cottage. J'essuyai mon visage moite, rejetai mes cheveux en arrière et, le menton haut, je marchai jusqu'à la petite porte bleue.

Tony était penché sur la poupée d'argile qu'il effleurait à petits gestes gourmands, comme s'il s'apprêtait à la prendre dans ses mains. Il se redressa brusquement à mon entrée et me lança un regard aigu.

— Ah, te voilà enfin ! J'avais hâte d'en finir. Je n'ai qu'une ou deux retouches à faire au visage, inutile de te déshabiller. Va t'asseoir, ordonna-t-il en me désignant le canapé où j'allai docilement prendre place. Oui, de face, très bien. Alors tu as vu ton père, ajouta-t-il en commençant à travailler avec un outil minuscule.

— Oui.

— Mais ça ne s'est pas très bien passé.

Je lui décochai un regard furtif. Comment savait-il cela ? Il répondit avec douceur à cette question muette.

— Miles m'a raconté... mais je n'ai rien dit à ta mère. Et apparemment, toi non plus, acheva-t-il avec un clin d'œil.

— Je ne voulais pas lui faire de peine.

— Je vois. Mais qu'est-ce qu'il t'a fait à toi ? Tourne un peu la tête... un peu plus... voilà.

— Mon père s'est remarié.

— Et tu n'en savais rien ?
— Non.

Tony eut une mimique désolée.

— Ce que les hommes peuvent être idiots, quelquefois ! Et tu... n'as pas beaucoup apprécié sa nouvelle femme, on dirait ?

— Oh, j'ai dû être injuste. J'étais tellement nerveuse !

Je commençais à regretter de n'avoir pas offert une seconde chance à papa et à sa femme. Maintenant, c'était trop tard : ils étaient partis.

— Injuste, toi ? Tu es la bonté et la délicatesse mêmes, protesta Tony avec chaleur. Je vois bien comment tu te conduis avec Troy et... j'aimerais beaucoup que tu me considères comme un père, Leigh. Je sais que je fais un bien pauvre remplaçant et que tu me trouves trop jeune... (il marqua une pause, espérant une réponse qui ne vint pas)... mais j'ai beaucoup d'expérience. Ma fortune et mes responsabilités m'ont fait vieillir avant l'âge, ajouta-t-il en souriant.

Il changea de position, m'étudia, se pencha sur sa table, s'interrompit encore et se remit à scruter mon visage.

— En tout cas, reprit-il après un long silence, si jamais tu as des problèmes dont tu ne veuilles pas discuter avec ta mère, sache que je suis là.

— Merci, Tony.
— Je serai heureux de t'aider, dit-il encore.

Puis il se concentra sur son travail, changeant d'outils, grattant, retouchant, m'observant et remaniant pendant au moins une heure. Finalement, il se leva et annonça que le modèle était terminé.

— Ça y est, cette fois, tu es libre. Il ne me reste plus qu'à m'occuper du moulage. Pour la peinture, je m'en remettrai à un de mes meilleurs artisans.

Alors je n'aurais plus à poser nue, jamais ? C'était trop beau pour être vrai, pensai-je avec soulagement. Puis je m'avisai que je n'avais pas encore vu la sculpture achevée.

— Je peux voir, maintenant ?

— Bien sûr.

Tony s'écarta de la table, me fit signe de m'approcher et je me levai pour contempler la poupée d'argile. Mais dès que je l'aperçus, ce fut le choc. Je rougis comme une pivoine et poussai une exclamation consternée. La tête me tournait, une bouffée de chaleur courut dans tous mes membres, aussitôt remplacée par un frisson glacé. Mon visage était on ne peut plus réussi, mais mon corps... Tony en avait représenté les moindres détails avec un réalisme outré qui frisait la pornographie. Et tout le monde pourrait voir ça, les garçons aussi, n'importe qui...

Les yeux rétrécis, il m'observait avec acuité.

— Eh bien, qu'est-ce qui ne va pas ?

— Vous ne pouvez pas montrer ça à n'importe qui, Tony ! C'est affreusement gênant. Les poupées n'ont pas... pas de...

— Pas de sexe ? En effet, mais celle-ci est une œuvre d'art, je te l'ai déjà dit.

— Non ! hurlai-je. Je ne vous laisserai pas mettre mon visage sur cette... cette chose. C'est impossible.

— Mais ce sera *ta* poupée, Leigh. Personne d'autre que toi n'aura ce modèle, les gens voudront leur propre image.

— Mais ils regarderont celle-ci pour savoir à quoi ressemblera la leur !

— Elle sera habillée quand ils l'examineront.

— Mais pourquoi l'avoir faite comme ça, alors ?

Il nous regarda tour à tour, moi d'abord, la poupée ensuite, comme si c'était elle qui détenait la réponse. Puis il étendit la main pour la caresser et ses traits prirent instantanément cet air lointain que je lui connaissais déjà.

— Tu le sais déjà. Pour l'amour de... pour l'amour de l'art.

— Je ne vous laisserai pas exposer ma photo à côté d'elle. A aucun prix.

Il me fixait toujours, et soudain ses yeux perdirent leur expression rêveuse. Son regard se glaça.

— Très bien, je la changerai ! s'écria-t-il avec colère. Et maintenant va-t'en, je n'ai plus besoin de toi.

Je gagnai la porte et me retournai sur le seuil. Debout devant sa table, le visage dur comme un marbre, Tony contemplait toujours la poupée d'argile. Je tournai les talons et m'éloignai vers le labyrinthe. Je m'y enfonçai d'un pas vif, et à mi-chemin je me mis à courir, fuyant cette image insoutenable.

Moi, nue, exposée à tous les regards.

15

Angel

Moi qui avais tant attendu les vacances d'été, je fus ravie d'en voir la fin et de retourner à Winterhaven. Jennifer me manquait. Je lui avais parlé de la poupée, mais sans préciser que je posais nue ; et je ne lui avais jamais rendu visite. Quand mes séances au cottage eurent pris fin, maman trouva mille raisons de me retenir à Farthy. Quelques semaines avant la rentrée, je fis une nouvelle tentative mais elle me répondit que je verrais toujours mes amies bien assez tôt. Et quelques jours plus tard, elle décida de m'emmener à New York City pour renouveler ma garde-robe... et la sienne par la même occasion. Drôle de voyage ! A peine arrivée, elle décréta qu'il faisait trop chaud pour rester. Après une seule nuit à New York et quelques achats dans deux grands magasins, elle me ramena à Farthy.

Tony voyagea beaucoup pendant le mois d'août, pour ouvrir de nouveaux marchés dans tout le pays et en particulier pour lancer la poupée. Mais je n'avais toujours pas vu le modèle achevé. Comme prévu, il en avait confié la finition à l'un de ses meilleurs artisans, un homme qu'il avait fait venir d'Europe, où il travaillait sur le même genre de jouets. Tant qu'elle ne serait pas « fignolée jusqu'au bout des ongles », avait dit Tony, maman et moi n'aurions pas le droit de la voir.

Le temps changea, Troy en souffrit et une nouvelle

forme d'allergie se déclara. Vers la fin du mois d'août, son état devint si grave qu'il dut être hospitalisé pendant une semaine, pour des tests. On lui en fit subir des douzaines, dans l'espoir de trouver l'antidote miracle. Miles me conduisit tous les jours à l'hôpital, mais maman ne vint jamais. Elle avait toujours quelque chose à faire ou quelqu'un à voir. Et le jour de la rentrée arriva.

L'école reprenait une semaine plus tôt qu'ailleurs, à Winterhaven, mais l'automne était déjà là. Après un été particulièrement chaud, des bourrasques de pluie et de vent s'étaient brutalement abattues sur la région et les arbres avaient changé de couleur avec une rapidité stupéfiante. La température chuta brusquement et l'azur vaporeux du ciel fit place à un bleu profond, beaucoup plus dur.

Cela m'était bien égal, j'avais toujours aimé l'automne, ses couleurs et ses coups de vent frais. Cette bouffée d'air vif me remplit d'énergie et d'espoir. J'avais reçu deux coups de fil de papa ; l'un à son retour du Maine, juste avant sa lune de miel, et l'autre juste après. A chaque fois, il me promettait que nous allions nous revoir. Mais, de problème d'horaires en rendez-vous d'affaires, il se produisait toujours un contretemps qui rendait la chose impossible. Pour finir, il fut convenu que je passerais les vacances de Noël avec eux, Mildred et lui.

La mère de Jennifer s'était remariée aussi, et nous étions aussi malheureuses l'une que l'autre, aussi impatientes de retrouver Winterhaven et le club. Quand Miles me déposa devant Beecham Hall, ma chère Jennifer qui me guettait depuis longtemps sur le perron me sauta au cou. Nous nous embrassâmes tant et plus et nous dîmes tant de choses à la fois qu'au bout de quelques minutes la voix nous manqua. Elle m'aida à défaire mes valises et nous allâmes rejoindre les autres. Tout le monde était déjà là, sauf Marie, qui devait arriver le lendemain seulement. Et directement de Paris.

Cette nuit-là, Jennifer et moi bavardâmes jusqu'à

une heure avancée, assise chacune dans son lit, le menton sur les genoux. Je finis par lui raconter par le menu mes séances de pose. Quand je décrivis mon premier déshabillage, et la façon dont Tony m'avait dénudée peu à peu en faisant glisser le drap, elle se figea et sa voix baissa jusqu'au murmure.

— Mais il a l'air si jeune ! Je ne sais pas si j'aurais pu... Comment as-tu osé ?

— Je n'en sais rien. C'est ma mère qui a voulu. C'est une artiste, expliquai-je, et les artistes n'accordent pas d'importance à ces choses-là.

Mais je passai sous silence la façon dont Tony me touchait pour me « transférer » sur la toile et dans l'argile. Je n'aurais pas pu, et d'ailleurs... j'en avais bien assez dit.

— Promets-moi de ne rien raconter au club, Jennifer. Les autres n'ont pas besoin de connaître les détails. Laisse-les croire que le corps de la poupée est sorti de l'imagination de Tony, elles riront déjà assez en le voyant.

— Et pourquoi ?

— Parce qu'il est beaucoup plus développé que le mien. Surtout ici, précisai-je en portant les mains à ma poitrine.

Les yeux de Jennifer s'agrandirent.

— Pourquoi a-t-il fait ça ?

— Va savoir ! Je ne comprends pas les hommes, mon père pas plus que les autres.

Elle se tut et je me figurai qu'elle pensait à son père, elle aussi, mais je me trompais.

— La dernière semaine des vacances, j'ai rencontré un garçon, m'annonça-t-elle. Et nous nous sommes revus deux fois.

— Jennifer Longstone ! Tu ne m'en as pas dit un mot dans tes lettres, ni au téléphone. Qui est-ce ? Quel âge a-t-il ? Décris-le-moi !

— C'est arrivé si vite que je n'ai même pas eu le temps de te le dire, Leigh. Et je ne voulais pas en faire tout un plat avant d'être sûre que c'était sérieux. Il s'appelle William Matthews. Il a seize ans, il est interne à Allendale et il viendra au bal de la rentrée, ce week-end. Tu crois que tu pourras rester ?

— Oui. Ma mère est d'accord pour que je reste une semaine sur deux.

— Alors ça, c'est super ! Parce que j'ai parlé de toi à William, il vient avec son camarade de chambre et il pense que vous vous entendrez très bien, tous les deux.

— Tu n'as pas fait ça ! Qu'est-ce que tu lui as dit ?

— La vérité, pas plus. Que tu étais jolie, intelligente et qu'avec toi on ne s'ennuyait pas.

— Oh, Jennifer !

— Mais c'est vrai. Et je n'ai rien promis, rassure-toi. Je n'aurais pas fait ça sans t'en parler. Le copain de William s'appelle Joshua John Bennington. William dit qu'il est très timide, mais très beau, et que c'est un des garçons les plus brillants d'Allendale. Et en plus, il est très riche.

— Tu parles comme une entremetteuse ! Et depuis quand t'intéresses-tu d'aussi près aux garçons, au fait ?

— Depuis la dernière semaine de l'été, chuchota-t-elle.

Et elle me raconta ses deux rendez-vous avec William, dont le dernier avait eu lieu chez elle, et sans témoin.

— Il m'a embrassée, Leigh. C'était la première fois que je laissais un garçon me toucher. Tu as déjà laissé un garçon te toucher, toi ?

Je songeai aux mains de Tony explorant mon corps, mais j'avais encore trop honte pour en parler.

— Non. Et je ne crois pas que je pourrais le faire, sauf si je l'aimais vraiment et qu'il m'aime aussi.

Jennifer hocha la tête d'un air coupable.

— Je l'aime beaucoup, admit-elle, d'un ton qui laissait prévoir une suite à ce début prometteur.

— Raconte-moi tout.

— Eh bien... ça m'a plu, mais quand William a voulu aller trop loin, je l'ai empêché. Si, si, je t'assure. C'est ça le secret : savoir s'arrêter à temps. C'est Wendy Cooper qui me l'a dit, et elle s'y connaît. Ça fait un an qu'elle sort avec Randolph Hampton et il a presque dix-sept ans !

Un silence plana, puis Jennifer reprit ses confidences.

— Mais c'est dur de s'arrêter, tu sais. Il se passe de drôles de choses en toi, et tu dois rudement batailler avec ton corps. Tu verras quand ça t'arrivera !

Je me souvenais. J'avais tremblé sous les mains de Tony, éprouvé des sensations totalement inconnues. Mais j'avais été surtout affreusement gênée. Le serais-je encore, si je faisais ces choses avec un homme que j'aime ?

Jennifer me surprenait. De toutes les filles du club, elle était la dernière que j'aurais imaginée dans les bras d'un garçon. Décidément, on ne pouvait se fier à personne, pas même à sa meilleure amie. Et encore moins à son père. L'été ne durait pas longtemps, et pourtant... il s'en passait des choses ! Autour de moi, dans ma vie, tout semblait s'accélérer. J'avais l'impression de tourner sur un manège emballé.

— Oh, Leigh, c'est si bon de te revoir et d'avoir quelqu'un à qui parler. Je déteste ma mère, maintenant, et je ne lui confierai plus mes secrets. Et toi, est-ce que tu détestes ton père ?

— Je n'en sais rien. Quelquefois oui, et d'autres fois... il me fait de la peine. Je n'y comprends plus rien et je ne veux plus y penser.

Je dis bonsoir à Jennifer et me préparai à dormir, mais ses confidences avaient ravivé mes souvenirs. Je croyais presque sentir les doigts de Tony explorer mon corps, le pétrir comme une argile à modeler. Comment ma mère pouvait-elle trouver normal que je le laisse me toucher de cette façon-là ? Il ne lui venait pas à l'esprit que cela pouvait éveiller en moi le même genre de sensations que chez Jennifer, quand son ami la caressait ? Ou se figurait-elle que j'étais trop jeune pour cela ?

Je regardai mon amie, déjà en train de dormir et probablement de rêver à son cher William. Sa première expérience était passionnante, il y avait de quoi exciter l'imagination de n'importe quelle fille. J'aurais bien voulu avoir un amoureux, moi aussi. Un garçon à aimer et qui m'aimerait, comme dans les films et les romans. Et je détestais penser à la manière dont Tony Tatterton me dévorait des yeux, pendant que je restais docilement debout devant lui, toute nue et sans bouger. Ce n'était pas très romantique, comme souvenir !

Il me fallut beaucoup de volonté et de concentration pour chasser de mon esprit ces images déplaisantes, mais j'y parvins. Et je me laissai enfin glisser dans le sommeil.

Le lendemain matin, les dortoirs et les chambres bouillonnaient de vie et d'énergie. Nous étions toutes en proie à l'excitation fébrile de la rentrée. Les douches coulaient sans arrêt, des séchoirs à cheveux ronronnaient dans tous les coins, les pensionnaires s'interpellaient. On se prêtait des vêtements, des bijoux, des rubans... c'était bon d'être de retour, bien meilleur que je ne m'y attendais. Mais à Winterhaven, au moins, parmi les bruits de voix et de course éperdue (il ne s'agissait pas d'être en retard), ponctués par le tintement de la cloche, je pourrais essayer d'oublier les moments hideux qui m'avaient gâché l'été.

Comme toujours, le club se rassembla pour gagner les classes. Marie Johnson était attendue d'un moment à l'autre, nous guettions son arrivée et tout le monde parlait de la soirée dansante avec les garçons d'Allendale. Ainsi débutait, traditionnellement, chaque nouvelle année scolaire. Et j'allais pouvoir assister à ce bal ! J'étais folle de joie. Bien entendu, le grand sujet de conversation était la toilette. Quel style choisir ? Chacune avait son opinion sur la question.

Notre petite troupe s'ébranla dans le corridor, saluée au passage par les filles des autres chambres. Nous étions en effet tenues de laisser les portes ouvertes pendant la journée, afin de permettre aux surveillantes de vérifier si tout était en ordre.

Au moment où nous arrivions dans le hall, Marie fit une entrée remarquée, précédant son chauffeur accablé de bagages. Des pendentifs gros comme des cubes de glace oscillaient à ses oreilles et son fard à paupières ne passait pas inaperçu. Elle portait un sweater de tennis blanc sur un chemisier de coton assorti et une longue jupe flottante bleu marine.

— *Salut les filles !* s'écria-t-elle en français. *Comment allez-vous ?*
— Marie !

Tout le monde se précipita à sa rencontre. Nous avions l'air de gamines, à côté d'elle.

— Je ne peux pas croire que je me retrouve ici... surtout quand je vous vois, tas de vieilles filles rabougries !

Elle jeta autour d'elle un regard dégoûté, puis éclata de rire avant d'ajouter :

— Mais vous m'avez manqué, toutes autant que vous êtes !

Et elle nous serra dans ses bras, l'une après l'autre.

— Je voulais rentrer hier soir mais ça n'a pas été possible, annonça-t-elle en soupirant. J'ai sérieusement besoin de repos, mais ne vous inquiétez pas pour moi. Mlle Mallory est au courant et je suis dispensée de cours pour la matinée. Je vous attends toutes ce soir chez moi. J'ai un petit souvenir pour chacune et je vous dirai tout sur mon été à Paris. Surtout sur les hommes.

— Les hommes ! s'effara Toby.

— Enfin... les jeunes, bien sûr. Allez, *au revoir*, dit-elle à la cantonade en faisant signe au chauffeur de la suivre.

Je suivis mes amies vers les salles de classe, sans rien trahir des tourments qui m'agitaient. Certains de mes rêves et de mes chagrins, je le savais, ne pouvaient pas se partager... et surtout pas avec les filles du club.

Subitement, la soirée dansante avec les garçons d'Allendale passa au premier plan et mit tout le monde en effervescence. Un certain soir, Jennifer reçut un appel de William et me fit signe de venir à l'appareil : elle s'était mis en tête que je parlerais à Joshua. Je refusai, mais elle insista tant que je la rejoignis et, sans tenir compte de mes froncements de sourcils, elle me tendit le récepteur.

— Dis-lui bonjour.

— Bonjour, répétai-je, et une voix grave et douce reprit en écho :

— Bonjour.

Le reste ne suivit qu'après un assez long silence.

— C'est un peu gênant, William voulait que je vous parle avant le bal et...

— Et Jennifer exigeait la même chose de moi, glissai-je, comprenant l'embarras de Joshua.

— Ah ! Je... je suis très impatient de vous connaître. Jennifer dit le plus grand bien de vous.

— Jennifer exagère.

— Oh, je ne crois pas ! Mais je voulais simplement vous saluer et vous dire combien j'ai hâte de vous voir au bal.

— Moi aussi, répliquai-je, d'une voix qui me parut ridiculement petite fille.

Celle de Joshua faisait tellement adulte, par comparaison ! Je rendis si brutalement le combiné à Jennifer que je faillis lui défoncer une côte. Elle n'en reprit pas moins sa conversation avec William et j'attendis qu'elle eût raccroché pour passer à l'attaque.

— Comment as-tu pu me faire ça ? C'est horriblement gênant d'essayer de faire la conversation à un inconnu. Je suis sûre qu'il ne voudra plus entendre parler de moi, maintenant. J'ai eu l'air complètement idiote.

— Pas du tout.

— Quand je rencontre quelqu'un pour la première fois, j'aime bien voir sa tête ! protestai-je avec humeur.

Jennifer ne répondit que par un sourire énigmatique. Et toute la soirée, je me répétai mentalement les paroles de Joshua. S'il était aussi agréable que sa voix... je me berçai secrètement de cet espoir.

La question de la toilette prit soudain pour moi des proportions considérables. Il fallait que je sois à mon avantage, je ne pensais plus qu'à cela. Finalement, j'arrêtai mon choix sur ma robe en mousseline de soie rose avec la ceinture nouée dans le dos. J'avais beaucoup hésité, à cause du bustier à bretelles étroites. Je trouvais toujours mes épaules un peu maigres. Mais je décidai de porter un châle de dentelle, et de le garder si je me sentais trop intimidée.

Quand Winterhaven recevait, un comité spécial se chargeait de la décoration de la salle de bal, en l'occurrence la salle à manger. On avait retiré presque toutes les tables et roulé les tapis. Du plafond pendaient toutes sortes de guirlandes, ballons et banderoles multicolores. On avait même remplacé le respectable lustre de cristal par une énorme boule scintillante. La grande pièce était méconnaissable. Exposée au sud-est, elle était si ensoleillée, le jour! On en avait fait une salle de bal tout à fait agréable.

Sous la conduite de Marie, pérorant inlassablement sur ses soirées dansantes à Paris, le club descendit l'escalier. La veille, Marie nous avait tenu un grand discours sur les garçons d'Allendale, insistant beaucoup sur le fait qu'ils étaient très riches et tous très lancés dans le monde. Nous avions pour consigne de les laisser parler, de paraître timides et très impressionnées, et de les écouter en battant des cils. Sur ce dernier point, elle nous avait même fait une démonstration du style « femmes fatales ». Ces dernières étant, s'il fallait l'en croire, de ravissantes et dangereuses créatures qui brisaient les cœurs de leurs amoureux. Elle connaissait des garçons d'Allendale et affirmait que certains d'entre eux méritaient d'avoir le cœur brisé. J'espérais que Joshua John Bennington n'était pas du nombre. Ni Jennifer ni moi n'avions parlé de lui ou de William aux autres. Nous leur réservions cette petite surprise.

L'orchestre, composé de garçons d'Allendale, jouait déjà et nous fîmes notre entrée sur l'air de *Rock around the clock*. Des ballons détachés flottaient au-dessus de la tête de nos futurs danseurs, troupeau désordonné égaillé dans la salle. Certains buvaient du punch, d'autres se contentaient de nous observer d'un air placide, le sourire aux lèvres, chacun jetant déjà son dévolu sur l'une d'entre nous.

Les filles du club ouvrirent des yeux ronds quand un grand garçon blond traversa rapidement la pièce pour venir saluer Jennifer.

— Leigh, dit-elle en lui prenant la main, laisse-moi te présenter William Matthews. William, Leigh Van Voreen.

— Enchanté de vous connaître, Leigh.

Je fus sensible à l'air aimable et bienveillant de William et m'en réjouis pour mon amie.

— Ravie de vous rencontrer, répondis-je en prenant la main qu'il me tendait.

Derrière nous, un chœur de chuchotements se fit entendre.

— Mon ami est là-bas, près du service à punch, en train de trembler de peur.

— Oh, William ! Ne le taquine pas, protesta Jennifer. Et Leigh non plus, s'il te plaît.

— Mesdames, si vous voulez bien...

William Matthews arrondit les deux bras pour que nous y glissions les nôtres. Je pris le gauche, lançai un dernier regard au club médusé et nous nous laissâmes conduire au buffet. Un grand garçon brun au teint hâlé leva sur nous des yeux noisette mouchetés de vert, très lumineux. Je le trouvai franchement beau et sa virilité discrète, qui s'imposait sans s'afficher, me fit battre le cœur un peu plus vite. Il me jeta un regard vif et pourtant empreint de douceur qui me donna l'impression déroutante d'avoir été « enregistrée » en un clin d'œil, pensées comprises. Ce fut très palpitant et un frisson délicieux me courut le long du dos.

— Leigh, annonça William d'une voix un peu plus forte qu'il n'eût été nécessaire, voici mon camarade de chambre, Joshua John Bennington, le célèbre baratineur par téléphone.

Joshua secoua la tête, les yeux au plafond.

— J'ai honte d'avoir un clown pareil pour ami, dit-il en me tendant la main. Heureux de vous connaître.

— Moi aussi, commençai-je, et je me mordis la lèvre pour ne pas proférer les banalités habituelles. Je veux dire...

William vint à mon secours.

— Jen et moi allons danser pendant que vous ferez connaissance, tous les deux. Attention, Leigh, ce garçon laisse derrière lui une longue cohorte de cœurs en peine. Joshua... à toi de jouer ! lança-t-il avec un clin d'œil.

Et il entraîna Jennifer vers la piste, où je les suivis des yeux pendant quelques instants.

— William danse vraiment bien, constatai-je.

— William fait tout très bien, ou presque. C'est un de ces heureux mortels qui nous donnent des complexes à tous.

— Oh, mais je ne vois pas pourquoi vous en auriez !

L'enthousiasme de ma repartie me surprit moi-même. Les yeux de Joshua pétillèrent, son sourire s'élargit.

— N'allez pas croire à cette histoire de cœurs en peine, surtout. L'année dernière, je ne suis même pas venu une seule fois aux soirées dansantes.

— C'est vrai ? Moi non plus.

— Pas possible ! s'exclama Joshua, dont l'expression se détendit. Je vous sers un punch ?

— Volontiers.

Quand il eut rempli mon verre, nous allâmes nous asseoir sur une banquette pour bavarder. J'appris qu'il avait deux frères et une sœur, que son père était notaire et qu'il habitait non loin de Boston, presque à la limite de la ville. Sa famille possédait une maison de vacances à West Palm Beach et une villa sur la plage au Cap Cod. Maintenant qu'il avait commencé à parler de lui-même, il n'y avait plus moyen de l'arrêter. De temps à autre, je jetais un coup d'œil en direction du club : la plupart des filles étaient en train de danser. Mais Toby et Betsy, qui n'avaient pas trouvé de cavaliers, me lançaient de loin des regards venimeux.

Joshua voulut savoir où je vivais et je lui parlai de Farthy. Il connaissait de nom les jouets Tatterton, bien que sa famille n'en possédât aucun. Quand je mentionnai Tony, en l'appelant « mon beau-père », il ne me posa aucune question sur mon père, ni sur les raisons qui avaient poussé ma mère à se remarier. Je trouvai sa discrétion très courtoise.

Il me fit danser, puis m'emmena au buffet, puis nous retournâmes danser. Jennifer et William ne nous quittaient jamais pour très longtemps, et le moment arriva où elle n'y tint plus et me demanda de la rejoindre dans les lavabos des filles. Sitôt la porte fermée, elle me bombarda de questions.

— Alors il te plaît ? Vous vous amusez ? Comment est-il ?

— Oui, il me plaît. Il est charmant, un peu trop poli mais j'adore ça. J'ai l'impression d'être... une grande dame.

— Tant mieux ! s'écria Jennifer en me sautant au cou.

Et nous nous embrassâmes en riant. Nous allions sortir quand le club fit irruption dans les lavabos, Marie en tête. Elle se planta devant nous, les mains sur les hanches.

— Alors, vous deux, on peut savoir ce qui se passe ? Pourquoi nous avoir caché que vous aviez chacune un amoureux à Allendale ?

— Joshua n'est pas mon amoureux ! protestai-je vivement. Je ne l'avais jamais vu avant ce soir.

Marie se retourna vers Jennifer, qui se hâta d'expliquer :

— J'ai rencontré William à la fin des vacances, mais il ne m'a pas demandé de m'engager ni rien de ce genre.

Marie eut un rictus dédaigneux.

— N'empêche, nous aurions dû être au courant. Les membres du club ne doivent avoir aucun secret les unes pour les autres, c'est la règle du jeu. Confiance mutuelle et totale, ajouta-t-elle en nous foudroyant du regard.

— Mais...

— Nous avons eu l'air fin, à cause de vous ! Votre silence est une trahison.

— Mais voyons, Marie, c'est stupide. Nous t'avons dit...

— Stupide ! (Marie croisa les bras et prit le club à témoin ; colère, jalousie, dépit se lisaient sur tous les visages.) Vous trouvez ça stupide, vous autres ? Nous aurions dû être au courant, répéta-t-elle. Mais Leigh n'aime pas partager, c'est bien connu. Qui as-tu invité dans ton fabuleux manoir, à part Jennifer ? Tu te crois supérieure à tout le monde, c'est évident !

— Pas du tout, je vous ai dit...

— Amusez-vous bien, toutes les deux !

Sur ces mots crachés d'un ton rageur, Marie tourna les talons et ses suivantes lui emboîtèrent le pas, non sans nous jeter au passage quelques regards meurtriers. Jennifer était au bord des larmes.

— Oh, Leigh ! Dans quel pétrin je t'ai mise !

— Mais non, Jen. Elles sont jalouses, c'est tout. Ne t'en occupe plus, et comme nous le conseille si gentiment Marie, amusons-nous ! D'ailleurs tu n'es pas seule en cause : moi non plus, je ne leur ai rien dit.

Jennifer hocha la tête, mais elle n'en menait pas large.

— Allons, insistai-je, oublions tout ça.

Je la pris par la main et la ramenai dans la salle de bal, mais le reste de la soirée fut un véritable cauchemar. Les filles du club nous lançaient des regards noirs, aucune d'elles ne nous adressait la parole. Et bien avant la fin du bal, elles tenaient des conciliabules avec les autres et riaient tout haut, en laissant bien voir qu'il était question de nous. Joshua sentit passer l'orage et je le mis au courant.

— C'est bien de moi d'attirer des histoires aux autres ! s'affligea-t-il, avec une hâte surprenante à prendre tous les torts sur lui.

— Mais vous n'y êtes pour rien, c'est elles qui sont stupides de se fâcher pour si peu. Cela prouve tout simplement qu'elles ne sont pas de vraies amies. D'ailleurs, affirmai-je en répondant à travers la piste aux regards mauvais de mes persécutrices, j'aime mieux vous avoir pour ami que n'importe laquelle de ces pimbêches.

Les yeux mordorés de Joshua s'illuminèrent.

— C'est vrai ?

— Oui. J'espère que vous... que tu m'appelleras et

que tu viendras me voir à la première occasion, débitai-je avec une audace dont je fus la première surprise.

Mais j'étais hors de moi et il me plaisait vraiment.

— Oh oui, je viendrai vous... je viendrai te voir, acheva-t-il, rayonnant. Compte sur moi.

Nous dansâmes encore, et encore. Et quand vint le slow, la danse finale, Joshua me serra fermement contre lui et frôla ma tempe de ses lèvres. Je levai la tête et, pendant un instant, nos regards se nouèrent. Nous devions avoir l'air très romantiques, car un coup d'œil vers le club me révéla un spectacle inattendu. Mes ex-grandes amies nous suivaient du regard, les yeux rêveurs et les lèvres entrouvertes. Pour un peu, on les aurait entendues soupirer.

Puis Mlle Mallory annonça la fin du bal et avertit les membres du comité qu'il faudrait se lever tôt le lendemain. La salle devait être remise en ordre dans les plus brefs délais, sinon la prochaine réunion prévue n'aurait pas lieu. Le message fut parfaitement compris.

Les garçons commencèrent à s'en aller et Jennifer et moi sortîmes avec William et Joshua, deux par deux et la main dans la main. A peine étions-nous dans les jardins que William entraînait Jennifer dans un coin d'ombre, pour l'embrasser. Joshua et moi les regardions, figés sur place. Puis nous nous tournâmes l'un vers l'autre et, d'un geste impulsif, je lui pris la main et la serrai. Ce fut plus fort que moi, je mourais d'envie qu'il m'embrasse. Pendant un court instant il eut l'air déconcerté, puis m'attira dans un autre coin sombre. Et là, très doucement, il déposa un baiser sur mes lèvres.

— Bonne nuit, Leigh. J'ai passé une excellente soirée.
— Moi aussi... bonsoir.

Il rejoignit William et tous deux s'éloignèrent avec les autres garçons. Jennifer et moi leur adressâmes de grands signes, jusqu'à ce qu'ils aient quitté le parc. Mais dès qu'ils ne furent plus en vue, nous nous jetâmes dans les bras l'une de l'autre en riant. Puis, la main dans la main, nous nous acheminâmes vers les chambres.

Sur la porte de la nôtre, on avait collé un papier.

« GARDEZ VOS SECRETS POUR VOUS ET TENEZ-VOUS À L'ÉCART. VOUS NE FAITES PLUS PARTIE DU CLUB. » J'arrachai le feuillet et le mis en pièces, mais Jennifer avait les larmes aux yeux. Sans mot dire, elle se laissa tomber sur son lit.

Dans la même seconde, elle se releva en hurlant.

— Beurk ! C'est dégoûtant.

Ça l'était, en effet. Nos lits étaient trempés et, à en juger par l'odeur, le liquide provenait des toilettes. Prise de nausées, Jennifer détala vers la salle de bains.

Je me souvins de lui avoir dit que je ne comprenais pas les hommes... j'étais bien en dessous de la vérité. Je découvrais que je ne comprenais personne, ni les hommes ni les femmes. Égoïsme, cruauté, jalousie couvaient comme un mal secret au fond de tous les cœurs, et du mien aussi, peut-être. En cet instant même, je souhaitais tirer vengeance des filles du club. Je leur aurais volontiers enfoncé des épingles dans le corps, à toutes, l'une après l'autre.

Je commençai à défaire la literie : nous allions devoir retourner les matelas. Quand Jennifer revint de la salle de bains, les joues striées de larmes, je lui souris.

— Comment peux-tu être heureuse, après... après ça !

— Je ne pensais pas à ça, figure-toi, mais aux beaux yeux vert et or de Joshua John Bennington.

Elle me regarda d'un air effaré, puis sourit à son tour... et tout finit dans un double éclat de rire. Bientôt, ce fut un fou rire, délirant, irrépressible. Quelques filles sortirent de leur chambre en se demandant les unes aux autres ce qui se passait.

— Rien du tout ! criai-je à la cantonade. C'est simplement que nous nous sommes tellement amusées, ce soir.

Des portes claquèrent le long du couloir.

Je regardai Jennifer et notre fou rire nous reprit, encore plus fort qu'avant. Il dura tellement longtemps qu'il ne nous resta plus assez de forces pour refaire nos lits. Nous nous étendîmes sur le matelas, croyant encore entendre la musique du bal et les yeux toujours emplis des lumières de la salle. C'est ainsi que le sommeil nous surprit.

Notre vie scolaire se trouva un peu modifiée, du fait que nous n'étions plus membres du club. Certaines des filles, comme Carla et Wendy, ne purent pas s'empêcher de reprendre avec nous des relations amicales, même si nous étions exclues des réunions. Ce qui nous parut d'ailleurs moins pénible que nous l'avions redouté, et pour cause. William et Joshua occupaient toutes nos pensées.

Quand je passais le week-end à Winterhaven, nous nous arrangions toujours pour faire quelque chose ensemble, tous les quatre, ne fût-ce qu'aller travailler à la bibliothèque. Nous allions au cinéma, au restaurant, nous nous promenions sur les quais. Quand je rentrais à Farthy, Joshua m'appelait deux fois par jour.

Je parlai de lui à maman, qui m'écouta d'une oreille distraite. Elle était très déprimée car elle voulait absolument perdre deux kilos et n'y parvenait pas, bien qu'elle essayât régime après régime. Elle engagea même une diététicienne pour diriger Rye, qui n'appréciait guère le procédé. Mais quand il fut avéré que les résultats miraculeux ne se produisaient pas, la spécialiste fut renvoyée.

Les affaires de Tony prenaient de l'extension et il était très occupé. Quand je voulus savoir ce que devenait la poupée, il me répondit qu'elle était presque prête, mais qu'il attendrait la saison des fêtes pour la mettre en vente. Elle serait un atout précieux pour la Tatterton Toys à l'époque de Noël, m'expliqua-t-il. Mais maman m'apprit qu'il la gardait pour mon anniversaire.

Les allergies de Troy commencèrent à aller mieux et, comme il était très précoce, Tony engagea pour lui un professeur à plein temps. Il savait déjà lire et écrire, et il serait ainsi tout à fait au niveau quand il entrerait à l'école primaire.

Un vendredi soir, au début d'octobre, j'eus la chance de trouver maman d'excellente humeur. Elle avait rencontré dans un dîner un rédacteur de *Vogue* qui s'était émerveillé sur sa beauté. Selon lui, elle méritait de poser pour une couverture. Il s'était même engagé à envoyer des photographes à Farthy, pour son dossier de presse. Maman nageait dans la joie et j'en profitai pour lui demander si je pouvais donner une petite fête pour mon anniversaire. J'aurais aimé inviter Jennifer, William, Joshua et quelques filles avec qui nous nous étions liées depuis notre exclusion du club. Maman accepta et même... promit de s'occuper de tout. Mon anniversaire tombait un lundi, mais nous décidâmes que la fête aurait lieu le dimanche, c'est-à-dire la veille, et notre petite fête familiale, l'avant-veille.

Ce samedi-là, Tony nous invita au restaurant, maman et moi, et Troy lui aussi eut le droit de venir. Nous passâmes une soirée merveilleuse, soigneusement préparée par Tony. Le chef avait fait un gâteau d'anniversaire à mon intention et il l'apporta lui-même à notre table. Puis, tout le personnel fit cercle autour de nous et tout le monde chanta « Joyeux anniversaire ». Maman et Tony m'embrassèrent, Troy me remit un cadeau. Il en était très fier car il l'avait choisi tout seul : un médaillon en or. Au dos, il avait fait graver : *Pour ma sœur : Leigh*. Cela m'alla droit au cœur et je le serrai dans mes bras.

— Oh, comme c'est gentil ! Merci, Troy, j'adore ton cadeau et j'essaierai de ne pas m'en séparer.

Mon cher petit Troy... Il rayonnait de fierté ; et il était si mignon dans son petit complet cravate !

Ce même soir, environ une heure après notre retour à Farthy, on frappa à la porte de mon appartement et Tony apparut, portant un paquet enveloppé d'un papier bleu et rose. Son regard chercha le mien et s'y attacha longuement.

— Je voulais t'offrir ceci en privé, Leigh. Cela a trop de sens pour nous deux et ce premier instant t'appartient.

— Merci, Tony.

Je pris le paquet et m'assis sur le canapé pour l'ouvrir, tandis que Tony m'observait, les mains derrière le dos. La hâte me rendait maladroite : je savais ce que contenait la boîte, maman avait éventé la surprise. Je me gardai bien de le dire et soulevai le couvercle.

J'eus l'impression de me contempler dans un miroir magique, doué du pouvoir de rapetisser ce qu'il reflétait. La poupée était une véritable œuvre d'art. Elle avait un visage ravissant, expressif, des yeux brillants de vie et un délicieux sourire. On aurait dit qu'elle allait parler. *Me* parler.

— Ses cheveux ont l'air si vrais ! murmurai-je, éblouie.

— Mais ils sont vrais... répliqua Tony avec un petit sourire. Ce sont les tiens.

— Quoi !

— Tu te souviens, il y a deux mois, quand Jillian t'a emmenée chez son coiffeur ? Je m'étais mis d'accord avec lui pour qu'il me garde la moindre mèche qu'il te couperait, voilà comment je m'y suis pris.

Très impressionnée, j'examinai la poupée de plus près. Sa robe me parut tout à fait pareille à celle que j'avais portée au premier bal de Winterhaven, et chaque détail était authentique, même son petit bracelet d'or. Le minuscule médaillon, en or lui aussi, était la réplique exacte de celui que m'avait offert Troy.

— Si tu regardes derrière avec une loupe, tu verras ce que j'y ai fait graver : *Avec mon affection, Tony.*

Je retournai le médaillon et devinai plus que je ne pus lire les mots tracés en lettres microscopiques. La délicatesse de ce travail m'émerveilla. D'ailleurs tout était parfait, chez cette poupée. Bien sûr, je trouvai son corps plus développé que le mien, mais je me souvins que ce n'était pas seulement le mien. Maman m'avait ~~tr~~ès bien expliqué les intentions de Tony. J'admirai la ~~finess~~e des doigts et des mains et retournai les miennes ~~pour c~~omparer : les paumes de la poupée présentaient ~~exactem~~ent les mêmes lignes que les miennes ! J'eus envie de la déshabiller pour voir le reste mais n'osai pas le faire devant Tony.

— Vous aviez raison, Tony, c'est une véritable œuvre d'art. Elle est magnifique !

— Je suis heureux qu'elle te plaise. J'en ferai faire des copies pour les vitrines, bien sûr, mais celle-ci est l'original et t'appartient. Pour toujours. Bon anniversaire, Leigh.

Il se pencha pour m'embrasser et je lui tendis la joue, mais sa bouche se posa sur mes lèvres. Il se releva aussitôt.

— Bon, je te laisse, j'ai encore du travail. A plus tard.
— Merci, Tony.

Dès qu'il fut parti, je courus m'enfermer dans ma chambre. Je poussai un soupir de soulagement en découvrant le corps de ma poupée. Sa poitrine était très réaliste, y compris la petite marque de naissance, mais au moins, elle n'avait pas de sexe. Tony avait tenu compte de mes désirs. Je laissai retomber la robe et allai montrer mon cadeau à maman.

— Oh, qu'elle est belle ! s'exclama-t-elle en tournant et retournant la poupée dans ses mains. Mais je n'en suis pas surprise, Tony savait ce qu'il voulait. Ce sera le clou de la saison. La poupée portrait Tatterton... ça sonne bien, tu ne trouves pas ?

» Un jour, je demanderai à Tony d'en faire une d'après moi. Bien que... je ne sois pas sûre d'avoir la patience de poser. Non, vraiment, je ne pourrais pas. Il faudra qu'il travaille de mémoire ou d'après photos, et encore. Si je perds du poids ! Tu ne crois pas que ce serait une bonne idée, Leigh ?

— Si, maman, approuvai-je docilement.

Et je la laissai à ses rêves.

De retour dans ma chambre, j'installai la poupée sur mon lit, près de moi, et la regardai dans les yeux. Ils brillaient comme si elle était vraiment vivante et connaissait de profonds secrets... celui de mon avenir aussi, qui sait ?

— Comme j'aimerais que tu puisses me parler

soupirai-je. Tu ne dirais que des belles choses, tu es si belle... tu serais mon ange gardien.

Mon ange... quelle bonne idée ! Je décidai d'appeler ma poupée Angel, et le lui fis savoir aussitôt.

— Ce sera ton nom désormais. Il te plaît, Angel ?

Je crus voir son sourire s'accentuer, mais ce dut être un effet de mon imagination, nourrie de rêves et de chimères. En tout cas, mon anniversaire s'annonçait bien, et même plus que bien. Si seulement papa ne s'était pas remarié ! S'il pouvait être là, et non dans une autre famille... Comme s'il m'avait entendue, la sonnerie du téléphone retentit. C'était bien lui, papa, qui m'appelait de San Francisco.

— Je voulais être sûr de te joindre, Princesse : je dois partir demain de très bonne heure. Mon cadeau arrivera dans la matinée, j'espère qu'il te plaira. C'est Mildred qui l'a choisi.

Je tiquai sur les derniers mots et tentai de les oublier, mais une pointe d'amertume perça dans ma voix.

— Et où vas-tu, cette fois ?

— Nous mettons un nouveau réseau en place aux îles Hawaii. Il y a un énorme marché à prendre, sur la côte Ouest, Mildred a étudié la question à fond. Elle m'est de plus en plus précieuse. A propos, elle te souhaite un bon anniversaire.

Je commençai à trembler pour nos projets de Noël.

— Remercie-la de ma part. Quand vas-tu rentrer ?

— Pas avant des mois, j'en ai peur. Entre l'implantation des bureaux, des agences, des hôtels, et le recrutement du personnel, j'ai du pain sur la planche. Mais dès mon retour, je ferai ce qu'il faut pour que nous passions les prochaines vacances tous ensemble. Et pour ton anniversaire, tu vas faire une fête ?

— Oui, papa.

Je faillis ajouter : « J'aimerais que tu puisses venir », mais à quoi bon souhaiter l'impossible ? Je tins ma

serai là à ton prochain anniversaire, je te le
Mildred a décidé de prévoir notre emploi du

temps un an à l'avance... Leigh ? Pourquoi ne dis-tu rien ? Cela ne te fait pas plaisir ?

— Si, papa.

— Alors, bon anniversaire, Princesse. Demain, je penserai à toi toute la journée et je t'enverrai des cartes postales. Bonne nuit, ma chérie.

— Bonne nuit, papa.

Il raccrocha et le petit déclic retentit douloureusement en moi. Ce fut comme si, malgré la distance, je venais d'entendre tomber une petite goutte d'eau, brûlante et lourde... comme du plomb fondu, pensai-je. Ou comme une larme.

Je tâtai ma joue du bout du doigt et sentis qu'il était tout mouillé. Lentement, je le posai sur le visage de ma poupée et j'y traçai un sillon humide. Nous partagions tout, Angel et moi. Elle voudrait sûrement pleurer avec moi.

16

De plus en plus bizarre

Maman se lança avec enthousiasme dans les préparatifs de fête, bien résolue à éblouir mes amies de Winterhaven. A mon avis, ce n'était pas la peine de faire quoi que ce soit de spécial. Quand elles franchiraient le grand portail et s'approcheraient de la maison, elles seraient suffisamment impressionnées comme ça. D'accord avec Jennifer, j'avais décidé d'inviter Wendy et Carla, qui nous étaient restées fidèles malgré notre exclusion du club. Comme il fallait s'y attendre, cela ne fit qu'agrandir la faille entre les autres et nous mais cela nous était bien égal. Nous étions bien au-dessus de tout ça, maintenant.

Ce jour-là, un beau dimanche d'octobre, le temps fut particulièrement doux pour la saison. L'herbe et les haies avaient gardé toute leur fraîcheur. Leur vert intense offrait un merveilleux contraste avec les couleurs éclatantes des grands arbres et le bleu cristallin du ciel, traversé de légers nuages blancs. La journée s'annonçait magnifique, mais je ne soupçonnais pas encore l'étendue des projets de maman. Tard dans la matinée, un orchestre de cinq musiciens fit son apparition et s'installa dans la salle de réception, où fut bientôt dressé le buffet. Et quel buffet ! Caviar, punch servi dans les grands saladiers d'argent massif et autres délicatesses raffinées. Maman avait fait appel à des décorateurs de Boston, engagé des extra, prévu un cadeau souvenir pour chacun des assistants et on devait projeter un film dans le petit théâtre. Jamais je n'avais eu un anniversaire pareil, et Tony lui-même se montra surpris. Troy était si énervé qu'il essaya par tous les moyens de se faire dispenser de sa sieste matinale ; et il fallut le menacer de ne pas assister à la fête pour l'obliger à se reposer.

Maman s'habilla en noir comme pour une soirée entre adultes. Elle choisit une robe de grand couturier, une de ses plus prestigieuses parures de diamants et passa presque toute la matinée à se pomponner. L'heure venue, elle prit place dans le grand hall, prête à accueillir mes invités. Dès qu'ils l'avaient saluée, Troy ou moi, qui attendions à ses côtés, les conduisions dans la salle de bal. Je guettais Joshua, bien résolue à donner une importance particulière à sa première entrevue avec maman. Dès qu'il arriva, je lui pris la main pour le lui présenter, mais j'éprouvai une grosse déception. Elle ne parut même pas remarquer l'importance que je lui accordais, moi qui lui avais tellement parlé de lui ! Et je compris qu'elle ne m'avait jamais écoutée. Elle se détourna pour donner un ordre à un domestique, et je dus répéter :

— C'est Joshua Bennington, maman. Tu sais bien ?
— Oh ! Est-ce que je connais votre famille, Joshua ?
— Je ne crois pas, madame Tatterton.

Avec un soupir de frustration, j'entraînai Joshua pour lui faire visiter la maison. Je lui montrai le salon de musique et les fresques, le piano à queue, les immenses cheminées, puis l'emmenai discrètement jeter un coup d'œil à mon appartement.

— C'est vraiment beau, commenta-t-il, je n'ai jamais vu une maison pareille. On dirait un château.

— Oui, mais c'est trop grand pour être une vraie maison.

Il hocha la tête et son regard tomba sur Angel, assise sur mon oreiller.

— Qu'est-ce que c'est que ça ?

— C'est Angel. Angel, je te présente Joshua Bennington. Tu te souviens de lui ? Je t'en ai tellement parlé !

Joshua écarquilla les yeux, éclata de rire et s'approcha de ma poupée.

— Mais elle te ressemble ! On dirait toi.

— Justement, c'est moi. Le nouveau jouet Tatterton : la poupée portrait. J'ai posé pour le prototype.

— Elle est aussi belle que toi, dit-il en rougissant.

Et ce compliment, de la part d'un autre que mon père ou que Tony, m'alla droit au cœur.

— Merci, Joshua. Tout à l'heure, si tu veux, nous fausserons compagnie aux autres et je te montrerai le labyrinthe. Et aussi le cottage où j'ai posé.

— J'en serais ravi ! répondit-il avec chaleur.

Je lui pris la main et l'entraînai vers la salle de bal, où la fête avait commencé.

L'orchestre était très bon, il ne jouait que des airs à la mode, et le buffet ne laissait rien à désirer. On apprécia aussi beaucoup le cadeau de maman, qu'elle avait conçu elle-même. Un globe terrestre enchâssé dans un cube de verre et portant l'inscription : *Leigh, la fille que tout le monde aime.* Je trouvai tout cela un peu extravagant, pour ne pas dire gênant, mais maman savourait son rôle d'hôtesse. Elle allait de l'un à l'autre, questionnait les invités sur leur famille, présentait Tony et vantait les jouets Tatterton. Elle tenait manifestement à laisser à chacun un souvenir inoubliable de Farthy... et de Jillian Tatterton. Son attitude me rappelait un peu celle qu'elle adoptait en croisière, quand elle daignait se mêler aux passagers.

Quand elle annonça finalement le titre du film qui allait être présenté « dans notre salle de projection privée », mes amis n'en crurent pas leurs oreilles. Elle s'était débrouillée pour obtenir une copie d'une œuvre toute récente, avant même sa sortie dans les salles. Jennifer, accompagnée de William, vint aussitôt m'exprimer son enthousiasme.

— Oh, Leigh ! Je n'oublierai jamais cet anniversaire !

— Ni moi non plus, renchérit William.

Maman et Tony dirigèrent les invités vers le théâtre

et, d'une pression de la main, je fis comprendre à Joshua de laisser passer tout le monde devant nous.

— Asseyons-nous au fond, chuchotai-je. Quand le film sera commencé, nous sortirons discrètement. A moins que tu ne préfères rester, bien sûr.

— Oh non, je veux aller là-bas avec toi.

— Alors d'accord. Faisons comme ça.

Le petit théâtre était conçu comme une véritable salle de spectacle, avec des sièges rembourrés, un grand écran amovible descendant devant la scène et une double porte au fond. Maman avait même demandé à quelques femmes de chambre de circuler dans l'allée avec des paniers de pop-corn. Avertis de notre intention de nous éclipser, Jennifer et William prirent place à côté de nous et peu après, les lumières s'éteignirent. Le film commença.

Joshua et moi attendîmes un bon quart d'heure, puis je lui donnai un coup de coude et nous sortîmes sans nous faire remarquer. Je ne vis Tony nulle part, mais le rire de maman me parvint du salon de musique. Elle bavardait au téléphone. Sans bruit, Joshua et moi nous faufilâmes par une porte latérale et je l'entraînai en courant à travers les pelouses. Devant nous, les hautes haies se dressaient dans le soleil.

— Qu'est-ce que c'est que ça ? s'étonna Joshua.

— Un labyrinthe anglais. C'est très facile de s'y perdre mais ne t'inquiète pas, je m'y retrouve très bien, maintenant. C'est devenu un jeu d'enfant pour moi.

Il eut un mouvement de recul en pénétrant avec moi entre les haies et ne parut pas très convaincu.

— Tu es sûre de pouvoir sortir de là ?

— Mais oui, voyons ! D'ailleurs... est-ce que ce serait vraiment si terrible d'être perdu avec moi ?

— Oh non, je...

J'éclatai de rire et poursuivis mon chemin. Un tour à droite, un tour à gauche... j'avançais rapidement et sans la moindre hésitation, la main de Joshua serrée dans la mienne, et nous ne tardâmes pas à déboucher de l'autre côté. Juste devant le cottage. Il se dressait dans le jour doré, ravissant à voir derrière sa petite barrière et sa pelouse éclatante de fraîcheur. Je m'arrêtai un instant pour savourer le charme du spectacle.

— On dirait une illustration de conte de fées, tu ne trouves pas ? Pour moi, c'est un endroit à part.

— C'est vrai, chuchota Joshua, les yeux brillants.

— Viens, allons-y.

Je repris sa main et l'entraînai sur le petit sentier. Mais en approchant, je remarquai non sans surprise que les stores étaient toujours baissés.

— Nous allons entrer un moment et nous retournerons vite là-bas, avant qu'on s'aperçoive de notre absence, décidai-je. Tu sais ce que j'ai pensé, la première fois que j'ai vu le cottage ? Je me suis dit que si un jour j'aimais un garçon, je voudrais y vivre avec lui... ou en tout cas, y passer les week-ends. Que ce serait l'endroit rêvé pour nous retrouver tous les deux, loin du monde.

Je lançai un regard à Joshua, pour voir s'il partageait mes idées là-dessus, et il me sourit avec chaleur. Main dans la main, nous franchîmes les derniers mètres qui nous séparaient de la porte, et j'entrai la première... pour me retrouver dans l'atelier où j'avais posé tout l'été ! Rien n'avait changé, Tony n'avait pas fait enlever son matériel. Mais pourquoi ? Il y avait si longtemps que nous avions terminé ! Je ne pus cacher ma déception.

— Oh, non ! Je pensais que tout serait comme avant !

Je m'approchai d'un chevalet pour examiner la toile qui s'y trouvait : un portrait de moi, étendue nue sur le canapé. Affreusement gênée, je n'y jetai qu'un bref coup d'œil, mais j'en avais vu assez. Ce nu n'avait pas été exécuté pendant une séance de pose, et présentait de notables différences avec les autres. Ce n'était plus seulement le corps qui rappelait celui de maman, mais aussi le visage. Elle et moi ne faisions plus qu'une seule et même personne.

Voyant Joshua s'approcher, je saisis vivement le drap et le dépliai devant moi.

— Attends, je ne veux pas que tu voies ça !

— Pourquoi ? De quoi s'agit-il ?

— C'est... c'est personnel, répondis-je précipitamment en jetant le drap sur le tableau. Excuse-moi.

— Tu es tout excusée, affirma gentiment Joshua.

Mais un peu trop vite, lui aussi, et son air effaré m'en dit long. Il avait vu. D'un coup d'œil, j'inventoriai le reste de la pièce. J'aperçus des tableaux rangés dans un carton, mais de telle sorte qu'aucun n'était visible. Avec un soupir de soulagement, je m'effondrai sur le canapé. Joshua lui aussi regardait autour de lui, mais en prenant tout son temps.

— Alors cette pièce était un atelier d'artiste... et Tony Tatterton a créé lui-même la poupée portrait ?

— Oui, c'est ici qu'il a peint et sculpté le modèle.

— Un homme de talent, commenta Joshua en s'asseyant à mes côtés. Et quelle charmante petite retraite.

— J'aimais beaucoup venir ici, et j'aime toujours. Mais j'aurais voulu que Tony ait tout remis en état. Je ne comprends pas pourquoi il ne l'a pas fait.

— Sans doute pour continuer à y travailler ?

L'idée ne m'avait pas traversé l'esprit, mais c'était vraisemblable. Tony comptait peut-être décider ma mère à poser, ou engager un modèle de mon âge.

— Possible, mais j'aurais voulu te montrer ma... la maison de mes rêves.

— Tu peux toujours le faire, suggéra Joshua en baissant la voix. Il suffit d'imaginer que tout est resté comme avant.

— Alors, faisons semblant d'être deux amoureux qui se retrouveraient ici pour le week-end. Nous serions follement épris l'un de l'autre, d'accord ?

Le regard vert ambré de Joshua vacilla.

— Nous n'avons pas besoin de faire semblant, Leigh...

Nous ne nous étions pas embrassés plus de cinq ou six fois, jusque-là, et toujours très rapidement, au moment de nous quitter. Cette fois, ce fut différent. Joshua se rapprocha légèrement de moi et je suivis son exemple. Au moment où nos lèvres se touchèrent il posa les mains sur mes épaules, m'attira plus près de lui et je lui ceinturai la taille de mes bras.

— Heureux anniversaire, Leigh, chuchota-t-il.

Et il m'embrassa encore, bien plus longuement. Je m'entendis gémir et mon corps tout entier fut parcouru d'un bizarre petit frisson. Je pensai aux confidences de Jennifer sur ce qu'elle avait ressenti dans les bras de William. Moi aussi Tony m'avait touchée, caressée, et dans cette pièce, encore! Éprouvait-on les mêmes émotions quand cela se passait avec un garçon qui vous plaisait et vous aimait beaucoup, lui aussi? Non, les choses étaient forcément différentes, merveilleuses. Je voulais qu'il en soit ainsi.

Joshua releva la tête, tout confus de m'avoir embrassée si longtemps, et de cette façon-là. Je lisais l'indécision dans son regard, mais pas seulement cela. Une passion contenue brûlait sous sa réserve timide, tout me le disait. Ses lèvres tremblaient contre les miennes et je sentis ses doigts glisser sur mes épaules, jusqu'à mon cou.

— Tu me plais beaucoup, Leigh, bien plus que toutes les filles que j'ai connues...

— Toi aussi tu me plais, Joshua.

Je fermai les yeux quand il reprit ma bouche, et sa main descendit le long de mon bras, hésita... Un trouble délicieux monta dans chaque parcelle de mon corps, je n'étais plus qu'attente. Cette main allait se poser sur ma poitrine.

Ce ne fut pas le cas. Le geste de Joshua s'interrompit et je compris qu'il n'irait pas plus loin. Il n'osait pas. Mais je voulais savoir si j'aurais éprouvé quelque chose de différent, il fallait que je sache! D'un mouvement des épaules, je guidai la main de Joshua et pendant un instant, il se troubla... puis il s'enhardit. Ses paumes vinrent effleurer doucement la pointe de mes seins. Et cela arriva, parce que je l'avais voulu : la sensation si différente que j'attendais! Une vibration trépidante qui s'amplifia, gagnant à la vitesse de l'éclair cette partie de mon corps où les doigts de Tony s'étaient attardés si longtemps quand il dessinait mentalement les lignes de mes cuisses. C'était bien là, à cet endroit même, que d'autres mains m'avaient si longuement touchée, palpée, explorée... le souvenir de ce contact s'imposait à moi avec une telle force qu'il me gâchait ma découverte, mes précieux instants d'amour. Je laissai échapper un gémissement de frustration et Joshua, croyant m'avoir choquée, retira aussitôt sa main.

Je la retins, les doigts crispés sur son poignet.

— Non, Joshua, ne me crois pas fâchée. Pas contre toi.

— Leigh... chuchota-t-il en attachant sur moi un regard brûlant où je reconnus mon propre désir.

Je voulais qu'il m'embrasse et l'embrasser en retour, le serrer contre moi de toutes mes forces. Et je guidais doucement sa main vers ma poitrine, quand la porte s'ouvrit à la volée, nous faisant sursauter de frayeur.

Tony !

— Qu'est-ce que tu fais ici, hurla-t-il, et sur ce canapé, par-dessus le marché ? Pourquoi as-tu amené ce garçon ici ? Et pourquoi n'es-tu pas avec les autres, en train de regarder le film ?

Joshua se leva d'un bond.

— Nous...

— Je voulais simplement faire un tour dans le labyrinthe avec Joshua, expliquai-je en hâte, et j'ai eu l'idée de lui montrer le cottage.

Tony me toisa d'un air furibond, les yeux rétrécis jusqu'à n'être plus que deux fentes minces.

— Et qu'est-ce que tu lui montrais, sur ce canapé ?

— Rien, articulai-je, le cœur battant.

Il me dévisagea longuement, puis se détendit.

— Tu n'aurais pas dû abandonner tes invités, dit-il un peu moins rudement, bien qu'il n'eût pas tout à fait repris le contrôle de sa voix. Personne ne s'en est aperçu, même pas ta mère, mais je te conseille de rentrer immédiatement.

Il lança un regard impérieux à Joshua qui se tourna vers moi, l'air terrifié. Je me levai, contournai prudemment le canapé et Tony s'effaça pour nous laisser sortir. Mais au moment où je passais devant lui il me retint par le poignet.

— Leigh, je ne dirai rien de tout ceci à ta mère, mais nous en reparlerons plus tard, tous les deux.

— Oui, Tony, répondis-je docilement.

Je m'empressai de rejoindre Joshua et nous ne prononçâmes pas un mot jusqu'au labyrinthe.

— Leigh, dit alors Joshua, je suis désolé de t'avoir attiré des ennuis.

— Ne t'inquiète pas, ce n'est pas grave. Simplement... il se croit obligé de jouer le rôle de père, tu comprends ?

Joshua hocha la tête, mais je vis bien qu'il était très secoué. Nous parcourûmes rapidement le reste du trajet et nous faufilâmes dans la maison par une porte latérale. Quand nous nous glissâmes dans la salle de théâtre, Jennifer et William s'embrassaient dans le noir. Ils se séparèrent dès que nous eûmes pris place à côté d'eux et William pouffa.

— Alors, tu t'es bien amusé, Roméo ?

Joshua se tassa dans son fauteuil et ne desserra pas les dents jusqu'à ce que les lumières se rallument.

Après le film, mes invités commencèrent à se retirer. Les voitures s'avancèrent et je me tins sur le perron pour remercier mes amis de leur présence et de leurs cadeaux. William et Jennifer furent les derniers à partir.

— J'espère que tout se passera bien avec ton beau-père, me chuchota Joshua au moment de prendre congé.

— Ne t'inquiète pas. J'essaierai de t'appeler un peu plus tard.

Jennifer me serra dans ses bras, et je me retrouvai seule. Tout le monde était parti. La grande maison me parut bien vide, malgré l'agitation des serviteurs occupés à tout remettre en ordre. L'infirmière de Troy l'avait persuadé de faire une sieste, maman était montée se reposer de ce qu'elle appelait « l'épreuve » et apparemment, Tony se trouvait toujours au cottage.

Pour y faire quoi, au juste ? Je me souvins brusquement du tableau que j'avais dissimulé. Pourquoi Tony continuait-il à peindre ? Préparait-il une nouvelle poupée ? L'arrivée de Curtis me tira de ma rêverie. Il tenait un paquet à la main.

— Excusez-moi, mademoiselle, mais on a livré ceci pour vous il y a environ une heure.

— Merci, Curtis.

Je pris le paquet et montai chez moi pour l'ouvrir. C'était le cadeau d'anniversaire de papa, et je m'assis sur le petit canapé du salon pour le déballer tranquillement. Le carton contenait une petite danseuse en céramique peinte à la main, perchée sur une boîte à musique. Je la posai sur la table et remontai le mécanisme : la petite ballerine se mit à danser sur un extrait du ballet de Tchaïkovski : *Casse-Noisette*.

« *Mildred et moi avons cherché quelque chose de beau pour une belle jeune fille*, disait la carte. *Heureux anniversaire.* »

Je retournai m'asseoir et contemplai mon cadeau, en songeant à tant d'autres présents reçus jadis, à tant d'autres anniversaires... et surtout au dernier. C'était ce jour-là que papa m'avait offert ce journal. J'étais si heureuse, alors ! Si loin de prévoir l'orage de malheurs et de chagrins qui allait s'abattre sur nous, tel un déluge de larmes.

Je sursautai en apercevant Tony sur le pas de la porte. Il m'observait comme s'il était là depuis longtemps.

— Qu'est-ce que c'est ? demanda-t-il en désignant la boîte.

— Un cadeau de mon père.

Je le dévisageai avec étonnement. Il avait le visage rouge, les cheveux en désordre, lui toujours si net et si bien coiffé. Sa cravate était desserrée, sa veste ouverte, on aurait dit qu'il avait couru depuis le cottage.

— Ravissant, commenta-t-il en s'approchant de la table. C'est importé ?

— Je crois que oui.

Il prit la boîte à musique et la retourna.

— Oui, c'est fabriqué en Hollande. J'en ai déjà vu pas mal dans ce genre-là en Europe. (Il reposa la boîte et me sourit.) Ta mère a bien fait les choses, elle aussi, non ?

Je devinai qu'il essayait de se montrer aimable, mais je lui en voulais toujours pour la scène qu'il nous avait faite, à Joshua et à moi. Je pris la boîte à musique et la remis dans son carton.

— Oui, répliquai-je en me levant. Bon, eh bien... je vais ranger ceci dans ma chambre. Bonsoir, Tony.

J'espérais qu'il s'en irait, mais il me suivit.

— Leigh, je suis désolé pour tout à l'heure, mais je vous avais vus partir et je me demandais pourquoi vous quittiez les autres. Je vous ai suivis par curiosité.

Je répondis sans me retourner :

— Je voulais montrer certains coins du parc à Joshua.

— C'est normal, mais tu aurais dû attendre pour que tout le monde profite de la visite.

— Je n'avais pas envie d'emmener les autres au cottage, rétorquai-je en me retournant.

Il fit quelques pas dans la pièce.

— Leigh, je sais que je ne suis pas ton véritable père, mais tu es encore très jeune, tu commences à peine à t'épanouir. Jusqu'ici, tu as gardé toute ta fraîcheur mais des jeunes gens plus avertis que toi pourraient profiter de ton innocence. Crois-moi, je sais de quoi je parle.

— Joshua n'est pas du tout comme ça !

— C'est possible, mais il vaut mieux faire attention et je ne me sentirais pas tranquille si je savais que... bref, si je ne te mettais pas en garde. Mais comme je te l'ai dit tout à l'heure, ta mère n'a pas besoin de savoir ça. Cela restera entre nous.

Tony s'approcha encore et posa les mains sur mes épaules.

— Je voudrais qu'il y ait toujours quelque chose de spécial entre nous, ajouta-t-il en me caressant du regard.

Il crispait tellement les doigts sur mes épaules que cela me faisait mal.

— Tony !

Je grimaçai de douleur mais il ne desserra pas son étreinte et reprit en baissant la voix :

— En fait, ta mère aimerait que je l'aide à s'occuper de toi. L'éducation d'une jeune fille est une responsabilité trop lourde pour elle seule. Moi, je peux l'assumer. Tu es trop belle et trop délicate pour ne pas être entourée, protégée. Je t'en prie, laisse-moi ce soin, Leigh. Laisse-moi te protéger.

— J'apprécie votre intérêt pour moi, Tony. Merci.

J'espérais ainsi mettre fin à la conversation, mais le regard de Tony se fit plus ardent et la pression de ses doigts encore plus forte.

— Comprends-moi bien, je sais ce qu'un homme peut ressentir, surtout un jeune homme, en t'embrassant et en te tenant comme je le fais. (Il libéra mes épaules, laissa glisser sa main le long de mes bras et me sourit.) Tu ignores quel pouvoir tu peux exercer sur un homme, Leigh.

Un pouvoir ? De quoi parlait-il, et pourquoi mettait-il une telle ferveur dans ses paroles ? L'incident du cottage était clos. A quoi rimaient ces démonstrations passionnées ?

— Oui, un pouvoir, le même que celui de ta mère : tu le possèdes déjà. Ta beauté, comme la sienne, est tout simplement... fascinante. Tout homme qui la contemple en devient esclave, sa volonté lui échappe et se dissout en fumée. Et sa vie n'a plus qu'un but : être le jouet de votre caprice.

Sa voix s'était assourdie, au point que je saisis difficilement les derniers mots.

— Peux-tu comprendre cela ? Le comprends-tu ?
— Non.

J'ébauchai un mouvement de recul mais il retint mon bras.

— Quand un homme t'approche d'aussi près que ce garçon l'a fait tout à l'heure, au cottage, quand tu lui permets de te toucher... (sa main se déplaça et ses doigts frôlèrent ma poitrine)... un incendie se déchaîne en lui, il perd le contrôle de lui-même, et ce n'est pas sa faute. Il devient pareil à une marionnette, et c'est toi qui tires les fils.

Ce n'était quand même pas moi qui l'obligeais à me caresser la poitrine d'une main en m'empêchant de bouger tellement l'autre me serrait le bras ! Je vis les veines de son front se gonfler. Il me touchait là où Joshua m'avait touchée, comme s'il imitait ses gestes. Combien de temps nous avait-il épiés avant d'intervenir ? Il nous avait vus entrer dans le labyrinthe et nous avait suivis, pourquoi ? S'il me blâmait d'avoir abandonné mes invités, il aurait dû nous appeler !

— Tu dois prendre conscience de tes pouvoirs, Leigh, pour ne pas en faire un usage dangereux. (Ses doigts s'élevèrent jusqu'à ma gorge.) J'ai vu comment ce garçon t'embrassait et comment tu lui rendais ses baisers. Ne t'imagine pas qu'on peut s'arrêter là ! C'est comme si l'on approchait une flamme d'une meule de foin. On croit que le feu sera facile à éteindre...

« Mais c'est faux ! La flamme grandit, devient brasier et vous consume en un instant, comme du foin sec. Je t'apprendrai, Leigh, je t'avertirai du danger, je te guiderai. Il ne faudra jamais avoir peur de moi. Tu dois me faire confiance et me permettre de t'aider, de t'enseigner, de te montrer... Tu veux bien, Leigh ? S'il te plaît ?

Je ne savais pas quoi répondre. M'avertir ? M'enseigner ? Me guider ? Qu'est-ce que tout cela signifiait ?

— Je vous l'ai déjà dit, Tony. J'apprécie votre intérêt pour moi.

— Mon intérêt... oui, c'est cela, mon intérêt. (Il me serra dans ses bras et m'embrassa dans les cheveux.) Ma ravissante poupée, mon petit chef-d'œuvre... murmura-t-il en me serrant encore plus fort.

Il me garda longtemps ainsi, puis me libéra. Je me hâtai de reculer et il se passa la main dans les cheveux en souriant.

— Alors... amis comme avant ?
— Oui, Tony. Amis comme avant.
— Parfait. Rien ne m'aurait attristé davantage que de perdre ton amitié et ton affection. Surtout après

avoir si bien travaillé ensemble, dit-il en jetant un coup d'œil à Angel. Tu as vu ? On dirait qu'elle nous regarde. Je lui ai insufflé un peu de ta beauté ou, si tu préfères, quelques notes de ta mélodie intérieure. Et chaque fois que je la regarde, j'entends cette délicieuse musique. Elle est ma plus grande réussite artistique. Je comprends maintenant comment un artiste peut s'éprendre de son œuvre !

Je me souvins brusquement du tableau du cottage.

— Tony, pourquoi faites-vous un nouveau portrait de moi ? Vous préparez une autre poupée ?

— Un nouveau portrait de toi ?

— Oui, celui qui est sur le chevalet et que j'ai recouvert avec le drap.

— Ce n'est pas un nouveau portrait, Leigh.

Pourtant, je ne m'étais pas trompée. Je connaissais chacune de ses toiles et aucune d'elles ne ressemblait autant à maman, pour le visage en tout cas. Aucun doute là-dessus.

— Pourquoi le cottage est-il toujours aménagé en atelier ?

— Tout simplement parce que je n'ai pas pris la peine de débarrasser. En fait, j'aime bien y retourner de temps en temps et revivre les bons moments que nous y avons passés ensemble, à créer cette merveilleuse œuvre d'art. Le cottage est devenu un endroit très spécial pour moi, maintenant.

Les traits de Tony s'assombrirent, son regard se durcit.

— C'est pourquoi j'ai été si déçu que tu y sois venue avec un étranger, tout à l'heure.

— Joshua n'est pas un étranger, Tony.

— Quand même, j'espérais que le cottage avait une signification spéciale pour toi aussi. Avant d'y amener qui que ce soit, demande-moi d'abord, tu veux ?

J'étais fatiguée et j'en avais assez de cette étrange conversation. Je hochai la tête et Tony regarda Angel.

— Je suis certain que ta poupée est de mon avis, dit-il en souriant. Et, au fait... j'étais venu pour te souhaiter encore une fois un bon anniversaire.

— Merci, Tony.
A nouveau, il se rapprocha de moi.
— Bon anniversaire, Leigh, chuchota-t-il en m'embrassant rapidement sur les lèvres. Dors bien.

Sur ce, il s'éclipsa et je m'empressai d'aller fermer la porte. Sa visite m'avait plongée dans la confusion la plus totale, je ne savais plus où j'en étais. Je fis ma toilette et me glissai dans mon lit, heureuse de me blottir dans la douceur des couvertures aux côtés de mon Angel. Et les événements de la journée me revinrent en foule à la mémoire. Mon anniversaire s'était merveilleusement passé. Tous mes amis s'étaient amusés et Joshua m'avait embrassée. Notre tête-à-tête avait été des plus romantiques, jusqu'à l'arrivée de Tony. J'avais un amoureux, désormais. Un vrai ! Me rappelant soudain que j'avais promis de l'appeler, je me redressai et composai son numéro.

— Joshua à l'appareil. (Il ne disait jamais « allô ».)
— C'est Leigh.
— Tout va bien pour toi ?
— Oui. Mon beau-père est parti depuis un moment. Il m'a fait la leçon mais l'histoire n'ira pas plus loin, et il ne dira rien à ma mère. Ne t'inquiète pas, d'ailleurs nous n'avons rien fait de mal. J'avais envie que tu m'embrasses.
— Moi aussi, j'avais envie de t'embrasser. Ta fête était très réussie, Leigh. Merveilleuse. C'est la plus belle à laquelle j'aie jamais assisté.
— C'est parce que nous étions ensemble, ça, c'était merveilleux. Tu viendras me voir à Winterhaven, la semaine prochaine ?
— Bien sûr. Nous faisons déjà des projets pour ça, William et moi.
— Je voudrais déjà y être. Bonne nuit, Joshua.
— Bonne nuit, Leigh.
— Angel te souhaite une bonne nuit, elle aussi, ajoutai-je en riant.

J'approchai ma poupée du combiné comme si elle pouvait vraiment entendre et parler, et Joshua rit, lui aussi.

— Bonne nuit, Angel.

Quand j'eus raccroché, je serrai Angel contre moi, éteignis la lampe et fermai les yeux, espérant raviver le souvenir de mon tête-à-tête avec Joshua. Je voulais retrouver le goût de ses baisers, le trouble que j'avais éprouvé dans ses bras, au lieu de quoi... je vis surgir l'image de Tony. Debout devant moi, il me fixait avec intensité, un inquiétant sourire aux lèvres. Et quand j'évoquai les caresses de Joshua, ce fut la main de Tony qui se posa sur ma poitrine.

« Je t'apprendrai, t'avertirai, te guiderai », avait-il dit. Pourquoi ces mots m'effrayaient-ils à ce point ? Il ne cherchait qu'à remplir son rôle de beau-père, après tout. Mais quand même ! Avait-il besoin de joindre le geste à la parole et de me toucher *à cet endroit-là* ? J'aurais voulu parler de tout cela à maman, lui demander conseil, mais alors il aurait fallu tout avouer. Mon escapade au cottage avec Joshua, nos baisers, les libertés que je lui avais laissé prendre... Non, impossible. Elle me répondrait que Tony avait eu raison d'agir ainsi.

Mieux valait me taire, et tout oublier. Personne, à part ma douce Angel, ne saurait comment Tony Tatterton m'avait embrassée et caressée ce soir... et ce n'était qu'un début, mon instinct me le disait. Nous aurions encore bien d'autres secrets à partager, Angel et moi.

Je finis par m'endormir en la serrant dans mes bras.

Si Tony parla de l'incident du cottage à ma mère, elle n'y attacha aucune importance ou l'oublia bien vite, car elle n'y fit jamais allusion. Joshua et moi cessâmes d'en parler entre nous, mais sans l'oublier pour autant. Je tremblais encore en évoquant la façon dont il m'avait embrassée et caressée. Il nous arriva encore de nous embrasser, au cinéma, mais ce n'était plus la même chose : nous n'étions pas seuls. Et rien ne facilitait les tête-à-tête. Nous n'avions pas le droit de recevoir de garçons dans nos chambres, et les garçons d'Allendale obéissaient à un règlement identique.

Ma mère me permit de rester à Winterhaven beaucoup plus souvent que je ne l'avais espéré. Et nous devînmes le grand sujet de conversation du collège, William, Joshua, Jennifer et moi. Nous étions inséparables et toujours en train de faire des choses intéressantes. La sévérité du club à notre égard finit par s'adoucir et, avant Noël, nous nous parlions ouvertement. Nous n'étions plus exclues des petites soirées et recevions à nouveau les autres dans notre chambre. Un beau jour, Marie nous proposa officiellement de reprendre notre place de membre à part entière, et nous acceptâmes. Mais à vrai dire, cela ne changea pas grand-chose : nous passions tous nos week-ends avec William et Joshua.

La poupée portrait fut le grand succès de Noël de la Tatterton Toys. Tony inonda la presse de publicité d'un bout à l'autre du pays et ma photo s'étala dans les quotidiens de Boston, illustrant des articles élogieux. Selon les prévisions de Tony, la plupart des filles de Winterhaven voulurent leur poupée portrait et nombre d'entre elles s'empressèrent de passer commande. Tony jubilait. Et chaque fois que je retournais à Farthy, il me faisait part d'une idée nouvelle concernant ses projets.

Il voyagea beaucoup cet hiver-là, pour ouvrir de nouveaux marchés à ses poupées au Canada, en France, en Angleterre, en Espagne et en Italie. Il s'était taillé une place de choix aux dépens des compagnies européennes dont il s'était inspiré, et se félicitait de son succès. Maman ne l'accompagna qu'une seule fois en Europe, pour le voyage qui prévoyait une semaine de vacances à Saint-Moritz, au Palace Hôtel.

Malheureusement, ce fut justement cette semaine-là qu'eut lieu la représentation théâtrale de notre école. J'y tenais un grand rôle, mais ni maman ni Tony ne purent y assister. J'avais secrètement espéré que papa viendrait, car il m'avait écrit qu'il serait sur la côte Est pendant le mois de mars ; il avait des rendez-vous d'affaires à New York et à Boston. Il n'avait jamais répondu à ma lettre d'invitation, mais j'espérais quand même, on ne sait jamais.

Peut-être viendrait-il au dernier moment ? Je me voyais très bien jetant un coup d'œil dans la salle par la fente des rideaux et découvrant papa et Mildred, au premier rang. Je tentai ma chance, mais je ne vis personne. Une semaine après la représentation, je reçus une lettre débordant d'excuses. Papa n'avait pas réussi à respecter son programme, ni même à venir à New York. Il était toujours sur la côte Ouest. Il disait qu'il avait vu une publicité pour la poupée Tatterton et la trouvait magnifique.

Au printemps, la poupée portrait était devenue un des piliers de l'empire Tatterton, auquel elle avait rapporté plusieurs millions de dollars. Tony ne perdait pas une occasion de me remercier d'avoir été le premier modèle. Il m'apprit qu'il me réservait une part des bénéfices et plaçait l'argent sur un compte protégé à mon nom. Maman était ravie et ne cessait de me rappeler combien j'avais été sotte d'hésiter à poser pour lui.

— Grâce à lui, tu es devenue célèbre, finalement. Tu ne trouves pas ça fantastique ?

Ce devait l'être, j'imagine. Toutes les filles de l'école m'enviaient, j'avais une merveilleuse poupée de moi-même et en plus, elle me rapportait une fortune. Tony était peut-être sincère, après tout, et bien intentionné. Je finis par m'en convaincre et peu à peu, les côtés négatifs que j'avais entrevus chez lui, les choses qu'il avait faites et dites s'effacèrent de mon esprit. Le monde qui m'était apparu si terrible et si sombre après le divorce de mes parents retrouva sa lumière et son charme. Le soleil triomphait des nuages. J'avais des amis, un amoureux, une maison fabuleuse et tout ce qu'une fille de mon âge pouvait désirer. Vêtements, bijoux, disques... absolument tout.

Ce n'était pas le cas de maman. Malgré son immense fortune et sa chance d'avoir un mari jeune, beau et brillant homme d'affaires, elle ne cessait de se plaindre à tout propos. Elle se tracassait toujours pour son poids et les prétendus défauts de sa silhouette. Finalement, vers la fin de mai, elle annonça son prochain départ pour un « incomparable centre thermal », recommandé par ses richissimes amies. Elle comptait y passer un mois, « ou même plus s'il le fallait ». L'avantage, pour moi, fut que j'obtins la permission de ne pas rentrer à Farthy avant la fin de l'année scolaire.

Maman partit la dernière semaine de mai, et quinze jours plus tard ma deuxième année à Winterhaven s'acheva. Joshua, William, Jennifer et moi échafaudâmes tellement de projets pour l'été que si nous avions pu en réaliser la moitié, je me serais déjà estimée très heureuse. Je comptais inviter tout le monde à Farthy pour le premier week-end des vacances, mais Tony s'y opposa. Il affirma que je ne devais aller nulle part ni inviter personne avant le retour de maman. A cette occasion, nous eûmes notre première querelle, un soir pendant le dîner. Et le petit Troy lui-même en fut très affecté.

— Je ne suis pas une petite fille, Tony, protestai-je. Je n'ai pas besoin de demander la permission de ma mère pour un oui ou pour un non !

— Sans doute, mais elle ne va pas tarder à rentrer et j'estime préférable qu'elle ait son mot à dire pour ce genre de choses.

— Pourquoi ? Il ne s'agit pas d'une décision capitale pour mon avenir, mais simplement d'inviter quelques amis pour le week-end. Ce n'est pas comme si nous manquions de place ou ne pouvions pas supporter la dépense !

— Bien sûr que non, le problème n'est pas là. Mais tu es encore mineure et les décisions concernant tes déplacements et tes relations doivent être prises par tes tuteurs légaux. D'ailleurs, après ce qui s'est passé quand tu t'es trouvée seule avec un garçon, je me sentirais obligé de te servir de chaperon et je n'ai ni le temps ni...

— Ce n'est pas juste ! m'écriai-je, indignée.

— N'empêche que c'est une énorme responsabilité.

Je me sentirai beaucoup plus tranquille quand Jillian sera là, ce qui ne saurait tarder. D'ici là...

— D'ici là, je serai morte d'ennui! ripostai-je, au bord des larmes.

Et je vis que Troy était prêt à pleurer, lui aussi. Mais contre toute attente, Tony sourit.

— Pas du tout. Je vais prendre quelques jours de vacances et avec ce beau temps, nous aurons des tas de choses à faire. Des promenades à cheval, par exemple. J'ai fait remplir et chauffer la piscine...

Je lançai ma serviette en plein dans mon assiette.

— Ce n'est pas du tout pareil! Je me sens... piégée.

— Voyons, Leigh, tu ne vas pas me faire une scène? Les choses allaient si bien depuis le départ de ta mère. Je serais désolé que...

— Ça m'est bien égal, ce n'est pas juste! répétai-je en repoussant ma chaise.

Et je quittai précipitamment la table.

— Leigh! appela Tony derrière moi.

Je n'en marchai que plus vite, courus jusqu'à ma chambre et me jetai sur mon lit. Je pleurai toutes les larmes de mon corps, Angel entre les bras, tant et tant que mes sanglots finirent par s'apaiser d'eux-mêmes. Un peu calmée, je m'assis au bord du lit, essuyai mes yeux et contemplai ma ravissante poupée. On aurait dit qu'elle partageait mon chagrin.

— Oh, Angel! Pourquoi ne puis-je pas vivre comme les autres filles de mon âge, avec une famille normale dans une maison normale, et faire les mêmes choses que les autres? Je me moque de la fortune des Tatterton! À quoi me sert-elle si je n'ai pas le droit d'être heureuse?

Je soupirai. Bien sûr, ma poupée ne pouvait pas répondre, mais cela me faisait du bien de lui parler. Je me levai et l'emmenai près de la fenêtre qui donnait sur le devant de la maison.

— Farthy devient une vraie prison, Angel. Mes amis ne peuvent pas venir me voir et je n'ai pas le droit d'aller chez eux jusqu'au retour de maman. Que dirai-je à Joshua quand il appellera ? Et à Jennifer ? C'est très embarrassant.

« Comment Tony peut-il s'imaginer qu'être avec lui suffit à me rendre heureuse ? J'aime nager et monter à cheval, bien sûr. Mais c'est avec mes amis que j'aimerais faire tout ça, pas avec le mari de ma mère !

Comme s'il m'avait entendue parler de lui, Tony apparut brusquement sous mes yeux, dans une petite allée du parc. Il se dirigeait rapidement vers le labyrinthe et disparut bientôt derrière les haies. J'eus la certitude qu'il se rendait au cottage... mais qu'allait-il y faire ? Pourquoi le gardait-il comme atelier ? Et pourquoi m'avait-il menti au sujet de ses derniers tableaux ? Il prétendait ne pas travailler sur un nouveau modèle de poupée, soit. Mais alors qu'est-ce qu'il fabriquait ?

Dévorée de curiosité, malade d'ennui et de frustration, je déposai Angel sur mon lit, gagnai le hall sans perdre un instant et sortis par une porte latérale. Je ne voulais pas que Troy me voie et me demande où j'allais, il voudrait venir aussi et pleurerait pour que je l'emmène. Pas question.

Le jour durait plus longtemps maintenant, mais le soleil était déjà très bas sur l'horizon. Tout Farthy baignait dans une étrange lumière orangée, presque irréelle. Les oiseaux s'étaient déjà couchés, seuls quelques pépiements troublaient le silence. Les mouettes avaient cessé de crier. A l'est, l'azur du ciel virait au bleu d'encre et, dans l'immensité de l'espace, je crus voir scintiller la première étoile.

Je traversai les pelouses en courant, me faufilai entre les longues ombres noires projetées par les hautes haies, puis je me retournai vers la maison. J'avais laissé la lumière allumée, je distinguais très bien les rideaux de mes fenêtres et le papier de la tapisserie. Je les regardai un instant, puis je me détournai et m'enfonçai dans le labyrinthe.

Jamais il ne m'avait paru si calme, si obscur, et je compris soudain pourquoi. Je ne m'y étais jamais aventurée si tard, et encore moins la nuit. Comment ferais-je pour revenir ? Ne ferait-il pas trop noir à l'intérieur, même maintenant ? J'hésitai. Comment Tony s'y prenait-il pour ne pas se perdre ? Et comment ferait-il pour rentrer ?

Aiguillonnée par la curiosité, je suivis la première allée jusqu'au bout, comptai les tournants et m'efforçai de marcher calmement. En quelques minutes, j'avais atteint le cœur du labyrinthe. On n'entendait plus rien, maintenant, à part un craquement de temps en temps, quand je marchais sur une brindille, et le bruit de ma respiration. Finalement, je débouchai devant le cottage. Les volets étaient fermés avec soin, mais de la lumière filtrait par les fentes. Assez pour laisser deviner que l'intérieur était brillamment éclairé.

Tony travaillait-il en secret avec un nouveau modèle ? Craignait-il que je ne sois jalouse, ou que maman ne se fâche ? Glissant entre les ombres des arbres, je longeai la clôture et tendis l'oreille. J'entendis de la musique, mais pas le moindre bruit de voix, et poussai doucement la barrière. Puis, à pas de loup, je m'approchai de la fenêtre du devant.

Je ne vis pas grand-chose : les volets étaient trop bien fermés. Je ne distinguai que les pieds du chevalet et me déplaçai jusqu'à la deuxième fenêtre. Ce serait plus facile, par celle-là, car le bas des volets n'atteignait pas tout à fait l'encadrement de brique : il s'en fallait de quelques centimètres. En me baissant, j'aurais la même vue de la pièce que si j'étais accroupie derrière le chevalet à la place de Tony, la porte d'entrée en face de moi. Je m'agenouillai lentement et regardai à l'intérieur, les yeux à la hauteur du châssis.

Tony n'était pas dans la pièce mais le tableau que j'avais découvert en entrant avec Joshua était bien en vue, lui. Le souffle me manqua lorsque je vis ce que Tony y avait ajouté.

Il s'était représenté lui-même, nu, couché près de la femme qui nous ressemblait tellement, à maman et à moi. Mais pourquoi ? Qu'est-ce que cela pouvait bien signifier ? Je voulus me lever, me sauver... mais je n'en eus pas le temps : Tony sortit de la cuisine. Et une fois de plus, je me figeai, la respiration coupée.

Il était entièrement nu.

Il s'immobilisa, regarda dans ma direction et mon sang se glaça dans mes veines. M'avait-il aperçue ?

Cette fois, je n'hésitai plus. Je bondis sur mes pieds, courus jusqu'à la barrière et m'élançai dans le labyrinthe comme si j'avais le diable à mes trousses.

17

Rudes leçons

J'étais très agitée, la lumière avait baissé, cela suffit pour que je manque un ou deux repères : vers le milieu du labyrinthe, je m'aperçus que je tournais en rond. Affolée, en sueur, je m'arrêtai pour reprendre haleine. Mon cœur battait violemment, on aurait dit qu'il allait éclater sous l'effort. Je respirai longuement, plusieurs fois, et tentai désespérément de reprendre le contrôle de moi-même. Il fallait que j'arrive à réfléchir calmement et à m'orienter. Je pris appui contre une haie. Mais je me penchai un peu trop en arrière et hurlai quand je me sentis saisir par les cheveux... puis je compris. Une mèche s'était accrochée dans les branches. Je la libérai et me remis en route.

A chaque croisement, j'examinais soigneusement la haie et m'engageais avec précaution dans l'allée suivante. De tournant en tournant, conservant une lenteur prudente, je parvins enfin à la sortie qui donnait du côté de Farthy et bondis hors du labyrinthe, enfin ! Essoufflée, je m'arrêtai à nouveau et tendis l'oreille. Tony m'avait-il aperçue ? S'était-il lancé à ma poursuite ? Je n'entendis aucun bruit de pas, tout demeura silencieux.

Mais je ne me sentis pas rassurée pour autant. Je courus jusqu'à la maison, dans l'escalier, dans le couloir, m'engouffrai dans mon appartement, refermai la porte et m'y adossai, les yeux fermés. Mais je voyais quand même. Je voyais le nouveau tableau de Tony... et Tony lui-même, penché sur moi en souriant, une main posée sur mon sein nu. Ses yeux bleus brillaient d'un éclat extraordinaire : le tableau en était comme illuminé.

Puis je le revis sortant de la cuisine, entièrement nu. Sans doute dessinait-il d'après lui-même, en se servant d'un miroir. Sinon, quelle raison aurait-il eue de se déshabiller pour travailler ? Il n'avait pas crié, ne s'était pas précipité sur ses vêtements pour se lancer à ma poursuite. Peut-être ne m'avait-il pas vue, finalement ? Je décidai de ne rien lui dire. Quand maman rentrerait, je lui raconterais l'incident, elle aurait sûrement une explication à me donner. Mais quand même... c'était vraiment bizarre.

Dans la sécurité de mon appartement, je commençai à me détendre. Mais j'étais toujours en transpiration, ma blouse de soie me collait à la peau. Je me sentais poisseuse, sale, non seulement parce que j'avais couru mais à cause de ce que j'avais vu. J'étreignis mes épaules en frissonnant, comme un promeneur surpris par la tempête, et traversai rapidement l'appartement. Un bon bain chaud, voilà ce qu'il me fallait. J'ouvris les robinets et versai en pluie des sels de bain dans l'eau. Elle se colora de bleu et un parfum délicat m'environna comme des volutes de fumée.

Puis j'allai choisir une chemise de nuit que j'accrochai à la porte de la salle de bains, m'assis devant ma coiffeuse et commençai à brosser mes cheveux. De petites brindilles et des feuilles tombèrent sur la table et j'examinai plus attentivement mon reflet. J'avais toujours le visage congestionné. Mes joues étaient rouges comme si j'avais reçu des gifles. Je reculai sur mon siège et, pendant un moment, restai plongée dans une immobilité proche de la stupeur. Puis je me souvins de mon bain et bondis sur mes pieds. Je me déshabillai aussi vite que je pus et me laissai glisser avec délices dans l'eau tiède et parfumée. Quand j'en eus jusqu'au cou, je croisai les bras sur ma poitrine, fermai les yeux et me renversai en arrière en gémissant de plaisir.

Je dus m'assoupir, et peut-être dormir plusieurs minutes, en tout cas je perdis toute notion du temps. Et quand je rouvris les yeux, je m'aperçus que l'eau avait refroidi. Je sortis du bain et me séchai sans perdre une seconde, enfilai ma chemise de nuit et courus me glisser dans mon lit, bien au chaud dans la douceur rassurante des couvertures. Je ne désirais plus qu'une chose : dormir, oublier cette journée, la rayer de ma mémoire.

En tournant légèrement la tête, sur ma gauche, je vis par la fenêtre le disque ébréché de la lune se dégager d'une traînée de légers nuages. Au-dessus d'elle scintillait une étoile unique, pareille au feu d'un bateau ancré pour la nuit, isolé dans la noirceur de l'océan. Une clarté laiteuse inondait la pièce, prêtant aux meubles une apparence fantomatique. Mais les yeux d'Angel brillaient d'un éclat rassurant. J'étendis le bras, pris la petite main de ma poupée dans la mienne et fermai les yeux. J'avais besoin de paix, d'obscurité, d'oubli. Je me laissai doucement glisser dans le sommeil.

Et brusquement, je m'éveillai. Je n'étais plus seule, mon instinct m'en avertissait. Je me figeai et tendis l'oreille : quelqu'un respirait lourdement tout près de moi. Avec d'infinies précautions, millimètre par millimètre, je me retournai sur le dos et levai les yeux. La même clarté douce qui baignait la chambre quand je m'étais endormie brilla sur le buste nu de Tony Tatterton, luisant de sueur. Je me mis à trembler si fort que j'eus peur de bégayer si j'essayais de parler, mais ce ne fut pas le cas. Les mots s'échappèrent de mes lèvres comme si je les crachais.

— Tony ! Qu'est-ce que vous faites là ?

Sa réponse vint comme un chuchotement.

— O Leigh, ma petite Leigh... Il est temps que le

tableau prenne vie. Il est temps de tenir ma promesse : de t'enseigner, de te guider, de te montrer...

— Qu'est-ce que tout cela signifie ? Que me voulez-vous ? Laissez-moi dormir, s'il vous plaît. Allez-vous-en. Je vous en prie !

Mes supplications n'eurent aucun effet sur lui : il s'assit sur le bord de mon lit. Je n'osais plus lever les yeux, devinant intuitivement qu'il était entièrement nu. Il commença à me caresser les cheveux et reprit sur le même ton :

— Tu es aussi belle que ta mère, et même plus. Partout où tu iras, les hommes te désireront. Mais tu es pareille à une œuvre d'art, trop précieuse et trop rare pour être touchée par n'importe qui. Et pourtant il faut que tu saches. Tu dois être avertie, préparée. Je peux faire cela pour toi, je suis le seul qui puisse le faire. Ne t'ai-je pas créée, à ma façon ?

Il éleva la main vers mon visage et je voulus reculer, mais je ne pouvais pas aller plus loin que l'oreiller.

— Je t'ai fait sortir de la toile, comme Pygmalion animant la statue sortie de ses mains. Je t'ai donné la vie et la beauté. Tout le monde peut contempler la poupée et se repaître les yeux de cette beauté : la tienne. Et ce sont ces mains... (Tony suivit du doigt la courbe de ma joue, puis la ligne de mon cou)... mes mains, qui l'ont créée.

— Tony, je voudrais que vous partiez, maintenant. Je vous en prie, allez-vous-en. Tout de suite.

Ma voix tremblait, je haletais comme si l'air me manquait à chaque mot, mon cœur battait à tout rompre. Et Tony ne semblait pas m'entendre ! Au lieu de partir, il rabattit ma couverture et la plia soigneusement à mes pieds. Je me redressai pour la remonter mais il retint ma main et la porta à ses lèvres.

— Leigh... ma poupée vivante...

— Tony ! Qu'est-ce que vous faites ? Sortez !

Je soulevai la tête et les épaules et vis qu'il était complètement nu. Il se glissa à côté de moi, posa les mains sur mes cuisses et tira ma chemise de nuit vers le haut. Je voulus protester, lui dire qu'il agissait mal, que j'étais presque sa fille, mais ma voix s'étouffa dans ma gorge. Il avait remonté ma chemise jusqu'à ma taille ! Je plaquai les mains sur son front pour le repousser, mais cela ne servit à rien. Il était bien trop fort, et trop déterminé.

— Tony, vous rendez-vous compte de ce que vous faites ? Je vous en prie, arrêtez !

Il inclina la tête et ses lèvres se posèrent à la base de mon cou, glissèrent sur ma gorge, chaudes, insistantes, gourmandes. J'eus l'impression qu'il savourait le goût de ma peau, la qualité de ma chair, et cela me fit trembler. J'eus beau lui marteler la poitrine de mes poings, il ne s'écarta pas d'un pouce. Il avait retroussé ma chemise de nuit jusqu'aux aisselles, maintenant. Quand il pressa son torse musclé sur mes seins nus, je sentis les pulsations de son cœur comme s'il battait dans ma poitrine, comme si j'étais devenue une part de lui-même. Ses lèvres frôlèrent mon oreille et il chuchota :

— Tu dois comprendre, apprendre, expérimenter, pour être prête et savoir ce qui t'attend. C'est mon devoir de t'y préparer, une part de la responsabilité que j'ai assumée en te créant.

Il parlait comme s'il cherchait à se convaincre lui-même que ce qu'il allait faire était juste et nécessaire. Je criai, de toutes mes forces :

— Non, arrêtez !

Et j'essayai une fois de plus de le repousser à coups de poing, sans succès. Il ne parut même pas s'apercevoir de mes efforts et inséra ses jambes entre les miennes. La panique monta en moi. Ses mains se déplacèrent, il m'enferma dans ses bras et ses lèvres descendirent le long de mon cou, de ma gorge... puis s'arrêtèrent. Et il darda la pointe de sa langue entre mes seins.

— Oui... te montrer... t'apprendre...
— Tony !

Je tremblais de tout mon corps, mais c'était malheureusement tout ce que je pouvais faire : Tony me tenait trop bien dans l'étau de ses bras. Et il accentua la pression de ses cuisses entre les miennes, d'une poussée continue, impitoyable, les forçant à se desserrer et à s'ouvrir.

— Comprends-moi, je suis responsable de toi... s'il te plaît... ne te débats pas, laisse-moi t'éduquer... te former...

— Arrêtez ! criai-je pour la dernière fois.

En pure perte. Ce qui n'aurait dû être donné que par amour, Tony le prit de force. Il me contraignit brutalement à m'ouvrir à lui. Ce fut bref, violent et précis comme un coup de couteau. La douleur fulgura en moi, si vive que je crus m'évanouir, et il se peut que je me sois évanouie, au moins pendant quelques instants. Cette douleur brûlante s'estompait, revenait sans cesse. Un vertige m'emportait, mon corps ne m'appartenait plus, il obéissait à celui de Tony, s'animait de ses mouvements. La tête renversée sur l'oreiller, j'étais la proie d'un étrange dédoublement. Une partie de moi assistait, lointaine, à ce que subissait l'autre. Tony faisait de moi ce qu'il voulait. Sans doute croyait-il encore me modeler, à sa façon...

Les sons qui sortaient de ma gorge me semblaient aussi faibles, aussi ténus que des cris de poupée. Je me mordis la lèvre, résignée au pire. Je n'avais plus conscience que de la sensation de chaleur qui montait de mes jambes à mon ventre, en vague continue, rythmique, indéfiniment répétée. Elle s'amplifia, s'intensifia, me roula dans son flot montant auquel je finis par m'abandonner. Il me sembla que je me noyais dans mon lit, emportée par la même houle qui secouait le corps de Tony.

Il finit par me libérer de l'étau qui m'enserrait le torse. Ses doigts caressèrent mes lèvres et ma joue, et partout où ils me touchaient, sa bouche venait aussitôt se poser.

— Tu vois, ce pouvoir dont je te parlais ? Tu le sens ? J'ai fait de toi une femme, Leigh. Mon œuvre d'art est achevée, j'ai donné vie à ma poupée.

Je gémis, ravalant mes sanglots, et gardai les paupières étroitement serrées. Tony posa les lèvres sur mes

joues toutes mouillées, puis sur ma bouche. Et après un très long silence, il finit par se lever. Je n'osais ni parler ni bouger, de peur qu'il ne revienne. Je l'entendis pousser un grand soupir, puis son doigt traça une ligne entre mes seins, jusqu'au bas de mon ventre. Il le laissa là pendant un assez long moment, puis il dit très bas :
— Ma poupée... ma poupée vivante... dors bien, maintenant.

J'entendis ses pas s'éloigner et ouvris les yeux juste au moment où il passait la porte. Dès qu'elle se fut refermée, je fondis en larmes. Je pleurai longtemps, les bras croisés sur mes seins nus, secouée de sanglots convulsifs. Puis je m'assis, les yeux grands ouverts sur la nuit claire, m'interrogeant sur ce qui venait de m'arriver. Je pouvais à peine y croire. Peut-être n'était-ce qu'un cauchemar... Je refusais de toutes mes forces la réalité, mais mon corps savait, lui. Il tremblait encore des violences de Tony, de ses baisers, de ses caresses. Cela, je ne pouvais pas le nier.

Que faire, alors ? Vers qui me tourner ? Maman n'était pas là. Mon père voyageait avec sa nouvelle femme, accaparé par ses affaires. Il n'y avait personne auprès de moi, à part les domestiques et le petit Troy.

Je me levai et me rendis à la salle de bains en m'appuyant au mur, donnai la lumière et contemplai mon reflet dans le grand miroir. Mon visage était rouge et barbouillé de larmes, mes épaules et mon cou marbrés de meurtrissures. Cette vision rendait si tangible la réalité des faits que je me sentis faiblir, une fois de plus. Je fus obligée de m'asseoir. Je pensai à appeler Jennifer, ou Joshua, mais j'avais trop honte. Que leur dirais-je ? Et que pourraient-ils faire, l'un comme l'autre ? J'étais seule. Je ne pouvais compter que sur moi. Je m'obligeai à respirer profondément, pendant un bon moment ; et finalement je réussis à me lever, éteignis la lumière et retournai me coucher. Que faire d'autre ? Me lancer dans les couloirs de Farthy en délirant et en divaguant ? Ce n'était pas une solution.

J'y voyais assez pour distinguer l'expression d'Angel : elle avait l'air aussi triste et aussi bouleversée que moi. J'avais si désespérément besoin de réconfort que je la serrai dans mes bras. Ironie du sort : c'était la poupée qu'avait créée Tony qui me consolait des horreurs qu'il m'avait fait subir... En réalité, c'était moi qui avais donné le plus de moi-même à cette poupée. Bien plus que Tony. Et maintenant, elle le méprisait autant que moi.

— Oh, Angel ! Tu n'as que moi, et je n'ai plus que toi. Tony avait raison, au moins sur un point.., nous sommes des poupées, toutes les deux.

Je fermai les yeux et laissai le sommeil m'emporter vers l'oubli, loin de ce monde si cruel et si laid.

La chaude caresse du soleil me fit ouvrir les yeux. Je battis des paupières, et à mesure que les images floues du réveil se précisaient, les événements de la nuit me revinrent à l'esprit. Je m'assis dans mon lit, m'attendant presque à trouver tout sens dessus dessous autour de moi, comme si les choses devaient être plongées dans le chaos, elles aussi. Mais rien n'avait changé, la pièce était aussi nette et ordonnée que d'habitude, le soleil entrait à flots par les fenêtres. Angel elle-même semblait d'excellente humeur.

Tout cela n'avait-il été qu'un cauchemar ? Je baissai les yeux comme si mon corps pouvait me fournir la réponse. Mes bras étaient toujours douloureux d'avoir été serrés si brutalement, mes cuisses me faisaient encore mal, mais je ne distinguai aucune trace apparente de la passion de Tony. Et pourtant, je la sentais en moi, ineffaçable. Cela n'avait pas été un cauchemar.

Je me levai sans hâte et m'assis au bord du lit pour réfléchir à la situation. Mon premier réflexe fut d'appeler papa, tout de suite ! Mais où le joindre ? Il aurait aussi bien pu être au bout du monde, pour ce que j'en savais. Je décidai de prendre ma douche et de m'habiller. Je n'étais pas pressée de me retrouver en face de Tony, mais je ne pouvais pas non plus m'enfermer chez moi toute la journée. Bien sûr, je pouvais prétendre que j'étais malade et me faire monter mes repas... mais Tony viendrait s'informer, et la confrontation aurait lieu quand même.

Le problème se résolut tout seul. Je n'étais pas levée depuis cinq minutes qu'on frappait à ma porte : Troy venait me rappeler mes promesses de la veille, au sujet de nos activités de la journée. Je l'écoutai sans le regarder, de crainte qu'il ne lise l'horreur et la terreur dans mes yeux. J'avais peur de l'épouvanter, mais il était bien trop emballé par nos projets. Il ne remarqua rien du tout.

— Tu as dit que tu m'emmènerais sur la plage, Leigh. Et si on partait juste après le petit déjeuner ? Tu veux bien ? S'il te plaît ! On ramassera des coquillages, d'accord ?

— D'accord, mais laisse-moi quand même le temps de faire ma toilette. Descends et commence à manger.

— Tony est déjà en bas, lui.

— Ah oui ?

Au fond, c'était tant mieux, il serait peut-être déjà parti quand j'arriverais. Je pris donc tout mon temps pour me doucher et m'habiller. Le jour s'annonçait très chaud et je me décidai pour un short et une blouse sans manches. Ce serait parfait pour une promenade sur la plage.

Malheureusement, quand je descendis à la salle à manger, Tony s'y trouvait encore. Il lisait le *Wall Street Journal* en sirotant son café, et mon cœur manqua un battement quand je le vis abaisser les feuillets. Nos regards se croisèrent, et je mis dans le mien toute la colère qu'il me fut possible d'exprimer sans parler. Mais il ne parut pas s'en apercevoir et me sourit avec chaleur.

— Bonjour, Leigh. Quelle belle journée ! Alors, vous allez vous promener sur la plage, paraît-il ? Je crois que je vais venir avec vous.

Je me tournai vers Troy, occupé à creuser un trou dans son pamplemousse malgré les remontrances de sa gouvernante, et m'assis sans dire un mot. La femme de chambre me versa aussitôt un verre de jus d'orange. Je le portai à mes lèvres et lançai un coup d'œil furtif à Tony, qui continuait à m'observer en souriant, l'air très détendu. Impeccablement coiffé, très élégant dans sa tenue d'été, chemise bleu et blanc à manches courtes et pantalon de coton bleu clair, il semblait en pleine forme et parfaitement reposé.

Comment pouvait-il être aussi à l'aise ? S'imaginait-il que j'allais oublier tout le mal qu'il m'avait fait ? Qu'il suffisait de faire comme si rien ne s'était passé pour tirer un trait sur sa conduite ? Il devait bien s'attendre que j'en parle à ma mère, tout de même ! Et quand elle saurait, elle demanderait le divorce et nous quitterions Farthy. Pourtant, il ne semblait pas du tout inquiet. Il replia soigneusement son journal, but une gorgée de café et adressa un clin d'œil à Troy.

— On met les bouchées doubles, ce matin ! On voit qu'il y a de grands projets dans l'air et qu'il faut faire provision d'énergie. Pas vrai, bonhomme ?

— Mmmoui, fit Troy, la bouche pleine de pamplemousse.

— Je suppose que tu aimerais faire un petit galop dans la journée, Leigh. J'ai déjà demandé à Curly de seller Tonnerre et Tempête après le déjeuner. Qu'en dis-tu ?

Je lançai un coup d'œil en direction de Troy et de sa gouvernante, mais, apparemment, ils étaient absorbés par des questions plus importantes : aucun d'eux ne parut entendre. Je foudroyai Tony du regard et demandai, les dents serrées :

— Comment pouvez-vous suggérer une chose pareille ?

Il haussa les épaules.

— J'ai pensé que cela te plairait, par un temps pareil. Je croyais que tu aimais l'équitation.

— J'adore l'équitation, mais le problème n'est pas là ! répliquai-je d'un ton coupant.

— Alors, où est-il ?

— Vous vous figurez que je vais faire une promenade à cheval avec vous après... ce qui s'est passé cette nuit ?

La gouvernante leva la tête, l'œil aux aguets, et le

sourire de Tony s'évanouit... pour faire place aussitôt à une expression de perplexité bien imitée.

— Explique-toi. Que s'est-il passé ?

Je m'aperçus que la gouvernante et la femme de chambre tendaient l'oreille et rétorquai avec sécheresse :

— Je préfère ne pas en parler maintenant.

Sur quoi, j'avalai mon jus d'orange.

— Très bien, dit Tony en s'accotant au dossier de sa chaise, peut-être seras-tu plus en forme après le déjeuner ? Et si oui, tout sera prêt. Je n'aurai pas beaucoup de temps libre, de toute façon. Je viens d'apprendre que ma présence était nécessaire au bureau ce matin, et je devrai retourner à Boston ce soir.

— Allez-y tout de suite, si vous voulez. Ce n'est pas moi que ça dérangera.

Tony eut une petite grimace condescendante, secoua la tête et se replongea dans son journal.

Son attitude me stupéfiait. Espérait-il vraiment s'en tirer comme ça ? Eh bien, il ne perdait rien pour attendre. Mais pour le moment, je préférai me taire, surtout pour Troy. Il était déjà lancé dans un grand discours sur les coquillages et ce que nous en ferions, quand nous les aurions trouvés. Je ne pus m'empêcher de sourire, attendrie de le voir si heureux.

Tony acheva de boire son café, annonça qu'il viendrait peut-être sur la plage avec nous et quitta la table. Inutile de dire que j'expédiai mon déjeuner ! Et je me hâtai d'emmener Troy avant que son frère ne nous rejoigne. Son babillage me faisait du bien, il m'empêchait de penser à ce qui s'était passé pendant la nuit. Heureusement pour moi, mon petit compagnon avait mille questions à me poser, ce matin-là. Son énergie débordante me préservait des idées noires.

— Qu'est-ce qui fait bouger les nuages, Leigh ? Tu vois, ce gros-là ? Il a changé de place. Est-ce qu'ils ont des ailes ?

— Non, Troy. C'est le vent qui les pousse.

— Et ça ne les déchire pas ? Il ne passe pas à travers ?

— Ça doit arriver, quelquefois. C'est pourquoi il y en

a de tout petits : ce sont des morceaux arrachés aux gros.

Je passai mes doigts dans les boucles soyeuses de Troy et souris. Il trottinait d'un pas si décidé, en balançant son petit seau à bout de bras !

— Si j'étais là-haut, le vent me pousserait, moi aussi ?

— Si tu étais assez léger pour flotter, oui.

— Et il me déchirerait, comme les nuages ?

— Seulement si tu étais fait d'air... Mais d'où sors-tu des idées pareilles ?

Il haussa les épaules.

— Tony dit qu'il y a des endroits où le vent souffle tellement fort que les gens sont soulevés du sol et emportés dans les airs, comme des nuages.

— Mais pas ici, Troy ! (Je m'agenouillai et le pris dans mes bras.) Non, pas ici. Tu es en sécurité.

— Et le vent ne t'emportera pas, toi non plus !

— Non, je te le promets, affirmai-je.

Mais je mentais. Je savais trop bien, au fond de moi, quel vent mauvais venait de m'emporter, saccageant le peu de bonheur que j'avais pu trouver ici... Rassuré, Troy m'échappa en souriant et courut vers la mer.

— Regarde, Leigh ! Des coquillages bleus !

Il commença à remplir son petit seau et j'inspirai une grande bouffée d'air salin. C'était bon, comme si sa fraîcheur balayait mon angoisse et me délivrait du poids qui m'oppressait. Je me retournai pour voir si Tony ne nous avait pas suivis, mais non. Il avait dû comprendre que je n'aurais pas supporté sa présence. Certaine de n'avoir plus rien à craindre de ce côté-là, je rejoignis Troy et l'aidai à choisir les plus beaux coquillages.

Quand nous rentrâmes à la maison, Tony n'était pas là et Curtis nous apprit qu'il avait dû partir pour Boston plus tôt que prévu. Le maître d'hôtel était chargé de me rappeler que mon cheval serait prêt, au cas où je voudrais monter dans l'après-midi.

Je n'en fis rien. Je passai le reste de la journée à lire et à jouer avec Troy dans son appartement. Juste avant le dîner, je l'emmenai faire un tour dans le parc, munie d'une provision de pain sec pour nourrir les oiseaux qui venaient boire aux fontaines.

Tony ne rentra pas dîner, et j'en fus ravie. Je le fus plus encore lorsque Curtis vint nous informer que maman avait télégraphié : elle annonçait qu'elle rentrerait le lendemain dans la journée. Enfin ! J'allais pouvoir tout lui raconter, dans le moindre détail. Elle saurait quelle terrible épreuve j'avais traversée, quel être ignoble elle avait épousé. Et elle savait se montrer sans pitié avec un homme, quand elle avait des raisons de lui en vouloir. Tony paierait pour tout le mal qu'il m'avait fait. Il aurait beau s'excuser, me faire des promesses ou se ruiner en cadeaux somptueux, je me jurai d'être inflexible. Il n'obtiendrait jamais mon pardon. Je m'attendais presque qu'il se jette à mes pieds pour l'obtenir, quand il saurait que maman rentrait si tôt.

Mon inquiétude resurgit quand la nuit tomba, et s'accrut à mesure que le temps passait. J'errais dans la maison, l'oreille tendue, guettant le bruit de la porte d'entrée. Tony chercherait certainement à me voir, et chaque seconde écoulée me rapprochait de l'instant de son retour. Je ne réussis ni à lire, ni à regarder la télévision, ni à écouter de la musique. Parler à Troy ne m'aida pas non plus à chasser les pensées qui m'obsédaient. Mon esprit ressassait indéfiniment les événements de la nuit et la peur s'insinuait en moi.

Finalement, à bout de nerfs autant que de fatigue, je me retirai chez moi. Mais une fois la porte fermée, je me sentis piégée, plus vulnérable que jamais. Après tout, c'était ici que tout s'était passé, et cela pouvait se renouveler. L'appartement de ma mère était le seul qui fermât à clef. Elle avait exigé qu'il en fût ainsi, pour protéger son intimité. Et cette fois je compris mieux le prix qu'elle attachait à cette protection contre les exigences de son jeune mari. Cela me donna même une idée.

J'enfilai ma robe de chambre et mes mules, happai Angel au passage et me rendis tout droit chez maman, où je m'enfermai à double tour. Je me sentis aussitôt rassurée, et pas seulement à cause de la clef. Me retrouver dans la chambre de maman, respirer son parfum au jasmin, voir autour de moi ses objets familiers me procurait un sentiment de sécurité. Je passai une de ses chemises de nuit et me vaporisai un peu de jasmin dans le cou. Puis je me glissai dans son lit, exactement comme il m'arrivait de le faire quand nous vivions à Boston. Ses draps exhalaient cette odeur de propreté et de fraîcheur à laquelle elle tenait tant.

— Oh, maman ! soupirai-je, comme je voudrais que tu sois vraiment là !

Je posai Angel à côté de moi et j'éteignis la lampe de chevet.

La lune était plus pleine, ce soir, il n'y avait aucun nuage pour occulter sa lueur argentée, ni celle des étoiles les plus proches. Je me plus à l'imaginer comme la princesse du royaume du ciel, entourée de ses courtisans prêts à satisfaire ses moindres désirs. Là-haut, on jouait toujours une douce musique, la cruauté et la mesquinerie étaient inconnues. Il n'y avait pas d'hommes à l'esprit perverti et trompeur, ni de femmes jalouses ni d'enfants malheureux de voir leurs parents se haïr et se déchirer.

— C'est là que nous devrions vivre, Angel, chuchotai-je. C'est à ce monde que nous appartenons, toi et moi.

Je fermai les yeux, espérant voir en rêve ce monde et ses merveilles. Ses villes en sucre où jouaient en riant de beaux enfants heureux, doués et brillants comme le petit Troy. Ses maisons abritant des familles unies, où régnaient la chaleur et l'amour. Où les papas rentraient le soir pour se jeter au cou de leur femme et de leurs enfants. Un monde où ne soufflait pas cet âpre vent que Troy redoutait tellement et où le ciel était sans nuages, où toutes les filles de mon âge avaient un visage d'ange et un amoureux.

Si seulement je pouvais m'envoler pendant mon sommeil, monter lentement vers la lune et entrer dans son royaume...

Je m'endormis, mais un bruit léger m'éveilla quelques heures plus tard : il y avait de la lumière dans le salon ! Je m'assis et tournai la tête vers le rectangle lumineux de l'embrasure. J'y vis se découper la silhouette de Tony et me figeai, le cœur battant. Il riait ! J'attendis et, une fois de plus, son rire troubla le silence.

— Ainsi, tu m'as encore fermé ta porte !

Se pouvait-il qu'il me prenne pour ma mère ? Qu'il ait mal lu le télégramme et la croie rentrée ce soir même ? Il tenait une clef qu'il éleva en pleine lumière.

— Je ne t'ai jamais dit que j'avais fait faire un double pour le jour où je serais fatigué de tes plaisanteries stupides ? Tu me laisses dehors, moi, ton mari ? Tu prétends me priver de mes droits conjugaux ? Eh bien, j'en ai assez d'être pris pour un imbécile ! Tu me trouvais assez beau pour toi quand nous nous sommes rencontrés, et plutôt séduisant. Maintenant que nous sommes mariés et que tu m'as fait signer ce contrat ridicule, tu crois pouvoir te débarrasser de moi. Eh bien, je regrette, la comédie est finie. Je viens chercher ce qui m'appartient, et ça ne devrait pas te déplaire tant que ça, il me semble.

Il s'avança dans la chambre.

— Tony ! Maman n'est pas là, c'est moi, Leigh.

Il s'immobilisa et pendant un long moment, aucun de nous deux ne parla. Là où il se tenait, l'ombre me cachait complètement ses traits, mais je devinai son trouble.

— Je dors dans la chambre de maman, cette nuit, elle n'est pas encore rentrée. Maintenant, partez ! Vous en avez fait assez pour que je vous haïsse jusqu'à la fin de mes jours.

Cette fois, son rire me fit froid dans le dos.

— Alors tu veux prendre la place de ta mère, c'est ça ? Tu te glisses dans son lit, tu portes sa chemise de nuit et son parfum... tu voudrais bien être Jillian, avoue ? Tu rêves d'être ma femme. Si c'est ce que tu veux...

— Non ! Ce n'est pas pour cela que je suis venue. Je voulais vous empêcher de m'approcher. Allez-vous-en !

— Tu es bien comme ta mère. Tu refuses d'admettre ce que tu désires, ce dont tu as vraiment besoin. Je comprends, ricana-t-il. C'est un trait de famille !

— Allez-vous-en, implorai-je, désespérant d'être entendue.

La voix de Tony se durcit.

— Tu m'interdis ta porte, exactement comme elle. Mais tu n'as pas le droit, je ne le supporterai pas.

Il se rapprocha encore et je sentis son haleine : elle empestait le whisky, ce qui mit le comble à ma frayeur. Je me recroquevillai, serrant les couvertures contre moi.

— Je vous en prie, Tony, sortez. Vous me faites peur et je ne peux pas supporter ce que vous m'avez fait. Je suis malade rien que d'y penser. S'il vous plaît, allez-vous-en.

— Mais il ne faut pas réagir comme ça, voyons ! Tu dois surmonter cette peur. C'est donc pour cela que tu trouves sans cesse de nouvelles excuses pour m'éloigner de toi ?

Je frémis d'horreur. Il recommençait à me prendre pour ma mère !

— Non, Tony. Je ne suis pas Jillian, je suis Leigh. Vous ne comprenez donc pas ? Écoutez-moi, au moins !

— Toujours cette colère... mais la colère est une passion, ne sais-tu pas cela ? Ne vois-tu pas ce qui te tourmente ? C'est le désir, rien d'autre. Ne continue pas à le nier, sois franche avec toi-même.

Il s'assit au bord du lit et je me reculai vivement, dans l'espoir de lui échapper en glissant de l'autre côté, mais il fut plus rapide que moi. Il me saisit par les poignets, les tordit pour m'obliger à lâcher le drap, et la douleur m'arracha une plainte qui lui fit desserrer sa prise. Mais il se pencha sur moi, rabaissa les couvertures et prit appui sur un coude, à demi étendu en travers de mes jambes.

— Quelle belle nuit, tout à fait romantique ! Une nuit rêvée pour des amants.

Je gémis à travers mes larmes :

— Nous ne sommes pas des amants, Tony.

— Oh, mais si! Mon œuvre m'a lié à toi, pour toujours et à jamais, dit-il en posant la main sur mes cuisses.

Cette fois, je hurlai.

— Allez-vous-en! Ma mère saura tout. Oui, tout ce que vous m'avez fait la nuit dernière, et elle vous détestera et elle vous quittera.

Ma colère l'emportait sur ma peur et je lui crachai les mots à la figure, mais il ne fit qu'en rire.

— Eh bien, vas-y, parle à ta mère. Que crois-tu lui apprendre? Rien, sinon ce qu'elle sait déjà, ou qu'elle espère. Qui m'a poussé vers toi, encouragé, excité? Qui m'a suggéré de te prendre pour modèle et de te faire poser nue? Je ne suis pas idiot, je sais qu'elle a tout manigancé. Mais j'ai tout laissé faire, et même désiré que cela arrive. Tu es belle, et tu deviendras encore plus belle qu'elle. Elle le sait très bien et cela lui est intolérable.

— Non, vous mentez. Vous inventez n'importe quoi!

— Ah oui? (Tony émit un petit rire apitoyé.) Elle croyait que nous faisions l'amour au cottage, figure-toi. Et elle n'y trouvait rien à redire.

— Menteur!

Je voulus lui décocher un coup de poing, mais ses doigts se refermèrent sur mon poignet, suspendant mon geste.

— Elle et moi n'avons pas de secrets l'un pour l'autre. J'ai essayé de la rendre jalouse et plus amoureuse. Je lui ai dit que cela t'excitait de poser nue pour moi, que je te touche. Et qu'une fois, tu m'avais demandé de te faire l'amour. Sais-tu ce qu'elle a répondu? Qu'au moins tu apprendrais avec un bon maître, un amant consommé. Oh, bien sûr, je sais qu'elle voulait me flatter, mais elle n'avait pas l'air de prendre cela au tragique.

Je secouai la tête et libérai mon poignet.

— Elle n'a pas pu dire ça, j'en suis sûre. Vous la connaissez mal. Vous prétendez ne pas avoir de secrets l'un pour l'autre, mais il y en a un qu'elle a gardé pour elle. Et un gros! (Je mis dans mes paroles tout le mépris dont j'étais capable.) Vous ne savez même pas son âge. Vous la croyez beaucoup, beaucoup plus jeune qu'elle ne l'est en réalité. Elle n'aura jamais entièrement confiance en vous.

Tony conserva tout son calme, et sa voix prit une douceur inquiétante.

— Oh si, je connais son âge, ma chère. J'ai soigneusement enquêté sur son passé. Malheureusement, mon amour m'aveuglait, et j'ai attendu d'être marié pour le faire. Elle ne saura jamais à quel point je me suis senti blessé, trahi. Me cacher une chose pareille, à moi ! Moi qui aurais embrassé la trace de ses pas, tant je l'adorais. Mais je la laisse vivre dans ses chimères... Après tout, où est le mal ?

— Vous mentez encore. Allez-vous-en !

Je le repoussai, mais cette fois il prit mes deux poignets d'une seule main, m'attira à lui et m'imposa un baiser brutal. J'eus beau me débattre, il était bien trop fort, sa bouche resta sur la mienne. Quand il la libéra, imprégnée d'un goût de whisky, je crus que j'allais vomir de dégoût. Il se mit à genoux sur le lit, ses genoux enserrant les miens, et rabattit mes bras en arrière, plaquant mes mains sur l'oreiller. Cette position me laissait entièrement à sa merci.

— Tu es bien plus belle qu'elle, oh oui ! Tu es fraîche, innocente, et ton air candide ne ment pas. Tu es ma poupée... en chair et en os, ajouta-t-il en m'embrassant dans le cou.

Une fois de plus, je me débattis sous le poids de son corps et une fois de plus, il inséra ses jambes entre les miennes et me prit par violence. Mon cauchemar recommençait. J'eus beau pleurer, crier, supplier, il n'écoutait que la voix de son désir et de ses instincts déchaînés. Et tant qu'il m'imposa son bon plaisir, cette parodie d'amour, il me confondit avec ma mère, mêlant nos deux noms dans un murmure entrecoupé de baisers. Je tournai la tête et fermai les yeux, pauvre tentative pour nier ce qui m'arrivait, ce qu'il me forçait à subir. Mais mon corps s'élevait et s'abaissait en même temps que le sien, docilement, au même rythme. Cela, il me fut impossible de l'empêcher.

Pendant qu'il me malmenait ainsi, j'ouvris les yeux et aperçus Angel auprès de moi, sur l'oreiller. Je me débattis pour libérer ma main et parvins, après de longs efforts, à atteindre ma poupée et à la tourner de l'autre côté. Car j'avais vu, dans son regard, se refléter ma propre terreur et mon chagrin.

Après cela, je gardai les paupières étroitement fermées, résignée à attendre que Tony en ait fini avec moi.

Quand il eut épuisé son ardeur, il resta encore un moment étendu sur moi puis se leva comme un somnambule et s'en alla. J'étais incapable de bouger. Les poignets me faisaient mal et mes joues brûlaient comme s'il les avait frottées au papier de verre. J'éclatai en sanglots et pleurai jusqu'à me crever le cœur. Finalement, quand j'eus versé toutes les larmes de mon corps, je remontai soigneusement la couverture sur Angel et sur moi, me tournai sur le côté et fermai les yeux. Puis, le visage enfoui dans l'oreiller, j'attendis le sommeil.

Ce fut le soleil qui m'éveilla. Je me saisis d'Angel, quittai précipitamment l'appartement de ma mère et courus me fourrer dans mon lit. Quand Troy vint me voir, je lui dis que je ne me sentais pas bien. Naturellement, il courut alerter Tony et les domestiques; et l'une des plus vieilles femmes de chambre de Farthy, Mme Carter, ne tarda pas à se montrer. Je me bornai à répéter que je ne me sentais pas bien et elle annonça qu'elle me monterait un plateau.

— Désirez-vous que M. Tatterton vienne vous voir ?

— Non, surtout pas ! Je ne veux voir personne jusqu'à l'arrivée de ma mère.

— Même pas un médecin ?

— Non, je vous en prie. Personne.

— Très bien. Je vous apporte quelque chose de chaud, cela devrait vous faire du bien.

Me faire du bien ? Ni repas, ni médecin, ni amis ne pourraient me faire du bien, mais à quoi bon le lui dire ? Je me tournai sur le côté et remontai la couverture jusqu'à mon menton. Troy ne tarda pas à reparaître et fut très déçu que je ne vienne pas jouer avec lui, ou l'emmener en promenade. Puis mon plateau arriva, je mangeai un peu de flocons d'avoine et bus du thé sucré.

Tony ne se montra pas. J'étais prête à le jeter dehors à grands cris, quitte à ameuter les domestiques, et il devait s'en douter. Il resta prudemment à l'écart. A l'heure du déjeuner, Mme Carter me monta un repas léger. Je grignotai un sandwich et bus un peu de jus de fruits. Elle revint un peu plus tard et insista une fois de plus pour appeler un médecin.

— Non, madame Carter, un médecin ne pourrait rien pour moi. Mais dès que ma mère arrivera, envoyez-la-moi, s'il vous plaît.

— Très bien, comme vous voudrez, capitula-t-elle.

Et elle repartit en emportant le plateau.

Je m'assoupis plusieurs fois dans l'après-midi, jusqu'au moment où un grand remue-ménage dans le hall m'annonça le retour de maman. Et j'attendis, sur le qui-vive, certaine que les domestiques l'avaient déjà mise au courant de ce qui se passait. Je n'attendis pas longtemps. La porte de mon appartement s'ouvrit à la volée, maman entra en coup de vent dans ma chambre et s'approcha de mon lit d'un pas vif. Ses cheveux étaient coiffés en un chignon relevé, très stylé, et la veste cintrée de son tailleur de soie bleu marine soulignait la minceur de sa taille. Elle me parut plus svelte que jamais, lumineuse de fraîcheur et de joie de vivre. Des petits glaçons de cristal dansaient à ses oreilles, scintillant de mille feux.

— Leigh Van Voreen ! s'exclama-t-elle, les mains sur les hanches. Comment oses-tu être malade le jour de mon retour ? Allons, dis-moi ce qui ne va pas. On ne prend pas froid en cette saison, tout de même ! Nous sommes presque en été.

Je rejetai ma couverture et m'adossai au chevet du lit.

— Oh, maman ! Maman, quelque chose d'horrible est arrivé. Et deux fois de suite !

— Qu'est-ce que tu me chantes là ? Je croyais que tu étais malade. J'avais à peine passé la porte que Mme Carter se précipitait sur moi en se tordant les mains pour me débiter un chapelet de jérémiades. Il paraît que tu es malade, que tu ne veux voir personne, même pas de médecin... Et moi, alors ? Tu crois que je ne suis pas fatiguée, après un voyage pareil ?

Maman se détourna et s'examina complaisamment dans le miroir de ma coiffeuse.

— Cela n'a pas été facile de perdre tout ce poids et de remodeler ma silhouette, figure-toi. Enfin, l'épreuve est terminée, et avec succès, si j'en crois ce que tout le monde me dit. Et toi, comment me trouves-tu ?

Elle me fit face à nouveau, attendant des compliments enthousiastes. Eh bien, elle en serait pour ses frais ! En fait de compliments, elle se contenterait de vérités bien assenées. Si amères qu'elles fussent, il faudrait qu'elle m'écoute, cette fois-ci.

— Maman, c'est moi qui ai subi une épreuve ; et ici, à Farthy. Tony est venu deux fois de suite dans ma chambre et il m'a... il m'a violée ! Il... Il a...

Pourquoi me laissait-elle continuer ? Faudrait-il que je lui décrive tout, y compris les plus ignobles détails ? Je la regardai à travers mes larmes, espérant la voir se jeter sur moi, me prendre dans ses bras et me consoler, me couvrir de baisers. Me promettre que tout était fini, que j'étais de nouveau en sécurité... et elle s'approcha en effet, encore plus vite que prévu. Enfin, j'avais réussi à capter son attention, et elle allait m'écouter ! Pendant un bref instant, j'éprouvai un soulagement intense, et puis... je vis ses yeux.

Étroits, durs, réduits à deux fentes minces d'où filtrait un regard glacé, dangereux. Ses yeux qui trahissaient toujours ses sentiments les plus intimes. Instantanément, une peur sans nom sécha mes larmes. Maman ne me croyait pas !

— Quoi ? En voilà une histoire à dormir debout ! Tony, te violer ? Franchement, Leigh ! Je sais que les adolescentes ont parfois des fantasmes surprenants, mais là, tu exagères.

Je secouai la tête avec une énergie désespérée.

— Il ne s'agit pas de fantasmes, maman. C'est arrivé, je te le jure ! (Maintenant que j'avais enfin attiré son attention, il faudrait qu'elle m'écoute, bon gré mal gré.) Laisse-moi tout te raconter, je t'en prie.

Une expression de contrariété crispa un instant ses traits.

— Je t'écoute.

— Avant-hier soir, j'ai suivi Tony dans le labyrinthe, jusqu'au cottage.

— Tu l'as suivi ? Et pourquoi cela ?

— Par curiosité. Je voulais savoir pourquoi il y travaillait toujours et n'avait pas débarrassé son matériel.

— Ce n'était pas une chose à faire, Leigh.

Et voilà, j'avais tort avant de m'être expliquée ! Eh bien, je parlerais quand même.

— En arrivant au cottage, j'ai regardé par la fenêtre et j'ai vu que Tony avait peint un autre tableau de moi, ou plutôt de nous deux. Seulement il s'y était représenté, lui aussi, et... tout nu !

— Ah oui ?

— Et un instant après, je l'ai vu entrer dans la pièce... tout nu.

— Il était seul ? demanda vivement maman.

— Oui, mais n'empêche... j'ai eu peur et je suis revenue à la maison en courant. Et quand j'ai été couchée, il est entré dans ma chambre, tout nu, et il... il m'a forcée à faire l'amour avec lui.

Maman haussa un sourcil sceptique.

— Si, c'est vrai ! Alors, hier soir, je suis allée m'enfermer dans ton appartement mais il avait une clef et il est entré quand même. D'abord, il m'a confondue avec toi mais ce n'est pas ça le pire. Il... il m'a encore violée, maman, c'était horrible ! Je n'avais pas la force de lui résister. (L'expression de maman ne changea pas.) Tu n'entends pas ce que je te dis ? Maman !

Ses épaules s'affaissèrent.

— Je comptais te parler de tout cela un peu plus tard, quand j'aurais défait mes bagages et pris un peu de repos.

— Me parler de quoi ? Comment pouvais-tu savoir ?

— Tony est venu me chercher à l'aéroport, Leigh, et m'a raconté comment tu t'étais conduite. Il n'a pas parlé de l'incident du cottage. Mais il m'a dit que tu lui avais demandé de venir te voir dans ta chambre et qu'en entrant, il t'avait trouvée nue sur ton lit.

— Quoi ! Mais il ment !

— Il m'a dit aussi que tu l'avais pris par les poignets et fait tomber sur toi en le suppliant de te faire l'amour, mais qu'il t'avait forcée à lâcher prise et sermonnée de belle manière avant de partir.

— Maman, écoute-moi au moins !

— Je sais aussi que tu es allée chez moi en espérant te faire passer pour moi, afin que cette fois il ne te repousse pas. Et que tu avais même mis une de mes chemises de nuit et t'étais inondée de mon parfum.

Maman inspira ostensiblement et une lueur de triomphe passa dans ses yeux.

— C'est bien ma chemise de nuit que tu portes, n'est-ce pas ? Et mon parfum ?

— Oh, maman ! C'est seulement pour me sentir plus proche de toi que j'ai fait ça, j'avais tellement peur !

Un seul regard de ma mère suffit à m'éclairer. Elle ne me croyait pas, et ne prenait même pas la peine de le cacher. En cet instant, je la haïs comme je ne l'avais jamais fait. Elle ne me croyait pas ! Entre sa fille et l'homme qu'elle avait épousé depuis un an à peine, c'était à lui qu'elle choisissait d'accorder sa confiance. Tout ce qui comptait pour elle, c'était Tony et son écœurante fortune. Son cher mari, si jeune et si répugnant.

Mes yeux se dessillaient, la situation m'apparaissait sous son jour le plus cynique. Maman n'allait pas mettre en jeu sa position de châtelaine de Farthy, oh non ! Même avec la garantie du contrat sordide qu'elle avait extorqué à Tony. Sans son nom, elle n'était plus rien... *Rien !* Si elle choisissait le divorce, adieu la respectabilité et les privilèges accordés à Mme Tony Tatterton. Plus d'invitations chez les grands de ce monde. La haute société de Boston lui claquerait la porte au nez, et elle redeviendrait cette pauvre fille du Texas, réduite à contempler du dehors les merveilles convoitées. Pouvais-je vraiment lui imposer cela ? Au fond de moi, je sentais que je l'aimais encore et désirais son bonheur... Je fis une dernière tentative.

— Je t'ai dit la vérité, maman.

— Vraiment, Leigh, ton histoire est révoltante ! Et tu t'imagines que je vais te croire ?

— Je ne l'imagine pas, je l'espère. Ce n'est pas lui qu'il faut croire... il est fou !

— Il m'a dit que tu avais tout tenté pour qu'il fasse de toi sa maîtresse. Et qu'en désespoir de cause, tu... tu m'as trahie. Tu lui as révélé mon âge, ajouta maman, d'un ton qui laissait deviner plus de tristesse que de colère.

— Mais pas du tout ! Si j'en ai parlé, c'est seulement...

— Comment as-tu pu faire cela ? Toi, ma propre fille, la seule personne en qui j'avais totalement confiance !

— Il le savait déjà, maman, et cela lui est bien égal.

Elle secoua la tête avec lassitude.

— Voyons, Leigh, reprends-toi. J'ai eu ton âge, moi aussi, et je sais ce que tu ressens. Ton corps se transforme à une rapidité surprenante. Et au moment où tu deviens femme, avec des désirs et des besoins de femme, voilà que tu poses nue devant un homme jeune et beau. Ce qui t'arrive est facile à comprendre, et j'aurais dû le prévoir. Je suis en partie responsable de ce qui s'est passé, mais il faut te contrôler, Leigh. Tu dois dominer ton imagination et tes pulsions.

« Prends exemple sur moi, et rappelle-toi ce que je t'ai dit sur les hommes. Suis mes conseils et je suis sûre que, d'ici quelques jours, tout sera rentré dans l'ordre. Tony ne t'en veut pas du tout, il comprend très bien ces choses. C'est pourquoi notre union est si réussie. Et maintenant... (Maman sourit.) Si tu me laissais prendre un bon bain chaud ? J'en meurs d'envie !

— Mais tu dois me croire, maman. Je t'en prie.

— Assez, Leigh ! Plus un mot là-dessus. Si tu continues, les domestiques vont jaser et qui sait jusqu'où iront les rumeurs ?

— Il ne s'agit pas de rumeurs ! Je n'imagine rien et je n'ai pas menti.

Le regard de maman s'aiguisa.

— Leigh, espères-tu vraiment me faire croire que mon mari a fait des avances à ma fille, une adolescente, alors qu'il m'a, moi ? Allons, finissons-en. Va prendre un bon bain et dépêche-toi de t'habiller pour le dîner.

— Mais, maman...

— Pas de « mais », j'insiste. Et d'ailleurs, ajouta-t-elle en souriant, j'ai des tas de jolies choses à te montrer et des histoires à te raconter sur le centre thermal et les gens que j'ai rencontrés. (Son sourire s'évanouit soudain.) J'ai été très choquée en apprenant que tu avais révélé mon âge à Tony, Leigh. Mais comme il n'y a pas attaché d'importance, je te pardonne. C'est vraiment un homme merveilleux. Par contre, si tu continues tes... tes manigances, je ne sais pas si je pourrai encore te pardonner. Alors oublie tout cela et... viens dîner avec nous.

Sur ce, maman poussa un long soupir d'aise.

— Ah ! Comme c'est bon de rentrer chez soi après un long voyage ! dit-elle d'un petit ton léger. Rien ne vaut la douceur du foyer.

Farthinggale Manor, un foyer ? Un enfer, oui ! Je fixai longtemps d'un œil éteint la place que maman venait de quitter. Était-ce un autre cauchemar qui recommençait ? Maman *refusait* de me croire ! Au lieu de me venir en aide, elle se réfugiait derrière le rempart fragile de son univers illusoire et futile, uniquement préoccupée d'elle-même. Ou de ce qui restait d'elle-même. Celle que j'avais tant aimée jadis avait disparu, remplacée par l'inconnue de mon cauchemar. Je me tournai vers ma poupée et soupirai :

— Oh, Angel, tu es mon seul témoin. Si seulement tu pouvais parler !

Mais au fond de moi, une voix me soufflait que même si Angel pouvait parler, maman trouverait le moyen de ne pas la croire. Elle ne voudrait pas la croire, ou se désintéresserait complètement de la question... peu importe.

Pour moi, le résultat serait le même.

18

La vérité toute nue

Je me levai et m'habillai pour descendre dîner. Je n'avais pas faim, bien que j'eusse très peu mangé dans la journée. Mais j'espérais naïvement réussir à faire admettre à maman que j'avais dit la vérité : il lui suffirait de me regarder pour s'en rendre compte. Je me brossai les cheveux sans enthousiasme. Leur aspect terne et sans vie correspondait parfaitement à mon état d'âme, et mes yeux trahissaient la fatigue et la tension que j'avais subies. Les épaules basses, je quittai mon appartement et m'engageai dans l'escalier.

A ma grande surprise, maman et Tony étaient déjà à table : je les entendais rire dans la salle à manger. Ils tournèrent la tête à mon entrée, et Tony jeta un regard furtif du côté de maman. Puis il sourit et s'enquit d'un ton paternel :

— Alors, Leigh, tu te sens mieux ?

Sans répondre, j'allai m'asseoir à ma place et dépliai ma serviette, consciente des regards qui pesaient sur moi. Ce fut maman qui parla la première, d'un ton désinvolte et plein de gaieté :

— Je décrivais justement à Tony les jumeaux Watson, qui faisaient une cure au centre. Tu dois t'en souvenir, je t'en ai parlé, à toi aussi. Ces gens de Boston qui ont une propriété à Hyannis... quels monstres ! On aurait tiré une femme comme moi d'une seule de leurs jambes. Hippo et Potame, c'est comme ça que nous les appelions. Si tu les avais vus au sauna ! A côté d'eux, n'importe quelle grosse dondon se sentait peser dix kilos de moins.

Maman renversa la tête et éclata d'un rire léger.

— Et le plus drôle, c'est qu'à la fin de la cure, ils avaient pris cinq kilos chacun. Tous les jours, ils allaient discrètement se bourrer de gâteaux et de sucreries à la pâtisserie du village voisin. Tu te rends compte ? Dépenser une fortune pour grossir de cinq kilos !

Elle rit encore et Tony joignit son rire au sien. Je n'en revenais pas de les voir si joyeux : maman semblait avoir totalement oublié ce que je lui avais dit. Et la soirée se poursuivit sur le même ton. Maman raconta mille anecdotes sur les femmes richissismes qu'elle avait rencontrées, et Tony lui prêta une oreille complaisante, riant quand elle riait, prenant l'air grave quand elle redevenait sérieuse. Bref, l'auditeur idéal.

Quand elle eut déchiré à belles dents toutes ces dames, il se lança dans un éloge de la poupée portrait, dont le succès battait tous les records. A son tour, maman l'écouta, tournant de temps en temps vers moi un regard destiné à me faire partager son émerveillement. Elle attendait une parole d'approbation, mais je la laissai attendre. Cette fois, je n'avais pas l'intention de passer au second plan. Ne comprenait-elle pas qu'il m'était arrivé quelque chose de terrible, que ma vie en serait bouleversée ? Non, elle glissait tranquillement là-dessus, ignorant mon chagrin. Et cela, c'était pire que tout.

Quand le café fut servi, elle annonça :

— Je voudrais te montrer certaines choses que j'ai achetées en Suisse, Leigh. Elles sont dans le salon bleu. Je t'ai rapporté un cadeau superbe, très coûteux.

Le café terminé, elle se leva la première pour aller donner un ordre à Curtis, et Tony et moi la suivîmes à quelques pas de distance. Comme nous quittions la pièce, il me prit par le coude et me dit à mi-voix, de façon à n'être entendu que de moi seule :

— Je voulais que tu saches que je ne t'en veux pas, Leigh. Je sais ce que tu as raconté à Jillian. Et, tout comme elle, je comprends ce que peut éprouver une adolescente en pleine transformation.

Il s'exprimait avec une douceur bienveillante, son regard bleu semblait m'absoudre... et il souriait, en plus ! Il y avait de quoi devenir folle. Une boule se forma dans ma gorge et je crus qu'elle allait y rester. Puis j'avalai péniblement ma salive et serrai les dents. Devant nous, maman appela :

— Tu viens, Leigh ?
— Oui, j'arrive.

Je m'arrachai à la poigne de Tony et le foudroyai du regard. La colère m'étouffait. Je parlai d'une voix coupante.

— Vous avez réussi à la tromper, pour le moment. Mais un jour, elle me croira, car les gens de votre espèce finissent toujours par révéler leur véritable nature.

Il secoua la tête avec un regard apitoyé, qui eut pour seul effet d'augmenter ma rage.

— Je croyais que le retour de Jillian te ramènerait à de meilleurs sentiments, mais je commence à comprendre ce qu'elle voulait dire. Les adolescentes ne sont vraiment pas faciles à manier, de nos jours. N'importe, je tiens à t'assurer que tu peux compter sur ma compréhension et ma sympathie. Je ne me moquerai jamais de toi, Leigh.

— Vous êtes ignoble, ripostai-je en grinçant des dents.

Toujours souriant, il tenta de me reprendre le bras mais je le repoussai violemment.

— Ne me touchez pas ! N'essayez plus jamais de me toucher !

Je courus rejoindre ma mère sans que Tony cherche à nous suivre, me laissai tomber sur le canapé du salon bleu et assistai au déballage des achats. Je vis d'abord apparaître des pulls, des blouses, des jupes, des ceintures de cuir. Puis des œuvres d'art, des statuettes, des boîtes à bijoux, des miroirs à main en ivoire sculpté. Et, pour moi, une élégante montre en or incrustée de diamants. Chacun de ces cadeaux avait son histoire, sur laquelle maman s'étendit à loisir. Dans quelles circonstances avait eu lieu la découverte, comment était la boutique, ce qu'en avaient pensé les autres femmes... A l'en croire, celles-ci la suivaient partout, adoptaient ses choix, achetaient ce qu'elle achetait.

— Je me suis retrouvée dans le rôle d'un guide, figure-toi. Tu vois ça d'ici, toutes ces femmes pourries d'argent qui s'en remettaient à moi pour leur dire ce qui était chic ou ne l'était pas, juger une œuvre d'art, les conseiller dans leurs achats... Franchement, j'aurais dû demander une commission !

Maman s'interrompit enfin et me dévisagea, comme si c'était la première fois qu'elle me voyait depuis son retour.

— Tu parais fatiguée, Leigh. Demain, tu devrais prendre un peu de soleil : ce n'est pas bon de rester enfermée. L'air confiné peut être malsain pour la peau. J'ai eu de très intéressantes conversations sur ce sujet avec les médecins du centre, débita-t-elle sans me laisser le temps de placer un mot. En Suisse, les femmes ont un très joli teint, et sais-tu à quoi elles le doivent ? A leur régime, d'abord, mais aussi à l'exercice, au grand air, aux saunas et aux bains de boue, poursuivit-elle comme si elle donnait un cours. D'ailleurs, j'ai déjà demandé à Tony de faire installer un sauna dans ma salle de bains.

— Si tu me trouves fatiguée, maman, c'est à cause de ce qui m'est arrivé. Une chose terrible. Et si tu m'avais écoutée, vraiment écoutée...

— Ah non, tu ne vas pas recommencer ! gémit-elle avec une moue ennuyée. Je ne pourrais pas le supporter. Je ne sais même pas comment je tiens debout après un voyage pareil, en n'ayant presque pas dormi. J'ai rassemblé mon énergie pour vous faire bonne figure en arrivant, à Tony et à toi, mais cette fois-ci, je n'en peux plus. J'abandonne.

— Maman !
— Bonsoir, Leigh. J'espère que la montre te plaît.

Sur ce, maman me laissa seule au milieu des paquets ouverts et des papiers d'emballage.

Je rangeai ma montre dans sa boîte. Qu'elle aille au diable, et les autres cadeaux avec! Maman s'imaginait-elle que leur prix pouvait arranger les choses? Je me souciais bien de tous ces précieux bijoux d'or et d'argent, et même de diamants!

J'étais malade de frustration. Je me sentais piégée, en plein chaos, murée dans ma solitude comme un prisonnier dans sa cellule. L'intérieur de ma tête résonnait de cris que j'étais seule à entendre. Maman ne faisait aucun cas de moi, j'aurais aussi bien pu être invisible. Elle ne voulait pas me regarder, ni m'écouter, et encore moins voir la vérité. Le luxe de sa vie et son éclat factice l'aveuglaient.

Et les jours suivants, ce fut la même chose. J'essayai en vain de lui faire comprendre quelle horrible épreuve j'avais subie. Elle ne m'écoutait pas, ou bien changeait instantanément de sujet. Finalement, j'y renonçai et j'acceptai ma solitude. Le plus souvent, je me promenais seule sur la plage ou je chevauchais le long du rivage. L'air marin, le bruit du ressac et l'incessant mouvement des vagues produisaient sur moi un effet hypnotique, apaisant, qui finit par agir comme un baume. Je lisais, j'écrivais dans mon journal, j'écoutais des disques et je jouais avec mon petit Troy.

Jennifer appela souvent, mais je ne pris jamais l'initiative d'appeler moi-même. Ni elle ni Joshua. Vers la fin de juin, il m'avait annoncé qu'il partait en vacances avec sa famille et serait absent près d'un mois. Il aurait voulu me revoir avant de partir, mais je n'aurais pas pu supporter cela. Je savais qu'au premier regard, il aurait tout deviné et m'aurait haïe pour ce qui m'était arrivé. Plus que jamais, je me cloîtrai dans ma solitude pour y trouver le réconfort. Je n'avais plus ni père ni mère, la nature devint mon seul refuge. Je me laissai caresser par la brise, avec le sentiment qu'elle effaçait les marques laissées dans ma chair et me consolait, me guérissait. Elle me donnait un sentiment de sécurité que je n'avais jamais trouvé dans la grande maison aux recoins ténébreux, dont l'immensité n'enfermait que le vide.

Quand je sortais avec Troy, je marchais toujours derrière lui en l'écoutant babiller, sans prêter vraiment attention à ses paroles. Leur musique me ravissait. Sa voix enfantine exprimait tant d'innocente fraîcheur ! J'adorais m'asseoir à ses côtés, face à la mer, et répondre à ses incessantes questions en lui caressant les cheveux. C'était un peu comme si je retrouvais l'univers de l'enfance, le monde enchanté des poupées, des jouets et des sucres d'orge, préservé de la laideur cruelle des réalités. Quand mon petit Troy se blottissait dans mes bras, m'arrachait une promesse pour le lendemain et faisait claquer un bon gros baiser sur ma joue, les ogres et les croque-mitaines perdaient leur pouvoir menaçant et disparaissaient de mon horizon.

Maman s'était replongée dans sa vie mondaine. Bridges, dîners, achats, spectacles l'accaparaient entièrement. A maintes reprises, elle essaya de m'attirer dans le cercle de ses brillantes relations, dans l'espoir que je m'y ferais des amis de mon âge, mais je déclinais régulièrement l'invitation.

Tony gardait ses distances, ne m'adressant que très rarement la parole et évitant même de me regarder, surtout en présence de ma mère. Quand il m'arrivait de le trouver seul, je m'arrangeais pour ne pas avoir à croiser son chemin. Grâce à Dieu, la maison était assez vaste pour m'offrir d'innombrables retraites, et le domaine plus vaste encore. Je vagabondais dans le parc et les bois, me baignais dans la piscine de plein air, passais des après-midi entiers à cheval ou à me promener sur la plage, esquivant ainsi tout contact avec lui.

Au début de la troisième semaine de juillet, il annonça qu'il partait en Europe, pour un voyage d'affaires assez bref. Maman le chargea d'un certain nombre d'achats et il me demanda si je souhaitais qu'il me rapporte quelque chose, mais je ne pris pas la peine de répondre. Quelques jours après son départ, papa m'appela de Houston, au Texas, pour m'annoncer son prochain retour. Je lui avais écrit très souvent, en le suppliant de me répondre, mais il ne l'avait jamais fait. Il me donna les raisons de son silence.

— J'étais toujours en déplacement, Princesse, je vais sans doute recevoir toutes tes lettres à la fois. Est-ce que tout va bien ?

— Non, papa. Il faut absolument que je te voie.

Il perçut mon désarroi et resta longuement silencieux.

— Que se passe-t-il ? demanda-t-il enfin.

— Je ne peux pas t'entretenir de cela au téléphone, mais il faut que je te parle. Absolument.

— Ta mère ne peut pas t'aider ?

— Elle... non. Elle ne peut pas m'aider.

Je m'exprimai d'un ton sec, dépourvu de toute émotion. C'était l'amère vérité, dans toute son horreur.

— Très bien. Je t'appellerai dès mon arrivée pour que nous dînions ensemble, tous les trois. Je devrais être à Boston après-demain.

— Tâche de t'arranger pour que nous soyons seuls, papa. Je t'en prie.

— Leigh ! Je suis marié, maintenant, et Mildred tient à partager tout ce qui me concerne. Elle serait très malheureuse d'être exclue de quoi que ce soit, et elle est si désireuse de mieux te connaître ! Je sais que je me suis remarié un peu vite, mais laisse-lui une chance.

— Il ne s'agit pas de cela, papa. Ce que j'ai à te dire est... beaucoup trop personnel.

— Mais Mildred fait partie de ma vie personnelle, voyons !

Et voilà. Une fois de plus, papa s'abandonnait comme une cire molle entre les mains d'une femme ! Que pouvais-je faire, sinon accepter la réalité ? Je n'avais personne d'autre vers qui me tourner.

— Très bien, papa. Appelle-moi dès ton retour.

— Entendu. A très bientôt, Princesse.

La certitude de le revoir sous peu m'emplit d'allégresse. Tout allait changer, quand il saurait ce qui s'était passé. Il voudrait me reprendre, et ne me permettrait sans doute même pas de passer une nuit de plus à Farthy. Il ferait immédiatement savoir à ma mère qu'il entamait les démarches nécessaires pour que ma garde lui soit confiée légalement. Je n'étais pas très sûre que ma vie en deviendrait plus agréable pour autant, mais au moins je serais loin de Farthy. Et de Tony.

Pour la première fois depuis qu'il m'avait violée, mon moral remonta. Je retrouvai toute mon énergie. A la piscine, je faisais plusieurs fois le tour du bassin, et quand je sortais à cheval, je me lançais dans des galops effrénés. J'emmenai Troy pour une longue promenade sur la plage et une grande cueillette de coquillages. A table, je dévorais, me resservais de tous les plats et réclamais un supplément de dessert. Maman remarqua ce changement, mais je ne lui dis rien du retour imminent de papa.

Le jour de son arrivée à Boston, je me levai de bonne heure, anticipant déjà son coup de fil. Dès qu'il aurait raccroché, je me ferais conduire à Boston par Miles. J'étais sur le pied de guerre et j'avais déjà pris mon petit déjeuner et fait une courte promenade avec Troy quand maman descendit. Elle recevait des amies pour un bridge, cet après-midi-là, et je savais ce que cela signifiait : elle allait passer des heures à se faire belle.

Juste avant le déjeuner, alors que Troy et moi regardions travailler les jardiniers, Curtis vint m'annoncer que l'on me demandait au téléphone.

— C'est mon père ?
— Je ne sais pas, répondit Curtis du ton compassé qui lui était habituel. On a seulement demandé Mlle Van Voreen.

Je courus jusqu'au poste le plus proche, dans la salle de séjour, où j'arrivai hors d'haleine.

— Allô ? C'est moi, Leigh !
— Mademoiselle Van Voreen, ici Chester Goodman. Je travaille pour votre père, qui m'a chargé de vous appeler.

J'envoyai mentalement au diable tous ces préliminaires.

— Je vous écoute.

— Il m'a prié de vous exprimer ses regrets : il ne pourra pas vous voir aujourd'hui.

Mon cœur dut s'arrêter de battre. J'éprouvai une affreuse sensation de vide et de froid dans la poitrine.

— Comment ! Mais pourquoi ? Il faut que je le voie, sans faute. Passez-le-moi, s'il vous plaît. Je veux lui parler.

— Je suis désolé, mademoiselle Van Voreen, mais il n'est plus là. Un de nos paquebots a fait naufrage la nuit dernière dans le Pacifique. Une opération de sauvetage est en cours et il a dû prendre le premier avion pour la côte Est.

— Oh, non !

— Il a promis de vous appeler à la première occasion. Mademoiselle Van Voreen !

Je raccrochai sans répondre et m'effondrai dans le fauteuil le plus proche. Papa n'avait donc pas deviné mon désespoir, ni quel besoin j'avais de le voir ? Cela aurait dû passer avant tout ! Pourquoi ne m'avait-il pas demandé de l'accompagner ? Nous aurions pu parler dans l'avion. Son travail comptait-il plus pour lui que sa propre fille ? Ou bien alors...

Une pensée terrifiante s'insinua en moi. Papa savait-il ? Avait-il toujours su que je n'étais pas sa véritable fille ? Si c'était le cas, son attitude ne s'expliquait que trop bien. Accablée, j'enfouis mon visage entre mes mains

— Leigh ?

Troy venait d'apparaître à l'entrée de la pièce.

— Tu ne reviens pas jouer dehors ?

— Non, dis-je en relevant la tête. Je ne me sens pas très bien. Je vais monter m'allonger un moment.

Le visage de Troy s'assombrit.

— Et tu sortiras avec moi, après ?

— Je n'en sais rien, Troy. Je suis désolée.

Sur ce, je me levai et sortis sans me retourner, incapable de supporter sa tristesse. La mienne me suffisait. Je montai l'escalier avec une lenteur somnambulique, il me sembla que je n'arriverais jamais en haut. Et je fus tout étonnée de me retrouver au milieu de ma chambre, comme si je m'éveillais d'un rêve. J'allai droit à mon lit et m'y laissai tomber, la tête renversée sur l'oreiller. Mais je ne m'en trouvai pas mieux ; le sang me battait les tempes et mon estomac se serrait douloureusement. J'allais sûrement avoir la migraine, ou peut-être une indigestion. Il ne me manquait plus que cela ! Je me sentais prise au piège. Que pourrait-il m'arriver de pire, désormais ?

Je n'allais pas tarder à le savoir. Le lendemain matin, j'avais à peine ouvert les yeux que la nausée me submergeait. Elle revenait, vague après vague, sans me laisser un instant de répit, jusqu'au moment où je dus courir à la salle de bains pour vomir. Juste à temps ! Mais je n'éprouvai aucun soulagement, je me sentais malade à mourir. Finalement, les spasmes s'apaisèrent et je retournai me coucher, en attendant que le repos me rende mes forces. Mais d'où venait ce malaise ? De quelque chose que je n'avais pas digéré ? C'était tout de même bizarre, ces spasmes à répétition.

Et subitement, je compris. Avec tout ce qui m'était arrivé ces temps-ci, je n'y avais pas prêté attention, mais c'était un fait. La date de mes règles était passée. Et maintenant, ces nausées matinales ? Oh, non ! J'étais...

J'étais enceinte.

J'attendis trois jours avant de me décider à parler à maman, espérant que mes craintes étaient vaines et priant pour qu'elles le soient, mais les faits étaient là. La nausée me reprenait chaque matin, et parfois dans l'après-midi. D'ailleurs, le calendrier confirmait mes soupçons. J'avais beau comparer les dates, j'en revenais toujours là : j'avais sauté un cycle, moi qui étais réglée comme du papier à musique. Et les jours de retard continuaient à s'accumuler. Je finis par comprendre que je ne pouvais plus me taire.

Bizarrement, ma première pensée fut que, cette fois, maman serait bien obligée de regarder la vérité en face : *Tony m'avait violée*. Je n'avais pas fait cet enfant toute seule, quand même ! J'aurais préféré la voir continuer à douter de ma parole plutôt que de lui en fournir une preuve pareille, évidemment. Mais puisque le mal était fait, autant m'en servir pour obliger maman à ouvrir les yeux, une fois pour toutes.

Ce jour-là, elle donnait un cocktail en faveur d'une œuvre de charité et je la trouvai devant son miroir, en train d'étudier une nouvelle coiffure. Elle ne me vit même pas entrer et ne m'entendit pas davantage l'appeler. Je dus m'y reprendre à deux fois.

— Maman, s'il te plaît ! Je te parle.

Elle battit des paupières et pivota sur son siège.

— Que me veux-tu encore, Leigh ? Tu ne vois pas que je me prépare pour ma réception ? Je n'ai pas de temps à consacrer à tes sottises !

— Il ne s'agit pas de sottises, maman. C'est très grave.

Mon accent dut la convaincre. Elle reposa sa brosse et leva les yeux au plafond d'un air exaspéré.

— Bon, de quoi s'agit-il, cette fois ? Il suffit que j'aie une chose importante à faire pour que tu viennes m'ennuyer avec tes états d'âme. Franchement, je commence à en avoir assez des problèmes des adolescents d'aujourd'hui ! Vous mangez trop de sucreries, voilà ce qui ne va pas.

Je dus me retenir pour ne pas l'empoigner par les cheveux et tirer sur ses jolies mèches si bien apprêtées.

— MAMAN ! TU VAS M'ÉCOUTER, OUI OU NON ?

— Inutile de crier, je t'écoute. Mais fais vite.

J'avalai péniblement ma salive et respirai à fond.

— Tu ne m'as pas crue, quand je t'ai raconté ce que Tony m'avait fait. Tu n'as pas voulu me croire, insistai-je, ma colère grandissant à chaque mot, attisée par l'air ennuyé de maman. J'ai essayé de te faire comprendre qu'il ne s'agissait pas de fantasmes d'adolescente, mais tu n'as rien voulu entendre.

— Et je ne veux pas entendre un mot de plus à ce sujet. Je viens de te...

— MAMAN ! JE SUIS ENCEINTE !

Voilà, c'était dit. Et j'en étais la première surprise. Un silence s'installa entre nous, aussi pesant que la vérité elle-même. Un bébé allait naître, conséquence de la conduite ignoble d'un obsédé. Et nous allions tous payer pour ce péché.

Pendant de longues secondes, maman se contenta de me dévisager, puis un petit sourire aigu se dessina sur ses lèvres. Elle se rejeta en arrière et croisa les mains sur ses genoux.

— Qu'est-ce que tu as dit ?

Je ne voulais pas pleurer, mais ce fut plus fort que moi. Les larmes ruisselèrent sur mes joues.

— J'ai sauté un cycle et tous ces jours-ci, j'ai eu des nausées le matin. Je suis enceinte de Tony.

Maman ne répondit pas. Elle me regardait comme si je m'étais exprimée dans une langue étrangère, on aurait juré qu'elle attendait la traduction.

— Tu ne comprends pas ce que je te dis, maman ? Tout ce que je t'ai raconté était vrai, et maintenant j'attends un enfant. L'enfant de Tony !

— Tu en es sûre ? Il n'y a aucune erreur possible ?

— Non, tu sais que je fais très attention aux dates.

A quoi bon refuser de voir la vérité ? Je n'avais pas l'intention de me réfugier dans un monde illusoire, ce que maman avait toujours fait. Et pour en arriver où ? Elle secoua la tête, ses pupilles se rétrécirent et elle siffla entre ses dents, la voix haineuse :

— Tout ça, c'est ta faute, sale petite idiote !

— Quoi !

Je n'en croyais pas mes oreilles. Et maintenant, maman se concentrait sur ses pensées, comme pour se convaincre elle-même.

— Tu t'es jetée à la tête de Tony ! Tu l'as tenté, excité, tourmenté avec tes charmes de petit fruit vert. Et maintenant, tu vois le résultat. Une situation affreusement embarrassante, épouvantable.

— Je ne me suis pas jetée à sa tête, maman ! Tu sais bien...

— Oui, je sais. Tony s'est assez plaint de ta façon de le provoquer, de le regarder sans arrêt en battant des cils. Et après mon départ, tu l'as attiré dans ta chambre. Comment voulais-tu qu'il réagisse en te trouvant nue sur ton lit, menaçant de faire un scandale s'il refusait de coucher avec toi ?

— Quoi ! C'est ça qu'il t'a raconté ? Et tu as cru un mensonge pareil ?

Comme une actrice qui aurait trop bien répété son rôle pour supporter une interruption, elle poursuivit sur sa lancée :

— Et maintenant, regarde ce que tu as fait ! Que se passera-t-il si cette histoire s'ébruite ? C'est moi qui en souffrirai. Tout le monde me tournera le dos, nous ne serons plus invités nulle part. Et tout ça parce que ma fille n'est qu'une garce, une coureuse, une égoïste sans cervelle... et jalouse. Oui, jalouse, répéta-t-elle avec satisfaction, et tu l'as toujours été. Tu es jalouse de moi, parce que je suis belle, et que j'ai épousé un homme jeune et beau, au lieu de me morfondre avec ton père, un homme trop vieux pour moi et qui ne me méritait pas.

— Ce n'est pas vrai !

— Bien sûr que si ! Tony m'a raconté comment tu te conduisais au cottage, comment tu essayais de le séduire pendant les séances de pose.

— Mais c'est faux ! Complètement faux !

Les paroles de maman m'atterraient. Qu'étaient devenues notre affection, notre confiance mutuelle ?

— Je ne voulais pas poser, maman, rappelle-toi. C'est toi qui m'y as poussée. Et quand je suis venue te parler...

— Oui, tu es venue me parler, pour essayer de me détacher de Tony. Tu voulais me rendre jalouse, affirma-t-elle avec une lueur mauvaise dans le regard. Tu as voulu me faire croire qu'il te tripotait pour que...

— Mais c'était vrai, maman !

— Il te touchait, peut-être, mais pas de la manière que tu le laissais entendre. Mais je n'ai pas donné dans le panneau, alors tu as attiré Tony dans ta chambre et comme il ne voulait pas céder à tes provocations, tu as cru en venir à tes fins en lui révélant mon âge !

Cela, elle ne me le pardonnerait jamais. Et elle ne voudrait jamais croire que Tony connaissait déjà la vérité.

— Mais il n'est qu'un homme, après tout ! Il a fini par succomber, reprit-elle d'une voix sifflante. Et maintenant, regarde où nous en sommes. Joli résultat, petite princesse ! Tu peux être fière de toi.

— Mais il n'y a rien de vrai là-dedans, maman. Tu ne peux pas vraiment croire ça !

J'étais accablée. Jamais elle ne m'avait paru aussi méchante qu'en cet instant. Elle en devenait franchement laide.

— Et moi qui me suis donné tant de mal pour t'élever, t'apprendre comment mériter le respect des hommes ! Je te l'avais pourtant dit, hurla-t-elle d'un ton hystérique, les filles bien ne vont jamais jusqu'au bout !

Ses cris suraigus résonnèrent jusqu'au fond de mon être, discordants, destructeurs. Ce qui restait en moi d'amour et de respect pour elle fut instantanément désintégré, comme un vase précieux réduit en miettes. Une foule d'images et de sons surgis du passé se bousculèrent dans mon esprit — bribes de conversations, carillons de boîtes à musique, caresses, échos de rires, bruits de baisers... Tout cela tourbillonna dans ma mémoire et retomba en fragments épars, pareils à une pluie de verre brisé.

C'en fut plus que je ne pouvais supporter. *Moi*, j'étais accusée de jalousie, de légèreté, de mensonge, de trahison ? Alors c'était moi, l'égoïste ? Qui de nous deux avait fermé les yeux sur ce qu'elle préférait ne pas voir ? Elle, encore et toujours. Et maintenant, pour préserver son précieux petit univers, elle m'accusait de tous les péchés du monde. Moi, la victime, il fallait encore que je serve de bouc émissaire ! Je lui criai toute mon amertume.

— Menteuse, hypocrite ! Comment oses-tu m'accuser d'être une fille facile, toi qui as épousé papa alors que tu étais enceinte d'un autre ? J'ai entendu Grandma Jana te parler avant que tu n'épouses Tony. Je sais que papa n'est pas mon vrai père et que tu ne lui as jamais dit la vérité. Je le savais mais j'aurais préféré qu'on m'arrache le cœur plutôt que de révéler ton secret !

Elle se laissa aller en arrière, littéralement pétrifiée.

— Mais qu'est-ce que...

— C'est la vérité, la stricte vérité. Mais ta mère t'a aidée à trouver un mari, un homme qui saurait t'aimer et te respecter.

Elle reprit ses esprits et regarda autour d'elle comme pour convaincre d'invisibles témoins.

— C'est complètement ridicule ! Que vas-tu encore inventer, maintenant ? C'est ce que tu as trouvé de mieux pour éloigner Tony de moi ?

— *Assez ! Arrête de mentir !*

— Comment oses-tu me parler sur ce ton ? Je suis ta mère.

— Non, tu n'es pas ma mère. Je n'ai pas de mère, insistai-je, résolue à me montrer aussi odieuse qu'elle venait de l'être, et pas de père non plus. Tu voulais tout avoir, n'est-ce pas ? Le meilleur de la vie ! Un jeune et beau mari, une propriété fabuleuse, et une maîtresse sur mesure pour ce mari trop exigeant, choisie par toi ! Au fait, maman (je baissai le ton, imitant la voix suave qu'elle savait si bien prendre), quand cette belle idée t'est-elle venue ? Pendant ta lune de miel ? A ton retour à Farthy ? Quand as-tu compris que ta beauté n'était pas éternelle, qu'elle finirait par se flétrir ?

J'étais lancée, je la mitraillais de questions sans lui laisser le loisir de placer un mot, selon sa propre tactique, et je finis par lui rire au nez.

— Parfaitement, se flétrir. Tu vieillis, maman, chaque jour un peu plus, et tu le sais très bien, même si tu ne veux pas le savoir. *Je ne peux plus te supporter !* La seule chose qui compte pour toi, c'est toi, ou plutôt ta précieuse beauté. Eh bien, laisse-moi te dire une chose, Jillian Tatterton : la comédie est finie. Tu vas être grand-mère. Alors, est-ce que tu te sens toujours aussi jeune ? Tu peux te rajeunir tant que tu veux, cela ne changera rien aux faits. Tu vas être grand-mère, et tu ne l'auras pas volé !

Sur cette parole vengeresse, je tournai les talons et m'enfuis loin de cette femme qui ne m'était plus rien. Chez moi, je claquai la porte mais ne versai pas une larme. Je ne pleurerais plus jamais dans cet endroit maudit. Je le détestais, je détestais ce qui s'y était passé, ce qu'il avait fait de moi. Je ne désirais plus qu'une chose : partir, laisser derrière moi les regards hypocrites, les sourires pervers et les mensonges.

J'ouvris ma penderie, empoignai une valise et y entassai pêle-mêle ce qui me tombait sous la main. Je me souciais peu d'emporter mes toilettes coûteuses, mes bijoux, mes précieux souvenirs. Je n'avais qu'une idée en tête : m'en aller le plus vite possible. Ma valise à la main, je m'arrêtai au moment de passer la porte et me retournai, comme si quelqu'un m'avait appelée. Angel me regardait à travers la pièce, l'air aussi triste et désemparée que je l'étais moi-même. Pas question de l'abandonner ! Je la pris sous le bras et sortis précipitamment, sans rencontrer personne. Maman n'avait pas pris la peine de se déranger pour moi. Le couloir était désert. Ce fut seulement en arrivant au bas de l'escalier que je m'interrogeai sur ma destination. Je ne pouvais pas me contenter de quitter Farthy. Que faire ensuite ? J'étais loin de tout, je ne connaissais personne à des kilomètres à la ronde. Où aller ?

Grandma Jana ! Elle au moins m'accueillerait, comprendrait. Elle connaissait sa fille, je pourrais tout lui dire. Mais un voyage dans le Sud, cela coûtait cher... Je tirai mon portefeuille de mon sac et comptai une vingtaine de dollars : pas assez pour aller jusqu'au Texas ! Tant pis, je savais où Tony rangeait son argent, et j'entrai sans hésiter dans son bureau. Où était le mal, après tout ? Si quelqu'un devait payer, c'était bien lui.

Je trouvai environ deux cents dollars dans un tiroir. Ce n'était pas la fortune, mais ce serait assez pour prendre le train. Je fourrai les billets dans mon sac, redressai la tête et jetai un coup d'œil au miroir mural. Ce que j'y vis ne me plut pas, personne ne devait deviner mon désespoir. Je rejetai mes cheveux en arrière et pris une grande inspiration. Il fallait que j'aie l'air naturel, quand je demanderais à Miles de me conduire à Boston. S'il remarquait quelque chose de bizarre, il irait d'abord consulter maman.

Je refermai en hâte la porte du bureau et jetai un regard vers le premier étage. Personne en vue, maman avait dû se replonger aussitôt dans ses préparatifs. Logique : sa beauté passait avant tout et elle recevait des gens haut placés, qu'elle tenait à impressionner. Curtis émergea du salon et haussa un sourcil en voyant ma valise, mais je souris de l'air le plus détaché possible, comme si tout était normal. Il hocha la tête, s'éloigna vers la cuisine et je sortis sur le perron.

L'éclat du soleil m'éblouit et je dus mettre la main en visière sur mes yeux. Il faisait très chaud et de gros nuages dérivaient, haut dans le ciel. Un souffle de brise me caressa le visage, et j'y vis un encouragement à quitter les fausses merveilles de Farthy. Ce que j'avais pris pour un royaume enchanté n'était qu'un lieu de cauchemar, finalement.

Par chance, Miles astiquait la voiture devant l'entrée et je n'eus pas besoin d'aller à sa recherche, au risque d'attirer l'attention des jardiniers. Il leva vivement la tête à mon approche.

— Je ne suis pas en avance, observai-je en souriant.

Je consultai ma montre, puis tournai le cadran vers lui pour lui indiquer l'heure. Il posa son chiffon et me regarda d'un air perplexe.

— Pardon ? Suis-je censé vous conduire quelque part, cet après-midi ?

— Mais voyons, Miles... à la gare ! Ne me dites pas que ma mère a oublié de vous avertir !

— Non, elle ne l'a pas fait. Je...

— J'aurais dû m'en douter ! Quand elle reçoit son comité de bienfaisance, elle oublie tout le reste. (Cela, au moins, Miles le croirait sans peine.) Je vais chez ma grand-mère, elle m'attend. Mais si nous ne partons pas tout de suite, j'ai bien peur de manquer mon train.

Miles jeta un regard significatif vers la maison.

— Mais...

— Miles ? (Je soulevai ma valise d'un geste éloquent.)

— Oh ! s'exclama-t-il en la prenant pour aller la ranger dans le coffre. Je ne comprends pas pourquoi Curtis ne m'a pas rappelé que je devais sortir. Il le fait toujours.

— Maman n'a peut-être pas pensé à le prévenir, lui non plus. Bon, pouvons-nous partir ?

— Pardon ? Oh, oui... bien sûr.

Il ouvrit la portière et je me glissai sur le siège, puis il alla prendre place derrière le volant et mit le moteur en marche. Je surveillais l'entrée, m'attendant plus ou moins à voir maman surgir en criant pour demander ce qu'il se passait, mais elle ne se montra pas et la voiture s'engagea dans la grande allée sinueuse. Subitement, par la fenêtre latérale, j'aperçus Troy et sa gouvernante qui revenaient de la plage et je laissai échapper une exclamation consternée. Dans ma colère et mon énervement, j'avais complètement oublié Troy et ce que mon départ signifierait pour lui.

— Arrêtez-vous un instant, Miles, s'il vous plaît. J'ai oublié de dire au revoir à Troy.

Miles obéit et je sautai à terre pour m'élancer à la rencontre de Troy, tout en l'appelant avec de grands gestes du bras. Il courut aussitôt me rejoindre, balançant son petit seau à chaque pas.

— Leigh, j'ai trouvé le plus gros coquillage que tu aies jamais vu ! s'écria-t-il, hors d'haleine, en posant le seau à mes pieds.

Je vis tout de suite le gros coquillage rose et blanc, posé au-dessus des autres, beaucoup plus petits.

— Il est vraiment gros, Troy.

— Et on entend le bruit de la mer, dit-il en me tendant sa trouvaille.

Je portai le coquillage à mon oreille et hochai la tête en souriant. Puis, après avoir écouté, je l'écartai vivement comme si j'avais peur.

— On dirait qu'elle va sortir de là et nous arroser !

— Elle n'est pas vraiment à l'intérieur, me rassura Troy en riant.

Il reprit le coquillage, le rangea dans son seau et contempla fixement la limousine.

— Où est-ce que tu vas, Leigh ?

Je m'agenouillai devant lui, saisis sa petite main dans la mienne et le regardai dans les yeux.

— Je dois faire un petit voyage, Troy. Sois très sage pendant mon absence, repose-toi et surtout, mange bien.

— Mais quand est-ce que tu reviendras ?

— Pas avant un moment, j'en ai peur.

— Un grand moment ? (Je hochai la tête.) Alors je veux aller avec toi.

— C'est impossible, tu dois rester ici, où l'on peut te donner tous les soins dont tu as besoin.

— Mais où est-ce que tu vas ? répéta Troy, déjà prêt à pleurer.

— Voir ma grand-mère.

— Et comment ça se fait que tu n'y es jamais allée avant ? demanda-t-il d'un ton sceptique.

Devant tant de présence d'esprit, je me résignai à mentir.

— Parce que j'étais toujours trop occupée, jusqu'ici.

Troy pencha légèrement la tête de côté, et je compris qu'il ne me croyait pas. Il n'était pas facile à tromper.

— Leigh, demanda-t-il très bas, tu ne vas plus revenir ?

Je souris et essuyai les grosses larmes qui roulaient sur ses joues.

— Bien sûr que si !

— Non ! s'exclama-t-il en reculant brusquement. Tu ne reviendras plus jamais.

— Mais si, Troy, je te le promets. Un jour, je ne sais pas quand ni comment, je reviendrai près de toi.

— C'est promis ?

— Promis juré. Allons, fais-moi un gros bisou pour me dire au revoir, sinon... (je grimaçai comme sous l'effet d'une souffrance terrible)... je vais faire un voyage affreux.

Il se détendit, noua ses bras autour de mon cou et je le serrai contre moi de toutes mes forces en l'embrassant sur la joue. Puis je sentis un petit baiser se poser sur la mienne et Troy se libéra d'un mouvement souple et vif. Je me relevai, lui souris une dernière fois et marchai vers la voiture. Au moment où j'allais y monter, il me rappela.

— Leigh ! Attends.

Je m'arrêtai et le vis reprendre le coquillage dans son petit seau.

— Tiens, emporte-le.
— Oh non, Troy ! C'est pour toi.

Il secoua vigoureusement la tête.

— Non, prends-le, comme ça tu ne m'oublieras pas.
— Je ne pourrai jamais t'oublier, affirmai-je, sois tranquille.

Mais il s'entêta si bien que j'acceptai le cadeau.

— Très bien, alors. Merci beaucoup.
— Mets-le contre ton oreille et tu nous entendras tous les deux, l'océan et moi, dit-il encore.

Et il courut rejoindre sa gouvernante. Je le suivis des yeux quelques instants et remontai dans la voiture.

— Partons, Miles. Et roulez le plus vite possible, s'il vous plaît.

Il eut une petite grimace d'indécision, pas encore très sûr de devoir m'obéir, puis démarra. Je ne regardai pas en arrière mais en passant le grand portail, je portai le coquillage à mon oreille. J'entendis le bruit de l'océan et aussi... une voix ténue, triste et lointaine.

— Leigh... Leigh...

Mon petit Troy m'appelait pour la dernière fois.

Je me renversai sur les coussins, fermai les yeux et Farthy disparut derrière moi, aussi simplement que si j'avais soufflé la flamme d'une chandelle.

19

Une journée mouvementée

Je n'avais jamais voyagé seule, mais je dissimulai soigneusement à Miles mon inquiétude et mon indécision. Surtout à notre arrivée à la gare, quand il déchargea ma valise et la garda à la main, attendant mes instructions.

— Je me débrouillerai seule, maintenant, Miles. Vous pouvez disposer.

— Oh non, mademoiselle Leigh ! Laissez-moi appeler un porteur. Quelle est votre destination ?

— Je vous dis que ça ira, Miles. Je suis si contente de voyager toute seule, affirmai-je avec un grand sourire, destiné à cacher ma nervosité.

Il hésita un instant avant de poser ma valise à terre.

— Bien, mademoiselle Leigh. Je vous souhaite bon voyage.

— Merci, Miles.

Je soulevai ma valise et m'éloignai rapidement vers le hall de la gare, mais je m'arrêtai bientôt pour adresser un dernier signe d'adieu à Miles. Le reverrais-je un jour ? Rien n'était moins sûr. Il me suivit des yeux mais ne chercha pas à me rejoindre pour s'assurer que je prenais bien mon train.

Autour de moi, des gens circulaient en tous sens, des annonces résonnaient sans cesse. Tout cela était très excitant, mais aussi un peu effrayant. Avisant un grand diable de policier aux cheveux carotte et au visage enfantin, en conversation avec un marchand de journaux, je me dirigeai droit vers lui.

— Excusez-moi, monsieur l'agent. Savez-vous où je dois m'adresser pour prendre un billet pour le Texas ?

— Pour le Texas ? répéta-t-il en souriant. C'est grand, le Texas ! (Le vendeur de journaux éclata de rire.) Savez-vous au moins dans quelle ville vous voulez aller ?

— Bien sûr, monsieur !

— Bon. Alors prenez le premier couloir à droite et tout au bout, vous trouverez les guichets.

— Merci beaucoup.

— Dites-moi... elle est drôlement jolie, votre poupée. Aussi jolie que vous ! (J'avais oublié que je serrais frénétiquement Angel contre moi.) Vous ne seriez pas en train de faire une fugue, par hasard ?

— Oh non, monsieur !

Les deux hommes s'esclaffèrent et j'allai au guichet demander un ticket pour Fullerton. Je ne savais rien de plus précis sur l'adresse de Grandma Jana : je comptais l'appeler de la gare, dès mon arrivée là-bas. En entendant le nom de la ville, l'employé eut une grimace perplexe et consulta son registre.

— Fullerton, Texas ? Il n'y a pas d'arrêt à cette gare. Quelle est la grande ville la plus proche ?

— Ma foi, je n'en sais trop rien. Je crois que...

— Houston, Dallas, El Paso ?

Je commençai à m'affoler. Si je ne me décidais pas tout de suite, l'employé allait sûrement penser que je faisais une fugue, et peut-être même appeler un agent. Et je serais ramenée à Farthy en car de police, au beau milieu de la réunion de bienfaisance de maman ! Affreux, humiliant, impensable.

— Dallas, répondis-je en hâte.

Tout ce que je voulais, c'était gagner le Texas et une fois là-bas, prévenir Grandma Jana. Même si je me trouvais loin de chez elle, j'étais sûre qu'elle saurait s'arranger pour que j'arrive à bon port.

— Allons-y pour Dallas, alors, mais ce n'est pas

direct. Je peux vous donner un billet pour Atlanta, mais il vous faudra attendre assez longtemps la correspondance. Sinon, revenez demain matin de bonne heure.

— Tant pis pour l'attente. Je pars aujourd'hui.
— Je vois. Aller et retour ?
— Non, un aller simple, s'il vous plaît.
— Seconde, première, couchette ?
— Première classe.

L'employé hocha la tête et me délivra un billet.

— Voilà. Cent soixante-deux dollars tout rond.

Cent soixante-deux dollars ! Après ça, il ne me resterait pas grand-chose en poche, j'aurais sans doute mieux fait de prendre une seconde. Mais il n'était pas question d'hésiter, je ne voulais pas laisser croire que je n'avais pas assez d'argent pour voyager. Je comptai rapidement la somme et reçus mon billet en échange.

— Voilà, vous partez dans un quart d'heure, quai C. Premier couloir sur votre droite et ensuite, tout droit. Vous ne pouvez pas vous tromper.

— Merci.

En route pour le quai C, mon billet à la main, je pris brusquement conscience de la réalité des choses et mon cœur se mit à battre à grands coups. Pendant un instant, je crus même que j'allais m'évanouir. Je voyais déjà la scène, les badauds assemblés, l'agent de police qui les repoussait... Cette perspective m'emplit d'une telle frayeur que je hâtai le pas jusqu'au quai C, où je me laissai tomber sur le premier banc libre. Il restait un quart d'heure avant le départ et il n'y avait pas encore foule. Deux bancs plus loin, une femme lisait une histoire à ses deux fillettes pour les tenir occupées, et je ne pus m'empêcher de penser à maman. Elle faisait la même chose avec moi, autrefois...

Autrefois. Quand j'étais petite et que nous vivions à Boston, tous les trois. Notre vie était si différente, alors ! Et maintenant... maintenant, j'allais avoir un enfant : je l'avais presque oublié. Serait-ce un garçon ou une fille ? Que me conseillerait Grandma, de l'élever ou de l'abandonner pour le faire adopter ? Une fois que je l'aurais tenu dans mes bras, je ne voudrais sans doute plus m'en séparer. Mais n'étais-je pas trop jeune pour être mère ? Et si je gardais mon bébé, quelle sorte de mère serais-je ? Pas une mère comme la mienne, en tout cas ! Plutôt abandonner l'enfant.

J'installai Angel à côté de moi et fermai les yeux. Sur les autres voies, des trains entraient en gare ou stoppaient en grondant, faisant vibrer le sol sous mes pieds. Le quai s'emplissait de monde, un homme en complet cravate s'assit à mes côtés et je pris Angel dans mes bras. L'homme sourit et se plongea aussitôt dans la lecture d'un journal.

L'heure du départ approchait et mon cœur recommença à cogner dans ma poitrine. Avais-je pris la bonne décision ? Il était encore temps de changer d'avis. Il me suffisait d'appeler Miles, qui viendrait immédiatement me chercher. Il allait bientôt arriver à Farthy, maintenant, et dire à quelqu'un d'où il venait. Ou bien on le lui demanderait, et maman serait prévenue. Elle le renverrait aussitôt me chercher, mais il arriverait trop tard.

Trop tard, me répétai-je, plus moyen de revenir en arrière. Quand le train stoppa en ferraillant le long du quai, je me levai d'un bond, guettant l'ouverture des portes. Je trouvai facilement mon compartiment, choisis une place près de la fenêtre et casai ma valise dans le filet. Puis je m'assis auprès d'Angel, l'entourai de mon bras et attendis le départ avec angoisse. Nous étions seules, Angel et moi, mais il n'entra qu'une personne ; un assez vieux monsieur qui, à peine assis, s'empressa de déplier un journal.

Et le train démarra, enfin ! J'eus l'impression que mon cœur changeait de rythme, pour s'accorder au tempo régulier des roues. La gare disparut derrière nous et nous fûmes emportés dans le crépuscule, vers le sud, loin du seul monde que j'eusse jamais connu.

— Votre billet, mademoiselle ?

Je le tenais serré dans ma main et me hâtai de le tendre au contrôleur. Il le poinçonna en souriant, me le rendit et je me renversai en arrière pour regarder par la fenêtre. Le train serpentait à travers plaines et collines, s'engouffrait dans des tunnels, fuyant vers l'horizon à la rencontre de la nuit. L'obscurité semblait venir au-devant de nous et j'aperçus quelques étoiles entre les nuages. Elles ne m'avaient jamais paru aussi lointaines.

De temps à autre, une ville scintillait au passage, ou bien un groupe de maisons, signalé par la clarté orangée des fenêtres. Et j'imaginais les familles dînant sous la lampe, le bonheur tranquille des enfants aimés et choyés, entourés, protégés. Ils n'étaient pas aussi riches que moi, et leur maison aurait tenu tout entière dans un recoin de Farthy. Mais ce soir ils dormiraient dans leur propre lit et leurs parents viendraient leur souhaiter une bonne nuit. Leurs mamans les borderaient tendrement, leurs papas les embrasseraient sur le front en leur promettant des merveilles pour le lendemain...

Moi, je n'avais personne pour me promettre un lendemain plus beau que la veille, personne, sauf Angel. Aussi tristes l'une que l'autre, nous étions deux enfants perdues précipitées dans l'inconnu ; fatiguées, affamées, et déjà si seules ! Je la pris sur mes genoux et, malgré le regard curieux du vieux monsieur d'en face, je la serrai farouchement contre moi. Ma résolution était prise. Il n'y avait pas de retour possible, ni maintenant ni jamais.

Bercée par le tressautement monotone des roues, je ne tardai pas à m'endormir.

Au milieu de la nuit, je me réveillai en sursaut. Il faisait noir dans le compartiment, mais il y avait de la lumière au-dehors et dans le couloir et, après quelques instants de stupeur, je me souvins de tout. Le vieux monsieur dormait, son journal ouvert sur les genoux, la tête dodelinant de droite à gauche. Je me pelotonnai contre le dossier et ne tardai pas à me rendormir.

J'ouvris les yeux aux premières lueurs du jour et jetai un regard au-dehors : nous traversions une morne

étendue de champs plats semés de fermes. Mon compagnon de voyage était déjà réveillé. Il me demanda gentiment :
— Jusqu'où allez-vous, mademoiselle ?
— Atlanta.
— Je descends au prochain arrêt, mais vous en avez encore au moins pour cinq heures. Vous pouvez déjeuner au wagon-restaurant. (Son regard s'attacha sur Angel et il eut un sourire admiratif.) Ravissante, votre poupée. Je n'en ai jamais vu d'aussi jolie.
— Merci.
— Vous rentrez chez vous ?
— Oui.

Cette réponse me parut la plus indiquée, et, au fond, c'était un peu vrai. On pouvait voir les choses comme ça.

Mon vis-à-vis s'étira longuement.
— Moi aussi, cela fait un mois que je voyage. Je suis dans le commerce : la chaussure en gros.
— Cela doit être pénible de rester si longtemps loin de chez soi.
— En effet. Rien ne vaut la maison. Nos enfants sont grands, bien sûr, et je suis seul avec ma femme. Mais c'est une bonne vie. Nous avons cinq petits-enfants, précisa-t-il en souriant avec orgueil.

Je lui rendis son sourire et pensai aussitôt à maman, qui allait être grand-mère. Mais je doutais qu'elle s'en réjouisse, par exemple ! L'enfant serait de son propre mari. La sinistre et pesante atmosphère de Farthy le poursuivrait toute sa vie... si toutefois il venait au monde.

A moins que je ne découvre un autre monde, complètement différent de Farthy, et ne m'y réfugie avec lui. Si seulement je pouvais le trouver, ce nouveau monde ! *Si seulement je pouvais, si seulement je pouvais, si seulement je pouvais*... Les mots chantaient dans ma tête, rythmés par le bruit des roues. Puis mon estomac se mit à protester : je m'aperçus que j'étais affamée.

— Je vais manger un morceau, annonçai-je en me levant.

— Je surveillerai votre poupée, si vous voulez.
— Oh non, monsieur : elle me suit partout. Et puis, elle a peut-être faim, elle aussi !

Le vieux monsieur rit de bon cœur et je sortis pour aller au wagon-restaurant. J'y étais encore quand le train stoppa à l'arrêt suivant, et quand je regagnai mon compartiment, il était vide. J'avais encore trois heures et demie de voyage devant moi et je les passai seule, le nez collé à la fenêtre. Quand on annonça Atlanta, mon cœur s'accéléra. La première partie de mon long voyage solitaire s'achevait. Farthy était loin derrière moi, maman devait être folle de rage et d'inquiétude. Je me demandai comment elle allait réagir. Appellerait-elle la police, au risque de provoquer un scandale ? Essaierait-elle de joindre Tony en Europe ?

En tout cas, une chose était sûre : elle avait soigneusement caché la nouvelle à ces dames du comité de bienfaisance et continuerait à se taire. Personne en la voyant ne pourrait deviner que quelque chose n'allait pas. Les domestiques avaient dû être chapitrés, surtout Curtis et Miles. Pas un mot ne filtrerait au-dehors. Je croyais l'entendre :

— Ce n'est rien, elle reviendra quand elle sera calmée.

Et je m'entendis répondre moi aussi, mais pour moi seule : « Non, maman, je ne reviendrai pas. Ni maintenant ni jamais. »

Plantée sur le quai, j'examinai l'un après l'autre les différents tableaux destinés à renseigner les voyageurs. La gare d'Atlanta était bien plus grande que celle de Boston, et le trafic en proportion. Je repérai un guichet d'informations et présentai mon billet à la jeune femme de service. Elle m'indiqua la direction à suivre et ajouta :

— Votre train ne part qu'à vingt heures, vous n'avez rien d'autre à faire entre-temps ? C'est une longue attente.

— C'est sans importance, je m'arrangerai.
— Comme vous voudrez. Personne suivante, s'il vous plaît ?

J'achetai un magazine puis, grâce aux instructions de l'hôtesse, gagnai le quai sans difficulté. Il était beaucoup plus long et plus large que celui de Boston, avec une vaste salle d'attente sur la gauche. J'allai m'asseoir sur une banquette du fond et comptai mon argent. Pourrais-je m'offrir un déjeuner et un dîner ? Il ne me restait pas grand-chose !

— Je parie que je vous change un billet d'un dollar en billet de cinq, fit une voix toute proche.

Je levai la tête et rencontrai le regard d'une paire d'yeux noirs et lumineux comme je n'en avais jamais vu. Devant moi se tenait un beau garçon au teint hâlé et aux épais cheveux d'ébène, grand et si large d'épaules que les coutures de sa chemisette se tendaient, prêtes à craquer.

— Je vous demande pardon ?
— Confiez-moi un instant un de ces dollars et je vais vous montrer ça, dit-il en s'asseyant à mes côtés.

Poussée par je ne sais quelle impulsion, je tendis à cet inconnu l'un de mes précieux dollars. Je savais que les voyageurs sans méfiance, surtout les jeunes filles comme moi, étaient une proie rêvée pour les escrocs en tout genre. Mais il avait annoncé qu'il changerait mon billet d'un dollar en billet de cinq, et non le contraire. Et j'étais curieuse de voir comment il allait s'y prendre.

A première vue, il n'avait rien dans les mains, et pas de manches où dissimuler quoi que ce soit. Il plia soigneusement le billet sous mes yeux pour le réduire à la plus petite dimension possible. Puis il retourna sa main de façon à me présenter le dessus de son poing fermé et me sourit, le regard pétillant.

— Allons-y, touchez ma main.
— Il faut que je touche votre main ? (Il hocha la tête.)

Je posai le bout du doigt sur la jointure de son majeur et le retirai aussitôt, ce qui le fit glousser de rire.

— Ça risque pas de vous brûler ! s'exclama-t-il avec

l'accent traînant du Sud. Enfin, ça marchera quand même.

Il ouvrit la main et, sous mes yeux effarés, déplia tranquillement un billet... de cinq dollars !

— Comment avez-vous fait ça ?

Il haussa les épaules.

— Par magie, qu'est-ce que vous croyez ? En tout cas, c'est toujours cinq dollars, dit-il en me tendant le billet. A vous voir compter votre monnaie, à un penny près, il m'a semblé que quatre dollars de mieux ne vous feraient pas de mal.

Le rouge me monta aux joues.

— Ah oui ? Eh bien, magie ou pas, je n'ai pas l'habitude de recevoir de l'argent d'un inconnu ! rétorquai-je en lui tendant brutalement le billet que je venais de prendre.

Il recula et leva les mains, paumes ouvertes.

— D'accord, alors je ne serai plus un inconnu. Mon nom est Thomas Luke Casteel, mais presque tout le monde m'appelle Luke, précisa-t-il en me tendant la main. Et vous êtes ?...

Je le dévisageai, ne sachant pas s'il fallait rire ou m'en aller. Il était bien trop beau pour un vulgaire escroc... du moins j'aimais à le croire.

— Leigh Van Voreen, répondis-je en prenant sa main.

— Et voilà, maintenant on se connaît. Vous pouvez garder l'argent magique.

— Je n'en ai pas vraiment besoin, j'en ai assez pour le voyage. J'insiste pour que vous retransformiez ce billet.

Mon compagnon éclata de rire.

— Désolé. Je ne sais pas faire ce tour à l'envers.

— Vous avez tort de gaspiller votre argent comme ça !

— Bah ! (Il haussa les épaules.) Vite gagné, vite parti. D'ailleurs, ça valait largement quatre dollars de voir votre tête pendant que je faisais mon tour de passe-passe !

Une fois de plus je me sentis rougir sous son regard.

— Vous êtes illusionniste ?
— Pas vraiment. J'ai travaillé dans un cirque, pas loin d'ici, et j'ai appris quelques petits trucs avec les gens du voyage.
— Avec... qui ça ?
— Les artistes de cirque, c'est comme ça qu'on les appelle. Des gens très chouettes, toujours prêts à s'entraider. Il y en a qui ont fait plusieurs fois le tour du monde, ils connaissent des tas de choses. Rien qu'en les écoutant parler, c'est fou ce que j'ai appris ! Vous n'imaginez pas comme le savoir et l'expérience peuvent mûrir un homme, ça compte autant que les années.
— Vous ne paraissez pas si vieux que ça.
— Vous non plus. Moi, j'ai dix-sept ans.
— Et moi bientôt quatorze.
— Nous avons l'âge de Roméo et Juliette, à peu de chose près. C'est la duchesse qui m'a parlé d'eux, elle a été actrice en Europe. Maintenant, elle fait un numéro de lancer de couteaux, avec son mari.
— Vous voulez dire qu'elle doit rester immobile pendant qu'il lance des couteaux autour d'elle ?
— Tout juste.
— Je ne pourrais jamais faire ça. Et si son mari se mettait en colère contre elle, tout d'un coup ?
— Ça, c'est un des sujets de plaisanterie favoris, dans les caravanes. Mais le numéro n'est pas si dangereux que ça ! Il y a un coup à prendre, comme pour presque tout le reste. Et c'est ça qui me plaît, dans le cirque. L'illusion, le faux-semblant... c'est très excitant.
— Ça en a tout l'air. Et vous, que faites-vous ?
— Oh, un petit travail à temps partiel, plutôt un prétexte pour être dans l'ambiance. Plus tard, j'aimerais devenir aboyeur. Vous savez, le gars qui appelle les gens, à l'entrée ?

Luke bondit sur ses pieds et entonna à pleine voix :
— Entrez, entrez et vous verrez un spectacle unique au monde. Les cyclopes, ces géants qui n'ont qu'un œil, la femme-serpent, le plus petit homme qu'on ait jamais vu ! La femme à barbe, Boris le dompteur de lions et nos fabuleux trapézistes, les acrobates de l'air !

Il vociférait comme s'il se tenait à l'entrée d'un cirque, sans paraître s'apercevoir que les gens se retournaient sur lui et qu'il faisait sensation.

— Alors, c'était comment ?
— Excellent !
— Merci. Je m'exerce tout le temps, mais ce n'est pas facile. Là d'où je viens, on ne connaît pas grand-chose au cirque. Ni à quoi que ce soit d'autre, malheureusement.
— Et d'où venez-vous ?
— D'un endroit qu'on appelle les Willies, en Virginie de l'Ouest. C'est dans les montagnes, au-dessus de la ville de Winnerow, précisa Luke avec chaleur.

Et je sentis que, malgré sa remarque amère sur les gens de là-bas, il était très attaché à son coin de pays natal.

— Pourquoi appelle-t-on cet endroit les Willies * ?

Je trouvais ce nom bizarre, et même assez inquiétant.

— On voit que vous n'avez jamais vécu dans les collines. Quand on ne sait plus si c'est le vent qui hurle ou bien les loups, quand on entend crier les lynx, on a froid dans le dos. Il y a toutes sortes de bêtes sauvages qui rôdent, par là-haut. Mieux vaut surveiller son petit chien ! acheva Luke en riant.
— Ça n'a pas l'air très engageant. Je comprends que vous ayez préféré venir ici pour travailler dans un cirque !
— Non, je plaisante, ce n'est pas si terrible que ça. En fait, le pays me manque, surtout la forêt. Elle est si tranquille... La plupart du temps, on n'entend que les oiseaux, ou quelquefois un petit ruisseau. L'odeur des bois aussi me manque, celle des feuilles en plein été, des aiguilles de pin et des fleurs sauvages. Vous savez, c'est quelque chose de se trouver nez à nez avec un écureuil ! Et le matin, quand le soleil monte au-dessus

---

* Intraduisible de façon satisfaisante, le nom évoque un endroit peu rassurant (*to have the willies* : avoir la frousse). « Les chocottes » est le terme qui convient le moins mal. (N.d.T.)

des collines et filtre à travers les branches, on se sent... comment vous dire... on se sent vivre, voilà !

— Vous en faites un tableau merveilleux, maintenant. Lequel est le vrai ?

— Tous les deux. Au fait, où allez-vous ?

— Au Texas, à Fullerton plus exactement. Chez ma grand-mère.

— Ah bon ! Et où habitez-vous ?

— A Boston et au Cap Cod.

— Comment ça ? Vous habitez deux endroits à la fois ?

J'éclatai de rire mais je vis tout de suite que je l'avais blessé, et que c'était un garçon très sensible. Et même très susceptible, apparemment. Je m'expliquai de mon mieux.

— Ma famille possède plusieurs maisons, c'est-à-dire... j'ai été élevée à Boston, mais j'ai aussi vécu dans un autre endroit.

— Je vois. Alors vous aviez raison.

— A propos de quoi ?

— Des cinq dollars. Vous n'aviez pas besoin que je transforme votre billet, dit Luke d'un ton morne.

Je le dévisageai quelques instants avant d'avouer :

— Si, j'en avais besoin.

Et devant son air intrigué, j'ajoutai aussitôt :

— Je n'ai pas emporté beaucoup d'argent en partant, et je ne connais pas très bien le prix des choses.

— On dirait que vous êtes partie en catastrophe, pas vrai ?

Je détournai les yeux, éludant la réponse, et Luke se pencha vers moi.

— On peut savoir ce que vous serrez si précieusement sur votre cœur ? Ma parole, mais c'est une poupée !

Je le foudroyai du regard et lançai d'une voix acerbe :

— Ce n'est pas une poupée comme les autres, c'est un objet de collection, une œuvre d'art. Cela s'appelle une poupée portrait.

— Oh !... Excusez-moi. Est-ce que je peux la voir de plus près ? Je vous promets de faire attention.

Il semblait sincère et j'estimai que je pouvais lui faire confiance. Je lui tendis Angel. Il la prit délicatement, l'examina avec attention et siffla entre ses dents.

— Vous avez raison, c'est une véritable œuvre d'art. Je n'ai jamais vu une pareille finesse de traits chez une poupée. Mais dites-moi... (Son regard s'attacha sur moi, puis à nouveau sur Angel.) Elle vous ressemble !

— C'est normal, répliquai-je en reprenant mon bien. Je viens de vous dire que c'était une poupée portrait. C'est moi qui ai servi de modèle.

— Ça alors ! Je n'ai jamais vu une chose pareille. Et ses vêtements ! Ils ne sont pas ordinaires, eux non plus.

— En effet.

— Je comprends pourquoi vous la couvez comme ça !

— Moi, je la... ce n'est pas vrai ! Je la tiens, simplement.

Une fois de plus, Luke rit de bon cœur et un sourire s'alluma dans ses yeux. Un beau sourire franc, qui n'évoquait en rien le rictus ambigu de Tony. Cela me fit chaud au cœur.

— Je plaisantais, voyons ! Où est-ce que vous allez, déjà ?

— A Dallas, au Texas.

— Ça fait une trotte ! Et votre train part à quelle heure ?

— Pas avant huit heures, j'en ai peur *.

— Huit heures ! Ça fait long à attendre. Vous ne pouvez pas rester ici, dans cette poussière et tout ce raffut. Vous ne connaissez personne à Atlanta ?

Je secouai la tête, ce qui le fit réfléchir.

— Bon, alors... que diriez-vous d'un petit tour au cirque ? Je vous ferais entrer sans payer, ça vous aiderait à tuer le temps et je vous ramènerais à la gare.

— Je ne sais pas si...

— Vous avez déjà été au cirque ?

---

* Aux États-Unis, contrairement à ce que l'on pourrait croire, les trains ne sont pas toujours d'une exactitude rigoureuse. (N.d.T.)

J'y étais déjà allée, en Europe, quand j'étais toute petite ; mais je ne m'en souvenais pratiquement pas.
— Non.
— Alors c'est décidé, dit Luke en tapant dans ses mains. Allons-y ! (Il se baissa pour empoigner ma valise, mais je ne bougeai pas d'un pouce.) Allons, venez ! Je ne vais pas vous manger. Vous allez vous amuser, vous verrez.
Je réfléchis rapidement. Il me restait des heures à attendre, et Luke était si beau, si gentil... je me levai sans plus hésiter.
— Magnifique ! J'étais venu conduire un ami à la gare et je m'apprêtais à rentrer, m'expliqua-t-il en me pilotant vers la sortie. Le cirque n'est pas très loin d'ici. Dans deux jours, il aura levé le camp, direction Jacksonville.
— Quelle vie ! Je comprends pourquoi vous parliez des gens du voyage, commentai-je en lui emboîtant le pas.
Son assurance m'impressionnait. Il semblait tellement plus mûr que les autres garçons de son âge ! En tout cas ceux que je connaissais, y compris Joshua. Mais c'était normal, au fond. Il avait toujours dû se débrouiller tout seul, ne compter que sur lui-même. Une fois hors de la gare, il m'entraîna vers le parking et me désigna une camionnette beige toute cabossée.
— Et voilà ma Rolls ! Elle ne paie pas de mine mais c'est une bonne bête. Elle va où je lui dis d'aller. Mais pour le confort... je parie que vous êtes habituée à mieux ! conclut-il avec un clin d'œil.
Il m'ouvrit la portière et je m'installai sans répondre sur le siège balafré d'accrocs. Des fils pendillaient du tableau de bord et des bouteilles de bière vides jonchaient le plancher. Luke les ramassa vivement, les lança à l'arrière, se glissa au volant et mit le contact. Le moteur fit entendre quelques crachotements poussifs... et cala.
— Allons, Lulu Belle, pas de simagrées, fais honneur à notre passagère. Lulu Belle est capricieuse, voyez-vous... comme toutes les femmes.

— Les hommes aussi sont capricieux! rétorquai-je, et Luke éclata de rire une fois de plus.

Puis le moteur accepta enfin de démarrer. J'étais en route pour le cirque!

— Est-ce que votre famille fait partie des gens du voyage?

Luke eut une grimace amusée.

— Ma famille? Grand Dieu non! Mon père a passé sa vie à trimer et Ma à se tuer au travail, c'est ça leur métier. Disons que Pa est moitié fermier, moitié bouilleur de cru. Ma nous a élevés tous les six, et nous l'avons usée, j'en ai peur. (Son visage s'assombrit.) Vous savez ce qu'on dit: ce n'est pas les kilomètres qui comptent le plus, c'est l'état de la route.

— Six enfants! Combien de filles et combien de garçons?

— Rien que des gars, ce qui a dû être encore plus dur pour Ma. Elle n'a pas eu la chance d'avoir une fille pour l'aider.

— Et vos frères, où vivent-ils?

— Un peu partout dans le coin. Il y en a déjà deux qui ont mal tourné, Jeff et Landon. Aux dernières nouvelles, ils étaient en prison pour vol à l'étalage.

— Oh! Je suis désolée.

Je ne connaissais personne qui eût des délinquants dans sa famille et je ne me sentais pas très rassurée. N'avais-je pas été bien imprudente en montant dans la camionnette de Luke?

— Ouais, grogna-t-il en hochant la tête. Ma a la vie dure.

— Qu'est-ce qu'un bou... un bouilli...

— Un bouilleur de cru? Grand Dieu, d'où sortez-vous? Un bouilleur de cru fabrique du whisky de contrebande, avec son propre alambic, et le vend lui-même aux gens du pays. En général, on les laisse tranquilles, mais de temps en temps la police leur cherche des crosses. Ma n'aime pas que Pa se mêle de ça, alors il se tient à carreau. Il s'est mis à faire des tas de petits boulots, ces temps-ci. C'est un bon charpentier, il est très adroit de ses mains. Et à propos de poupées et tout ça, vous seriez étonnée de voir ce qu'il sait faire quand il s'y met. Il peut rester pendant des heures sous l'auvent à sculpter des animaux. Il prend n'importe quel vieux bout de bois et vous fabrique un écureuil ou un lapin qui a l'air tellement vivant que c'est pas croyable. On dirait qu'il va vous manger dans la main !

J'éclatai de rire. Il avait une façon si colorée de s'exprimer, et en même temps si authentique. Je ne pouvais pas m'empêcher de le trouver sympathique et même de l'envier un peu. Il avait mené une vie toute simple, lui, dans un monde sans artifices. Tandis que moi !...

Après un dernier virage, les tentes orange du cirque se dressèrent devant nous. Des cordes tendues entre des piquets limitaient le parc forain, où toutes sortes de gens allaient et venaient, affairés. Luke fit signe au gardien et, suivant ses instructions, se dirigea vers une ouverture ménagée dans la clôture. La camionnette passa en cahotant devant un groupe d'éléphants qui nous jetèrent un coup d'œil distrait et s'arrêta derrière une tente assez petite.

— C'est ici que je travaille, m'expliqua Luke. Je m'occupe des animaux, je les nourris et veille à leur propreté. Ce n'est pas le Pérou, mais c'est toujours le cirque ! Entrez, j'ai un matelas dans un coin. Vous pourrez y déposer votre poupée et votre valise. C'est chez moi, ici, conclut-il.

Puis, devant mon hésitation, il ajouta :

— Encore une chose, à propos des gens du voyage. Entre eux, ils sont rigoureusement honnêtes et c'est ce qui me plaît chez eux. Tout le monde n'a pas les mêmes scrupules.

Je descendis et le suivis à l'intérieur de la tente. J'y vis des seaux, du matériel de nettoyage, des sacs de nourriture, des cordes et des outils. Dans un coin, un matelas posé sur une épaisse couche de foin servait de lit.

— C'est ici que je dors, et tout ce que je possède est là-dedans, annonça Luke en me désignant un gros sac de toile. Pourquoi ne pas ranger votre poupée dans votre valise et la laisser avec mes affaires ?

J'acquiesçai d'un signe de tête, ouvris ma valise et y plaçai Angel avec mille précautions ; puis je la refermai et la déposai près du sac de Luke.

— Parfait, approuva-t-il après m'avoir observée pendant toute l'opération. Maintenant, allons nous amuser, je suis libre pour un bon bout de temps.

Je le suivis sur le champ de foire, vers l'endroit où se dressaient des manèges, des baraques de jeux et de restaurateurs ambulants. Il faisait un temps idéal pour une fête foraine : juste assez de nuages pour tempérer l'ardeur du soleil, avec une petite brise rafraîchissante. Tout le monde connaissait Luke et le saluait chaleureusement au passage. Apparemment, on l'aimait beaucoup.

Il eut vite fait de me décider à monter sur la grande roue, qui n'était pas si grande que ça, à vrai dire. Mais une fois en haut, nous eûmes quand même une vue magnifique d'Atlanta. Notre siège se balançait si fort que j'en avais le souffle coupé et je poussais des cris stridents, à la fois terrifiée et ravie. Luke m'entoura de ses bras et je m'y blottis, avec un sentiment de sécurité merveilleux. C'était si rassurant de me sentir protégée par sa force ! Le tour terminé, il m'entraîna vers le stand de boissons.

— Vous voulez une bière ? Je peux l'avoir gratuitement, affirma-t-il en adressant un clin d'œil au serveur.

Et comme je refusais poliment, il alla me chercher un jus de fruits soda. Puis il tenta sa chance aux fléchettes et fut très déçu de ne rien gagner, mais je sus l'empêcher de s'obstiner.

— Inutile de vous ruiner à ce jeu, Luke, essayez-en un autre. Mon père disait toujours que, lorsqu'une chose ne marche pas, il ne faut pas s'y accrocher mais passer à une autre, sans s'énerver.

Il me dévisagea d'un air pensif.

— Vous avez raison, Leigh. Je suis tellement têtu quand je m'y mets que je pourrais perdre jusqu'à mon dernier sou dans un coup de colère. C'est bon d'avoir quelqu'un comme vous à côté de moi, pour me rappeler à la raison.

Il avait parlé avec douceur, en me regardant avec une intensité et une sincérité désarmantes. Quand je surprenais cette expression dans ses yeux, je me sentais fondre. Il me semblait que j'entrais avec lui dans un monde à part, qu'il m'entraînait au-dessus de la foule, comme si nous étions encore dans la grande roue.

— Venez ! s'exclama-t-il en me prenant par la main.

La baraque devant laquelle il s'arrêta proposait une sorte de jeu de massacre. Il s'agissait de faire tomber trois bouteilles d'un panier, d'un seul coup. On avait droit à deux essais pour un quart de dollar. Luke s'empara des deux balles et s'apprêta à lancer la première, puis se ravisa.

— Touchez-la pour me porter chance, Leigh.
— Je ne porte pas tellement chance, d'habitude...
— A moi, si. J'en suis sûr, insista-t-il.

Cela me fit chaud au cœur. Je posai le bout des doigts sur la balle pendant quelques secondes, puis Luke leva le bras et la lança. Elle percuta de plein fouet les bouteilles, qui s'entrechoquèrent en dégringolant du panier.

— Un gagnant ! vociféra le tenancier du stand en se penchant vers les rayons où s'alignaient les lots.

Il y prit un petit ours en peluche noir et le remit à Luke, qui me le tendit aussitôt.

— Tenez, c'est pour vous. Il est loin d'être aussi beau que votre poupée, mais il porte bonheur.

— Il est ravissant et doux comme tout, dis-je en pressant l'ourson rembourré sur ma joue. Je l'adore ! Merci, Luke.

Il répondit par un sourire et alla acheter un gigantesque hot dog pour nous deux. Nous l'attaquâmes chacun par un bout, ce qui était déjà très amusant. Mais ce fut encore plus drôle en arrivant au milieu, quand le bout de mon nez cogna celui de Luke. Nous ne pouvions plus nous arrêter de rire. Quand nous eûmes repris notre sérieux, il annonça :

— Il faut que j'aille donner à manger aux éléphants.

Ensuite, nous irons voir les clowns, les acrobates et tous les autres numéros, si vous voulez. D'accord ?
— Bien sûr !
Je le suivis jusqu'à la ménagerie et me perchai sur une caisse vide pour le regarder travailler. Il ôta sa chemise, empoigna une fourche et ne tarda pas à transpirer. Sa peau luisait au soleil, dessinant les muscles puissants de son dos. Ses larges épaules ployaient sous l'effort, révélant leur vigueur, tandis qu'il soulevait de grosses bottes de foin pour les jeter aux pieds des éléphants ravis. Il s'activait tout près d'eux, presque entre leurs énormes pattes dont une seule eût pu écraser un homme, devant leurs trompes à la force prodigieuse. Mais il n'avait pas peur d'eux, et eux de leur côté prenaient bien garde à ne pas le bousculer. Quand chacun eut reçu sa ration de foin, Luke alla remplir de grands seaux d'eau et en plaça un devant chaque animal. Ils y plongèrent leurs trompes dans un mouvement d'ensemble si désopilant que j'éclatai de rire.
— N'est-ce pas qu'ils sont beaux ? me demanda Luke, quand il eut terminé son travail. Ils sont grands, forts, et pourtant si doux. Si les gens possédaient leur force, ils n'arrêteraient pas de se taper dessus, ajouta-t-il amèrement. Bon, le temps de me rafraîchir et en route pour le cirque ! Ça vous va ?
— Tout à fait, répondis-je en serrant l'ourson dans mes bras.
— Vous pouvez le laisser avec le reste, si vous voulez.
— Bonne idée.
J'allai ranger mon ours dans la tente et, quand je ressortis, je trouvai Luke penché sur une prise d'eau, en train de s'asperger la tête et le buste. Il s'essuya vigoureusement et se retourna vers moi.
— Je me donne un coup de peigne et on y va ! Quand je sors avec une aussi jolie femme, je tiens à être à mon avantage, déclara-t-il en souriant.
Mais je sentis qu'il parlait sincèrement et cela me fit battre le cœur. Il entra dans la tente et réapparut bientôt, impeccablement coiffé : quels beaux cheveux il

avait ! Fournis, soyeux... Pour un peu, je les aurais caressés. Il arrondit le bras et demanda avec son accent du Sud le plus prononcé :

— Prête, milady ?

Je glissai mon bras sous le sien et nous nous dirigeâmes vers le grand chapiteau. Nous pouvions déjà entendre la voix de l'aboyeur, annonçant la prochaine séance, et je vis briller les yeux de Luke. Puis nous rejoignîmes la longue file qui piétinait devant l'entrée, et l'excitation de l'attente s'empara de nous. Des rires aigus d'enfants montaient de la foule, et la même impatience joyeuse se lisait sur le visage de tous, grands et petits. C'était vraiment comme si nous allions assister au plus fabuleux spectacle du monde.

Le contrôleur nous laissa entrer sans billets. Il fit un petit signe à Luke, qui m'entraîna en hâte vers ce qu'il disait être « la place la plus chouette de toutes ». Puis il acheta des cacahuètes, un soda pour moi et une bière pour lui. Je ne pus m'empêcher de lui demander :

— Comment pouvez-vous boire autant de bière, Luke ? Vous n'avez pas peur d'être ivre ?

— Ivre ? répéta-t-il en riant. Pas de danger. Comparé au whisky de chez nous, c'est de l'eau douce, ce truc-là !

Mais je voyais bien que son visage s'enflammait, et cela m'inquiétait un peu. Il s'en aperçut et ajouta en élevant sa canette :

— N'empêche, vous avez peut-être raison. C'est la dernière pour aujourd'hui.

Je me sentis beaucoup plus tranquille et concentrai mon attention sur le spectacle : les clowns faisaient une entrée en fanfare. Ils cabriolaient en se bousculant, s'assenaient des claques et des coups, s'arrosaient avec des pistolets et autres engins crachant de l'eau. Et pendant ce temps-là, une très jeune fille en maillot doré aux paillettes multicolores caracolait autour de la piste, debout sur un cheval blanc. Puis elle se livra à des exercices de voltige prodigieux, prenant appui sur une main pour balancer ses jambes d'un côté à l'autre de la selle, se perchant sur la tête, faisant des sauts périlleux. L'assistance retenait son souffle. Le numéro fini, les suivants s'enchaînèrent sans un instant de répit : jongleurs, équilibristes, acrobates... puis un roulement de tambour retentit, annonçant l'entrée des trapézistes.

Deux hommes de fière allure et une femme ravissante s'avancèrent au milieu du cercle de lumière, saluèrent et commencèrent à se hisser le long des cordes. Mon cœur battit plus fort, je ne savais plus où regarder : le spectacle était partout à la fois. Quand je me retournai vers Luke, je vis qu'il m'observait, les yeux brillants, en souriant d'un air approbateur.

— C'est passionnant, non ? Vous comprenez pourquoi j'aime ça, maintenant ?

— Oui. Je ne savais pas que c'était... si merveilleux.

— Et ce n'est que le début, vous allez voir.

Malgré mon émoi, je m'aperçus qu'il avait noué ses doigts aux miens mais cela ne me fut pas désagréable, au contraire. Je me laissai gagner par l'atmosphère ambiante, la gaieté, la tension, l'excitation fébrile... et le temps s'envola. J'avais tout oublié. Ma situation, Farthy, ma fuite : plus rien n'existait que le cirque. C'était comme si le monde s'était arrêté de tourner.

A l'entracte, nous partageâmes des hamburgers et des frites et Luke voulut commander une bière, mais mon expression de reproche l'arrêta. Nous prîmes chacun un soda, et, en plus, une glace à la vanille saupoudrée de grains de chocolat. J'insistai pour payer ma part, mais Luke me devançait toujours.

— Votre argent ne vaut rien, voyons ! Il est magique. Il disparaîtrait instantanément entre les mains du vendeur.

— Mais je ne peux pas vous laisser payer pour tout, Luke, vous travaillez si dur pour gagner le vôtre !

— Bah, pour ce que j'en fais ! Pour une fois que je sors avec une fille merveilleuse, je ne pourrais pas le dépenser pour elle ? Je ne vais pas manquer une occasion pareille !

Il avait repris ma main et je restai quelques instants silencieuse, les doigts noués aux siens. A nouveau, malgré la foule qui nous entourait, je me sentais seule au monde avec lui. Et, avant que j'aie eu le temps de comprendre ce qui m'arrivait, il se pencha sur moi et m'embrassa rapidement sur les lèvres.

— Oh! Pardon, Leigh! Je suis tellement fou de joie que je n'ai pas pu m'en empêcher.

— Ce n'est rien.

Je reportai mon attention sur le spectacle, mais mon cœur battait à grands coups. Il me semblait que, malgré les rires et les acclamations, tout le monde pouvait l'entendre. Luke ne disait rien, mais nous nous tournions de temps en temps l'un vers l'autre et, chaque fois, nous échangions un sourire.

Ce fut seulement quand la séance eut pris fin que je repris conscience du temps et pensai à consulter ma montre.

— Luke! Vous avez vu l'heure? Je vais manquer mon train!

— Ne vous en faites pas, me rassura-t-il, mais je vis bien à sa mine qu'il était inquiet, lui aussi.

Nous entreprîmes de gagner la sortie, mais la foule se bousculait à toutes les issues. Bon gré mal gré, il nous fallut attendre notre tour et, sitôt dehors, nous nous ruâmes vers la tente de Luke. Il s'y engouffra en coup de vent, ressortit aussitôt avec ma valise, Angel et mon ours et quelques secondes plus tard, nous sautions dans la camionnette. Pour nous apercevoir qu'elle refusait de démarrer.

Luke fit plusieurs tentatives, tapa du poing sur le tableau de bord et finit par descendre pour aller farfouiller sous le capot. Ce fut long, mais le moteur consentit enfin à se mettre en marche. Nous ne fûmes pas très bavards pendant le trajet jusqu'à la gare. La conscience aiguë du temps qui passait nous obsédait. La fin de la séance provoquait un encombrement inhabituel et Luke s'emportait à tout instant, pour s'excuser aussitôt. J'essayais de le calmer, et lui faisait l'impossible pour se faufiler dans le flot de voitures; mais il nous fallut presque deux fois plus de temps pour retourner à la gare que nous n'en avions mis pour venir.

Quand nous arrivâmes sur le parking, il ne me restait

plus que cinq minutes et Luke ne trouva pas de place libre. Il dut garer la camionnette en double file.

— Tant pis si j'ai une contredanse ! Venez !

Il empoigna ma valise, m'aida à descendre et nous nous élançâmes en courant dans le hall. Là aussi, l'affluence semblait avoir triplé depuis mon arrivée : c'était l'heure de pointe. Nous arrivâmes tout essoufflés sur le quai... au moment où mon train quittait la gare.

— Oh, non ! m'exclamai-je, consternée.

J'étais coincée à Atlanta ! Impuissants, nous regardâmes le train prendre de la vitesse, puis Luke se tourna vers moi.

— Désolé. J'aurais dû surveiller l'heure.

— Non, tout est ma faute.

Je lui repris ma valise et jetai un regard morne sur la rangée de banquettes : mon lit serait dur, ce soir...

— Attendez ! (Luke posa la main sur mon bras.) Je ne peux pas vous laisser passer la nuit ici. Je n'ai pas grand-chose à vous offrir, juste un matelas sur un tas de foin, mais...

— Mais quoi ?

Toujours sous le choc, je ne compris pas tout de suite ce qu'il voulait dire.

— Naturellement, je dormirai sur un autre tas de foin. Vous ne pouvez pas rester ici, voyons !

Qu'allait-il encore m'arriver ? Comme une feuille charriée par le vent, je me sentais aspirée dans un tourbillon, emportée de plus en plus loin de mon univers familier.

Luke reprit ma valise, serra ma main dans la sienne et je me laissai entraîner dans la nuit.

20

Un ange gardien

Dans un état second, je suivis Luke jusqu'à la camionnette. Il m'ouvrit la porte, m'aida à monter et nous repartîmes d'où nous venions... au cirque. Je me cramponnais d'une main à ma valise et de l'autre à Angel, que je serrais contre moi, de toutes mes forces. Luke tenta de me rassurer.

— Ne vous inquiétez pas, Leigh, vous aurez un train demain et il y a une station-service un peu plus loin, avec une cabine téléphonique. Voulez-vous que je vous y conduise ? Vous pourrez prévenir votre grand-mère que vous aurez un jour de retard.

Je me tus, la gorge nouée. J'avais l'impression d'être sur un manège emballé : je tournais en rond sans aller nulle part.

— Leigh ? Vous ne croyez pas qu'il vaudrait mieux l'appeler pour qu'elle ne se fasse pas de mauvais sang ?

Incapable de me contenir plus lontemps, j'éclatai en sanglots.

— Oh, Luke ! Ma grand-mère ne sait même pas que j'arrive : je me suis sauvée !

— Quoi ?

Il ralentit, puis engagea la camionnette sur une route transversale et se gara sur le bas-côté.

— Alors, voilà pourquoi vous aviez si peu d'argent sur vous ! Pourquoi vous êtes-vous sauvée, Leigh ? Vous semblez avoir la belle vie, en Nouvelle-Angleterre, non ?

Mes sanglots redoublèrent. Luke se glissa de côté, m'entoura de son bras et me serra tendrement contre lui.

— Allons, calmez-vous, tout va bien. Si une jolie fille comme vous, gentille comme vous, a décidé de se sauver... elle doit avoir une bonne raison pour ça.

Je me mis à trembler, secouée de hoquets incontrôlables. On aurait dit que mon chagrin, doué d'une vie propre, avait pris possession de moi. J'avais froid, brusquement : je claquais des dents. Luke resserra son étreinte et me caressa le bras, comme s'il voulait me réchauffer.

— Allons, allons...

Il m'embrassa sur le front, puis ses lèvres descendirent lentement vers mes joues pour y cueillir mes larmes.

— Je me suis sauvé des centaines de fois, moi aussi. Et même... c'est un peu ce que je fais en ce moment. Mais je me débrouille toujours pour rentrer au bercail, et vous y arriverez aussi, vous verrez.

— Non ! criai-je âprement, je ne veux plus jamais rentrer.

— Diable ! C'était donc si dur que ça ?

— Pire.

Je pris une grande inspiration, me renversai sur mon siège et me lançai dans mon récit comme si je me jetais à l'eau. Je racontai tout à Luke : le divorce de mes parents, ce que j'avais appris sur ma naissance, Tony, Farthy, le supplice des séances de pose. Puis, à nouveau, les sanglots me suffoquèrent et je dis comment Tony m'avait violée et comment maman avait refusé de me croire.

— Et quand j'ai découvert que j'étais enceinte, j'ai couru le dire à maman en pensant que, cette fois, elle allait me croire, mais non ! Au lieu de m'aider, elle a rejeté toute la faute sur moi. Sur moi ! répétai-je avec désespoir, gémissant et pleurant à la fois.

Luke avait coupé le contact. Appuyé à la portière, il

écoutait, muet. Il faisait très sombre dans la camionnette. Le ciel était couvert et nous étions à l'écart de la circulation. Je ne distinguais qu'une silhouette dans le noir, mais je devinais la gravité de Luke, la tristesse de ses pensées.

— Je croyais que ce genre de chose n'arrivait que dans les Willies, chez des gens comme nous. Peut-être qu'on se fait trop d'idées sur les riches ! railla-t-il amèrement.

Puis sa voix se durcit.

— Si je tenais ce Tony Tatterton, je lui tordrais le cou ! Oui, je lui casserais la nuque aussi net qu'une corde de guitare !

Ce fut plus fort que moi, j'éclatai de rire. Il s'exprimait de façon tellement imagée !

— Vous voyez ? J'étais sûr de réussir à vous remonter le moral. Mais si j'avais su, je ne vous aurais jamais fait avaler toute cette camelote au cirque. Je connais un bon petit restaurant sur notre chemin, je vous emmène dîner. C'est de la bonne cuisine de famille, comme celle de Ma. D'ailleurs, ça s'appelle « Chez Ma ».

— Mais je n'ai pas faim, Luke. Je suis fatiguée, c'est tout.

— Ça se comprend. Vous savez quoi ? (Il fit claquer ses doigts.) Je vais vous prendre une chambre dans un motel. Un tas de foin, c'est pas un lit convenable pour une future maman, décréta-t-il en posant la main sur la clef de contact.

— Luke, je ne peux pas vous laisser dépenser tout votre argent comme ça. Vous avez trop de mal à le gagner.

— Ça, ce n'est pas votre problème, répliqua-t-il en mettant le contact.

Je compris qu'il était inutile d'insister. Quand Thomas Luke Casteel s'était mis une chose en tête, il n'en démordait pas.

— Vous avez besoin d'une bonne nuit de sommeil et d'une salle de bains, ajouta-t-il. Avec un peu de chance, il y aura même la télévision.

Sur ce, il entama une marche arrière et ramena la

camionnette sur la grand-route. Pendant le trajet, il me posa beaucoup de questions sur Farthy et je lui décrivis tout en détail. Les pièces immenses, la piscine olympique, les tennis, les écuries, la plage privée... Quand j'eus terminé, il siffla entre ses dents et secoua la tête.

— Je savais qu'il y avait des gens riches, mais à ce point-là ! On dirait que ce Tony Tatterton possède un petit pays à lui tout seul.

— C'est à peu près ça.

— Et il gagne tout cet argent en fabriquant des jouets ?

— Oui, mais ces jouets sont très, très chers.

— Comme votre poupée, j'imagine. Pourquoi la gardez-vous, si c'est ce Tony qui l'a faite ?

— Je n'allais pas abandonner Angel ! Elle a partagé mes joies et mes peines, elle connaît mes pensées et mes rêves, tous mes secrets... et les choses terribles qui me sont arrivées. Tony Tatterton l'a peut-être inventée, mais elle est davantage moi que lui.

— Angel ?

— C'est le nom que je lui ai donné. Elle est mon ange gardien, chuchotai-je, redoutant de l'entendre railler mes chimères d'enfant.

D'autres garçons de son âge auraient ricané, mais lui, non. Il sourit, simplement.

— C'est très beau, c'est aussi beau que... (Il hésita et sa voix changea quand il acheva :) que toi. Angel ! C'est comme ça que je t'appellerai, maintenant. Ça te va bien mieux que Leigh.

Ô Luke, cher Luke... Mon cœur se dilata dans ma poitrine, je me sentis rougir, je n'avais plus froid du tout. Je reniflai en écrasant une larme.

— Eh là ! Pourquoi pleures-tu ?

— Je pleure parce que j'ai trop de chance d'avoir rencontré quelqu'un d'aussi gentil. Quelqu'un comme... (J'hésitai un instant, moi aussi)... quelqu'un comme toi. Beaucoup de filles de mon âge ont peur de voyager seules, on peut faire tellement de mauvaises rencontres. C'est sûrement ce qui me serait arrivé si je ne t'avais pas trouvé, toi.

— Peut-être, mais tu n'aurais pas manqué ton train. Moi, dès l'instant qu'il s'agit de cirque...

— Mais je voulais aller au cirque avec toi, Luke, et j'ai passé un si bon moment. C'était merveilleux.

Je ne mentais pas. Au cirque, j'avais oublié tous mes malheurs.

— C'est vrai ? Alors tant mieux. Moi aussi j'ai adoré ça, c'était comme si je voyais tout pour la première fois. Avec toi, les choses redeviennent toutes neuves, Angel. Et je me sens... attends que je trouve les mots... plus important, plus grand. Oui, quelque chose comme ça.

Je détournai la tête, n'osant pas lui laisser voir à quel point il me plaisait, me touchait. Il avait parlé si simplement, et pourtant je me sentais déjà mieux. Je voyais bien que son éducation laissait beaucoup à désirer, qu'il n'était pas riche, ni aussi élégant — loin de là ! — que les garçons d'Allendale. Mais il avait prise sur la réalité, et je l'admirais pour cela. Il savait tenir tête à l'adversité, faire face aux problèmes, et je me sentais en sécurité avec lui. Luke Casteel n'avait que dix-sept ans, mais c'était un homme.

Il gara la camionnette devant un motel, dont l'enseigne au néon annonçait en lettres bleues : « Chambres libres ».

— Tu n'es pas obligé de faire ça, Luke.

— Je sais. Je ne le fais pas parce que je dois le faire, mais parce que je veux le faire. Toi, attends-moi tranquillement avec Angel. Je reviens avec la clef de ta chambre, dit-il en sautant à terre.

Je me renversai sur le dossier de mon siège et fermai les yeux. C'était vrai, j'avais besoin d'une bonne nuit de repos. L'excitation du voyage, le cirque et le choc éprouvé en manquant ce train m'avaient épuisée. Je glissai dans le sommeil sans m'en apercevoir et sursautai quand Luke ouvrit la portière et grimpa dans la camionnette.

— 4 C, annonça-t-il en balançant la clef sur son anneau. Une jolie chambre avec deux grands lits et la télévision.

— Je suis trop fatiguée pour regarder la télévision,

j'en ai peur. Tu aurais dû prendre une chambre moins chère.

— Elles sont toutes au même prix, affirma-t-il en manœuvrant pour se garer juste en face du 4 C.

Puis il sauta à terre, m'aida à descendre, empoigna ma valise et ouvrit la porte. Je serrai Angel contre moi et le suivis à l'intérieur de la petite chambre. Les murs étaient d'un ton indécis, les rideaux d'un vert triste et poussiéreux. Une table toute rayée séparait les deux grands lits, et les tablettes de chevet ne valaient pas mieux. Sur chacune d'elles trônait une petite lampe coiffée d'un abat-jour jaune, marbré de traces douteuses et aussi poussiéreux que les rideaux. Certaines penderies de Farthy auraient pu contenir deux chambres comme celle-ci, mais cela m'était bien égal. Je n'avais d'yeux que pour les épais matelas, qui semblaient moelleux à souhait. Luke posa ma valise et alla inspecter la salle de bains.

— Tout a l'air de marcher. Tu es sûre que tu ne veux rien manger ? Même pas boire une bonne tasse de thé bien chaud ? Il y a un restaurant à cinq cents mètres d'ici, l'aller et retour ne me prendrait que quelques minutes. Et si je te rapportais un muffin * ? Il faut que tu manges, insista-t-il avec sollicitude, tu en as besoin.

— D'accord, vas-y. Je vais me débarbouiller et me mettre au lit.

— Parfait ! Je reviens tout de suite.

Il tapa dans ses mains et disparut en coup de vent, si vite que je ne pus m'empêcher de sourire. Il désirait tellement m'aider ! Je m'étais fourrée dans un véritable guêpier, et voilà que j'avais trouvé un ange gardien. On aurait dit que la magie s'en mêlait ! Et pourquoi pas, après tout ? Qui sait si, en fuyant Farthy et ses maléfices, je n'avais pas conjuré le mauvais sort qui s'était abattu sur moi ?

Je me douchai, enfilai une chemise de nuit en soie et ôtai les barrettes de mes cheveux. Ils avaient souffert

---

* Gâteau moelleux, genre brioche, qui se mange chaud avec de la confiture ou du beurre. (N.d.T.)

du voyage, mais j'étais trop fatiguée pour les laver et les brosser. Je me promis de le faire le lendemain et me glissai avec Angel dans l'un des deux grands lits. Les draps sentaient l'amidon et me parurent terriblement rêches, mais tant pis. J'étais trop lasse pour m'arrêter à cela.

Luke frappa tout doucement à la porte et entra avec un gobelet de thé chaud, un muffin à la confiture, une bouteille de bière pour lui et posa tout cela sur ma table de chevet. Puis il approcha l'unique chaise du lit et s'assit pour boire sa bière, sans cesser un instant de me regarder, comme s'il veillait sur moi. Ses yeux rayonnaient de tendresse, on aurait dit que c'était lui, le futur papa.

— Tu n'as pas faim, Luke ? Une bière, ce n'est pas très nourrissant !

— Non, je suis trop énervé pour manger, je suppose. Et puis la bière me calme, quelquefois. (Il caressa les cheveux d'Angel.) C'est fou ce que cette poupée te ressemble ! Ses cheveux sont aussi beaux que les tiens.

— Mais ce sont les miens, justement.

— C'est vrai ?

Je hochai la tête et les yeux de Luke s'arrondirent de surprise. Puis il se pencha vers moi et dit d'une voix assourdie, très douce :

— Vous êtes si mignonnes toutes les deux, là, dans ce lit ! C'est la plus belle chose que j'aie jamais vue de ma vie.

— Merci, Luke. Tu es très gentil.

Il me dévisagea longuement et finit par se lever.

— Tu crois que ça va aller, Angel ?

— Pourquoi me demandes-tu ça ? Où vas-tu ?

— Chez moi... au cirque.

— Mais pourquoi ? Tu as payé la chambre et il y a deux lits, tu n'as pas besoin d'aller dormir dans le foin !

Ma voix dut trahir ma panique, mais je n'avais jamais dormi dans un motel. Alors, une nuit toute seule dans un endroit pareil... J'en frissonnais.

— Tu es certaine que ça ne te gênera pas ?

— Bien sûr que non, voyons !

— Bon, alors, d'accord. Je devrais arriver à me lever assez tôt pour m'occuper des animaux.

Mes paupières s'alourdissaient, je pouvais me détendre maintenant que Luke avait décidé de rester. Je reposai la tête sur l'oreiller.

— Tu peux regarder la télévision, si tu n'es pas trop fatigué. Ça ne me... dérange... pas du tout...

Je sombrai instantanément dans le sommeil. Mais je me réveillai en sursaut au milieu de la nuit, incapable de me rappeler où j'étais, et je m'entendis crier de terreur. Une seconde plus tard, Luke était à mes côtés.

— Angel, dit-il en me caressant les cheveux, tout va bien, je suis là. C'est moi, Luke, tu es en sécurité. Tu n'as plus aucune raison de t'inquiéter, Angel. Tu n'en auras plus jamais, j'y veillerai.

Dans un demi-sommeil, je sentis ses lèvres effleurer ma joue. Je comprenais ce qu'il disait, mais ses mots me semblaient lointains, comme ceux qu'on entend dans les rêves... ou comme si mon ange gardien me parlait tout bas.

— Je veux veiller sur toi, Angel, te protéger, t'aimer. Personne ne te fera plus jamais de mal. Je t'emmènerai dans un monde où personne ne pourra t'atteindre, même pas l'homme le plus riche et le plus puissant de la terre. Un monde où tout est beau, simple, naturel. Là-bas, la seule musique est le chant des oiseaux, l'or est celui du soleil et des feuilles d'automne, les diamants sont les étoiles. Tu viendras là-bas avec moi, Angel ? Tu veux bien ?

— Oui, chuchotai-je en me sentant glisser à nouveau dans le sommeil. Oui, je viendrai.

Au matin, je m'éveillai près de Luke, reposée, rassurée : j'avais dormi dans ses bras. Il battit des paupières, me dévisagea longuement et sourit. Puis il m'embrassa doucement sur les lèvres.

— Bonjour. Comment te sens-tu ?

— Beaucoup mieux. Mais pourquoi es-tu...

— Dans ton lit ? Tu t'es réveillée en criant, un mauvais rêve, je suppose. Je t'ai calmée et je me suis endormi près de toi. Tu as tout oublié ? (Il semblait déçu.) Tout ce que je t'ai dit... et ce que tu as dit ?

— Je crois que oui, et pourtant... il me semble avoir entendu certains mots en rêve.

— Ce n'était pas un rêve, c'est moi qui t'ai parlé et je pensais ce que je disais, affirma-t-il, retrouvant toute sa détermination. Je t'ai dit que je voulais veiller sur toi, te protéger, maintenant et pour toujours. Et c'est la vérité.

— Qu'est-ce que tu racontes, Luke ?

Je m'assis brusquement et remontai la couverture sous mon menton, car ma chemise de soie était plus que légère. Luke s'assit presque en même temps que moi.

— Je sais que tu attends un enfant de ton beau-père, mais personne d'autre n'a besoin de le savoir. Nous ferons comme si c'était le mien. Et je veux qu'il soit le mien, parce que je veux que tu sois à moi.

— Que veux-tu dire ?

Je le savais déjà, mais je voulais l'entendre de sa bouche.

— Je veux t'épouser, voilà. Je veux que tu sois mon ange pour toujours. Oh, je sais que le cirque ne serait pas une vie facile pour deux jeunes mariés, surtout s'ils attendent un enfant. Mais j'ai réfléchi, reprit-il avec animation, je vais t'emmener dans les Willies et tout recommencer de zéro. J'ai des tas de projets ! Je vais gagner assez d'argent pour avoir ma propre ferme : je sais que je peux y arriver, Angel.

J'allais protester, mais il ne m'en laissa pas le temps.

— Au début, forcément, ce sera très dur. Vraiment dur. Il faudra que nous habitions un certain temps chez mes parents. Mais je travaillerai nuit et jour s'il le faut, pour que nous puissions avoir notre chez-nous.

« Tu te plairas là-bas, Angel, je te le promets. Oh, bien sûr, la vie de chez nous n'a rien à voir avec celle que tu as menée, ça, je m'en rends compte ! Mais c'est une belle vie, libre, propre. Et les gens ont du cœur, ils ne sont pas égoïstes, ni corrompus. Pour eux, l'amour et la générosité ne sont pas des mots.

— Et tu veux être le père de mon enfant, Luke ? Tu en es bien sûr ?

— Autant que je suis sûr de te vouloir, Angel. Je t'en prie, ne va pas chez ta grand-mère. D'ailleurs, qui sait si tu serais heureuse, là-bas ? Tu la connais à peine, elle est âgée, elle a ses habitudes. Et puis... comment peux-tu être certaine qu'elle te croira ? insista-t-il, exprimant tout haut la crainte qui me rongeait le cœur. Elle peut très bien se dire que tu ne vaux pas mieux que sa fille... et te renvoyer ! Moi, je te garderai, conclut-il d'un ton résolu.

— Mais tu ne peux pas retourner travailler dans les Willies, Luke ! Tu aimes trop le cirque.

— Je t'aime encore dix fois plus, Angel. Je n'ai jamais rien eu d'aussi rare ni d'aussi précieux que toi, dans toute ma vie. Je me sens vraiment moi-même, près de toi, et plein d'espoir. Tout redevient possible. Je me sens capable de réaliser tous mes rêves, tu me rends important à mes propres yeux. Aussi important que n'importe qui et prêt à faire n'importe quoi, pour toi. Alors c'est oui ? S'il te plaît ?

Je me tus, très longtemps. Presque quinze ans plus tôt, quand elle avait à peu près mon âge, ma mère était tombée enceinte et avait trompé sans scrupules l'homme que j'avais toujours pris pour mon père. L'aurait-il voulue pour femme, comme Luke me voulait moi-même, s'il avait connu la vérité ? Ma vie s'en serait-elle trouvée changée ? Et pour mon enfant, quelle différence cela ferait-il d'avoir un père qui savait et acceptait la vérité ? Je n'éprouvais aucun doute sur les sentiments de Luke. Ils étaient profonds, sincères. Il avait assez d'amour pour nous deux, mon enfant et moi.

L'espoir se leva en moi, balayant toutes mes peurs. Ce garçon si beau et si aimant avait entendu mon histoire et pourtant, il voulait toujours de moi. Il voulait élever mon enfant comme le sien. Il était prêt à faire l'impossible pour moi, parce qu'il m'aimait.

Je n'avais jamais connu personne qui fût aussi désintéressé, aussi généreux. Si papa m'avait aimée...

ne serait-ce qu'à moitié autant, au lieu de faire passer son travail avant tout, il aurait su m'aider, me protéger. Et maman, n'aurait-elle pas dû s'occuper un peu plus de moi, et un peu moins d'elle-même ? Mes parents proclamaient hautement leur amour pour moi, mais ils ne savaient pas aimer comme Luke. Son amour était le plus vrai, le plus sincère. Le seul qui fût capable de sacrifice.

Mais le sacrifice ne suffit pas, méditai-je. Ce qui compte, c'est le désir de se dévouer, de donner à l'être aimé plus qu'on ne garde pour soi-même. C'était une chance inespérée d'avoir rencontré un tel amour sur mon chemin.

Je regardai Angel : on aurait juré qu'elle souriait. Peut-être était-elle vraiment mon ange gardien, après tout ? Peut-être m'avait-elle conduite à Luke, ou lui à moi. Et maintenant, il voulait devenir lui-même cet ange qui veillerait sur moi.

Il surprit le regard que j'attachais sur Angel et demanda tout bas, d'une voix qui tremblait d'espoir :

— Qu'est-ce qu'elle te dit ?

— Elle veut que je dise oui, Luke, chuchotai-je.

Ses yeux noirs s'illuminèrent. Comme il savait sourire, et comme il était beau ! De cette beauté virile qui ne ferait que grandir avec les années, je le savais. Et il allait devenir mon mari. Le regard noyé dans le sien, je répétai :

— Elle veut que je dise oui, Luke.

Il me prit dans ses bras et ce fut notre premier baiser.

Mon voyage avait commencé dans la colère, la peur, le désespoir, pour s'achever dans l'espoir et l'amour. Mes larmes étaient différentes, cette fois. C'étaient des larmes de joie. Le cœur dilaté d'allégresse, je me blottis dans les bras de Thomas Luke Casteel. Oui, il y avait de la magie dans l'air...

Le directeur du cirque prit du bon côté le brusque départ de Luke, quand il sut pourquoi celui-ci le quittait. Se fâche-t-on quand un jeune homme vous annonce qu'il rentre au pays pour fonder un foyer ? La nouvelle fit le tour des caravanes à la vitesse de l'éclair. Le temps de retourner à la tente pour chercher les affaires de Luke, une foule s'était rassemblée pour lui présenter ses vœux. Une foule pas ordinaire, à vrai dire. Je fis la connaissance et reçus les félicitations de la femme à barbe, des frères siamois, des nains et de l'homme le plus gros du monde, pour commencer. Puis vinrent l'homme le plus grand du monde, l'homme le plus fort du monde, des jongleurs, des mangeurs de feu, des acrobates ; le lanceur de couteaux et sa femme. Et enfin, le magicien, le Prestigieux Mandello en personne, accompagné de sa ravissante partenaire. Il me demanda de lui donner la main, ce que je fis, après avoir consulté Luke du regard. Aussitôt, je sentis un anneau dans ma paume. J'y découvris une bague ornée d'un brillant, faux évidemment, mais très joli quand même.

— Un présent du Prestigieux Mandello, annonça le magicien : votre alliance !

Les assistants poussèrent des cris émerveillés, comme s'il se fût agi d'un trésor sans prix. Tout n'était qu'illusion dans leur univers, mais cela m'était bien égal. Ils m'avaient accueillie dans leur cercle magique et grâce à eux, je voyais la vie en rose.

— Oh, merci ! C'est vraiment très beau.

A Farthy, j'avais des bijoux de grande valeur, des bracelets, des colliers, de vrais diamants. Mais ici, entourée de tous ces visages heureux, bienveillants, j'eus le sentiment que jamais, de toute ma vie, je n'avais reçu un aussi précieux cadeau. Tous ces gens aimaient Luke et faisaient des vœux sincères pour son bonheur.

— En partant, nous nous arrêterons chez le juge de paix *, annonça-t-il. C'est sur le chemin.

Un murmure d'excitation s'éleva, quelqu'un cria :

* Aux États-Unis, un juge de paix est habilité à procéder aux formalités du mariage, qui sont d'ailleurs plus simples que chez nous. (N.d.T.)

« En route ! » et la foule des gens du voyage se mit en marche. Ce mariage-là, le juge n'était pas près de l'oublier, et sa femme non plus ! Il lui fut impossible de le célébrer dans son bureau, notre étrange cohorte envahit son salon et déborda sur le porche de sa demeure. Les frères siamois, deux jeunes hommes soudés par la taille, se mirent au piano et attaquèrent *Voici la mariée*. Une foule de visages heureux m'entourait, ceux des nains, de la femme à barbe, des jongleurs et des acrobates... en les voyant si souriants, je ne pus m'empêcher de songer au mariage de maman.

C'était il y a un siècle, me sembla-t-il, mais tout restait vivace dans ma mémoire. Je me rappelais l'embarras que j'avais éprouvé en descendant le grand escalier derrière les demoiselles d'honneur en grande toilette. Je revis la marée des visages levés vers nous, l'assemblée triée sur le volet, les hommes en smoking, les femmes rivalisant d'élégance. Ma mère m'avait promis un mariage pareil au sien, une réception brillante, et voilà que je me retrouvais chez un juge de paix, pour épouser un jeune homme que je ne connaissais pas la veille. Et au milieu d'une troupe de cirque, par-dessus le marché ! Jamais, même dans ses plus sombres prévisions, maman n'aurait pu imaginer une chose pareille.

Et pourtant, rien de tout cela ne me troublait. Il m'était complètement indifférent de ne pas être entourée par l'élite de la richesse et du pouvoir. Et de me marier en simple robe d'été, au lieu de porter un modèle exclusif de haute couture. De savoir qu'aussitôt les formalités remplies, nous repartirions comme nous étions venus, sans réception, ni buffet ni grand bal.

Je savais que rien n'aurait pu rendre le mariage de maman plus heureux ni sa vie meilleure. Ni l'argent dépensé sans compter, ni les mets les plus délicats, ni la présence de tant de gens fabuleusement riches : rien. Ses invités les avaient félicités du bout des lèvres, Tony et elle, alors que Luke et moi n'étions entourés que d'amis. Leurs vœux étaient sincères, ils venaient du cœur et leurs bruyantes embrassades aussi. Beaucoup d'entre eux avaient dû surmonter de terribles handicaps, et s'en faire une arme pour survivre. Ils vivaient pour offrir aux autres le plaisir et l'illusion. C'étaient des magiciens, à leur manière. Avec des rires, de la lumière, de la musique et du talent, ils créaient un monde enchanté. Je ne m'étonnais plus que Luke ait tant aimé leur compagnie !

— Eh bien, déclara le juge en jetant un regard autour de lui, je crois que nous pouvons commencer.

C'était un homme de haute taille, plutôt maigre, à la moustache rousse et aux yeux noisette. Je me dis que je n'oublierais jamais son visage, car il allait prononcer les mots qui m'uniraient pour toujours à Thomas Luke Casteel.

L'avenir de Luke serait le mien. Ses peines seraient mes peines ; ses joies, mes joies. Comme deux trains venus de deux points opposés de l'horizon, nos vies s'étaient rejointes ici pour continuer leur voyage côte à côte. Il me vint à l'esprit que notre rencontre, dans une gare, était peut-être symbolique, après tout...

La femme du juge, une petite boulotte au visage avenant, se tenait à ses côtés et contemplait d'un air effaré cette assistance peu ordinaire.

Il énonça les formules rituelles et, quand il me demanda si j'acceptais de prendre pour époux Thomas Luke Casteel, de l'aimer et de lui être fidèle jusqu'à ce que la mort nous sépare, je fermai les yeux. Je me revis dans les bras de papa (je devais avoir huit ou neuf ans alors), un jour où il m'avait promis que, lorsque je me marierais, il ferait bâtir « un château sur une colline, pour toi et ton prince charmant ». J'entendais encore ses paroles, et aussi celles de maman, en d'autres circonstances, mais brodant sur le même sujet. Ce que je porterais ce jour-là, qui j'inviterais, comment je devrais me comporter... Toute ma vie défila en instantanés ; images, sons, sourires et larmes apparaissant pour s'effacer l'instant d'après, jusqu'à ce que je n'entende plus que les battements de mon cœur.

— Oui, dis-je en me tournant vers Luke, dont le beau regard brun rayonnait d'amour, je le veux.

— Et vous, Thomas Luke Casteel, acceptez-vous de prendre pour épouse Leigh Diane Van Voreen, de lui jurer fidélité pour le meilleur et pour le pire, jusqu'à ce que la mort vous sépare ?

— Oui, dit-il d'une voix ferme dont l'accent viril et résolu me coupa le souffle.

Il semblait prêt à braver la mort pour me rendre heureuse.

— En vertu des pouvoirs qui me sont conférés, je vous déclare mari et femme. Vous pouvez embrasser la mariée.

Nous nous embrassâmes avec la ferveur de deux amoureux qui, après avoir parcouru un long chemin pour se rejoindre, se jettent enfin dans les bras l'un de l'autre, pour toujours. Puis la troupe nous acclama, nous entoura, nous félicita, et je m'agenouillai pour recevoir le baiser des nains. Les acrobates avaient déniché du riz et le distribuaient à la ronde pour nous en arroser à la sortie de la maison ; ce qui fut fait à la plus grande joie de tous. Et nous montâmes dans la camionnette, saluant de la main la foule exubérante de nos amis. Ils s'étaient groupés sur le porche et nous répondaient par des saluts, des baisers, des sourires. Tous, sauf une femme en robe écarlate, au teint basané, aux cheveux d'encre serrés dans un foulard aussi rouge que sa robe. Des boucles d'argent dansaient à ses oreilles et ses yeux étaient encore plus noirs que ceux de Luke. Elle se tenait à l'écart des autres, la mine lugubre. Je la désignai du doigt.

— Qui est-ce, Luke ?

— Gittle, la diseuse de bonne aventure hongroise.

— Elle a l'air sinistre, observai-je en frissonnant.

— Toujours. C'est voulu, pour impressionner les gens. Mais ne t'inquiète pas, Angel, ça ne signifie rien.

— J'espère que non, Luke, murmurai-je au moment où il démarrait. J'espère que non...

La camionnette cahota dans l'allée, et quand je me retournai pour adresser un dernier geste d'adieu à la troupe, nous foncions déjà vers l'autoroute comme si nous avions le diable à nos trousses. Droit devant nous, le ciel bleu se déployait jusqu'à l'horizon, brillant et clair, et j'y vis le signe que nous avions laissé le malheur derrière nous. Le visage de la diseuse de bonne aventure perdit son pouvoir inquiétant. Aucun mauvais présage ne pouvait survivre à l'éclat du jour, ni lutter avec la rayonnante promesse du soleil. Détendue, je serrai ma poupée dans mes bras.

— Heureuse, Angel ?
— Oh oui, Luke.
— Moi aussi. Je suis heureux comme un cochon dans...
— Dans quoi ?
— Aucune importance. A partir de maintenant, il faudra que je surveille mon langage. Tu vois, je veux déjà m'améliorer, tout ça parce que tu es là !
— Ne me traite pas comme une reine, Luke, je t'en prie. Je suis comme les autres. Je cherche un peu de bonheur, dans un monde où il n'est pas facile à trouver.
— Non, tu n'es pas comme les autres. Tu es mon ange, et les anges viennent du paradis. Tu sais quoi ? (Je vis ses yeux sourire.) Si nous avons une fille, je trouve que ce serait un joli nom pour elle : Heaven *. Qu'est-ce que tu en penses ?

Si *nous* avons une fille ! Je me sentis fondre quand il dit cela.

— Oh oui, Luke. Ce serait vraiment très joli.
— Mais nous lui donnerons ton nom aussi, bien sûr. Alors ce sera Heaven Leigh Casteel, décida-t-il en riant.

Et ce rire résonna longtemps en moi, tandis que nous roulions vers l'horizon et la promesse du soleil.

---

* *Heaven* : paradis.

21

Les Willies

Le voyage vers Winnerow et les Willies fut long et pénible, dans cette vieille camionnette fatiguée. Peu après notre départ, le moteur se mit à chauffer et Luke dut marcher pendant deux kilomètres avant de trouver une station-service. Il ne savait pas comment s'excuser de m'avoir fait attendre dans la camionnette par une chaleur pareille. J'eus beau lui affirmer que plus rien ne pouvait m'ennuyer, maintenant, il insista quand même pour que nous fassions halte dans un petit restaurant à la sortie d'Atlanta. Je pris une boisson fraîche et lui une bière glacée, qu'il avala d'un trait. Puis il en commanda une autre.

— Tu ne crois pas que tu bois un peu trop, Luke ?

Il me regarda comme s'il tombait des nues.

— Possible, je n'y ai jamais pensé. On boit tellement de bière et de whisky, chez nous !

— C'est sans doute parce que tu bois tant que tu n'es pas capable d'y penser ? demandai-je avec douceur.

Il sourit jusqu'aux oreilles.

— Tu as peut-être raison. Tu vois ? Tu es déjà en train de t'occuper de moi ! J'adore ça, Angel, je sais que je vais changer, grâce à toi. En bien, naturellement.

— Non, Luke, pas grâce à moi. Il faut que ce soit toi qui le veuilles.

— Je sais, et je te promets de tout faire pour te

rendre heureuse. Si jamais je fais quelque chose qui te déplaît, n'hésite pas, gronde-moi. D'ailleurs, j'aime que tu me grondes, Angel, dit-il en m'embrassant sur la joue. Je me sens mieux !

Je trouvai très émouvant d'entendre un jeune homme de son âge me demander de veiller sur lui. J'eus le sentiment que nous devenions un peu plus adultes à chaque minute. C'était exaltant.

Au restaurant, j'aperçus des cartes postales sur le comptoir et décidai d'en envoyer une à maman. Comme ce serait sans doute mon dernier message avant longtemps, je réfléchis soigneusement avant d'écrire.

« Chère maman,

« Je suis désolée d'avoir dû partir comme cela, mais tu ne voulais pas m'écouter. En voyage, j'ai rencontré un garçon merveilleux. Il s'appelle Luke, il est très beau, très gentil et très tendre. Il a décidé de m'épouser et d'être le père de mon enfant. Nous sommes en route pour aller nous installer chez lui et y fonder un foyer.

« Malgré tout ce que tu as pu dire ou faire, je voudrais te savoir heureuse et j'espère qu'au fond de ton cœur, tu souhaites la même chose pour moi.

« Avec toute mon affection, Leigh. »

Je collai un timbre sur la carte, la jetai à la boîte et nous reprîmes la route.

Luke conduisit toute la journée et toute la nuit. Je lui demandais à tout instant s'il n'avait pas besoin de se reposer, mais il me répondait qu'il ne s'était jamais senti aussi dynamique de toute sa vie. Il était si pressé d'arriver à Winnerow qu'il ne voulut pas s'arrêter, sauf pour faire le plein, manger un morceau ou nous rafraîchir. Les kilomètres défilaient et je m'endormis plusieurs fois, jamais pour très longtemps. Aux premières lueurs du jour, nous étions dans la région des collines. Le camion peinait en grimpant la route à flanc de coteau, étirée en lacet interminable. De temps en temps, quelques baraques en planches ou en ciment se donnaient des airs de cité perdue, mais elles disparurent bientôt derrière nous. Les pompes à essence ne tardèrent pas à s'espacer, et les motels tout neufs firent place à de petits bungalows, blottis dans l'ombre épaisse des sous-bois. Une dernière colline, une dernière descente, et nous eûmes devant nous les abords de Winnerow, les grands prés verts, les fermes pimpantes et les champs de blé attendant la moisson.

— Après ces fermes, annonça Luke, tu vas voir où vivent les pauvres de la vallée, et ceux-là ne sont pas mieux lotis que les montagnards. Tiens, regarde ! (Il pointa le doigt vers les hauteurs, juste devant nous.) Ce sont les cabanes des mineurs et des bouilleurs de cru.

Je m'empressai de regarder dans la direction qu'il m'indiquait et découvris avec émotion les petits cabanons éparpillés dans la colline. Ils étaient si paisibles, si bien tapis dans les feuillages ! On aurait dit qu'ils avaient poussé là tout seuls, comme des champignons.

Luke me désigna le creux de la vallée.

— Ce sont les riches qui habitent par là, les gens comme il faut. Aux crues de printemps, toute la bonne terre est entraînée au pied des collines, et elle s'amasse dans les jardins de ceux qui en ont le moins besoin. Ils ont des fleurs superbes ! Des tulipes, des jonquilles, des iris, des roses... sans compter le reste. Ils peuvent se payer toutes leurs fantaisies, ajouta-t-il avec amertume.

— Tu n'as pas l'air de les aimer beaucoup.

Il garda le silence quelques instants et grommela entre ses dents :

— Quand nous descendrons Main Street, tu verras où habitent ceux qui ont tiré le gros lot. Winnerow*, la ville des gagnants ! Je ne sais pas si ça vient de là, mais ça se pourrait bien.

— Et pourquoi ?

— Tous ces propriétaires de mines se sont fait bâtir de belles maisons, mais les mineurs continuent à mourir de silicose. Les voilà, les perdants. Et les

---

* *A winner :* un gagnant.

filatures ! Le linge se vend bien, mais les égreneuses répandent une poussière de bourre de coton tellement fine qu'on ne la voit pas. Les travailleurs en ont plein les poumons, mais on n'a jamais poursuivi les patrons !

— Est-ce que des gens de ta famille ont travaillé dans les mines ou les filatures, Luke ?

— Mes frères, quand ils étaient plus jeunes... mais ça n'a pas duré. Ils n'ont jamais su garder un travail très longtemps. Mon père n'a jamais voulu. Il aime mieux gratter la terre pour en tirer le peu qu'elle peut donner, faire des petits boulots par-ci, par-là, ou distiller son whisky. Et ce n'est pas moi qui le blâmerai pour ça.

« J'aime autant te prévenir tout de suite, Angel : les gens de la ville n'aiment pas beaucoup ceux des collines. A l'église, ils nous refoulent sur les bancs du fond, et leurs enfants ne jouent pas avec les nôtres.

— Mais c'est affreux, Luke ! Comment peut-on s'en prendre à des enfants ? (Je comprenais son amertume, à présent.) Personne n'a le droit de mépriser les autres.

— Va dire ça au maire de Winnerow, commenta Luke en souriant. Je parie que tu en es capable. Attends un peu que je me fasse beau et que je t'emmène à l'église... Bon sang, je voudrais déjà y être !

Nous arrivions à un carrefour et Luke tourna à droite, quittant la route bitumée pour s'engager sur une chaussée caillouteuse, à travers bois. Ce ne fut bientôt plus qu'un chemin de terre, plein de creux et de bosses, et la camionnette fut secouée par les cahots. Parfois, elle penchait si fort que je devais me retenir à la poignée de la porte. Mais l'air sentait bon le chèvrefeuille et les fruits sauvages, sa fraîcheur vivifiante avait quelque chose de grisant. Et j'eus la sensation, aussi forte qu'une certitude, qu'il nettoyait mes poumons de l'atmosphère maléfique de Farthy.

— On y est presque, Angel, encore un peu de patience. Pense à la tête que va faire Ma en te voyant !

Je retins mon souffle. Où donc habitait la famille de Luke ? Pouvait-on vivre dans un lieu aussi retiré ? Et l'électricité, le téléphone, l'eau courante, le tout-à-l'égout ? Ce ne devait pas être facile d'installer des canalisations si loin de la ville, et je n'apercevais pas le moindre poteau ni pylône. Rien que des arbres et des buissons.

Soudain, je crus distinguer le son d'un banjo et Luke sourit de toutes ses dents.

— Papa est sous l'auvent, je l'entends grattouiller !

Nous contournâmes un bouquet de grands arbres et la camionnette s'arrêta devant la maison de Luke. Je ne pus retenir un hoquet de surprise. Deux jeunes chiens de chasse arrivaient droit sur nous, aboyant et bondissant de joie dans une mare de soleil.

— Kasey et Brutus, mes chiens, annonça Luke. Et voici notre foyer.

Notre foyer ! Je regardai avec effarement la cabane de vieux rondins noueux, qui n'avaient jamais dû connaître la peinture. D'innombrables pluies avaient ruisselé sur le toit de tôle, marquant le bois argenté de longues traînées de rouille. Je remarquai surtout les gouttières, et les tonneaux placés en dessous : ce devait être ainsi qu'on recueillait l'eau !

Il y avait deux rocking-chairs sur le porche délabré, à l'auvent tout de guingois. Dans l'un des deux se balançait, un banjo sur les genoux, un homme au teint basané et aux cheveux de jais : le père de Luke, à n'en pas douter. Les épreuves avaient marqué et creusé son visage, sans effacer pourtant ce qui faisait sa beauté. Des traits bien dessinés, des pommettes saillantes et une mâchoire énergique. Quand il aperçut Luke, son expression un peu rude fit place à un sourire plein de douceur.

La femme assise à ses côtés, qui travaillait à un ouvrage au crochet, arborait une mine sévère. Elle avait de longs cheveux bruns noués en queue de cheval, qui lui tombaient jusqu'au milieu du dos. Quand elle se leva, je lui donnai l'âge de ma mère, mais lorsqu'elle s'approcha, j'ajoutai quelques années à ma première estimation. Il lui manquait plusieurs dents, de fins sillons striaient ses tempes et le coin de ses yeux et, sur son front, les rides étaient bien plus visibles que sur celui de ma mère.

Mais elle avait dû être singulièrement jolie. Ses yeux étaient pareils à ceux de Luke, et même si des mèches blanches apparaissaient dans ses cheveux, ils n'avaient rien perdu de leur luxuriance. Les lavages à l'eau de pluie leur avaient conservé la beauté de la jeunesse. Presque aussi grande que Luke, elle avait un visage fier, aux pommettes hautes, et le port altier d'une Indienne. Ses mains rugueuses, aux ongles cassés, auraient été aussi délicates et aussi douces que celles de ma mère, si elle avait pu les soigner.

— Ma! s'écria Luke en sautant du camion.

Elle le serra contre sa poitrine et son regard perdit son expression méfiante : elle rayonnait de joie et d'orgueil maternel. Le père de Luke posa son banjo, dévala les marches et posa les mains sur les épaules de son fils.

— Comment ça va, Luke? Je m'attendais pas à te voir arriver si tôt, ce coup-ci! Qu'est-ce qui t'a fait changer d'avis?

— Angel.

— Angel?

Les deux époux se tournèrent de mon côté.

— Angel, descends et viens dire bonjour à Pa et à Ma. (Je sautai à terre et Luke s'adressa à ses parents :) Je vous présente ma femme, Angel.

— Ta femme! s'exclama sa mère en me toisant d'un œil effaré.

Et, tandis que je m'approchais, son expression se modifia rapidement pour exprimer une déception manifeste.

— Est-ce qu'elle n'est pas un peu trop jeune et trop délicate, pour un gars des Willies?

Plantée devant elle, j'attendais des présentations en règle.

— Angel, voici mes parents, Annie et Toby Casteel. Ma, je te présente Angel. Son vrai nom est Leigh, mais Angel lui va bien mieux. C'est vraiment un ange.

— Ah oui? fit la mère de Luke, l'air toujours aussi incrédule.

Son mari me serra dans ses bras.

— Bienvenue chez nous, petite.

— Et quand est-ce que t'as fait ça, Luke ? demanda Annie à son fils, sans me quitter des yeux.

— Hier, à Atlanta. On s'est rencontrés là-bas et en trois jours de temps, on est tombés amoureux et on s'est mariés chez le juge de paix. Tout s'est passé dans les règles et on a eu le plus chouette et le plus grand cortège qu'on ait jamais vu : mes copains du cirque. Pas vrai, Angel ?

— Oui, répondis-je, paralysée par le regard inquisiteur d'Annie Casteel.

J'aurais trouvé normal qu'une mère éprouvât une certaine méfiance envers la femme que son fils lui présentait, mais elle semblait surtout choquée, sinon déçue.

— Quel âge as-tu ?

— Bientôt quatorze ans, annonçai-je, au bord des larmes.

Même dans ce coin perdu, l'un des plus pauvres de la terre, on trouvait encore quelque chose à me reprocher !

— C'est pas ton âge, le problème, observa la mère de Luke. Mais il faut du courage pour vivre dans les Willies, petite, ah ça oui ! Fais voir tes mains !

D'un geste vif, elle les prit dans les siennes, les retourna et promena ses doigts calleux sur mes paumes en secouant la tête.

— T'as jamais dû travailler de ta vie, pas vrai ?

Je lui retirai promptement mes mains.

— Je peux travailler aussi dur qu'une autre ! Je suis sûre que vos mains étaient aussi douces que les miennes, autrefois.

Un lourd silence plana, puis Annie sourit.

— A la bonne heure ! Aussi fière qu'une Casteel. Je savais bien que mon fils avait pas choisi n'importe qui. (Elle se tourna vers Luke, qui rayonnait de plaisir.) Bienvenue à la maison, mon gars. Raconte un peu ce que tu comptes faire.

— Angel et moi, on va vivre quelque temps avec vous, Ma. Je vais m'embaucher à Winnerow, chez l'entrepreneur Morrison, pour apprendre le métier. Il a toujours voulu que je travaille pour lui. Et puis je nous construirai une belle maison, dans la vallée si ça se trouve. Je travaillerai la terre et j'élèverai des bêtes, même des chevaux, et on aura tous une vie convenable. Je bâtirai la maison assez grande pour que Pa et toi veniez vivre avec nous, comme les gens devraient vivre.

Annie Casteel redressa la tête et son sourire s'évanouit.

— On ne vaut pas moins que ceux d'en bas, Luke, et t'as jamais mal parlé des Willies avant ça. C'est là que t'es né, c'est là que t'as grandi et tu t'en portes pas plus mal pour ça.

— Je ne dis pas le contraire, Ma. C'est juste que maintenant, je veux me remuer, faire des tas de choses. J'ai des responsabilités, tu comprends.

Ma Casteel continuait à me dévisager d'un œil méfiant, et son mari se hâta de changer de sujet.

— Faut fêter ça, pas vrai ? Ma, si tu nous faisais cuire ces lapins ?

— Les lapins, c'est pour dimanche.

— J'irai en chasser d'autres.

— T'as déjà mis assez longtemps à ramener ceux-là ! rétorqua-t-elle, mais Toby ne se laissa pas fléchir.

— Je suis là, maintenant, intervint Luke. Je te remplirai ton garde-manger, Ma.

— Hum... on verra. En attendant, tu ferais bien d'aller chercher tes affaires, Angel.

— Tout est dans une valise, Ma.

Une lueur d'intérêt s'alluma dans les yeux de Ma Casteel.

— Une seule valise ? A la voir, je m'attendais qu'il y en ait plein le camion ! Bon, Angel, viens que je te montre comment je fais le ragoût. Pendant ce temps-là, tu me parleras un peu de toi.

— Je vais tirer un peu de cidre, Luke, fit la voix de Toby derrière nous.

Annie lança d'un ton menaçant :

— N'allez pas vous saouler avec ce tord-boyaux, tous les deux !

Les deux hommes rirent et nous suivirent sur les marches branlantes, puis dans la maison. Mes espérances avaient considérablement diminué, au premier regard sur la cabane, mais j'étais loin d'imaginer ce qui m'attendait à l'intérieur. « La maison » consistait en deux petites pièces, et peut-être trois si l'ouverture que masquait un lambeau d'étoffe décolorée donnait, comme je le supposais, sur une chambre. Un poêle en fonte occupait le centre de la plus grande pièce, non loin d'un antique buffet de cuisine bourré de boîtes en fer-blanc destinées aux provisions de café, de thé, de sucre et de farine.

— Comme tu vois, fit remarquer Annie, on ne vit pas dans un palais mais on a quand même un toit sur la tête. On boit le lait de nos vaches et on mange les œufs de nos poules, quand elles pensent à pondre. Les cochons se promènent où ils veulent et la nuit, ils dorment sous le porche. Tu pourras les entendre grogner, avec les chats, les chiens et je ne sais pas quoi encore, tout ce qui vient nicher là-dessous, précisa-t-elle en désignant le plancher.

Je la crus sans peine. Il y avait des fentes de plus d'un centimètre entre les planches raboteuses. Mais où était la salle de bains ? Absente, selon toute apparence, ainsi que les installations sanitaires les plus indispensables. Comment faisaient-ils pour s'en passer ? Et pour se doucher, ou prendre un bain ? La mère de Luke devina mes préoccupations et sourit.

— Si tu cherches ce que je pense, c'est dehors.
— Dehors ?
— Ne me dis pas que t'as jamais vu de cabinets, ma fille ?

Je me tournai vers Luke, complètement déroutée.
— Des cabinets ?
— Ne t'inquiète pas, Angel. La première chose que je ferai ce sera de t'en construire pour toi toute seule. Dès demain, en revenant de la ville, je m'y mets.
— Qu'est-ce que c'est, des cabinets ? chuchotai-je.
Annie Casteel éclata de rire.
— Pour sûr qu'elle vient de la ville, ta femme, Luke !

Les cabinets, ma fille, c'est là où on va se soulager. Quand la nature demande, tu vas dans la petite cahute et tu t'assieds sur une planche trouée, voilà.

Je dus pâlir un peu, car la mère de Luke cessa de sourire et lui jeta un regard de reproche. Il lâcha ma valise et m'entoura de son bras.

— Je te construirai une jolie salle de bains, Angel, tu verras. Ça ne sera pas long ! Et j'aurai vite gagné assez pour commencer une maison dans la vallée.

— Tu sais préparer un ragoût ? demanda Ma Casteel.

Elle ouvrit une petite glacière et en sortit deux lapins morts, par les oreilles. Je hoquetai, puis avalai péniblement ma salive.

— Bon, je vais les écorcher et je te montrerai la recette de ma mère.

— Je... je n'ai jamais mangé de lapin *, Luke.

— Alors tu vas te régaler, pas d'erreur !

Je fis un signe d'assentiment, espérant qu'il disait vrai, et regardai autour de moi. Les parents de Luke étaient sans doute les gens les plus pauvres que j'eusse jamais vus. Mais le visage de Toby rayonnait de joie chaleureuse et celui de sa femme exprimait la force et la fierté. J'étais déconcertée, fatiguée, effrayée. Au moment où je croyais le bonheur à portée de ma main, arrivé comme par magie, la vie m'offrait un nouveau défi à relever. Mais ce n'était pas le moment de pleurer. Ici, il n'y avait ni temps ni place pour les larmes, seulement pour le travail. Et la lutte pour la vie. Sans doute cela me serait-il profitable, après tout. Peut-être deviendrai-je plus forte, plus dure, et capable d'affronter le mal que j'avais voulu fuir.

— Faudrait éplucher ces patates, dit Annie en désignant un cageot posé par terre.

Je ne l'avais jamais fait, mais je me portai volontaire.

— Je vais le faire. (Elle me lança un coup d'œil sceptique, ce qui renforça ma résolution.) Où se trouve l'épluche-légumes ?

---

* Aux États-Unis, le lapin est considéré comme un animal familier au même titre que le chat.

— On n'a pas d'outils aussi compliqués, Angel, sourit Annie. Prends ce canif et ne fais pas de trop grosses pelures. Toi, Luke, va mettre sa valise derrière le rideau.

— Derrière le rideau ? Mais où allez-vous dormir, toi et Pa ?

— On sera très bien sur les paillasses, on y a dormi assez souvent. Pas vrai, Toby ?

— Sûr que c'est vrai !

— Mais...

— Commence pas à chicaner, Luke. Comme je te connais, tu vas pas tarder à mettre un bébé en route... si c'est pas déjà fait, observa Ma en me dévisageant d'un œil perspicace. Tous les Casteel ont été fabriqués dans un lit, du moins je l'espère. Et je prie le Bon Dieu pour que ça continue.

— Comme tu veux, Ma.

Luke souleva le rideau, découvrant un grand lit de cuivre dont le matelas, sale et tout affaissé, laissait voir les ressorts du sommier. A côté de celui-là, même le lit du motel paraissait luxueux et pourtant... ce serait notre premier lit conjugal ! Il faudrait bien m'en contenter.

Quelle différence entre la vie de Farthinggale Manor et celle des Willies ! J'avais voulu fuir Farthy, ma mère, Tony ; je m'étais réfugiée si loin que tout ce que j'avais laissé derrière moi me semblait désormais situé sur une autre planète, à des années-lumière de distance. J'étais choquée, j'avais peur, mais rien n'aurait pu ébranler ma décision. Je ne reviendrais jamais en arrière.

Malgré ses façons rudes et son regard incisif, je découvris qu'il était facile de parler avec Annie Casteel. Elle savait écouter. Et ce fut avec un intérêt sincère, mêlé de stupéfaction, qu'elle écouta mon histoire. Naturellement, je ne parlai pas du viol : Luke m'avait demandé de garder le secret sur ma grossesse, même envers ses parents. Annie voulut savoir pourquoi je m'étais enfuie. Je lui dis que le nouveau mari de maman m'avait fait des avances, et qu'elle m'avait accusée de les avoir provoquées.

— Papa n'était pas là pour me protéger, et maman ne voulait pas me croire. Alors je me suis sentie abandonnée, sans défense. J'ai décidé de partir. J'étais en route pour aller chez ma grand-mère quand j'ai rencontré Luke, et nous sommes tombés amoureux tout de suite.

Annie me tendit les carottes à nettoyer et ne fit pas de commentaires. Mais quand je mentionnai les poupées portraits, et surtout Angel, elle insista pour que j'aille la chercher tout de suite dans ma valise, impatiente de voir « quelque chose d'aussi beau et qui coûte si cher ». Et dès qu'elle l'aperçut, ses yeux s'illuminèrent. Elle devint toute rose de plaisir.

— Moi, quand j'étais petite, c'est mon Pa qui me taillait des poupées, dans une grosse branche. J'ai jamais rien vu d'aussi joli ni d'aussi précieux que la tienne, même pas dans les vitrines de Winnerow. Une fois mariée, pourquoi j'aurais acheté une poupée, je te le demande ? J'ai eu six gars, pas une seule fille. Au bout d'un temps, j'ai même plus essayé d'en avoir. Quand vous aurez un bébé, mon Luke et toi, j'espère que ce sera une petiote ! conclut-elle avec simplicité.

Et je compris que, sous ses dehors sévères et durs, cette rude montagnarde des Willies cachait des trésors de douceur et de bonté. J'avais mal au cœur pour elle en pensant à sa vie de privations. Quand avait-elle eu l'occasion de s'habiller, de se faire belle, de soigner sa peau, ou même de laisser pousser ses ongles ? D'être femme, enfin ? Probablement jamais.

— Je l'espère aussi, Annie.

Elle me dévisagea longuement, puis me sourit.

— C'est Ma qu'il faut m'appeler, petite. Et maintenant, mettons ce ragoût au feu, je connais mes hommes. Dans un rien de temps ils seront là à brailler comme des ânes pour avoir à manger.

— Oui, Ma.

J'utilisai des cabinets de campagne pour la première

fois de ma vie. Je m'assis à la petite table de bois blanc et mangeai quelque chose que je n'aurais jamais cru possible de manger. Mais c'était délicieux. Après le dîner, Pa joua du banjo et Luke et lui chantèrent de vieilles ballades montagnardes, en buvant le whisky du pays. Je me rendais compte qu'ils commençaient à être un peu gris. Pa incita Luke à danser la gigue, puis en dansa une à son tour, et Ma finit par se fâcher. Elle leur dit qu'ils se conduisaient comme deux grands imbéciles. Luke me jeta un regard et un signe de tête de ma part suffit : il se calma instantanément.

Juste avant d'aller nous coucher, nous nous attardâmes un moment dehors tous les deux, assis sous l'auvent, pour écouter les bruits de la forêt. De temps en temps, un hibou ululait, des chacals hurlaient, et les coassements des crapauds montaient d'un marécage. Mon ancienne vie était loin, il me semblait avoir quitté la civilisation, j'allais vivre dans une cabane de rondins, à l'écart de tout. Et pourtant, en contemplant le ciel étoilé, la main dans celle de Luke, j'éprouvais un merveilleux sentiment de paix et de sécurité.

Quand nous nous glissâmes sous la courtepointe, je me serrai contre lui et l'embrassai avec amour. Il en fut troublé et me prit dans ses bras, mais sans céder à l'ardeur passionnée d'un jeune mari pour sa femme.

— Non, Angel, chuchota-t-il. Nous attendrons que le bébé soit né et que je t'aie donné une vraie maison, où nous pourrons faire l'amour dans l'intimité.

Je savais à quoi il faisait allusion. Les vieux ressorts du lit craquaient au moindre mouvement, Pa ronflait de l'autre côté du rideau et, sous le plancher, les porcs grognaient et les chiens geignaient, comme l'avait dit Ma. Quelque chose gratta les piliers de bois, un chat siffla de colère, puis l'on n'entendit plus que le chuchotement du vent dans les arbres et les craquements de la cabane. Sous l'effet du whisky de Pa, Luke ne tarda pas à s'endormir mais, pour moi, le sommeil fut plus long à venir. Finalement, mes yeux se fermèrent, et c'est ainsi que je passai ma première nuit dans les Willies.

Le lendemain, Luke se leva frais et dispos. Il partit de

bonne heure à Winnerow pour travailler chez le charpentier. Pa se rendit chez un voisin, Burl, qu'il aidait à construire une nouvelle grange en échange d'un modeste salaire, et sitôt après le petit déjeuner, Ma reprit son ouvrage au crochet. Pour ma part, je m'armai d'un seau et d'une serpillière, décidée à faire ce que je pourrais pour nettoyer la cabane. Ma parut d'abord amusée par mes efforts. Mais quand elle vit les vitres propres et sa modeste batterie de cuisine reluisante, elle eut un signe de tête approbateur.

Un peu plus tard, elle m'emmena dans son petit jardin et, tandis que je l'aidai à désherber, elle me raconta sa vie dans les Willies. Elle parla beaucoup de ses autres fils, surtout des deux qui étaient en prison, et je vis combien leur conduite l'affligeait.

— On est pauvres et on a jamais pris de grands airs, mais on a toujours été honnêtes. Sauf pour le whisky, bien sûr, mais ça c'est pas l'affaire du gouvernement. Tout ce qu'ils veulent, c'est protéger les gros marchands pour qu'y vendent le whisky aux pauvres gens à des prix pas possibles. Les gars d'ici pourraient même pas se payer un verre, s'y avait pas un peu de contrebande !

« C'est pas que j'approuve la boisson, note bien. C'est à cause d'elle que mes autres gars ont mal tourné. Mais je peux pas supporter de voir qu'on persécute un pauvre bougre, juste parce qu'il a distillé un peu de whisky en douce. Tu me comprends bien, Angel ?

— Oui, Ma.

— Hm ! grogna-t-elle en me regardant travailler. Tu seras peut-être une bonne épouse pour un gars d'ici, après tout. Au moins, t'as pas peur de te salir les mains.

Je souris toute seule de la fierté que j'éprouvai alors, et j'imaginai la tête qu'aurait fait maman en me voyant. A Farthy, la moindre trace de poussière la mettait dans tous ses états. Et moi qui plongeais tranquillement les mains dans la terre, et avec plaisir, encore ! Cela ne me paraissait pas du tout « répugnant ». (Je croyais l'entendre.) Mais j'avais bien l'intention de me faire belle pour le retour de Luke.

— Ma, quand nous aurons fini, je pourrai me laver les mains et me mettre un peu de lait de toilette ? J'en ai dans ma valise.

Annie Casteel éclata de rire.

— Bien sûr, petite ! Et moi, tu crois que j'aimerais pas m'arranger comme les belles dames de Winnerow, peut-être ?

— Pour ça, je pourrai sans doute vous aider, Ma. Si vous voulez bien, je vous brosserai les cheveux et je vous prêterai ma crème pour les mains.

— Hm ! fit-elle en me lançant un regard en coin. On verra.

L'idée semblait l'effrayer un peu, mais elle me laissa lui brosser les cheveux et les égaliser. Puis elle mit sa meilleure robe, moi une de mes plus jolies, et nous fîmes tout ce qu'il nous fut possible de faire pour être en beauté quand Luke et Pa reviendraient. Pa rentra le premier. Il ouvrit des yeux ronds en nous voyant sous l'auvent, dans nos plus beaux atours.

— Holà ! Qu'est-ce qui se passe ? On n'est pas dimanche !

— Et alors, Toby Casteel ? gronda Ma. J'ai pas besoin que ça soit dimanche pour m'habiller proprement. (Tout penaud, Pa se tourna vers moi, l'air de se demander ce qu'il avait bien pu faire pour s'attirer cette rebuffade.) Et ça te ferait pas de mal de te décrasser de temps en temps avant le dîner, toi non plus. T'es encore assez présentable.

— Ah oui ? dit Toby en m'adressant un clin d'œil. Ma foi, ça se pourrait.

— C'est vrai, Pa ! Tout ce qu'il y a de plus vrai.

Les yeux de Pa s'illuminèrent. Il passa derrière la cabane pour se laver à l'eau de pluie, puis rentra pour « se mettre en dimanche » et nous nous assîmes tous les trois sous l'auvent pour attendre Luke. Notre attente ne dura guère. Le grondement du moteur de la camionnette se fit entendre en contrebas, ponctué de nombreux coups de klaxon. « Hm-hm », fit Ma, avec un bref coup d'œil d'avertissement à mon adresse. Mon cœur s'accéléra. Que fallait-il comprendre ?

La camionnette fit irruption dans la cour, à grand renfort de coups de klaxon, puis Luke sauta à terre en laissant la portière ouverte. Il étreignait un carton de bières, dont trois bouteilles sur six étaient déjà vides. Pa bredouilla :

— Je veux bien être pendu si ce garçon n'est pas...
— Tu peux le dire ! cracha Ma, furibonde.

Luke titubait dans la cour, souriant d'un air stupide. Puis il nous aperçut tous les trois et une lueur de compréhension traversa son regard. Le doigt tendu dans notre direction, il s'adressa à un interlocuteur invisible.

— Non mais qu'est-ce que... non mais regarde ça ! Pourquoi diable... ah oui ! Ils fêtent ça eux aussi.

Je me levai, les mains aux hanches.

— Luke Casteel, comment oses-tu rentrer dans un état pareil ? D'abord, tu aurais pu te jeter dans un ravin et en plus, tu as l'air tellement ridicule que j'en pleurerais.
— Heuh... mmouais ?
— Dis-lui, me souffla Ma.
— Nous avons pris la peine de nous faire beaux pour t'accueillir, et tu rentres saoul !
— Heuh ?

Je fondis en larmes et me précipitai dans la maison, pour aller me jeter à plat ventre sur le matelas. Quelques instants plus tard, passablement dégrisé, Luke s'agenouilla près du lit et se mit à me caresser les cheveux.

— Voyons, Angel... c'était juste ma façon de fêter notre nouveau départ. J'ai obtenu l'emploi et je pourrai même acheter du bois de construction à prix réduit, tu comprends ? Dès que je serai prêt à commencer notre maison.
— Je ne veux pas le savoir, Luke. Si tu avais quelque chose à fêter, il fallait attendre que nous soyons tous ensemble. Tu sais que je n'aime pas te voir boire, tu m'avais promis d'arrêter, et voilà dans quel état tu rentres !
— Je sais, je sais... je suis désolé. Je vais jeter les

bouteilles qui restent dans un ravin et si tu ne me pardonnes pas, je m'y jetterai moi-même !

Je me retournai d'un bond et le foudroyai du regard.

— Ne répète jamais ça, Luke Casteel. Jamais.

— Bon sang ! Ce que tu peux être belle quand tu te mets vraiment en colère ! Je ne t'avais jamais vue te fâcher pour de bon. Mais je ne veux plus que ça arrive et je te promets (il leva la main)... je te promets que je ne boirai plus jamais au volant. Tu veux bien me donner une deuxième chance ?

— Tu sais bien que oui ! m'écriai-je en me jetant à son cou.

Nous échangeâmes un long baiser, puis il annonça :

— J'ai rapporté du bois dans la camionnette. Je vais commencer tes toilettes tout de suite.

Je le suivis dehors pour le voir décharger son bois, et Ma me lança un coup d'œil approbateur. Elle était contente que j'aie su le calmer aussi vite. Puis elle se tourna vers lui, l'air intriguée.

— C'est pour quoi faire, ce bois ?

— Les cabinets d'Angel.

Pa et Ma éclatèrent de rire.

— C'est ça, payez-vous ma tête ! grogna Luke. On verra bien si vous rirez encore quand j'aurai fini.

Il travailla de bon cœur et, la petite cabane terminée, elle était aussi jolie que ce genre de construction pouvait l'être. Luke la peignit en blanc et insista pour que nous l'appelions « les toilettes », ce qui devint un des grands sujets de plaisanterie de Ma.

— Bon, annonçait-elle, faut que j'aille aux cabinets... oh, pardon. Aux toilettes.

Et Luke levait les yeux au ciel en secouant la tête.

L'automne remplaça l'été. Luke apporta d'autres améliorations à la cabane, essayant ses talents de menuisier tout neufs. Il construisit des placards et des étagères pour Ma, répara l'auvent et consolida les marches du porche. Il boucha aussi quelques brèches des murs et du plancher, mais son travail en ville devint de plus en plus accaparant. Bientôt, il ne rentra plus qu'à la nuit tombée, presque trop fatigué pour dîner. Parfois, son haleine empestait le whisky et quand j'y fis allusion, il me répondit qu'il avait besoin d'un remontant pour tenir le coup toute la journée.

— Morrison voudrait que je travaille pour deux, Angel! m'expliqua-t-il un soir après le dîner.

Nous suivions un sentier qui descendait à travers bois vers une clairière située tout au bord d'une crête, et d'où l'on découvrait toute la vallée. Le coup d'œil était magnifique, les lumières scintillaient jusqu'à l'horizon.

— Tous les entrepreneurs de Winnerow exploitent les montagnards, poursuivit Luke. Je me retiens de faire un éclat parce que je suis pressé de commencer la maison, mais ça devient de plus en plus dur.

— Mais tu noies tes problèmes dans l'alcool, et je n'aime pas ça, Luke. Tu ne pourrais pas trouver un autre emploi?

— Il n'y a pas beaucoup d'emplois pour nous, en ville! C'est pourquoi j'ai si souvent quitté les Willies.

— J'ai réfléchi, Luke. Si j'essayais de prendre contact avec mon père? Il dirige une compagnie de tourisme maritime et je suis sûre qu'il pourrait te trouver un travail.

— Quel genre de travail? Machiniste sur un paquebot, pour passer tout mon temps en mer, loin de toi?

— Je suis certaine qu'il pourrait te trouver un emploi de bureau, Luke.

— Moi, dans un bureau? Je me sentirais piégé comme un écureuil en cage! Non, pas question. J'ai besoin du grand air, ou de l'ambiance du cirque, tiens! Ça, c'est la liberté.

— Tu aimerais retourner au cirque quand le bébé sera né, Luke? Je te suivrai, si tu veux.

— Non, ce serait trop dur pour toi, on voyage tout le temps. Je tiendrai le coup jusqu'à ce que nous ayons de quoi démarrer dans la vie.

— Je peux toujours écrire à mon père et lui demander un peu de mon argent. J'ai aussi celui que j'ai gagné moi-même, déposé sur un compte protégé.

— Je ne veux pas de cet argent, répliqua-t-il d'une

voix tranchante. Nous n'en avons pas besoin, je peux nourrir ma famille tout seul.

Même dans l'obscurité, à la seule clarté des étoiles, je pus voir ses yeux flamboyer de colère. C'était la première fois qu'il s'emportait contre moi. Je l'avais humilié.

— Je n'ai jamais dit le contraire, Luke.

Il regretta aussitôt ses paroles.

— Pardon de m'être emporté, Angel. C'est la fatigue.

— Ma a raison. Tu devrais prendre un vrai jour de congé. Quand tu rentres, c'est pour travailler à la cabane. Dimanche, nous pourrions nous faire beaux et aller à l'église tous ensemble ? S'il te plaît, Luke.

— D'accord, capitula-t-il. Nous irons.

L'idée enchanta Ma, mais quand nous arrivâmes à l'église, ce dimanche-là, je compris ce que voulait dire Luke en parlant du mépris de la vallée pour la colline. A notre entrée, l'air se figea littéralement. Les citadins endimanchés se retournèrent d'un seul bloc pour nous foudroyer du regard. Leur expression nous intimait clairement de rester à notre place : tout au fond. Pa et Ma Casteel se glissèrent timidement derrière quelques familles des collines que je reconnus, mais je ne bougeai pas d'un pouce.

Luke me lança un regard intrigué. Il était superbe dans son complet cravate, les cheveux soigneusement brossés en arrière. Et moi, malgré mes six mois de grossesse, j'avais parfaitement conscience d'être aussi jolie que n'importe quelle fille ou femme de Winnerow. Ma toilette était aussi coûteuse que les leurs, sinon plus. Et mes cheveux, lavés à l'eau de pluie depuis mon arrivée dans les Willies, étaient plus soyeux et plus lumineux que jamais. J'aperçus deux places vides au premier banc et tirai Luke dans cette direction, mais il hésita, les yeux fixés sur moi.

— Tu voulais que je rive son clou au maire de Winnerow à la première occasion, je crois ? Eh bien, la voilà !

Il sourit jusqu'aux oreilles.

— Et comment que je voulais ! dit-il en me suivant

jusqu'aux places libres. Les occupants du banc reculèrent à notre passage comme sous le souffle d'une bourrasque. Ils ouvraient des yeux ronds où la curiosité se mêlait à l'indignation, mais je les regardai sans ciller et ils finirent par baisser les paupières. Le pasteur prit place derrière son pupitre et prononça un beau sermon sur l'amour fraternel, qui me parut tout à fait de circonstance.

A la sortie, j'eus droit aux félicitations de Ma.

— Je m'étais pas trompée sur toi, Angel. J'ai vu au premier coup d'œil que t'étais une vraie Casteel. Je suis fière de toi.

— Merci, Ma.

Le dimanche, en revenant de l'église, les gens des Willies aimaient se réunir pour une petite sauterie. On jouait du violon, on dansait, on mangeait ; chaque famille contribuait au buffet campagnard. Ce jour-là, j'aidai à servir puis j'allai m'asseoir à l'écart pour regarder, tandis que Luke et Pa chantaient et jouaient du banjo. Les hommes dansaient et les femmes marquaient la cadence en tapant dans leurs mains. Quelle différence avec ma fête d'anniversaire, à Farthy ! Il me semblait qu'il y avait un siècle de cela. Maman avait engagé un orchestre en vogue et fait appel aux services d'un traiteur, mes invités appartenaient aux meilleures familles du comté. Tous étaient très riches, élégants, distingués. On avait projeté un film dans la salle de théâtre... Et j'avais pensé que c'était la plus belle fête qu'on eût jamais vue.

Mais ici, parmi ces humbles montagnards chantant leurs vieux rêves ou leur joie du moment, je me sentais encore bien plus heureuse. Leurs chansons transmettaient tout un passé vivant, des anecdotes dont on riait encore de bon cœur. Personne ne se donnait de grands airs et c'était bon, chaleureux, rassurant. J'étais à l'aise, je me sentais chez moi.

Ce qui ne m'empêchait pas de remarquer les œillades enflammées que les filles adressaient à Luke. Il était beau comme un jeune premier, dans son costume du dimanche ! Une certaine Sarah Williams, jolie rousse aux yeux verts, me lança un regard de défi quand elle vint le chercher pour danser. Elle était presque aussi grande que lui et l'arracha pratiquement de sa chaise pour l'entraîner sur la piste. En dansant, elle se collait contre lui sans cesser de me regarder en souriant, et je ne pus m'empêcher d'être un peu jalouse. Elle était vraiment jolie et très mince, alors que mon ventre en avant ne m'avantageait pas spécialement... Sitôt la danse finie, Luke se libéra de son étreinte et courut me rejoindre.

— Ravissante, cette Sarah, dis-je en détournant la tête.

Il me prit par les épaules et m'obligea à lui faire face : son regard intense rayonnait d'amour et d'orgueil.

— Ça se peut, Angel, mais moi, je ne vois que toi. Je n'aurais pas dû la laisser me mettre le grappin dessus comme ça, se reprocha-t-il. C'est toi qui as raison, je bois trop de whisky.

— Je ne veux pas jouer les rabat-joie, Luke !

Une fille l'appela de loin pour venir danser et il refusa d'un signe de tête.

— Qu'est-ce que tu vas chercher ? Ne dis pas de sottises.

— Mais j'ai l'impression de t'avoir piégé, en acceptant que tu sois le père de mon enfant. C'est un peu comme si je t'avais forcé la main.

— Chut ! gronda-t-il tendrement en mettant un doigt sur les lèvres. C'est notre enfant et je suis assez grand pour savoir ce que je veux. Rentrons, Angel, tu as l'air fatiguée. J'ai assez bu et assez mangé comme ça.

— Mais tu t'amusais si bien !

— Je serai bien mieux à la maison, avec mon ange.

Je retrouvai d'un coup tout mon entrain et, ce soir-là, la gaieté régna dans la cabane. Nous bavardâmes en riant de tout et de rien jusqu'à l'heure d'aller dormir. Quand nous nous glissâmes sous la courtepointe, Luke et moi, je me blottis dans ses bras et il me serra contre sa poitrine. Je ne m'étais jamais sentie plus en sécurité, ni plus heureuse. De temps en temps, le bébé donnait un coup de pied et Luke le sentait bouger, tellement nous étions près l'un de l'autre.

— Je ne sais pas si ce sera un garçon ou une fille, Angel, mais il aura ta fierté et ton courage, en tout cas. Je n'oublierai jamais la façon dont tu as fait baisser les yeux à tous ces richards de Winnerow !

— Et je n'oublierai jamais comme tu étais beau ni comment les filles te regardaient, Luke Casteel.

— Oh, ça va ! protesta-t-il, tout confus.

Et la chaleur de sa joue contre la mienne me fit deviner qu'il avait rougi.

— Nous en aurons des choses à raconter à notre enfant quand il sera assez grand pour comprendre, n'est-ce pas, Luke ?

— Oh ça, c'est sûr ! approuva-t-il en m'embrassant.

Et, tendrement serrés l'un contre l'autre, nous nous laissâmes glisser dans le sommeil.

Vers la fin de novembre, la neige s'installa dans les Willies. Dès la nuit tombée, le froid se faisait si vif que les collines semblaient prises sous une chape de glace. Parfois, le vent soufflait âprement à travers les brèches de la cabane, et je m'asseyais près du *vieux qui fume*, le poêle en fonte, enroulée dans la courtepointe de notre lit. Le soir, en rentrant, Luke me serrait dans ses bras et me frictionnait en maudissant le froid. Nous confectionnâmes d'autres couvertures au crochet, Ma et moi, et Luke m'acheta des caleçons longs. J'étais plutôt comique dans cette tenue, avec mon ventre proéminent ! Cela nous fit rire de bon cœur.

La veille de Noël, nous fîmes le meilleur repas que nous le permettaient nos moyens. Pa avait rapporté une dinde de chez Simon Burl : elle lui avait coûté une journée de travail, mais il en était très fier. Ma et moi avions tricoté des pulls et des gants pour les hommes, et Luke avait acheté des cadeaux pour tout le monde. Des peignes pour Ma, une pipe en épi de maïs pour Pa, et pour moi... un cadeau spécial, annonça-t-il. Et il voulut que j'aille l'ouvrir avec lui, derrière le rideau déchiré qui servait de porte à notre chambre.

Je m'assis sur le lit et dénouai soigneusement le ruban. Puis je soulevai le couvercle de la boîte et ôtai délicatement le papier de soie. Et je découvris les plus ravissants vêtements de poupée que j'eusse jamais vus : des vêtements pour Angel ! Luke lui avait acheté une toilette de mariée. Un petit bonnet semé de brillants, d'où s'échappait à flots un voile qui semblait tissé de brouillard ; une longue robe de dentelle blanche brodée de perles minuscules formant des dessins ravissants ; des souliers de satin incrustés de dentelle, d'un blanc de neige ; et même des bas, de vrais bas, avec leurs toutes petites jarretières !

— Oh, Luke... comme c'est joli ! Je meurs d'envie de voir Angel dans cette robe.

— Tu n'as pas eu de vrai mariage ni de vraie robe de mariée, alors j'ai pensé qu'Angel devait en avoir une, elle au moins.

— Quelle gentillesse de ta part, Luke !

Je revêtis Angel de sa nouvelle toilette et remarquai soudain le médaillon de Tony, sur lequel il avait fait graver une dédicace pour moi. Cela me fit horreur, je ne voulais pas qu'Angel garde ce détestable souvenir autour du cou. J'arrachai brutalement le pendentif et le jetai par la fenêtre, le plus loin possible. Puis nous rejoignîmes Pa et Ma pour leur montrer Angel.

Un peu plus tard, tandis que nous faisions la vaisselle, Ma se pencha vers moi pour me parler à l'oreille.

— J'aurais jamais cru voir mon Luke changer comme ça, Angel. J'ai toujours eu peur qu'il tourne comme ses frères, vu qu'il aime bien lever le coude, mais tu sais l'empêcher d'y aller trop fort. Quand il te fait de la peine, c'est à lui qu'il se fait du mal, je peux te le dire. Tant que tu seras là, il se mettra jamais dans les ennuis. Il a eu bien de la chance, le jour qu'il t'a rencontrée.

— Merci, Ma, répondis-je, les yeux pleins de larmes.

Elle sourit et me serra dans ses bras avec affection, comme elle ne l'avait encore jamais fait jusque-là.

Le plus étrange, même si nous étions pauvres parmi les pauvres, c'est que j'étais heureuse. La cabane tout entière eût pu tenir dans une salle de bains de Farthy et pourtant... je n'étais pas loin de penser que ce Noël était le plus doux de ma vie. Les yeux d'Angel brillaient à la lueur de la lampe à huile : elle était heureuse, elle aussi.

Janvier nous fut très dur, le froid empira, il neigeait presque tous les jours. *Le vieux qui fume* déversait autant de fumée que de chaleur et encore, à condition de le recharger sans arrêt. Chaque soir, Luke s'excusait de me faire endurer ce froid et me frictionnait les mains et les orteils. Notre épreuve prit fin, cependant, avec ce mois terrible, et en février un dégel précoce s'annonça. Les jours ensoleillés se succédaient, les glaçons fondaient aux branches. La nuit, la glace et la neige fondue scintillaient comme des diamants, transformant la forêt en décor de conte de fées.

D'après mes calculs, je n'étais plus qu'à quelques semaines de la délivrance. Luke aurait voulu que je consulte un médecin en ville, mais je refusai. Ma avait mis au monde des douzaines de petits montagnards, sans compter les siens. C'était une excellente sage-femme. A quoi bon donner le prix de deux journées de salaire à un médecin qui, le moment venu, ferait exactement la même chose qu'elle ?

Le bébé remuait beaucoup, il arrivait que j'en perde le souffle. J'avais très mal aux reins. Je tenais à faire ma part d'ouvrage, mais Ma insistait pour que je me repose davantage. Par contre, elle me conseillait de marcher le plus possible.

Quand le temps s'adoucit un peu et que l'hiver desserra sa prise sur la forêt, Luke et moi recommençâmes nos promenades à la pointe de la crête. De là-haut, rien n'arrêtait la vue, le ciel nocturne se déployait sur la vallée jusqu'à l'horizon. C'était un spectacle enchanteur.

Si je devais choisir un souvenir entre tous, je crois que ce serait un certain soir du début de février. J'étais tout emmitouflée. Bien qu'il fît moins froid que d'habitude, Luke avait insisté pour que je porte le pull, la veste et les chaussettes que m'avait tricotés Ma, et les gants que j'avais tricotés moi-même, selon ses indications. Mais en arrivant à la clairière, je les ôtai pour pouvoir prendre la main de Luke et sentir sa chaleur.

Nous restâmes longuement silencieux, contemplant avec ravissement la nuit criblée d'étoiles. En bas, dans la vallée, les petites lumières éparpillées étaient comme autant d'étoiles, elles aussi, qui seraient tombées du ciel. Rien qu'à les voir clignoter, on imaginait les familles heureuses réunies devant la cheminée, la musique, les voix, les rires...

— Un jour, bientôt, dit enfin Luke, une de ces maisons de la vallée sera la nôtre. Je te le jure, Angel.

— Je le sais, Luke. J'ai confiance en toi.

— Nous serons assis dans notre salon et je fumerai ma pipe, les pieds sur une chaise. Tu seras en train de tricoter ou de faire du crochet, notre bébé jouera par terre, entre nous deux, et nous serons tous à l'abri, bien au chaud. C'est mon rêve, Angel, la seule chose que je désire. Est-ce que c'est trop demander ?

— Je ne crois pas, Luke.

— Pa et Ma pensent que ces maisons de la vallée ne sont pas pour des gens comme nous, observa-t-il avec tristesse. Ils disent que c'est impossible.

— Parce que c'était impossible pour eux, Luke. Pour nous, ce sera différent.

Il m'embrassa et me serra très fort dans ses bras. Et nous restâmes longtemps ainsi, seuls entre ces deux grands champs d'étoiles, le ciel et la vallée, à chuchoter des mots d'amour dans la nuit d'hiver. Mon bébé donna un coup de pied et je posai la main de Luke sur mon ventre.

— Tu le sens, Luke ? Je crois que c'est une fille.

— Peut-être bien. (Ses yeux sourirent.) Je t'aime, Angel. Je t'aime plus qu'aucun homme n'a jamais aimé une femme.

A nouveau, mon bébé remua, et mon ventre se durcit. Je n'avais jamais souffert autant que ce soir-là. La douleur m'avait souvent réveillée la nuit, ces temps derniers, et c'était souvent la même chose le matin, mais je ne me plaignais jamais, de peur d'inquiéter Luke. Je ne voulais pas qu'il perde une journée de travail pour rester avec moi. Je voyais bien que quelque chose tracassait Ma, mais je pensais que ces douleurs étaient naturelles. A mon avis, elles signifiaient simplement que l'accouchement était proche.

— Je crois qu'elle a envie de venir au monde, Luke. C'est pour bientôt.

— Elle ne pouvait pas choisir un meilleur moment ! Avec toutes ces étoiles qui brillent comme un feu d'artifice, c'est une belle nuit pour entrer dans la vie, non ? Surtout si c'est une fille et que nous l'appelons Heaven.

Un élancement plus douloureux m'arracha une grimace, pour un peu je serais tombée sur les genoux. Mais j'endurai mon mal en silence : Luke était si heureux, ce soir, si plein d'espoir ! Je ne voulais pas lui gâcher sa joie. Mais j'eus beau me répéter que c'était normal de souffrir ainsi pour un premier enfant, surtout à mon âge, j'avais quand même un peu peur. J'étais si jeune pour devenir mère !

— Ramène-moi à la cabane, Luke, et serre-moi très fort. Plus fort que tu ne l'as jamais fait.

Il m'embrassa et nous prîmes le chemin du retour, mais subitement, je l'arrêtai :

— Attends.

Et je me retournai une dernière fois.

— Qu'y a-t-il, Angel ?

— Quand je fermerai les yeux, ce soir, je veux revoir toutes ces étoiles... Je veux avoir l'impression de m'endormir au paradis.

Luke me ramena en souriant dans la forêt, et le premier tournant nous cacha les étoiles.

Épilogue

Je tourne la page, mais il n'y a plus rien au dos, ni sur la suivante ni sur celle d'après... Finalement, entre la dernière page et la couverture, je découvre un feuillet plié. Je l'ouvre avec des précautions infinies, il est si vieux ! On dirait qu'il va s'émietter entre mes doigts... C'est une lettre émanant d'une agence de recherches privées.

« Cher monsieur Tatterton,

« Comme vous le savez déjà, j'ai retrouvé trace de votre belle-fille en Virginie de l'Ouest, dans la région des collines. Dans mon dernier rapport, je vous décrivais ses conditions d'existence et mentionnais le fait qu'elle attendait un enfant.

« Je crains d'avoir de mauvaises nouvelles à vous annoncer. J'ai reçu hier un appel de mon assistant, chargé d'enquêter sur place. Il venait d'apprendre que votre belle-fille était décédée. Il semblerait qu'elle soit morte en mettant son enfant au monde, dans son bungalow des collines. Elle n'a pas reçu de soins médicaux. Je suis sincèrement désolé.

« Mon assistant mentionne que l'enfant a survécu. C'est une fille.

« En attendant des instructions ultérieures,
   « Je reste votre tout dévoué
                        « L. Stanford Banning. »

Pendant quelques secondes, je retiens mon souffle. L'air sent le renfermé dans ce vieil appartement poussiéreux, c'est presque irrespirable.
— Annie !
— Je suis là, Luke.
Il apparaît presque aussitôt sur le seuil.
— Tout le monde est arrivé, Annie, et tout le monde te demande. Il faut y aller. Qu'est-ce que tu fabriquais ?
— Je lisais, c'est tout.
— Tu lisais quoi ? insiste-t-il en s'avançant de quelques pas dans la pièce.
— Une histoire étrange, à la fois très triste et très belle. Celle de ma grand-mère Leigh, dis-je en retenant mes larmes.
Mais Luke voit bien que j'ai les yeux mouillés.
— Ne restons pas là, Annie. Cet endroit respire la tristesse et le chagrin, ce n'est pas ta place.
— Voilà, je viens.
Je souris. Luke est si beau, aussi beau qu'a dû l'être son grand-père. Il me tend la main, je me lève pour le suivre mais soudain, je m'arrête.
— Qu'y a-t-il, Annie ?
— Rien. Il faut que je remette ce journal où je l'ai trouvé, c'est tout. Il fait partie de tous ces souvenirs.
Je glisse le livre dans son étui et le range dans le tiroir, puis je me retourne une dernière fois avant de courir rejoindre Luke. Nous descendons le grand escalier quand je m'arrête encore, tendant l'oreille. N'est-ce pas le rire léger d'un petit garçon ? Je crois même l'entendre appeler :
— Leigh ! Leigh !
Je souris et, à nouveau, Luke interroge :
— Qu'y a-t-il, Annie ?
— J'imaginais mon père quand il était petit, appelant ma grand-mère pour qu'elle vienne jouer avec lui.
Nous descendons les dernières marches et traversons

le hall, jusqu'à la grande porte. Est-ce de la musique, là-bas, derrière moi ? Le bal d'anniversaire d'Angel ? Un récital de piano devant une assemblée choisie... ou mon père jouant un nocturne de Chopin ? Simplement le vent qui rôde à travers la grande maison, peut-être, ou bien tout cela à la fois.

Je sors avec Luke et referme la lourde porte derrière moi, laissant questions et réponses rejoindre les innombrables mystères de Farthinggale Manor.

Achevé d'imprimer en Europe (France)
par Brodard et Taupin à la Flèche (Sarthe)
le 9 novembre 1992. 1991G-5
Dépôt légal nov. 1992. ISBN 2-277-23234-3
1ᵉʳ dépôt légal dans la collection : mai 1992
Éditions J'ai lu
27, rue Cassette, 75006 Paris
Diffusion France et étranger : Flammarion